QUARUP

ANTONIO CALLADO

QUARUP

25ª edição

Rio de Janeiro, 2021

CIP-BRASIL. CATALOGAÇÃO NA PUBLICAÇÃO
SINDICATO NACIONAL DOS EDITORES DE LIVROS, RJ

Callado, Antonio, 1917-1997
C16q   Quarup / Antonio Callado ; prefácio de Daniel Munduruku, Márcia Wayna Kambeba;
25ª ed.   estudo crítico de Ligia Chiappini ; perfil do autor de Eric Nepomuceno. – 25ª ed.,
ampl. – Rio de Janeiro : José Olympio, 2021.

ISBN 978-65-5847-019-9

Romance brasileiro. I. Munduruku, Daniel. II. Kambeba, Márcia Wayna. III.
Chiappini, Ligia. IV. Nepomuceno, Eric. V. Título

CDD: 869.3
21-68874   CDU: 82-31(81)

Camila Donis Hartmann – Bibliotecária – CRB-7/6472

© Teresa Carla Watson Callado e Paulo Crisostomo Watson Callado

Texto revisado segundo o novo Acordo Ortográfico da Língua Portuguesa.

Todos os direitos reservados. Proibida a reprodução, o armazenamento ou a transmissão de partes deste livro, através de quaisquer meios, sem prévia autorização por escrito.

Reservam-se os direitos desta tradução à
EDITORA JOSÉ OLYMPIO LTDA.
Rua Argentina, 171 – 3º andar – São Cristóvão
Rio de Janeiro, RJ – 20.921-380

Seja um leitor preferencial Record.
Cadastre-se em www.record.com.br
e receba nossos lançamentos e nossas promoções.

ISBN 978-65-5847-019-9

Atendimento e venda direta ao leitor:
sac@record.com.br

Impresso no Brasil
2021

Sumário

Prefácio — Quarup: *entre o ser e o talvez*, de Daniel Munduruku   7

Prefácio — Quarup: *identidade, espiritualidade e memória no território sagrado*, de Márcia Wayna Kambeba   11

1. O ossuário   15

2. O éter   93

3. A maçã   147

4. A orquídea   253

5. A palavra   365

6. A praia   459

7. O mundo de Francisca   543

Estudo crítico — Callado e a *"vocação empenhada" do romance brasileiro*, de Ligia Chiappini   571

Perfil do autor — *O senhor das letras*, de Eric Nepomuceno   583

PREFÁCIO

QUARUP: ENTRE O SER E O TALVEZ

*Daniel Munduruku**

Ler o excepcional *Quarup*, de Antonio Callado, tendo a política nacional dos anos 1950-1960 como cenário, me evocou um conjunto de sentimentos. Além de ter sido um agradável retorno no tempo para repensar os meandros da construção da política contemporânea, me deu a sensação de que nada do que acontece no país pode ser deixado para trás. Senão corremos o risco de esquecer que somos uma pátria em construção, porque multifacetada pela força de uma narrativa que teima em deixar de fora seus filhos mais antigos.

Na verdade, confesso, não saberia dizer se o melhor é ler o livro a partir do ritual xinguano e através dele compreender a identidade nacional ou, ao contrário, ler a história da sociedade à sua volta para assim entender a real dimensão dos povos originários, seus símbolos e significados. Talvez – e somente talvez – o ideal seja inverter a lógica da narrativa como exercício para perceber as contradições que a sociedade brasileira – incluindo as populações originárias – foi acumulando ao longo da história contada pelas vozes oficiais e literárias. Nesse sentido, personagens se confundem, se contradizem, se equivocam e sonham

---

* Mestre e doutor em Educação pela Universidade de São Paulo e pós-doutor em Linguística pela Universidade Federal de São Carlos. Autor de 53 livros para crianças, jovens e educadores. Foi ganhador do Prêmio Jabuti por duas vezes e condecorado pela presidência da República como Comendador da Ordem do Mérito Cultural. Diversos de seus livros receberam o selo Altamente Recomendável pela Fundação Nacional do Livro Infantil e Juvenil. Já foi traduzido para o inglês, coreano, espanhol, alemão e italiano. Reside em Lorena, interior de São Paulo.

possibilidades de uma convivência utópica em uma realidade distópica, representada pelo ritual fúnebre celebrado por diferentes povos na região do Xingu.

Entre desejos de reconstituir um sonho socialista baseado no modo coletivo de subsistência – a exemplo do que acontecera na República Comunista Guarani do sul do Brasil e a revolução que nasceria da consciência política do povo que sonhava com a derrubada do sistema capitalista por melhores condições de vida –, vamos acompanhando a saga dos personagens que, ao cabo, vão percebendo que a realidade se impõe à utopia política de construir um mundo melhor para todas as classes sociais. Interesses e disputas de poder vão dando espaço para a desconstrução dos ideais; sentimentos e ideias equivocadas vão abrindo o flanco para a derrocada da revolução necessária; ideologias baseadas no progresso e desenvolvimento vão destituindo possibilidades outras de se conviver com as diferenças e, se possível, torná-las apenas símbolo de um passado que não volta mais.

Quarup precisa ser lido por todas as novas gerações de brasileiros, para que possam entender como a construção de equívocos históricos é gerada especialmente no que diz respeito aos povos indígenas, aqui representados pelo ritual xinguano. Os diálogos dos personagens remetem sempre para essa construção imagética que foi sendo introjetada no inconsciente brasileiro desde sempre, mas que ganhou muita força na segunda metade do século XX. Por isso, o livro também pode ser lido como um documento histórico que revela como a sociedade e o próprio governo brasileiro sempre trataram os originários desta terra para além das ideologias ora de direita, ora de esquerda.

Não tenho dúvida de que a leitura deste clássico nacional é uma forma de nos atualizar para entendermos os enfrentamentos que ainda hoje se fazem presentes em nossa sociedade e revelam parte da identidade brasileira que não nos foi apresentada, porque negamos peremptoriamente o que os povos indígenas podem ensinar em termos de humanidade, de coletividade e de pertencimento. Essas qualidades deviam fazer parte da nacionalidade a ser incutida na mente e no coração de nossas crianças e nossos jovens. São qualidades nutridas pelos povos originários. São qualidades que revelam o bem-viver que sempre orientou a educação que recebem. A resistência que ainda hoje possuem em proteger, não apenas o território, mas a fronteira que defende a constituição da existência que criaram para si. Uma existência pautada no bem comum, na prosperidade, na abundância e na comunhão com a natureza. Seria essa a verdadeira noção do comunismo como construção da igualdade?

Prefácio

Quarup: identidade, espiritualidade e memória no território do sagrado

*Márcia Wayna Kambeba**

"RITUAL INDÍGENA
O que era um culto sagrado
Guardado como ouro ancestral
O 'branco' achou que era pecado
Invadiu meu ser espiritual
Deixei de ser filha de Euaracy
A cruz se tornou meu sinal
Proibiram minha dança dizendo:
Não existe mais o teu ritual."
(trecho do livro *Ay kakyri Tama – Eu moro na cidade*,
Márcia Wayna Kambeba)

Quarup é sem dúvida um livro que nos proporciona entender as lutas e resistências dos movimentos sociais no Brasil, mas também nos apresen-

---

* Márcia Wayna Kambeba é indígena do povo Omágua/Kambeba do Alto Solimões. Nasceu na aldeia Belém do Solimões, no Amazonas. É geógrafa, mestre em Geografia, poeta, escritora, compositora, fotógrafa, ativista da causa indígena e ambiental. Tem quatro livros lançados: *Ay kakyri Tama – Eu moro na cidade*, *O lugar do saber ancestral*, *Saberes da floresta* e *Kumiça Jenó: a poética das encantarias*. É palestrante com atuação no Brasil e exterior sobre assuntos indígenas e ambientais e pesquisa sobre território e territorialidade dos povos indígenas. Trabalha com a educação dos sujeitos indígenas e não indígenas.

ta os conflitos enfrentados pelos povos originários para garantir o direito ao território e rememorar valores culturais, espirituais e identitários.

Desde o contato, os povos indígenas lutam contra o etnocídio e o genocídio cultural e pela preservação de saberes medicinais, por seu direito à terra e pelo cuidado com a biodiversidade no Brasil. A violência se configura quando a cruz e a espada impõem sobre todos o domínio do sagrado e do território. Para os povos originários, o território e a cosmologia estão ligados a um sistema de crenças e conhecimentos que ao longo dos tempos vai sendo adquirido e repassado pela oralidade. A terra deixa de ter uma relação apenas de natureza e passa a ser entendida e sentida como o lugar das relações sociopolíticas e culturais.

No livro Quarup o autor descreve pontos importantes, como a luta pela terra, as epidemias e a religião. São alguns dos tantos impactos que ocasionaram a redução de vários povos e a dizimação de outros. Quando nos deparamos no romance com o personagem do padre Nando, que sai para evangelizar no Xingu, percebemos uma realidade ainda sentida pelos povos hoje. A forma como os missionários chegavam nas aldeias e catequizavam impactava a cultura em todo seu aspecto.

Abro um parêntese para falar de uma experiência vivida na aldeia onde nasci, do povo Tikuna, chamada Belém do Solimões, no Alto Solimões (AM). Minha avó chegou à aldeia em 1973, eu nasci em 1979 e a Igreja já estava lá. Um certo dia chegou um homem que carregava uma cruz, chamado de irmão José, ele ia convertendo o povo com a "Santa Cruz". Alguns aceitaram, outros, em recusa, se envenenaram com DDT. O fato é que a entrada de uma outra religião para se estabelecer acaba desequilibrando a existente.

Os povos indígenas sempre tiveram sua espiritualidade fortalecida na conexão com a energia da floresta e a ancestralidade. Tudo na natureza tem espírito e precisa ser respeitado. A ideia de Deus não existia para os povos da forma como foi apresentada pelos missionários ao se estabelecerem nas aldeias.

Os povos originários não tinham religião, esse foi um conceito que veio com o contato e foi tomando formas diversas na vivência dentro das aldeias. Na concepção de divindade, não existia "Deus". Sua crença se firmava na figura de um ser de luz, que podia ser o fogo, a água, a lua etc. Para os Omágua/Kambeba existia tana kanata ayetu, que em português significa "nossa luz radiante". A luz radiante era expressa pelo sol, pela lua, pelas estrelas, pela natureza em geral. O povo Tembé são filhos de Maíra, que é representado pelo fogo. Os indígenas Mapuche, do Chile e Argentina, são povos da lua.

Para entender o sagrado de um povo é preciso conhecer sua cultura, seus rituais e respeitá-los. Os rituais são fundamentais para os povos originários, porque através deles se realiza a conexão com o mundo dos espíritos. Por isso existe o ritual de nascimento, o de iniciação das jovens na vida adulta e o de celebração da morte. Quarup é um ritual de celebração dos mortos, realizado na região do Xingu, porque acredita-se que, ao fazer o ritual, os espíritos dos entes queridos vêm para a roda e se alegram. Os indígenas xinguanos mantêm até hoje o quarup, que tem os preparativos iniciados quinze dias antes da grande celebração ritualística.

No romance de Antonio Callado, o quarup tem essa ideia de funcionar como uma celebração de um recomeço do padre Nando, que passará por muitos conflitos pessoais ligados a sua permanência como religioso, em seu território do sagrado. E nessa caminhada em busca do coração geográfico do Brasil, Nando passará pela experiência de conhecer o começo de uma nova vida e o reencontro consigo através do contato com os povos originários do Xingu. O comprometimento com as lutas sociais em prol dos menos favorecidos pode ser para ele a melhor forma de evangelizar.

Pensando neste século, é possível dizer que desde sua criação, em 1961, os desafios para quem mora no Parque do Xingu são grandes. No entanto, os povos mostram que é possível nesse novo tempo reescrever a história de protagonismos, resistências e lutas, entrelaçando as mãos com a biodiversidade que os circunda, na defesa de sua cultura, sua identidade e sua ancestralidade como natureza.

Os povos entendem que pode haver uma relação intercultural respeitosa e aprendem a conviver na cidade sem perder a sua identidade, sem deixar de rememorar sua ancestralidade e afirmar o nome de sua nação. Na visão indígena, é possível manter uma relação de cooperativismo entre culturas diferentes. Viver na cidade não tira o direito de ser nação e reviver modos de vida presentes na memória, no orgulho e no sentimento de ser povo originário. Contando narrativas, tecemos nossa história de lutas e vitórias.

1

O ossuário

Vivos ali só Nando com a lamparina de querosene e Cristo na luz da sua glória. Diante do Cristo a temível balança onde os menores pecados de omissão e de intenção rompiam a linha de fé, deslocando com extravagância o fiel. Murmúrios de maledicência retiniam feito moedas no metal e velhos gestos de descaso e orgulho eram refeitos e imobilizados no ar para que deles se extraísse o peso exato, que afundava o prato. Momentos de amor-próprio e de respeito humano congelavam em bolas de chumbo, uma em cada prato, retratando vidas que haviam passado por virtuosas quando eram apenas um hirto equilíbrio de abominações. É que o Cristo em glória só julgava ali homens de Deus, que haviam escolhido viver crucificados no travessão daquela balança. Para os homens em geral a misericórdia aligeirava os pesos e até invertia a operação, descolando da própria massa pútrida dos pecados mortais a semente boa que muitas vezes fora sua origem. Para eles, não. Por trás de sua balança Cristo juiz encarava Nando. De costas para Nando e muito próximos de Cristo, seis franciscanos imóveis, três a cada lado, cabeças baixas cobertas do capuz. Enfrentavam a lei. E para eles não havia misericórdia. Eram a cabeça de duas filas de monges que aguardavam sua vez no juízo final. Estavam todos imóveis, imóvel estava o Cristo como se de súbito se introduzisse nos trabalhos uma alteração importante. Começara um julgamento sem dúvida mais grave. Era Nando que subia entre as duas filas de franciscanos. Subia. Cresciam diante dos seus olhos a balança, a escala, os cutelos, os duros pratos prontos a reagirem a um frêmito de culpa. Enquadrado, dividido pelas linhas da balança, Cristo crescente para Nando caminhante. Cristo duro. Balança ele próprio. Cristo matemata. Nando ultrapassou os que eram julgados diante da balança, ultrapassou a balança, colocou-se ao lado direito do Cristo e mirou em frente. Os capuzes cobriam caveiras e na mão dos frades os rosários se prendiam a metacarpos e falanges. Eram esqueletos os frades em julgamento. Em toda a imensa cripta em frente, prolongada num corredor que morria em trevas, havia ossos empilhados e prontos a se reorganizarem em esqueletos vestidos de burel mal soasse para cada frade a trombeta de chamada.

Mas a pupila de Nando não chegou a se apagar na meditação da morte porque foi ferida por um tom vermelho. Que podia ser? Que vermelho era aquele entre as cores sujas do ossuário? Sangue na caveira ilustre do frade à esquerda? Uma sangrenta marca de mão? Talvez uma das brincadeiras idiotas de Hosana. Mas o riso que chegou aos seus ouvidos foi outro.

— Você pensou mesmo que o esqueleto tinha aberto os pulsos, Nando? — disse Levindo.

Todos os seus novos amigos já o tratavam assim, pelo nome. Não era mais "padre". A dispersão do mundo dispersava também a sua pessoa. Seu medo de partir para a missão que o uniria a si mesmo resultava nisto. O mundo era uma distração feita de um milhão de ideias passageiras. Uma incessante fita de cinema diante do altar de Deus.

— Desculpe a mão de sangue aí no irmão esqueleto. Foi sem querer. Eu me apoiei nele quando os meus olhos ainda não estavam habituados ao escuro. E me assustei. Que cara fria!

— Como é que você entrou aqui? — disse Nando.

Levindo sorriu malicioso e meneou a cabeça de cabelos pretos cacheados.

— E a caridade, Nando? Você devia me perguntar primeiro se estou sentindo dor, se o ferimento é grave.

Só então é que Nando viu que a mão esquerda de Levindo estava ensanguentada.

— Me desculpe — disse Nando —, eu não tinha reparado. Como é que você se machucou assim?

Levindo se levantou do canto sombrio em que estava e respondeu com certo orgulho, erguendo a mão:

— Se machucou, não senhor. Me machucaram. Tiro, Nando. Bala de rifle. O Brasil se civiliza.

— Você precisa ver um médico, Levindo. Não arrisque perder a mão.

— Qual o quê! Levei um desses tiros com que a gente sonha quando se mete na luta: de raspão, abaixo do dedo pequeno da mão esquerda. Bastante sangue mas nenhum osso partido. De encomenda. Acho que a Força Pública tinha ordem de atirar para o ar. Nenhum camponês ficou ferido. Meu tiro foi de camaradagem.

— Cuidado, Levindo — disse Nando. — Violência é coisa que quem procura encontra sempre.

— Graças a Deus — disse Levindo.

— O tiroteio foi por quê?

— Esse usineiro Zé Quincas, da Usina Estrela, é o mais poderoso e o mais safado de todos eles. Se a gente conseguir curvar essa peste os outros vão ver que a coisa não é mais brincadeira. Eu fui lá com uns camponeses que entraram para o sindicato e foram despedidos. Voltei com eles, que queriam desafiar Zé Quincas criando um caso como o de hoje. Fui ajudar eles a fazerem casas nas terras da Usina. Eles têm direitos adquiridos, que diabo.

— Fazerem casa em terra dos outros?

— Toda a terra em Pernambuco é dos outros. Eu sabia e os camponeses sabiam que a polícia, que também é dos outros, acudia logo para desmanchar as choupanas. Dito e feito.

Levindo continuou desfiando a história da chegada da polícia, das arrogâncias de Zé Quincas e das condições de trabalho escravo que impunha aos lavradores, mas Nando fitava com desalento a mancha de sangue no marfim ilustre da caveira franciscana. Uma profanação, o episódio de loucura e violência vindo desaguar no ossuário. O sangue de um jovem desmiolado a manchar quem só aguardava o sangue da Ressurreição. Que tinha Levindo a fazer ali, santo Deus? Na primeira pausa Nando insistiu:

— Sei, sei... Mas como é que você veio parar no ossuário?

— O importante era eu ficar bem escondido enquanto Januário movimenta os advogados. O importante era não me prenderem em flagrante de invasão de terras. Se eu fosse para casa ou qualquer lugar conhecido deles, me prendiam. O ossuário me pareceu a melhor ideia do mundo. O que eu não esperava era encontrar a porta aberta.

— A porta estava aberta?...

Nem para isto servia mais, disse Nando a si mesmo. Nem mais usava para trancar portas as chaves confiadas à sua guarda.

— Francisca tinha me falado tanto no ossuário — disse Levindo. — Como esconderijo confesso que não há melhor.

— Francisca disse a você que era bom esconderijo?

— Não, coitada, ela nem sabe que estou aqui. Francisca me falou na cripta com entusiasmo, foi só. Quer fazer desenhos aqui.

Nando respirou com alívio. Pontes não atraiçoam as margens em que se apoiam e Francisca era o carreiro de estrelas entre mundos. Desde que d. Anselmo lhe dera permissão — mais do que isto, lhe ordenara — que saísse do mosteiro, que fizesse relações com gente do mundo, Nando só tinha encontrado uma paz séria e tranquila em Francisca, noiva de Levindo. O mais era o desmembramento, o mundo entrando em filetes de distração por todas as frinchas da fortaleza que ele fora antigamente. A convivência com seus amigos ingleses era, sem dúvida, estimulante mas agora o levava quase ao desespero, de tanto que o tirava de dentro de si mesmo. Nando reparou que Levindo tinha parado de falar e que se sentava sobre uma pedra, o rosto amarelo como o das caveiras. Nando o amparou, ansioso:

— Meu Deus — disse Nando — em vez de socorrê-lo, eu...

Levindo tentou um sorriso, a testa úmida de suor:

— A culpa é minha, que vim perturbar o seu retiro. Não é nada não. Uma tonteira que já está passando.

— Acho que não há mais perigo de sairmos daqui. O ar é um pouco viciado e você perdeu sangue. Vamos ao refeitório tomar um café bem quente.

— Mais uma horazinha fora de circulação não vai me fazer mal nenhum. Quando eu sair, Januário já tomou as providências. Nós temos tudo muito bem combinado.

— Então escute — disse Nando. — Espere aqui um minuto. Eu vou à farmácia apanhar gaze e iodo para um curativo e trago também alguma coisa para você comer.

Nando voltou com uma pasta em que enfiara os remédios, a garrafa térmica de café e o pão. Desinfetou e atou a mão ferida enquanto Levindo, muito branco, desviava o olhar para não assistir ao curativo. Depois Levindo mordeu com fome o pão e tomou grandes sorvos do café. Ficou de rosto rosado, de olhos brilhantes e Nando, por um momento, mergulhou por completo no enlevo de ver a vida animando de novo a cara daquele quase menino ainda. Enlevo de pouca duração porque Levindo de pronto tirou um cigarro do bolso e o acendeu cantarolando uma música popular. O fumo, a música, a caveira com a nódoa de sangue eram uma espécie de representação palpável das distrações inimigas dos místicos. Levindo deu uma tragada funda e espalhou uma nuvem de fumaça pelos esqueletos e pelo Cristo.

— Puxa, agora sim, seu samaritano, agora você será sem dúvida recompensado.

Recompensado Nando tinha sido no dia seguinte, quando entrava no claustro revestido de azulejos azuis da vida de Santa Teresa. Só homens são admitidos à história azul da *vamp* de Deus nascida quando seu crucificado amante desembarcava das naus no Brasil. Magra menina em cujos negros olhos armava-se a fogueira futura — *mi sagacidad qualquier cosa mala era mucha* — e de repente monja aberta em lírio definitivo. Maçã macilenta do segundo paraíso, lírio com que Deus filho se apresentará dizendo há esperança, Pai, se a esta alvura alguns conseguem chegar. Mira esta monja branca em açucena passada a limpo.

Teresa boba de Deus no leito de linho místico revolto de arroubamentos. Perdão se são as mesmas as palavras para todos os amores. *Mi honra esya tuya e la tuya mia.*

Nando buscou no automatismo de sempre a cabeça de Teresa no azulejo em que recebe a inspiração de fundar a Ordem das Descalças, o azulejo do fundo, à direita do esguicho central do repuxo se observado em dia sem vento do limiar da porta da Sacristia. Com espanto, apenas consciente no interior de sua meditação, via um ladrilho de sol em lugar do ladrilho azul. Depois, com a proximidade maior, avistou o azulejo predileto mas com a mancha amarela aos pés, como se Teresa flutuasse sobre a nuvem de ouro dos cabelos de Francisca. Era a recompensa ao samaritano.

— Que é isso, padre Nando? Tão distraído — disse Francisca.

Francisca, em geral, quando se encontravam, começava ainda por chamá-lo "padre". Depois esquecia.

— É que...

— Já sei. Está espantado de ver uma mulher no claustro.

Francisca brandiu um papel que tinha por baixo da tábua de desenho com o grande pregador de metal de firmar as folhas.

— D. Anselmo me deu um salvo-conduto para desenhar os azulejos de Santa Teresa.

— Ah, muito bem — disse Nando —, uma invasão legalizada.

— E pacífica. De mais a mais Teresa de Ávila era uma mulher. Por que há de ficar sequestrada entre homens? Ou entre santos, se fosse o caso.

Francisca tinha falado com expressão perfeitamente séria mas Nando já notara que na radiosa pureza dos seus olhos verdes se acendiam às vezes uns fogos minúsculos.

— Mas o que eu queria mesmo fazer hoje aqui — disse Francisca — é lhe agradecer o abrigo que deu a Levindo.

— Como vai ele? — disse Nando. — Deve ter perdido bastante sangue.

— Está perfeito outra vez. Nem fez mais nenhum curativo, depois do seu. E não me espanta nada que ele esteja metido em outra "invasão" de engenho.

— Anda muito afoito o Levindo — disse Nando. — Veja o caso de outro dia. O tiro pegou na mão mas podia ter causado ferimento grave.

— Eu sei, eu sei — disse Francisca — e não pense que não me aflijo o tempo todo com o que pode acontecer a ele. Mas Levindo acaba por convencer a gente de que não morre antes de fazer uma revolução. Diz que ninguém morre no meio de um trabalho importante.

Nando olhou os dois croquis da folha em que Francisca trabalhava. Na parte superior, longos pés descalços da carmelita pisando lajes frias. Embaixo, o esboço de Teresa alanceada pelo anjo, no auge do arroubamento, olhos velados de enlevo, o torvelinho do êxtase misturando hábito, capuz e cara da monja.

— Vai documentar as obras de arte do mosteiro? — disse Nando.

— Principalmente estes azulejos. É o que existe de mais ameaçado aqui.

— Ameaçado? — disse Nando. — E nós que nos gabamos de cuidar tão bem deste forro do nosso claustro.

— O forro do claustro de vossas reverendíssimas ainda existe porque os ladrilhos foram muito bem colados à parede. Vossas reverendíssimas adoram Teresa mas não se dão ao trabalho de preservá-la. Há uma carência de Martas nesta casa.

— Senhor — riu Nando —, que ataque a nós todos.

— Sabe que faltam quinze azulejos? — disse Francisca.

— Não é possível — disse Nando.

— Pois então conte as falhas na parede.

Nando sempre perguntava a si mesmo, diante de uma mulher moça e bonita como Francisca, se era pura também. Francisca era. Tinha de ser. Era das que Nando contemplava sentindo-se seguro em sua virtude, defendido. O próprio Levindo, tão alegre e violento na sua pregação trotskista, anarquista, comunista ou lá o que fosse, tratava Francisca com doce ternura e quase um certo alheamento. Francisca estava frequentemente sozinha, como agora no mosteiro. E esse procedimento que Nando estranharia se outra fosse a noiva, aceitava como intuição perfeita do noivo. Mesmo no seio de uma montanha o cristal é infenso à terra. Mesmo imersa no mundo Francisca era invulnerável a ele.

Pertencia à raça das mulheres amigas da Igreja, inspiração de poetas. Nem todos podem ir diretamente a Deus, escalando o Monte Carmelo em mãos como garras lívidas e joelhos sangrentos, no rastro apaixonado de Don Juan de la Cruz aliás San Juan Tenório. Irmãos leigos dos santos, os poetas do amor indicam trilhas menos escarpadas e semeadas de lagoas que são íris verdes.

Quase todos os dias, num obstinado exame de consciência, Nando procurava ver como perdera o vácuo interior que antigamente a meditação enchia como a água enche uma cisterna vazia.

Lembrava-se do início de tudo, que tinha sido o seu primeiro encontro com o casal de ingleses. Estava também no ossuário, pela manhã, meditando, perdido como então sabia se perder na visão do juízo e esperando como sempre captar a música que um dia ouviria. Estremeceu ao reboar pela cripta uma voz:

— *Animula vagula, blandula!*

Por tolo que lhe parecesse isto agora, o fato é que ficara um momento atordoado com o verso ímpio de Adriano se desdobrando em ecos cavernosos ao seu redor. Depois o riso falso e sincopado de Hosana:

— Assustei-vos, ó timorato padre Nando?

Nando se limitou a dar de ombros, ocultando a irritação.

— Confessa, confessa logo, Nandinho. Você pensou que fosse uma caveira lamentando a existência passada na ilusão de que valia a pena servir uma pobre alminha vágula e brândula.

— O que é que você quer aqui, Hosana?

— Não vim interromper sem motivo tua pia meditação, ó futuro esqueleto. Detesto este lugar imundo. Vim a mando do barbaças, que desejava saber onde se encontrava a menina dos seus olhos, Nando, o falso missionário.

— D. Anselmo quer falar comigo? — disse Nando.

— Sempre. Principalmente agora, que pretende espremer trabalho de você. No seu lugar, Nando, eu já estava no meio da mulherada índia. Quem me dera que o velho Anselmo me mandasse para lá.

— Não há de ser sobre isso que ele quer me falar. Ainda ontem tornamos a conversar.

— Chegou gente para visitar o mosteiro e ninguém te encontrava. Aqui o Hosana desconfiou logo que Nando devia estar polindo os ossos da fradaria para o instante do despertar no seio de Abraão. Ui! que bafio de eternidade.

— Então, vamos embora que eu tenho de trancar a porta — disse Nando.

— Você devia deixar a porta sempre escancarada para arejar esse hálito faraônico — disse Hosana. — Deixa isso aberto. Traz as visitas para cá também.

— Você sabe que não pode — disse Nando.

— Os ingleses que estão te esperando lá fora me disseram que vinham ao ossuário.

— Então pediram permissão expressa a d. Anselmo — disse Nando.

— Você devia impor condições — disse Hosana. — Já que é você o guia e introdutor diplomático podia ao menos exigir autoridade para trazer aqui quem quisesse ver as múmias.

— Acontece que eu estou de pleno acordo com d. Anselmo. Isto é um lugar santo. Para que trazer turistas analfabetos que na melhor das hipóteses apreciarão isto tanto quanto você?

— Deixa de inocência, Nando. D. Anselmo pouco está ligando para a santidade dessa cripta fedorenta. Ele quer é evitar um escândalo sobre o túnel.

Mais um pedaço de corredor aberto na pedra e a subida que ia dar no claustro revestido de azulejos azuis. Nando procurou Teresa tirando a sandália. A ordem de fundar a Ordem. Depois o pleno ar livre do pátio, o sol encharcando a branca fachada quinhentista. Outro dia enjoado e lindo, pensou Nando sentindo o sol escorrer feito melado pelos muros, lambuzando tudo. O céu azul como uma gamela de louça das índias emborcada em cima do mundo. Coqueiros de palmas bordadas pelas rendeiras, tronco cinzelado por santeiros.

— Lá estão os ingleses — disse Hosana vendo o casal ao longe no pátio. — Ela até que é um quitute. Ruiva.

E Nando tinha tido a primeira conversa com os que seriam tão amigos seus, ele chamado Leslie e ela Winifred. Leslie tinha vindo como jornalista mas acabava de conseguir aprovação para permanecer mais tempo e escrever um livro sobre o Brasil, principalmente sobre o Nordeste.

— Principalmente sobre o Nordeste e principalmente sobre o papel que desempenharam os holandeses no Nordeste — disse, rindo, a mulher, Winifred.

— Winifred gosta de implicar comigo — disse Leslie. — Como minha mãe é holandesa, ela acha que estou querendo justificar os antepassados. Mas vou apenas tocar nos holandeses em busca do Nordeste atual. E estou começando a achar que antes de botar mãos à obra eu devia conhecer melhor o Brasil em geral. Tenho conversado com muita gente para poder formar um roteiro que me dê uma base mínima.

— Cuidado, cuidado — disse Nando. — Em geral os estrangeiros estudiosos do Brasil vão ao Rio, a São Paulo, às cidades barrocas de Minas, à Bahia, alguns se arriscam até o rio Amazonas e...

— E pelo seu tom não é nada disto que deviam fazer — riu Winifred.

— Qual é o melhor caminho para se formar uma ideia deste gigante de país? — disse Leslie.

— Eu por mim — disse Nando — acho que para se pegar o espírito do Brasil e as raízes de sua vocação no mundo o roteiro seria outro. Pouquíssimos brasileiros o fazem e daí a confusão em que vivemos. Eu considero a ida ao centro do Brasil, onde vivem os índios em estado selvagem, mais importante, muito mais importante do que conhecer o Rio ou São Paulo. E considero uma visita à zona das Missões, no Rio Grande do Sul, mais importante do que visitar Olinda, Bahia, Ouro Preto. Vejam bem — continuou Nando concentrado —, é só no Brasil que ainda existem, tão perto das grandes cidades, homens mais em contato com Deus do que com a história, isto é, com o mundo da razão e do tempo. Entre eles a aventura do homem na terra poderia começar de novo. Quanto às Missões, às ruínas dos Sete Povos, elas são os restos de uma experiência maior do que qualquer das utopias abstratas já escritas. Ali os jesuítas tentaram recomeçar o mundo com os índios guaranis.

— O que é que eles fizeram? — disse Winifred.

— Uma República cristã e comunista que durou século e meio, minha senhora. Incrível a displicência de historiadores diante da maior experiência social que se fez sem dúvida na América e que possivelmente foi a maior do mundo desde o Império Romano — continuou Nando.

— Realmente eu nunca tinha ouvido...

— Como ouvir, minha senhora, se ninguém diz nada? Hoje só restam ruínas, dignas ruínas, mas ali se provou, durante cento e cinquenta anos, que com índios se poderia retomar, refazer o império sem fim e criar na América uma República teocrática e comunista, na base do cristianismo dos Atos dos Apóstolos. Com seres novinhos ainda da Criação dava-se o salto definitivo para uma nova sociedade mundial.

— Fantástico — disse Leslie, e Nando perguntou a si mesmo se o inglês achava fantástico o que ele narrava ou fantástico ele próprio, narrando tais coisas.

— Fantástico o que acontece desde então — disse Nando. — Espanha e Portugal destroem a fulgurante República Guarani. A ideia comunista, fundamental no homem, é torcida e recriada no século seguinte pelo Manifesto Comunista. Para sempre a Igreja perde a primazia. E, no entanto, o que se sabe hoje desse instante crucial da história humana, dessa tragédia nos campos e florestas do sul da América do Sul? Nada. Umas vinte linhas em Toynbee, volumes oito e nove. Fantástico, literalmente fantástico. Isto, minha senhora, no historiador que reduziu as civilizações a mero adubo das religiões. Quando menciona em livro oceânico a grande experiência jesuíta de criar simultaneamente o adubo e a flor, o estrume e a espiga, despacha tudo em vinte linhas desgarradas.

Hosana voltou para perto de Nando.

— D. Anselmo quer que você atenda uma senhora que já foi reclamar — disse Hosana, olhos baixos mas presos ao decote de Winifred.

— Estamos tomando horas e horas de padre Nando! — disse Winifred.

— Mas temos muito ainda que conversar sobre a República dos Guaranis — disse Leslie.

— O senhor precisa vir nos visitar — disse Winifred. — Tomamos uma casinha na praia.

— Só uma pergunta sobre a República — disse Leslie. — O senhor acha mesmo que seria possível ainda hoje, com os índios do Brasil Central, tentar de novo o que tentaram os jesuítas?

— É difícil responder sim ou não ao aspecto prático do empreendimento — respondeu Nando. — Quanto ao aspecto essencial eu diria que sim.

— Qual foi a sua impressão, entre os índios?

— Nenhuma — disse Nando. — Nunca estive entre os índios.

Nunca tinha estado entre os índios. O Senhor ainda não lhe dera a coragem para iniciar as modernas Missões.

A brecha aberta por aquele primeiro encontro se alargara durante o ano. Nando continuava indo ao ossuário todos os dias, mas em vez de meditar, rezava, o que era mais fácil. Repetir palavras de adoração é mais simples do que adorar. Fórmulas de prece nada eram diante do borbulhante palavreado desconexo dos momentos em que, a ponto de se afogar em Deus, o homem solta com alegria o resto de sopro que ainda tem no peito. *Y muero porque no muero.*

Estava no ossuário dois dias depois do socorro prestado a Levindo. Limpava com uma esponja molhada a mancha de sangue que ficara na santa caveira quando viu, com um suspiro de resignação, que entrava padre André.

— Nando, d. Anselmo está chamando — disse padre André.

— Está me chamando?

— Está. Disse para eu ficar aqui no seu lugar. Não quer ser interrompido na conversa com você.

Nando ia se afastando mas André, amarelo, esquelético, os cabelos em desalinho, como de costume, o segurou pela manga.

— O que é, André?

— Eu sei o que você vai falar — disse André —, eu sei o que você vai repetir, mas por mais que me esforce e medite não vejo que outra questão tenha importância de longe semelhante. Como podem os homens existir, comer, vestirem-se enquanto ninguém sabe se por acaso Deus não voltou à terra? E se ele estiver entre nós? Agora? Aqui? Nos ouvindo de fato atrás de uma coluna?

Nando olhou ao redor com certa inquietação.

— Você não acha que é a questão fundamental? — disse André. — A única que tem importância?

— Sim, sem dúvida. Mas não é assim que eu sinto Deus, André. Não imagino Deus aparecendo de chofre, para nos surpreender. D. Anselmo está me esperando.

— O Apocalipse de São João é explícito. O Segundo Advento é tão importante que...

Foi a vez de André olhar em torno, como se o Santo Ofício o espreitasse.

— ...que sem ele a Primeira Vinda não teria importância ou sentido nenhum.

— André! — disse Nando.

— Escuta, Nando, escuta. Você não compreende? Ficou tanta coisa a ser cumprida, tanta profecia à espera de realização! Houve a Vinda-aviso e ficou faltando a Vinda-preenchimento. Eu juro a você que sinto o Milênio nos ares.

— André — disse Nando —, eu positivamente tenho de ir agora. Você sabe como d. Anselmo se irrita quando espera por alguém que mandou chamar.

Nando entrou e d. Anselmo, cofiando a barba de Júpiter, fez sinal para que se sentasse. Continuou falando a Hosana.

— Com seu grande zelo reformista inicial os protestantes podiam ter feito muito mais contra a verdadeira religião — não fosse o erro de liquidarem o celibato. Rodeado de mulher e filhos o pastor protestante exerce no máximo, entre as famílias de paróquia, a influência psicológica de um bom médico clínico. Perdeu aquela influência de...

— De pajé — disse Hosana.

— Se você quiser — disse d. Anselmo —, de xamã, de homem milagroso, ligado às forças divinas. Isso não é possível quando se tem de levar a mulher ao ginecologista.

Sempre que se considerava espirituoso e inteligente d. Anselmo cofiava as enormes barbas para retomar seu ar severo e se corrigir de vanglória.

— Está muito bem-posto, d. Anselmo — disse Hosana. — Mas é necessário pelo menos um contato frequente com mulheres. O homem precisa de mulher, completa-se na mulher.

— Ah, meu filho, se falamos no nível do não celibato sacerdotal, o homem se completa na mulher porém em nível muito mais baixo. Completa-se inteirando a sua animalidade. O homem, em toda a sua forma e função, é energia muscular que impele, repele a matéria. Para procriar expele de si mesmo um excesso concentrado de vida. É um criador inocente. Nele próprio só elabora pensamento.

— E resíduos, naturalmente — disse Hosana. — Isto é, com perdão das palavras, urina, fezes etc.

— Sim, claro, mas expele-os, não os retém. O homem é energia centrífuga, a mulher é o vaso que recolhe e elabora.

— Vaso respeitado e louvado pela Igreja, inclusive com dogma recentíssimo. Precioso vaso, d. Anselmo.

— Também de pleníssimo acordo e nem de outra forma poderia ser. Mas limitemo-nos à função sacerdotal do homem de Deus. Ligando-se à mulher o sacerdote estabelece um contato irremediável com a feição primitiva da existência. Não é mais a energia desinteressada e da qual o pensamento se destila como um perfume. Materializou e dissipou sua energia recolhendo-a...

— A um útero, como o útero que o gerou.

Talvez mais enfurecido pelas interrupções do que pelo cinismo de padre Hosana, d. Anselmo virou um Moisés irado e silvante.

— Sim, igual ao útero da tua prima Deolinda!

Hosana recuou, pálido. Nando se levantou.

— Vossa Reverendíssima — disse Hosana.

— Eu já lhe falei algumas vezes — disse d. Anselmo — nas suas amiudadas visitas àquela casa.

— Eu disse a Vossa Reverendíssima que era a casa de minha tia.

— Em casa de tias há primas. Além disto, não há tio na casa.

— Morreu, Vossa Reverendíssima.

— Que Deus o tenha em sua santa guarda. Minha paciência com você, Hosana, tem sido exemplar. Até mesmo com suas respostas, nem sempre tão inteligentes assim. As denúncias agora são positivas. Tanto anteontem como ontem à tarde você foi visto já não digo sem batina mas de pijama — entendeu bem? de pijama — chupando laranja no quintal da prima Deolinda.

— Moça muito respeitável, d. Anselmo, e temente a Deus — disse Hosana.

— Padre católico é padre católico — disse d. Anselmo. — Nós não pertencemos ao crescei e multiplicai-vos, compreendeu? Nós somos os legítimos pastores de Deus. Guardamos o rebanho, longe dele. Guardamos as ovelhas. Não damos leite, não damos carne, não dormimos no curral.

— Deixe-me explicar, d. Anselmo — disse Hosana.

— Por hoje basta. E estabeleça-se o seguinte. Em nenhuma hipótese o senhor deve voltar à casa de sua tia. Até agora foi advertido. Doravante está proibido. Pode sair.

Hosana saiu, rosto crispado de ódio. D. Anselmo andou pela sala, murmurando uma prece agitada.

— Bom dia, d. Anselmo — disse Nando.

O superior deu ainda umas voltas pela sala.

— Padre Fernando — disse afinal —, não sei explicar como, mas a imprensa já descobriu esse desagradável assunto do nosso túnel.

Nando assentiu com a cabeça, lembrando carta de Teresa de Jesus: *"Todas son mozas, y creáme, Padre mio, que lo más seguro es que no traten con frailes."*

D. Anselmo retomou a caminhada. Tanto para pensar no túnel como para deixar a ira se esvair — pensou Nando.

— Quando for um dia à Europa — disse d. Anselmo — você vai encontrar guias de templos, de palácios ou de ruínas que não têm nem sua educação e nem seu preparo mas que dão a impressão de ser grandes eruditos. Os druidas passaram a ser uma fascinação da minha vida depois que ouvi as histórias de um guia em Stonehenge que poderia ser o grande Frazer. E, na verdade, só sabia umas poucas páginas decoradas sobre as pedras que examinávamos. Nosso problema, portanto, é formar um bom e sólido texto mostrando como antigamente mosteiros, abadias e conventos eram também, pelo menos do ponto de vista defensivo, praças de guerra. Por isso garantiam, com túneis e galerias secretas, suas comunicações em caso de assédio. Demonstrado isto, tudo mais — conventos de freiras, esqueletos de infantes — se torna conjetural. Nós próprios retomaremos e levaremos a cabo os trabalhos que foram interrompidos. E depois, pronto. Abriremos ossuário, túnel, galerias à visitação pública. Num instante para-se de falar no assunto. Como encarregado das visitas ao mosteiro quero que redija esse texto, padre Fernando.

D. Anselmo cofiou a barba.

— É lamentável e incompreensível que a imprensa tão depressa tenha sabido da interrupção de nossos trabalhos.

No novo silêncio de d. Anselmo, agora já calmo, Nando sentiu que o assunto eterno vinha vindo, vinha vindo.

— Então, e nossa Prelazia do Xingu, quando vamos fundá-la sob o seu comando?

— Continuo na mesma angústia — disse Nando.

— Uma pena, uma pena — disse d. Anselmo novamente se agitando. — Como entender que alguém desde menino se prepare para um trabalho e que depois o refugue, o evite, o adie assim? E para quê? Para ficar desempenhando esse ofício de guia, que você detesta!

— Perdoe-me d. Anselmo, eu compreendo seu desapontamento, mas a verdade é que...

— Na boca de todo o sertão do Xingu e do Amazonas em geral, temos um único homem, e já bem velho, em Xavantina. É tudo. Vamos, meu filho, decida-se. Você foi talhado para essa obra.

— D. Anselmo — disse Nando —, eu fracassarei diante de Deus e dos homens se um dia não me dedicar de corpo e alma aos índios. Mas a verdade é que quero muito — Deus me perdoe, exijo muito de minha coragem. Eu não gostaria de ficar em Xavantina, ou num povoado qualquer, por menor que fosse. Quero ir em busca dos índios ferozes e trazê-los ao contato da civilização por meio de Cristo.

D. Anselmo deu um suspiro fundo.

— O orgulho, padre Fernando, tem impedido tantas empresas quanto a covardia, digamos. E a covardia é pelo menos um defeito humano. Não é, como o orgulho, o primeiro pecado capital. Quando você fala me parece ouvir algum atleta que antes de competir com quem quer que fosse precisasse tornar-se o homem mais forte e destro do mundo inteiro.

Barba cofiada.

— Não é orgulho, d. Anselmo, é o temor e tremor kierkegaardiano.

— É o quê? Ah, sim, aquele autor da moda — disse d. Anselmo. E impaciente:

— Tente ao menos, rapaz. Qualquer malogro é preferível à inação, que leva ao sétimo pecado. Tente por decisão sua ou irá para o Xingu sob vara. Em obediência a ordens superiores. Dou-lhe um mês, a contar de hoje.

Nando quis replicar mas foi detido, como Hosana antes.

— Prometo-lhe que durante este mês não voltarei a lhe falar do assunto. Mas dentro de trinta dias o senhor deverá estar no Rio de Janeiro para os contatos com o Ministério da Agricultura e o Serviço de Proteção aos Índios. Do Rio segue para o Xingu. Bom dia, padre Fernando.

Na casa de Leslie e Winifred, Nando passou, durante muito tempo, horas perfeitas. D. Anselmo lhe estimulava as visitas por sentir que no debate intelectual contra os dois Nando corrigiria seu lado mais sonhador e — esta a grande esperança — sairia afinal para o Xingu, ainda que em parte para provar aos amigos protestantes que não era um indeciso irrecuperável. Nando não aceitava os longos uísques com água de coco ou o *pink gin* que os ingleses tomavam, mas Winifred tinha o tempo todo seu café em banho-maria. E falava-se. Nando escapava do mundo mourisco e barroco em que vivia.

— Quando houver uma perspectiva maior — disse Nando — vai-se ver que houve três quedas do homem, três expulsões do paraíso: a queda de Adão, a do Império Romano e a do Império Guarani.

— Ora, Nando — disse Winifred —, desce desse jeito dogmático. Adão não é fato histórico, Roma não se acabou num dia. Pelo seu modo de falar parece que Deus tocou uma trombeta e surgiram da terra prontinhas as nações bárbaras, enquanto Roma sumia num buraco.

— Nando tem uma concisão de poeta, minha filha — disse Leslie.

— O que ele lamenta é que todos hoje não falamos latim e não vamos à missa dele.

— Vocês estão aí mangando de mim mas sentem como eu a tragédia que é a Babel moderna, a confusão de incontáveis línguas, o tempo perdido.

Nando pôs-se a andar pela sala.

— O Império Romano foi a organização política engendrada pelo Senhor para o mundo. E assim como o grande poeta pagão de Roma previu na quarta écloga a vinda de Jesus, com 37 anos de antecipação, o grande poeta católico de Roma defendeu o aspecto temporal do Império.

— Dante já defendia então uma causa mais do que perdida — disse Leslie. — Ele ainda usava o latim para suas polêmicas mas usou o italiano para o seu poema. Fazia um epitáfio do Império.

— Nem por isso é menos verdade o que escreveu — disse Nando.

— Já não era verdade quando ele escrevia, seu cabeçudo — disse Winifred. — É isto que Leslie acaba de provar. Aliás o nosso Gibbon achava que os cristãos, tanto quanto os bárbaros, derrubaram o Império.

— Um pobre cego — disse Nando. — Ao surgirem os cristãos o Império temporal, sozinho, não tinha mais forças para fecundar a Roma eterna. Foi quando a semente de Cristo caiu nas catacumbas.

— O amante de Lady Chatterley — disse Winifred.

— *Darling!* — disse Leslie.

— Grandezas e misérias da educação católica militante — disse Winifred. — Não me conformo vendo um sujeito inteligente como

Nando a falar em segundas quedas e segundas chances como se a história fosse uma espécie de peça assistida pelo Senhor lá das nuvens.

— A história das origens se repetiu de uma forma inegável em relação à América — disse Nando. — No paraíso o homem foi instruído por Deus, teve sua primeira chance, sua primeira queda. Ergueu-se...

— *Humpty-Dumpty* — disse Winifred.

— O quê? — disse Nando.

— Nada — disse Leslie —, tolice de Winifred. Continue, Nando.

— Ergueu-se, sacudiu o pó, evoluiu para a criação lenta da sua obra-prima: o *Imperium Sine Fine*. Deixou que Roma tombasse e só com o descobrimento da América criou Deus o segundo Adão, o indígena. Organizando os índios guaranis os jesuítas compreenderam o recado que dava Deus. Fundaram, com o segundo Adão, o segundo Império Romano, destruído pelos bárbaros paulistas.

— A segunda chance e o segundo Adão ainda estão aí, nesse caso, à espera de nova tentativa — disse uma noite Leslie, batendo o cachimbo na sola do sapato. — Mas vocês não vão aproveitar nem a chance nem o Adão, a continuarem como agora. Um país novo e já cheio de mesquinharias.

— Um ataque frontal — disse Nando. — A troco de quê?

— Eu sei — disse Winifred. — O túnel.

— O túnel? — disse Nando.

— Isto é um exemplo — disse Leslie. — Saiu uma nota num jornal, a propósito do túnel que tanto amargura Nando. Pois as beatas já dizem que o túnel teria sido escavado entre os frades e as freiras pelos holandeses. Só para desmoralizar os católicos. Francamente!

— Absurdo — disse Nando. — É absurda toda a história maliciosa acerca do túnel. Eram relativamente comuns essas galerias subterrâneas, como parte de planos defensivos.

Nando prosseguiu, rápido.

— Deixando de lado essas mesquinharias de província, eu pergunto: vale a pena fazer um novo *país* no mundo, mais uma *nação*? Não estão os homens repetindo e repetindo o mesmo erro?

— Nando — disse Winifred —, não abra o flanco assim a Leslie. Qual é a alternativa? Estamos todos de acordo em que seria muito melhor se os homens do mundo inteiro formassem uma grande nação fraterna.

— Mas até para isso — disse Leslie — o remédio, segundo Nando, seria restabelecer o latim, com proibição de qualquer outra língua, e criar de novo o Império Romano, a partir de um Império de bugres, com sede no Brasil. Isto me parece um artifício, bastante laborioso, para impor a nação brasileira ao mundo.

Nando se levantou, esfregando as mãos, andando pela sala. Como transmitir a certeza de que havia um sistema?

— Pelo amor de Deus, Leslie — disse Nando —, não pense que eu imagino uma Roma conquistadora renascendo no Brasil. De mais a mais não me sinto com forças. Talvez nem haja mais os meios de organizar os índios numa outra República. Teríamos de encontrar outros métodos de cultivar esse último Adão. Mas no limiar do século dezessete, quando iniciaram sua obra, os jesuítas sentiram que Deus lhes entregava, em condições históricas, o homem em branco, o homem a ser escrito. O jardim do Éden se replantava aqui de acordo com todo o saber da Europa. O alemão Baucke chorou em plena lavoura no dia em que timidamente o primeiro índio começou a cavar a terra ao seu lado. O francês Berger convertia os índios tocando violino. O espanhol Mansilla espremia uvas para que os selvagens provassem o vinho. Quando perderam suas reduções confederadas em República, os guaranis construíram cidades, fabricaram foices e alaúdes, martelos e órgãos. No campanário da igreja de São João Batista, doze apóstolos circulavam, dando as doze horas do dia, e a porta do Colégio de São Lourenço fagulhava ao sol com suas joias de cristal de rocha. A produção comum entrava para os armazéns comuns e se distribuía entre todos *para el bien común*. As mulheres recebiam o fio e entregavam os tecidos. Não havia nem salário, nem fome. Isto não é lenda, é história. O que os jesuítas chegaram a anunciar, e o mundo esqueceu, é que o homem não precisa de milênios para desbastar em si a imagem de Deus que está no fundo.

Nando parou de andar. Sorriu diante do silêncio dos outros. Sentou-se.

— Se amolo vocês com minhas histórias — disse Nando — prometo não voltar ao assunto. Mas palavra que eu gostaria de ver a República Comunista dos Guaranis estudada até pelos biologistas. Os jesuítas das Missões não aceleraram a história de um povo. Aceleraram a evolução da espécie.

Quando Francisca fez amizade com Winifred, e passou a frequentar a casa com Levindo, havia momentos de conversa em que Nando via, depois, com horror, que discutira com naturalidade heresias de chocar mesmo pessoas apenas respeitadoras da religião, ou teses de violências contrárias por completo ao Sermão da Montanha. Como naquela noite em que Levindo parecia a princípio imune a todas as provocações, alheado da conversa, mãos dadas com Francisca. Tanto assim que Leslie, talvez para sacudir o tédio reinante, veio com sua estranha história do mundo criado e governado pela Virgem.

— Tenho uma novidade para você, Nando — disse. — Sabe que também do ponto de vista negativo os holandeses de Nassau teriam deixado sua marca no Brasil? Há sinais de uma curiosa heresia que eles provocaram em Pernambuco e na Bahia. Uma das razões do encarniçamento do Santo Ofício sobre o padre Vieira foi talvez essa heresia, fruto do desespero de portugueses e brasileiros dominados pelos holandeses.

— Que heresia era esta? — disse Nando.

— Desanimados de rezar a Deus, que não parecia socorrê-los, deram uma espécie de golpe de Estado e puseram em seu lugar a Virgem Maria.

— Nunca ouvi falar em tamanho disparate — disse Nando.

— Pois teriam até construído capelas em que Deus, o trânsfuga que se passara para o lado dos holandeses protestantes, fora finalmente destronado por Maria que em todo o caso jamais tinha perdoado o sacrifício do filho na Cruz. Jesus devia ter sido salvo, com Isaac, e no entanto Deus o deixou morrer.

— Nunca, mas nunca ouvi falar em tamanha extravagância — disse Nando.

— Pois olhe — disse Leslie —, há uns trechos de Vieira bem estranhos, que parecem confirmar os indícios da heresia. Vou pegar aqui o livro dos Sermões e...

— Ora, Leslie — disse Nando —, que maluquice! Um cristianismo mariano, sem o Cristo. Um marianismo, em suma. A civilização ocidental e mariana...

— Espere — disse Leslie —, o livro de Vieira está...

Levindo desafundou da poltrona, o que fez Leslie parar no meio da frase. Levindo perguntou a Winifred:

— O Nassau de que eles estão falando é o tal príncipe holandês que andou por aqui?

— Ele mesmo — disse Winifred.

— E o Nando e o Leslie estão discutindo os tempos dele e a questão de saber se a Virgem Maria era adorada assim ou assada?

Winifred riu.

— É isto. É o que você está ouvindo.

Levindo bateu na perna, rindo a plenos pulmões.

— Não é possível! O máximo! Me dá uma bebida dessas, dona Winifred. Vou encher a cara.

— Você não diz nada e depois reclama da conversa dos outros? — disse Francisca.

— Francisca, minha querida — disse Levindo —, eu sei que você não gosta dos meus maus modos. Mas eu estava em silêncio para ouvir os mestres. Brasil Holandês e Virgem Maria. Deus me proteja!

Levindo riu, aceitou o copo de uísque que Winifred lhe entregava e afundou de novo na poltrona. Leslie estava sorrindo mas o tom era ácido.

— A gente pode ser revolucionário e conhecer história e religião — disse Leslie. — E, por falar em revolução. Vejamos se uma invocação da Virgem lhe diz alguma coisa. Nossa Senhora do O, por exemplo.

— Já vi que está falando no Engenho, não? — disse Levindo. — O que é que tem a Nossa Senhora do O?

— O que tem é que existe ali uma situação de grande miséria e de quase revolução. Vejo sempre seu amigo Januário instruindo e ajudando os camponeses, mas você nunca encontrei lá.

— Hum... Não é tanto assim. Mas eu já disse ao Januário que aquele Engenho está bichado. No máximo a gente socorre lá uma ou outra pessoa mas os camponeses estão muito massacrados e temerosos.

— Mas que diabo — disse Winifred —, não custa nada auxiliar gente que está sofrendo e lutando.

— Atrasa, atrasa — disse Levindo. — O ruim na atitude de vocês estrangeiros é que gente faminta e maltratada *faz mal a vocês*. Então vocês ajudam os miseráveis que encontram e que perturbam a digestão de vocês. Eu não quero a miséria extinta no Senhora do O, do B ou do C. Quero acabar com ela toda, revoltar todo o mundo.

— Só há mesmo estudantes e ex-estudantes, como Levindo, pensando em alterar as coisas erradas do país — disse Leslie. — Crianças brincando de revolução. Estão fazendo ao seu jeito aquilo que os pais deviam fazer. A coisa não falha: se um país tem estudantes politicamente ativos é porque os mais velhos não fazem o que devem. Os jovens agitam, em vez de estudar. Depois envelhecem ignorantes como os pais. Por isso é que o Brasil é uma eterna república de estudantes.

— Quem dera que fosse, Leslie — disse Levindo. — Tem muita gente que acaba o curso e enterra o time. O que é preciso é gente nova, brasileiro novo, fazendo o Brasil.

— Só brasileiro — disse Leslie —, estrangeiro não pode nem ajudar, não é?

— Ajudar pode. Estrangeiro isolado, assim feito você e sua mulher.

Leslie agradeceu com a cabeça, irônico.

— Mas vou lhe dizer uma coisa — disse Levindo. — Juro que prefiro uma guerra externa ao auxílio externo. Tenho vontade de vomitar quando o Nordeste recebe caixas de comida e de remédios. Eu dizia ainda ontem ao Januário. Se houver uma outra seca e vierem víveres de fora palavra que eu enveneno o que puder.

— Em vez de veneno pegue em armas, então — disse Leslie.

— Me ajude, padre Nando — disse Levindo. — O que eu quero dizer ao Leslie é que precisamos criar dentro do brasileiro a ajuda ao Brasil. Temos de fabricar os mitos. O pai de Francisca, por exemplo, quer que a gente vá passar a lua de mel à beira do Sena, do Tibre, do Danúbio, sei lá. Eu já disse a ele que eu e Francisca vamos passar a lua de mel à beira do Xingu.

— Você se interessa pelos índios? — disse Nando.

— Não — disse Levindo —, não me interesso pelo índio assim feito você, isto não. Nada de missões e parques indígenas. Só nos países onde os homens vivem direito é que jardins zoológicos podem funcionar. O índio por enquanto que se defenda.

— Mas o que é que interessa a você no Xingu?

— Os cafundós do Brasil — disse Levindo. — Eu estava lendo nos jornais que o Conselho Nacional de Geografia já assinalou matematicamente o Centro Geográfico do Brasil. É lá pelo Xingu. A Expedição que devia ir por terra a esse Centro foi adiada indefinidamente, como tudo no Brasil. Por falta de pessoal, de dinheiro, sei lá. Isto, por exemplo, eu gostava de fazer. Assinalar na terra o lugar do coração do país. E trazer terra do Centro para cá, para o Sindicato de Palmares, por exemplo. Para fincar a bandeira diante do Sindicato.

De volta ao mosteiro, e tentando em vão conciliar o sono, Nando procurou as razões de sua inquietação na violência enunciada por Levindo. Mas não eram os argumentos de feroz alegria que o perturbavam e o faziam rolar no leito: era por trás dele a voz de Leslie com seu sotaque protestante, era aquela inominável história do mundo não mais sob a doce intercessão de Maria mas criado e governado pela mulher.

Encontrar Hosana naqueles dias era para Nando um tedioso suplício. Todos no mosteiro achavam Hosana um cacete. O pobre André era laboriosamente evitado quando entrava em crise exaltada demais a propósito da Segunda Vinda, mas, fora da sua obsessão, era homem de temperamento manso e cordato, amigo de ajudar os outros. Hosana era o contrário, e como considerava todos os demais padres imbecis completos, com exceção de Nando, era Nando quem mais o sofria. Antigamente aturar Hosana constituía para Nando uma caridade razoável, até interesseira: diante das blasfêmias e dos crus pecados de Hosana qualquer um ficava sofrível aos olhos de Deus. Mas agora, com os ingleses e com Francisca a lhe darem tanto trabalho mental, Nando precisava de todas as suas forças para si próprio. Hosana era um barulho à flor da água enquanto Leslie e Winifred eram às vezes pequenos abalos subterrâneos e Francisca um cardume a remexer o tempo todo o fundo de limo e noite.

— Eu creio em tudo aquilo que aprendi e que prego — disse Nando.

— Não existe ninguém — disse Hosana — que acredite em tudo aquilo que aprendemos e que devemos pregar. Ouça direito: ninguém!

— Há sempre andaimes em algum ponto interno ou externo da Basílica de São Pedro — disse Nando. — É preciso não confundi-los com a construção.

— Não vem com imagem de sermão para cima de mim não. Deus já desembarcou aqui morto da silva. Sua carne de adorar vinha tão podre no crucifixo quanto as carnes de comer vinham podres no porão do navio. Mas o Brasil está até hoje vendo se digere aquele Deus decomposto. Para serem tragáveis as carnes do porão eram esfregadas com canela, pimenta, açafrão. O método permanece. Como Deus hoje começa a estrebuchar nas salas de visita, volta agora pelas cozinhas, fedendo a alho: Oxum, Ogã, Iansã.

— Hosana, você não choca mais ninguém. Esgotou os recursos da blasfêmia.

— Enquanto você se diverte com a ruiva e a Chiquinha.

— Não vejo por que você só considera a mulher como objeto de pecado — disse Nando. — A companhia de Winifred e de Francisca me dá prazer, sim. São ambas obras de Deus justas e bonitas e delas podem resultar coisas boas para o mundo.

Hosana ficou violento, punhos cerrados sobre a mesa.

— Nando, você fala de mulher como quem fala do Plano de Obras Contra as Secas. Mas agora escuta. A Deolinda, sabe, minha prima, tem outro amante. Por quê? Quem é que arranjou o amante para ela? O bode, o Anselmo. Me proibiu de ir lá e Deolinda não vive sem homem.

Deolinda é mulher-mulher, não tem brio não, só tem cio. Nada de construtivo ali, nada de coisas boas. Da última vez trepei nela de noite no quintal. Ela gania feito uma doida debaixo dum luar de bronze. Eu vou matar Deolinda, Nando.

Hosana retirou um punho de cima da mesa. Sacou do bolso da batina um revólver.

— Smith & Wesson, calibre 32. Jeitosinho e maneiro como você, Nando. Segura ele. Segura mesmo.

— Não!

— Ah — disse Hosana —, você está sentindo essa volúpia de homem por pistola. A morte compacta. Está vibrando de amor à primeira vista mas não ousa. Toma. Pega no revólver.

Hosana segurou a mão direita de Nando, abriu-a, aninhou na palma a coronha, fechou os dedos em torno. Nando cerrou a mão instintivamente, enfiou o indicador na alça do gatilho.

— Está carregado?

— Até o pescoço — disse Hosana.

Hosana retomou a arma, empurrou o fecho lateral e fez saltar o tambor. Girou-o para mostrar a Nando as balas douradas nos nichos negros. O revólver parecia um bicho vivo e palpitante na mão de Hosana.

— Hosana, eu quero o teu revólver.

— Só se for para matar o inglês.

— Não estou de mangação, Hosana. Me dê o revólver ou sou obrigado a ir falar ao Superior.

— Nando. Um pouco de honra comum cabe numa batina, sabe?

— Pois então me dê também sua palavra de homem. Jure que não vai matar Deolinda nenhuma.

— Está bem — disse Hosana de repente calmo. — Eu dou a palavra. Mas uma vingança do barbaças eu tiro. Você sabe que tem um repórter aí que já ouviu falar com belos detalhes do túnel?

— Hosana, você...

— Vai, vai dizer a ele que fui eu o informante. Duvido, Nandinho. Você vai ficar entre os dois deveres, de lealdade ao barbaças e a mim. Ai! A virtude é cômica.

Cedo, uma manhã, Leslie e Winifred vieram buscar Nando na camioneta que haviam alugado.

— É indispensável — disse Leslie — que você venha visitar conosco o Engenho de Nossa Senhora do O. É uma coisa que você não conhece. Vocês, aliás, aí no mosteiro. Não sei como d. Anselmo pode despender tanta e tão boa energia desobstruindo túneis quando nos campos em torno nasce um mundo inteiro sem qualquer intervenção da Santa Madre Igreja.

— A Igreja, em primeiro lugar, se empenha no seu parto permanente — disse Nando.

Era difícil conversar na camioneta em marcha. Os bárbaros, foi pensando Nando, pensam que fazem, fazem e pronto. As ideias em aventura pela história crescem lentas. Tranquilas batatas grelando na terra escura e fresca. Primeiro, maior nação latina. Segundo, maior nação católica. Terceiro, única nação que ainda possui inocentes recriados *sine labe originale*. *Imperium Sine Fine* aqui. Augusto-Montoya e Cristo. Batata.

— Vamos conversar com os foreiros — disse Leslie ao chegarem.

— Eu vou à casa da mocinha, a Maria do Egito — disse Winifred.

— Vê se não sermoniza o Nando demais.

Leslie despediu Winifred com um gesto impaciente.

— Venha comigo, Nando — disse ele. — O desamparo não é apenas social. É religioso também. Você não encontra um padre aqui, preocupado com essa gente. Os doentes em geral morrem sem extrema-unção. Ou morrem de sair da cama para irem em busca de padre que lhes dê a extrema-unção.

— Mas o engenho tem sua capela — disse Nando apontando-a.

— Há três anos sem padre — disse Leslie. — E sem nenhuma lei. Essa gente, a quem nem o Estado nem a Igreja jamais deram coisa alguma, está sendo trabalhada pela Sociedade Agrícola e Pecuária dos Plantadores, que é em grande parte obra de Januário. A Sociedade os arregimentou para apoiarem com um desfile a candidatura de um prefeito que promete socorrer os camponeses. Pois os camponeses desceram e foram dispersos aos trancos e coronhadas pela polícia. Voltaram para suas casas, meio tontos de medo e de pancada, mas a polícia insistiu na perseguição, veio mais tarde varejar as choupanas, prendendo os mais valentes, os mais dignos. Prendendo e de novo batendo. Os jornais deram três linhas ao caso.

Leslie acenou para um camponês.

— Lázaro, venha cá.

— Sim, seu Lelo — disse Lázaro.

— Conta aqui ao padre Nando, lá do mosteiro, como é que te trataram na polícia.

— Ah, eu guardei a cara do sargento que me cuspiu em cima. Aquele eu corto de peixeira um dia. Os que me bateram ainda vai. Mas foi por nada, seu padre. Eu sou homem temente a Deus e nunca tinha tido conhecimento de polícia. Mas o sargento me cuspiu. Feito eu fosse uma poça de água na rua que a gente cospe assim de desafogo, pra ver se acerta. Eu corto ele, seu padre.

— Você não deve lutar com as mesmas armas — disse Nando. — Lute pelos seus direitos mas perdoe quem lhe ofendeu pessoalmente.

Impaciente, vermelho, pronunciando os nomes de qualquer jeito Leslie demonstrava conhecimento íntimo da situação.

— Conta aqui ao padre Nando, Nequinho — disse Leslie —, a história da desonra de tua filha pelo capataz.

— Eu conto mas Jesus Cristo já me falou. Já me esclareceu para corrigir os malfeitos. Bença, padre.

— Deus te abençoe — disse Nando. — Desgraçaram tua menina?

— Quase na cara da gente. Aquele porco. Não tinha dez braças da casa de farinha. Houve até quem escutou um grito da menina antes dele tapar a boca dela. Grito pertinho. E depois a gente ainda ouvia o galope do cavalo dele quando Maria do Egito já estava na porta de casa toda molhada de lágrima e com o sanguinho ainda quente no vestido dela.

Nando fez o sinal da cruz, num momento de genuíno horror.

— Que Deus perdoe este monstro. Você deu parte dele, Nequinho?

— Deu — disse Leslie — mas ainda não aconteceu coisa nenhuma. O capataz é o braço direito do senhor de engenho, que deve ter achado a história compreensível, até corriqueira. E são os dois que chamam a polícia para prender os que se filiaram à Sociedade dos Plantadores e quiseram prestigiar com sua passeata o candidato esquerdista. E só prestigiar, porque votar não podem, pela lei brasileira. Você sabe ler e escrever, Nequinho?

— Sei não senhor — disse Nequinho. — Mas sei ouvir. E o Senhor me falou.

— É preciso estudar os meios, Nando, de efetivamente informar o Estado e o país do que acontece nesses engenhos.

— Sem dúvida — disse Nando — e tenho certeza de que as reportagens que você e Winifred vão fazer terão a maior repercussão.

— Mas vocês, brasileiros, é que precisam *fazer* alguma coisa a respeito — disse Leslie. — Que é que vocês vão fazer?

Que chatos, Senhor, esses estrangeiros com sua eterna pergunta! Fazer o quê? Primeiro as bases espirituais, a correção de erros históricos. Fazer, fazer! Objetividade. Índio-minério. *Y en toda la villa de San Pablo no habrá más de uno a dos que no vayan a cautivar índios con tanta libertad como se fuera minas de oro y plata. Haciendo vidas de brutos sin acordarse de sus casas y de sus mujeres legítimas.*

— É essa a moça? — disse Nando ao chegar com Leslie à choupana de Nequinho.

— Sim — disse Winifred. — Pobrezinha.

— Só mesmo a morte desse homem poderia consolar uma família humilhada e ofendida assim — disse Leslie. — É incrível que isto aconteça em nossos dias.

— O pior — disse Winifred — é que o Nequinho parece que ficou meio doido. Diz coisas terríveis à filha.

Cada uma sentada no seu banco ao pé da mesa tosca, mãe e filha estavam mudas. As outras crianças de Nequinho brincavam pelos cantos, mas mãe e filha tinham sido visitadas pela tragédia. Estavam de nojo.

— Deus que ajude a gente, seu padre — disse a mãe a Nando. — Só mesmo Deus Nosso Senhor. O pai de Maria do Egito não fala mais com sua filha.

— Não fala com a moça por quê? — disse Leslie.

— Vai aguardar até a lua trazer o sangue natural de Maria do Egito — disse a velha. — Falou que se a semente do capataz Belmiro tiver barrado o sangue dela ele mata Maria do Egito e o capataz Belmiro.

— Eu vou conversar com seu pai, minha filha — disse Nando a Maria do Egito.

A menina meneou afirmativamente a cabeça. Abúlica. Teria uns dezesseis anos, pensou Nando. Negro cabelo espichado de índia. Em pouco estaria desbotada, baia como as caboclas mais velhas. Como estava agora ainda podia ter sido mãe de heróis nos Povos de João Batista, Nicolau, Luís Gonzaga, Lourenço, Miguel, Borja e Ângelo.

Nequinho assomou à porta. Nando travou do braço dele e o foi levando para fora, seguido de Leslie.

— Você sabe, Nequinho, que nem em todo o resto da vida dela tua filha Maria vai precisar mais de você do que agora? — disse Nando.

— Deus já me falou o que é que eu tenho que obrar no caso de Maria do Egito — disse Nequinho. — Ele me falou na noite do estupro dela.

— E o que foi que Deus te disse?

— Ele falou: se a sustância que o Belmiro deixou no ventre da Maria começar a virar gente tu sacrifica o Belmiro e a sucessão do Belmiro no ventre da Maria. Tenho que matar a filha e o genro que o diabo me mandou.

— Deus não pode ter dado um conselho criminoso a você — disse Nando. — Foi sua própria e justa cólera contra Belmiro que falou, Deus já sabe se Maria do Egito vai ou não vai ficar grávida de Belmiro. E se ela ficar, cumpra-se a vontade de Deus.

— Deus não pode ter essa vontade não senhor, com seu perdão e sua bênção — disse Nequinho. — E foi a voz dele que me falou.

— Pois Deus me mandou aqui hoje — disse Nando — para desfazer essa medonha intriga do demônio. Se Maria do Egito tiver filho, o filho será do mosteiro. Nós mesmos criamos a criança se for menino e daremos a criança às freiras se for menina.

Nequinho abaixou a cabeça.

— Não tinha dez braças da casa de farinha — disse Nequinho. — Pra todo o mundo conhecer o fato. Sanguinho novo no vestido amarelo. Mais dois, três dias a gente sabe se Deus perdoou. É tempo do outro sangue.

— Pois então você não está vendo — disse Nando — que Deus não ia querer que você matasse sua própria filha, e filha que está sofrendo tanto?

— Então por que é que ele me falou? — disse Nequinho.

— Deus não manda matar, manda amar, manda perdoar. Você não vê que não pode ter sido a voz de Deus? Deus mandou Abraão sacrificar o filho dele, mas susteve o braço de Abraão. Deus queria apenas experimentar a fé de Abraão — disse Nando.

— Se o Senhor travar do meu braço eu também não sacrifico Maria do Egito — disse Nequinho. — Até antes disso eu posso ter o sinal. Se Deus derramar o sangue do ventre dela na lua certa está falado comigo.

Nando ficou um instante atônito.

— Nequinho, eu compreendo teu sofrimento de pai e esta loucura que o sofrimento te dá. Mas Deus disse "Não matarás!". Se matares tem prisão dos homens e tem inferno de Deus.

Nequinho olhou Nando longamente.

— Com sua bênção e com sua permissão — disse Nequinho. — É a primeira vez que seu padre vem por estas bandas, não é?

— Sim — disse Nando.

Nequinho virou as costas e foi andando. Leslie botou a mão no ombro de Nando.

— Eles se habituaram a falar diretamente com Deus — disse Leslie. — Sem intermediários.

Winifred se acercou. Vinha com ela, e parou ao seu lado, um camponês cabisbaixo, chapéu de palha de carnaúba enterrado até os sobrolhos.

— Vamos embora, minha gente. Estou cansada. Quedê a chave da camioneta?

Leslie não gostou da interrupção.

— Calma — disse. — Cansados estamos todos. O que é que deu em você, Winifred?

Mas ao fitar a mulher que se limitou a mover os olhos na direção do camponês, Leslie compreendeu.

— Bem, é melhor a gente ir mesmo. Basta a cada dia o mal que nele se contém. O cabra aí quer carona, não quer?

— Quer sim. E ele está bem no nosso caminho.

Foram andando na direção do carro e Nando disse:

— Antes de mais nada vamos à polícia. Esse tal Belmiro precisa ser preso sem perda de tempo. Se houver um mínimo de justiça é provável que Nequinho abandone sua terrível obstinação.

Em voz baixa, que só mesmo as pessoas ao seu redor podiam ouvir, mas carregada de paixão, o camponês que chegara com Winifred falou:

— À polícia já fui. Levei o advogado da nossa Sociedade. Já tentei até prender com minhas próprias mãos esse monstro, Belmiro, mas o dr. Beltrão deu "férias" ao capataz. Diz que não sabe para onde ele foi. O caso parou na estaca zero.

Nando tinha começado a se voltar com assombro para o camponês mas Leslie lhe apertou o braço. Olhando melhor, Nando reconheceu Januário sob o disfarce. Entraram na camioneta, Nando e Januário no banco de trás, Leslie e Winifred na frente. Quando o carro deu a partida Januário disse:

— Belmiro eles não prendem, mas a mim prendem por "agitação" se me encontram no Senhora do O. Os canalhas! A gente tem de acabar derrubando tudo isto na marra, como quer o Levindo.

Januário tirou o chapéu de palha. Seu rosto pequeno mas de traços bem acentuados parecia cortado em pedra. Amassada pelo chapéu, até a cabeleira de Januário, em geral esvoaçante, achatara-se contra a cabeça em cachos metálicos, feito um capacete. As costeletas do cabelo vinham morrer em cima de masseteres tão contraídos que tornavam quadrada a cara. Nando se lembrou com um arrepio da arma de Hosana. Januário parecia prestes a detonar a qualquer momento.

— Há outros meios — disse Nando.

— O engraçado é que quando se fala em violência no Brasil é como se a gente pudesse decidir contra ou a favor da violência quando a verdade é como diz o Levindo: *eles* escolheram a violência há muito tempo. A violência de Belmiro não é dele só. A violência contra mim é do sistema inteiro.

— O mal da violência — disse Leslie — é que depois há tudo a refazer. E a gente corre o risco de vencer sem convencer. Aliás, quem mais pode ajudar uma reforma não violenta no campo brasileiro é a Igreja.

— Ah, isto é um fato — disse Januário. — Eu já estive com o arcebispo, com d. Anselmo, com d. Ambrósio. Se ao menos a Igreja nos benzesse as armas!

— Para disfarçar a violência? — disse Nando.

— Para ajuizar quando a violência se torna justa — disse Januário —, inevitável.

— A palavra dos Evangelhos é outra — disse Nando.

— Ah, isto não — disse Januário. — E a espada que Cristo trouxe?

Ai, gemeu Nando consigo mesmo, lá vem São Mateus, 10,34. Das 36.450 palavras de Jesus registradas no Evangelho nenhumas são talvez citadas com mais frequência e mais em falso. Jesus podia pensar apenas no Reino do seu divino Pai porque o Reino deste mundo, imperfeito como sempre será, chegava no seu tempo de vida à perfeição augusta. Seu Pai celeste preparara Roma como quem arruma um régio berço. O mundo mundano vivia à sombra da águia que um dia se colocaria à sombra sobrenatural da pomba do Espírito Santo. Virgílio ouvira o som dos passos que começavam a palmilhar o solo da história e estava assinalado para levar um dia o poeta de Deus à presença de Matilde, Lúcia, Beatriz.

— Não vejo bem — disse Nando — a colaboração de padres, como tais, a um esquema em que entrem armas e, portanto, violência.

O ar da estrada, a companhia, a simples distância em que ia ficando o Engenho começavam a afrouxar os nervos e músculos de Januário.

— A mim me repugna a violência — disse Januário. — Levindo quase briga comigo porque venho aos engenhos como advogado, porque discuto em juízo, porque tento fazer ver aos senhores de engenho que estão extintos como classe. Os padres poderiam me ajudar prestigiando a Sociedade de Plantadores.

— Vou falar com d. Anselmo — disse Nando.

— Eu queria mais a sua adesão, padre Nando.

— Conte comigo para tudo que puder ser feito imediatamente — disse Nando. — Porque eu estou a qualquer momento de partida para o Xingu, como você sabe.

Januário insistiu, brando:

— Melhor ainda, como balão de ensaio. Se sua entrada ativa no movimento causar escândalo sua partida encerrará o caso. E outros padres virão.

— Nando — disse Winifred —, Januário quer que você venha a uma reunião da Sociedade no Engenho do Meio, amanhã à noite. Você vem, não vem, Leslie?

Leslie assentiu com a cabeça.

— Venha você também, Nando — disse Januário.

Pressa, pensou Nando, açodamento e violência. Era tranquila, imensa, funda a tarefa de recriar o mundo sem o pecado original. Não, não ia. Que tinha um homem de Deus a fazer nestas assembleias de raiva e bulha?

— Venha — disse Januário. — Eu convenci o Levindo a vir também. Ele me disse que vem mas não oficialmente, isto é, como agitador trotskista. Por isso vem de noiva em punho.

Nando suspirou.

— Está bem, Januário, prometo ir. Mas como espectador.

— Você podia pelo menos dizer observador — disse Leslie. — Você não se comprometeria tanto assim. A Sociedade não tem fins tão drásticos e não propõe a adoção no Brasil do comunismo ateu.

Januário riu.

— Mas cuidado, agora que a Sociedade já tem alguns grupos formados estão começando a nos chamar de Ligas Camponesas.

Nando falava diante do pequeno grupo de seminaristas, apontando os azulejos de Santa Teresa.

— Não posso criticar em vocês — disse — o interesse maior pelo que há de dramático na vida da Fundadora e que encontramos nos azulejos do êxtase e nos da tentação. São os extremos da natureza de uma mulher que disse de si própria: *en eso de deseos siempre los tuve grandes*. Suas visões de Deus como do demônio chegaram a um ponto físico, vital. Se Teresa não fosse um gênio intelectualmente nem saberia comunicar o muito que viu e nem resistiria de corpo ao muito que padeceu. Mas Deus lhe deu a capacidade de expressão à altura da capacidade de visão.

Um dos seminaristas entoou:

> — *Esta divina prisión*
> *del amor con que yo vivo*
> *ha hecho a Dios mi cautivo*
> *y libre mi corazón;*
> *y causa en mi tal pasión*
> *ver a Dios mi prisionero,*
> *que muero por que no muero.*

— Mas Teresa pouco falou em poesia — disse Nando. — Falou menos e menos bem do que San Juan. Na prosa é que Teresa iguala não importa que outro místico. Ela sentiu o pleno movimento pendular humano de Deus e Diabo.

Um sol manso de fim de tarde dourava o repuxo, a grama, a arcaria, os azulejos de Teresa de Jesus. Só agora, quase no fim da aula, viu Nando a figura esguia, de longa mantilha negra, que se ia movendo por trás das colunas, desenhando ou tomando notas, procurando não ser vista e não perturbar.

Nando continuou:

— Teresa fala do Deus tão próximo dizendo: "*Después que vi la gran hermosura del Señor, no veia a nadie que en su comparación me pareciese bien.*" Mas quando afugenta o diabo é como se batesse em alguém com um cabo de vassoura: "*Y una higa para todos los demónios que ellos me temerán a mi! Tengo ya más miedo a los que tan grande le tienen al demónio que a él mismo.*" A vitória contra o diabo e contra seus confessores apavorados com o diabo, temerosos de que Teresa não soubesse distinguir entre o eterno Bem criador e a eterna Malícia destruidora, foi uma vitória completa.

Dois outros tinham visto Francisca apesar de verem mais mantilha do que Francisca, e Nando explicou:

— É uma artista e tem permissão do Superior para trabalhar no claustro. Mas chegamos ao fim da exposição geral. Vamos da próxima vez estudar, guiando-nos pelos azulejos, o Livro das Fundações, combinado com Cartas de Santa Teresa de Jesus. Então a veremos como mulher de ação, com a força de vontade de um homem, um admirável senso de humor, uma incrível disposição para tratar os problemas mais corriqueiros e mais humildes, ao mesmo tempo que recebe as visões de Deus com a alegria de uma mulher apaixonada que vê chegar o esposo. O pedido que a santa fez em verso terminou como num acordo entre ela e Deus. Deus não a faria morrer ainda, já que muito esperava de Teresa no mundo. Mas franqueava a Teresa, em vida, os paços da eternidade. Corram a vista pelo Epistolário de Teresa e pelo Libro de las Fundaciones. Estudem por exemplo as cartas que escreveu Teresa em 1577 ao Rei Filipe II. Vejam o tom altivo de quem, habituada a conversar com Deus, escreve ao Rei.

Quando os seminaristas foram saindo em fila, procurando furtivamente o vulto de Francisca dissimulada atrás de uma coluna de canto, Nando se aproximou.

— Sabe que aqui mesmo, não tão longe do mosteiro, ainda existe uma grande indústria de ladrilhos e azulejos? — disse Francisca.

— Sei. Ou acho que sabia — disse Nando, que depois se corrigiu, rindo. — Claro! É de seu pai. Mas por quê?

— Porque, com o seu auxílio, pretendo descobrir como eram e reconstituir o desenho dos ladrilhos perdidos. Depois encomendam-se os azulejos. Se o mosteiro não pagar o serviço, peço esmola aos turistas para pagar papai.

Nando riu.

— Vejo que Teresa fez uma conquista.

— Pois é. Sua admiração é contagiosa, padre Nando. Mas, voltando aos azulejos que faltam. De um ainda existe no muro uma ponta. Venha ver. No azulejo anterior, Teresa, sineta na mão direita e uma imagem de São José com o Menino nos braços, parece anunciar o acontecimento da fundação das Descalças. Se não me engano é o que diz o latim da inscrição.

— Exatamente isto — disse Nando.

— Mas pelo fragmento, o que vem em seguida é mais um *close-up* do que um azulejo panorâmico. Veja aqui. Fibras. Uma alça de metal...

— Deixe ver. Temos a seguir um grupo de Descalças.

— Aliás com sandálias — disse Francisca.

— Mas usavam sandálias de corda.

— Adivinhei! É uma sandália de corda. Alça de couro, as fibras de corda.

— Bravos — disse Nando —, é a sandália, sem dúvida. Belo trabalho de detetive.

— Mas o *close-up* me fez pensar num outro azulejo esplêndido. Também nessa técnica. Venha vê-lo. Aqui. Olhe. Teresa está sem dúvida tendo uma visão. Repare que a visão vai chegando, vai se aproximando, arrebatando Teresa. De repente essas mãos, no azulejo inteiro.

E Nando:

— Ah, dona Francisca, isto é uma das visões mais lindas de Teresa, narrada na sua vida. "Estando um dia em oração quis o Senhor mostrar-me apenas as mãos com tão grandíssima formosura." Teresa dizia que não era somente pobre de espírito e sim que era louca de espírito.

— Vou querer seu auxílio para traduzir o latim das inscrições que há em alguns azulejos — disse Francisca. — Acabo fazendo um livro inteiro sobre esse painel de Teresa de Jesus.

Só depois de se despedir e se afastar deixou Francisca tombar nos ombros a mantilha preta. O sol caiu em seus cabelos como numa armadilha. Toda clara sem sombra, pensou Nando com um arrepio.

No dia seguinte esperou-a no pátio do mosteiro.

— Ah — disse Nando —, esqueci de lhe dizer que nosso amigo Leslie ficou magoado com sua recusa de colaborar com ele, ilustrando o livro que ele está escrevendo.

Era um assunto.

— Ele andou falando nisso? — disse Francisca.

— E pela reação de Winifred tem falado com grande frequência.

— Uma boa pessoa — disse Francisca. — E sente que me deu uma chance que eu devia aceitar. Mas eu tenho meus azulejos de Santa Teresa, meu noivo, meus cadiuéu. Sabe que para me exercitar eu copio os desenhos corporais que encontro em livros? Aliás, estou com uns desenhos aqui há dias para lhe mostrar.

Eram índios e índias ajaezados de traços, vestidos de arabescos. Os lábios grossos das mulheres cadiuéu emoldurados por desenhos abstratos como num tapete. Às vezes os desenhos passando por cima da boca, outras vezes mantendo seu rigoroso caráter de moldura. Lábios grossos, gretados, como de borracha na sua tumescência brotando de um perverso labirinto de riscos, pontos, volutas, acantos e florões. Que coisa seria aquela? Gregos ainda nus teriam rascunhado ornamentos do que seriam capitéis dóricos e iônicos pelos beiços e peitos de gente viva? Se não fossem perturbados em que iriam desembocar afinal aqueles índios orgulhosos e que assim sabiam carregar em cara, seio e ventre, geração após geração, uma língua ornamental tão exata? Esquecidos os lábios túmidos, tida em mente só a transitória tatuagem, o dedo fino e elegante de Francisca não parecia de outro período histórico. Estava certo e justo acompanhando os triângulos, diademas, frisos não mais miméticos na sua orgulhosa função de só adorno. A unha longa e alva passando pela arte que passava pelo corpo nu inclusive de homem com estojo penial ou com absolutamente nada. Mãos franciscais e bugres, alguma coisa ali horrorizava Nando.

— Talvez meus croquis sirvam um dia para ilustrar livro seu, isto sim, sobre índios.

— Meu?

— Sim, das suas missões. Padre Hosana me disse que a sua Prelazia vai acabar nos mapas de turismo do Brasil.

Irritava Nando uma certa desordem que havia no mundo. A voz de Francisca falando em Hosana era como seu dedo passeando pela pele de índios nus. Nando resolveu adotar um tom ligeiro.

— Vamos combinar uma coisa. Se eu escrever o livro, as ilustrações são suas.

— É um trato — disse Francisca estendendo a mão a Nando.

Nando viu diante dos olhos um livro como o de Von den Steinen, de Lugon, de Aurélio Pôrto. Seu livro, ilustrado por Francisca. Cada página com um fundo de vitral azul-marinho e as letras do texto em ouro. As cores da libré de Francisca. Maiúsculas vermelhas, verdes, roxas, sustentando arabescos efêmeros como os dos cadiuéu. E cada duas páginas de texto comprimindo entre si desenhos de Francisca.

Por causa de Francisca, Levindo se encontrava às vezes no pleno fogo cruzado dos protestantes.

— Mas eu não vejo porque é que vocês hão de me criticar por causa da lua de mel no Xingu! — disse Levindo. — Francisca adora os índios. Quer conhecê-los. Pegou com esse tal de professor Macedo — antropólogo, sociólogo, sei lá direito — a mania dos desenhos corporais que contariam a história das tribos, ou do inconsciente das tribos, ou coisa parecida. Está doida para copiar e colecionar os desenhos. Quer ir ao Xingu. Por que é que eu hei de ser promovido a monstro por fazer a vontade dela?

— Não — disse Winifred —, não fuja assim do assunto não. Francisca irá ao Xingu com grande prazer. Mas antigamente você estava de acordo em ir passar a lua de mel na Europa. Muito bem. Um belo dia você lê não sei que história sobre o Centro Geográfico do Brasil e resolve ir ao Xingu. A partir daí, sem consultar Francisca, você resolve que o melhor tempo de folga para ir ao Xingu é a lua de mel. O que eu critico é esse pouco caso, Levindo, essa maneira de agir como se só você contasse.

— Pois escutem. Eu estou resolvido a ir dentro de pouco tempo ao interior do Nordeste inteiro, com o Januário. Deixo Francisca, durante esse tempo, ir à Europa com o pai. Estão satisfeitos?

— *Deixo* — disse Winifred —, *deixo* Francisca.

— Ué — disse Levindo. — O que é que tem dizer deixo?

— Em primeiro lugar me diga: você perguntou a Francisca se ela *quer* ir à Europa agora ou se *preferiria* acompanhar você e Januário?

— Ah — disse Levindo —, vocês também são de morte!

— Não, Levindo — disse Leslie. — A Winifred não está implicando com você. Ela critica uma atitude sua, uma atitude brasileira em relação à mulher. Não é isto, Nando? Você não acha que Winifred tem razão?

Nando se limitou a dar de ombros. Winifred voltou a Levindo.

— Em resumo, Levindo, sua revolução não inclui as mulheres. Você nunca menciona as mulheres no seu esquema. Ou digamos que *inclui* as mulheres. Mas não inclui a *sua* mulher, inclui?

Levindo se encolerizou.

— Ora, Winifred, pergunte a Francisca se ela quer marchar ao meu lado nos campos. Garanto que ela não quer.

— Você só fala assim — disse Leslie — porque Francisca não está aqui, seu brasileiro.

— Eu juro que era capaz de ficar em casa e deixar minha mulher fazer a revolução, se a vocação revolucionária fosse dela, e não minha.

Tanto Winifred como Leslie e até Nando sorriram.

— Palavra! — disse Levindo. — Puxa! Vocês não me acreditam? Palavra!

— Palavra de brasileiro, e brasileiro nortista — disse Leslie.

— Bem — disse Levindo —, se você quer sair para o insulto é diferente.

Levindo saiu furioso pela porta afora. Winifred tomou um gole grande de gim com angustura, balançou a cabeça, soprou um cacho ruivo que lhe voava sobre a testa.

— Pronto! — disse Winifred. — Casal de desastrados ingleses. Quando não é o marido é a mulher que entorna o caldo.

— E o nosso Nando, que não deu nenhum palpite? — disse Leslie.

— É desunida a classe dos brasileiros — disse Nando. — Vocês me deixaram em paz, eu deixei o Levindo sozinho. De mais a mais o que é que um pobre padre entende dessas histórias de mulher em casa e amante nas barricadas?

Mas ah! como estava a favor de Levindo. Havia uma flor, Francisca, e diante dela que votos faziam os anglicanos, hereges? Queriam que a flor se transformasse em soja, feijão de corda, fruta-pão. Melhor, muito melhor que fosse tudo como devia ser ao longo dos bem batidos e sapientes caminhos de Deus. Levindo seria um Simão de Bardi atarefado e distraído, que amaria Francisca sem mesmo saber o que lhe fora dado amar, que a deixaria em breve pura, mesa posta para aqueles banquetes de espécies santas que de milênio em milênio se ofertam a dois eleitos que em silêncio repartem o pão de estrelas:

> *e quindi uscimmo a riveder le stelle...*
> *puro e disposto a salire alle stelle...*
> *l'amor que move il sole e l'altre stelle...*

— Tem bastante açúcar? — disse Winifred.

— Está ótimo — disse Francisca.

— Mas é mesmo verdade, sabe? — disse Winifred. — Você e Levindo são pessoas que eu gostaria de ter sempre perto de mim.

Era no dia seguinte ao da discussão com Levindo. Nando ia sair com Leslie, que queria estudar, em velhos livros de esmolas e donativos feitos ao mosteiro, alguma coisa da história do Senhora do O. Estavam os dois na sala diante da mesa em que Leslie espalhara mapas e documentos. Dali ouviam as vozes de Francisca e Winifred na varanda. Ajoelhada no chão de ladrilho Winifred recortava jornais com uma tesoura. Leslie e Nando escutavam em silêncio. Não trocavam segredos as duas mulheres mas talvez não falassem assim diante dos homens. Fosse como fosse, pensou Nando, era tácito o silêncio adotado por ambos. As vozes subiam nítidas no ar calmo. Ouvia-se até o ruído delicado de colherinhas de prata batendo nas xícaras de café.

— Está aí um cumprimento que eu vou guardar para os meus filhos — disse Francisca.

— Mas...

— Ah, tem um mas.

— Você gosta muito dele, não gosta?

— Gosto — disse Francisca. — Muito.

— Mas não se entregue totalmente a ele.

— Bem que eu tenho tentado — riu Francisca.

Winifred também riu, enquanto Nando se contraía segurando a borda da mesa. Beatriz entre as amigas, tentando parecer leviana como as amigas.

— Não falo nesse sentido — disse Winifred. — Ou apenas nesse sentido. Não se deixe ficar como um enfeite na vida dele.

— O que me assusta é que a vida de Levindo não tem enfeites. É tudo vida, Winifred.

— Você não está dizendo isto só porque o ama muito?

Houve um ruído de xícara virando em pires, de colher caindo no ladrilho.

— Desculpe, Winifred — disse Francisca.

— Nada, ué. A xícara estava vazia. Eu apanho a colher.

— Sabe o que é que eu acho, Winifred? — disse Francisca. — Ninguém pode amar Levindo suficientemente. Ele é bom demais. Puro demais.

— Estica esse jornal aí para eu cortar direito — disse Winifred. — E não vai me dizer que você está apaixonada a este ponto.

— Não estou tanto quanto Levindo merece, isso eu garanto.

— Assim, para deixar a data em cima da folha — disse Winifred. — Mas quer dizer então que você está disposta a ficar em casa cuidando das crianças.

Francisca riu.

— Não vão ser crianças dessas que andam por aí. São os filhos de Levindo, que vai fazer um mundo novo para as crianças morarem.

— Ai, ai — suspirou Winifred —, é difícil emancipar as mulheres.

Nando aquela manhã foi chamado cedo ao gabinete de d. Anselmo. Não era, felizmente, o Xingu.

— Você acha, meu filho — disse d. Anselmo —, que o comunismo está realmente tomando conta de nossa terra?

— Por que é que o senhor pergunta? Houve alguma coisa que trouxesse o problema à sua atenção?

— Não é coisa, Nando, é aquele major do Exército que comunga todos os dias, que já tem me falado no assunto e que hoje ultrapassou todos os limites do razoável no seu zelo anticomunista. Francamente!

— O tal do major Ibiratinga, não é? — disse Nando. — O que é que ele queria do senhor?

— Responda você antes — disse d. Anselmo —: o comunismo vai ou não tomar conta da nossa terra?

— Parece que o Partido está crescendo — disse Nando. — Pelo menos vegetativamente. O senhor sabe, d. Anselmo, é coisa animadora dizer à gente pobre que vai ser distribuído entre todos o dinheiro que hoje está nas mãos de alguns. Esta é a imagem popular do comunismo.

— Mas não dava — disse d. Anselmo.

— Como?

— O dinheiro não dava.

— Do ponto de vista de doutrinação isto é pormenor, d. Anselmo. A técnica deles é prometer aos humildes o Reino deste mundo.

D. Anselmo começou a andar pela sala, nervoso.

— Nossa "técnica", como diz você, mas pelo avesso. Nós somos mais realistas. Nós prometemos o dinheiro do espírito, o Reino dos Céus, que dá para todos. Aliás, o major fala da Igreja em tom respeitoso mas duro. "É preciso que a Igreja não perca o seu caráter sagrado. Ela não deve dar explicações, bater boca com o comunismo. São Jorge não discutia com o dragão. Comunismo se extermina, como o exterminaram os espanhóis." E o major ainda disse com um suspiro: "Mas os espanhóis tiveram a Inquisição! Daí a identificarem o demônio nas suas roupas atuais." Quando eu me recusei terminantemente ao que propunha o major, ele ainda me disse: "Cuidado, d. Anselmo, o Partido Comunista está tentando se apresentar ao povo como a Igreja sem o outro mundo." Você acha que os comunistas são perigosos assim, Nando?

— Eu confesso, d. Anselmo, que não tenho dedicado maior atenção ao problema social no nosso estado e no Brasil em geral. Daí minha inapetência à discussão com os marxistas. Eles têm a mania, d. Anselmo, de explicar tudo pelo econômico, o que é parcial e muito tedioso. Refugam a luta verdadeira, compreendeu? A gente diz, com Newman, que a repetição dos pecados humanos é que retarda a construção, na Terra, de uma Jerusalém que reflita a outra, e eles viram para a gente e dizem: "Sabe qual foi a produção de açúcar este ano? Sabe quanto rendeu? E sabe que parte do total foi paga aos camponeses que produziram o açúcar?" É claro que se pode colher uma imagem de pecado — e pecado de usura, tão verberado pela Santa Madre Igreja — no fato de uma boa safra de açúcar não ter melhorado a situação do lavrador — eles só dizem camponês, d. Anselmo — que plantou e colheu açúcar. Mas fazem uma escamoteação com o pecado. Pecado é o sistema vigente. Compreendeu, d. Anselmo? O pecado é também *comunizado*. A alma do indivíduo acabou. Existem só dois pecados: o pecado ativo e glutão dos que se aproveitam do regime vigente e o pecado negativo e abjeto dos que não se rebelam contra tal coisa. Um crime passional na classe rica demonstra a decadência, a ociosidade da classe. Entre os pobres ele demonstra a exasperação a que leva a miséria. Culpa, culpa pessoal, intransferível não existe.

— Senhor!

Nando se animou com a própria explanação.

— Existiria mesmo aí, d. Anselmo, um fascinante debate a estabelecer com os comunistas, se eles debatessem alguma coisa fora do econômico. Com o ardor que sem dúvida os impele e com a cólera até certo ponto justa que nutrem contra nossos tempos, seria de se perguntar se não desejam, eventualmente, restituir ao pecado o seu esplendor.

— Esplendor do pecado, padre Nando?

— Na seguinte acepção: imaginemos como possível um mundo socialmente tão justo, tão perfeito que nada do fundamental falte a ninguém. O pecado não retombaria então com terrível fragor sobre o indivíduo? Não ganharia, na sua gratuidade, uma espécie de negra auréola?

— Sim, sim — disse d. Anselmo. — Interessante, interessante. Mas abra bem os olhos e os ouvidos quando andar por aí. Preciso de argumentos contra o major Ibiratinga. Eu sei que esse cacete volta a me procurar. Jesus! Quando ele fala parece que os russos já andam pelos telhados do mosteiro.

— Mas afinal, d. Anselmo, o que é que o major queria?

— Uma coisa impossível — disse d. Anselmo.

— Mas...

— Domine a sua curiosidade, padre Nando. O major pediu o impossível e eu lhe disse que era impossível. Retirou-se respeitoso mas trombudo. Se ele voltar à carga, debateremos o assunto em miúdos.

Quando Nando chegou à casa, Winifred, fresca do banho do mar, dava por sua vez banho em dois vira-latas que tinha adotado. Ele a viu sem ser visto, olhando da grade de fora o fundo de quintal onde se achava o tanque. Um cachorro ao pé do tanque, à espera, com aquele ar melancólico dos cães que sabem que vão tomar banho, e o outro numa nuvem de sabão, esfregado pelas mãos capazes de Winifred. Mulher ruiva vestida de azul. Cão branco de espuma. Cão amarelo. Coqueiro marrom e verde-escuro. Mar verde-gaio. Pintores deviam ver o mundo assim. Cortavam, emolduravam. Cores principalmente. Winifred dava um quadro de aquecer paredes.

Winifred levantou a cabeça de repente, sacudindo o cabelo para trás. Gritou rindo:

— Nando! Isso não vale. O que é que você está fazendo aí, feito um urubu na cerca?

— Juro que você pensou num anum, Winifred.

— Claro, claro! Que horror chamar você de urubu. Mas mesmo anum é bicho muito preto. Por que é que vocês não largam essa batina medonha, Nando? Você devia ficar muito bem de branco, sapato de tênis. Que bom que você veio até cá. Há dias e dias que não nos vemos.

— Vocês também não apareceram mais no mosteiro — disse Nando.

— Pois é. Leslie tem andado tão ocupado. E eu confesso que fiquei sem coragem de ir sozinha buscar você no mosteiro. Acho que estou me abrasileirando.

— Leslie está lá dentro? — disse Nando.

— Não, mas não tarda.

— Então eu volto mais tarde.

— Não seja tolo, Nando. Você vai esperar Leslie aqui em casa, conversando comigo. Eu adoro conversar com você e você e Leslie estão sempre discutindo, valha-me Deus.

— Ele está pesquisando no Instituto Joaquim Nabuco?

— Qual o quê. Não sai do Nossa Senhora do O. Vive possuído da maior fúria revolucionária e para unir o útil ao agradável pesquisa o próprio Engenho. Um dia desses se mete numa briga e vamos ter de apelar para o cônsul de Sua Majestade. E você? Não consigo deixar você em paz, Nando. Quando é a viagem para o Xingu?

Nando sorriu, fez um vago gesto com a mão.

— Eu estive pensando no assunto. E sabe o que é que eu acho?

— Sim.

— Você não zanga?

— Claro que não.

— Acho que você se habituou de tal maneira a justificar sua vida em nome desse sonho de transformar os índios não sei em quê, que não vai para o Xingu de medo de falhar e ficar depois sem assunto. Você nem sabe o que há de fazer com eles.

— Não, não sei, é verdade.

— Nem acredita possível reeditar a República dos jesuítas.

— N... não. Provavelmente é impossível. Não tenho nenhum plano, se é isso que você quer dizer. Mas tenho a certeza de que o Senhor me dirá o que fazer, uma vez chegando eu lá.

Winifred olhou Nando com doçura e falou, branda.

— Transporte Deus não dá, Nando. Você precisa pelo menos chegar ao Xingu.

Leslie parou a camioneta à porta da casa.

— Nando! — disse Leslie. — Que boa surpresa.

— Estava com saudades de vocês, seu fujão — disse Nando. — Winifred me ofereceu uma água de coco e eu não resisti.

— Ao refresco ou a Winifred? — disse Leslie.

— Depois você me acusa de escandalizar Nando — disse Winifred. — Isto não é pergunta que se faça a um jovem padre bem-comportado.

Sentaram-se depois. Leslie se espreguiçou, estirando os músculos depois da longa viagem de ida e volta ao Engenho.

— As coisas de um modo geral se acalmaram lá — disse Leslie. — Mas há um ponto que fica mais negro cada dia. O da menina Maria do Egito.

— Que houve com ela? — disse Winifred.

— É o que *não* houve — disse Leslie. — As regras não vieram.

— É preciso separar a moça do pai — disse Nando.

— Maria do Egito foi para um engenho vizinho — disse Leslie — onde tem tios. O pai há de suspeitar qual seja o paradeiro de Maria. E continua sombrio, agarrado à peixeira, falando sempre nas ordens que recebe de Deus.

— Jesus, o que é que se há de fazer? — disse Winifred.

— A melhor coisa — disse Leslie — seria trancafiar Nequinho num hospício. Mas para isto é preciso intervenção da polícia, pois o homem não está louco. Reage dentro da sua cultura. Mas a polícia, já de má vontade com o Engenho, não dá atenção ao caso.

— Então temos de tirar a moça de lá — disse Winifred.

— Para um lugar que a família inteira desconheça — disse Leslie. — É o jeito. Senão Nequinho descobre, com ameaças, onde ela está. Uma trapalhada. Bem. Vamos tratar de assunto mais curioso. Tenho aqui uns apontamentos para você, Nando. Isto é para que não se diga que estamos envelhecendo e não disputamos mais o nosso boxe de Reforma e Contrarreforma.

Leslie tirou um caderno de notas do bolso.

— Que apontamentos são esses? — disse Nando.

— Trechos de Vieira, dos Sermões. Estou convencido, Nando, de que aquilo que Vieira chamava de Quinto Império era o Império bíblico português mas... mas... Adivinha!

— Estou muito em paz hoje para adivinhações — disse Nando.

— Mas submetido ao Signo da Virgem! É a insurreição de brasileiros e portugueses de que eu falei a você. O golpe de Estado mariano.

Nando balançou a cabeça.

— O último refúgio dos povos que perderam o poder real é a extravagância, é a famosa excentricidade britânica.

— Escute, Nando, escute isso. Olhe como Vieira fala a Deus: "Se sois sol e sol de justiça, antes que se ponha o deste dia, deponde os rigores da vossa! Deixai lá o Signo rigoroso de Leão, e dai um passo ao Signo da Virgem, signo propício e benéfico! Recebei influências humanas, de quem recebestes a humanidade! Perdoai-nos, Senhor, pelos merecimentos da Virgem Santíssima! Perdoai-nos por seus rogos, ou perdoai-nos por seus impérios; que, se como criatura vos pede por nós o perdão, como mãe vos pode mandar e vos manda que nos perdoeis." Trata-se de um ultimato!

Nando riu, balançando a cabeça, afetando o ar piedoso com que tratamos os débeis de espírito.

— Isto é a linguagem de tantos outros pregadores naquela época rebuscada! — disse Nando.

— Ah, sim? E as famosas acusações que faz no mesmo sermão aos holandeses e a Deus, *aliado deles*? Ouve lá: "Não me admiro tanto, Senhor, de que hajais de consentir semelhantes agravos e afrontas nas vossas imagens, pois já as permitistes em vosso sacratíssimo corpo; mas na da Virgem Maria, nas de vossa Santíssima Mãe, não sei como isto pode estar com a piedade e o amor de filho." Espere, espere, você vai dizer que é ainda um sermão de guerra, para inflamar a consciência católica contra o inimigo. Mas e isto aqui, esta idolatria? "Quando um imenso cerca outro imenso, ambos são imensos: mas o que cerca, maior imenso que o cercado; e, por isso, se Deus, que foi o cercado, é imenso, o ventre que o cercou não só há de ser imenso senão imensíssimo. E tal foi o claustro virginal do útero de Maria. Deus, que foi o concebido, imenso, e o útero, que o concebeu, porque o cercou, imensíssimo."

— Vieira estava citando — disse Nando — um teólogo... Tenho ideia de que era...

Leslie se impacientou.

— Ora, Nando, ele sempre citava teólogos. Qualquer pregador faz. Mas Vieira agrava tudo, marca o Signo da Virgem em tudo, amplia tudo num amor idólatra. Você não acha que os termos que ele usa são... Nando!

Nando voltou de uma distração.

— Desculpe, eu estava...

— Não sei o que você estava pensando — disse Leslie — mas não estava prestando atenção, isso não estava.

— Espere... Ah, claro, que bobagem.

— O quê? — disse Leslie.

— Então vem daí o seu interesse pelo Engenho?

— Como assim?

— Teu famoso Nossa Senhora do O — disse Nando. — O Sermão que você está citando é em louvor da Senhora do O.

Leslie manteve a fleuma e a compostura.

— Inicialmente foi por isso talvez que procurei o Engenho. Imaginei que lá houvesse ruínas de uma das tais capelas dedicadas à Virgem como senhora absoluta do céu e da terra.

— Quer dizer que o seu interesse pela questão social — disse Nando — era um tanto... histórico e místico?

— Enquanto que o seu interesse pela questão social é tão nulo quanto o seu interesse por uma questão que pode ainda hoje abalar a ortodoxia católica. Eu realmente fui pela primeira vez ao Senhora do O pensando numa descoberta erudita. Mas juro que a descobrir o que buscava prefiro minorar a miséria daqueles desgraçados.

D. Anselmo falava aos padres no mosteiro.

— Pelos cálculos feitos, de direção e possível extensão da galeria subterrânea, temos aí labor de uns poucos anos, se formos diligentes e suarmos dez horas por dia naquela pedra, ou de muitos e muitíssimos anos, se for descansada e ronceira nossa atividade. Quero propor aqui à congregação que o chefe dos trabalhos, o homem que há de estar de picareta na mão durante os próximos anos, seja nosso irmão padre Hosana.

A indicação do nome de Hosana foi longamente aplaudida pela congregação, que ria à socapa, enquanto d. Anselmo, olhos cintilantes, cofiava copiosamente a barba. Nando também riu, quando viu Hosana, que se acercava dele, depois da reunião. Hosana estava ainda trêmulo de raiva.

— Eu hei de dizer a todos os visitantes do mosteiro que d. Anselmo descobriu uma tênia no edifício, um pênis subterrâneo, um oleoduto de esperma de frade.

— Você não dirá nada disto, Hosana. O melhor é reconhecer que o padre superior descobriu, ou desconfiou, que o informante da imprensa era você, e inventou um castigo exemplar.

— Bem quando eu sentia as doçuras da vingança — disse Hosana. — Por que será que eu sempre perco, Nandinho?

Nando sentiu uma súbita onda de piedade.

— Hosana, pensa um pouco em Deus, a quem você devia servir.

— Pode deixar que eu penso — disse Hosana. — Caim também pensava. Inclusive tinha Deus na frente dele, como eu tenho o barbaças. Só não tinha um Smith & Wesson, calibre 32.

— Você acha que eu sou muito tirano? Quer dizer, em relação a você — disse Levindo.

— Você, meu bem? — disse Francisca. — O que é isso? Quem é que te acusou disto?

Levindo deu um discreto puxão na ponta dos cabelos de Winifred, como a chamar a atenção dela para o que dizia Francisca e ao mesmo tempo pedir-lhe que não se metesse. Estavam na camioneta, a caminho do Engenho do Meio. Leslie ao volante, Nando na ponta, Winifred entre os dois. No banco de trás Francisca aninhada nos braços de Levindo.

— Eu também não acho que sou tirano não — disse Levindo —, muito ao contrário. Eu me considero o próprio arauto de todas as liberdades possíveis e imagináveis.

Houve um silêncio e Nando olhou com íntimo fervor e — não, inveja não, graças a Deus, e nem sequer desejo de estar no lugar de Levindo pois tinha a vida dedicada a amores mais altos — com uma espécie de obscura saudade as caras quase confundidas de Francisca e Levindo. Dos cajueiros que se espalhavam aos dois lados da estrada vinha um cheiro bom. O carro ia em marcha tranquila. Não obtendo resposta Francisca insistiu:

— Quem foi que disse?

— Não, ninguém. Mas me lembrei disto porque quero te pedir uma coisa. Caso eu não possa ir, é claro.

Levindo tomou as mãos de Francisca nas suas, estudou os dedos longos, depois revirou as palmas.

— Vai ler minha sorte? — disse Francisca.

Levindo pôs o rosto entre as palmas e Francisca sorrindo puxou o rosto dele para que se beijassem.

— Se você não puder ir aonde, seu doidinho?

— Ao Centro Geográfico. Você vai em meu lugar?

— O quê? Sozinha pelos matos?

— Não, Francisca, tinha graça. Algum dia alguém há de ir, alguma expedição. Você pode dar um jeito, não pode?

— Essa é boa. Eu vou para o Xingu e você fica aqui fazendo o quê?

— Eu digo se acontecer alguma coisa que me impeça de ir.

— Que coisa, Levindo? Deixa de bobagem.

— Digamos que eu esteja preso, por exemplo. Ou foragido da polícia, escondido em algum canto. Você vai?

— Vou, meu amor, vou aonde você quiser. Mas francamente, espero que você venha comigo.

— Se eu não puder, quero que você apanhe a terra com suas mãos. É importante. É bom a gente poder dizer às pessoas: "Fui eu que apanhei esta terra." Ou: "Foi minha noiva que apanhou esta terra. Eu não pude ir."

— Prefiro que você diga: "Fui eu que apanhei esta terra quando estive no Centro Geográfico com minha noiva."

— Eu também prefiro, lógico.

— E você vindo comigo apanha a terra. Eu não sujo as mãos.

— Puxa — disse Levindo —, o Xingu inteiro está lá para te lavar as mãos.

— Vamos juntos — disse Francisca.

— Vamos — disse Levindo — mas fica o trato.

Francisca armou em cruz seus indicadores e deu um beijo no encontro dos dois, selando a promessa.

— Fica o trato — disse.

Levindo aproveitou enquanto os dedos estavam ainda armados em cruz, beijou-os também.

— A vantagem é que se você apanhar a terra com estas mãos, ela já deu flor quando chegar aqui.

— Vamos parar com este namoro aí atrás — disse Leslie. — Isto é carro sério.

No mosteiro, aguardando visitantes, Nando repetia "a terra já deu flor quando chegar aqui" enquanto via em croquis de Francisca as mãos de Francisca alastradas de flores. E como num mistério medieval em que um pensamento perigoso se materializa de pronto em carne e osso, Francisca surgiu na sua frente, e uma Francisca de cabelo soprado de vento, alegórica, uma espécie de imagem da Doçura anunciando a Tragédia.

— Estou aí com a camioneta de Leslie — disse Francisca. — Ele se postou no Engenho de Nossa Senhora do O, vigiando o pai. Não arranjei outro médico.

— Mas o que é? De que se trata? — disse Nando.

Francisca sorriu seu sorriso de sempre, apesar dos lábios dos pálidos.

— Desculpe — disse Francisca. — Estou falando tudo num atropelo. Aquela menina, Maria do Egito. A Winifred arranjou médico para fazer o aborto, sabe? Mas Maria do Egito começou a passar mal e o tal médico desapareceu. Será que podíamos ir lá?

— Aonde? — disse Nando.

— À casa dos ingleses — disse Francisca. — O aborto foi feito lá. Era o jeito.

No século quatorze o grande poeta não corria tal risco. Perto. As mãos feitas sabe Deus para que gestos de ternura conduzindo o veículo e orientando o padre temeroso da crueza da vida e mais temeroso ainda das suavidades da vida. Estagnado. Adiara, adiara e por fim nada dissera a d. Anselmo sobre a situação no Engenho Nossa Senhora do O onde não havia um único padre e onde os pais queriam matar as filhas sob o comando de estranhos deuses que imitavam a voz do Deus cristão.

— Reze, padre Nando — disse Francisca. — Se a hemorragia não tiver cessado o recurso é chamar uma ambulância do Pronto-Socorro.

— Mas um caso de aborto...

— Exatamente. É crime. Winifred sabia disto perfeitamente mas não se conformou em abandonar a menina a uma violência do pai.

Senhor, por que dais tanta coragem a uma mulher e me tendes aqui trêmulo? Será o cúmulo, se além do escândalo do túnel me pegarem a mim, padre-guia do mosteiro, envolvido de alguma forma numa história dessas.

— Quem foi o médico? — disse Nando.

— Um tal dr. Marinho, que faz esses serviços mas desaparece, como estamos vendo, se surgem complicações.

— Um aborto — disse Nando fazendo o sinal da cruz. — Winifred devia ter pensado duas vezes. Um crime contra a vida.

Apesar de estar dirigindo, Francisca voltou bruscamente o rosto para Nando.

— Ela devia deixar Maria do Egito ser assassinada pelo pai por um crime que não cometeu? De mais a mais, Leslie e Winifred assumiram plena responsabilidade.

Insensivelmente Nando falou a Francisca como padre, o que há muito tinha deixado de fazer.

— Não falo na responsabilidade criminal, civil, minha filha. Falo na responsabilidade perante Deus. Não se escolhe entre vida e vida. Toda vida é sagrada.

Francisca o olhou de novo, agora estranhando o tom.

— Desculpe, padre Nando, eu compreendo como a questão é muito mais complicada do seu ponto de vista de padre católico.

Nando via a ambulância chegando, Maria do Egito agonizante, ele a dar-lhe a extrema-unção, Nequinho na polícia, o caso nos jornais. Tudo isso depois do Suplemento do Túnel. Pela primeira vez se aproximava da casa de Leslie e Winifred com horror. D. Anselmo tinha sua parte de culpa. Por que empurrá-lo para relações leigas como Leslie e Winifred? Ainda mais esses nórdicos para quem tudo era ação, fazer, fazer, fazer? Por si mesmo ele jamais teria se afastado tanto do refúgio do mosteiro. Só na hora de se afastar definitivamente. O incidente tinha pelo menos o valor purgativo de diminuí-lo aos olhos de Francisca. Mais ai de Nando, isto na realidade era mais uma dor, a dor maior, acrescentada às outras. Numa curva, quando seu joelho por acaso tocara a perna dela, Francisca a retirara vivamente. Como se ele tivesse buscado o contato, de propósito. Como se o homem pusilânime que ela via não pudesse deixar de ser também tortuosamente frascário.

Foi no entanto com extrema doçura que Francisca disse, ao parar o carro diante da casa dos ingleses:

— Pense, padre Nando, em como agiria nossa Teresa diante de um caso assim.

Quando entraram, viram logo na sala, cabeça ruiva iluminada pelo abajur, Winifred que lia um livro! Sorriu para os dois. Pela porta aberta do quarto ao fundo, Maria do Egito. Morta? pensou Nando. E Winifred transtornada? Bêbada talvez?

— Como vai ela? — disse Francisca.

— Muito melhor! — disse Winifred. — Pouco depois de você sair a hemorragia cessou. Uf, que alívio! Acho que agora está tudo resolvido. Desculpe, meu bem — disse a Francisca —, o susto que lhe dei. Você foi providencial com a ideia de ir correndo buscar o Nando. Achei que tudo ia se resolver, com você aqui, Nando.

Winifred e Francisca foram até a cama. Da porta Nando olhou o rostinho calmo de Maria do Egito, viu a mão esguia de Francisca que sentia sua temperatura na testa.

— Ah, que bom, está fresquinha — disse Francisca.

— E dormindo profundamente — disse Winifred.

Nando deixou-se cair numa cadeira.

— Você também deve ter tomado um grande susto, não, Nando?

— Não — disse Francisca —, uma questãozinha de consciência, mas veio sem hesitação, disposto a tudo.

Francisca não estava irônica, apenas sorridente, natural. Mas Nando tinha certeza de que microscópicos pontinhos de luz estariam dançando nos seus olhos.

— Ah, coitado — disse Winifred. — Logo um aborto. Vamos beber alguma coisa.

Quando Winifred saiu, Francisca sorriu franca, largamente. De alívio, sem dúvida, pensou Nando. Não de verdadeira reconciliação com o homem que vira adornando sua pusilanimidade com motivos teológicos.

— Você falou em Teresa na hora justa — disse Nando. — Doeu mas você fez bem. Ela estaria com Winifred. E com... com Francisca.

Francisca continuou sorrindo.

— Sabe que eu adoro meu nome dito por você? Fica... bento!

Agora era troça, pensou Nando, zombaria.

Nando acordou de uma noite de pesadelos ansioso por fazer alguma coisa que o lavasse e purificasse das imagens terríveis de Francisca em seus braços, de Leslie banhado de sangue, de Maria do Egito varada pela peixeira de Nequinho, e de uma estranha Virgem Maria presidindo este mundo violento e impuro. Leslie tinha sido grosseiro com ele ao voltar e encontrá-lo conversando com Winifred e Francisca. Ninguém tinha tido ideia de ir buscá-lo no Engenho para lhe dar a boa notícia de que acabara a crise de Maria do Egito; ele, Leslie, que tanto se esforçara e se angustiara, tinha ficado sem a notícia e sem transporte. Quanto ao padrezinho, que não movera uma palha na história toda, refestelava-se entre as moças e esquecia o amigo. Nando não acordou pensando com raiva nas palavras de Leslie. Ao contrário. Pensou em si mesmo. Precisava fazer imediatamente alguma coisa certa e útil. E principalmente limpa, limpa. Abriu de par em par a janela ao nascente e viu de chofre a obra boa e humilde a fazer: reconduziria Maria do Egito a sua casa e pediria em seguida a d. Anselmo que o deixasse ficar, como padre, no Senhora do O até que se restabelecesse lá a justiça de Deus. Devia uma obra assim aos seus amigos, que faziam o bem com tanta naturalidade. E ia já, depressa, antes que de novo se emaranhasse em dúvidas. Apanharia Levindo para vir com ele ao Engenho, Levindo tão puro e solar, guardião de Francisca.

Levindo se espantou com a visita matutina de Nando e sorriu seu bom sorriso de sempre. Mas depois de ouvir o plano de Nando balançou negativamente a cabeça:

— Bichados, Nando, todos bichados esses engenhos. Nem com um milhão de boas ações a gente dá jeito neles. Jesus Cristo teve que acabar com a Roma dos césares, não teve, para implantar a Roma dele?

Nando sorriu, sentindo-se cheio de um novo furor evangélico.

— Hoje — disse Nando — quem se recusa a falar em Roma sou eu. Vamos conversar com Nequinho.

Quando chegaram ao Senhora do O só encontraram na choupana a mãe de Maria do Egito. Enquanto Levindo ia buscar Nequinho no eito, Nando conversou com a mulher magra e de feições baças, sem expressão. Nando lhe disse que Maria do Egito estava "boa", que o filho não nasceria mais, que ela agora podia voltar para casa. A mulher dizia que sim com a cabeça enquanto fazia uns embrulhos de jornal.

— Não é bom que Maria do Egito vai voltar para casa? — disse Nando.

— Nequinho é que vai dizer.

— Mas Nequinho agora não tem mais razão de abandonar a filha. Você quer que ela volte, não quer?

— Este embrulho é o enxovalzinho de Maria — disse a velha.

— Ela ia se casar?

— Bem. Nada ainda marcado na folhinha. Mas moça na idade precisa não estar desprevenida.

— Sim, sim. Ela casa. Mas você não me respondeu. Você quer que Maria volte, não quer?

— Deus Nosso Senhor sabe como eu quero, seu padre. Mas querer de mulher é diferente de querer de homem.

— Nequinho também vai querer a filha em casa.

— Nequinho vai arranjar a casa.

Nando só entendeu depois o que é que a mulher queria dizer porque vinha entrando Nequinho, ao lado de um Levindo cabisbaixo. A mulher falou:

— Seu padre estava dizendo, Nequinho, que a do Egito pode voltar para casa.

— É — disse Nequinho —, o moço seu Levindo me falava também. Maria do Egito não tem mais semente ruim no ventre. Só ficou sem seu sangue de virgem.

— Você agora recebe ela, não recebe? — disse Nando.

— Recebe — disse Levindo. — Maria do Egito está "perdoada". Só que não pode voltar para a casa dela aqui.

— Por quê? — disse Nando.

— Porque o patrão mandou a gente embora, não é mesmo? — disse Nequinho. — A gente tem que sair que ele tem precisão da casa.

Nando sentiu uma obscura vergonha, não sabia bem de que, ou de quem.

— Eu vou falar com seu patrão — disse. — É o capataz que ele tem que mandar embora.

— Diz que ele já voltou — disse Nequinho. — Ainda não apareceu na lavoura mas já voltou.

— O patrão indenizou Nequinho — disse Levindo. — Deu uns cobres a ele. Isso quer dizer que se Nequinho não for embora por bem, some aí numa tocaia. Como bom cristão, Nequinho já se resignou. Ele vai embora e o capataz volta.

Nando ia falando num impulso:

— Nequinho...

Nando ia dizer a Nequinho que gritasse, que fizesse frente ao capataz, que iriam os dois ao patrão. Mas viu com amargura Nequinho que o olhava como quem teme perder um aliado. Nequinho disse:

— Seu padre falou que a gente tem que perdoar quem faz mal à gente, não falou? Assim falou mesmo quando a semente do capataz grelava no ventrezinho de Maria do Egito, não foi assim?

Nando assentiu com a cabeça.

— Pode trazer a menina — disse Nequinho sem olhar ninguém.

— Vamos à casa de Leslie — disse Nando —, vamos ver Maria do Egito.

Winifred recebeu os dois, olhando-os com o mesmo espanto que sentira Levindo ao ver Nando chegando de manhã para buscá-lo.

— Senhor, que visita honrosa — sorriu Winifred.

— A visita é mais para Maria do Egito — disse Levindo. — Nando está vendo se a leva de volta para o pai e a mãe. O diabo é que Nequinho já foi despedido, indenizado, cancelado do Senhora do O.

— Eu acho — disse Winifred — que Maria do Egito não volta para o pai não.

— Volta — disse Nando —, claro que volta.

Maria do Egito estava ainda no quarto, mas sentada numa cadeira de braços. Sentada com leveza, as mãos sem sangue apenas tocando o forro, quase pedindo desculpas. Quando Nando e Levindo se aproximaram, dando bom dia, Maria do Egito se limitou a um rápido aceno de cabeça, mais de bicho ensinado que de gente. E assim também, com frases rápidas, que não pareciam precedidas de qualquer reflexão, respondeu às perguntas.

— Teu pai Nequinho agora recebe você de volta, minha filha — disse Nando. — Já falamos com ele.

— Não paga a pena não, seu padre — disse Maria do Egito.

— O que é que não paga a pena? — disse Nando. — Voltar para a casa de seu pai?

— Ele não está mais com raiva de você não — disse Winifred.

— E vocês vão morar num outro engenho — disse Levindo. — Você fica com Nequinho e sua mãe. O resto é gente nova.

— Paga a pena não — disse Maria do Egito.

— Mas você... A gente sabe — disse Nando — que seu pai foi injusto. Teve tanto ódio do homem que desonrou você que era quase como se você tivesse culpa também. Mas agora, Maria do Egito, você não vai se vingar do seu pai, não é assim?

Maria do Egito fitou Nando com uma cara meio espantada.

— Você não teve culpa nenhuma, minha filha, nós sabemos disto. E agora seu pai sabe também. Ele só queria o seu bem.

Maria do Egito levantou mais ainda as mãos dos braços da cadeira num gesto indefinível.

— Bem capaz, seu padre.

— E então? Você volta para sua casa, não é?

— Se seu padre quiser muito. Se vosmicês quiserem. Mas não vai ser para moradia efetiva.

— Não entendo, minha filha — disse Nando. — Sua casa não é a de seu pai e sua mãe?

— Depois eu visito eles, se eles quiserem me ver.

Levindo segurou o braço de Nando com força.

— Não amole mais a menina, Nando. Você é que precisa entender. Moça que mora com o pai é moça-moça, moça-donzela. Só deixa de ser donzela quando casa e Maria do Egito é solteira. E não vai casar, vai?

Nando não respondeu e Levindo continuou:

— Não vai, não é? Pois então vai fazer carreira nos prostíbulos. Entendeu? Isto é uma convenção pacífica, matéria aceita.

As mãos de Maria do Egito pousavam de novo, tranquilas e leves, nos braços da cadeira. Não havia mais nada a dizer. Winifred, Nando e Levindo saíram do quarto.

— Maria do Egito tem me pedido para ir à casa dela, buscar uns lençóis e umas pecinhas de enxoval que estava colecionando aos poucos — disse Winifred. — Ela conhece uma moça lá do Engenho que entrou para uma pensão de mulheres onde a madama cobra menos pelo quarto quando a mulher leva sua roupa de cama. Maria do Egito parece que tem três lençóis e resolveu tomar o mesmo caminho da outra.

D. Anselmo voltou ao assunto Ibiratinga com Nando.

— Já esteve comigo mais duas vezes, depois daquela — disse d. Anselmo. — Se você não andasse tão abatido e preocupado eu teria feito sua convocação ontem. Na visita intermediária o major estava desesperado com o comunismo mas não fez reivindicações de nós. Ontem tornou-se quase arrogante.

— O major foi camisa-verde, d. Anselmo, e nunca perdeu os pendores integralistas.

— Ah, é assim? — disse d. Anselmo.

— Tomei umas informações a respeito dele. Tem mesmo a mania do anticomunismo. Só fala nisso e nas promoções que diz ter perdido por causa disso. Acha que o próprio Exército tem uma parte minada. Eu se fosse o senhor tratava o major com cortesia mas sem dar muita confiança a ele.

D. Anselmo abriu os braços, num gesto de desalento.

— Mas o homem é muito bom católico! Vem à missa todos os dias e aos domingos vem de uniforme completo e condecorações.

D. Anselmo cofiou a barba, sem saber se devia ou não dizer o que afinal disse.

— Sabe que até o olho do major Ibiratinga é verde-oliva, padre Nando?

Nando sabia que devia perguntar o que é que desejava afinal o major Ibiratinga. E hoje d. Anselmo parecia disposto a contar.

— E então o major voltou a fazer a proposta ou o pedido que tanto indignou o senhor da primeira vez? — disse Nando.

— Sim! E eu de novo disse a ele: "O que pede, major, é impossível."

Antes que Nando pudesse falar e como se alguém — o invisível major, sem dúvida — tivesse feito alguma objeção, d. Anselmo bradou, indicador espetando os ares.

— Eu teria de consultar Roma! — disse d. Anselmo. — E Roma jamais concordaria.

Nando esperou.

— Impossível! Já disse e torno a dizer.

— O quê? — disse Nando.

D. Anselmo falou baixo e rouco.

— O major quer invadir nossos confessionários, padre Nando. Imagine só. Quer tratar os confessores como recrutas seus.

— Não estou entendendo bem, d. Anselmo.

— Segundo o major, o Brasil está à beira da revolução comunista e Moscou é o Recife. Principalmente a nossa juventude é que está sendo conquistada pelo comunismo e com isto muito sofrem os pais, principalmente as mães, e as noivas desses moços.

— E o major pede que nos confessionários procuremos influenciar e...

— Ah, se fosse só isto! Isto a Igreja pode, talvez mesmo deva fazer, pois o comunismo é de fato contra Deus. O major quer conseguir endereços, planos de subversão, nomes para encaminhar a ele!

— O pulha — disse Nando. — Isto sim, d. Anselmo, é entrar de machadinha na base da Cruz. O senhor o repeliu, não?

— Energicamente. Mas sinto que ele vai insistir. Eu gostaria de ter você presente em nosso próximo encontro. Para me ajudar. Mas não, não. Deixe. Primeiro resolva os seus problemas.

— Se quiser... Estou às ordens, d. Anselmo.

Foi com alívio que Nando se viu liberado da incumbência. E durante toda uma semana só deixou o quarto para o estritamente necessário. Quando emergiu, macilento, com aquela alegria dos jejuadores que silenciaram pela fome a manada dos espíritos animais, foi visitar, na calma da manhã, seu caro ossuário. Ia abrindo a porta de hemisférios de bronze quando ouviu a voz de André que se aproximava:

— Nando!

Nando se armou de paciência. Aguardou que André chegasse perto.

— Nando, eu já pedi a d. Anselmo mas ele negou. Só você é que pode me conseguir esta permissão.

— Permissão de quê?

— Eu quero morar aqui, Nando, quero dormir no ossuário.

— Que loucura, André. É claro que d. Anselmo não ia permitir uma coisa dessas. Se depender de mim fique sabendo que também sou contra. É uma ideia mórbida.

— Você vem aqui muito mais que eu. Você tem as chaves, tem a confiança de d. Anselmo, tem tudo. E, no entanto, você não aguarda o

Cristo como eu. Eu quero morar no ossuário para não receber o Cristo da Segunda Vinda entre as coisas do mundo. Não quero ser apanhado no meio de uma rua, Nando, ou no refeitório.

André segurou a manga de Nando.

— Imagine se a gente é apanhado pelo grande momento sentado numa latrina!

— André, por favor!

— Pode ser já, Nando. Pode estar acontecendo neste minuto! Eu quero estar no ossuário quando Ele estremecer como uma Galateia!

— Eu vou falar com d. Anselmo, André. Você está se deixando levar pelos nervos. É preciso reagir.

André foi se afastando rápido. Nando ainda ouviu sua voz que dizia:

— Egoísta! Egoísta!

Nando suspirou. De certa forma perdera quase o desejo de se isolar um pouco no ossuário. Era preciso realmente que alguém cuidasse de André, da obsessão de André. E de Hosana também, perseguido de fúrias. Ah, Senhor, por que sofriam tanto os homens, se assim acabariam, ossos sobre ossos, sobre ossos, sobre ossos, à espera da trombeta do juízo que de novo os galvanizasse em remoinhos de remorso? E André não tinha sido a pior provação. Mal se sentara entre os esqueletos vestidos de burel, como se um deles fosse, Nando viu entrar pela porta que ficara aberta Francisca feito um arroio que se pusesse a correr num deserto de pedra. Se o arroio persistisse, pensou Nando com aflição, o deserto involuiria e acabaria dando flor. Não havia perigo de se cobrirem novamente de matéria os esqueletos rebeldes a carnes que não fossem as da Ressurreição?

— Estou de partida para a Europa — disse Francisca. — Vim lhe dizer adeus.

— De partida para a Europa? — estranhou Nando. — Mas assim de repente?

— Uma espécie de trato que eu fiz com papai, que não gosta nada da lua de mel no Xingu — disse Francisca. — Como Levindo vai viajar meses pelo interior do estado, pela Paraíba e não sei mais onde, em companhia de Januário, eu aproveito este tempo e viajo de novo com papai.

Francisca riu, enquanto se sentava no muro baixo de pedra que circundava o fundo da cripta e punha nos joelhos um caderno de desenho.

— A esperança de papai é de que na Europa eu desista de casar com Levindo, que eu encontre algum namorado por lá e esqueça o do Brasil. Ele não sabe como eu sou constante, de amor como de planos.

Francisca, que tinha tirado um lápis de desenho, começou a rabiscar. Depois olhou para Nando:

— Por isso é que havemos de nos ver no Xingu, sabe?

— E Levindo, por que é que ele não veio me ver também? — disse Nando.

— Porque Levindo não vai para a Europa depois de amanhã e não é meu irmão siamês. Pode vir aqui quando quiser. Há coisas que eu faço sozinha.

— Você documentou todos os azulejos?

— Menos os quinze que você perdeu. Os demais foram copiados e anotados um a um. História em quadrinho, como disse padre Hosana.

Tíbias, fêmures, costelas, maxilares, esqueletos vestidos de lã cor de pó, chão de estamenha já pulverizada, tudo ganhava renovada majestade com o adeus de Francisca.

— Você se despediu de nossos amigos ingleses?

— Passei ontem o dia inteiro com Leslie, fazendo croquis do Engenho e da antiga senzala de Nossa Senhora do O. E fotos de caras de camponeses de olhos claros.

— Winifred não estava com vocês? — disse Nando.

— Não. Eu estive com os dois e depois saí com Leslie. Ele anda irritadiço, nervoso. Winifred tem uma paciência de Jó com ele, mas mesmo assim dá umas piadas a respeito de holandeses. A preocupação dele com os olhos claros é ver se prova que existe até hoje uma qualidade atávica, holandesa, entre os lavradores mais rebeldes.

Enquanto falava, Francisca ia desenhando. Fez umas omoplatas com asas agregadas. Esboçou caveiras de expressão quase doce. Copiou em alguns traços um tórax, que acabou torso de estátua. Nando olhou a mão que desenhava, os cabelos castanho-dourados presos na nuca por um pregador de tartaruga. Agora Francisca olhava Nando, riscava o papel, voltava a olhar Nando.

— O que é que você está fazendo? — disse Nando.

— Seu retrato — disse Francisca. — Padre não tira fotografia, tira?

Nando deu um tom jocoso à conversa.

— Claro que tira. E os documentos, Francisca?

— Ah, mas esses parecem retratos de malfeitores. O meu desenho poderá não ser uma cópia fiel do modelo mas há de ter aquelas qualidades suas de que eu quero me lembrar. E certas expressões. Principalmente as de um certo susto, quando você acha que está se deixando levar por... sentimentos que prefere guardar para você mesmo.

Nando continuou a olhar na direção de Francisca, consciente apenas do seu esforço de não deixar transparecer demasiado interesse, ou espanto.

— Eu não queria viajar sem levar pelo menos um croqui dos últimos momentos de padre Nando.

Nando só manteve a dignidade de olhar e de sorriso por muito domínio de si mesmo.

— Últimos momentos? Isto é uma espécie de máscara mortuária?

— Desculpe a confiança que estou tomando — disse Francisca. — Não se aborreça comigo. Sempre vejo você tão sério e tão grave que... Como é que hei de dizer?

— Não tenho ideia — disse Nando.

— Você conhece o professor Macedo, não conhece, professor de etnologia, antropologia, uma porção de coisas?

— De nome — disse Nando. — E de vista, mas...

— Foi ele quem me deu essa vontade de documentar desenhos corporais de índios — disse Francisca.

— Sei.

Francisca desenhava, concentrada.

— Mas o que é mesmo que eu queria dizer? — disse Francisca.

— Não sei.

— Ah, sim, o professor Macedo. Ele tem um pesadelo desses que se repetem, sabe? Está chegando a uma aldeia e vê o último índio da tribo, ornamentado de desenhos dos pés à cabeça, marchando velozmente para o banho, pronto a desmanchar tudo aquilo se esfregando com areia e barro. O professor corre e grita mas sente aquelas pernas de chumbo de pesadelo e aquela voz estrangulada. Pronto!

— O quê? — disse Nando.

— Pronto o desenho.

— Deixe ver.

— Prefiro não — disse Francisca. — Vou trabalhar nele. Depois mando para você. Ah, mas assim fico sem. Já sei! Dou o desenho a você quando nos encontrarmos no Xingu.

Nando sentia a cabeça num tumulto e queria perguntar que confusão era aquela entre ele, o índio pintado e os pesadelos do professor Macedo mas teve medo de uma certa embriaguez que sentia e que o impelia a conversar, conversar e conversar com Francisca e a evitar cada vez menos os olhos de Francisca. E se agarrou à ideia de que era uma última provação, uma despedida. Por trás dos desenhos de Francisca enxergava os desígnios de Deus, vivos como um corpo de índia por trás dos arabescos de suco de jenipapo.

— Que Deus acompanhe você, Francisca, na nova viagem e na vida futura. Ele lhe há de mostrar sempre o caminho, de guiá-la seguro como até agora.

O tom sacerdotal veio tão inopinado que Francisca olhou Nando com um sorriso incrédulo, olhos bem abertos. Nando viu os pontinhos de flama fosforecendo no verde, tal como no sonho terrível, mas aguentou a prova porque aqui, na vida real, reluziam também os ossos santos. As caveiras cintilavam nos capuzes. Vibrava com mortal vida o pó, o mar de pó que um dia absorverá tudo que temos de úmido e de pecaminoso.

— Muito obrigada, padre Nando, pelos pios votos — disse Francisca.

— São de coração... Francisca.

— Que Deus lhe aclare também os caminhos que hão de um dia levá-lo aos índios do Brasil Central.

Francisca tinha se levantado. Nando estendeu a mão ao mesmo tempo que abaixava os olhos, meio confuso, e viu os pés de Francisca quase nus nas sandálias de couro. Contra o pó castanho pareciam de madrepérola e nácar. E tinham um ar travesso. Nando sentiu que sua mão estava no ar havia algum tempo.

— Adeus, Francisca — disse Nando.

Mas Francisca não apertou a mão estendida. Curvou a cabeça e beijou-a com todo o respeito.

— A bênção, meu pai.

E Nando, atordoado:

— Deus lhe abençoe.

Nos poucos dias que o separavam do dia em que devia viajar para o Xingu, Nando viveu numa febre. Francisca, bruscamente retirada, era sinal da nova e severa aliança. Em matéria de vida mística Nando não tinha sequer entrado na fase humilde da purgação. Jamais chegaria à iluminação e nunca, realmente nunca, à união, mas a si mesmo mostraria até onde podia ir sua humildade. Dos seus temores e covardias enchera de sobra os ouvidos do confessor, que no fim lhe aconselhava exercícios e penitências com ar de quem sabe que receita poções inúteis a um doente crônico. Leslie seria outra coisa. Teria sincera pena se soubesse por exemplo que ele jamais fundaria sua Prelazia no Xingu. Mas não poderia deixar de sentir duas coisas que iam cauterizar a vaidade e amor-próprio de Nando: repulsa pela ideia em si de um amigo ter a pieguice de se confessar a outro, e hilaridade quando conhecesse as razões por que Nando não partia para sua missão. Leslie tivesse paciência. Com ele é que Nando ia se abrir.

Mal chegou ao portão da casa, Nando viu o amigo sentado à mesa da sala, diante de uma ruma de papéis e de um cálice de vinho. E sentiu alegria na cara de Leslie, que o avistou de repente.

— Você andou escondido, Nando — disse Leslie. — E foi culpa minha. Estive uma vez no mosteiro à sua procura e Winifred foi lá bem umas duas vezes. Ela anda preocupada com você.

— Ambos têm razão — disse Nando. — Fui pouco social. Mas estava tão precisado de um retiro, Leslie. Tinha tanta coisa para botar em ordem na cabeça.

— Nando, você está muito magro. Abatido.

— Eu preciso falar com você. Uma confidência — riu Nando em sua agonia.

— Você está certo de que deseja falar mesmo, Nando? Esperamos Winifred e depois saímos para jantar os três, num lugar sossegado. Sabe, Nando, não é só Francisca. Nós também vamos partir em breve. É provável que jamais nos vejamos de novo.

— Escute, Leslie — disse Nando falando de um jato. — Você vai ter a honra duvidosa de ser a única pessoa a saber por que não segui ainda para o Xingu. Nem d. Anselmo sabe. Só você e o meu confessor. Tenho medo de me defrontar com as índias nuas.

— Medo de quê? — disse Leslie.

— Da nudez das índias. Das índias sem roupa.

Nando viu Leslie sem saber em que expressão compor os músculos da cara. Para não sorrir. Para não rir.

— Medo como? — disse Leslie sorvendo o vinho.

— Medo. Certeza de que perco os sentidos. Ou me atiro a elas. Medo. Medo.

Leslie deu outro gole no vinho. Sem uma palavra.

— Eu fiz com crina e com cento e cinquenta preguinhos — disse Nando — uma espécie de cueca-cilício como a do frade Suso, mas a nudez feminina me persegue. Acordo com a maior frequência molhado de sêmen e de sangue.

— Nando! — disse Leslie. — Que horror. Que loucura.

E Nando trêmulo, sem o alívio que esperava da confissão:

— Ou a castidade jurada ou a missão entre os índios. Nesse dilema risível vou passar a vida inteira fincado aqui, como um dos coqueiros. Um coqueiro cheio de aflição. É a única diferença.

Nando se levantou.

— Achei que devia contar isto a você, Leslie. Fica explicado que eu defenda minhas ideias e projetos com ardor tão extravagante, e que nada realize, nada faça de concreto. Eu sei que isto é que gerou entre nós um mal-estar tão grande. Estamos ficando menos amigos, à medida que passa o tempo, porque eu só tenho as ideias e projetos. Se tentar realizá-los entre os índios — ou as índias — me perco. Um caso de danação.

— Mas Nando, espere — disse Leslie. — Ainda não consegui pensar. Tenho a impressão de que falamos num sonho. Ouço o que você diz mas não entendo. Me angustio com você sem saber por que. Primeiro o cilício. Agora a danação. O que é isso, Nando? Danação?

— Quem concebe a danação pode danar-se.

— Nando! Por mais que a gente respeite as convicções alheias há coisas que com o correr do tempo vão sendo jogadas ao mar.

— E voltam até na barriga dos peixes — disse Nando.

Nando ouviu um táxi que se aproximava

— Deve ser Winifred.

— Deve — disse Leslie. — Vai gostar de ver você aqui.

— Escute, Leslie, depois do que acabamos de conversar prefiro me retirar para o mosteiro. Vou sair pela praia.

— Como quiser — disse Leslie. — Amanhã ou depois vou com Winifred visitar você.

— E um favor, Leslie.

— Se é para me pedir segredo, não tenha dúvida.

— Quero que Winifred ouça tudo de você. Toda a minha patética historinha. Prometa.

Nando foi andando, andando e aguardando alguma espécie de recompensa, que não vinha. A exposição ao sol de uma ferida secreta não trazia a cura, talvez, trazia moscas. Mesmo a débil esperança que tivera antes, de se considerar pronto para a viagem dentro do prazo — ou com um pequeno adiamento — parecia agora sem nenhuma base. Andando, andando. Voltava ao mosteiro ou ia diretamente ao ossuário? Sentia-se apto a morar ali. Não com as esperanças de André. Para sentir-se descarnar dia a dia. Não se tratava do *muero porque no muero* e sim de morrer como quem entra na fila para voltar para casa, morrer quietinho por falta de apetite para a vida, morte cinza para vida cinza, viagem de subúrbio a subúrbio e não de selva a céu ou de martírio a glória.

Nando ouvia tudo do leito em que jazia num torpor que esperava que fosse mensageiro da morte.

— Ele terá comido alguma coisa que tivesse feito mal? — disse d. Anselmo.

— Não comeu nada lá em casa — disse Leslie. — Ficou pouco tempo. Tomou um pequeno cálice, um dedal de vinho do Porto.

— Isto não adoece ninguém — disse d. Anselmo. — É um cordial.

— Nando não terá sofrido uma insolação, d. Anselmo? Ele veio caminhando.

— Não, talvez uma infecção, diz o dr. Saboia. Diz ele que anda à procura do foco. Fomos encontrar padre Fernando no ossuário, sabe?

— Não, não sabia — disse Leslie. — Caído lá?

— Caído — disse d. Anselmo em voz baixa. — Entre os frades, sr. Leslie. Como se fosse um deles. Com um febrão alto.

— E o médico está fazendo o quê?

— Ordenou repouso absoluto, enquanto procura o tal foco — disse d. Anselmo. — Mandou de início dar penicilina, por via das dúvidas.

— Se quiser, d. Anselmo, eu próprio discuto o problema com Nando, logo que ele melhorar. Acho que conseguiremos curá-lo.

— Deus lhe ouça, sr. Leslie. O que não podemos é perder para o serviço de Deus um moço como padre Fernando. Havemos de reconduzi-lo à sua saúde e à sua missão.

— Isto. Havemos de chegar lá. Logo que Nando melhorar, deixe que venha convalescer em minha casa.

Leslie tinha ido buscar o doente depois do almoço. Para evitar que Nando entrasse logo na rotina de vida do casal. Podia ir diretamente ao quarto. Fazia uma refeição leve à noite. De manhã café no quarto. No dia seguinte à hora do almoço já podia se integrar com naturalidade nas refeições em comum. Quando chegou à varanda Nando fez menção de sentar-se e conversar, como de costume.

— Nada disso — disse Winifred. — Agora, além de amigo você é nosso paciente também. Vá direto ao seu quarto, sem cerimônias. Mais tarde, sopa de aveia, bife, suco de fruta.

Leslie o acompanhou até ao quarto dos fundos, que dava para o quintal, que imperceptivelmente virava praia, que ia docemente da rosa, ao coco, ao arrecife.

— Descanse até amanhã — disse Leslie.

— Muito obrigado por tudo — disse Nando.

Deixado só, debruçou-se na janela. Sem hostilidade para com a paisagem. Não tinha mais ódio à fofura da praia, às ondas com creme, às aves de louça. Estava à beira de um armistício consigo mesmo. Ia dormir. Dormir bem. Abriu a maleta em que trazia a roupa branca, chinelos, o cilício. Abriu as mãos espalmadas sobre crina e pregos. Ao frade Suso tinha Deus dito um dia que jogasse fora o látego de espinhos, a cruz de trinta pregos que usava debaixo do hábito, as luvas lacerantes com que dormia à noite e lhe lanhavam o corpo se algum bicho horrendo saía das tocas do sono. "Joga tudo no rio, Suso", disseram os anjos saídos em matilha alegre dos parques do céu. Voz nenhuma ia dizer-lhe que atirasse ao Beberibe as disciplinas e cilícios. É também uma forma de orgulho adotar um pecador mínimo remédios de santo de verdade.

Levantou-se cedo, vestiu-se. Na sala ainda vazia abriu o jornal. "Túnel do mosteiro iria dar em depósito de mantimentos." Nando leu com atenção o comentário baseado em declarações do Superior d. Anselmo. Como padre-porteiro acabaria decorando o trecho.

— Que vergonha — disse Winifred. — O doente se levanta antes dos enfermeiros.

— E ainda nem tomou café — disse Leslie. — Mas dormiu bem?

— Foi a melhor noite que passei desde que adoeci — respondeu Nando. — Podem crer que estou bom. Penso até em voltar já ao mosteiro.

— Só com visto meu — disse Winifred. — O Leslie tem ordem do Superior de só mandar você de volta vendendo saúde. Você continua muito pálido. De barba azul nessa pele branca.

— Está vendo? — disse Leslie. — Se quiser ir trate de ficar bom.

— Agradeço do fundo do coração a solicitude de vocês. Mas o Superior, que a estas alturas desanimou de me ver partir, precisa pelo menos do padre-porteiro.

— Porteiro não — disse Leslie. — Introdutor diplomático, chefe do turismo, ministro do Exterior do mosteiro, futuro embaixador no Xingu. E para tudo isto ele quer você com saúde, homem.

— Não, agora já sei — disse Nando. — Ainda há pouco eu estava vagamente pensando em César.

— Ah — riu Leslie —, os romanos que voltam. Está curado, Nando.

— César recusou pagar vinte talentos pelo próprio resgate aos piratas — disse Nando —, só pagava cinquenta. Sabia quem era. Eu também já sei.

— Aposto que quando César saiu com essa fanfarronada tinha uma vida tão em branco quanto a sua, Nando — disse Winifred. — O resto era peito. Eu me recuso a aceitar qualquer demissão sua. Assim como recuso essa história absurda que você contou a Leslie. Essa não.

— Pois é assim mesmo — disse Nando plácido.

— Nós temos planos, eu e d. Anselmo, inclusive de um bom tratamento para você — disse Leslie.

Nando deu de ombros. Winifred sentiu um rubor de cólera.

— Olhe — disse —, já vi muita gente falhar no que empreende e muita gente tentar o evidentemente impossível. Mas esse espetáculo de um homem como você descobrir de repente que o que Deus deseja é que você atenda a campainha do mosteiro, isso, Nando, não é nem burrice. É blasfêmia. É inventar um Deus idiota.

Nando ficou mais branco ainda mas sorriu.

— Foi a solução que encontrei, Winifred. Não existe outra.

Winifred sacudiu a cabeça ruiva.

— Quando me lembro — disse Winifred — das moças que foram minhas colegas, dos homens que conheci rapazolas, do que pretendiam da vida e do que afinal conseguiram sinto o coração apertado. Foram ficando pelo caminho, foram se gastando, se perdendo em atalhos. A começar por mim. E isto é assim mesmo. A gente toca pra frente, se debate, espera. Mas esse tom professoral com que você se retira, essa suficiência negativa, esse orgulho encravado em você feito uma unha, isso é raro, Nando. Meus cumprimentos. Organizar um triunfinho às avessas não é para qualquer um, não.

Winifred levantou-se, soprando do rosto uma mecha de cabelo. Contrafeito, sem saber como deter a mulher, Leslie riu como pôde.

— Eu vou até ao Engenho do Meio, Nando — disse Leslie. — Sabe quem está trabalhando lá?

Nando se limitou a um olhar interrogativo.

— Nequinho — disse Leslie. — Macambúzio. Acho que doido. Ou meio doido. Varre o chão, trabalha vagamente.

Nando achou que devia perguntar por Maria do Egito mas não teve ânimo.

— Maria do Egito foi visitar os pais? — disse Winifred.

— Foi. Uma vez. Parece que direitinha, sem pintura, tratando os velhos com muito respeito.

— Uma tragédia de caso — disse Nando.

— Bem — disse Leslie —, a gente não pode deixar de achar repugnante quando uma moça se prostitui por não ter outro remédio. Mas francamente, enquanto as condições de vida aqui não forem alteradas é melhor uma moça como Maria Egito se prostituir do que se casar com um homem qualquer, que virá a ser um Nequinho.

— A pior vítima foi mesmo Nequinho, coitado — disse Winifred.

Leslie pitava o cachimbo, o bocal entre os dentes cerrados com força, o olho esquerdo fechado para evitar a fumaça que subia.

— Pensando bem foi mesmo. Ele ia justificar sua vida com um crime horrendo e nós todos, com uma série de mágicas, desarmamos o crime de Nequinho. Com o aborto tiramos a culpa de Maria do Egito de dentro dela e matamos um pouquinho só do capataz no ventre da menina. Houve uma confusão, uma escamoteação. No fim ainda lhe tiraram o trabalho, Nequinho abobalhou. E ele ia virar mendigo de beira de estrada se não fosse o Levindo.

— Levindo? — disse Nando.

Leslie riu.

— Ele mesmo, o jovem revolucionário que quer incendiar a América Latina inteira. E veja bem. Nequinho andou uns dias desaparecido ao sair do Engenho da Senhora do O. Levindo movimentou Francisca, saiu ele mesmo em busca de Nequinho e afinal por meio de Januário empregou o pobre coitado.

Agora não era mais inveja, pensou Nando. Estava fora de tudo. Era apenas a consciência de como pessoas faziam o serviço de Deus ainda quando o negassem ou ignorassem. Enquanto que ele...

— Você não quer vir comigo, Nando? — disse Leslie. — Não precisa nem sair do carro, se estiver fatigado.

— Leslie, com franqueza prefiro ficar. Amanhã volto de vez para o mosteiro. Hoje repouso. Estou me sentindo tão melhor que você não imagina.

— Pois então faça como entender. Vá para o seu quarto, se preferir. Dê uma volta pelas redondezas.

Nando foi para o quarto. Encontrou aberto na escrivaninha o Suetônio que lia, comparando-o a trechos de Plutarco. Mas não pensava nos romanos, como dizia Leslie. Pensava na confirmação de tudo que já sabia. Na certeza medíocre. Por que, por exemplo, aceitar o convite de Leslie e hospedar-se ali? Os três amigos tinham dito tudo o que havia a dizer entre eles. Haviam chegado às resistências sérias. Lá fora ouviu a camioneta que partia. Devia partir ele também, partir enquanto entre eles havia muita coisa boa a recordar e não depois que se atirassem à cara as verdades e até as suposições ofensivas que são o esterco das relações humanas. Ele, de qualquer forma, não tinha nada mais a dizer. Nem a si, quanto mais aos outros. Via chegar o dia em que nem mesmo a permanente conversa mantida no fundo de nós mesmos existiria dentro dele. Ouvia vir o silêncio. Viveria no vestíbulo de si próprio. Mordomo do mosteiro e de Nando. Sem acesso ao resto.

Era hora, em relação a Leslie e Winifred, de fazer como Francisca em relação a ele. Ir embora, simplesmente.

A maçaneta da porta girou sem que batessem. Winifred entrou. Fechou a porta apoiando-se contra ela.

— Vim lhe pedir perdão, Nando.

— Ora essa — disse Nando levantando-se. — Amigos são para dizer as coisas.

Winifred aproximou-se dele, sorrindo, braços abertos. Como se fosse me abraçar, ia pensando Nando. Não pensou até o fim porque era. Abraçou-o. Depois de homem, fora de pai e mãe, Nando jamais vira outro rosto tão perto do seu. Winifred primeiro passou as mãos pelos cabelos de Nando. Depois beijou-o na boca. E boca contra boca ficou até sentir os braços de Nando que a envolviam também. Num relance, diante do abismo que se abria Nando protelou todas as objeções. De alguma coisa lhe valia agora o hábito de adiar, pensou vagamente, enquanto enterrava o rosto no pescoço de Winifred. Winifred o empurrou para a cama e começou a despir-se como se estivesse só, como se fosse tomar um banho. Nando num repelão começou a fazer o mesmo. Encontraram-se de pé no meio do quarto e mal se colou a um corpo inteiro de mulher Nando virou uma tempestade de gozo e uma bonança perplexa mas breve porque Winifred não relaxava o abraço e o levava para a cama, estendia-se de olhos semicerrados, engolfava-o de novo nos braços e o desejo tinha voltado e agora sim a bainha de coral, a rosa, Winifred sorrindo, provando aqui e ali seu corpo secreto, repondo de volta no travesseiro a fogueira dos cabelos, a pequenina chama ardendo mansa sobre o ventre. Lá fora Nando imaginava a tarde solarenta e biliosa que se arrastava como sempre, no quarto raiava sanguínea e fresca a madrugada. Sentia o corpo dela nas mãos quase como se estivesse fazendo Winifred naquela hora, dos pés aos olhos, pela entreperna, pelos seios. Sanguínea e fresca a guerreira Winifreda. Quando parecia a Nando que um relativo e momentâneo hábito se criara e que ia ver Winifreda em pelo com alguma naturalidade raiava sanguínea e fresca a madrugada.

— Meu amor, vem — dizia Winifred. — De novo. Vê se me espera agora.

E lá se ia sua calma entre fonte e fonte, a fonte das lagoinhas e a fonte da rosa funda, vinofrieda, vinofreya, vitiviniternura de ruiviroxas parreiras.

— Que pena que está ficando tarde, meu querido. Vai cair a noite — disse Winifred.

Nando levantou-se com um arrepio. Nu. Leslie.

— É verdade. Está quase escuro. Vou-me embora.

— Você está morando aqui, Nando.

— Mas... Preciso sair.

— Saia e depois venha dormir — disse Winifred.

— Você diz qualquer coisa? — disse Nando.

— Que coisa? A quem?

— Vai ter que disfarçar. Que mentir.

— Não tenho que dizer nada, meu bem. Não digo nada.

Nando vestiu-se rápido. Sem olhar Winifred nua na cama. Abotoou a batina de alto a baixo. Alisou os cabelos com a mão. Estava pronto. Como sair? Depressa e sem dizer nada. Nando foi para a porta, tocou a maçaneta.

— Nando — disse Winifred.

Nando se voltou, mas Winifred não tinha nada a dizer. Queria ser vista. Isto aqui é um corpo de mulher, está vendo? Não na volúpia e na violência do amor. Mulher tranquila. Te olhando com os olhos e os bicos de seio, atentos. Me veja toda, meu umbigo, meu sexo, e o resto que você já conhecia. Honesta e desprevenida em cima do lençol. Ilustração para crianças em livro de lição de coisas. Winifred didática. Nando olhou gravemente o desenho mas não conseguiu separar por completo a ideia daquele exemplar expositivo do bicho mulher da ideia de madrugadas que raiam sanguíneas e frescas. Abriu a porta atrás de si, na posição em que estivera Winifred ao entrar. Só ao chegar à praia disse a si mesmo: Eis a Mulher como quem acabou de oficiar uma missa negra. Para trás o doce fogo crepitante das ervas ruivas da vida, os vinhos que tingem a fronte e a frente de Winifreda, a Ruiva, circuncisora jovial de Olinfreda-sobre-o-Beberubicão, Winifreda, Bonifreda, Mais-quebonifreda. Nando circulava outra vez dentro da xícara japonesa de um mundo de porcelana. Não xícara, púcaro, de tampa azul pintadinha à noite de estrelas. Vinifredização do mundo como caminho do castigo foi o que viu no vermelho do poente que se ateou à erva-de-passarinho de um sapotizeiro armando na paisagem uma colossal barbarroxa de Anselmo furibundo. Nando entreabriu a batina, a camisa, aspirou o corpo usado, suado e quente enquanto ouvia o sapato rangendo vuic, vuic, vuic na areia. Os pelos negros do seu peito estavam ruivos, ruivas as axilas que olhou e sem dúvida o púbis, os braços. Teve medo de se olhar nas águas e ver olhos esbugalhados dentro da roda de fogo de cílios e sobrolhos vermelhos. Todo o mundo ia saber da ocupação do seu corpo católico, apostólico, romano por um ruivo exército protestante. Das canelas à rodela da tonsura. Vuic, vuic na escuridão e Nando pensando em lavar-se no mar, talvez nadar até de madrugada nu como ainda há pouco mas nudez séria de quem nada ao nada. Caiu de cansaço numa coroa de coqueiros, fechou os olhos e logo surgiu diante dele Winifred ainda um instante quieta em cima da cama mas começando a mexer, branda, feito fogo novo em volta de lenha, braços para a frente, cabelos e joelhos apartados no meio. Recomeçava a lição de coisas inefáveis. Nando abriu os olhos e ia se levantar para fugir quando ouviu a porcelana do mundo se esfarelando e chiando nos ares feito areia que escorre de uma ampulheta quebrada. Desapareceu o céu de sempre. As estrelas fuzilaram nos confins sem fundo. Um feio mar encrespado ao contrário pelo vento cuspiu sal nos coqueiros que chupavam água pelas raízes para esporrar leite nos cocos. O mar ferveu de peixe, a areia borbulhou de tatuí. Gaivotas riscaram o poente de branco, morcegos deram nós pretos no ar. Um cão saiu correndo e latindo. Uma jangada atrasada embicou na praia com jangadeiros, peixes e palavrões. Um coco caiu e botou caranguejo para correr. Em vez de se levantar Nando ficou bebendo aquele mundão de troços e bichos pelos olhos e pelas orelhas. Em que buraco sumiu o caranguejo? Caminho de afinal se levantar Nando parou nos joelhos, juntou as mãos diante da cara molhada.

— Louvado seja Deus! — disse Nando.

Ao chegar diante da porta de d. Anselmo, no mosteiro, Nando bateu os pés com força no chão para desprender areia mas sentia com prazer os sapatos ainda cheios dela. Alisou os cabelos, sacudiu a batina, bateu à porta e entrou. D. Anselmo olhou com um sobressalto a figura de Nando que pela primeira vez via assim descomposto e ao mesmo tempo alegre e agressivo.

— Você está se sentindo bem, meu filho? — disse o Superior.

— D. Anselmo...

Nando parecia à beira de começar um relato. Mas disse apenas, empertigando-se, retesando músculos que pela primeira vez lhe doíam de amor.

— Venho dizer a Vossa Reverendíssima que estou pronto a partir para o Xingu.

D. Anselmo abriu os braços para o céu e para Nando e bradou com seu vozeirão:

— Que Deus seja louvado!

2

O éter

Ao umedecer de novo o lenço, para não interromper o bem-estar e a sensação de poder, Nando lançou um olhar aos companheiros e viu que todos ressonavam, Ramiro no sofá, lenço chapado na cara como um alegre morto, Vanda, Falua e Sônia cada um numa poltrona, lenço no colo e bisnaga abandonada no assento. Antes de aspirar o lenço gelado, Nando viu na mesa do único abajur aceso ao seu lado a bisnaga de vidro brilhando com um esplendor de diamante, palpitando como o revólver de Hosana. Entendia tudo e tinha nas mãos vida e morte. Não ia perder tempo fixando naquele instante ciência tão inesquecível. Cheirou guloso e a plenos pulmões a friagem perfumosa. Dzim-dzim-dzim nos ouvidos. Altos muros ruíram em silêncio e cores fulguraram em negrume de azul e pasta de escarlate. Aprendiz no estúdio de um pintor antigo, Nando tinha caracóis escuros que lhe caíam sobre a testa, borzeguins vermelhos de ponta revirada, pincel na mão e um sorriso de mofa nos lábios infantis. O menino ensinava um tema chocante mas falava sem som e, na ânsia de entendê-lo, Nando o mirou com tal intensidade que mudou seu cabelo num cacho de parreira roxa contra o céu azul grosso pingando um melado de anil na terra fulva e o menino de cabelo de vinho era hebreu. As imagens da vida giravam como lanterna presa a um rodopiante bastão de bambu e cada imagem apagava com sua violência memória da precedente: toureiro de jaleco fagulhante, calção de rubis e rabicho de jacarandá polido, pajem andrógino, moço enfermo de velho terno de linho branco sem gravata, moreno pálido no fulgor insolente da paisagem, mandarim enunciando o segredo com forte articulação de mandíbulas mas sem som. E de repente a cessação completa de imagens. A sala. Ramiro no sofá. Vanda, Falua e Sônia nas poltronas. O abajur. O lança-perfume de vidro cintilando com a ciência de tudo. Não mais o delírio das imagens. Ao contrário. A realidade monumental e suspensa nos ares. Todos grandes, imensos, pairando sobre o chão, sobre o tapete. E Nando viu que à exceção de Ramiro os outros três tinham aberto os olhos também e sem dúvida se sentiam tensos no ar, enormes e mudos. Iam falar? Ninguém podia ficar assim boiando no espaço por muito tempo. Uma espada de som agudo rasgou a bolha de levitação. Nando desceu das alturas, sentiu a poltrona tocar o solo. A campainha da porta! Ramiro deu um berro de terror. Nando enfiou o lenço úmido no bolso da batina. Ramiro fitava a porta, trêmulo. Antes que os outros acordassem Nando arremeteu pela casa em busca do banheiro. Quando abria a porta do banheiro a campainha retiniu de novo como se lhe varasse o corpo. Meteu a cara na água fria, molhou a cabeça, penteou-se, sentiu os movimentos firmes. Quando voltou à sala estava lá Otávio. Um Otávio que falava aos outros, já despertos, e que arqueou as sobrancelhas sarcástico.

— Ué! O padrezinho também na farra?

— Não — disse Vanda —, não houve meio de querer experimentar. Eu disse a ele que não era pecado não.

Vanda falava com voz pastosa.

— Nando — disse o Falua —, que prise admirável. E eu tive a impressão de que você estava comigo.

— Eu estava é me preparando para ir embora. Vocês todos roncavam.

Otávio o mirava firme, mas Nando se agarrou por dentro, organizou-se. Era o cúmulo se um comunista o pilhasse em flagrante de cheirar lança-perfume. As atenções se voltaram para Ramiro, que continuava a tremer. Parecia tremer de frio e de terror ao mesmo tempo.

— Você é que eu não entendo — disse Otávio a Ramiro. — Para que cheirar esta porcaria se só te dá pesadelos?

Ramiro esfregou os braços, para se aquecer.

— Foi a maldita campainha que você tocou. Entrou na minha prise como se fosse um carro da polícia, sei lá.

— Má consciência — disse Otávio.

— Eu vi uma praia maravilhosa — disse Falua. — Você não viu, Soninha?

— Eu? — bocejou Sônia. — Eu dormi.

— Mas antes — disse o Falua —, antes de você perder a consciência. Não viu uma praia de areias de ouro?

— Em primeiro lugar — disse Otávio — Sônia não podia ver o que estava na sua cabeça, seu asno. Tomar éter não é ir ao cinema junto.

— Mas às vezes há uma união, Otávio — disse Vanda com uma voz sombria.

Vanda deitou um olhar furtivo a Nando, que não se deu por achado mas que a si mesmo se perguntou se Otávio podia ter razão. Não ousava perguntar, mas era capaz de jurar que os outros haviam levitado com ele. Era lógico o que Otávio dizia, mas seria certo?

— Desculpem o mau anfitrião — disse Ramiro batendo os dentes de frio — mas vou me deitar.

Falua ergueu sua bisnaga Vlan no ar.

— Deitar com os lança-perfumes ainda com seu hálito divino a nos inspirar? — disse o Falua. — Isto é crime.

— Fiquem aí se quiserem mas batam a porta depois. Ou levem os lança-perfumes que eu ainda tenho um grande estoque de caixas lá dentro.

Ramiro se retirou, trêmulo, uns restos de terror nos olhos.

— Bem — disse Otávio —, eu vou ao encontro de Lídia, do contrário ela estoura por aqui.

— E por que é que Lídia não haveria de estourar por aqui? — disse Vanda.

— Para quê? — disse Otávio. — Para cair no meio de um bando de gente de cara no lenço, olhando uns para os outros como idiotas?

— Ah, mas que felicidade embutida, Tavinho! — disse o Falua. — Tira teu lenço vermelho do bolso e bota essa neve por cima dele. Sai de dentro desse Otávio que te sufoca. Como é que você consegue morar há tanto tempo dentro dele?

Otávio foi saindo, sem responder.

— Eu também vou embora — disse Nando.

Saíram juntos.

— Incrível! — disse Otávio no elevador. — Essa gente vive o ano inteiro como se fosse Carnaval. Você acaba desmoralizado, padre, frequentando tais esbórnias. Até você parece que está fedendo a éter.

— Não — disse Nando com firmeza. — É do ar da sala. Eu fui convidado a jantar pelo Ramiro. Depois é que ele apareceu com os lança-perfumes.

A rua do Catete já estava deserta.

— Vou até à Taberna da Glória, onde deixei Lídia — disse Otávio. — Quer vir comigo?

— Não — riu Nando —, basta de extravagâncias. Vou para o meu hotel, que fica perto, aqui na Buarque de Macedo.

Quando se despediam viram Falua, Vanda e Sônia que chegavam à porta do edifício. Evidentemente tinham saído em seguida mas ainda cheirando éter pois pisaram a calçada cambaleantes e se sentaram no meio-fio. Sentaram bem juntinhos um do outro. Falua estendeu nos joelhos, como uma faixa, o lenço, apertou com vigor o gatilho do lança-perfume umedecendo o lenço, metódico como se pavimentasse uma estrada, e os três juntaram os narizes no lenço. Nando sentiu inveja. Antes que ele e Otávio pudessem se movimentar, um carro da polícia que vinha costeando a calçada parou bem na frente dos três. Saltaram dois investigadores de roupa de brim, chapéus de feltro na cabeça.

— Olha só o cinismo dessa macacada — disse um dos tiras. — No meio da rua e no meio do ano. Levanta, seu mulatão! — berrou sacudindo o Falua.

Falua e Sônia continuaram emborcados sobre o lenço.

— Pai! — disse Vanda, levantando o rosto.

Os investigadores puseram-se a rir e o que parecia chefe falou:

— Eu, hem, Rosa. Eu sei que pai você está querendo, morena. Passa teu lança.

— Não tenho — disse Vanda.

— Eu tenho — disse o Falua a Vanda. — Toma outra prise.

— Se tem, vai passando para cá, seu viciado — berrou outro dos tiras. O primeiro tira arrancou a bisnaga da mão do Falua, que se levantou.

— Devolva a teteia — disse o Falua.

— Sai das nuvens, Falua — disse Sônia —, que é a dona Justa. Encrenca.

— Cala a boca e vai entrando para o carro, seu vigarista. Vocês vão todos para o distrito aqui da Pedro Américo. Vamos. Toca.

— Eu... Eu sou da imprensa — disse o Falua entendendo afinal o que se passava.

Otávio se aproximou do grupo, enquanto Nando, preocupado, se recolhia à sombra de um edifício.

— Seu investigador — disse Otávio ao tira que falava ao Falua. — Deixe o pessoalzinho comigo que são meus amigos. Não são viciados não. Foi uma maluquice. Um Carnaval fora do tempo. Coisa de gente moça.

O tira olhou Otávio cinquentão, forte, cabelos grisalhos, autoritário.

— Isto não vai ficar assim não, doutor. Um marmanjo e duas moças se empilecando de lança-perfume no meio da rua. Puxa! Onde é que nós estamos? Porre de éter na cara da gente!

— Pois é — disse Otávio —, é o que todo o mundo está fazendo.

— Que todo o mundo? — disse o tira.

— Desculpe, seu investigador — disse o Falua. — Se quiser me leve, mas deixe as moças. Foi uma doideira mesmo, como diz aqui o meu amigo.

— O Brasil está assim, seu detetive — disse Otávio. — Clorofórmio no lenço e depois cama para que te quero. Um país de porre.

— É, mas comigo não tem conversa não — disse o outro tira.

Otávio ficou prudente.

— Vocês têm toda a razão, claro. O dever de vocês é esse mesmo. Mas me façam o favor. Eu levo as crianças para casa. Carreguem o lança-perfume e deixem os porristas comigo. É um favor.

Falua tirou a carteira de jornalista do bolso.

— Eu sou da Folha da Guanabara. Nunca estive em cana, juro.

— E as moças são gente séria — disse Otávio.

— Hum... — rosnou o chefe dos tiras.

— Bom, vá lá por esta vez — disse o outro.

— Obrigado, meus amigos, muito obrigado — disse o Falua. — Quando quiserem alguma coisa da Folha é só chamar Luiz Souto, o Falua. É aqui o degas.

— Tá bem. Eu devia autuar vocês mas não vou fazer isso não — disse o chefe ajeitando o chapelão marrom. — Passa pra cá as bisnagas.

Falua e Sônia estenderam seus lança-perfumes e o chefe dos tiras, com um gesto categórico de quem sacrifica bichos imundos, atirou contra o meio-fio, em que antes se sentavam os três porristas, as bisnagas de vidro que explodiram com um som cavo.

— E você, morena? — disse o tira a Vanda.

— Eu... não tenho.

— E um troço que eu vi você metendo aí na bolsinha?

— É outra coisa.

— Vai me dizer que era um batom, daquele tamanho — disse o tira.

— É metálico — disse Vanda.

Os tiras riram e o chefe continuou:

— Quer dizer que metálico não dá porre não, não é, morena? Vai transferindo o aspirador, anda.

Vanda estendeu o seu rodo e o tirão apertou o gatilho e começou a empapar de éter, com o estilete líquido de perfume, um negro buraco na calçada. Os olhos de Vanda se encheram de lágrimas.

Os tiras entraram no carro, lentos, gigantes. Otávio foi andando com os três para a Taberna da Glória.

— O padre se escafedeu — disse Otávio rindo.

Quando o carro da polícia já desaparecera na direção do Palácio do Catete e os quatro amigos dobravam a esquina da Glória, Nando, frio como estivera Ramiro antes, se desgrudou do seu vão sombrio de porta e foi andando rápido, rumo ao hotel.

Apesar de estar acordando tarde para seus hábitos Nando se espreguiçou ainda cheio de sono, anestesiado, confundindo lembranças de éter e de realidade. Nunca mais aceitaria convites de Ramiro Castanho. Como Otávio tinha muito bem sugerido, por pouco ele não se desmoralizava de forma irremediável na véspera. Tinha chegado ao Rio uma semana antes, deixado a mala no hotelzinho conhecido de d. Anselmo e tocado para o Serviço de Proteção aos índios. Apesar das cartas escritas antes de sua viagem, pelo próprio d. Anselmo, ao ministro Gouveia, da Agricultura, e ao diretor do Serviço de Proteção aos índios, Ramiro Castanho, Nando sabia que não encontraria todos os problemas resolvidos e sua viagem para o Xingu arranjada. Mas entre isto e ir diariamente ao Ministério e ao SPI sem conseguir ver nem o ministro e nem o diretor do Serviço ia uma longa distância. Vanda, secretária do diretor, é que lhe havia ensinado paciência. Aliás, secretária e sobrinha, como Nando viria a saber da terceira vez que foi procurar Ramiro no Serviço.

— Pois é — disse Vanda —, de vez em quando eu me esqueço e chamo ele aqui no Ministério de tio Ramiro em vez de dr. Ramiro. Ele não gosta nada, quando isso acontece em serviço.

Vanda era desquitada, sustentava dois filhos, e falava em Ramiro sem maiores cautelas.

— Tio Ramiro tem dinheiro. Tem apartamentos e até hoje conserva a Farmácia Castanho, que era do pai dele, irmão de mamãe. Mas nunca ajudou os pobretões da família. Agora que o amigo Gouveia caiu nas boas graças do governo, tio Ramiro empregou todo o mundo, a família inteira. Eu sou funcionária do Ministério por concurso, sabe? Tio Ramiro arranjou todas as respostas às perguntas da prova que eu prestei. Depois me requisitou para secretária dele.

— Um bom tio — disse Nando sem saber que outra coisa dizer.

— Bom com dinheiro do governo — riu Vanda.

— Mas por que é que ele pelo menos não me recebe? — disse Nando.

— Aqui entre nós dois, que ninguém nos ouça, titio acha esse negócio de índio o fim. Mas o Fontoura chega amanhã e ele vai colocar o senhor aos cuidados do Fontoura.

— E quem é esse?

— É o chefe do SPI no Posto Capitão Vasconcelos.

— Ah, sim, bem na zona em que queremos fundar a nossa Prelazia — disse Nando.

— E olhe... eu tomei o senhor sob minha proteção. Sua paciência tem sido tão grande que merece recompensa.

— O que é que a senhora fez? — disse Nando.

— Eu disse a tio Ramiro que não pode deixar de aprovar o seu plano e de ajudá-lo de todas as maneiras possíveis. O SPI está parado, é pobre, pouco acontece nos Postos. Sua Prelazia eu disse ao titio, vai chamar atenção para o Serviço. E pouco trabalho vai dar a ele, não é verdade?

— Ele que deixe o trabalho por minha conta. Quero o SPI como base de atividades e de bom grado repartirei o êxito que a Ordem certamente vai ter com o Ministério e o Serviço.

Nando nunca tinha visto igual expressão de desinteresse em outra cara humana. E havia em Ramiro um cheiro de colônia lavanda mas de remédio também.

— Como o Superior já lhe explicou na carta, dr. Ramiro — disse Nando —, o que desejamos fazer é suplementar de forma ativa o importante trabalho do Serviço de Proteção aos Índios. As verbas do SPI eu sei que são escassas e...

— Ah, as verbas — suspirou Ramiro.

— Exatamente. Nós temos nossos próprios fundos e mantemos missões no Araguaia, no rio Negro, no Tapajós. O que queremos agora, com o estabelecimento do Xingu, é formar a ponta de lança final para a conquista dos índios brasileiros que ainda não entraram em contato com a civilização.

— Que civilização? — disse do fundo da sala o Fontoura.

Ramiro era gordo, pálido, bigodinho negro cuidadosamente aparado e mãos manicuradas. Vestia ternos de tropical reluzente e camisa de palha de seda e tinha sempre um ar entediado, tendendo ao triste. Fontoura era magro, pequenino, olhos ardentes. Usava ternos baratos que outros pareciam haver surrado antes de lhe dar.

— A civilização que temos — disse Nando. — A civilização do Brasil.

— Ahn — disse o Fontoura.

— Eu não vejo nenhum inconveniente no plano dos padres, Fontoura — disse Ramiro. — Você vê?

— Vejo — disse Fontoura. — Sempre achei uma besteira esse negócio de pendurar com barbante em pescoço de índio uma Nossa Senhora Auxiliadora de alumínio.

— Bem, Fontoura, vamos devagar com o andor — disse Ramiro brusco. — Os padres são gente séria e fazem trabalho importante no mundo inteiro. O que a gente tem que ver é que espécie de ajuda eles podem nos dar e que ajuda nós podemos dar a eles. O que queremos, eles e nós, é servir o indígena.

— Eu devia falar com mais diplomacia — disse o Fontoura. — Mas a verdade, dr. Ramiro, é que não queremos fazer sacristães. Queremos preservar índios. Essa foi sempre a orientação do Serviço, desde os tempos heroicos de Rondon e de Pireneus de Souza.

— Está bem, está bem — disse Ramiro. — Esses foram os tempos do positivismo no Brasil. O positivismo já acabou e a religião católica continua como sempre, graças a Deus. Veja a Liga Eleitoral Católica.

— Índio não vota — disse o Fontoura.

— Mas eu já lhe disse mil vezes que um bom trabalho no Ministério da Agricultura resulta em votos. Analfabeto também não vota e o governo vive socorrendo nordestino e favelado. Nossas verbas são ínfimas, como você sabe muito bem. Não devemos e não podemos desprezar auxílio, de onde quer que venha.

— Eu sei, dr. Ramiro, as verbas não podiam ser mais curtas mas há sempre empregos nos Postos do SPI para os afilhados do fazendeiro Gonçalo.

— Que é primo do governador de Mato Grosso, que é íntimo do meu amigo, o ministro Gouveia. Padre Fernando — disse Ramiro voltando-se para Nando —, desculpe se falamos diante do senhor nessas coisas. Mas se vai conosco para o Capitão Vasconcelos o senhor também terá de entender os enredos do Ministério e do SPI. Eu vivo me esgoelando com o Fontoura, que não bota os pés na terra. Sem política o mundo não existe. Não acha, padre?

— É difícil viver inteiramente sem ela.

— O que me irrita no nosso caro Fontoura é que ele finge pensar o contrário. Finge, sim. Não pode achar isto a sério.

— Além de vinte anos de mato eu tenho quinze de SPI, dr. Ramiro. Portanto sou um conformado com a política — disse o Fontoura.

— Eu confesso que não entendo nem esse tom — disse Ramiro. — Conformado. Conformado por quê? A política começa em casa, começa na infância da gente. A gente sabe quem precisa chaleirar, quem é que se pode dominar diretamente, quem é que não vai nem a gancho. Por que passar a vida inteira em luta contra esses movimentos naturais?

— Eu compreendo — disse Nando — que o sr. Fontoura tema que minha ideia seja meter os índios em aulas de catecismo. Gostaria de afiançar que todo o interesse da minha Ordem é servir os índios, ajudá-los como seres humanos. E seres plásticos, amoldáveis, que podem...

Fontoura se levantou decidido.

— Eu tenho um encontro com o chefe da Produção Vegetal, dr. Ramiro. Posso ir?

— Pode — disse Ramiro. — Pode. Mas pense na proposta dos padres. E vamos marcar já um encontro com o padre Fernando. Você vem, Fontoura?

— Acontece que já estou de volta ao Xingu, chefe. Ainda não paguei o pessoal do Posto e os índios estão praticamente sem medicamentos e sem anzóis.

— Quando é que você vai? — disse Ramiro.

— Dependendo da FAB, sigo depois de amanhã.

— O senhor quando pode vir jantar conosco, na minha casa? — disse Ramiro a Nando.

— Estou à sua disposição. Invejo o sr. Fontoura, que segue depois de amanhã para o Xingu. Estou ansioso por fazer minha primeira visita.

— Depois de amanhã não pode ser — disse o Fontoura rápido. — É um Beech pequeno que vai.

— Não tem perigo — sorriu Nando. — Antes preciso acertar várias coisas com o dr. Ramiro.

— E com o Fontoura aqui — disse Ramiro categórico. — Jantamos lá em casa amanhã. Sete horas, Fontoura, para dar tempo de tomar uns drinques antes.

Quando o Fontoura saiu Ramiro apertou o botão da campainha que tinha embaixo da mesa e colocou o rosto entre as mãos como um homem exausto de pensar e agir. Vanda entrou.

— Sim, dr. Ramiro.

— O senhor está vendo? — disse Ramiro a Nando. — Está vendo como é difícil fazer alguma coisa neste país? Eu aceitei esse abacaxi dos índios por amizade ao ministro Gouveia, que devia ser nosso próximo presidente da República mas que o dr. Getúlio botou num Ministério que é prêmio de consolação. E quando a gente encontra, para um trabalho no meio do mato, que ninguém quer, um cara como o Fontoura, dedicado e esforçado apesar de bêbado, é isso que o senhor vê. Todo intransigente, todo cheio de nós pelas costas.

— Eu o ouvi dizer que está há quinze anos com o SPI? — disse Nando.

— Pensei que fosse até mais — disse Ramiro. — Antes de entrar para o SPI ele se embrenhou pelo mato. O João Alberto, quando começou a Fundação Brasil Central, já encontrou o Fontoura por lá, no rio das Garças.

— O senhor deseja alguma coisa? — disse Vanda que continuava à espera. — Eu preciso bater antes do almoço seu ofício ao ministro.

— Temos jantar amanhã lá em casa, com padre Fernando, Vanda. O mais importante no caso é que o Fontoura não deixe de vir. Fique de olho nele amanhã de tarde. Não deixe ele encher a cara antes de ir lá para casa. Convide também o Falua.

103

— E a Sônia?

— Claro — disse Ramiro.

— Otávio Cisneiros também. Esse — disse Ramiro a Nando — é ex-comunista, ou falso ex-comunista, criptcomunista, uma coisa assim. É comuna nas entranhas. Foi da Coluna Prestes. Andou até metido na intentona de 1935. Mas é a tal história. Gosta do mato, adora se afundar no Xingu e esses homens são poucos. Botei ele no Xingu. O que ganha por mês não paga um jantar no Bife de Ouro. Eu conheci ele na Faculdade de Medicina. Deixou antes de acabar o curso mas fomos colegas uns três anos.

— Ah, o senhor é médico? — disse Nando.

— Sou, mas nunca exerci a profissão. Essas coisas de família. Meu pai era médico, além de farmacêutico, e me fez seguir a profissão.

O cheiro de remédio pareceu a Nando mais acentuado do que nunca. Seria o odor de uma família de médicos e farmacêuticos?

— Mas eu estou lhe falando no Otávio para que compreenda meus problemas. Ainda que quisesse eu não podia lhe dizer de cara que tocasse para o Xingu e plantasse ao lado do nosso Posto a sua Matriz...

— Prelazia — disse Nando.

— ...por causa dessas coisas — disse Ramiro. — A gente lida com gente esquisita. Otávio, culto e bonitão, fica lá escrevendo relatórios e dando injeção em bugre. O Fontoura levou uma ocasião oito anos sem vir sequer a Cuiabá ou mesmo a uma aldeia como Xavantina! Isso se crê?

— Admirável — disse Nando. — Acho magnífico. Que exemplo para nós padres. E sem acreditar em Deus. Ou Fontoura talvez...

— Deus? — riu Ramiro. — Fontoura? Só se ele acredita em Tupã, Sumé, um desses pajés.

Nando abanou a cabeça. Almas fundas. Deviam apenas ter perdido Deus de vista.

— Oito anos naquele matagal, urrr, que horror — disse Ramiro.

— O senhor não aprecia muito esse tipo de vida — sorriu Nando.

Ramiro se formalizou, ajeitou o colarinho.

— Padre Fernando, não se iluda. Eu sou um servidor público e conheço minhas obrigações. O senhor terá todo o apoio de minha parte e do ministro Gouveia. Mas aqui entre nós, que podemos confiar um no outro, viver no mato é vida de bicho. É duro, padre, depois de milênios de evolução a gente dedicar a vida a uns caboclos que ainda nem inventaram uma machadinha decente. Quando veem uma machadinha de loja de ferragem os índios lambem os beiços. Mas o senhor gosta daquilo, pelo jeito.

— Ah, espero dedicar minha vida a eles — disse Nando.

Ramiro se levantou.

— Pois quando o senhor estiver instalado no Xingu vou visitá-lo — disse Ramiro. — E combine com dona Vanda a ida a minha casa amanhã. Eu próprio verei se o ministro Gouveia vem também.

Do lado de fora Vanda disse a Nando.

— Vai ser a primeira visita de tio Ramiro aos matos do Brasil.

— Ele nunca foi ao Xingu?

Vanda deu uma risada.

— Tio Ramiro? Nasceu no Catete, mora no Catete e do Brasil, além do Rio, conhece apenas São Paulo. De bom grado só sai do Catete para ir à França.

Uma vez entabulado o contato com Ramiro, Nando saiu a dar longos passeios pelo Rio. Via sua missão em frente, os caminhos limpos. Mas quase sufocava com uma alegria desapoderada diante de si. Separado do mundo do seu tempo. Só gemendo é que se chega à grandeza da condição humana. Nega-se a possibilidade de milagres quando o que mudou foi a sede deles. A esfera dos milagres mais embutida nas pessoas. Ao homem mais sofisticado Deus não vai ensinar ou consolar com as arbitrárias intervenções de há dois mil anos. Seria um desastre o milagre fotografado, radiografado, gravado. Deus se move com o mistério, com a sombra. Que milagre maior do que o feito por intermédio do corpo de Winifred? E Deus lhe entregara a mulher como a um menino paralítico entregaria o dom de caminhar. Podia agora chegar aonde queria. Podia inclusive voltar à castidade ferida uma vez. Devia. Sofrerá apenas uma revelação informativa.

Ramiro tinha seu luxuoso apartamento num edifício em cujo rés do chão funcionava a Farmácia Castanho, antiquada e elegante, de prateleiras de madeira que subiam até ao teto e velhos anúncios pitorescos colocados em moldura e protegidos por vidros: do elixir de inhame, do xarope São João da Barra, de Bromil. No apartamento de Ramiro, herdadas sem dúvida do pai, gravuras de Cristo curando uma criança, de Charcot dando aula na Salpêtrière, de Pinel tirando os grilhões que acorrentavam os loucos. O jantar, servido por um criado de jaleco branco e gravata preta, foi elegante. Nando diria que todos bebiam sem parar antes como durante o jantar, mas reconheceria que ninguém estava sequer alegre até sair o ministro Gouveia. Falua falava o tempo todo e Vanda, é bem verdade, ficara em breve com a voz mais caprichada, por assim dizer, mas nada de se notar. As atenções de dr. Ramiro para com Sônia se acentuaram bastante depois dos primeiros uísques. Mas não tinha nada a ver com aquilo e, além do mais, não lhe ficava bem observar tanto os outros quando ele próprio bebia limonada. Nando puxou conversa com o Fontoura.

— O senhor não imagina como admiro seu trabalho entre os índios.

— Eu gosto de viver no mato — disse Fontoura.

— Mas há maneiras mais fáceis de se viver no mato.

— Quais? Diga que eu topo.

Nando deu de ombros.

— Com sua experiência o senhor podia ser caçador, podia tomar conta de alguma fazenda, arranjar sua própria terra.

— Tudo isso dá muito mais trabalho do que beber cachaça numa rede e distribuir rapadura entre os índios — disse Fontoura.

Fontoura bebeu meio copo de uísque como se fosse água e quando Nando ia replicar seu rosto se animou. Chegava o último convidado.

— Otávio! — bradou o Fontoura que se encaminhou para ele. — Quedê a Lídia? Não vem?

— Não — disse Otávio. — Tinha ainda uns clientes.

— Ela já te analisou também? — perguntou o Falua enquanto Otávio cumprimentava todos.

— Só as pessoas interessantes é que se analisam, segundo a Lídia — disse Otávio.

— Eu sempre pensei que você fosse um homem interessante, Otávio — disse Vanda. — Por que é que a Lídia te atura?

— Para repousar das pessoas interessantes que analisa o dia inteiro — disse Otávio.

O ministro Gouveia se aproximou de Nando.

— O Ramiro me diz que o senhor tem excelentes planos para nos ajudar no Posto Capitão Vasconcelos — disse.

— Se for possível em toda a zona do Xingu e da Amazônia. Só mesmo o SPI e missionários têm os meios e o ânimo para auxiliar o indígena brasileiro.

— É verdade — disse o ministro grave. — Nós somos os missionários leigos.

Nando precisava se despir de malícia. O ministro também trocava olhares com Sônia? Ou esta espécie de olhação era o comum de festas assim no Rio?

— Estou convencido, e o Ramiro também, de que da ligação dos nossos esforços pode sair uma nova era para o silvícola — disse o ministro Gouveia desatando os olhos dos de Sônia.

— Para isto, ministro, a gente precisa é do Parque Indígena do Xingu — disse o Fontoura, metendo-se na conversa.

Ramiro olhou o grupo com apreensão. Fontoura desinibido era sempre um perigo potencial à saúde de uma reunião elegante.

— O presidente me prometeu que muito breve assina o decreto do Parque — disse o ministro. — Com boas verbas.

— Se demorar — disse Fontoura — quando assinar não existe mais o Parque. Só existe o decreto. Não fosse Rolando Vilar, os grileiros já tinham deixado o índio sem o espaço de uma horta no Xingu inteiro.

— Eu sei — disse o ministro — que Vilar tem a admiração de vocês todos e, portanto, a minha também, mas é preciso que vocês, amigos dele, o advirtam. Ele está crivado de processos administrativos porque não obedece ao Ministério. E não são processos da minha gestão, não. Eu até que tenho procurado proteger o Vilar mas...

— Proteger o Vilar? — disse Fontoura com exagerado espanto. — O Vilar é quem naturalmente protege a nós todos.

— Bem, eu sei o que estou dizendo — disse o ministro. — Mesmo na minha gestão ele já teve dois processos.

— Porque terminou uma estrada indispensável à Colônia Agrícola que dirige e a Goiás e Mato Grosso em geral, e porque se recusou a cumprir ordens de plantar mil coqueiros-anões antes da visita de não sei que figurão.

— Senhor Fontoura — disse o ministro —, eram ordens emanadas do Ministério.

Nando viu Otávio apertando o braço do Fontoura.

— Claro, claro — disse Otávio —, e ordens têm de ser cumpridas. O Vilar às vezes se excede. Mas por isso, ministro, é que ele deseja tanto sua visita àquelas bandas. O Vilar sabe que se o senhor visitar o centro do Brasil e sentir no local as suas necessidades, vai compreender por que crivam de processos um homem que só deseja trabalhar.

— O jantar está servido! — bradou Ramiro ansioso por acabar com a conversa.

Fontoura não disse mais nada. Durante o jantar beliscou o que lhe serviram e tomou mesmo o vinho que não lhe serviram, o vinho de Sônia, que estava diante dele. Sônia não podia conter o riso a cada vez que seu vinho sumia na goela do Fontoura, de copo invariavelmente seco. E como a alegria de Sônia alegrava tanto o anfitrião quanto o ministro, não houve mais problemas com Fontoura. Nando ficou entre Vanda e Otávio.

— Já ouvi falar do extraordinário trabalho de Rolando Vilar à frente da Colônia Agrícola de Mato Grosso — disse Nando. — Mas pelo que estou sabendo trata-se de um homem verdadeiramente fora do comum.

Otávio olhou sério para Nando.

— Você ainda não me conhece, padre Fernando, e pode achar que tenho o entusiasmo fácil. Eu lhe garanto que não.

Vanda riu, interrompendo.

— Puxa! Acha todo o mundo malandro ou burro.

— Pois bem — continuou Otávio —, Rolando Vilar é um dos dois ou três brasileiros vivos mais importantes. Mais inteiramente vivos.

— Mas precisa ser esperto também, além de ser vivo nesse sentido, Otávio — disse Vanda. — Ele acaba expulso do serviço público debaixo de tantos processos.

— Eu sei, mas nisto o Vilar tem uma teimosia de inspirado. Fazer besteira, empregar estupidamente o pouco dinheiro que lhe dão para a Colônia não faz, não.

— Schiu! — disse Vanda. — Não precisa criticar as autoridades em voz tão alta.

Mas a principal autoridade, o ministro, disputava com Ramiro as atenções de Sônia.

— Pois eu não acho nada boa a posição do presidente — disse o Falua. — Ele está perdendo substância todos os dias. A oposição se avoluma.

— Contanto que antes de cair ele aprove o Parque Indígena — disse Otávio a Vanda, por trás da cabeça de Nando.

— Inteiramente falso — disse o ministro Gouveia. — Só a Folha da Guanabara é que acha isso, Falua.

— Não, ministro, pelo amor de Deus não se iluda. Aliás, eu acho que foi um erro esse novo período de governo. O homem é outro, muito mais moroso, fraco.

— Ao contrário, Falua, agora ele está no auge da sabedoria política. Ninguém pode com ele no Brasil.

— Ministro — disse Otávio —, fora de qualquer interesse meu pelo Parque, eu acho que faria um bem enorme ao presidente afastar-se uma semana que fosse do Rio. Ele não só se desintoxicaria desse ambiente horrível da Capital como daria ao País uma impressão de tranquilidade, indo ao Mato Grosso inaugurar o Parque Indígena. Dentro de pouco tempo os uialapiti dão um quarup. Se o presidente comparecesse era ótimo.

— Ah, sim, sim. Quarup — disse o ministro olhando Ramiro.

— Quarup, é aquela festa...

E Ramiro olhou Fontoura que bebia obstinadamente, olhos no prato cheio de comida.

— Sim, sim, claro. Vamos todos ao quarup — disse o ministro erguendo o copo em direção a Sônia. — Vamos formar um grupo maior, em torno do grupo que aqui se encontra.

— Isto, ministro — disse Otávio. — E se o presidente for, ninguém fala mais em crise.

— Se for o ministro — disse Ramiro — já é um colosso.

— Vira para mim! Estou falando com você.

Era a voz do Falua, desviando do ministro Gouveia os grandes olhos de Sônia. O ministro pigarreou.

— Bem, vamos tomar café na outra sala — disse Ramiro levantando-se prontamente.

Falua puxou Sônia para um canto e evidentemente falava-lhe com vivacidade. Ramiro se aproximou.

— O que é isso? Arrufos?

— Não, ô Ramirinho, mas eu não tenho bico no Ministério. Não devo nada ao ministro. Ele é quem tem necessidade do jornal. Não precisa ficar de olho pregado na Sônia a noite inteira.

— Meu querido — disse Ramiro vendo o ministro ocupado com Otávio do outro lado da sala —, eu sou colega do Gouveia desde os bancos da escola. Ele sempre foi amável com as damas.

— Está certo. Mas então Sônia não precisa se derreter toda para cima dele.

— Ih, Falua — disse Sônia —, que enjoo.

— Ela até que é boa menina — disse Vanda a Nando — mas muito da ralezinha. Negócio de escola de dança, sabe? As moças têm um cartão e cada vez que são tiradas para dançar fazem um furo no cartão. Não sei quanto fica para o *dancing* e o resto é delas. Mas o Falua descobriu que ela é russa e que tem nitchevô.

— Tem o quê?

— Disse que é uma aflição assim indefinível. As penas do mundo refletidas em Sônia.

Sônia deixou Ramiro e Falua conversando sobre ela e se acercou de Nando e Vanda, sem saber que faziam o mesmo. Grandes olhos negros, líquidos.

— Ai, deixa eu vir para perto do padre — disse Sônia. — Homem é uma encrenca! Puxa, que gente encrencada!

— Nisso você tem razão — disse Vanda.

— Desculpa, seu padre, se eu escandalizo o senhor, mas é por isso que eu vou morrer sem me casar. De vez em quando fico assim gostando de um homem mas acabo não casando com ele. É só encrenca.

O ministro andou para Ramiro.

— Meu caro Ramiro, a prosa está tão boa quanto o jantar, mas ainda tenho uma reunião do partido hoje.

— Lamento que tenha de sair tão cedo — disse Ramiro.

— Bem — disse o ministro se despedindo de todos em geral, para sossego do Ramiro —, espero revê-los muitas vezes, antes disto, mas convido desde já os presentes ao carup...

— Quarup, ministro — disse Otávio.

— Ao quarup do Xingu, em agosto.

Quando o ministro saiu o Falua se aproximou de Sônia, sentou-se ao seu lado no braço da poltrona, segurou-lhe a mão.

— Sônia Dimitrovna, me humilhe agora como quiser.

— Eu não quero humilhar ninguém. Quero que você me deixe em paz. Seu chato. Eu não sou sua mulher não.

— Mas aceite a *amende honorable* do Falua, minha cara Sônia — disse Ramiro segurando a outra mão de Sônia.

— Eu sou um monstro — disse o Falua. — Morro de pena de mim mesmo e de inveja das estepes sem fim quando Sônia passa dias sem me falar, tomando chá, de roupão, os olhos vazios de tudo, mas me irrito quando vejo que aceita a homenagem, tão natural no caso dela, do desejo dos homens.

— Bonito — disse Ramiro. — Ele merece até um beijo, Sônia.

— Só serve para fazer discurso, é a única coisa — disse Sônia.

— Sônia — disse o Falua —, você sabe que eu quero me casar com você.

— E eu não aceito não. As meninas da escola acham formidável casar, casar com qualquer um, mas eu não. Ia ser encrenca em cima de encrenca. Homem é encrencado de natureza e você tirou diploma de encrencado.

— Eu, minha Sônia, sou o cara mais despreocupado do Rio de Janeiro. Você é que fugiu de uma dasha, num trenó puxado por alces para me encrencar e me tornar maravilhosa a vida. Você é grande demais para mim. Um Volga desaguando na Lagoa Rodrigo de Freitas.

— Bonito, lindo! — exclamou Ramiro apertando convulsivamente o braço de Sônia. — Isto merece champanha — disse ele estentórico. — Champanha.

— Bem, minha gente, eu também tenho de ir — disse Otávio.

— Não antes de beber um brinde a Sônia Dimitrovna — disse Ramiro.

— Tenho de sair já. Um encontro sério. Se esta festinha ainda dura muito eu volto. Digo a Lídia que me encontre aqui.

— Isto não acaba nunca — disse Ramiro. — Estaremos eternamente aqui.

Sem uma palavra o Fontoura se levantou e apertou a mão de cada um. Ia com Otávio. Nando, que também pretendia sair com Otávio, hesitou. Se dissesse que ia, o Fontoura era capaz de ostensivamente ficar. Ou de puxar discussão. Sua cara era de pouquíssimos amigos. Quando saíram os dois e o champanha foi servido, Ramiro disse ao criado que podia ir dormir. E, marchando a um aparador no canto da sala, tirou de lá duas caixas. Nando pensou que fossem charutos.

— Viva o Ramiro — bradou Falua —, agora sim vamos fazer um brinde digno de Sônia Dimitrovna. O frio da alma siberiana perfumado e afogueado pela vibração dionisíaca dos cariocas.

Era uma caixa de lança-perfumes de vidro e uma de metálicos. Sônia encolheu os ombros num arrepio.

— Ai, a primeira cheirada é um horror.

Ramiro tirou do bolso e sacudiu no ar um imaculado lenço de linho, que molhou de éter e entregou a Sônia.

— Toma depressa, ó russa atormentada — disse Falua. — Passa logo à cheirada número dois.

Nando se levantou perplexo, sem entender muito bem o que via.

— Padre Fernando — disse Ramiro —, isto é apenas uma brincadeira. Como somos todos carnavalescos gostamos de fingir, quando nos encontramos, que o Carnaval está na rua e está conosco. É uma cheiriscadinha, e pronto.

— Entra o Carnaval dentro de nós! — disse o Falua.

— É que está mesmo na hora — disse Nando. — Amanhã tenho de levantar cedo.

— Faço questão de deixar o nosso padrezinho em casa — disse o Falua. — Num instante descemos juntos que tenho minha fubica na esquina, perto do Carrasco.

Vanda, apesar de parecer conter o riso com a situação em que se via Nando, tentou ajudar.

— Não. Se padre Fernando quer ir não vejo por que havemos de guardá-lo neste cabaré.

Ramiro olhou o relógio.

— É uma cheirada e dentro de vinte minutos estaremos todos na rua. Saímos no meu carro, que é grande, levamos padre Fernando e vamos tomar um drinque no Joá.

Quando Nando reviu Vanda, no SPI, no dia seguinte ao do jantar de Ramiro ela sorriu mas cobriu o rosto como uma criança encabulada.

— Padre Fernando, estou morta de vergonha por todos nós.

Nando sentiu, ao falar Vanda, um cheiro de Ramiro. Será que o homem cheirava éter todas as noites?

— Qual nada, dona Vanda, nosso ofício é compreender tudo.

— Para poder perdoar tudo, não? — disse Vanda brejeira. — E absolver a todos.

— Bem — disse Nando —, perdoar sempre. Absolver já é questão mais técnica. Como vai o nosso Ramiro?

Nando não tinha nenhum interesse em discutir o jantar e o depois do jantar. O melhor era fingir que não assistira à cena da rua.

— Por estranho que pareça, tio Ramiro tem pensado no seu caso sim. Acho que gostou da ideia e do seu jeito, não sei. Talvez seja mal de família. Acho que o senhor inspira confiança às pessoas.

— E é uma família amável — disse Nando.

— Vou lhe dizer uma coisa, padre Nando, o Fontoura, por exemplo, podia conseguir muito mais de titio lá para os índios dele. Se não fosse tão... Assim tão grosseiro, sei lá.

— Me parece um homem dedicadíssimo ao seu trabalho.

— Mas não é agradável.

— Ah, isto não é não — disse Nando. — Amabilidade não é muito virtude dos verdadeiramente virtuosos, dona Vanda. São gente áspera, sofrida e sofredora.

Vanda olhou Nando longamente, com um meio sorriso.

— O senhor não é, padre Nando.

— Em compensação ainda não realizei nada.

— Ah — disse Vanda —, se é para o senhor voltar do Xingu como o Fontoura vou botar areia nesse negócio da sua ida.

— Família amável — disse Nando.

— O senhor exagera. Tio Ramiro hoje não quer vê-lo nem pintado.

Vanda riu com a cara preocupada que fez Nando.

— Não, não é bem isto não. Ele também se sente um tanto sem jeito. Me telefonou de casa. Quer que antes de você se encontrar de novo com ele aqui saia para jantar...

Vanda estava realmente se divertindo. O gesto esboçado por Nando de recusa, de desculpa a apresentar por não aceitar, trouxe-lhe de novo o riso.

— Não se assuste. Jantar de churrascaria. Carne, salada, chopinho. Quase como fazer ginástica na praia. A ideia de tio Ramiro é a de que depois de meter uma pessoa como você num jantar que quase deu em polícia — também é uma polícia tão idiota esta — o melhor é reatar as relações num ambiente público. E bem inocente. Sabe como é que ele me falou?

Nando fez que não com a cabeça. Também ele tinha sua preocupação. Como defini-la? Não, claro que não era preocupação oposta à de Ramiro. Não, isto não exprimia a verdade de nenhum ângulo possível ou imaginável.

— Ele falou: "Como é que eu vou encarar com o raio do padre, que é tão moço e simpático mas que parece meu avô?"

— Avô dele? — disse Nando.

— O que tio Ramiro quis dizer é que você tem força moral, que é maduro para os seus anos.

Nunca, jamais, em tempo algum Nando cheiraria outro lança-perfume, ainda mais agora que sabia o cheiro detestável de éter sulfúrico que ficava nas pessoas.

— Seja como for — disse Vanda — hoje ele nem vem ao Ministério. Aceite o jantar. Vai ser ótimo. Lá no Alpino, no Leme. Tio Ramiro conhece todos os garçons.

— Mas quando é que você acha que eu vou poder conversar a sério com o ministro Gouveia? Eu queria expor detalhadamente os planos que temos para a Prelazia e marcar minha viagem.

— Pois vamos conversar tudo isso no Alpino, para restabelecer os contatos como se nada tivesse acontecido. Depois tudo correrá sem dificuldades. Sua proposta pode contar que já foi aceita.

— Mas ainda ninguém viu nada direito! — disse Nando. — O ministro da Educação devia também ter conhecimento dos planos.

— Não complica a jogada não, padre Nando. Deixa tudo nas mãos de tio Ramiro e do ministro Gouveia. O presidente parece que quer mesmo visitar os postos do SPI, e quanto mais coisas houver a inaugurar, melhor para o governo. Sua Prelazia chegou bem na hora e o tal do quarup vai ser um sucesso, seja lá o que for.

— Deus lhe ouça, Vanda, eu estou ficando preocupado.

Vinha entrando Otávio e Vanda repetiu o gesto que tivera ao entrar Nando.

— Sua viciada — disse Otávio segurando o queixo de Vanda e tirando-lhe o rosto das mãos.

Depois cumprimentou Nando que a si mesmo perguntou, inquieto, se também estaria fedendo a éter.

— Chegou bem em casa, padre Nando? — disse Otávio.

Nando falou tentando engolir o próprio hálito.

— Muito bem. Desculpe se saí um tanto apressado.

— Fez o papel — disse Otávio. — Tratou de sumir rapidamente e nem devia ter feito outra coisa. Aquilo ia no máximo resultar numa idazinha ao distrito sem maiores consequências. Mas uma batina no meio dava notícia de jornal.

— Pelo menos notícia da Tribuna Popular — disse Vanda.

Otávio deu de ombros.

— Seria natural, não? Sabe que você, Vanda, quando saiu da prise da calçada exclamou "Pai!" como se tivesse visto não sei o quê? O que é que você estava vendo, ou pensando?

Exatamente isso, Pai, pensou Nando. Também ele queria perguntar a Vanda. Estranhas coisas surgiam como um rolo de cinema diante da gente só que um cinema em que somos espectador e tela e somos ainda uma terceira pessoa que gostaria de intervir em tela e espectador e às vezes há, não inteiramente confundido, um sofrimento dos três, principalmente da tela. Detestável criança no estúdio da Renascença.

— Eu? — disse Vanda. — Pai? História sua, Otávio.

— Palavra de honra. Uma meninazinha que estivessem arrancando da mão do pai numa plataforma ferroviária não teria falado com mais intensidade e amor do que você.

— Para com isso, Otávio, você está inventando coisas.

Otávio riu, segurando de novo o queixo de Vanda.

— Juro, meu bem, mas se estou te chateando não falo mais. Cuidado com a Lídia, hem. Se imagina que andas à procura do pai, ou que tens fundos problemas psicológicos, não descansa enquanto não te deitar no sofá.

Como Nando temia, pouco se falou, no Alpino, dos postos do SPI e Prelazia do Xingu. Só muito de início. Ramiro Castanho estava sério e grave, expondo a Nando seus planos à frente do Serviço. Os demais eram quase todos empregados seus, por isso não riram nem estranharam a preleção, destinada a impressionar Nando. É bem verdade que Vanda, quando Ramiro começou a exposição, piscou o olho para Nando e Otávio, que estavam diante dela. Lídia não prestava nenhuma atenção. Fumava, bebia e estudava Nando. Sônia só fumava e bebia. A chegada do Falua é que acabou com a penosa hora do aperitivo, um severo martíni adocicado de que ninguém parecia gostar. Quando Falua entrou Vanda lhe fez, com grande seriedade aparente, sinal para que se sentasse e não interrompesse Ramiro.

— De maneira que o seu plano me deu essa ideia. Por que continuarmos a tentar atingir paralelamente um mesmo ponto, que assim jamais atingiremos?

— Só nos sem-fins do infinito — disse o Falua dando um beijo em Sônia e provando o martíni dela com uma careta.

— É incrível que o Estado e a Igreja não se houvessem unido há mais tempo, de forma indissolúvel, para resolver a questão do índio — disse Ramiro.

— Perdão — disse Otávio — se sirvo um pouco de advogado do Fontoura e do diabo. A Igreja e o Estado são separados no Brasil e estou certo de que jamais poderíamos aceitar, como temos feito, certo tipo de auxílio das missões protestantes, que são muito eficientes, se estivéssemos *indissoluvelmente* ligados aos padres católicos.

— Mas tenho certeza — disse Nando — de que não há na Igreja Católica do Brasil o menor desejo de impedir que as seitas protestantes prestem também sua ajuda.

— Você tem certeza por você mesmo — disse Otávio — que parece um padre arejado e instruído e que já deve ter tido contato com bons protestantes.

Boníssimos, pensou Nando, que viu primeiro a cara séria de Leslie anglo-holando e depois lençóis e chamas ruivas que lhe haviam atormentado o sono da véspera.

— Não — disse Ramiro —, precisamos fazer justiça à Igreja. As coisas estão muito mudadas hoje em dia. Senão, meu velho, teria sido difícil empregar você.

Argumento *ad hominem*, pensou Nando, golpe baixo.

— Mas eu não sou nada, e não faço nada — disse Otávio. — Os missionários protestantes, não se esqueça, entre outras coisas, põem os indiozinhos para cantar hinos que dão urticária nos católicos.

— Por falar em urticária — disse o Falua — como é que se chama a festa que vamos ver no Xingu?

— Quarup — informou Ramiro.

— O que é que isso tem a ver com urticária, Falua? — perguntou Lídia.

Cabelos curtos e lisos, traços delicados, peito baixo, fumando com longa piteira, Lídia parecia uma melindrosa da década de 1920.

— Quarup parece nome de coceira — disse o Falua. — E o eterzinho estava bom outro dia, hem?

— O que passou, passou — disse Ramiro. — Uma brincadeira e pronto.

— Brincadeira? Éter? — disse o Falua. — Tira o cavalinho da chuva, Ramiro. Só é brincadeira durante o Carnaval. Ah, o Iate Laranja — suspirou.

— Nós éramos uns rapazolas naquele tempo — disse Ramiro.

— Mas que revelação! Que beleza de porre!

— Falua está falando num famoso Carnaval em que o Cordão dos Laranjas montou um navio inteiro para os bailes, nos terrenos da esplanada do Castelo — disse Ramiro a Nando. — Mas eu imagino que essas conversas lhe sejam desagradáveis.

— Nada disto — disse Nando. — Um Carnaval como o do Rio ou do Recife é prova da vitalidade do povo. É pena que essa vitalidade não seja canalizada para tanta coisa séria que temos a fazer, durante o ano inteiro. Em si mesma tem um valor positivo.

— Se a gente fizesse um Carnaval de trabalho o ano inteiro — disse o Falua — ia chegar exausto ao Carnaval propriamente dito. Por isso é que não há Carnaval na Alemanha, na Rússia, nos Estados Unidos. Viva o Brasil, país droga e alegre.

— Viva — disse Lídia. — Um país drogado e descomplexado.

— Mas ó Ramirinho — disse Falua — por que é que vocês estão bebendo essa coisa hedionda? Se estamos sem fundos para o escocês podíamos pelo menos meter uma batida.

— Não — disse Vanda. — Tio Ramiro decretou que hoje só chope. E a carne está chegando.

— Ramiro — disse Falua — em atenção à epopeia dos Laranjas! Vamos, homem.

— Éter, não! — exclamou Ramiro como temeroso de não resistir.

— Não, mas eu pelo menos vou tomar uísque — disse o Falua.

— Vê se não enche a cara — disse Sônia. — Senão dá encrenca.

— Garçom! — bradou o Falua. — Um uísque aqui. Dois? — disse ele olhando Lídia. — Três? Quatro? Traz a garrafa, companheiro, gelo e soda. Não consigo esquecer o imperador dos porres! Majestoso.

— Também, pudera — disse Ramiro se animando com o gorgulhar do uísque em pedras de gelo. — Te expulsaram do Iate. Nós dois fantasiados de marinheiros. De branco, casquete.

— Ah, que noite. Ainda preciso escrever aquilo. Eu estava com a Dedé. Desculpe, Soninha, meu amor báltico, isso foi há muito tempo.

Sônia fez um muxoxo de indiferença.

— Tu, Ramiro, tu estavas com aquela uva do Avenida, de nome grego, como era mesmo? Aspásia, Clitemnestra?

— Ifigênia. Ifigênia, mulata dos coros gregos, você chamava ela — disse Ramiro, riso estourando nas bochechas pálidas.

— Eu só me lembro — disse o Falua — de cheirar, cheirar lança-perfume, depois sair do cordão com a Dedé e começar a dançar agarrado. Encharquei o ombro do corpetinho de cigana que ela estava usando e enterrei o nariz naquele gelo adorável, com pele de Dedé por baixo.

Falua meteu o nariz no copo de uísque, aspirou fundo.

— Quando você saiu do cordão eu ainda vi — disse o Ramiro. — "Olha o Falua como está romântico" — disse Ifigênia mulata dos coros gregos. — "Vai dançar sozinho com a Dedé. Abandonou o cordão."

— Aí — disse o Falua emergindo do copo — o Iate Laranja desatracou do chão, derreteu o capim da Esplanada, flutuou passando pela igreja de Santa Luzia todo embandeirado e entrou no mar... No mar... No mar... Saiu da barra costeando o Pão de Açúcar, todo náusico e caraveloso. Se aquele troço continuasse eu ia chegar às Ilhas Bem-Aventuradas. Mas...

Sônia abriu a boca enquanto o Falua engolia o uísque dum trago só. Evidentemente conhecia a história de longa data. Vanda sorria, amável mas também informada do que vinha. Ramiro, que tinha vivido o episódio, bebia os ares do Falua, debruçado na mesa. Os demais estavam todos presos à histrionice do Falua.

— Mas era tarde — disse o Falua — e meu crime grave demais para que o capitão pudesse aguardar os vagares de um julgamento em terra. Ou mesmo de organizar a bordo um tribunal de oficiais. Só podia mesmo me levar ao portaló e dizer duro e seco: "Atire-se! Afogue essa vergonha no mar!" A quinze dias de qualquer terra eu tinha envenenado à noite a água de bordo. No dizer do marujinho louco de sede, amarrado ao mastro para não se jogar ao mar, era como se eu tivesse infeccionado todas as nascentes, todos os olhos-d'água, fontes e minas do mundo. E nem se tratava apenas disto, como bradavam em fúria os oficiais por trás do braço estendido do capitão. Eu tinha misturado ao café da ceia os grãos comprados à voduzeira de Porto Príncipe e em sonhos tremendos os grumetes e oficiais noivos haviam barbaramente deflorado as namoradas. Não podia ter sido sonho, diziam. Como iam esquecer os ensanguentados lençóis retirados do leito casto dos beliches? "Atire-se! Vamos!" Eu me atirei na goela do mar bravio. Aqueles pulhas não ousavam nem julgar-me. Eu ia abotoar uma onda no ombro feito um manto de rei. Ia sair pelos campos transformado em maremoto... Mas caí foi no chão duro, rolei em barro e capim.

Ramiro estourou numa gargalhada, enquanto virava mais uísque para o Falua.

— Magnífico! Puxa. Você cada vez conta melhor — disse Ramiro.
— Quando eu cheguei perto com Dedé e a Ifigênia...

— Mulata dos coros gregos — disse o Falua.

— ...você estava apalermado, olhos vidrados, olhando para todos os cantos, casquete por cima duma orelha. Em volta de você a polícia e metade da Diretoria do Cordão dos Laranjas.

— Meus amigos, os sacanas — disse o Falua.

— E você transpôs para o sonho do éter tudo o que estava lhe acontecendo, assim como nos contou? — disse Lídia.

— Assim — disse o Falua. — Pela alma de minha mãe.

— Me falou isso tudo logo em seguida — disse Ramiro. — Ainda meio apavorado como se o capitão e os oficiais estivessem atrás dele. Corrido do Iate Laranja como porrista.

— Apavorado eu não estava — disse o Falua. — Estava com cara de prise, não duvido, mas foi uma experiência de um tal vigor que fiquei um novo homem a partir daquele dia, palavra.

— Aí é que começa a tua conversa fiada — disse Ramiro agastado.
— A missão educadora do éter e não sei mais o quê.

— Conversa fiada, uma ova — disse o Falua. — A gente esculhamba o Brasil, diz que essa droga não vai para a frente, mas só a descoberta do lança-perfume torna este país uma coisa única no mundo, espera aí.

— Descoberta do lança-perfume? — disse Otávio. — Nós não descobrimos coisa nenhuma. Usamos bisnagas de anestesia para substituir os limões-de-cheiro e os não sei que mais que se usava no entrudo.

— Eu sei, eu sei, Otávio, que quem descobriu o éter deve ter sido um Karamazov qualquer de acordo com você, um Monsieur Dupont de acordo com Ramiro ou no duro mesmo vai ver que um Mr. White. O que eu quero dizer é que povo nenhum antes de nós tornou o porre de éter um festim popular. O Carnaval é isso, é um povo inteiro de inconsciente escancarado durante três dias e quatro noites.

— Você sabe quanto custa um lança-perfume? — disse Otávio.

— Não sei nem quero saber — disse o Falua.

— Então não exagera. Não mete o povo no porre dos grã-finos e da classe média.

— Nós devíamos usar o éter nos colégios — disse o Falua — para ensinar aritmética às criancinhas adormecidas. Devíamos fazer um oleoduto de éter pelo Corcovado acima, que fosse dar numa grande bisnaga na mão do Cristo que esparziria permanentemente o frio e delicioso conhece-te-a-ti-mesmo sobre os cariocas, o povo mais genial desde os atenienses.

Nando apenas sorria, mais discreto que os outros, mas sentia um estranho desejo de éter. Ainda bem que não havia lança-perfume ali! Tinha saudade até do cheiro, tão repelente logo de início, do dzim-dzim-dzim que precedia as visões coloridas.

— Essas drogas são todas a mesma coisa — disse Otávio. — O consumo delas está aumentando nos países do Ocidente, que querem escapar de si mesmos.

— E o ministro, como vai? — disse Sônia ao Ramiro.

O rosto do Falua se ensombreceu. E o de Ramiro também.

— Bem — disse Ramiro —, vamos levantar acampamento. Garçom! Padre Fernando, amanhã às dez horas no Ministério. Vamos acertar tudo. Ah, mas eu o deixo no hotel. É meu caminho.

No automóvel que Ramiro dirigia Nando sentiu que devia recusar o convite de ir "conhecer a Farmácia Castanho". Já tinha desanimado de conversa séria com Ramiro. O que devia fazer era ir dormir.

— Acho que é muito tarde, dr. Ramiro.

— Deixe o doutor de lado, que eu também vou chamá-lo Nando. E venha. Meia hora no máximo. Vale a pena ver a Farmácia e minha coleção de antiguidades médicas. Eu adoro remédios, sabe?

— Remédios? — disse Nando. — Tem um interesse neles como remédios?

Nando temia e esperava que Ramiro fosse falar no éter, pelo menos. Ele teria forças para recusar qualquer programa de cheiração, mas gostaria de ouvir outras opiniões, pelo menos, além da do Falua.

— Bem — disse Ramiro —, como símbolos, não é? A longa luta da humanidade sofredora que está por trás dos rótulos, das caixas, dos vidros.

Ramiro levantou o toldo da rua e depois abriu com chave a velha porta de madeira da Farmácia. Quando acendeu as luzes, no seu rosto Nando surpreendeu uma expressão de encantamento. Era realmente bonita a Farmácia *belle époque*, vista assim sem ninguém, gratuita. Ramiro, como ia explicando, tinha modernizado o estabelecimento com novidades úteis mas sem tocar nas graciosas velharias.

— Olhe, por exemplo essas duas botelhaças com seus líquidos corados — disse Ramiro.

— Fascinantes — disse Nando. — Sempre tive vontade de saber o que é que há dentro delas.

— A azul tem sulfato de cobre. Essa amarelo-avermelhada tem dicromato de potássio. Parecem matronas. Mães transparentes.

— Esplêndida a ideia de conservar a Farmácia antiquada — disse Nando.

— Ah, estimo que você sinta isso, que goste. Eu pretendo conservá-la assim eternamente. Mesmo depois da minha morte. Vou metê-la num livro. Biografia de uma Farmácia, acho que vai ser o título. Ou apenas Farmácia Castanho: uma Biografia. É claro que será um pouco minha própria história e a da minha família. Com uma tese central sobre o Brasil. Daqui a pouco te mostro meu pequeno apartamento contíguo, mas antes vamos sentar aqui, à sombra dos garrafões, perto da caixa registradora.

E se fossem de éter as duas botelhaças?, pensou Nando com um arrepio. Se estivessem assim grávidas de visões?

— Uma coisa me deixou curioso — disse Nando — foi sua expressão quando o Falua falava no éter com tamanho entusiasmo. Você evidentemente não estava de acordo.

— O Falua — disse Ramiro — é um sujeito inteligente mas que anda pela rama das coisas. Parece que nunca passa da fase eufórica do éter. Assim não é possível. É preciso coragem. A gente tem que ir ao fundo e descobrir aquilo que é.

— E o que é que é? — sorriu Nando.

— Olhe, você não vai concordar...

Ramiro se deteve, um instante.

— Antes de continuar deixe lhe dizer uma coisa. Quando trago aqui um visitante e lhe falo com a franqueza com que estou lhe falando é porque tenho confiança, de fato, nele e espero confiança de volta. Eu sei que como padre você acredita em determinadas coisas. Eu não sou padre. Acredito — e quem se aprofundar suficientemente em si mesmo há de me dar razão — que o homem é uma doença.

— Como assim? — disse Nando. — O homem, em si mesmo?

— É uma doença que deu no mundo.

— Uma visão um tanto... pejorativa do homem, Ramiro.

Ramiro deu uma triunfal palmada na própria coxa.

— Aí é que você se engana, meu caro. Só a doença sensibiliza, compreende, só ela enobrece e humaniza. Sem o homem o que é o mundo? Um planeta bruto, cheio de brutos e de árvores. De repente deu o homem.

— Meu caro Ramiro...

Toc-toc-toc na porta da Farmácia.

— Oh, diabo — disse Ramiro —, alguém que viu luz por baixo da porta. Imagina que a Farmácia está de plantão. Que maçada. Eu devia ter arriado o toldo.

Ramiro foi até à porta.

— A Farmácia está fechada. Tem plantão no Largo do Machado — disse através da porta.

— Abre, titio. Gato escondido com rabo de fora — era a voz de Vanda.

— Ó menina, vai dormir — disse Ramiro.

— Abre, senão eu faço uma serenata aqui fora. Garanto que você está chateando o Nando com os remédios, os alambiques e as comadres.

Ramiro suspirou.

— E de repente deu a mulher também — disse ele para Nando, enquanto abria a porta.

Vanda entrou rindo.

— Vamos baixar o toldo, titio — disse Vanda. — Já sei que isto acaba em uiscada, se não acabar em coisa pior. Está fazendo catequese, Nando?

— Estou ouvindo umas opiniões um tanto graves do seu tio Ramiro.

— Já sei, já sei — disse Vanda. — Viva a doença, abaixo a saúde. Também minha tia-avó, mãe dele, dizia que ao casar meu tio-avô fedia a iodo, creosoto, funcho e assafétida.

Nando riu, mas não da frase. A alegria vinha da presença de Vanda que sacudia os cabelos castanhos polvilhados de garoa e enxugava o chuvisco do peito do vestido branco. Seu rosto moreno brilhava com a alegria da travessura de surpreender o tio.

Ramiro arriou o toldo, trancou a porta.

— Por que é que você pelo menos não trouxe sua amiga Sônia?

— Minha amiga, vírgula — disse Vanda. — Vocês homens ficam todos caídos por ela e eu compreendo. É bonita, não nego. E boazinha. Boa e boazinha. Mas é chatérrima. Não sabe de nada, não entende nada e vive num desespero de ser tão cantada. Aliás, é esse o traço mais simpático de Sônia, coitada.

— São caridosas as mulheres, não, padre Nando? — disse Ramiro.

— Somos verdadeiras — disse Vanda. — Mas que decepção! Não se bebe nada nesta casa? Há de haver pelo menos um Vinho Silva Araújo por aí.

— Calma, calma — disse Ramiro. — Aqui embaixo no meu apartamento tem uísque e já vamos lá, mas antes...

— Antes, Nando tem que ouvir as histórias. Ele já lhe falou no livro que vai escrever sobre a Farmácia bem-amada?

— Ligeiramente — disse Nando.

— Eu devia ter trazido era o Falua, isto sim — continuou Vanda. — Pelo menos é alegre no éter dele. Fala nos cordões das ruas, nos bailes de terça-feira gorda, nas tardes de sábado na Galeria Cruzeiro e na frente do Jockey, um povo inteiro se drogando de pura alegria de viver.

Vanda piscou o olho para Nando, sabendo a reação que ia ter. Mas Ramiro foi comedido. Deu de ombros.

— Alegria? — disse Ramiro. — Hum... A mim me dá a impressão de um povo que se prepara para uma intervenção cirúrgica.

— Ah, tio Ramiro, que coisa mais sinistra, a gente falando em carnaval e você...

— Espere, espere, conceda-me pelo menos que o éter é um remédio. Certo?

Antes de continuar Ramiro abriu os braços fazendo com que o olhar de Nando perscrutasse as prateleiras ao longo das quais corriam escadas nos seus trilhos. Hirtas escadas de vago ar egípcio, hieráticas, vidros sob vidraças. Onde estarão? pensou Nando procurando de repente com o coração acelerado os vidros de uma lucidez incorruptível que estariam em algum canto, condenados apenas ao trabalho mártico de minorar a dorzinha plebeia de uma picada de injeção quando em si tinham sabe-se lá que estranho poder de anestesiar as dores do mundo.

— Pois deixe que eu confidencie também uma coisa que acho consequência dessa descoberta em massa que os brasileiros fizeram do éter e, portanto, da droga. A coisa é a seguinte. Há no Brasil uma vocação para a doença. O Brasil é um grande hospital! A tal frase do Miguel Pereira ficou. Foi aceita como uma espécie de melhor verso da língua portuguesa. Não passa de pura conversa a indignação de quem repete contrito que o Brasil é um grande hospital. O novissílabo no máximo pode soar com o tom levemente culposo de quem confessa um pecado que não deixaria de cometer por coisa nenhuma deste mundo. Nas profundas de quem diz que o Brasil-é-um-grande-hospital o que vibra mesmo é o sentido nostálgico, quietista, e a apresentação da imagem incomparável: cinquenta milhões de homens, mulheres e crianças entre lençóis, olhando para o teto, em cinquenta milhões de leitos de ferro branco.

— Que ideia desagradável — disse Nando com um arrepio.

— Brrr, tio Ramiro. Onde é que está o uísque?

Ramiro sem parar de falar abriu a porta de comunicação com a peça contígua. Vanda entrou.

— A ideia só é desagradável na aparência — disse Ramiro. — Saúde, saúde perfeita não é nada, não leva a nada. A gente só sabe que tem aquilo que dói. O brasileiro quer que doa tudo, naturalmente. Daí ser a venda de remédios um negócio de primeira ordem. Qualquer remédio. Você tanto vê uma lavadeira de morro que pede na farmácia injeções de nome complicado, como vê gente da sociedade procurando herbanários para tomar poção receitada em macumba e sessão espírita. O importante é o remédio, é ter o recibo da doença. O velho encarregado da nossa Farmácia, Martiniano, conhece vários casos de gente sã que ficou doente tomando remédio. Dona Santinha, freguesa de meu pai e da Farmácia (o velho ganhava pelos dois lados, e sempre quis que eu fizesse o mesmo) não conseguia nem se resfriar. Mas se tratava o tempo todo. Tomava tudo que aparecesse e que não fosse diretamente mortal. Conseguiu, um dia, pressão um pouco alta. Coisa pouca. Pois dona Santinha tomou tanta reserpina que realizou o sonho de uma vida inteira: entrou num estado convulso e acabou biruta da silva. Os brasileiros se medicam em várias épocas históricas: pelos anúncios de jornal, pelo rádio, pelo terreiro de quimbanda, pelo catimbó, pelas revistas estrangeiras. Até pelo médico. Tomam arsenicais, antimoniais ou mercuriais como fortificantes e acabam com atrozes neurites ou sem dentes na boca. Passam a mão na clorpomazina como se fosse um tranquilizador qualquer e ficam verde-amarelos (as cores do pavilhão da doença) de icterícia. Criam em si mesmos estafilococos invencíveis com a terramicina e a aureomicina. Conheço um menino que teve a perna amputada de tanto que os pais lhe fizeram radiografar o joelho que doía um pouco. Os ginecologistas vivem atendendo mulheres que não parem filhos por abuso do raio X na busca incansável de algum órgão vivificado pela enfermidade. Conseguem assim a doença da esterilidade. Livram-se dos filhos, como achava Machado de Assis que todos deviam fazer. Machadão doentão, epiléptico e pessimista hipocondríaco, que seria um escritor de minorias em qualquer outro país e que é cada vez mais o maioral do Brasil.

— Já acabou? — perguntou Vanda entrando com uísque e gelo numa bandeja. — Convenceu Nando de que os brasileiros fazem exercício respiratório na esperança de pegar tuberculose?

— Quase — disse Nando.

— Nando — disse Vanda —, padre ou não padre você hoje também vai tomar um pouco de uísque. Essas dissertações de tio Ramiro fazem qualquer um adoecer, sem um antídoto.

Vanda serviu e distribuiu os três copos.

— Não só não exagero — disse Ramiro bebendo — como não estou contando nem a metade. Uma olhadela ao livro de ocorrências da Farmácia Castanho revela as coisas mais estranhas. Tivemos aqui um rapaz que, para curar um vago resfriado, tomou cálcio na veia e quase morreu. Pois levou anos a consultar médicos e fazer exames para ver *como* conseguiria tomar cálcio na veia outra vez. Não descansou. Conseguiu. Um verdadeiro caso de heroísmo.

Como era agradável a sensação de calor do uísque! Iria ficar um padre mulherengo e bêbado?, pensou Nando, aquecido pela bebida e deitando um olhar furtivo à elegante barriga da perna de Vanda.

— E você, minha sobrinha — disse Ramiro a Vanda, servindo-se de outro uísque —, você que acha como o Falua que o éter dá vigor e alegria: como é possível dizer tal coisa quando se sabe universalmente que drogas são depressivas, viciantes e causam distúrbios físicos e mentais? Já se soube de alguém que quisesse dar éter às crianças? Logo depois do Carnaval passado o Falua só se salvou com sua carteira da Folha da Guanabara. Viu um grupo de crianças com lanças sobradas do Carnaval e sentou entre elas, ensinando: "Não desperdiça uma na outra não. Bota no lencinho e cheira. Assim."

Vanda disparou na gargalhada.

— Ótimo! Eu devia ter trazido o Lua para cá. Se não fosse aquela chata da Sônia!

— De qualquer forma — disse Ramiro dando de ombros — o Falua acha que encontrou a salvação na drogaria.

Ramiro, que tinha acabado o uísque, se curvou para uns armários baixos. Vanda tornou a encher os copos. Ramiro tirou do armário um litro branco de cintilante éter sulfúrico e um frasco pardacento de clorofórmio. Ramiro falou solene:

— Padre Nando, antes de me lançar à biografia da Farmácia Castanho que vai ser um estudo do Brasil, nos moldes do de Paulo Prado, gostaria de ter a opinião imparcial de um homem de Deus sobre o éter.

— Não, não! — disse Nando categórico.

— Você pode confiar inteiramente na minha discrição, e na de Vanda, que sempre foi menina exemplar em matéria de guardar segredos. Acredite que me prestaria um serviço.

— Não, Ramiro, isto não — disse Nando agarrado a um bruxuleio de força de vontade.

— Não insiste, tio Ramiro, o negócio deve ser pecado — disse Vanda bebendo o uísque, num tom que pareceu a Nando meio maroto.

— Pena — disse Ramiro —, muita pena. De qualquer maneira tenho uma surpresa para você. Vou lhe dar de presente uma peça do meu museu.

— Museu? — disse Nando envolvendo com a vista o doce abaulado da botelhaça cor de mulata.

— Uma coleção começada pelo velho Castanho — disse Vanda — e que titio foi completando.

— Única no mundo — disse Ramiro. — É de antigos aparelhos, instrumentos, medicamentos, coisas que curavam ou mediam doenças do passado. Vamos passar para a outra sala. Tenho aí fórmulas e máquinas tão boas ou melhores que as de hoje, mas que dão um injusto temor às pessoas que se tratam agora. Vanda leva a bandeja de bebidas, você, por favor, leve o éter.

Ramiro abriu a porta por onde passara Vanda e que dava, primeiro, para uma enfermaria de aplicação de injeções, com um pequeno leito, e em seguida para uma espaçosa sala com um grande sofá, móveis de jacarandá, escrivaninha d. José, e imponentes armários de vidro, limpos e reluzentes.

— Isto é minha *garçonnière* para os casos mais sérios e mais sigilosos (a mulher entra pela Farmácia com a maior naturalidade) e principalmente meu lugar de retiro espiritual. Tenho a certeza de que aqui ninguém me perturba. Faz um bem danado.

Enquanto falava, Ramiro dava a volta aos armários pejados de antigas balanças, termômetros, alambiques, almofarizes, seringas de injeção e penas de vacina. De uma prateleira retirou um frasco de cristal com tampa esmerilhada.

— Guarde. É seu. Com um objeto desses até um sacerdote pode tomar éter com severa elegância. É um conta-gotas desenhado pelo professor Guyon.

Ramiro tomou um velho funil de cobre areado como ouro, destampou o conta-gotas e verteu ali o éter num gesto rápido. A sala se inundou brevemente do cheiro enjoativo, mas em um segundo estavam fechados garrafa de éter e conta-gotas. Quem quer que fosse o professor Guyon o conta-gotas era lindo.

— Uma obra-prima de frasco — disse Nando sem saber muito bem o que fazer com ele.

Vanda deu uma risada.

— Para o Nando levar isto para o hotel, titio, vamos ter de esvaziar o frasco antes.

— Claro — disse Ramiro, que acabava de servir mais uísque e que pingou gotas de éter no lenço e o levou ao nariz.

Vanda fez o mesmo e restituiu o vidro a Nando.

— Você sabe — disse Ramiro — por que é que esta joça brasileira, ainda que mergulhe o nariz num oceano de éter jamais se desjoçará?

— Eu acho que desjoça — disse Nando segurando com carinho o frasco do professor Guyon — mas diga lá.

— Porque nós deixamos de seguir a França. Eis a tese central do meu livro. Para a raça latina, foi a França que resolveu a parada. É claro que um país como o Brasil, se um dia se descholdrizasse, faria a sua contribuição marcante à civilização afrancesada aqui vigente. Buscar outro caminho é que foi a loucura. Aí pelas alturas do ragtime, do charleston e do black--bottom deu-se a melodia. Pegamos andando o bonde do American Way of Life. Viramos uma civilização pingente. Paramos de crescer em nosso corpo latino, pequeno mas elétrico e musculoso, para nos fundirmos até fisicamente com o homem ideal americano, Tarzan. Em vez de músculos, em vez da ossatura americana que não temos, enchimentos de paletó. Foi a desgraça de 1930, limiar do Wonder Bar, fim do Mère Louise.

Vanda tinha tomado o frasco da mão de Nando, molhado seu pequeno lenço, colocado o frasco na mesa e passado o lenço a Nando. Como quem não quer nada, Nando aspirou fundo. Alternando lenço e uísque, Ramiro abriu um dos armários de vidro.

— Aqui estão os produtos dos laboratórios franceses, quase que os únicos que o Brasil conhecia para suas bem-amadas doenças. Repare como os nomes são mais nossos, mais íntimos: pílulas de Blancard, xarope de ergotinina de Tanret, 14 rue d'Alger, Paris, glicerina creosotada de Catillon. Moléstias nervosas? Cloral bromuré Dubois. Moléstias do peito? Elixir alimentício Ducro. Asma? Coaltar saponine le beuf. O Falua delirou com esses compostos de éter: licor de Hoffmann, vinho etéreo de Petit, de éter e málaga. Enxaqueca, nevralgias? Cerebrina de Eugène Fournier, 21 rue de Saint-Petersbourg. Tumores, impingens? Sabão antisséptico de J. Lieutaud, Ainé, Marselha. Quando me aperta muito a saudade dos tempos em que vigoravam estes remédios, muitos chegados a meu pai como *échantillons sans valeur*, ainda procuro algum bem conservado e tomo. Vandinha, pare um pouco com esse éter senão daqui a pouco você está roncando.

— O perigo mesmo nisto de cheirar éter — disse Nando, com voz alegre e clara — é o ensimesmamento exagerado. Pode parecer irritante alguém falando quando começamos a entrar nas primeiras câmaras, mas o fato é que a interrupção fixa as imagens.

— Perigoso é a câmara por excelência — disse Ramiro. — Quem dorme antes — é o caso do Falua — nunca chega a contemplar os horrores necessários.

— Eu não durmo. Mas a gente para de cheirar e o éter fica enjoativo — disse Vanda. — O cheiro!

— Não seja por isso, minha querida — disse Ramiro tirando um lenço seco do bolso, manipulando vários vidros feito um mágico e falando com voz um tanto engrolada. — Nada melhor que a sutil trama olfativa de leve gota de Dentol do dr. Respaut misturado ao xarope Follet ou à bromocânfora de Lacroix macerada por descuido numa infusão de papoula ou da artemísia mole das sezões.

Estendeu o lenço perfumado a Vanda.

— Sobre todas as podridões — disse Ramiro — o diáfano véu rubrissandálico de alfazema, almíscar, bergamota, alecrim e neroli. É ou não é um *frisson* usar o fenato de Declat, o láudano e o tamar indiano e perfumar moléstias feitas com rosas rubras, patchuli, pau de Rodes, camomila, cascarilha, frangipani? Misture e filtre.

Nando e Vanda riram das palavras exóticas estourando entre prises como laranjas num laranjal escuro.

— Outro dia, Nando — disse Ramiro —, tomei umas hóstias para a digestão.

— Hóstias digestivas, tio Ramiro? Que ideia — disse Vanda.

— Seriam de Huysmans? — disse Nando metendo a cara no lenço.

— Não, de Trouette — disse Ramiro. — Hosties de Trouette. E aqui está o Cacheteur Limousin, feito em Paris, 4 rue des Haudriettes. Três bandejas de madeira para três tamanhos de hóstias feitas a domicílio. Colocam-se nos orifícios as rodelas de pão ázimo e entre cada duas rodelas põe-se o medicamento intragável, ruibarbo, ipecacuanha, quinino, tal como em outras se espalha com faca de sacrifício sangue de ovelha. Beba com um gole de vinho velho.

Era ou não a segunda vez, era ou não um túnel, possivelmente o Túnel, buscava-se ou não se buscava alguma coisa no entulho? Devagar pois quem sabe que marca de que pé em que torrão de argila, que sombra de que lábios em que fragmento de borda de que taça de ouro? Mas a um golpe de enxada a queda, o interminável deslizar ao longo do muro de cantaria, inteiro e altíssimo, negro dos tempos, marrom dos barros imemoriais. Mas por que a emoção tão grande então? A da descoberta do muro em si ou a levitacional queda lenta de paina? Ah! era a descrição da catedral a partir da flecha, da ponta do píncaro através das idades, a diminuição gradual, a lenta dissolução do trabalho vertido em cada instante de pedra, de despensamento de cada ideia e artifício dormido em voluta de barba de profeta externo, de distensão de arcaria, de afrouxamento de braço e descombustão do fogo da espada do anjo do jardim. Mas detém-te minuto que te quero inteiro, ordenou Nando, e não separado em fibrilas finíssimas de tempo. Que nada do que vejo possa desacontecer jamais. Fixe-se o estouro das rosas rosáceas, o muro vitralizado na densidade feita de pura transparência de éter. Detenha-se a queda e a dissipação de trabalho. Eu fico para sempre aqui assistindo *per omnia* à explosão da fulgurante entronização entre anjos e raízes.

— Francisca! — disse Nando.

Perplexo, abrindo os olhos Nando viu que sua mão direita com o lenço havia tombado no braço da cadeira e que Vanda a segurava com ternura.

— Quem é? Que foi? — disse Vanda.

Nando fechou em quase desespero os olhos e viu ainda num último vislumbre o quente vitral solto no ar depois de desmontado grão a grão o muro que o sustinha.

— Que ternura — disse Ramiro — esses remédios de ontem, de uma arrogância admirável. Veja o Arsycodile de Le Prince, que em clister, injeção ou pastilha curava tuberculose, impaludismo, anemia, neurastenia, bócio e moléstias da pele em geral. Remédios da nossa infância, quando crescíamos para valer. Quando o afrancesamento chegava ao apogeu de galiqueira adquirida em fêmea gálica saíamos para a Poção de Chopart, para o xarope de copaíba de Puche, para a injeção de sândalo e resorcina de Bretonneau. Líamos Thérèse Raquin e curávamos gonorreia com cápsulas e injeções de copaibato de soda do Docteur Raquin: copaíba, alcatrão de Noruega, magnésia calcinada, 78, rue du Faubourg Saint-Denis.

À beira da resposta pelo menos à questão da forma pela qual, pensava Nando, sempre surge alguém de cara por cima do muro. Por quê, meu Deus? O valor puro e impessoal da imagem roído de repente pelo veículo. Os símbolos pessoais deformadores da jubilosa ciência.

— Felizmente eu ainda peguei o fim da França Antártica — disse Ramiro — o qual se deu no Canal do Mangue. Mestras Paulette e Jacqueline. Minha Germaine, quando fui lá garoto, uniforme de ginásio, livros embaixo do braço. Me adotou, Germaninha. Me falou em espargos, vinhos, escargots. Tenho até hoje ereções quando penso em Germaine e pego um vidro nobre como este, de Vinho do Docteur Cabanès para a clorose, ou este xarope de escargots de Henry Mure. Agite quando usar.

Arrancar, rasgar de uma vez os curativos do velho Jó e quando ele novamente gemer Senhor dar-lhe a gaze nova e fria. E ver a recomposição beatífica do rosto antes arado e chanfrado de dor. Não tome caldo de ferida. Angela, aplique essa compressa. Gelada. De hora em hora.

— De Toumouze-Albespeyres, Fauborg Saint-Denis, óvulos Chaumel, para moléstias de senhoras, e os delicadíssimos lápis intrauterinos. Veja que belo instrumento o espéculo vaginal do Docteur Trelert.

A descrição onírica de tão lúcida, pensou Nando. Subterfúgio. Olhos doendo de fitar o escudo de Aquiles, o de Eneias e as cenas de batalha, as colheitas e os touros e o reluzir insuportável de tudo. E saber que os peitorais de ferro apenas musculam caídos peitos hermafroditas de Tirésias.

— E aqui estão as candelinhas — disse Ramiro —, velinhas de Piderit — goma, gelatina, açúcar, água de rosas — para introdução uretral. Fiozinho de vela pronta à mais doce das consumpções no tubículo róseo de uma uretra afinal presente à consciência do homem porque dolente. Inexistente antes. Quem sabe que tem uretra?

A voz de Ramiro fixava aqui e ali coisas. O altamente impessoal ficava às vezes suspenso como a criança no vitral de Francisca.

— Como é mesmo o nome? — disse Nando.

— Assafétida? — disse Vanda que apenas observava Nando.

— Não — disse Nando.

— Stercus diaboli — disse Ramiro.

— E o negócio do inferno? — disse Nando.

— Ah, sim, pedra infernal — disse Ramiro. — Para moléstias venéreas. Um toquezinho cicatrizador. Estou chateando você e Vanda?

— Eu sou velha frequentadora do museu — disse Vanda — mas sempre me divirto.

— E eu aprendo — disse Nando. — É curioso como a gente ao recheirar volta à câmara da última prise antes de ingressar na seguinte. Muito boa sua descrição do escudo.

— Que escudo? — disse Ramiro.

— Vai ver que você viu ou sonhou isto — riu Vanda.

— Talvez sim — disse Nando. — Isso o que é? — perguntou levantando-se um pouco, para disfarçar a embriaguez.

Quando Ramiro recomeçou, Nando procurou a cadeira e Vanda o puxou para que sentasse mais depressa.

— Forma de Berquier para supositórios, de G. Dethan, rue Baudin 25. Prepara-se a substância no almofariz, despeja-se na cavidade cilíndrica da forma, aperta-se o êmbolo, fecha-se a forma e está pronta a teteia de manteiga de cacau para sua quente aventura anal. E veja que lindas as maquininhas de Félix Bastien, de N. Palau & Cie., esta balança de Raoul, estas seringas de Gustave Chanteaud.

Ramiro parou, olhou Nando e Vanda. Abriu um novo armário.

— E agora, atenção, meus filhos, agora a coleção que faz o Falua chorar. Os ancestrais do lança-perfume. Mas reparem: a França os criou para tornar suportável e, portanto, cultivável, a dor física. Não para curar coisa nenhuma. São técnicas de barragens cromáticas. Detêm-se e represam-se ondas de dor. Uma nirvanização local e não uma extinção boçal. É um requinte sério, meio de obter uma consciência mais acerada, porque parcelada e repetida da dor. Recriando uma França agravada pelo deletério geral do clima e imenso emaranhado de lianas pútridas em massa terrestre submetida à temperatura quase imóvel, introduzimos o remédio no Carnaval. Deter talvez outras dores, como diz o Falua, mas dentro da mesma sistemática cromática.

Ramiro ergueu como um sacerdote uma bisnaga antiga:

— Na forma aproximada do vaso de vidro em que se guardam os santos óleos dos catecúmenos, do crisma e, finalmente, dos doentes.

— Esta bisnaga — disse Vanda —, o Falua chama de arquetipal mãe fazendeira, de cujo ventre saíram em ronda alegre as filhas vlan, pierrô, colombina e rodo.

Ramiro estava grave:

— Pequena bomba santa de vidro de rolha de cobre com guarnição de cautchu. Ambula erma empoada.

— Pálida, rígida, núdula — disse Nando.

— Mas para operar abscessos, orquites, aliviar gastralgias — disse Ramiro. — H. Galente et Fils, de 19, rue de la Vieille-Estrapade, comparecem com seu formoso tubo metálico de clorureto de metilo infelizmente vazio mas também da árvore genealógica do lança-perfume. Abre-se a torneira na base do tubo e um frio jato sai benzendo de insensação momentânea bagos inchados, seios dolorosos, uvas de almorreimas.

— E também, por que não, inchaços de angústia — disse Nando —, tumescências de desejo espiritual. Um jato piedoso para os que viviam na aridez e no ranger de dentes.

— Aceitável, aceitável — disse Ramiro. — Também a alma descobre pela dor seus órgãos.

— Escalando mais altos alpages de saúde — disse Nando.

— Grande Prêmio, Exposition de Lille — disse Ramiro.

— Não enferma quem ascende — disse Nando, polêmico.

— Principalmente — disse Ramiro — se ascender numa Mesa Dupont, rue Hautefeuille 10, *près de l'École de Médecine.*

— Existem sem dúvida dores criadoras — disse Nando.

— Perfeitamente minoráveis graças ao Sândalo Salolado Lacroix, 31 rue de Philipe-de-Girard, Paris dixième. Feito de Yerba ou Palo del Soldado, bom para o pau de todo o mundo.

— Mas finalmente a vida — disse Nando.

— Ver Voronoff — disse Ramiro — Manuel Pratique d'Opérations Gynecologiques.

— Enche o Guyon de novo, tio Ramiro — disse Vanda —, derramando o resto no lenço de Nando.

— Caríssima sobrinha — disse Ramiro obedecendo —, você é de ir ao gargalo e não ao cálice. A você eu daria, isto sim, um alambique de banho-maria Déroy.

E Nando viu, viu, a forma que era estranhíssima mas era ele mesmo uma espécie de fole ou de balão de berrantes listras coloridas, deitado em chão de barro vermelho, abrindo e fechando, abrindo e fechando. Deitado e concentrado no esforço imenso de abrir e fechar, abrir e fechar, inspirar, expirar e ali estava tudo, a grande alegria capaz de se comunicar ao mais inanimado. Agora ele realmente ia...

Ramiro, lenço na mão, sacudia Nando:

— Acorde, Nando, e diz. Me diz que fazem agora, como vivem, *où sont les sangsues d'antan?* Eis o generoso vidro boca larga onde viviam as bichinhas nas barbearias e consultórios médicos, na casa das pessoas ateiçoadas à doença. Eram apanhadas nos lagos, nas valas, nos riachos do Rio e cuidadosamente examinadas: não deviam ter barriga vermelha, deviam ter três vezes o comprimento quando esticadas, quando se encolhiam deviam lembrar uma azeitona. Renovada a água do vidro, as sanguessugas duravam anos e anos, com suas três mandíbulas cheias de dentinhos miúdos e seus dez olhos em cima do lábio superior. Com esses invisíveis olhinhos os deleitosos monstros íntimos vigiavam e cortejavam na casa aqueles que primeiro cederiam à tentação, que não mais resistiriam, que as enobreceriam retirando-as para a rara dieta de sangue humano. E o festim nada infrequente se alastrava. Mais e mais pessoas da família davam do seu corpo em comunhão às bichas que inchavam, inchavam e quando apertadas suavam o sangue sugado não mais vermelho mas de um azinhavre enegrecido. Onde estão, para onde foram os clisteres e injeções de água salgada para expulsar do reto ou vagina as sanguessugas mais evolvíveis e, portanto, frascárias?

— Titio, você vai dormir — disse Vanda se levantando bruscamente e pondo de lado com decisão o lenço. — Não começa com essa coisa dos remédios antigos e das sanguessugas!

— Me largue, tola, eu tenho certeza de que o nosso padre Nando está absorvendo a consciência da importância da moléstia.

— Está, sim, tio Ramiro, mas você vai parar de cheirar éter agora. Tome um uísque. Eu vou fazer café para nós todos.

— Nada de café ou uísque. Precisamos chegar ao fundo, à última câmara ou Nando jamais entenderá!

— Você tem café para fazer aqui embaixo? — disse Vanda.

— Tem café, sua chata, lá no fundo.

Vanda foi a uma espécie de despensa numa salinha contígua e Ramiro trovejou para Nando:

— Sânie, postema, perebas, escrófula, bexiga, fístula, ó tempo em que tudo isso fedia e escorria com a naturalidade das coisas que sempre serão! Agora, cada vez menor a variedade. A morte mecânica, súbita, cardíaca, ou a morte geral, bômbica. Reza, padre, pede a Deus que nos guarde um bom câncer, último albergue das mortes pessoais. Tomemos por enquanto a poção avinagrada que se dava ao doente que engolia uma sanguessuga fingindo que sem querer. Toma, bebe!

— Não bebe nada não — disse Vanda a Nando. — Você é que vai tomar este café que encontrei feito e esquentei, tio Ramiro. Espero que não seja um café francês do século passado.

— Então toma isso, Nando — disse Ramiro.

— O que é?

— Que importância tem? — disse Ramiro. — São remédios velhos e já sem aroma ou corpo, como esses vinhos descobertos por arqueólogos em escavações. Molhe os lábios no vinho espectral.

— Toma o café, tio — disse Vanda.

— Deixe ver, Nando — disse Ramiro. — Olhe o que é que eu achei. Olhe só isto. Pérolas de Éter Clertan, 19 rue Jacob.

— Jacó?... José e sua túnica de várias cores, sua túnica-balão de gomos de muitas cores — disse Nando tentando fixar alguma coisa.

— Ou você prefere valeriana, beladona, sulfato de morfina? — disse Ramiro. — Beba esse oinóleo, de um luxo salomônico — málaga, álcool, folhas de absinto. Ou aquele, tome, segure, de melissa e zimbro. Inula campana, genciana, bordeaux, quina amarela, digital, grenache.

Ramiro levou um vidro à boca. Nando se levantou, repentinamente horrorizado, deu-lhe um safanão no braço. O vidro se espatifou no chão e Ramiro caiu de quatro soluçante, lambeu o assoalho molhado. Depois se levantou colérico, apanhando os outros vidros que espalhara numa mesa.

— Aproveite as mortes não morridas, idiota — disse Ramiro —, as dores não aliviadas!

Destampou outro vidro e marchou para Nando.

— Toma! Prova!

Nando lhe deu um vigoroso empurrão e Ramiro se afundou na poltrona, amarelo, saliva escorrendo da boca. Parecia prestes a investir furioso contra Nando.

— Espera, Nando, deixa ele comigo — disse Vanda. — Tio Ramiro!

Vanda o segurou pelos ombros e o forçou contra as costas da poltrona.

— Covarde! — gritou Ramiro tentando olhar Nando por um lado de Vanda, depois pelo outro.

— Anda. Descansa — disse Vanda, que o manteve pregado à poltrona.

Ramiro deu um bufo que era um resto de raiva mas já era um ronco. E se pôs a roncar com método.

— Pronto! — disse Vanda. — Dormiu. Quando tio Ramiro dá para essa história de remédios velhos é um problema. Você não chegou a beber nada, não é verdade?

— Não, Deus me livre — disse Nando com um arrepio. — Mas Ramiro tomou. Ou pelo menos lambeu o chão molhado de remédio.

— Ah, isto não é nada — disse Vanda. — Já o vi emborcar um vidro desses e depois dormir como um justo. Só teve uma dor de barriga, acho eu.

Um poço listrado de muitas cores? Um túnel de mármores, barros, azulejos? Não conseguia.

— Agora vou mesmo fazer um café fresco para nós — disse Vanda. — É inútil querer levar tio Ramiro lá para cima. Felizmente tem a caminha da sala de injeções. Me ajuda, Nando, enquanto ele ainda pode andar.

Nando enrolou um braço de Ramiro no pescoço, Vanda segurou como pôde o corpanzil do outro lado e ambos foram levando Ramiro à saleta, sentaram-no na cama.

— Bebe, Nando — articulou ainda Ramiro bambo, antes de se deitar e recomeçar a roncar.

Vanda riu. Nando voltou à sua poltrona. Fechou os olhos, esperançoso. Inútil. O cérebro acelerado multiplicava e confundia as imagens. Um cheiro bom de café se espalhou pela sala.

— Pronto — disse Vanda. — Cafezinho quente.

— Qual! — exclamou Nando abanando a cabeça. — Só mesmo com muito éter. Por que é que havíamos de levar o Ramiro para a sala vizinha se temos aqui o sofá?

Vanda continuou servindo o café nas xícaras. Mas seu próprio silêncio era uma resposta a Nando.

Horas depois, no hotel, Nando acordou com os cantos de galo fazendo furos finos no bloco de pesadelo que o imobilizava. Eram respiradouros, fissuras mas não suficientes para que com um movimento de braços Nando aluísse as paredes que o esmagavam e onde um Ramiro que era ao mesmo tempo Hosana lhe oferecia várias lâminas de cirurgia retiradas de baixo de redomas de vidro cintilante. Mas não era isto o fulcro dos suores e desassossegos. Outra coisa ainda não descoberta constituía o nervo exposto do pesadelo. Aos poucos foi subindo à lembrança o ponto dolorido que era a doce figura de Vanda, ou melhor dito, a sua própria figura revelada em Vanda. O primeiro gosto do café tinha vindo dos lábios de Vanda amorosa e impaciente mas não tão indecorosamente impaciente quanto ele que ainda vira, é bem verdade, as roupas caindo e de novo a mulher, apenas em outro tom, os portões de Roma uma vez mais derrubados. Mas ainda nem se haviam enlaçado direito no sofá e Nando se esvaía e enterrava entre os seios formosos o rosto queimado de vergonha. E Vanda nem como coisa, a sorrir para ele e acariciá-lo, toda a ele ofertada e Nando feliz de sentir-se de novo pronto e finalmente possuindo-a e ela ritmada e sábia, mas inegavelmente temerosa de não acompanhar o seu renovado ardor taurino, a dizer "Me espera, me espera" e Nando de novo desarmado e alarmado. E ela de novo alegre, sem dúvida esperançada e de novo os jogos suaves e os momentos de feérico impudor mas ainda uma vez o "Me espera, me espera" ecoando combates de Winifreda a ruiva. Foi humilhado que Nando saltou do leito do hotel mas um segundo depois, cheio de resolução, barbeava-se, tomava banho, saía. Devia telefonar mas qual era o número? Onde o havia anotado? O endereço do apartamento sabia de cor. Já tinha deixado Vanda no edifício da Praia do Flamengo. Nove da manhã. Ela não saía antes das dez e meia. Vanda abriu a porta e parou, estupefata.

— Nando!

— Desculpe, Vanda, eu...

— Que foi, meu bem?

— É que eu queria...

— Entre, Nando, entre. Foi bom você ter vindo. O tal conta-gotas que tio Ramiro te deu está aqui, comigo. Aproveite e leve-o.

— Você está sozinha, Vanda?

— Na maior solidão. Os meninos foram para o colégio e eu acabei de me aprontar para sair. Quero fazer umas comprinhas na cidade antes de ir para o Ministério.

Ela estava pronta e ninguém diria pela sua cara que a noite ainda tão próxima fora longa e acidentada. Lavada, pintadinha de leve, blusa branca muito engomada e saia escura, cabelo ainda úmido, parecia uma andorinha, Vanda.

— Meu bem — disse Nando tomando-a nos braços.

— Senhor! — disse Vanda rindo. — Agora não, Nando, vou chegar atrasada se começarmos com isso.

Cheiro de beijoim, gosto de batom fresco, pele macia de banho, blusa cheirando a quarador.

— Você está me amassando toda — riu ela.

E depois:

— Está bem, neguinho vem. Desmancha a roupa que eu acabei de vestir, desmancha a cama que eu acabei de fazer, desmancha tudo, meu anjo.

Melhor teria sido não ir pois quem se desmanchou foi ele próprio, Nando apressado e já agora nas garras da nova angústia. A prova real assim tirada, Nando sentiu, para consolo seu, menos culpa no burlar seu voto de castidade. Usando de cautela, como Labão quando experimentava Jacó, o Senhor lhe permitira acesso à mulher. Mas lhe reservara uma surpresa. De certa forma seu pecado só podia ser escriturado como meio. Entre a hora em que os meninos iam para o colégio e Vanda saía para o trabalho, ficou frequentador do pequeno apartamento do Flamengo. Como Ramiro ainda levasse uma boa semana a marcar sua viagem, Nando, quando não as passava com Vanda, passava as manhãs na Biblioteca, antes de ir ao Ministério na rua da Misericórdia. Tudo aquilo que evitara um dia, por medo, buscava agora por necessidade de ir à raiz e sugar ali o grande remorso tônico em lugar da reincidência pela insatisfação. Agora podia pregar com alfinetes os versos que outrora deixava voar longe de si como borboletas mortais. Carmina Burana? Catulo? Venâncio Fortunato? Ou Tíbulo refletido no Tagebuch? Sem dúvida Ovídio: "Não é a arte que faz vogar os barcos rápidos com auxílio da vela e do remo? Que guia na carreira os carros ligeiros? A arte também deve governar o amor... Não abandona em meio caminho tua amante, desfraldando sozinho tuas velas. É lado a lado que se arriba ao porto, quando soa a hora da volúpia plena e, vencidos a um só tempo, jazem a mulher e o homem lado a lado. Foge ao medo que apressa, à obra furtiva..." Qualquer remédio contra a plebeia afobação. Busca antes uma qualquer mulher, que extinga a primeira volúpia, pois a segunda será tarda e longa. "O prazer que se adia é o mais profundo." *Sustentata Venus gratissima.* Sem a menor possibilidade de dúvida o alarmante Petrônio: "O coito em si é revoltante, breve, e um cansaço, um enjoo é o que se segue. Não nos lancemos a ele em desvario, cegos e brutos como bicho em cio: o amor vacila e se apaga, assim. Mas num feriado sem fim, assim, assim, deitemos um contra o outro, em longo beijo, e assim fiquemos sem esforço ou pejo. Gozemos para sempre deste gozo, que sem nunca morrer nasce de novo." E a mulher do brâmane que podia buscar sem jarro nem ânfora as águas vivas do arroio porque quando mergulhava os dedos na corrente viva a água se arredondava em suas mãos numa esfera de cristal?

A mulher se debruçou sobre o ombro de Nando.

— Está estudando quem? O velho Von den Steinen?

Nando se voltou sobressaltado derrubando Propércio e Juvenal sob o olhar severo do funcionário da Biblioteca que fiscalizava o salão de leitura da sua mesa alta.

— Que nada — disse Lídia. — Bíblia, Petrônio, Goethe. Quanta coisa misturada. Eu faço uns testes assim com meus clientes eruditos.

— Mistura livros e depois estuda a escolha que eles fazem — disse Nando.

— Mais ou menos. Está se despedindo dos livros agora que vai ficar sem eles?

— Tomando umas notas. Tudo ajuda — disse Nando.

— Mesmo os poetas latinos? — disse Lídia. — Vai contar os amores de Catulo e Lésbia aos calapalo?

— Você gosta de Catulo? — disse Nando.

— Estou querendo dar essa impressão — disse Lídia — procurando brilhar diante de você. Só conheço Catulo de ler os versos dele na capa do disco de Carl Orff. Mas não te aconselho a ouvir Catulli Carmina não. É a coisa mais carnal que já escutei na minha vida. Ou será que isto também ajuda?

Nando foi salvo da resposta pelo fiscal que, da sua cadeira, pedia silêncio com o indicador sobre os lábios. E também já chegava o servente com o livro que Lídia tinha encomendado.

— Eu só preciso fazer uma anotação rápida do meu livro — disse Lídia. — Se você vai daqui ao SPI podemos sair juntos. Otávio me pediu que passasse lá.

Estava tão dourada e fresca a tarde de julho que Nando e Lídia não foram diretamente ao SPI. A Cinelândia recebia do largo da Carioca rajadas de pardais que desciam no chão de mosaico palpitante de pombos.

Chegaram à amurada da praia e Nando com o encanto de sempre olhou a igrejinha de Nossa Senhora da Glória. Há pouco tempo ela lhe pareceria dura e fria como um brilhantão engastado no anel antiquado do outeiro. Agora a via leve e plantada ali como uma prece esperando a mão de Deus para ser colhida.

— Linda — disse Nando.

— Mas eu estou com remorso de ter tirado você dos seus estudos — disse Lídia. — Você tinha uma boa meia hora para terminar a pesquisa.

— Qual! — disse Nando. — Eu ainda estava, para lhe dizer a verdade, em Adão e Eva. Ia ser difícil acabar em meia hora.

— Em Adão e Eva? Estava mesmo? — disse Lídia. — Não é possível.

— Para quem vai para o Xingu pela primeira vez não é tão estranho assim — disse Nando. — Você sabe que a religião é a memória da espécie? Nós não esquecemos nada. Carregamos tudo conosco, através dos tempos.

— Hum, isso atrasa muito a marcha — disse Lídia.

— Nós somos — disse Nando — os inimigos de todas as formas da pressa.

No SPI, caseira e fresca, Vanda, tão desejável na sua feminilidade simples, mal imaginando a cultura amatória que se fazia Nando. Que vontade de acompanhá-la ao apartamentinho do Flamengo. Ah, se antes de partir ele provasse a si mesmo que restabeleceria em seu contato com Vanda o adamismo cuja ausência impedia o grande remorso. Lídia veio vê-lo antes de sair.

— Otávio vai se comunicar pelo rádio com Fontoura, amanhã cedo. Algum recado especial?

— Não — disse Nando. — Apenas que no máximo dentro de uma semana Ramiro me garante avião para o Xingu.

— Otávio manda lhe dizer que se quiser vê-lo, qualquer noite, não precisa nem avisar. Ele está sempre em casa. Ou podíamos ir ao encontro dele agora, se você quiser.

— Ainda tenho umas coisas a ver aqui — disse Nando.

O que tinha a ver era combinar direito com Vanda o encontro, era contar as horas que mantinham os dois separados e que, principalmente, mantinham separados Nando e seu desejo de novamente experimentar "o comando que exercia sobre o próprio corpo", nos termos de Santo Agostinho. Tinha ternura, uma imensa ternura por Vanda, mas a despeito disto, ou por isto mesmo, precisava de uma ternura muito sábia para lhe dar. Mas apesar de todo o esforço mental de Nando e do muito que na cabeça guardou sobre a ciência que tencionava repudiar logo que aprendida, Vanda não notou nenhuma diferença. Nem, por outro lado, diminuiu o seu amor. Disse mesmo a Nando que se um dia ele deixasse a batina por alguma razão ou acabassem com o celibato dos padres ela pedia desde já sua mão em casamento.

— Concedida — riu Nando — mas antes disto vamos nos entender muito mais ainda.

— Impossível — disse Vanda.

E nem sabia a que aludia Nando. No dia em que finalmente ele ergueu voo do Santos Dumont em busca do alto Xingu, Vanda antes de sair de casa precisou se maquilar com apuro e cuidar dos olhos para apagar do rosto vestígio de lágrimas. Imagina se eu a tivesse esperado, uma vez que fosse! disse Nando.

— Até o quarup — disse Vanda.

— Até o quarup — disse Nando.

3

A maçã

No controle do Lodestar o piloto Olavo, do Correio Aéreo Nacional, apontou a Nando lá embaixo o grupo de malocas. Nando sentiu o coração bater apressado.

— É o Posto Capitão Vasconcelos?

Olavo assentiu com a cabeça. Um minuto antes, como se lhe mostrasse um mapa, Olavo sobrevoara a região, que vai dos cerrados e varjões do centro do Brasil à floresta amazônica, impenetrável à vista de quem voa como uma couve-flor monumental. Nando tinha identificado, do seu assento ao lado do piloto, a larga fita de água do Xingu saindo do Morena, ponto em que se encontram seus três formadores Culuene, Ronuro, Batovi. O piloto ia dizendo os nomes mas não precisava. Nando até adivinhava, invisível das primeiras alturas na sua pequenez, o Tuatuari, afluente do Culuene, à beira do qual ficava o Posto do SPI. Mas agora, sim, agora as malocas e uma construção maior, o Posto sem dúvida, no terreiro limpo. Do lado do riozinho criança, Tuatuarizinho de tantos sonhos. Nando só não conseguia ainda divisar índios. Sabia, de tantas leituras, que eles sempre acorriam, cercavam todo avião que chegava. Por enquanto nada, embora crescesse de encontro ao avião o campinho de pouso retangular, civilizado como uma quadra de tênis no mato bronco. O Lodestar pousou.

— Chegamos — disse Olavo.

A porta do avião foi aberta, o piloto saltou. Nando saltou atrás dele.

— Engraçado — disse Nando —, pensei que os índios mansos dos Postos corressem ao encontro de aviões chegados.

— Homem, olha que correm mesmo — disse Olavo. — Nunca tive uma recepção dessas na minha vida. Vêm os índios e vem gente do Posto também. Que diabo! não é todo dia que chega avião neste cu do mundo não. Faz o seguinte, padre Nando. Vai andando até a casa do Posto e vê quem está lá. Os doidos dos índios são capazes de estar pescando em massa para o quarup ou coisa parecida. Mas há de ter alguém no Posto. Eu vou desembalando a carga.

— Está certo — disse Nando —, vou. Mas as mulheres também saem para pescar?

— Não. Nem as crianças. Isso é que está me intrigando, este silêncio. O Posto tem estado sem rádio. Mas não há de ser nada.

— Não há possibilidade de alguma violência aqui, há? Os índios estão em contato com os brancos há bem uns dez anos e...

— Estão, estão — disse Olavo. — Mas nunca se sabe. Mato é mato. Por isso é que é importante ter sempre o rádio funcionando bem. Eu trouxe peças para consertar a instalação.

Olavo ia tirando do fundo do avião caixas e pacotes que passava a Nando.

— Há quanto tempo está o Posto sem rádio? — disse Nando.

— Ah, coisa de uns dez ou doze dias que saiu do ar. Bobagem. Não há de ter morrido todo o mundo em tão pouco tempo — riu Olavo. — Deixe o trabalho aqui comigo. Vá andando na frente.

O campinho se comunicava com a aldeia por um belo estradão de uns oitocentos metros de comprimento, ladeado de grandes árvores de frondes manchadas de ipê-roxo. Nando, mala na mão, meteu o pé no caminho, ansioso por ver os primeiros curumins correndo ao seu encontro, atirando-se aos seus braços. Queria apertá-los contra o peito para sentir o cheirinho que sabia que tinham, de terra, de água do rio, de jenipapo e de urucum. Enquanto aguardava ia engolindo pelos olhos e pelo nariz as várzeas, as manchas de mato. E aquilo? Jatobá de índio fazer canoa? E adiante? Os buritis de índio fazer tudo? Monstro de pau linheiro. A hileia crescendo medonha para o equador. Agora, quebrando à esquerda rumo à casa do Posto, as malocas, abauladas, acocoradas no chão, com sua porta móvel, de varas e de palha. A um canto, na sua gaiola de varas, a grande harpia melancólica que dá plumas à tribo.

Mas ninguém. Ninguém no terreiro. Ninguém à beira do rio. Ninguém diante de qualquer maloca que fosse. Ninguém em parte nenhuma. Nando foi andando para a construção do Posto com o coração batendo fundo, a longos intervalos. Que castigo seria aquele, Senhor? Que poderia ter acontecido? Que esconderia a porta do telheiro, por trás da sua varanda onde havia redes? Redes mas vazias. Todas vazias.

Estava Nando a uns vinte metros quando de dentro da casa saiu um casal de índios. Um belo casal de índios. Seu primeiro casal de índios. Nus. Ela apenas com seu uluri, ele apenas com um fio de miçangas na cintura. Deram dois passos para fora da casa. Voltaram-se um para o outro. Nando, que estacara, viu então que a mulher tinha na mão direita uma maçã, que oferecia ao companheiro. O índio fez que não com a cabeça. Ela mordeu a maçã. E então, virando-se para Nando, foi lentamente andando em sua direção, a maçã na mão estendida em oferta. Nando, confuso, pôs a mala no chão, estirou a mão.

Uma risada estourou atrás de Nando, outra ao seu lado, e das malocas saíram em chusma índios rindo e gritando, homens e mulheres e crianças. Agora, sim, Nando se viu no meio de uns cinquenta índios.

A mão de Olavo, que rira por trás dele, caiu-lhe afetuosa no ombro.

— Desculpe o mau jeito. Mas o Fontoura me fez prometer que eu ajudava a lhe pregar uma peça. A peça aliás foi encomendada pela Lídia, do Otávio.

Nando riu e deu um assobio de alívio.

— Peça? Me pregou um susto danado, isto sim. Primeiro pensei que tivesse morrido todo o mundo. Depois... Nem sei!

— A bola foi bacana, confessa.

Nando estava por tudo. Na sua frente sorria um caboclo simpático, que saíra de uma maloca à direita do terreiro e que sem dúvida dera o sinal aos índios para o alarido que assinalara o instante da aceitação por Nando da maçã.

— Este é o Cícero — disse Olavo. — Braço direito do Fontoura.

Nando apertou a mão de Cícero.

— A brincadeira foi ótima — disse Nando acariciando a cabeça de uma cunhantã que tinha pegado sua mão e sorrindo para o carão dos índios mais próximos.

— Uuuuuuuu! — berrou Olavo girando nos calcanhares para atingir todos os ouvidos. — Dispersa, indiada vagabunda!

Os índios riram juntos, fugiram como se estivessem apavorados.

— Isto — disse Olavo. — Quando fala o maioral, sai toda a arraia miúda das cercanias. Deixa eu primeiro apresentar Adão e Eva a padre Nando. Chega para perto, Canato, seu sem-vergonha. E você, Prepuri, sua desclassificada. O padre está brabo com vocês.

— Canato é casado com duas mulheres, Nando, duas irmãs. Esta é Prepuri. Canato é um dos poucos que falam algum português.

— Canato não gosta de padre — disse Canato.

— Fala português, sem dúvida — disse Nando. — Português claro.

— Quem é que mandou você dizer isso, Canato? — disse Olavo.

— Foi Fontoura sim.

Canato tomou a maçã da mão de Prepuri e meteu-lhe o dente. Só agora Nando pôde olhar seus índios, aqueles homens, mulheres e crianças castanhos e nus, paixão e angústia de tantos anos de sua vida no mosteiro. Alguns já estavam entrando de novo nas malocas, a maioria puxava Olavo pelos braços para que voltasse com eles ao avião.

— Tem machado, Olavo? — perguntou um rapagão de penas de arara nas orelhas, joelheira e braçadeira de penas.

— Machado para que, seu Anta sacripanta? — disse Olavo. — Tu não trabalha mesmo. Já botou tua noiva Matsune para trabalhar?

— Matsune faz beiju — disse Anta sem muito bem compreender.

— É, seu sacana, a noiva faz beiju para te sustentar, enquanto tu toca flauta.

— Anta trabalha muito — riu o Anta com dentes amarelos. — Anta vai trabalhar com machado de Olavo.

— Não vai não porque Olavo não vai te dar coisa nenhuma, gigolô das selvas. Esse Anta — disse Olavo a Nando — é o único que fala português melhor que o Canato. Vive assim como você está vendo. Pena nas orelhas, miçanga na cintura, braçadeira e joelheira, como se todo dia fosse dia de festa. Toca umas gaitinhas de cana. Este se quisesse falava português feito Camões.

— Não fala porque não está aprendendo a língua sistematicamente — disse Nando.

Olavo riu.

— Vai dizer ao Fontoura que os índios precisam aprender português sistematicamente, que a próxima peça que ele te pregar vai ser te amarrar num pé de tachi, que vive cheio de formiga, e te besuntar com mel.

Algumas mulheres já estavam acocoradas à porta das malocas, cercadas de crianças. Quase todas envelhecidas precocemente, os peitos caídos, mamados às vezes por crianças grandes, a sugarem de pé o seio. Daquelas pobres mulheres tivera medo fundo. Já lhe haviam dito e ele lera em tantos relatos, como é raro uma índia verdadeiramente bela depois da adolescência. Principalmente agora, apaziguado na carne e no espírito, podia olhá-las todas como homem de Deus e do espírito.

Olavo foi andando para a casa. Canato e Prepuri vieram também.

— Onde é que está o Fontoura? — disse Olavo.

— Fontoura dormindo — disse Canato.

No seu interior, como na varanda, a vasta cabana do Posto estava cheia de redes atadas aos barrotes que sustentavam as traves do alto teto coberto de palha de inajá e buriti, como as malocas. No fundo, à direita, dividido da peça grande por um reposteiro de sacos emendados de fubá de milho, um pequeno aposento com uma cama, caixotes, baús e, em cima da mesa, o posto transmissor e receptor de rádio. No fundo, a peça grande se comunicava a uma extensão alongada, que era a copa, com a mesa de refeições, e mais adiante a cozinha. Pelo reposteiro aberto via-se Fontoura dormindo numa cama de vento, uma garrafa de cachaça ao seu lado no chão.

— Como de costume, cozinhando uma camueca — disse Olavo abanando a cabeça. — Fontoura! Acorda que tem visita do clero.

Fontoura abriu os olhos vermelhos mas não se mexeu.

— Trouxe a cachaça? — disse.

— Você ainda tem cachaça aí, cretino — disse Olavo.

— Trouxe a cachaça? — disse Fontoura.

— Eu já vim alguma vez aqui sem trazer tua pinga, desgraçado? Agora fala aqui com o padre.

— Ah, sim, o padre — disse Fontoura.

— Já provei a maçã que me mandou — disse Nando.

— Ahn — disse Fontoura.

— Maçã que Fontoura recebeu de Lídia e trouxe do Rio com o maior carinho — disse Olavo.

— Pega a rede que você quiser, padre — disse Fontoura se levantando. — Se preferir cama tem esta aqui.

— Qual é a sua rede? — disse Nando.

— Qualquer uma. É tudo igual. Se quiser a cama pode tomar conta dela. Na copa tem uma bica. Lá fora Otávio arrumou um chuveiro e uma fossa higiênica para se fazer cocô.

Nando estava ansioso por mudar de roupa. Tinha pedido licença a d. Anselmo para andar no mato como todo o mundo. Sem a batina. Na maleta tinha calças e camisas cáqui. E botas. Trouxera até um chapéu de explorador.

— Vamos até ao avião, Fontoura, pegar os troços — disse Olavo. — O dr. Ramiro desta vez mandou mantimentos à beça.

— É porque ele vem cá — disse Fontoura.

— Ele vem — disse Olavo — e se você quiser ficar bem com o patrãozinho, cuidado com o campo de aterrissagem. Tem um pedaço lá que está de morte. Um avião maior é capaz de quebrar uma roda naquela vala que há que tempo estou apontando a você. Vala quando não se tapa cresce, sabe? O campo precisa estar uma mesa de bilhar para o quarup.

— Não precisa fazer sermão, velhinho — disse Fontoura. — Vilar vai me mandar uma equipe para consertar e aumentar o campo. Ficaremos prontos para a eventualidade de vir o presidente.

— Vá contando só com o ministro que é melhor — disse Olavo.

— Eu não conto com nada nesta bosta de país — disse Fontoura.

Foram saindo juntos seguidos de Canato e a mulher. Nando puxou o reposteiro, abriu a mala, apanhou uma calça e uma camisa que pôs em cima da cama. Depois tirou a batina e as calças pretas que usava por baixo mas quando ia pegar a camisa para vestir um braço mais ligeiro do que o seu baixou veloz para ela e a arrebatou. Nando, de cueca, voltou-se num sobressalto.

— Camisa — disse Canato sorrindo e segurando a camisa contra o peito.

Nando ficou um instante imóvel.

— Me dá minha camisa — disse Nando.

— Camisa — disse Canato recuando para o reposteiro, silencioso como quando voltara e se esgueirara feito uma sombra para dentro do quarto.

— Eu vou usar a camisa, Canato. Me dá a camisa — disse Nando.

— Camisa — disse Canato sorrindo e desaparecendo rápido pelo reposteiro.

Nando abriu o reposteiro na maior indignação mas do lado de fora estava Prepuri. E ele assim, de cueca. Voltou ao quarto, enquanto o casal de índios desaparecia, Canato já vestindo a camisa nova. Nando tirou outra camisa, tratou de vesti-la ligeiro, de botar as calças e de fechar a mala à chave. Procurou um espelho para se ver na nova indumentária. Nada, não havia nenhum. Abriu de novo a mala, tirou seu estojo de toalete, com um pequeno espelho. Olhou primeiro sua cara dentro da gola da camisa cáqui. Afastou depois o espelho e olhou o peito, a cintura com a correia nova que comprara, grossa e clara, as calças, as botas. Voltou depois lentamente o espelho até à gola, a cara por cima da gola, e ali o manteve alguns segundos.

Nando saiu com Olavo para visitar as malocas, para ver pela primeira vez, com os olhos que Deus lhe dera, as redes, as bordunas avermelhadas de urucum, os panelões uaurá, os colares de caramujo e de dentes de onça. Quando saíam de uma das malocas para o sol, Olavo gritou, avistando alguém:

— Auaco, flor do Tuatuari!

À porta de uma maloca mais distante tinha aparecido uma índia dos seus dezessete anos, alta, peitos redondos e pequenos, a cara larga e sorridente alongada pela cortina dos cabelos pretos. Nuinha, nuinha, o triângulo claro do uluri pousado como uma mariposa acima da dobra do sexo. Nando sentiu na carne presente um arrepio do terror passado e saudou com efusão a lembrança de Vanda morena e Winifreda ruiva. Pecando a gente mitiga mas não derrota o pecado. Ou seria preciso pecar muito, tenazmente?

— Cabocla dos meus tormentos — disse Olavo pegando no queixo de Auaco. — Vou mandar revogar os regulamentos do SPI para casar com você.

— Camisa? — disse Auaco. — Vestido?

— Claro que tenho vestido para você — disse Olavo. — Quem é que te nega alguma coisa? Pede a batina do pajé Nando, que ele já atirou às urtigas, e vê se ele não te dá. Você deve ficar linda de preto. Um cambucá de luto.

— Vestido! — disse Auaco, olhos brilhantes.

— Com Fontoura. No Posto — disse Olavo. — Pede a ele. Diz vestido de cassa vermelha que Olavo trouxe.

Auaco saiu andando ligeira para o Posto e agora num espírito puramente de ação de graças Nando glorificou o Criador vendo as nádegas morenas, a cintura forte mas graciosa, as costas sedosas de Auaco.

As chuvas ainda não tinham começado naqueles últimos dias de julho. A noite era seca e fria. A pedido de Olavo, dois garotos índios que ajudavam nos trabalhos da cabana do Posto, Cajabi e Pionim, tinham feito uma fogueira no centro da grande peça de terra batida. Fontoura fumava um cigarro de palha, Olavo o seu cachimbo. Nando nunca tinha visto Fontoura tão calmo, o que lhe parecia de bom agouro para a conversa que precisava ter.

— Fontoura — disse Nando —, antes de escrever daqui ao meu Superior, queria trocar umas ideias com você. Ninguém conhece melhor do que você os problemas dos índios.

— Hum — disse Fontoura pitando o cigarrinho —, tem muito etnólogo sabido, muita gente boa do Museu Nacional que conhece os índios como a palma da mão.

— Eu sei — disse Nando — mas você conhece os índios com o coração.

Olavo deu uma estrepitosa palmada na coxa e levantou o cachimbo no alto com a mão esquerda.

— O padre é fogo, Fontoura!

Nando sorriu.

— Estou apenas repetindo o que todos me dizem. Quem vive entre os índios e se sacrifica por eles é o Fontoura. Isto é muito mais importante do que conhecer a gramática das línguas indígenas ou teorias sobre a origem deles. Os índios estão aí, vivos.

— Os índios estão quase mortos — disse Fontoura. — O importante é que não morram todos. A única coisa que importa é dar a eles os meios para sobreviver.

— Exatamente — disse Nando. — Eu tenho a impressão de que o que desagrada você é a ideia de integrar o índio nas populações do interior, não é? Eles se despersonalizariam, desapareceriam como índios.

Fontoura assentiu com a cabeça.

— Portanto — continuou Nando se entusiasmando —, o que se pode fazer é educá-los de modo a que contribuam para o seu sustento com a pesca, a caça, a lavoura, as artes plumárias continuando a se desenvolver como índios. Poderíamos montar aqui peixarias, serrarias...

Fontoura fez que não com a cabeça.

— Não? — disse Nando.

— Não, nunca.

Fontoura se levantou da rede, foi até ao escritório e de lá voltou com um sovado mapa de Mato Grosso onde se delimitara, a lápis de cor vermelho, o Parque Nacional do Xingu, entre 10 e 12 graus de latitude Sul e 53 e 54 graus de longitude Oeste de Greenwich. A forma inclinada acompanhava o curso do Xingu, das cabeceiras dos seus três formadores até a Cachoeira de Pedras.

— Este — disse o Fontoura batendo com o dedo em cima da área do Parque — é o Estado dos índios.

Montoya, Cataldino, Rodrigues, pensou Nando, o coração a lhe bater apressado. Ave, República dos Guaranis.

— Magnífico — disse ele — o Estado Indígena.

— Sim, magnífico — disse Fontoura — se fosse realizável. E se fosse possível, de acordo com meus sonhos, estender aqui — e seu dedo passou como se abrisse uma vala pelo contorno do Parque — uma cerca de arame farpado.

— Arame farpado? — disse Nando.

— Sim — disse Fontoura. — Eletrificado. Contra o Brasil.

— E educar os índios de que maneira? Que fazer deles? Que espécie de gente?

— O Estado seria de índios, de bugres, do que eles são — disse Fontoura martelando as sílabas. — Eu não quero transformar índios em nada. Parques imensos, cuidadosamente vigiados, fizeram os ingleses para girafas e zebras em Quênia e Tanganica. Não para educar girafas ou zebras. Para preservá-las vivas.

— Mas os índios têm como nós uma alma imortal — disse Nando.

— Os índios não sei se têm. Ou se ainda têm. Nós eu sei que não temos. No mundo inteiro as reservas indígenas são simples arapucas para extermínio de índios.

Júlio César trouxe a primeira girafa para Roma, pensou Nando. Nunca um bicho vira de tão alto a mais alta altitude a que chegou o homem.

— O ministro Gouveia, o dr. Ramiro, toda a corja lá do Rio, estão ligados ao fazendeiro Gonçalo, às companhias de terras, até a japoneses que avançam em terra de índio — disse Fontoura. — Só de dez mil hectares para cima é que o Senado tem que aprovar venda de terras aqui. As companhias sempre adquirem 9.900 hectares. Os índios dentro de pouco tempo não têm mais nem uma horta neste país que era deles. Estamos matando os selvagens de fome.

— O Otávio, que é entendido em história — falou Olavo —, diz que o ciclo dos descobrimentos foi a segunda grande operação de *gangsters* que o mundo viu. E sabe qual foi a primeira, Nando?

Nando fez que não com a cabeça.

— As cruzadas — disse Olavo.

Apucaiaca, Sariruá, e a índia Matsune, noiva do Anta, entraram na cabana e se sentaram no chão, silenciosos, mordiscando uns nacos de peixe. Fontoura se dirigiu aos dois homens:

— Como é Sariruá, e você, Apucaiaca, aposto que estão comendo o peixe que deviam guardar para o quarup.

Os índios riram, sem entender, pois Fontoura tinha falado rápido.

— Comendo — disse Fontoura devagar, apelando para a mímica —, comendo tudo. Não fica nada para os hóspedes, para índio cajabi, camaiurá, juruna.

— Não, não — riram os índios. — Tem, tem. Comida.

— E você, Matsune — disse Olavo para a mulher —, está fazendo beiju?

Esguia, bonita, Matsune se levantou e andou para a porta.

— Não, sua bocó, não busca beiju não. Nos cestos. Quarup — disse Fontoura.

Matsune voltou a sentar, sem dar grandes mostras de entender. Uma menina de uns doze anos, pele clarinha, meteu a cara na porta da cabana.

— Entra, Ritó — disse Fontoura.

— Mas essa menina é branca — disse Nando.

— Branca não, desbotada — disse Fontoura. — Entrou na puberdade e fica trancada num canto da maloca dos pais durante seis meses. Só sai de noite para fazer as necessidades.

Lábil, débil, flábil, núbil pensou Nando cheio de ternura pelo desamparado bibelô que parecia de gesso ou de nuvem contra a figura atlética de Sariruá escuro.

— Ritó — disse Fontoura — é uma esperança para os índios trumai. A tribo está bruxuleando, quase extinta.

Nando sentia, no fundo do peito, uma vontade confusa de chorar.

— Extinta por quê? Alguma epidemia?

— A epidemia nossa — disse Fontoura — do homem branco. Primeiro, antes de Rondon, era o vale-tudo. Branco trazia tuberculose, gonorreia, sarampo, sífilis. Agora, que a gente sempre exerce uma certa fiscalização, índio não tem mais terra, ou cada vez tem menos.

Fontoura, que não tocara na garrafa de cachaça desde a hora do almoço, bebeu um largo trago no gargalo.

— Você acha que adianta — disse a Nando — pegar os últimos dez ou quinze trumai e ensinar a eles o b, a, ba e a ave-maria?

Nando ia responder mas Fontoura, dando outro trago, já andava para os índios.

— Você acha Apucaiaca? B, a como é que faz?

Apucaiaca riu.

— Faz merda, não faz? Diga merda.

— Merda — disse Apucaiaca.

— Pronto — disse Fontoura. — Apucaiaca está alfabetizado. Agora você, Matsune.

— Matsune — disse Matsune.

— Matsune, não, merda — disse Fontoura.

— Merda — disse Matsune.

Os índios todos riram.

— Sariruá e Apucaiaca — disse Fontoura — amanhã pesca. Pesca, viram? Senão não tem quarup.

— Pesca — disse Sariruá.

— Tenho linha nova para você — disse Fontoura.

— Linha? — disse Sariruá, orelha em pé. — Náilon?

Olavo deu uma gargalhada.

— Eta índio safado!

Nando saiu para a noite fria. Sentiu logo uma insidiosa paz. O Tuatuari que deslizava manso, lavava sua cabeça por dentro. Na beira do barranco do rio, Nando se voltou e avistou a porta aberta da casa iluminada. Uma cabeça de insônia. Ardente. Mais para a frente o barranco descia suave até uma verdadeira prainha e para lá foi Nando, longe da cabana e das vozes, na beiradinha mesmo do Tuatuari. Sozinhos, nem molestados e nem ajudados, de quantos milênios teriam precisado Canato e Sariruá para a primeira insônia? Dos Sete Povos ao parque eletrificado. Nando deu as costas ao Tuatuari, subiu de volta o barranco, mas em lugar de voltar à casa do Posto, aproximou-se das malocas. As ligeiras portinhas de folha estavam fechadas e de dentro das casas filtrava-se uma luz mortiça e doce. Nando rodeou umas três malocas, na vaga esperança de encontrar alguma aberta.

— Pode entrar — disse Olavo que se acercara silencioso.

— A gente não perturba os índios? — disse Nando.

— Qual nada.

Olavo puxou uma das portas. Curvou-se e entrou, seguido de Nando. Três casais de índios moravam ali, com uma meia dúzia de crianças. Os casais nas suas redes superpostas, a do homem em cima. No chão, sob a rede de baixo, um foguinho de aquecer e de espantar carapanã. Os índios ainda acordados mal olharam os visitantes.

— É seguro que a gente não incomoda eles? — disse Nando.

— Nada deste mundo. Se estiverem trepando, continuam — disse Olavo.

Pelos cantos, pendurados, tipitis de espremer veneno da mandioca, panelas, cestos com peixe e com beiju. Um cheiro adocicado, vegetal, na atmosfera esfumaçada e morna.

— Que sonharão eles? — disse Nando quase a si mesmo.

— Peixes e pássaros — disse Olavo dando de ombros.

Nando saiu, com o persistente temor de estar perturbando. Andaram até ao campo de pouso, em silêncio. Na noite o Lodestar de prata. Olavo continuava pitando o cachimbo.

— Você gosta desta sua linha do Correio Aéreo? — disse Nando.

— Adoro — disse Olavo.

Depois de outro silêncio Olavo falou:

— Só mesmo uma revolução.

— Já tivemos quantas?

— Ou a *Revolução*, como diz o Otávio.

A palavra subiu nas trevas oca e sem peso como uma bolha.

— O que é que a Revolução adiantaria aos índios? — disse Nando.

— Ah, aos índios nada neste mundo adiantaria — disse Olavo. — O Fontoura nesse ponto está com a razão.

— No entanto ele dedicou sua vida aos índios.

— Aderiu ao suicídio deles. Quando morre uma manada de índios de um sarampo qualquer o Fontoura toma porres intermináveis e tem uma loucura recorrente. Propõe a mim, propõe a todo o mundo sempre a mesma coisa, sabe o quê? A invasão do Rio pelos índios.

— Como assim?

— De raiva, de ódio. Aterrissar no Rio com vinte aviões de transporte carregados de índios nus e passeá-los pela avenida Rio Branco, pelas praias. Armá-los de arcos, de sarabatanas, bordunas, trucidar o maior número possível de funcionários públicos, que Fontoura odeia, apesar de ser funcionário ele próprio. Criar um caso, uma guerrinha. Obrigar o Brasil a matar índio na Capital e com bala, em lugar de dizimá-lo às escondidas, pela fome.

Longe, do rumo do Posto, veio ao encontro dos dois a inquieta rodela de luz de uma lanterna elétrica.

— Vem aí o Fontoura com mais alguém — disse Olavo. — Ah, o Cícero. Vamos mudar de assunto que o Fontoura se irrita quando a gente fala nele.

Quando se acercou Fontoura falou, voz insolitamente alegre:

— Despeçam-se dessa boa paz. O Cícero recebeu um rádio do Rio. Vai começar a chegar uma porção de gente. O presidente da República confirmou que vem pessoalmente aqui, um dia, durante o quarup.

— Mas foi ele mesmo? — disse Olavo. — Olha que não é a primeira vez que anunciam a visita. Você fica aí todo embalado e depois toma um porre de um mês.

— Declaração dele, não foi, Cícero? — disse Fontoura.

— Do Getúlio mesmo. O rádio falou no discurso do Getúlio. Já é batata, agora. E ele vai assinar o decreto aqui.

— Puxa! Com o Parque decretado e com dinheiro a gente pela primeira vez protege índio de verdade — disse Fontoura.

— Funda-se o Estado índio, hem, seu maluco! — disse Olavo.

Fontoura levantou os braços ao céu e os sacudiu, riscando árvores com o feixe de luz da lanterna.

— Tomara, tomara, queira Deus — disse ele. — Se depois algum grileiro me entrar no Parque, fogo nele!

Nando acordou antes da aurora, enregelado. Bem que tinha visto Olavo forrando a rede, com um cobertor e cobrindo-se com outro, mas achou que o forro era demais. Enrolou-se como pôde no único cobertor e deixou-se sentir frio. A friagem mantinha seu espírito acordado, já que não lhe eram concedidas insônias. De repente, uma algazarra de assobios trouxe um alegrão ao mundo. Que podia ser aquilo, Senhor? Maitacas? O som era humano demais. Micos? O alarido foi crescendo, crescendo, até fazer Nando saltar da rede e assomar à porta. De todas as malocas saíam os índios, homens, mulheres e crianças — crianças a pé e infantes enganchados em ilharga de mãe — no rumo do Tuatuari. Nando saiu de pijama no rastro da tribo. A primeira luz do dia esverdeava o Tuatuari cristalino e nele desaguou com estrépito o rio barrento dos índios novinhos em folha depois da noite no ventre abafado das malocas. A corrente tranquila espumou com o banho coletivo. Os índios despencavam n'água das árvores ribeirinhas, perseguiam-se a nado, molhavam-se uns aos outros e se esfregavam com a tabatinga das margens.

— Bom dia, seu padre!

Era Cícero que ia também tomar banho. Vinha da cabana nu com os índios, quase tão escuro quanto eles mas com sua indecisa pele baça de caboclo amulatado. E peludo. No peito, nas pernas, no púbis, ao contrário dos índios fastidiosamente depilados.

— A gente tem que se aproveitar hoje, para se despedir do banho nu — disse Cícero. — Daqui a pouco tem mulher civilizada no Posto.

Cícero caiu n'água, pôs-se a nadar para a outra margem, por entre os índios, mas curiosamente distinto deles, com uma objetividade, um senso de chegar do outro lado. Nando não tinha coragem de tirar o pijama e atirar-se nu. Ou ainda não. Difícil de seguir o exemplo de Marcus Tullius que a 7 de dezembro de 43, antes do nascimento do Senhor, morria assassinado enquanto sua cabeça e mãos decepadas seguiam para Roma, o que era o mesmo que decepar mãos e cabeça da República, e que agora ali tinha o xará nadando entre gentes já existentes naqueles tempos mas ignoradas de um homem que sabia tudo, nadando com objetividade até a outra margem para coisa nenhuma e principalmente sem saber por que tinha o nome de Cícero aliás Quíquero. Até quando, Catilina, se abusará de nossa paciência com tais folguedos?

— Não vai dar um mergulho, seu padre? A água está tinindo de boa — disse Cícero.

— Mais tarde, quando o sol esquentar.

Em longas caminhadas de beira-rio, em visitas aos índios camaiurá acampados à beira do lago, embrenhando-se na mata para ver um veado correndo na distância ou garças voando reto como flechas brancas disparadas da copa das árvores, Nando ruminava o plano e triturava nomes com fervor. Takuxirrãe, suiá, txucarramãe, iarumá, miarrã. Os nomes sabe Deus de que furnas do Oriente, trazidos sabe Deus há quantos milênios, repetidos sabe Deus como até hoje por esses seres violentos que andam no mesmo círculo inicial. Estendendo-lhes a mão, puxando-os para dentro do círculo do Parque não estaria Nando sendo a ponte para o círculo seguinte?

— Há muitas tribos quase inteiramente desconhecidas bem perto do nosso Parque futuro, não há? — disse Nando ao Fontoura.

— Há tribos inteiramente desconhecidas — disse Fontoura.

— A essas seria interessante atrair o mais depressa possível, não lhe parece?

— Eu gostaria de atrair todas as tribos que ainda são realmente selvagens e portanto felizes — disse Fontoura. — Ao longo do Xingu há lugar para todos os índios que ainda sobram.

— Eu tenho visto tantas estatísticas — disse Nando. — Algumas otimistas. Haverá o que, hoje em dia? Uns trezentos mil índios?

— Que esperança — disse Fontoura sombrio. — Todos os índios do Brasil não lotariam o Maracanã.

— Mas no Parque poderão aumentar seus números — disse Nando.

— Como qualquer bicho decentemente tratado.

— Antes de falar com Ramiro, eu gostaria de formular com você um plano de entrada em contato com as tribos desconhecidas.

Fontoura olhou Nando desconfiado.

— Ué, não vai dizer a Prelazia? Não vai ensinar os índios a rezar?

Nando riu.

— Até para isso seria preciso ter índios, não é mesmo?

— Bom — disse Fontoura —, para isto tem bastante índio já amansado como os nossos aqui no Posto.

— Confesse — disse Nando — que você não teria a melhor das impressões de um "missionário" que saltasse do avião e montasse uma aula de catecismo ao lado do Posto.

— Olha — disse o Fontoura —, a fundação do Parque, com as respectivas verbas para a gente cuidar dos índios, me parece um troço tão bom que até vocês padres talvez possam fazer alguma coisa útil. Desde que entendam o que que está em jogo.

— O que está em jogo, Fontoura, é que os últimos serão os primeiros. Fontoura deu de ombros.

— Não entendi não. Os índios precisam ficar vivos, sãos. Precisam deixar de ser chateados. Se você está de acordo com isto eu fico de acordo com o que você quiser.

— Estou de acordo com isso — disse Nando.

Quem primeiro chegou ao Posto, num pequeno Piper da Fundação Brasil Central, foi Lídia. Nando, Fontoura e Cícero, sem contar os índios, tinham ido para o campo aguardar o avião que aparecera ao longe. Quando viu, além do piloto, apenas Lídia, Fontoura perguntou:

— Ué, nem o Otávio?

— Não, seu amável — riu Lídia. — Nem mesmo Otávio. Só eu. Mas não se assuste não que daqui a pouco todas as tuas redes vão ficar cheias. Se não houver lugar eu durmo na minha cabana.

— O negócio do presidente é batata, não é? — disse Fontoura. — Ele vem mesmo?

— Você não soube da promessa formal que ele fez?

— Soube — disse o Fontoura — mas nem gosto de acreditar muito.

— Desta vez não há dúvida — disse Lídia. — Ramiro mandou Otávio a Ceres, para pegar trabalhadores que o Vilar te prometeu para aumentar o campo de pouso. Getúlio vem num Constellation com ministros e puxa-sacos a granel.

— Meu Deus — disse o Fontoura —, só agora é que estou sentindo a coisa... E se pernoitarem?...

— Se pernoitarem não há de ser na casa do Posto, em redes de algodão e buriti — disse Lídia. — O presidente vem de manhã cedo, no último dia do quarup, e deve voltar à tarde. A menos que...

— Sim? — disse Fontoura.

— A menos que pernoite na fazenda do Gonçalo Trancoso.

— Gonçalo? — disse Fontoura. — Na fazenda daquele filho da puta de grileiro?

Com a cara de repente transtornada Fontoura parecia acusar Lídia de programar tal coisa.

— Calma, rapaz — disse Lídia —, deixa de ser bobo e vê se entende alguma coisa de política. O Parque é um golpe terrível para todos esses filhos da puta de grileiros, como diz você. Se o presidente for à Fazenda do Gonçalo, *se for*, veja bem, é só para dourar a pílula. Gouveia não tem interesse no Parque, Ramiro, menos ainda. O mínimo que o presidente podia fazer era apresentar a criação do Parque como de alto interesse para o estado do Mato Grosso e, portanto, como apoiada pelos impolutos fazendeiros. Senão o boicote era ainda maior. Bispou, bugre? A batalha está ganha. Não custa nada ser amável com os vencidos.

— Um cachorro, esse Gonçalo. Quer avançar até em terra de juruna, aqui nas barbas da gente.

— Pois agora você vai ter Parque e polícia, Fontoura, vê se entende. Faz uma forcinha, faz.

Fontoura deu meia-volta e foi andando para o Posto.

— Ai, que homem impossível — disse Lídia a Nando. — Você não conseguiu catequizá-lo não?

— Fontoura sofre com os índios — disse Nando.

— E faz todo o mundo sofrer — suspirou Lídia.

— Mas ele está entusiasmado com a vinda do presidente, não se iluda — disse Nando.

Só quando o Piper ergueu voo, seguindo viagem para o Diauarum, é que Lídia se abriu num largo sorriso e percorreu Nando com a vista, dos pés à cabeça.

— É a primeira vez que eu te vejo com roupa...

— De homem? — disse Nando.

— De padre bandeirante, digamos.

— Aliás — disse Nando — nós só nos vimos uma vez e você também não estava vestida de homem não.

Lídia riu, olhando as próprias calças compridas, o blusão de xadrez.

— E antes que eu me esqueça — disse Nando — obrigado pela maçã que Prepuri me ofereceu em nome da mãe Eva.

Lídia deu uma risada.

— Funcionou bem o espetáculo?

— Muitíssimo bem. Nunca pensei que o Fontoura, tão casmurro, organizasse a peça daquele jeito.

— Você precisa me contar depois a cena com todos os detalhes.

Lídia riu de novo.

Cabelo liso e curto, corpinho fino, busto pequeno, graciosamente andrógina. Foram andando juntos para o Posto.

— Veio analisar os índios? — disse Nando.

— Conversar com eles. Se eu soubesse algum desses dialetos medonhos podia fazer um trabalho mais aprofundado.

— Eu ainda estou muito cru para entendê-los na prática, mas o pouco que sei está à sua disposição.

— Vou ficar um tempinho à toa aqui — disse Lídia — e confesso que acho interessante observá-los, sabe? Andar pelas malocas. Ver como as mulheres cuidam dos filhos e dos maridos. Fazer umas perguntas. Saio daqui apaziguada. Tenho um antigo cliente superneurótico que implora que eu venha ao Xingu, quando nota que minha paciência está encurtando. Os índios fascinam a gente porque são anteriores ao tempo.

— Perfeito — disse Nando —, ainda são parte da eternidade.

— Partimos cada um de nosso lado e veja como nos encontramos — disse Lídia. — Como se cavássemos um túnel para a reunião no meio. Acho que vamos ter muito que conversar.

Túnel. Vergonha e remorso. Ainda não tinha datado do Xingu uma carta para d. Anselmo. Só mandara um bilhete do Rio. A si mesmo tinha prometido escrever no primeiro dia de selva e os dias se passavam sem que ele sequer pensasse em quem tanto se preocupara com sua grande preocupação. Nando fechou o reposteiro do escritório e antes de alguma interrupção escreveu no alto da página: Posto Capitão Vasconcelos do

SPI, Mato Grosso. Depois ficou com a caneta-tinteiro suspensa longo tempo sobre o papel, imaginando como pôr d. Anselmo ao corrente da situação, imerso na carta, enquanto Cícero, sem dúvida repetindo trabalho já feito de outras vezes, isolava com varas um grande quadrado da casa do Posto, para Lídia e as demais mulheres que chegassem. O tabique de varas tinha uma porta feita de tábuas de caixote de Leite Moça. Nando ainda lutava com o fim da carta quando entrou Fontoura e mais os curumins serviçais do Posto, Cajabi e Pionim. Vinham orgulhosos. Voltavam de caçar com Fontoura e traziam os troféus: um tatu e um jacu abatido perto, penas ainda pingando sangue. Atrás dos três uma chusma de índios, que seguiram Fontoura para a cozinha. Dois ficaram para trás e vieram espiar por cima do ombro de Nando que escrevia, Auaco e seu noivo Combra. Mexeram numa coisa e noutra e Nando, preocupado, passou os olhos em torno para ver se não deixara alguma camisa à vista. Não encontrando nada para pedir, Auaco e Combra saíram do escritório. Lídia vinha entrando e parou perto dos dois, que começaram com ela a eterna rotina:

— Como é seu nome? — disse Combra.

— Ora, Combra, então você não se lembra mais de mim? — disse Lídia.

— Como é nome? — repetiu Combra.

— Lídia.

— Nome do pai?

— Torres — disse Lídia paciente.

— Mãe?

— Ah, Combra, não chateia — riu Lídia.

— Eles não descansam enquanto não perguntarem nome do marido e dos filhos — disse Nando do escritório.

— Então não sei — disse Lídia. — Mesmo quando já conhecem ou deviam conhecer uma viciada em Capitão Vasconcelos como eu. Aposto que a você eles estão atormentando o tempo todo.

— Já me habituei — disse Nando.

— A senhora vai ficar aqui na casa, dona Lídia? — disse Cícero.

— Vou. Até Otávio chegar. Mas gostaria que você desse uma limpeza na cabana.

— Ora essa, dona Lídia, já dei — disse Cícero. — A senhora acha que seu Otávio comprou minha caixa de balas?

— Comprou sim — disse Lídia. — Otávio já esqueceu alguma coisa que você tenha pedido a ele?

— Não — disse Cícero — nunca jamais não senhora.

Cícero foi saindo.

— É curioso como os índios ficam repetindo as perguntas. Acho que eles confundem a cara dos caraíbas — disse Nando.

— Às vezes eu me pergunto se os índios são todos assim ou se são só esses adotados pelo SPI e cansados de responder às perguntas de antropólogos e curiosos em geral que vêm aqui tirar retrato e fazer reportagem. Vingam-se na gente.

— Não se conformam quando eu digo que não tenho mulher — disse Nando. — Ficam perguntando o nome.

Lídia deu de ombros, enquanto entrava na peça das mulheres deixando a porta aberta atrás de si.

— Invente um nome qualquer. É mais fácil do que explicar a eles o celibato.

— Isto é verdade — disse Nando.

— Responda Vanda, por exemplo — disse Lídia tirando objetos da mala e arrumando-os num grande caixote-penteadeira. — Um nome qualquer.

Nando parou no meio de uma palavra que escrevia. Depois continuou. Combra e Auaco tinham se sentado ao pé do tronco central da casa, no banquinho que o circundava. Distraídos, olhando ora para o lado de Lídia, ora para o lado de Nando. Auaco deixou-se escorregar até o chão, encostada à perna de Combra, cuja mão ficou sobre seu ombro esquerdo. Combra, alerta, esquadrinhava tudo com os olhos. Auaco, linda, sonolenta, olhava em frente. A mão de Combra estava naturalmente na altura do seio esquerdo de Auaco e ele começou a acariciá-lo. Era impossível a Nando não olhar disfarçadamente a estranha cena, que Lídia sem dúvida olhava também. Dois jovens índios, noivos ou lá o que fosse, nus em pelo, ele acariciando o peito dela e, no entanto, ela quase adormecida e ele olhando as modas ao redor, sem dar o menor sinal de excitação.

— Olha — disse Lídia —, eu quis mesmo sugerir um nome qualquer, hem.

Será que o Combra não ia parar com aquela inútil bolinação? pensou Nando, levantando-se.

— São curiosos esses índios, não são? — disse ainda Lídia vindo ao encontro de Nando.

— Aquém do bem e do mal — disse Nando.

— Hum...

— Fazem com naturalidade os atos naturais, não têm consciência nem do prazer e nem da dor.

— Calma, calma, sr. padre — disse Lídia. — Você já visitou Aicá, um índio cuicuro que se não me engano está naquela maloca mais perto do campo de pouso? Morava lá quando eu estive aqui há um mês.

— O que é que tem esse índio?

— Venha ver. É parte do seu ministério.

Havia duas índias na cabana, uma espremendo mandioca no tipiti, outra moqueando peixe no jirau. Como a luz caíra bastante do lado de fora e não havia fogo no interior da maloca, parecia que só estavam ali as duas mulheres.

— Aicá? — perguntou Lídia.

— Aicá, Aicá — disse uma das mulheres apontando para um canto.

De uma rede na penumbra levantou-se um rapagão dos seus vinte e poucos anos. Parecia em tudo e por tudo qualquer dos índios do acampamento que Nando vira até agora. Lídia tirou do bolso um embrulho.

— Para Aicá — disse ela.

O índio se aproximou e começou a lutar com o barbante na ânsia de abrir o embrulho da caixa de anzóis e linha de pesca que lhe trazia Lídia. Então Nando viu como estava coberto de feridas. Jó tinha muito mais anos do que Aicá, pensou Nando, mas não pode ter tido mais chagas.

— Aicá está assim há bem uns dez anos — disse Lídia. — Fogo--selvagem.

— Fogo-selvagem — repetiu Aicá, familiarizado com o nome dado pelos brancos à sua moléstia.

— É o chamado pênfigo foliáceo — disse Lídia.

— Pênfigo foliáceo — disse Aicá.

— Que horror, meu Deus. Precisamos tratá-lo — disse Nando cheio de zelo.

— Aicá subiu um calvário de tratamento em sua vida curta — disse Lídia. — E o Fontoura subiu outro. Fontoura tem feito um esforço de maníaco com Aicá. Levou-o a Manguinhos, para exames, internou-o em hospitais do Rio e de São Paulo, trouxe médicos aqui. Os médicos vieram ver Aicá e outras vítimas de fogo-selvagem que há no Xingu. Mas vieram principalmente para Aicá, que quando adoeceu já vivia nas cercanias do Posto e que sempre foi um índio bom. Além disso, os médicos nunca viram um caso tão maligno de fogo-selvagem. Alguns acham mesmo que talvez Aicá tenha mais alguma coisa, uma moléstia desconhecida.

Aicá, índio bom, habitante do paraíso, finalmente se livrara do barbante e do papel enquanto Nando o olhava com horrorizada pie-dade. Um sorriso de prazer nos lábios pálidos, Aicá examinou os anzóis, a linha.

— Aicá pode pescar muito — disse Lídia. — Pescar para quarup.

— Pescar sim. Peixe grande — disse Aicá.

Mas falou voltando para sua rede no canto, no escuro da maloca. É preciso uma explicação, pensou Nando. Sofrimento, sim, dor, mas provavelmente sem noção de mais coisa nenhuma. Uma onça ferida para sempre, talvez, e para sempre a lamber a ferida. Mas sem saber. Imaginando que vai desaparecer a ferida.

— Coitado — disse Nando —, que horror de moléstia!

— Imagine agora a dor de Aicá e de tantos mais que pegam o fogo-selvagem — disse Lídia.

— Deus me livre de achar que Aicá não sofre, mas sofrerá como um de nós? Com a mesma sensibilidade? E com o mesmo horror da chaga em si e da chaga vista pelos outros?

— Não sei o que possa ser a *mesma* sensibilidade — disse Lídia dando de ombros. — Aicá, por exemplo, nunca pôde se casar.

— Não deixam ele se casar?

— Não sei se não deixam ou se são as mulheres que não o aceitam, mas Aicá sabe que a doença não só faz ele sofrer tormentos de dor, coceira, descamação e feiura como o torna diferente. Um pária.

Nando se acercou da rede de Aicá sentindo-se mais desolado e mais perplexo do que jamais se sentira diante do sofrimento dos inocentes. Terrível o que Lídia acabava de dizer. Afastava qualquer consolo de tapeação que se pudesse derivar da ideia de que Aicá sofria como um cão ou um gato. Sofria um sofrimento de gente, complicado com o social.

— Aicá — disse Nando.

O índio levantou olhos mansos para Nando, que sabia não ter nada a dizer. Ah, Senhor, e a era dos milagres rudes? Como entender no paraíso refeito o fogo-selvagem? Por que tanta fúria contra Aicá? Por que a horrenda morte interminável além do pagamento do tributo comum da morte um dia? Aicá esperava, os olhos erguidos para Nando. Esperava sentado na rede suja, sem mulher, sem filhos, arco e flechas no chão ao seu lado.

— Tenho facão bonito para Aicá — disse Nando — lá no Posto.

— Icatu — disse Aicá.

— Rapadura também — disse Nando.

— Icatu — disse Aicá.

Compreensíveis os santos e santas que beijavam os leprosos e lhes lambiam docemente as feridas. Nem compaixão e nem perversão. A recusa da saúde se havia gente torturada assim. Para continuar aceitando Deus. Se aquilo era permitido é que teria um sentido qualquer e merecia amor. Nando disse a si mesmo, com paixão, que beijaria os pés de Aicá se pudesse lhe dar alívio. Se. Quando talvez a cura fosse a do puro amor sem qualquer esperança terapêutica.

— Vamos embora — disse Lídia.

Nando saiu aturdido da maloca.

— Em outros terrenos também eles sofrem — disse Lídia.

Mas não prosseguiu. Foi andando ao lado de Nando algum tempo. Depois entrou em outra maloca. Respeitou o silêncio de Nando e deixou que ele voltasse sozinho à casa do Posto. Com gestos mecânicos Nando retirou do fundo da sua mala a caixa de facões que comprara para dar de presente aos selvagens que devia conduzir da felicidade silvestre em que viviam para o trabalho na vinha do Senhor. Apanhou igualmente um tijolo de rapadura. Acrescentou uma camisa. E voltou à maloca de Aicá como quem voltasse com a mão cheia de pedras para perto de uma criança chorando de fome.

Só no dia seguinte é que Lídia voltou a dizer:

— Em outros terrenos os índios também sofrem. Ontem, antes de irmos ver Aicá, você olhava, com incompreensão igual à minha, a inocência com que se tocavam. Mas você sabe que de quando em quando ocorrem aqui tremendas surras de marido traído em mulher?

— Bem — disse Nando —, isto...

— Isto você talvez aceite por fazer parte muito integrante do que você considera fundamental na natureza, na ética do bom selvagem, sei lá. Para Otávio foi um golpe fundo a descoberta de que índio tem ciúme de alguma espécie.

Lídia riu e continuou:

— Otávio acreditava de tal maneira na naturalidade do amor livre e na possibilidade de destruir por completo o ciúme burguês que teve sua única rixa com Lênin a esse respeito.

— Rixa com Lênin? — disse Nando.

— Bem, modo de dizer. Ninguém tem rixas diretas com Deus. Mas Otávio achou o cúmulo quando leu em Clara Zetkin que Lênin não aprovava a teoria do Copo d'Água, destruindo assim uma das mais formosas promessas da Revolução à humanidade.

— Ainda bem que Lênin teve o bom senso de desautorizar um conceito tão primário.

— Por outro lado — disse Lídia — só mesmo a fome é pior que aquela sede. Fizemos um tal mistério da coisa que eu duvido que se encontre hoje alguém que não tenha alguma esquisitice sexual, ou não se considere sexualmente bizarro de alguma forma.

Ai de mim, pensou Nando, contra o Copo d'Água e sempre ao pé da talha. Rosto agudo e inteligente, Lídia.

— Otávio e Ronaldo Vilar estão quase chegando, não? — disse Nando.

— Estão.

— Otávio me dá a impressão de ser um sujeito muito interessante.

— Muito — disse Lídia.

— E imagino que mais livre que a maioria das pessoas em relação a preconceitos.

— Depende — disse Lídia. — Otávio é um lutador e a gente só luta contra aquilo que respeita em si mesmo. Ciúme, por exemplo, ele sente muito ainda que não confessasse isto nem que lhe fosse perguntado pela polícia de Filinto Müller, sob tortura.

— O Copo d'Água é um copo de fel — disse Nando.

— Mas até certo ponto Otávio tem razão. Lênin estava pensando nos interesses imediatos da Revolução e não exatamente da espécie humana.

— Você também é comunista?

— Graças a Deus — disse Lídia.

Não falavam exatamente sobre coisa nenhuma. Afastavam-se do Posto, por uma trilha na mata, e ao cabo de uns dez minutos chegavam a uma cabana construída com as mesmas varas e a mesma palha dos índios mas com telhado de duas águas.

— Esta é a minha casa — disse Lídia. — Sempre fico aqui quando venho com Otávio. Ele a construiu antes de me trazer pela primeira vez.

Mesa tosca com banco. Nas paredes máscaras de dança dos índios, com as longas barbas de fibra. Arcos. Flechas de assobio. Potes uaurá. A um canto a cama. Pronto, pensou Nando, copos e copos d'água. Enlaçou a cintura de Lídia erguendo a mão devagar, para levantar a blusa e sentir o contato da pele. Despiram-se, deitaram-se e Nando a beijou e acariciou. Mas lúcido. Atento. Representando diante de si mesmo a calma e...

— Desculpe — disse Nando.

— Desculpe o quê, meu anjo? — disse Lídia apertando Nando contra si.

— Eu tinha tanto desejo de você que não consegui esperar.

— Foi mesmo, neguinho?

— Foi.

— Quer dizer que você não é sempre assim? Com as outras também?

— Estou dizendo a você que quando desejo muito uma mulher é difícil retardar o gozo, sabe?

— Que bom para mim — disse Lídia. — Bota a cabeça aqui no meu peito.

Lídia lhe acariciava a cabeça, os ombros, o corpo todo, em silêncio. Em desejo. Nando não resistiu, o orgulho em carne viva.

— Por que é que você não me acreditou?

— Acreditou o quê, meu amor? — disse Lídia bem aconchegada a ele.

— Diga, fale.

— Tolice você se apoquentar com isso. É a neurose sexual mais comum do homem.

O coração de Nando bateu descompassadamente contra Lídia.

— Qual é essa neurose? — disse Nando.

— *Ejaculatio praecox* — disse Lídia.

Tanto, tanto latim na sua cabeça mas nunca tinha ouvido a expressão cruel e necessária. Quieto, humilhado, mas disposto a aprender tudo que pudesse.

— Como é que se cura?

— Bem, análise provavelmente ajuda. A causa, na imensa maioria dos casos, é psicológica. Mesmo porque, você...

Lídia se curvou para o membro de Nando, examinou-o, beijou-o depois com um beijo estalado.

— Lindo — disse Lídia. — Você nunca fez fimose mas não precisa. Tudo lindo.

Do toque, do exame, do beijo estava Nando alvoroçado, cavalgando Lídia cauteloso, vagaroso, retentivo, envolvendo-a nos braços. Lídia gritou de prazer.

— Ah, te peguei, fujão — disse Lídia. — Que bom. Juntinhos.

— É — disse Nando —, mas eu não me controlei quase nada. Depois da primeira é sempre melhor. Mas adianta pouco. Essa eterna aflição, essa correria, como se a mulher fosse desaparecer de repente. Ah, que saudades dos meus tempos infantis de onanismo, quando às vezes por mais que me esfregasse eu não conseguia gozar.

— Talvez daí venha alguma coisa.

— Você quer me analisar, Lídia? Eu respondo ao que você quiser, faço o que ordenar.

Lídia riu.

— Quem diria! O padrezinho de cara séria!

— Não posso, Lídia, acho que me seria mais fácil nunca mais tocar numa mulher, mas sabendo no íntimo que *saberia* tocá-la, do que continuar nesta agonia. Ah, os amores longos e hipnóticos.

— Você não tocar mais em mulher, confesso que acho altamente problemático.

— Me analisa, Lídia, faz alguma coisa por favor.

— Eu nunca cuidei desses casos não. Podemos tentar.

— Então começa.

— Meu amor — disse Lídia —, você me excita com essa loucura. Fica aqui, perto de mim. Vem cá, deixa eu te ver... Agora vem, assim.

E um minuto depois:

— Está vendo? — disse Nando. — Por mais que fizesse você não conseguiu me acompanhar. Não há quem consiga.

Agora grave e doce, Lídia tomou o rosto de Nando nas mãos.

— Escuta, Nando. Eu sei que me apaixonaria facilmente por você. Creio que muitas outras mulheres. Aposto mesmo que já se apaixonaram. Como Vanda, sem dúvida!... Mas espere, não diga nada. Ainda que não fosse o caso e você não tivesse a sedução que tem, sempre alguém se apaixona por alguém. E quando se chega ao amor eu acho que a técnica não tem a menor importância.

— Obrigado, meu bem, mas eu...

— Você, eu lhe dou de barato, é um padre com estranhas ambições. Mas como eu não creio que você queira exatamente fazer carreira de Don Juan profissional, garanto que dá muito bem conta de qualquer mulher. Você compensa a *ejaculatio praecox* com tal frequência de *ejaculatio* que não há razão para aflições.

Lídia de novo se enroscou em Nando que se voltou dócil para o corpo esguio. Dócil mas com uma grande tristeza. Com toda a sensibilidade para compreender, olhando a mesa posta, a hierarquia dos longos banquetes, era sempre impelido pela fome avassaladora à travessa central embolando estágios, degradando importantes entradas à condição de sobremesa. Átila recostado de qualquer jeito no triclínio de Luculo.

Dias depois, quando perscrutava com Lídia o céu à espera dos aviões que deviam trazer Otávio, Vilar e os trabalhadores, Nando ainda ouviu dela, em continuação:

— Olha, uma coisa que esqueci de contar ontem. Eu tive um caso com um homem que era assim o teu antípoda. Ele era amarelo, seco, mas simpático. E tesudo como você. Louco por mim. Mas levava literalmente horas para acabar.

— Que felicidade — disse Nando —, que ventura.

— Felicidade nada. Ele bem que se chateava. Às vezes murchava no fim da noite e nada.

— *Coitus reservatus* — disse Nando com fervor. — Amém.

— Pois olha, enjoei dele depressa.

— Insaciável — disse Nando.

— Deixa de bobagem — riu Lídia. — Só queria dizer que essas técnicas ou pendores naturais não determinam quase nada em matéria de amor. Acho que de você eu não enjoaria tão cedo.

— Mas como é que ele conseguia? — disse Nando, obstinado.

— Sei lá, talvez fosse um caso de insuficiência hepática, ou coisa que o valha. Só sei que ele sofria muito do fígado.

— Ai de mim! — gemeu Nando. — De que lado fica o fígado?

A primeira impressão que causou Rolando Vilar em Nando foi sobretudo a do reflexo de Vilar em Otávio e Fontoura. Surgia Vilar como um herói com físico de herói e se punha a agir como herói. E alterava os outros dois, que pareciam disputá-lo. Ou querer controlá-lo. Antes de ir ao Posto, antes de falar com as pessoas, antes mesmo de desejar bom dia a Lídia ou dizer muito prazer a Nando, Vilar começou a dar instruções aos seus trabalhadores:

— Olha, Eleutério, ao contrário do que a gente imaginava é melhor ampliar o campo em profundidade na ponta norte. Temos bem uns cem metros desse carrascal a capinar e limpar com ancinho mas nos livramos daquele cerrado que daria um trabalhão dos diabos... Você, Vanderlei, ataca a buraqueira. Sua turma sai do cerrado para aumentar também o campo o mais possível na parte sul mas sem tocar nas árvores maiores. Depois vem limpando tudo, de modo que seu grupo e o do Eleutério estejam disponíveis para aplainar a parte que o Eleutério vai desbastar de verdade. Bom, minha gente, mãos à obra. Mas aonde é que você está indo, Eleutério?

— Estou indo no mato, seu Vilar.

— Os outros também hão de querer fazer pipi, Vilar — disse Otávio.

— Você não acha que os homens deviam ir até ao Posto, primeiro? Depois começam o trabalho, que diabo.

Vilar riu.

— Eleutério — disse Vilar —, Vanderlei, e vocês todos, minha gente. Vamos largar as trouxas no Posto, cada um na sua rede. Depois, trabalho.

Só agora é que Vilar apertou sorrindo a mão de Nando e abraçou Lídia fraternalmente.

— Não brinca não, Otávio — disse Vilar. — Se o Getúlio resolve o negócio do Parque tudo vai melhorar por aqui. Você sabe, esses grileiros estão ficando tão assanhados que daqui a pouco eu tenho que largar a minha Transbrasiliana. Eles provam que são proprietários do Planalto Central Brasileiro.

— Estão representando o seu papel — disse Otávio — numa sociedade que parece franquear uma total exploração de todos por todos.

— É, mas não vai assim não — disse Vilar. — Tinha graça se a gente acabasse pagando pela desapropriação de terras que ainda não foram sequer pisadas por sola de sapato de homem civilizado. Sem-vergonhice assim também é demais! Fontoura, meu querido.

Fontoura vinha se aproximando.

— Vocês chegam e ficam aí conversando, em lugar de virem falar com a gente? — disse Fontoura, dirigindo-se sobretudo a Vilar.

— Não banca o dono de casa sestroso — disse Vilar abraçando-o. — Você me chamou para cuidar do campo de pouso. Devia ter vindo me esperar no campo de pouso.

— Não — disse o Fontoura —, você sabe que eu não tenho nada dessas besteiras. Mas também gosto de saber das novidades, que diabo.

Otávio passou a mão no ombro de Vilar, de certa forma como se o protegesse do mau humor de Fontoura.

— No momento — disse Otávio — são as melhores possíveis e imagináveis. A situação política vai tão mal que cada vez se patenteia mais a conveniência do presidente parecer alheio a ela e entregue a obra de governo mais sólida e séria. Depois tudo voltará a ser como dantes, mas uma visita aos índios e ao centro do Brasil parece ser o que o médico receitou para a crise do momento.

— É bom ver você, seu bicho do mato — disse Vilar olhando para Fontoura com um sorriso. — E estamos os dois de parabéns, com a visita do presidente. Só que você não está muito com cara disto.

Antes que o Fontoura pudesse protestar ou dar demonstrações de irritação ainda maior tentando provar que não estava nada irritado, ao contrário, Vilar partiu de Otávio para ele e foi andando ao seu lado, rumo à casa do Posto. Otávio deu o braço a Lídia.

— Que tal os famosos índios? — disse Otávio a Nando.

— Ah, você não sabe a importância que terão sempre para mim estes primeiros dias aqui no Xingu. Estou me sentindo feito um disco de cera numa gravação, sei lá.

— Guardando tudo nas ranhuras — disse Otávio.

Adiante deles, no estradão, Vilar, alto e atlético, gesticulando ao lado da figurinha nervosa do Fontoura, parecia um jequitibá estendendo galhos a uma desgrenhada palmeira de barranca de rio. Quando o grupo de Nando, Otávio e Lídia se acercou, já próximos todos do Posto, Vilar dizia:

— Não tenho a mínima ideia. Pensei que você soubesse. Afinal de contas você estava no Rio outro dia.

— Bem — disse Fontoura —, o importante é que ele venha. Me importa lá com quem.

— Vocês estão falando no ministro Gouveia, não é? — disse Otávio. — O que me espanta é que a notícia que recebemos não falava na vinda de Ramiro com o ministro. O ministro viria sozinho, com a tal secretária, depois é que viria o Ramiro, também com a secretária.

— Vanda — disse Lídia.

— Pois é — disse Vilar —, como se o ministro viesse preparar o terreno para dr. Ramiro.

— E quem será a secretária do Gouveia? — disse Lídia.

— Bem — disse Fontoura —, a verdade é que tanto o ministro como Ramiro preparam o terreno para o presidente. Isso é que interessa.

— Pelo jeito sigiloso desta primeira viagem do ministro, é fora de dúvida que traz instruções do Getúlio, não? — disse Vilar.

— Talvez traga apenas a secretária — disse Otávio dando de ombros.

— Segundo minha mulher — riu Vilar — ele vem simplesmente me demitir antes que chegue o presidente da República.

— Bem — disse Fontoura —, aí existe menos temor do que esperança da Hilda.

— Coitada da Hilda — disse Lídia —, eu bem compreendo como deve estar cansada desta vida de mato.

— Quem casa com mateiro deve saber que vida vai levar — disse Vilar.

— Hilda casou — disse Lídia — com um jovem desportista que não sabia o que ia fazer na vida e que só arranjou um emprego no Ministério da Agricultura para poder casar com a dita Hilda.

— Verdade, pura verdade — riu Vilar. — Eu já tinha esquecido. Minha vinda para o mato é que acordou o mateiro.

Já estavam sentados na casa do Posto, rodeados de índios.

— Pelo menos colégio para as crianças a Hilda já tem na Colônia Agrícola de Ceres — disse Otávio. — Vilar fez o colégio em lugar do tal chalé suíço que o Ministério mandou ele construir para hóspedes. Isto vai ter que ser explicado diretamente ao ministro Gouveia.

— Mais um processo administrativo — disse Vilar. — Mas vocês não acham uma loucura gastar centenas de contos fazendo uma espécie de hotel na Colônia e outras centenas mantendo o hotel quando os colonos não têm escola para as crianças? Vão para o diabo que os carregue. Fiz a escola e contratei professor. Danem-se. E você vai ficar por aqui, padre?

— Vou — disse Nando. — Espero pegar a loucura do mato, que vocês todos pegam.

— Eu construí a igreja também, mas não tenho padre ainda.

— Pois quando quiser mande me apanhar aqui que vou dizer missa para os seus colonos.

— Mas lá tem de usar batina — disse Vilar. — Senão ninguém acredita na missa. Eu vou tocar essa reconstrução e ampliação do campo de pouso a galope, e volto à Colônia Agrícola. Se quiser vir benzer a minha igreja eu lhe mando de volta de avião.

— Não — disse Fontoura —, você não vai me tirar ninguém daqui antes do quarup. Padre Nando, Otávio, Lídia, até o ministro se eu pegar ele de jeito vão ajudar na pesca. Senão esses índios convidam os mil índios do Xingu e quando chegarem aqui não tem comida para cem.

— Está bom — disse Vilar —, primeiro enterremos o tuxaua. Quem é mesmo ele?

— Uranaco — disse Fontoura —, pai de Canato.

— Mas são uns mandriões, esses teus índios — disse Vilar. — Nem para dar de comer aos convidados conseguem trabalhar feito gente.

Fontoura emburrou.

— Quando eles tinham as terras férteis de outrora davam seus quarups com facilidade. Depois de séculos de exploração e de roubo dos civilizados precisam da nossa ajuda para recuperarem os hábitos e a alegria de outrora. Nem tudo é fazer cidade e abrir estrada.

— Eu não veria mal nenhum em botar latagões como Canato e Sariruá inclusive no trabalho de estradas — disse Vilar. — Eles também são brasileiros e devem ajudar o Brasil a crescer.

— Não são merda nenhuma de brasileiro — disse Fontoura — e não têm de ajudar merda nenhuma de Brasil a crescer. Nós é que devemos a eles e não o contrário. Vejo com a maior consternação que você ainda não entendeu nada do Parque.

— Já, já — disse Vilar —, já entendi, mas vivo lutando com falta de gente para fazer a Transbrasiliana e me dá pena ver tanto índio dobrado sem poder pegar numa picareta.

— Para trabalho escravo não tenho índio não — disse Fontoura. — Bem, vou trabalhar.

Fontoura foi andando em direção à porta, estranho e magro.

— Fontoura — disse Vilar —, você sabe que essa nossa briga é velha e que você ganhou há muito tempo. Estou só implicando com você.

Mas Fontoura não quis ouvir nada e Nando teve a impressão de uma reedição de encontros Montoya e Cataldino contra Fernão Dias e Manuel Preto, só que o bandeirante se civilizara e o "jesuíta" era agora tão trágico quanto o índio. Quando pouco mais tarde Nando saiu com Vilar e Otávio, Fontoura estava entre os índios, no terreiro fronteiro às malocas, ao lado de Canato que conduzia uma reunião. Todos os índios fumavam charutos de palha e o pajé fumava um charutão. Canato falava, falava e falava à roda de fumantes. Exaltava a memória de Uranaco, seu pai, capitão da tribo, e acentuava a importância do quarup próximo. Que todos pescassem matrinchã, tambaqui, pacu, que colhessem muito milho e mandioca, que se preparassem para o grande moitará, que aprontassem as flechas do javari, que os atletas se exercitassem na huka-huka. Quando Canato interrompeu sua longa tirada falaram Iró e depois Apucaiaca, todos fumando gravemente e levando a sério a reunião ministerial. Mas era Fontoura ao lado de Canato que parecia fornecer a autoridade e garantir os planos de pescar peixe em massa e de matar em massa as araras e os gaviões que dariam pena para os adornos.

— Fontoura ensinando os índios a se manterem selvagens — disse Otávio quando já haviam se afastado em direção ao campo.

— Admirável a obra dele — disse Nando. — É crime deixar morrer uma cultura humana. E uma reserva de pureza como esta.

— Condenados sem remissão — disse Otávio. — Adoecem por qualquer coisa mas odeiam os doentes. As índias todas conhecem ervas que fazem abortar. Não se iluda não, padre, na reserva da pureza já existem os germes impuros. E mesmo para salvar os índios como bichos ornamentais e como objeto de estudos para os Smithsonian Institutes é preciso antes salvar o Brasil. Inútil querer preservar um filete de água pura num cano de esgoto.

— Mas tudo tem de ser feito ao mesmo tempo — disse Nando.

— Existem trabalhos centrais, vitais — disse Otávio.

— A Revolução — suspirou Vilar sabendo o que vinha...

— Claro que a Revolução e ela só poderia ser desfechada por um homem como você, Vilar.

— Você sabe que eu acredito em estradas — disse Vilar.

— Mas estradas para quê? — disse Otávio. — Isto é que você deve perguntar a você mesmo.

— Ué — disse Vilar —, para os brasileiros andarem. Para se conhecerem.

— A única estrada que teria podido trazer esse encontro dos brasileiros foi a que abriu a Coluna Prestes — disse Otávio. — Depois de ter marchado com a Coluna eu não me incomodo de morrer frustrado e inútil como estou agora. Só gostaria de poder comunicar aos outros o que foi a marcha da serpente cáqui que cresceu três anos e que foi de Sant'Angelo das Missões ao Maranhão, paciente, tentando o Brasil, procurando atraí-lo à violência. Hei de sentir até morrer o cheiro dos cavalos suados, de perneiras e talabartes molhados, de pólvora, de um churrasco de boi gordo depois de dias e dias de frutinhas do mato e café ralo do bagageiro Eduardo. Tenho tudo em cheiros dentro da cabeça. Cheiro das velas de carnaúba iluminando a trilha da Coluna na serra do Sincorá, cheiro dos chãos de queimada nova onde a pata do cavalo ainda ciscava brasas. Cheiro limpo de cinza. De sangue.

Tanto Nando como Vilar ficaram em silêncio à medida que falava Otávio em voz baixa, carregada de emoção. Sentindo a Coluna farfalhando cáqui e procurando virar os olhos dos brasileiros para dentro do Brasil. Chegados ao campo de pouso Otávio ainda falava, enquanto Vilar vigiava duro as turmas de Eleutério e Vanderlei derrubando árvores, roçando o cerrado, penteando as pistas.

— Imagine, padre Nando, se um homem como Vilar reeditasse a marcha da Coluna — disse Otávio.

— Como é? — disse Vilar. — Esplêndida a marcha. Você devia escrever esse troço, palavra. Vanderlei! Primeiro acaba a capina, depois varre. Assim não adianta.

— Vilar — disse Otávio irritado — é uma espécie de máquina de desbravar.

— É preciso que alguém desbrave, velhinho — disse Vilar —, depois outros verão o que vão fazer com o roçado.

— Vão deixar crescer o capim outra vez — disse Otávio. — Para eles próprios pastarem.

— Ah, Otávio — disse Vilar —, se me derem tudo que preciso eu calço a Transbrasiliana de um jeito que nunca mais cresce nem pó em cima. Os brasileiros vão poder patinar do Oiapoque ao Chuí!

O próximo avião a pousar no campo do Capitão Vasconcelos trouxe o diretor do SPI, Ramiro Castanho, e sua sobrinha e secretária Vanda. Ramiro chegou macilento, enjoado do avião, de paletó e gravata, máquina de fotografia a tiracolo.

— Está aí o ministro Gouveia?

Não ficou exatamente espantado ao saber que não, que o ministro ainda não dera um ar de sua graça, mas ficou ainda mais pálido, em grande contraste com o ar brejeiro de Vanda. Ainda a caminho do Posto, entre Nando e Lídia, Vanda dava conta das últimas notícias.

— Aposto que a qualquer momento quem chega é o Falua. Imaginem que o ministro trouxe consigo, bancando a secretária, nossa amiga Sônia. O Falua, coitado, deve estar em desespero, mas tio Ramiro teve uma crise de raiva. Chegou a fingir que ia pedir demissão do SPI. Ficou ainda mais tarado pela Dimitrovna.

— Mas onde é que está o ministro? — disse Lídia.

— Não me espantaria nada que estivesse enfurnado em algum hotel de São Paulo, por exemplo. Sônia, meus amigos, está pagando nada menos que um apartamento que o Gouveia lhe deu no Grajaú. Três quartos e um belo salão. Cura qualquer nitchevô.

Horas mais tarde Nando andava com Ramiro por entre as malocas.

— Eu lhe falo como a um confessor, padre Nando — disse Ramiro. — É a mulher da minha vida. Enquanto me resistiu e continuou com o Falua me conformei. Mas por que, por que ceder ao Gouveia e não a mim?

Como confessor não ficava bem a Nando dizer que o Gouveia era ministro de Estado. Ramiro continuou:

— Com esse cinismo das novas gerações minha sobrinha Vanda explica tudo pelo presente que fez o Gouveia à moça de um apartamento no Grajaú. Eu lhe daria um no Flamengo. Em Copacabana. Até mesmo no Catete! Onde essa tirana escolhesse. Só temo que ela nem apareça cá. Que volte do meio do caminho. Não vejo flanando nestes matos horrendos aquela Sônia que o Falua sente, com razão, carregada de civilizações.

Era asco que o diretor do Serviço de Proteção aos Índios sentia pela floresta. Gordo, balofo, de pés pequenos e mãos delicadas podia-se esperar que tivesse medo. Mas era puro desdém. Andando ao lado de Nando metia-se em touceiras de brenha grossa afastando galhos com a mão mas sem se curvar, sem se humilhar. Para não fazer um rodeio varava moitas na raça, peito aberto, como se estivesse vestido de couro. E quando capim afiado ou pau de espinho lhe laceravam o barrigão Ramiro nem olhava. Tudo isto com nojo e soberba. Para não dar confiança ao mato. Tratava a floresta brasileira como uma criada.

— Agora compreendo bem seu espanto diante do fato de gente como Fontoura e Otávio não acreditarem em Deus — disse Ramiro.

— Como assim? — disse Nando.

— Você está fazendo uma barganha. Fica nesta porcaria algum tempo e depois ganha o céu. Mas o que é que eles tinham que fazer aqui?

Ramiro parou para examinar uma comichão no braço. Era carrapato e ele o arrancou com sangue e pele.

— Deixe os carrapatos — disse Nando. — Saem sozinhos esfregados com álcool. Ou éter.

— Dar éter a carrapato? — disse Ramiro severo.

De uma eminência Ramiro olhou a região em torno, o Tuatuari coleando pela planura, uma ponta distante da lagoa Ipavu, a barreira verde da Amazônia esfumada para o Norte. Balançou a cabeça como quem vistoria um descalabro. Parecia prestes a brandir um vassourão, um rodo, um balde e começar a enxaguar, limpar e arrumar a ciclópica bagunça do Planalto Central Brasileiro.

— Meu Ministério ainda fala mal das derrubadas e queimadas, do nomadismo do homem do interior e não sei mais o quê — disse Ramiro. — Oficialmente pode estar tudo certo, mas como é que se vive numa estupidez assim? Êxodo rural! Quem é que aguenta um abacaxi desses podendo morar no Catete? Olhe, eu não vou dizer isso não, hem, que não sou doido. Mas a Constituição de 1946 garante o direito de ir e vir e eu considero um crime todos os artifícios usados para acabar com o êxodo rural. A Serra do Mar foi a barreira natural colocada por Deus para mostrar aos brasileiros onde deviam viver. Acho muito compreensível que os bandeirantes tenham invadido esse mundão do interior em busca de ouro. Mas, depois, fim. Devíamos fechar todo o interior do país. Nós somos o Chile do Atlântico.

Vanda também ouviu muitas das lamúrias do seu tio Ramiro enquanto ele perscrutava os céus à espera do avião que traria Sônia.

— Eu vou dizer a Gouveia — disse Ramiro — que ele está correndo um risco tremendo e que pode levar até a uma queda do governo.

— A história dos processos contra Vilar? — disse Vanda.

— Ora, processos! Isto é normal, uma coisa administrativa. Se sair o Vilar entra outro maluco qualquer. Quero dizer Sônia.

— O quê? Sônia dirigindo uma Colônia Agrícola?

— Vanda, meu bem, eu ficaria grato se você nem dissesse tolices e nem fizesse gracinhas. O que eu vou dizer ao Gouveia é sério. Ele está roubando a mulher de um jornalista estourado, da Folha da Guanabara. O Falua é homem de transformar uma dor de corno numa série de artigos de fundo.

— Isto é verdade — disse Vanda. — Tudo alivia.

— Vou dizer ao Gouveia: Meu velho, não é por nada não, mas você devia largar essa moça. As consequências possíveis são tremendas.

— Mas você não acha, tio, que falando assim você perde o moral para ficar com a Sônia depois? Ou ainda que você não queira, ficar, *ficar* com a Sônia. Mesmo que seja só uma voltinha. Que diabo, o Gouveia é muito seu amigo mas estas coisas você sabe como são. Também aí pode haver consequências, tio Ramiro.

— Quais? — disse Ramiro.

— Você é capaz de perder o SPI.

Ramiro parou um instante, descalçou o chinelo que adotara para andar pelos arredores, coçou pensativo um bicho de pé e falou, sincero:

— Não me incomoda. A Sônia vale. Cada dia vale mais para mim.

— Tio Ramiro — disse Vanda. — Não pelo SPI. É sua carreira política.

— Não posso, não posso — disse ele coçando furiosamente o pé. — Eu preciso da Sônia, acabou-se.

— Mas tio, pelo menos vê se me efetiva primeiro — disse Vanda compreendendo que a coisa era mesmo séria.

Na madrugada do Tuatuari, pálido, nu e de máquina a tiracolo à beira do rio fervente de selvagens, Ramiro parecia o próprio desalento brotando como um cogumelo na era paleolítica. O servente Cícero perguntara respeitosamente às duas moças se os homens civilizados do Posto podiam ainda tomar banho sem roupa ao romper do dia e graças ao assentimento delas também Ramiro tivera o duvidoso privilégio de se banhar entre os índios. Não se banhou, aliás, enquanto os índios não se foram, mas à beira da água ficou, cismarento como uma cegonha, enquanto Vilar se atirava das árvores, em competição com Canato e Apucaiaca, ou subia o rio espumoso de nadadores, correndo ao lado de Iró. Aproximando-se de Otávio, Fontoura e Nando, Ramiro disse, triste:

— Têm membros grandes, esses índios, o que de certa forma é mais uma desilusão que me aguardava na selva.

— Ué, por quê? — disse Otávio. — Ou você quer dizer inveja em vez de desilusão?

— Não. Sinto a desilusão de quando pilhamos em erro nosso autor favorito. Para os índios — ou as índias — imagino até que seja agradável. A verdade, porém, é que Paulo Prado, sem dúvida baseado na autoridade de Varnhagen e de Gabriel Soares de Souza, disse que as índias em seus amores davam preferência aos europeus "por considerações priápicas". Tanto assim que os índios chegavam a amarrar o pelo de um bicho peçonhento ao membro viril, para fazê-lo inchar e depois encruar. Reparem que em comparação conosco, que somos aqui os "europeus", os índios ganham ou na melhor das hipóteses empatam. E têm os membros muito naturais. Acho muito duvidosa a interferência de bichos peçonhentos. Você sabe de algum costume que tenham para assim se avantajarem aos brancos, Fontoura?

Fontoura se limitou a dizer que não com a cabeça, evidentemente achando dispensáveis as observações de Ramiro.

— Confesso — disse Ramiro — que custo a imaginar alguém mais bem servido que esses índios.

— Trouxe a fita métrica? — perguntou Otávio.

— Estou falando sério — disse Ramiro irritado.

— Acho difícil morrer de seriedade na discussão de um assunto como este — disse Otávio também irritado. — Como troça ainda vá.

— Em primeiro lugar — disse Ramiro — a questão nada tem de troça. Poucos o confessam mas todos os homens têm preocupações a respeito. Você idem. Não adianta dizer o contrário que eu sei que tem.

E Ramiro, vendo que os índios já se retiravam, deteve com a mão a resposta de Otávio e foi fotografá-los. Depois banhou-se no Tuatuari em paz. Na beira. De pé. Com uma cuia.

— Olhem que figura — disse Otávio —, parece manhã de falta de água no Rio.

O avião de Sônia não despontava nos céus e Ramiro Castanho procurava no Posto Capitão Vasconcelos melhoramentos que o SPI pudesse introduzir. Ficou extremamente desgostoso com o setor de socorro médico.

— Não acha, padre Nando, que isto está muito ruim?

— Muito ruim o quê? O Posto podia ter um suprimento maior, mas tudo que tem é o certo e necessário. E olhe: tanto o Fontoura como o Cícero são peritos em dar injeções, tomar pressão, até em fazer lâminas para mandar a exame. São, entre outras coisas, dois enfermeiros dos índios.

— Sim, não duvido — disse Ramiro — mas a apresentação é péssima. Essas prateleiras de caixote, vidros e caixinhas jogados aí de qualquer jeito, entre cantis e mochilas. Até um sapato de basquete velho! Os índios deviam entrar aqui como se entrassem numa igreja. Com unção e respeito. Pelo que podemos fazer por eles no plano da doença eles poderiam nos adorar.

— Mas a ideia não é a de fazer os índios adorarem ninguém, a não ser Maivotsinim, de acordo com a ideia do Fontoura, e depois Cristo, segundo a minha ideia.

— Mas para que aceitem nossa civilização e nosso Deus, têm de se aproximar de nós como se fôssemos seres superiores, capazes de indicar a eles caminhos novos. E não há momento melhor para isto do que aquele em que os índios estejam vivificados pela doença. Este o instante de impressioná-los.

— Ramiro — disse Nando —, é bom que como diretor do SPI você saiba que não é essa a filosofia tradicional do Serviço, muito bem representada hoje no Fontoura.

Ramiro fez com a mão um gesto de quem sabe que o que vai ouvir não tem importância.

— Seja lá o que for que desejemos dos índios, tudo que se ensina direito ensina-se quando a pessoa que deve aprender se encontra em estado hipnótico. Por isso é que o Falua tem sua razão quando fala nas possibilidades do lança-perfume na educação das crianças. Sujeito inteligente, o Falua. Inculto mas vivíssimo. O que torna sua cegueira uma aberração.

— Aberração até certo ponto — disse Nando. — Mas é digna de um estudo sem preconceitos a educação pelo lança-perfume.

— Eu me referia à aberração que é o fato de um sujeito como o Falua ser tão incapaz de cuidar direito de uma mulher!

— Ah, Sônia — disse Nando.

— Mas esqueça um instante essa obsessiva criatura. Me diga, Nando, que espécie de medicina têm os bugres?

— Dependem do pajé para tudo e o pajé depende do fumo para curar tudo. Fica soprando a fumaça dos cigarros compridos em cima de baço inchado, de malária ou de qualquer outro órgão afetado de qualquer outra forma.

— Mas aí está, um elemento importante...

Ramiro se deteve, perdido em meditação.

— E há ervas — começou Nando — que...

— Minha ideia — disse Ramiro — é fazer aqui neste Posto e nos demais réplicas — modestas, sem dúvida, mas fiéis — da Farmácia Castanho. Você sabe, Nando, todos nós temos uma certa aspiração à imortalidade. Tola, se você quiser, mas aí está. E ataca em geral quando o amor nos põe a serviço de uma mulher. Não acha? Não, claro, não é o seu ramo. Mas acredite que é assim. O amor exige que realizemos todas as nossas potencialidades. Truques da natureza. Por interesse em fascinar alguém, damos tudo o que temos dentro de nós a todos, à humanidade, à coletividade. Abrimos as plumas ao sol, como o pavão, a garganta à lua, como o rouxinol. A mim, meu amor me põe a serviço da doença fecundante e quero que os índios compreendam que só serão homens no dia em que perderem essa cara de bobos que riem para tudo. E é preciso que entendam a reverência com que tratamos os estados mórbidos, dos quais o amor não correspondido é o primeiro, naturalmente. Isto, porém, só entenderão quando bem mais sofridos. O que desde já quero que apreendam é o conceito sagrado de enfermidade em geral.

Ramiro se deteve, pela primeira vez abrindo uma trégua com a selva. Fez um gesto largo com a mão:

— Imagine isto cheio de Farmácias Castanho. No mar de brenha burra e saudável portos de progresso. A primeira Farmácia Castanho vou inaugurá-la aqui, com um vestíbulo dedicado ao pajé, seus cigarros, suas ervas, suas rezas. Depois, a Castanho propriamente dita, uma imitação, em madeiras locais, da matriz do Catete. Eles precisam entender a majestade da doença. Até chegarem à posição de saber que uma injeção que tomem de antibiótico desencadeia em suas entranhas uma cruenta guerra civil, têm muita poesia a absorver. Mas podem desde já sentir a evolução do cigarro misterioso do pajé à teologia estruturada numa Farmácia Castanho.

Nando só pensava em derramar litros e litros de éter em metros e metros de lençóis de linho para ali amortalhar Aicá. Adiantava contar a Ramiro o caso de Aicá?

— Você não avalia o que podem sofrer os índios — disse Nando. — Aqui mesmo existe um caso horrível de fogo-selvagem.

— Não me diga que é o tal de Aicá — disse Ramiro.

— Isto mesmo — disse Nando com espanto. — Não imaginei que fosse do seu conhecimento.

— Esse bugre me deu mais trabalho do que uma tribo inteira. Quando proibi o Fontoura de levá-lo de novo ao Rio, depois de esgotados os recursos de curá-lo, Fontoura resolveu fazer mais uma tentativa por conta própria. Hospedou-se numa pensão com Aicá. No mesmo quarto. Imagine que porcaria. Só para levá-lo a um dermatologista que garantia a cura de qualquer tipo de pênfigo. Fontoura não ama a doença, ama os doentes, o que é uma forma de pieguice decadente.

— Quer dizer — disse Nando mais a si mesmo que a Ramiro — que os ateus podem ser santos.

— Claro que não — disse Ramiro grave. — Fora da Igreja não há salvação. Fontoura esteve o tempo todo de porre enquanto passeava Aicá pelo Rio. Bêbado e de morfético em punho. Uma calamidade.

— Não estamos mais numa brenha sem história — disse Nando.

— A história desta droga vai começar conosco — disse Ramiro. — Nós é que vamos inaugurar os índios, o Xingu, o parque.

— A história começa pela caridade — disse Nando.

— Deixe de pias asneiras. Começa com visitas oficiais. De imperador ou presidente da República. Com fitinhas cortadas a tesoura. Começa com verbas que deem utilidade ao trabalho de tipos desregrados como Fontoura.

Quando se afastavam suficientemente do Posto, Nando e Vanda davam-se as mãos e caminhavam até a árvore oca onde tinham escondida a rede que abriam nos buritizais ou nas angrinhas do Tuatuari. No primeiro encontro foi com esperança que Nando reatou o amor com Vanda. Já conhecia seu corpo moreno, sabia de cor as palavras mansas que ela dizia no seu ouvido e as palavras brutais que berrava bacante quando parecia determinada a comunicar ao resto da criação que entre o pó de onde vinha e o pó para onde ia o complexo de grãos de pó Vanda ia participar da luz e da glória e da alegria. Sabia que depois da loucura ela parecia uma meninazinha de olhos espantados de não encontrar seu gozo do lado de fora feito uma flor na fronha. Agora que já a conhecia tão bem Nando se sentia com forças de adotar em relação a Vanda um comportamento clássico. Um amor de severa e longa esplanada de mármore a se estender infinda. Não fria é claro, aquecida de sol à superfície, mas de matéria consistente e sobretudo extensa, subindo em colunas de um desejo circulante a capitel e entablamento e retornante à base em fechado conduto para somente lá no fim cavar-se o mármore em bacia para o primeiro repuxo. Depois novos platôs de pedra ainda mais extensos até instante e espaço de outra fonte e início de hectares de novos pátios de mármore liso. A vila que Plínio, o Moço, descreve a Vocônio Romano era na realidade duas vilas. Da primeira avistava-se o lago de Como no fundo de todo um terraceamento tranquilo que levava à segunda vila à beira do lago como se Plínio descrevesse os estágios da busca do lago interior a partir dos mármores e mosaicos, a baixar em círculos de embriaguez por vinhedos e olivais, a manter como uma cúpula no azul essa embriaguez através de novas escadarias e frescas pérgulas antes de o corpo mergulhar então do último batente do último degrau já lambido de água. E assim mesmo sem espuma nem marola. Labareda capaz de continuar ardendo no fundo das águas. Mas qual, a primeira fonte continuara aquém dos degraus de acesso à esplanada. A vila superior de Plínio tinha sido usada por Nando como um saltador usa uma prancha. Tinha ido diretamente ao centro do lago. De barriga.

Muito estardalhaço e muita espuma em pouca profundidade. Deus lhe facultara os meios higiênicos de cumprir uma missão sem se lançar como um demente a Auaco ou Matsune. Mas mostrando-lhe ao mesmo tempo os limites. *Nec plus ultra.*

— Acho que você não vai se dar bem aqui na selva — disse Vanda no segundo encontro que tiveram.

— Eu? Claro que vou. Me preparei durante anos para isto. Por que é que você acha o contrário?

— Acho você triste, é o que eu acho.

— Nada, meu bem, nada triste — disse Nando. — Principalmente agora que você está aqui.

— Então talvez seja porque eu estou aqui.

Já estavam de regresso perto do Posto, e Vanda fez Nando sentar-se à beira do rio. Tomou as mãos de Nando nas suas.

— Eu acho que compreendo — disse Vanda — a tua tristeza.

— Você vê que é uma coisa ridícula.

— Não, não acho. Muito de se esperar até.

— Por quê? — disse Nando. — Você acha que os padres?...

— Acho. Ainda mais um padre como você, que leva o sacerdócio a sério. No fundo você leva tudo a sério, não?

— Bem — sorriu Nando —, a gente sempre tenta fazer bem aquilo que faz.

— Claro, e é difícil fazer bem o que se faz com restrições — disse Vanda. — Ou melhor, nunca é um prazer completo.

— Você sabe falar com muita doçura nas coisas que doem.

— Mas meu bem, é tão compreensível!

— Imagino que não seja tanto assim — disse Nando. — Deve ser simplesmente desagradável para mulheres menos compreensivas.

— Ainda bem que você me acha mais compreensiva do que seriam as mulheres em geral. Mas francamente acho que qualquer um entenderia. Às vezes eu também sinto culpa.

— Você? Ora, francamente, Vanda. Você é perfeita, eu é que não.

— Palavra que me sinto culpada — disse Vanda num transporte. — Me diga uma coisa, Nando. Qual é a extensão da minha culpa?

— Como, meu bem?

— Fui eu... a primeira?

Nando se sentiu encabulado. Francamente, que pergunta. Ele estaria entendendo bem?

— Não, meu bem, não foi.

Vanda ficou desapontada mas manteve o argumento.

Nando deu um beijo de ternura na ponta do nariz de Vanda sem saber o que dizer. Sem jeito.

— Olhe, Vanda, a culpa é minha, de qualquer lado que examinemos a questão.

— Não, isto nunca — disse Vanda, amorosa. — Faço questão de partilhar dela.

Partilhar o quê? pensou Nando com um misto de impaciência e tristeza. Ela nem estava pensando na sua incompetência amatória. Falavam de coisas diferentes. Vanda não, mas ele percebeu logo o ruído longínquo e com os olhos foi buscar no fundo do céu o ponto negro em voo.

— Gouveia — disse Nando entre dois beijos.

— O quê?

— O avião — disse Nando.

— Que raiva — disse Vanda.

Nando não tinha qualquer opinião formada acerca do ministro Gouveia, inclinando-se para uma visão da mediocridade tendendo ao absoluto. Reconheceu, no entanto, a capacidade histriônica de Gouveia, é bem verdade que apoiada com firmeza numa notícia sensacional. Chegar um ministro de Estado ao coração do Xingu na companhia de uma bela mulher, ver-se ali cercado por Fontoura, Vilar, Nando, Otávio, Vanda, Lídia, Ramiro, Cícero e mais uma meia centena de índios e conseguir saltar grave e compenetrado, positivamente suando uma personalidade de ministro de Estado, é um feito respeitável. Sônia nada parecia ter a ver com a figura ministerial que apertava mãos. Alta e bela, saia de grosso linho vermelho, blusa de riscas azuis e brancas, olhos arregalados para os índios que a cercavam, Sônia constituía um espetáculo à parte. Ramiro disse a Nando num trêmulo sussurro:

— Como se o Gouveia tivesse convidado aquela *Marselhesa* do Arco do Triunfo para vir ao Xingu!

Olhando cada um dos presentes, como quem sabe que vai dizer alguma coisa capaz de desviar a atenção do lado escandaloso de uma chegada daquelas, o Gouveia falou:

— Pela tranquilidade estampada no rosto de todos, vejo que os senhores ainda não souberam do ocorrido ontem.

— Não — disse o Fontoura. — Aliás estamos com o rádio defeituoso para a recepção.

— Pois o rádio precisa estar perfeito, sr. Fontoura — disse o ministro. — Estamos em dias de notícias graves.

— Mas o que é que houve, Gouveia? — disse Ramiro, olhos pregados em Sônia.

— O Carlos Lacerda levou um tiro.

— Um tiro? — disse Ramiro.

— Lacerda? — disse Vilar.

E Otávio, objetivo, todos os músculos da curiosidade esticados no pescoço:

— Onde?

— No pé — disse Gouveia.

— Ah, ministro — disse Otávio, reintegrando os músculos —, pensei que fosse a notícia do ano.

— Acaso não é? — disse Gouveia. — Há toda uma infame tentativa de provar que o atentado partiu do Palácio do Catete.

— Isto o que é que quer dizer, ministro? — perguntou Fontoura.

— Que quer dizer como? — disse o ministro.

— Quer dizer que o presidente da República não vem mais ao Xingu?

— Muito ao contrário. O presidente agora, a meu ver, tem de vir ao Xingu. Mais do que nunca precisa provar que não é um tirinho qualquer num jornalista desaforado que altera um programa de governo.

— Ah, bom — disse Fontoura.

— E não houve nenhuma alteração nos planos da visita? — disse Vilar.

— Bem, eu estava viajando, isto é, tinha ido discutir assuntos do Ministério em São Paulo. Quase cancelei minha viagem ao Xingu mas o chefe da Casa Civil me disse que não fizesse tal coisa. Não se pode ignorar o... o tal do tiro, naturalmente, mas a ideia é apurá-lo como aquilo que é: um caso de polícia. O governo cumpre todos os compromissos e planos anteriores ao incidente.

— Claro — disse Otávio. — Ainda se tivesse morrido alguém!

— O pior é que morreu — disse Gouveia. — Um oficial da Aeronáutica que acompanhava o Lacerda.

— Mataram o gajo errado — disse Otávio. — O país não tem conserto.

Logo depois de ouvida a notícia, Ramiro tinha se aproximado de Sônia e se oferecido galantemente para lhe carregar a sacola de couro. Mas estava trêmulo e tinha os olhos cheios de censura.

— Passeando, hem — disse Ramiro.

— Pois é — disse Sônia —, tomando ar nas trombas. E pode deixar a bolsa que eu carrego. É leve.

— Pesado está meu coração, Sônia.

— Eu sempre achei que você devia perder umas banhas.

— Ramiro! — chamou o ministro Gouveia.

Ramiro acorreu.

— Temos muito a conversar — disse Gouveia. — Eu duvido que possa ficar aqui mais de um dia ou dois. A verdade, porém, é que temos de trabalhar pelo presidente com redobrado carinho. Muito entre nós, que ninguém nos ouça, a coisa pode dar com o velho no chão. E a gente se esborracha também, é claro.

— Claro.

— O que todos temos ordem de fazer — disse Gouveia — é um esforço extra para que cada programa do presidente assuma um brilho excepcional. Minha ideia é fazê-lo sair daqui como Pai dos Índios, além de Pai dos Pobres.

— Um minuto de atenção, senhor ministro — disse Fontoura. — O Otávio lhe oferece a cabana que tem, caso o senhor não queira dormir na casa do Posto, com o resto do pessoal.

— Não, não, diga ao Otávio que agradeço — disse o ministro lançando um olhar nostálgico na direção de Sônia. — Prefiro ficar entre vocês, conhecer melhor o pessoal.

Sônia se aproximou de Nando e Otávio, que caminhavam com Vanda e Lídia.

— Jesus, eu tinha ouvido dizer que esta caboclada andava nua, mas não pensei que fosse tanto não.

— Em toda a sua inocência, como observaria o nosso padre Nando — disse Otávio.

— Por que é que as mulheres usam essa tanguinha que não dava nem para tapar direito uma guriazinha de colo? — disse Sônia.

— Aquilo é o uluri — disse Lídia. — Nenhum índio homem toca num uluri. Se você jogar um no ar para cima dele, ele tira o corpo fora. As próprias mulheres é que têm de tirar o uluri para acontecer alguma coisa.

— Vejam só — disse Sônia —, não parece mas a coisa tem sua organização. É capaz deles terem menos encrenca que a gente. Para tapar xoxota é que o tal uluri não é — segredou ela a Lídia. — Deve ser mesmo para provar que quem manda na autonomia dela é ela mesmo.

— Não tem dúvida — disse Lídia. — Você fez uma das melhores apreciações sobre o uluri que já escutei.

— E os homens, os índios, são muito encrencados? — disse Sônia.

— Não, não são — disse Lídia. — De um modo geral até que a coisa funciona direito.

— E tem uns camaradas aí de dar água na boca, hem, Lídia. Já pensou em soltar uma meia dúzia destes pelados no Arpoador? Vote! Era de cobrar ingresso.

Da longa conversa com o ministro, emergiu Ramiro para uma conversa com Vilar.

— Meu caro Vilar — disse Ramiro —, temos uns assuntos a discutir. Inaugurações. Brilho para a visita presidencial.

— Inauguração acho que só temos a do Parque, não? — disse Vilar.

— Não. Você andou fazendo umas estradas, por exemplo. Sabe que o ministro é doido por estrada? Bem. Menos que você. Mas adora. E daqui a pouco te conto como ele é fã da Transbrasiliana. De maneira que você tendo uma estradinha...

— Terminada só tenho a que vai da Colônia de Ceres a Anápolis, mas está fora da lei. Há um processo contra mim por causa da estrada. Eu devia ter construído antes um chalé suíço e a piscina.

— É, esta estrada não pode, a menos que a gente consiga ajeitar a coisa no Rio. Mas você fez também a ponte do rio das Almas.

— É o diabo — disse Vilar coçando a cabeça. — Tudo que tenho feito parece que fiz fora da lei. A ponte de concreto está em construção mas a que existe é de tambores de gasolina das companhias de petróleo. Eu devia ter restituído os tambores, naturalmente, mas o jeito era atá-los com arame e fazer a ponte flutuante. Acontece que as companhias apresentaram a conta dos tambores "furtados", como dizem elas, e não há verba para pagar os "cascos". Por outro lado, se eu restituir os tambores não há ponte.

— Assim também não pode ser, Vilar! — disse Ramiro. — Você só trabalha contra o Ministério, contra as companhias de gasolina, contra Deus Padre Todo-Poderoso.

— Faz-se a coisa de qualquer jeito ou não se faz nada.

— Mas sem inaugurações também não se chega a coisa nenhuma.

— Basta o governo sustar os processos administrativos — disse Vilar — e podemos inaugurar uma porção de obras.

— Sustar processos e pagar contas, quando você sabe que as verbas estouraram — suspirou Ramiro. — O que nos resta mesmo é a geografia.

— A geografia como? — disse Vilar.

— Bem, em primeiro lugar, temos o Parque Indígena. Vamos chamá-lo Parque Presidente Vargas.

— Ih, antes é melhor o senhor falar com o Fontoura. Se a ideia é botar nome de gente no Parque acho que ele só aceitaria o nome de Rondon.

— Fontoura vai *dirigir* o Parque. Nós é que vamos batizá-lo.

— Mas não custa falar com ele — disse Vilar.

— Meu caro Vilar, estou falando com você exatamente para não ter de meter o Fontoura nas discussões. Você sabe como ele é. Vai criar mil dificuldades e beber toda a cachaça de mandioca que os índios estão fazendo para o quarup. Parque Presidente Vargas é o que vai ser.

— Bem, o senhor está me consultando mas não se trata de província minha.

Como se não tivesse ouvido, Ramiro prosseguiu:

— Resta o problema do Gouveia. Não preciso dizer que ele não me pediu nada. Mas você compreende. É o ministro, é o benfeitor dos índios e das terras dos índios, apesar de assim agir contra seus correligionários políticos do Mato Grosso. Não podemos deixar que venha cá e saia em branca nuvem.

— O que é que se há de inventar para o ministro?

— Bem, existem no mapa tantos nomes que não significam nada. O que é que quer dizer, por exemplo, Xingu? Um nome besta. Xingu.

Vilar saltou da rede em que se sentava.

— Dr. Ramiro, o senhor não quer chamar o Xingu de rio Gouveia!

— Calma, Vilar, não grite. Eu não falei isso.

— Ah, desculpe, eu entendi...

— Você não entendeu — berrou Ramiro deitando um olhar inquieto ao Fontoura que trabalhava com o posto de rádio. — Digamos... Digamos esse riozinho que passa por aí. Já que o ministro virá com o Getúlio ao Capitão Vasconcelos podemos batizar o riacho com o nome dele.

— O Tuatuari? — disse Vilar.

— O Tuatuari? — disse Ramiro num arreganho, imitando o espanto de Vilar. — O que é que tem o Tuatuari? Vai ver que você nem sabe o que é que Tuatuari quer dizer.

— Dr. Ramiro, trata-se do rio do Posto, o nosso rio, sei lá. Eu não sei o que significa, mas me parece coisa tão esquisita chamar o Tuatuari de outra coisa.

— Tudo que passa a se chamar outra coisa causa estranheza a princípio. Já basta que tenho de dizer ao ministro que todas as obras de Ronaldo Vilar na Colônia de Ceres são ininauguráveis, por ilegais. Pelo menos posso dizer a ele que o nome de José Gouveia entra para o mapa do Brasil, ainda que no lombo de um riacho.

— Bem, dr. Ramiro, a única coisa que posso lhe aconselhar é que converse com o Fontoura, com Otávio...

— Eu não estou pedindo conselhos a ninguém — disse Ramiro seco. — Só preciso é de alguém que tome a iniciativa.

— Eu não sei nem como se toma a iniciativa — disse Vilar. — Nunca mudei nome de qualquer acidente geográfico na minha vida. Imagino que se avisa ao IBGE ou ao Conselho de Geografia. Que a Presidência da República aprova.

— Deixe o resto por minha conta, Vilar. Se você fizer a proposta está tudo arranjado. Só preciso da proposta feita por uma pessoa como você, de nome respeitado no interior do país, apesar dos processos administrativos. Garanto que com uma ideia dessas, você terá os tais processos arquivados e...

— Não quero não, dr. Ramiro, prefiro pedir demissão do Serviço Público. Tem muita gente me oferecendo emprego em fazendas.

Ramiro ficou doce, persuasivo, sentado em sua beira de rede, mãos cruzadas sobre a pança.

— Eu pensei, Vilar, que você fosse um patriota.

— E é patriotismo botar o nome de quem não faz nada num pobre rio que corre para o Culuene o dia inteiro?

— Em política raramente os que vivem a correr é que fazem as coisas importantes. Não têm tempo. Os que realmente contam são aqueles que sabem ajudar os que correm e trabalham, como você. O Gouveia tem a melhor vontade de te ajudar. Agora mesmo acabou de me falar nisto.

Este rapaz merece muito mais do que lhe tem sido dado, me dizia ele. Eu quero dar a ele...

— Dr. Ramiro, o que ele quer me dar ele pode enfiar onde mais lhe aprouver.

Ramiro balançou grave e negativamente a cabeça.

— Não pode, meu filho. Quem poderia enfiar a Transbrasiliana em algum lugar?

Vilar parou, temeroso de esperar demais. Ramiro agora balançava a cabeça gentil e afirmativamente.

— Uma verba colossal — disse Ramiro — para você, *você* ouça bem, levar a estrada de Anápolis ao território do Acre. Por isso é que eu estou apelando para o seu patriotismo. A Transbrasiliana não vale um Tuatuari? Já não digo um Xingu, mas esse pipi de Tuatuari?

Fontoura se aproximou, nervoso, vindo da escuta do rádio.

— Ramiro, meu velho, a coisa no Rio está fervendo. Todo mundo é acusado de ter mandado matar o Lacerda. Falam no Lutero e no Benjamim Vargas, na Guarda Pessoal do presidente e, portanto, até no presidente. Um cocoré de todos os demônios. O presidente devia antecipar a visita dele. Devia vir inaugurar o Parque. Ficava aqui se fosse preciso.

— Calma, Fontoura, é preciso deixar as paixões amainarem um pouco. O Lacerda tem tantos inimigos que o difícil vai ser escalar um como mandante do crime. O presidente é que não ia dar uma mancada dessas. Calma no Brasil.

— Contanto que ele venha! — disse o Fontoura. — O Falua nos informará melhor.

Agora Ramiro teve um sobressalto.

— Falua? O que é que o Falua tem a ver com isto?

— Um rádio de Xavantina. Ele já está lá. Amanhã de tardinha aterrissa no nosso campo. Vem no avião do Olavo. Diz que para fazer reportagem do quarup.

Ramiro se levantou.

— Reportagem? — gemeu ele. — Reportagem? O Falua vai montar um quarup particular aqui no Posto.

Na porta da casa Ramiro berrou:

— Gouveia! Ó Gouveia. Onde é que você está, Gouveia?

— E a lei do silêncio? — berrou o ministro em tom jovial, lá fora. — Você acorda os índios, Ramiro.

Com Sônia, com Lídia, com Otávio e Nando chegou o ministro, que foi prontamente levado a um canto por Ramiro.

— O Falua já farejou a Sônia, velhinho. Amanhã de tarde está aqui. É indispensável que não te encontre.

— Mas como, soube como? — disse Gouveia. — Explica isto melhor.

— Não tem explicação. Ele naturalmente soube, na casa dela, no *dancing*, sei lá. Pudera. Você a espalhar apartamentos por aí! Você sabe como essas coisas circulam, Gouveia. O jeito é ir embora e deixar Sônia.

— Me diga por quê! — disse o ministro irritado. — Deixá-la por quê? Ou melhor, para quem? — acrescentou magoado, olhando Ramiro fixo.

— Mas é claro que para o Falua, homem dela. A Sônia tenho certeza de que prefere você, mas nesse caso precisa largar o Falua, que diabo.

— Já largou! — bradou o ministro. — Detesta o homem, eu lhe garanto. Sônia volta comigo.

— Como quiser, meu caro amigo e ministro. Você manda. Mas que o Falua arma um escândalo é mais do que provável. Ao passo que se a encontrar aqui, sozinha... Sônia poderá inventar a história que quiser, amansá-lo à vontade. Depois, no Rio, se livra dele em definitivo. E a gente avisa ao diretor da Folha para que ele evite publicar alguma coisa inconveniente do Falua a teu respeito.

O ministro Gouveia sentou-se num caixote, perplexo. Ramiro continuou:

— Se chegar aqui e não encontrar Sônia o Falua volta ao encalço de vocês dois, pode estar certo. E vai fazer uma futrica no jornal sobre o ministro que foge com uma bailarina em plena crise governamental.

Ele se excede logo, com aquele temperamento. Lembre-se do que tem acontecido no mundo, por causa desses raptos.

— Eu não raptei ninguém, ora essa! A Sônia quis vir comigo. Quis fugir desse rapaz e das "encrencas" da vida, como diz ela com aquele encanto indescritível.

Ramiro sentiu uma dor no peito. Pensou nas suas banhas, a que aludira Sônia. Em enfarte. Teve ódio do Gouveia.

— Gouveia, o Falua monta uma Ilíada contra você!

— Eu arranjo um encosto para ele no Gabinete — disse Gouveia. — Negócio de só assinar o ponto.

— Não seja louco. O Falua publica no jornal que você quis suborná-lo. Faça o oferecimento mais tarde, com nobreza e elevação, depois dele haver aceito os chifres como inelutáveis. E olhe: se partir sozinho agora, você se limita a adiar a Sônia por dois ou três dias mas ganha um rio para sempre.

— Um rio?

— Sim. O nosso Ronaldo Vilar vai propor que se dê o nome de ministro Gouveia ao mais lindo rio do Brasil, este que passa aqui pelo Posto. Ideia minha, Gouveia, ideia minha, quando você me falava hoje na necessidade de coisas a inaugurar. Vilar! — chamou Ramiro.

E quando Vilar se acercou:

— Vilar, não vamos transformar o ministro num formador do rio Amazonas? O ministro parte amanhã de manhã mas gostaria de partir com a certeza deste destino.

— É verdade que o presidente vai assinar aqui também o decreto de construção imediata da Transbrasiliana? — disse Vilar.

— É fato — disse o ministro.

— Se o ministro consegue isto, merece um rio — disse Vilar. — Eu faço a proposta.

Quando Vilar se afastou, Ramiro disse a Gouveia:

— Confesse, maganão, que é agradável a gente se sentir piscoso, fluvial!

Ramiro Castanho salvou o ministro de um escândalo mas não conseguiu evitar tristezas pessoais. Quando o aparelho ministerial decolou do campo já aparelhado pelos operários de Vilar, ele se aproximou de Sônia e afastou-a do grupo dos demais.

— Viu, menina travessa, as complicações políticas que está causando? Não fosse o Ramirinho íamos ter confusão grossa. Eu é que fiz o Gouveia deixá-la aqui, ouviu Soninha?

Soninha não falou baixo:

— Olha, Ramiro, eu fiquei porque gosto de ver essa moçada andando em pelo nos matos. Senão tinha ido e o Gouveia me levava sem dizer abacate. Mesmo porque eu vou contar ao Falua que vim para cá com o ministro. Estou cheia dessas encrencas de vocês todos. E você, Ramiro, trata de não me cantar, valeu? Senão eu digo ao Falua que você é que vive querendo botar meu uluri no bolso.

E diante do grupo que fingia não ter escutado e de um desolado Ramiro, Sônia saiu andando na frente, sozinha, puta da vida, não tanto porque se fosse o ministro ou viesse o Falua e ficasse o Ramiro mas com o sexo masculino em geral. O troço enche. Homem enche. Sem homem naturalmente o mundo era uma droga. Mas por que é que homem não havia de ser surdo-mudo, cego, debiloide e bonitão? Cabeça de homem só tem cocô. Só tem mulher, mulher, ciúme, ciúme. Donos da gente. E como eles exageram, nossa! Parece que só tem no mundo história de trepar quando às vezes palavra que eu acho um cozido muito melhor. Completo. Ou tão bom. Hum, muita carne fresca, linguiça, batata-doce, repolho, ovo, cebola inteira, banana. Com uma Cascatinha estúpida de gelada!

Sônia pensou em se meter na rede ao chegar à casa do Posto mas o diabo era o calor. Vontade de andar em pelo feito índios. Não é porque eu sou boa não, seu Ramirão babão. Roupa é besteira. Eu podia ser um bofe, uma Ramira qualquer e andava nua se a polícia deixasse. Calcinha, sutiã, blusa, puxa. Homem é que gosta de ver a gente tirar um a um e que gracinha e não sei mais o quê, como se todo o mundo não tivesse mama e o resto. Esses mulatões desses índios com cara de japonês anda tudo nu em pelo mas mulher, ah! não isso não, não pode. Os homens saem para tomar banho nus entre os índios. Mulher não. Xoxota de civilizada tem que ficar no armário. Índio e índia podem. Homem pode. Mulher neca.

Sônia saiu para o terreiro cheio de sol, saboneteira no bolso do *short* creme. Foi pelo caminho de beira-rio, meio quilômetro entre rio e mato, até avistar uma prainha de areia, só dois palmos de areia mas em compensação só índios. Uma índia chegou perto dela, garoto montado na ilharga.

— Nome?

— Meu nome? Sônia. E o seu?

— Aloique.

— Nome do pai?

— Dimitri.

— Dimitri — repetiu Aloique. — Da mãe?

— Olga.

— Olga — disse Aloique. — Do marido?

— Jesus! — disse Sônia.

— Jesus — disse Aloique. — Filho?

— Será o Benedito? Vou tomar banho. E não tenho filho chamado Benedito não.

Sônia sorriu para Aloique, acariciou o curumim no seu flanco. Sariruá e o Anta no alto do barranco remendavam canoa ou acabavam de fazer canoa de casca de árvore. Chegou outra mulher, com criança. Antes que começasse de novo o interrogatório Sônia tirou *short*, blusa e sutiã, botou saboneteira na beira do rio. O Anta parou de trabalhar, olhando Sônia. Mas recomeçou logo, chamado por Sariruá. Continuaram às voltas com a canoa. Sônia se espreguiçou no sol, depois provou a água com o pé. E o mergulho que deu foi fundo, olhos escancarados como os de um peixe dentro da aguinha transparente e verde.

O encontro de Sônia com o Falua só foi assistido por Nando, que auxiliava Vilar e seus operários nas últimas demãos ao campo de pouso e que no momento se achava na cabeceira da pista. Nando e os índios que acorreram. Os outros civilizados, principalmente diante das melancólicas preocupações de Ramiro, preferiram manter-se afastados. A espingarda era de caça, sem dúvida, mas foi com ela em punho que o Falua desceu depois de Olavo, que olhava inquieto para os cantos, com medo de ver um jornalista chumbar um ministro de Estado.

— Olá, padre Nando, como vão as coisas? — disse Olavo. — Muita maçã?

— Tudo bem, Olavo.

— Como foi de viagem, Falua?— disse Sônia estendendo o rosto.

Falua apenas aflorou a face de Sônia com os lábios.

— Onde está o ministro Gouveia?

— Não tenho a mínima — disse Sônia. — Por aí.

— Foi embora hoje de manhã — disse Nando.

— Isso é que você devia ter dito — disse Falua a Sônia.

— Por quê? Padre fala de um jeito, mulher de outro.

— Quer parar de fazer graças? Passei dois dias feito um doido atrás de você, no Rio. Por que é que você nem me disse que tinha se mudado para o Grajaú?

— Bem — disse Sônia —, instalei a família, não é, e me sentindo muito boazinha e boa filha e tudo isso resolvi me considerar em férias. No Xingu.

— Temos muito a conversar, boneca — disse o Falua. — Precisei me prostrar de mãos postas aos pés do velho Dimitri para que ele me dissesse qual era o teu paradeiro. Você fez ele jurar que não dizia! Choramos juntos, um no ombro do outro, eu e o velho Papska.

Sônia bateu palmas.

— Ah, isso eu dava tudo para ver.

— Sônia — disse o Falua botando espingarda e mala no chão. — Você é feita de quê? De gelo, de granito?

— De caminhas tenras — disse Sônia botando a cabeça no peito do Falua.

Falua não resistiu, acariciou-lhe os cabelos negros amarrados no pescoço com um laço de embira.

— Depois, Soninha — disse ele —, quero ouvir muito em detalhe a história desse apartamento.

Sônia continuou contra o peito de Falua.

— E espero que não haja nenhuma ligação entre Grajaú e Gouveia. Teu pai Dimitri jurou, diante do velho ícone da família, que não havia.

Sônia levantou a cabeça e empurrou o Falua.

— Olha, Falua, não vem botar veneno na minha vida que eu não aturo mais isso não. Estou aqui de férias. Moro no bairro que quiser e falo com os homens que entender. E o velho ícone da família, papai comprou não tem um ano, na rua Larga.

— Puxa, Soninha, não fica queimada assim — disse Falua.

— Queimada e feliz. Queimada da cabeça aos pés. E aqui não tem nem negócio de tanga e fitinha de caixa de bombom em cima dos peitos não. Tomo banho nua.

Sônia saiu ventando em direção ao Posto.

— Nua — disse o Falua pálido.

— Não se assuste, Falua — disse Nando. — Ou a Sônia está dizendo isto só para te amolar ou toma banho longe das vistas de quem quer que seja. Entre índios talvez.

— Entre índios? — disse Falua lúgubre.

— Puxa, homem — riu Olavo —, larga disso. Aqui nem homem civilizado trepa índia, imagine o contrário.

— Como é que você conseguiu deixar o jornal e vir tão depressa? — disse Nando.

— Uma pergunta assim é que eu gostaria de ter ouvido de Sônia — disse Falua. — Custaram a engolir que eu devia vir antes do presidente, para preparar o terreno para a visita. Quase me demiti do jornal para viajar. E logo quando tínhamos descoberto a pista do Climério no Tinguá.

Nando olhou interrogativo para Falua e Olavo explicou:

— O pistoleiro que acertou meu colega em vez de acertar o Lacerda. Foi esse tal de Climério ou um outro pistoleiro, Alcino.

Sônia desaparecia na curva da estrada, dobrando em direção ao Posto.

— Seu Nando — disse Falua — vou precisar muito dos seus serviços profissionais. Foi Deus quem mandou você aqui.

— Basta dar as ordens — disse Nando. — O que é que você quer?

— Que você me case com aquela mulher — disse Falua apontando Sônia.

Já chegavam e acampavam, ao redor do Posto, índios para os funerais do grande capitão uialapiti Uranaco. Vinham em bandos de quatro, de doze, de vinte convidados pelos pariás de Canato. Mas quedê os camaiurá, que estavam logo ali na esquina mirando-se na bela lagoa Ipavu? Não estavam ainda convidados porque o capitão Canato fazia questão de ser o pariá do velório do pai junto aos camaiurá, que lhe haviam dado suas duas mulheres, Prepuri e Caiaiu, filhas do capitão camaiurá Tamapu, irmãs do grande atleta Itacumã, que os caraíbas chamavam Nilo. Mas Canato não ia nunca.

— Canato, índio sem-vergonha, agora tu vai queira ou não queira convidar teu sogro e tua sogra Tanumacalô — disse Fontoura peremptório.

Canato passou a mão no primo Fofinho para juntamente quebrarem o galho. Pintaram-se de lívida tabatinga, meteram depois os dedos nos canjirões de jenipapo e pintaram bolas pretas no fundo cinza. Na cara um do outro pintaram meia-máscara preta. Quando enfiavam penas nas orelhas e atavam nos lombos, por cima do fio de miçangas, um cinturão de algodão, Nando perguntou a Canato se podia acompanhar a embaixada. Canato concordou grave e Fofinho idem. Gostaram da ideia de atrelar um civilizado, e um civilizado pajé, aos pariás plenipotenciários. E lá se foram pela picada no mato, Nando sentindo-se, a despeito da roupa, mais nu que os dois diplomatas em sua frente, com seus hirtos chapéus de fibra e plumas. Canato e Fofinho andavam ligeiros, ligeiríssimos, pouco falantes. Nando vinha atrás o mais rápido que podia, pressentindo fatos que ainda iam acontecer, como as embaixadas de Jugurta, a de El-Rei d. Manuel ao Papa, as de florentinos, venezianos e chineses. Vestidos de brocado cinza e negro, orelhas emplumadas de amarelo, cabelo listrado de vermelho, os ilustres pariás. Ensaiando o futuro que jamais teriam. Provando a libré que nunca seria cortada. Foi quando saiu um grito da garganta de Canato e outro da garganta de Fofinho. Estavam avisados os camaiurá. Mas um pouco apareciam as casas da aldeia e mais um pouco Tacuni e outros camaiurá estendiam aos pariás cuias de caxiri, folhas de tapioca e beijus num tipiti. Dançarinos com joelheiras de fibra de algodão, perneiras e tornozeleiras de embira, pintados de vermelho com bolas pretas nos peitorais, nas coxas e nas costas saíram das malocas soprando as enormes uruás de pau. Acompanhavam as notas soturnas da uruá com a sola do pé direito percutindo o chão duro. Do cocar de egretes de arara descia pelas costas dos dançarinos até abaixo dos joelhos o couro da sucuri que cada um tinha matado. Eis que surge o bravo tuxaua Tamapu, com a mulher Tanumacalô e o filho Itacumã, Nilo. Tamapu demonstrava seu prestígio e sua grandeza de capitão envergando calça de zuarte, suéter mostarda e quepe da Força Aérea Brasileira. Tamapu iniciou uma longa arenga fúnebre em honra de Uranaco, uialapiti amigo de camaiurá. Cuia de caxiri circulava entre visitantes e visitados aquecendo por dentro o sangue de todos enquanto por fora um sol de meio-dia esmaltava o urucum e dava brilho de suor ao jenipapo. Meninos camaiurá armaram no centro do terreiro abrigo com grimpas de arbustos e sob esse dossel se sentaram em caixotes de bacalhau Canato e Fofinho, ouvindo a lenga-lenga de Tamapu e vendo os dançarinos de rabicho de sucuri e flauta jacuí empenhados em encantar nos ares e socar com o pé nas profundas os maus espíritos que não sabem vitoriosos. Nando atravessou a pequena aldeia camaiurá evitando o terreiro onde se desenvolviam os estágios da embaixatura uialapiti e foi andando na direção oposta à que viera, no rumo de Ipavu. Há muito abandonara as botas e chapéu de cortiça dos primeiros dias e se ainda não podia andar descalço como os índios e como Fontoura, preferia simples sapatos de couro, sete vidas, vulcabrás. Formosa lagoa azul. Parou na beira com vontade física de tomar banho mas muito cansaço. De vez em quando o vento que franzia Ipavu azul trazia sozinha e assustada pelo espaço uma nota da melopeia dos dançarinos vermelhos. Um instante perdido de música e a indiferente extensão ipavuica. Não tomou banho. Não podia aderir à lagoa. Nem podia voltar ao historiador Tamapu. Nando regressou sozinho, andando rápido pela mata, pensando em como avisar Francisca de que devia vir, de que em pouco não estariam mais ali os índios de reboco de tabatinga com bolas pretas. Absurdo e blasfêmia pensar num ato falhado de Deus. Mas como explicar aquelas raças que se extinguiam quando mal quebravam a casca do ovo? Que queriam dizer? Ou eram de fato vários os começos do mundo? Nando relembrou no mapa do Mato Grosso o desenho do Parque e reconheceu uma possível Arca e pensou que talvez em nossa era apocalíptica a ideia fosse aquela. De novo. De volta. Não por fatalidade cíclica ou comando de Zoroastro. Pelas razões de Newman. Pela repetição dos pecados no peito de cada homem.

— Ó, distraído!

Era Lídia imóvel debaixo de uma árvore enorme cuja copa desovou um berro multicor. Lídia com uma Winchester.

— Fiquei tão embevecida admirando a arara que não atirei. Uma traição aos machos do Xingu que tanto se enfeitam de pena e não deixam nada para as mulheres. Onde é que você andava, Nando?

— Fui acompanhando como servo os embaixadores Canato e Fofinho.

— E eu que não vejo você desde que chegou Vanda — disse Lídia.

— Desde que Otávio chegou — disse Nando.

A repetição dos pecados no peito de cada homem. Este o corso e ricorso. Daí a Arca. As Arcas.

— Amor é um atraso de vida — disse Lídia. — O melhor é ser como você. A busca da técnica e não do êxtase. Mas não, isso é bobagem minha.

— Você se deu conta em tempo de que não existem êxtases sem uma disciplina, uma ascese qualquer.

A profanação na planície das palavras colhidas em píncaros frios, o descascamento com faca enferrujada das frutas infusas no azul.

— Você sabe atirar? — disse Lídia.

— Não, e espero não aprender nunca.

A bela espingarda. O brilho animal do revólver de Hosana.

— Pois andamos todos na fase da matança — disse Lídia. — Vamos até o Tuatuari. Você vai ver o que é peixe morto.

Puseram-se a andar lado a lado, Nando pensando que talvez Lídia esperasse dele demonstrações e que entre outras coisas há uma certa comodidade em se ser casto. Não disse e nem fez nada. E ouviu com alívio, de longe, vozes altas e risos. Num remansoso bolsão do rio, acentuado por uma barragem de varas, Otávio, Ramiro, Falua, Vanda e Sônia de roupa de banho ajudavam a indiada a esbordoar a água com feixes de timbó enquanto uma peixaria medonha aflorava zonza. O frenesi de pegar à mão os peixes dormentes excitava selvagens e civilizados. Só o Anta, que tinha pegado um trairão, secava na beira do rio, repondo nas orelhas o brinco de penas. Animava os outros com a voz ou com trinos agudos da sua flauta de talo de buriti. Os peixes eram atirados a jacás na beira do rio ou para dentro das ubás em que os índios navegavam velozes recolhendo pacus e tambaquis pelo rabo, fisgando matrinchãs de flecha em punho. Falua correu para Apucaiaca que se atracara num douradão que ainda pulava lutando contra a tontura timbozeira e foi afinal quem carregou o peixe para a beira do rio.

— Um peixe de porre! — disse Falua beijando o dourado. — O que é que estará vendo esse monstro flavo e etílico, Senhor?

— Sente-se afinal enfermo, enjoado — disse Ramiro triste, vendo escorrer das suas mãos um peixe fino e roliço.

— Sente-se a caminho da humanidade, estafermo — disse Falua. — Sente que um dia poderá virar Sônia.

— Pesca, homem, em vez de falar tanto — disse Sônia alegre. — Não encrenca o pobre do peixe empilecado.

— Vocês não vão cair na água e trabalhar? — disse Vanda para Lídia e Nando que chegavam.

— Eu sou caçadora e pescadora leal — disse Lídia. — Esse tal do timbó é uma vergonha.

— Vergonha não, remédio, filha minha — disse Ramiro.

Vendo Falua entretido com o dourado, Ramiro se aproximou de Sônia.

— Como vai meu pacuzinho que não fala comigo?

— Pacuzinho é a mamãezinha — disse Sônia no mesmo tom solícito.

— O Falua esteve se queixando a mim de vocezinha — disse Ramiro. — Que você anda de gelo com ele. Não quer nada. São os amores ministeriais?

— Me ajuda, Sônia — disse Vanda que perseguia um peixe taludo.

Sônia nadou para ela e juntas empurraram o peixe para dentro da canoa de Sariruá. Cajabi e Pionim, abaixo da barragem de varas, desatracavam uma ubá carregada de peixes para retornarem ao Posto. Metendo os pés n'água Nando encheu outra canoa.

— Deixa que eu reboco esta — disse o Falua.

E foi conduzindo rio abaixo, por dentro da água, a embarcação pejada de peixes. Sariruá e Apucaiaca começaram a retirar as varas da barragem enquanto mais abaixo os outros índios aguardavam no meio da corrente para apanhar peixes que estivessem represados contra a caiçara e que iam agora boiar. Vanda veio para perto de Nando e Lídia e foram andando para o Posto. Sônia foi detida por Ramiro.

— Sabe em que é que eu estava pensando, Soninha, vendo esses peixes de olho virado de timbó? Que eu dava tudo para ficar o resto da vida imóvel, paralítico em cima de uma cama olhando você o tempo todo com olhos assim.

— Cruzes, pé de pato mangalô três vezes — disse Sônia. — Você devia era ir para o hospício.

Ramiro deu um salto de boto para dentro da água onde estava Sônia. Sônia nadou para dentro do rio mas os braços de Ramiro já a colhiam pela cintura e ela afundou, bebendo água. Ramiro se afastou assustado enquanto Sônia emergia feito uma víbora e dava com o calcanhar na majestosa pança. Ramiro esverdeou, perdeu fôlego e Sônia com o mesmo pé empurrou o corpanzil para a beira até Ramiro atracar na areia, ofegante.

— Soninha, meu amor, perdão.

— Seu besta, seu encrenqueiro. De outra vez eu te afogo. Ou peço a um índio desses para te enfiar uma flecha na barriga. E trata de sumir da minha frente.

Sônia nadou um pouco contra a correnteza. Na primeira volta do riozinho saiu da água em silêncio e ficou espreitando até ver Ramiro cabisbaixo que se levantava e tomava o rumo do Posto. Ela foi em frente, em busca da sua prainha secreta, onde podia tomar banho nua, longe das encrencas daqueles chatos. Estava mais gostosa que nunca sua praia. Com a pesca de timbó nem índio havia. Ainda tremendo de raiva de Ramiro tirou o maiô e sentou na beira, pés dentro da água, entre peixinhos que mordiscavam seus dedos. Uai, pensou, será que tem mesmo o tal de candiru que o Fontoura falou, candiru, candiru nem na pica nem no cu? Até nisto só falam esses veados desses homens. É preciso arranjar outra letra para a musguinha. Falua fez uma rima, como era mesmo? Ah, sim, candiru, candireta, nem no cu nem na. Diz que o candiruzinho é um fiapo de cabelo dum peixinho mas completamente tarado por buraco quente. Entra feito linha em casa de botão mas quando está lá dentro no bem-bom, poing! abre as nadadeiras assim de cotovelo e quem é que arranca o corninho? Nossa! Só de pensar. Pior que piranha. Ai, o Ramirinho num aquário de piranhas e candirus! Com um jacarezinho ou outro para animar a gafieira. Pelas dúvidas e pelos candirus vamos passar para bordo desta canoa, entra-se aqui pela ponta, ai minhas pregas, difícil sem virar o troço e desembestar rio abaixo. Ah, agora. Papo pro ar. Firme a canoinha. A gente pode até balançar. Feito colchão de praia pra cá, pra lá, pra cá, pra lá, que bom, que bom, pra cá, pra lá, nem no candi, nem no ru, pra cu, pra can, pra cá, pra lá... Hem? Quem? Será aquele?!

Não era Ramiro, felizmente, e nem era o Falua.

— Dormindo — sorriu o Anta. — Canoa minha.

Sônia estremunhada olhou o carão mongol simpático, a franja de cabelo grosso.

— Ai, que lombeira — disse Sônia se espreguiçando e levantando os braços para esticar as costas doídas do fundo da ubá.

— Dorme, dorme mais — disse Anta colocando inesperadamente a mão no seio esquerdo de Sônia.

Sônia não achou que tivesse sido carícia mas sentiu aborrecida o bico do seio se abrindo.

— Está na hora de ir para casa — disse Sônia sentando no barco.

— Dormir? Não quer dormir mais? Canoa minha. Sariruá me deu.

— Por que é que você não faz sua canoa?

Anta sorriu.

— Faz. Faz sim. Mas Sariruá deu. Fazer leva tempo. Tem que achar jatobá.

— Ah, seu malandrão — disse Sônia —, já vi tudo. Todo enfeitado de penas, bem-falante, não quer nada com o lesco-lesco.

— O quê?

— Não, nada. Deixa pra lá. Você é que está com a razão.

— Quer andar na canoa?

Antes que Sônia pudesse responder o Anta já desatracava a ubá e a empurrava suavemente para o rio. Foi para a proa ligeiro feito uma jaguatirica e se pôs de pé, remo na mão, as costas para Sônia. Ah, larga de pensar, disse Sônia a si mesma, deixando-se remar. Bem no meio o Tuatuari era verde-escuro, fundo, e Sônia, braços pendentes da popa, arranhava o dorso das águas com as unhas, olhando rio e céu pelo triângulo de bronze das pernas de Anta, raio de índio que era o mais parecido com homem que tinha ali, com suas flautinhas e seu jeito de quem não tem uma chateação na vida e nem oferece cadeira a nenhuma. Mas graças a Deus ainda era diferente de pagode de tudo quanto é Ramiro e Falua e até mesmo o Gouveia que aqui entre nós era um chato tão chato que mesmo depois de entrar na cama e começar a fazer coisas a gente ainda procurava galocha no pé dele. Dava gosto aquele bicho musculoso do Anta, bunda pequena e ombrão grande, colarzinho na cintura e brinco na orelha, nuíssimo em pelo remando o rio com uma mulher idem e só pensando em remar. Mas era bom ir voltando enquanto ainda tinha bastante sol que depois ficava um frio danado.

— Vamos voltar, Anta. Para o Posto.

— Ali, ali — disse Anta. — Tracajá.

Tracajá? pensou Sônia. Contanto que tracajá não seja sacanagem.

Anta apontava uma prainha de areias alvas. Atracava a canoa. Fazendo o cabo do remo de varejão o Anta deu um impulso grande e a ubá subiu a praia até a metade.

— Tracajá — repetiu Anta caminhando para um buraco na areia.

Sônia ficou maravilhada quando viu o Anta levantando as mãos cheias de ovos. Saltou do barco e foi olhar a cova. Ovo e mais ovo. Abaixou-se ao lado do Anta. Pegou um dos ovos. Que beleza ver aquilo tudo junto. Bonito em qualquer galinheiro. Ali, na beira do rio, uma loucura. Mas Sônia parou de repente. Será possível?! Era mesmo a mão do Anta fazendo festinha na sua barriga. Sônia ia se levantar mas a mão dele insistiu.

— Deita, deita — dizia o Anta com aquele jeito engraçado de índio mas feito qualquer homem de camisa e gravata, ora veja.

Sônia ia dizer com energia "Absolutamente!" mas viu logo que o Anta não ia absolutamente saber o que era absolutamente e o jeito era mesmo berrar "Não!", voltar para a canoa e mandar tocar o táxi.

— Não! — disse Sônia.

Foi andando para a canoa. Anta triste veio também e colocou uns ovos no fundo da ubá. Voltava à cova para apanhar mais alguns quando Sônia olhou para ele e pela primeira vez viu índio naquele estado que sempre enchia ela de dó quando o homem em vez de bruto ficava triste. Quando ele voltou de novo da canoa e que em vez de ir buscar mais ovo de tracajá veio para ela de cara triste e naquele estado Sônia suspirou e se deitou na areia como o Anta queria. Não tanto por vontade mas por camaradagem e grande dificuldade mesmo de não ter um dó desgraçado de homem afrontado assim como era o caso do Anta que estava naquele estado que só mesmo tracajando senão, coitado, quem é que vai trabalhar no escritório ou remar ubá num estado daqueles?

O campo de pouso do Posto Capitão Vasconcelos ficou que parecia um aeroporto internacional devido à loucura de trabalho que todos viram dar em Ronaldo Vilar depois da partida do ministro Gouveia. Até o Fontoura riu quando viu Vilar entrando de machado em cima das árvores maiores da ponta sul do campo, que não tinha tido intenção de derrubar antes.

— Você está aumentando o campinho ou começou a desbastar a Amazônia? — disse Fontoura rindo, ele que tão raras vezes piava sem sarcasmo. — Acho que você está pensando é na Transbrasiliana, seu cachorro, e não no meu campo.

Vilar que era sempre o mais forte em qualquer grupo, mas que quando queria sabia cruzar os braços e comandar pura e simplesmente até transformar uma súcia de capiaus numa turma de operários, ficou com uma espécie de ciúme da tarefa de cada um dos seus homens. Entrava de machado na árvore que outro golpeava, tirava da frente de outro um tronco derrubado, enchia jamaxis de pedras para entornar lá longe. Se resolvia dar ordens enquanto limpava o suor, criava no trabalho um ritmo intolerável.

— Assim não pode, dr. Vilar — dizia Vanderlei. — Só se meter uma cremalheira nos homens.

— Com perdão da intromissão, dr. Vilar, o senhor devia ter trazido mais gente se era para fazer campo para fortaleza voadora — dizia Eleutério.

Mas Vilar parecia provocar os protestos dos capatazes para sem uma palavra entrar de picareta nas raízes obstinadas até arrancá-las e engalfinhá-las como montões de aranhas a um canto ou dar a machadada de misericórdia num jequitibá que ficava ainda um instante espantado do equilíbrio perdido e estalava em lascas derrubando palmeiras de tucum e tentando se amparar em cipó e barba-de-velho que encontrava no caminho da queda. Um morrote grosso de buriti que ia levar tempo demais a desmontar, Vilar derrubou para alegria dos índios enfiando nas profundas uma carga de dinamite que desarraigou o morro do chão e fez uma palmeirinha corcovear no espaço dentro dum jato de pedras e de terra. Só quando o campo já estava liso, enorme, limpo e os homens de Vilar ajudados por índios lhe pintavam no centro uma grossa risca de tabatinga branca, é que Vilar praticamente levantou a cabeça.

— Amanhã de madrugada decolamos de volta a Ceres. Vamos arrumar tudo agora — disse a Eleutério e Vanderlei.

— Imagino que tenho que te dizer muito obrigado — disse Fontoura a Vilar.

— Se não quiser não precisa.

— Não me custa nada dizer — disse Fontoura. — Muito obrigado. Mas por que é que você meteu a cara no trabalho e nem falou mais com ninguém?

— Eu não vim aqui aparelhar o campo de pouso?

— Pensei que tivesse vindo ver a gente também.

Nando refletiu que provavelmente Vilar era o único varão sobre a terra que ouviria tais queixumes de Fontoura. Vilar bateu no ombro do Fontoura.

— Você sabe que vim, Fontoura. Mas estou ansioso por voltar. Quando passo tantos dias longe da Colônia tenho medo que o Ministério bote um amanuense no meu lugar e me mande passear.

— Só sei que eu e os índios não tivemos nenhuma atenção sua.

— Ó seu suiá feroz — disse Vilar. — Txição, txucarramãe! E juro que tenho vontade de botar negócio de mãe mesmo na minha xingação.

Pois então eu deixo aqui um campo de pouso que vai ser a própria sala de visitas do Parque desses selvagens malandraços e você acha que não fiz nada! Fontoura, você está ficando mais ingrato do que índio.

— Está bem — riu Fontoura — mas a verdade é que você fez o campo como funcionário do Ministério da Agricultura, para o ministro e o presidente da República. Não foi pensando em nós. Por exemplo, para o quarup você não fez coisa nenhuma. E de madrugada já está se raspando. Você nem foi comigo ao Morená e nem ajudou a pesca de timbó. Não caçou uma arara. Uma garça. Um periquito.

— Mas você já tem peixe que chegue para esse quarup, não tem?

— Que peixe que chegue, coisa nenhuma — disse Fontoura. — Você não vê que em volta do Posto nasceu um bruto acampamento de hóspedes calapalo, juruna, uaurá? Mas deixa, deixa que a gente se arruma.

E Fontoura foi andando para o Posto, sem dúvida desejando apenas que Vilar o seguisse e viesse desfazer a impressão de que o evitava. Pela cara com que Vilar viu o amigo se afastar, meio emburrado, Nando pensou que era exatamente o que ele ia fazer. Mas apesar de contrafeito Vilar remanchou. Voltou a falar aos capatazes. Quando o Fontoura desapareceu Vilar se dirigiu a Nando.

— Vamos fazer uma surpresa a esse caiapó honorário. Vamos entupir as malocas de peixe.

— De agora para amanhã de madrugada? — disse Nando.

— E como! — disse Vilar, os olhos brilhando com a mesma fúria quando ele se atirava às árvores de machado em punho.

Em companhia de Nando, Vilar foi direto à procura de Canato que preparava, com um caroço de tucumã e cera, uma flecha de assobio para jogar javari enquanto suas duas mulheres punham beiju para secar em cima de baitas jiraus que mais pareciam quaradores.

— Canato — disse Vilar —, vamos pescar muito peixe.

— Muito peixe? Mais timbó?

— Que timbó que nada — disse Vilar. — Bomba.

Pela primeira vez Nando viu um rosto de índio verdadeiramente expressivo, as íris de Canato reluzindo no rosto meio lambuzado de urucum.

— Bomba? — disse Canato.

— Bomba.

— Assim feito a bomba do campo? — disse Canato.

— Claro, seu palerma — riu Vilar. — Dinamite. Não tem peixe que escape.

Canato se levantou num repelão, jogando a flecha para um lado. Depois parou, duvidoso.

— E Fontoura? Fontoura vem?

— Não. Fontoura não gosta de dinamite no peixe — disse Vilar.

— Eu sei — disse Canato. — Fontoura fica brabo.

— Você bota a culpa em mim — disse Vilar batendo no peito.

— Icatu — disse Canato rindo às gargalhadas.

— Vamos agora antes que escureça. Pega uns parrudos aí. Sariruá, Apucaiaca, Iró, Anta. O resto vem quando ouvir o estouro. Eu vou na frente, com o pajé Nando. Lá onde a gente pescou a piranha grande da outra vez.

O próprio Vilar, na beira do rio, atochou três bombas em três bananas verdes enquanto Nando as enrolava em bastante papel e amarrava firme com cordinha de buriti, perguntando a si mesmo se devia incorrer nas iras do Fontoura ao cooperar com as fúrias de Vilar. Estavam prontas as bombas, paviaço de fora. Dentro de mais um pouco chegavam os rapagões convocados por Vilar — e mais outros que já tinham ouvido nos diálogos de chamada a palavra mágica, bomba. Canato veio a pé, com Sariruá, correndo. E três ubás embicaram no rio bem embaixo do ponto a bombardear.

— Vieram todos os que eu chamei? — disse Vilar.

— Todos não — disse Canato. — Vieram mais que todos. Muitos. Menos Anta. Cansado.

— Sempre cansado — resmungou Vilar. — Também não faz falta. Sariruá, você vai lá para baixo também. Canato atravessa o rio e joga bomba daquele lado. Pajé Nando deste lado. Eu mais para cima. Eu jogo primeiro, Canato joga, pajé Nando joga.

As bombas explodiram com som cavo e três bolhas baitas incharam o lombo do Tuatuari. O estouro ainda não tinha saído de cima do rio e o rio já estava preto de índio. Começou a bubuiar peixe grogue ou morto na água que endureceu de ubá até ficar o Tuatuari feito um jacaré com couro de jatobá. Ubá até de índio visitante juruna de cabelo pelos ombros, ventre pentelhudo e prepúcio no anel de embira, e suiá de roda de pau metida no beiço de baixo. O peixe saiu em cesto, jamaxi, folha de taioba, tipiti, panela juruna. Todos os caraíbas menos Fontoura, todos os bugres até o Anta vieram ajudar a carregar para as malocas os defuntos cardumes que Canato dono da festa já via feito naco assado ou imomapo com pimenta enrolado no beiju. Só com muito tucunaré, pirarucu e tambaqui enxaguado em caxiri, piqui e mangaba é que os vivos tomam sustância para rezar a Maivotsinim até pé de pau virar gente. Com aquele despotismo de peixe para animar javari, huka-huka, jacuí e moitará não havia deus que resistisse. Não estava só garantido o quarup. Ia ser um quarup de lascar pau-ferro.

— É provavelmente o último quarup de tuxaua uialapiti — disse Otávio dando de ombros. — Canato cuida do velório e da comedoria de Uranaco. Mas não tem ninguém para fazer velório e comedoria de Canato não. Depois de Canato, o fim da picada.

— Quantos uialapiti têm ainda? — disse Nando.

— Dezessete — disse Otávio. — Da tribo inteira que existiu.

— Bom — falou Vilar —, pelo menos Uranaco ainda garante o peixe. Finalmente, vinha chegando Fontoura. Violento.

— Que brincadeira foi essa?

— Peixe para o quarup — disse Vilar.

— Resolveu bancar o mocinho?

— Ora, Fontoura — disse Otávio —, agora pelo menos está resolvido o problema da boia.

— Mas o Vilar está cansado de saber que não introduzimos na pesca e na caça dos índios elementos que não sejam da sua cultura. Ele fez isto de pirraça, porque eu me queixei da indiferença dele em relação aos índios. Qualquer um pode bancar o papai do céu entre índios, usando dinamite.

— Por essa vez passa, Fontoura — disse Ramiro, olhando Anta, que olhava Sônia.

— Você entende de índios mas é de fita de cinema — disse Fontoura.

— Calma, calma no Brasil — disse Otávio. — Ramiro até que falou certo. Que importância tem um dia de bomba? Os índios por causa disso não vão aprender a manufaturar dinamite.

— Ficam com preguiça de pescar com flecha e isca, seu idiota — disse Fontoura. — Quer puxar o saco do diretor puxa às claras.

— Não admito, Fontoura! — berrou Otávio. — Como membro da Coluna e do Partido Comunista sou o antipuxa-saco por definição.

Vilar foi andando ao lado de Sariruá. Carregava às costas peixes e peixes amarrados com cipó pela boca. Os peixes em penca sacudiam contra as costas de Vilar que ria sob os olhares ultrajados de Fontoura e Otávio. Parecia um menino infernal desacatando pai e mãe, pensou Nando. Fontoura se afastou em passos rápidos, ultrapassando Vilar e o grupo de índios que carregavam peixes. Lídia se aproximou de Otávio e lhe deu o braço. Foram todos andando para o Posto.

— Nada disto tem importância, a mínima importância, diante de algum amor não correspondido que nos aconteça — disse Ramiro.

Otávio estugou o passo, carregando Lídia.

— Ah, tio Ramiro, pelo amor de Deus — disse Vanda.

— O fim esse Ramiro — disse Sônia.

— Otávio fugiu para não ouvir — disse Ramiro. — Vanda e Sônia protestaram, o mundo inteiro ri quando se diz esta verdade. Ri de medo dela. É uma humilhação que ninguém quer confessar. Todo o mundo finge achar que é uma velharia, uma coisa do passado da espécie. No entanto não há dor maior. Só mesmo o inexcedível, a rainha, a dor-mãe: a dos cornos que despontam nas testas sofredoras. Riam à vontade mas não tenham dúvida não. Amor não correspondido, dor de corno, ciúme, esta bagagem a raça vai levar aos menores planetinhas, quando não houver mais lugar para ninguém no cosmos e os homens se acotovelarem pelas galáxias.

Ramiro mergulhou um olhar profético nos céus e depois em Sônia que por sua vez dizia a si mesma: Se você está pensando em mim pode ficar certo que até corno de índio já tem na sua cabeça de cabrão. Carregando sem esforço uma panela com pouco peixe, o Anta, na trilha de Sônia já inquieta. Adiante, o Falua.

— Feliz é o senhor, que não tem encrencas, padre Nando — disse Sônia ficando para trás e deixando o Anta passar. — Homem e mulher dá sempre encrenca.

Ninguém ia dormir cedo aquela noite no Posto Capitão Vasconcelos. Vilar transformava o trabalho do quarup numa espécie de violento folguedo. Com Vanderlei e Eleutério, com o capitão Canato e os índios, Vilar foi buscar lenha da derrubada no campo de pouso e pôs-se a desbastar os paus para fazer dezenas de moquéns para moquear milhares de peixes. A febre se comunicou ao mulherio índio que armazenava o peixe já moqueado e abria caminho para os peixes das bombas. Os jiraus do moquém afogueados pelos braseiros transbordaram do terreiro, se esparramaram pelas cercanias. As tribos recém-chegadas davam sua mãozinha aos anfitriões. Cuias de caxiri circularam. Mulheres puseram-se a dançar em fila. E voltava Vilar segurando pela proa, acima da cabeça avermelhada pelo fogo, uma ubá com os últimos peixes, segurada na popa por Sariruá. A ubá foi despejada no meio do terreiro e até os curumins e cunhantãs às gargalhadas puseram-se a escamar peixe, a limpar peixe, a botar peixe nos moquéns.

— Tenho para mim — disse Ramiro — que se o Vilar continuar assim estes índios acabam nos assando.

— Não gostam de carne não, titio — disse Vanda. — Isso até eu sei. Mas que homem, este Vilar, puxa.

— Há qualquer coisa de terrível nele — disse Otávio.

Foi preciso que o Fontoura interviesse, sombrio.

— Agora chega de traquinadas, Vilar. Ainda faltam dias para o quarup.

— Estamos no ensaio geral, velhinho — disse Vilar.

— De mais a mais este não é o espírito em que eles se preparam para uma festa religiosa como o quarup — disse Fontoura. — Trabalham até à festa, exatamente no preparo da festa. Se você fizer tudo está roubando deles o espírito do quarup.

— Mandar vir o bufê da Colombo não pode — disse Vanda.

— O Vilar bem que ajuda os índios também — disse Sônia. — Não pode?

Fontoura cuspiu para o lado.

— Que Vilar seja simpático às damas não duvido — disse Fontoura. — Mas aqui quem manda sou eu.

Fontoura chamou Canato, chamou os outros chefes de família. Era preciso fazer recolher o pessoal. E os hóspedes? quis saber Canato com olhos compridos. Eles voltariam aos acampamentos, quando vissem a festa morrendo.

— Amanhã continua trabalho do quarup — disse Fontoura. — Dia inteiro. Mas de dia. Até chegar a hora do quarup mesmo.

Os índios olharam para Vilar, que se afastou imediatamente, como se fosse o primeiro capitão a obedecer o comando do Fontoura. Afastou-se para não levar a brincadeira longe demais. Os índios olhavam para ele como se só esperassem uma palavra do capitão Vilar para dar as costas ao capitão Fontoura. Deixados sozinhos diante de Fontoura começaram lentos e pesarosos, pelas mães e pelas crianças, a reconduzir os índios às malocas. As mulheres dançarinas sentiram de repente vergonha da dança e dispararam para casa, rindo. Os visitantes se escoaram para os acampamentos. Em pouco tempo só ficava no terreiro a gaiola cônica da harpia fornecedora de penas, em cujos olhos redondos e profundos se refletiam jiraus e jiraus onde lentamente se moqueavam peixes e peixes.

223

Vilar foi embora cedinho no dia seguinte. Muito antes do banho dos índios seu Beechcraft aquecia o motor e só depois de decolar é que pegou sol lá em cima. O extraordinário no embarque é que Vilar chegou todo vestido, calça e blusão, sapato, mas encharcados. Pingando água. Se despediu de todos com um gesto e foi embora.

— O fato é que ele entrou mesmo no rio. No finzinho da noite. De roupa e tudo.

Isto dizia Cícero, com a responsabilidade de quem tinha visto. Fazia o relato a Nando, Otávio e Fontoura.

— Seu Vilar estava ontem com o diabo no corpo. Repouso ele não queria mesmo. Depois que os índios foram dormir ele me pegou mais o Leutério e convidou a gente para caçar paca, capivara e o que mais desse no mato. E olhe que se seu Vilar não estivesse tão desatento até que a gente tinha trazido boa caça. Mas o homem só queria andar, andar, falando pouco ou falando lá com ele, garanto, espingarda na mão, varando touceira com a lanterna mas sem botar tento em erva que mexia nem nada. A gente foi muito para além dos camaiurá, noite adentro. Seu Vilar, olho no chão, pensando como quem finca prego numa baraúna. Na hora eu estou meio amolado, conversando besteira com o Leutério, baixinho, para matar tempo já que não via jeito de matar bicho nenhum. Depois é que eu repisei tudo na cabeça e que atentei na força de pensamento de seu Vilar. Só depois daquele repentino desejo das águas que ele teve. Na hora da caminhada, no fim, eu estava é um molambo. Eu mais o Leutério roídos de fome. E vejam, eu tinha dito ao Leutério que tinha aqui no Posto uma perna inteira do veado que matei ontem. Eu gosto muito de seu Vilar mas só de sentir tanta fome e lembrar aquela perna assada de veado me dava assim uma gastura dele. A gente é coisa mesmo ruim, Deus se compadeça. Até uma perna de caça que a gente não come envenena a alma da gente.

— Mas o que é que houve afinal? — disse Otávio. — Por que é que o Vilar apareceu daquele jeito, ensopado?

— Já estou chegando lá, seu Otávio, seu Fontoura, seu Nando. A gente deu uma volta tão grande que tinha perdido o Tuatuari de vista há muito tempo e quando o riozinho apareceu de novo dizendo que a gente estava perto do Posto, da rede, da carne assada foi um alívio. Leutério riu até com mais dente do que tinha na boca dizendo é o Tuatuari, como se a gente não estivesse sabendo, mas eu repeti também que era o Tuatuari e até seu Vilar também, palavra. Só que ele disse Tuatuari e saiu andando ligeiro danado para o rio. Eu cá comigo pensei e aposto que Leutério também que aquilo tinha jeito de só poder ser dor de barriga, necessidade precipitada do corpo, e que seu Vilar ia para trás de uma árvore ou duma moita apesar dele não ser homem de vexames com estas coisas. Mas que necessidade que nada, seu Fontoura, seu Nando, seu Otávio. Seu Vilar marchou para o riinho como quem tem que dar um recado urgente ou contar segredo que não pode mais esperar nem um instante. Ele que faz criançadas assim como a gente viu na pesca de bomba, mas que no fundo age sempre com siso e sem riso, imaginem só que entrou de bota, de roupa, de relógio, de lanterna e até de espingarda nas bandoleiras dentro do Tuatuari! Ajoelhou dentro da água, abriu os braços e apertou o rio contra aquele peitão que Deus lhe deu. Ficou ali um tempo desgraçado, cara engolfada nas águas. Já se viu coisa igual, seu Fontoura? Assim sem mais nem menos, seu Otávio, seu Nando?

Falua saiu de perto do rádio de cara fechada e voltou à mesa de jogo no centro da casa do Posto. Era esperado de cartas na mão por Otávio, Ramiro e Fontoura. Nando se sentava numa rede, caderno no colo, ao lado do calapalo Iró, tentando meter a fala do índio dentro da estrutura teórica que conhecia da sua língua. Numa cadeira a uma quina da mesa de jogo, Sônia fumava e folheava uma revista, enquanto Lídia e Vanda conversavam na soleira da porta da casa. Os índios tinham preparado coisas para o quarup o dia inteiro com discreta ajuda dos brancos que Fontoura vigiava para não interferirem nos processos culturais. Para obrigar Iró a um discurso sustido Nando lhe pedira que contasse a vida e os feitos de Uranaco. Não só Iró devia estar cheio de histórias ouvidas de fresco sobre o tuxaua quarupizado como fascinava Nando a escuta de tais relatos: no intemporal vazio da vida dos índios a história de um Uranaco a-histórico que tinha feito pescarias e ido do rio tal para o rio tal e matado uma jiboia e lutado muito bem num campeonato de huka-huka.

— Que cara de quarta-feira de cinzas é essa, Falua? — disse Sônia quando Falua voltou à mesa.

— Uma droga de país — disse Falua. — A Folha quer por força que eu volte. Por causa da situação política — disse olhando Fontoura.

— Você não disse que tinha o álibi perfeito para vir para cá? — disse Otávio.

— Pois disse. E não era nem exatamente álibi. Eu vinha cobrir a visita do presidente. Em vez de abalar com a caravana de tudo quanto é jornal e rádio, esperava o homem aqui, mandando previamente as reportagens. Explicava o quarup e essas papagaiadas antes.

— E mandou mesmo? — disse Sônia.

— Claro, vinho da estepe, edelweiss descrente. Mandei duas. E se você não andasse tão descarinhosa comigo teria mandado dez. Ou nenhuma — disse acariciando os cabelos dela.

Sônia ia retirar a cabeça, impaciente, mas sentiu um olhar de concupiscência de Ramiro e deixou-se ficar. Pelo menos chateava um dos dois. Fontoura fingia que não estava interessado no que dizia Falua a respeito da situação no Rio mas é evidente que não pensava mais nas cartas, que olhava fixamente como planejando uma futura jogada que não sabia qual fosse.

— Mas afinal de contas o que é que há? — disse Otávio.

Falua olhou de novo Fontoura, antes de falar, segurando-lhe o braço por cima da mesa, numa atitude de quem avisa que um doente piorou.

— A Folha quer que eu regresse já porque, pelo menos segundo o chato do Melo secretário, Getúlio não vem mais ao Xingu: volta para Itu.

— Como é isto? — disse Fontoura tamborilando os dedos sobre a mesa.

— Parece que está renunciando, ou tem que renunciar. O vice-presidente Café disse que renuncia se o Getúlio renunciar. Mas o Getúlio, macaco velho, não vai meter a mão nessa cumbuca. O outro se pilha no governo e resolve não renunciar. E daí? Quem é que vai forçar ele? Getúlio diz que no máximo se licencia. Enquanto isso, para tudo, os negócios se interrompem, fica toda uma nação de palermas de olhos pregados no Palácio do Catete.

— Em vez de ficarem olhando para Washington, onde as coisas estão acontecendo — disse Otávio, punhos cerrados em cima da mesa. — O Berle podia perdoar a eleição em 50 do homem que tinha deposto em 45?

— Vamos! — disse Fontoura autoritário mas com as próprias cartas abandonadas sobre a mesa, naipes para cima. — De quem é a vez de jogar?

— Não tem mais jogo não tem nada — disse Otávio. — A gente não pode ficar aqui no mato enquanto uma potência estrangeira ocupa a capital do país. Eu parto já para o Rio.

— De quê? — disse Fontoura.

— Tem aí um Beechcraft.

— E o piloto?

— Pede um piloto para nós nesta merda de rádio — disse Otávio ao Falua.

— O Olavo disse que vem amanhã me buscar e vamos direto ao Rio — disse Falua.

— *Me* buscar quem? — disse Otávio. — Eu também vou.

— Calma no Brasil, Tavinho — disse Falua. — Vem num aparelho grande. Dá para todos nós.

— Amanhã quando? A que horas? Aqui no mato cai todo o mundo no vago em matéria de tempo. E precisamos socorrer Getúlio Vargas.

Ramiro levantou os olhos para o teto, em atitude piedosa.

— O homem que restituiu à Alemanha de Hitler Olga Benário, mulher de Prestes, para que morresse num campo de concentração.

— Não seja idiota, Ramiro — disse Otávio. — Prestes arranjou outra mulher. A tarefa histórica imediata é a defesa de Vargas.

— Não me faça parecer que sou contra Vargas — disse Ramiro. — Eu sou contra a incoerência de vocês.

— Com medo que o velho não tenha que largar o poder, hem, Ramirinho! — disse Falua. — Pelo jeito da Folha me chamando de volta as coisas estão na bica. O próprio Getúlio é que disse que tem um rio de lama passando por baixo do palácio. O rio é a Guarda de pistoleiros chefiados pelo amigo do peito Gregório Fortunato, anjo da guarda. O de penacho, tão malandro que contratou para abotoar o jaquetão do Lacerda um assassino não pertencente à Guarda Pessoal.

— Coitado do crioulo — disse Otávio.

— Pena por pena chora o Alcino — disse Falua —, o pistoleiro Verba 3, que ia matar o Lacerda e o garoto do Lacerda. Disse no Galeão que só faz estas coisas feias por amor à família. Se tivesse acertado o Carlos recebia cem contos na ficha e mais um emprego de investigador.

— Um incompetente — disse Otávio. — Bem feito que fique sem emprego. E escuta, Falua. É crime ficar a gente aqui à espera do Olavo, que talvez não venha nem amanhã nem depois. Em duas horas, num barco com motor de popa, estamos em Xavantina para o avião. Como jornalista do Rio você cava o avião lá em dois tempos.

— Tem gasolina para o barco, Fontoura? — perguntou Falua.

— Tem. E assim vocês deixam o espaço do avião para mim — disse Fontoura.

— Se tem gasolina, vamos — disse Falua a Otávio. — Que tal a gente se preparar, Soninha?

— Eu estou muito bem aqui no Capitão Vasconcelos. Vou ficar um mês.

— Não faz assim comigo não! — disse o Falua. — Eu vim ao Xingu para te buscar, meu amor.

— Você nem me mandou vir e nem me trouxe. Eu vim porque quis. Fico porque quero. Vou quando entender.

— Viva a Sônia — riu Vanda espantada daquela energia.

— Eu gosto disto aqui — disse Sônia obstinada e sentindo envolvê-la o mundo de bichos e índios, sem quarta-feira nem quinta-feira, sem data, sem hora.

— Sem você não volto ao Rio — disse Falua. — Fico também.

— Falua! — disse Otávio na cara do outro. — Você abandona seu país, abandona tudo por causa de uma...

Contraído, furioso, Otávio parou à beira do insulto.

— É mulher à toa que a gente fala quando quer insultar uma mulher mas não quer ofender o ouvido dos demais — disse Lídia.

Sônia riu.

— Lídia, você ganhou a noite.

— Eu acho você um amor. Sônia — disse Lídia —, e esses homens uns idiotas.

— Eu não quis ofender ninguém — disse Otávio. — Sônia, eu te adoro. Mas o Falua é o cúmulo!

— Vai sozinho, Otávio — disse Lídia.

— Sozinho não arranjo transporte em Xavantina — disse Otávio.

— Então sente-se para jogar cartas — disse Lídia. — A história pode ser feita sem você. Quando os milicos fecham o Armazém Brasil para acertar as contas entre eles, paisano pode perfeitamente ficar no Xingu. O Zenóbio cancelou até as condecorações do Dia do Soldado. Senta e joga biriba.

Otávio saiu furioso para perto do rádio.

— Sônia — disse o Falua.

— Não vem com lero não que eu não vou para lugar nenhum de bote e nem vou para o Rio amanhã — disse Sônia que tinha tirado do assento da sua cadeira o maiô de banho e começava a costurar a alça.

— Pelo menos, amor meu, não dá essa impressão de me odiar.

— Não estou te odiando nada — disse Sônia de olho pregado na costura — mas não vou interromper minhas férias no Xingu por coisa nenhuma deste mundo.

— Você então me pega um copo de água? — pediu o Falua. — Não tanto pela água...

— Pego — disse Sônia rindo e dando um beijo no Falua.

Deu o beijo pensando em fazer raiva a Ramiro e também se possível ao Anta que com o rabo do olho tinha visto entrar na casa do Posto feito uma sombra. Tinha sentado no chão e não tirava os olhos dela. Por isso é que Sônia costurava aquela alça que não precisava de ponto nenhum. Era para coser o olhar em alguma coisa, isto sim. Fingir que não estava vendo. Por causa daquele banho desastrado com omelete de tracajá nunca mais tinha caído n'água como gostava. O Anta bem que aparecia quando ela entrava no Tuatuari dignamente, de maiô, diante do Posto. Fitava ela com cara de mendigo mas ela neca. Tinha graça virar michê de índio! Encrenca na certa. Se importar ela não se importava, mas em primeiro lugar não fazia questão nenhuma ou não fazia muita e depois que dava em encrenca não tinha nem talvez. Tomara que suma esse Anta duma figa, mas qual, parece uma sentinela de chocolate. E se eu encarar com ele me dá um daqueles sorrisos e sei lá é capaz de me chamar para o mato a peste. Aguenta aí, Sônia, prega a alça quantas vezes for preciso e depois corre para a tua rede. Para ir ao filtro, na copa, tinha de passar perto do Anta e Anta se levantou como se ela fosse falar com ele o sem-vergonha e já começava a querer ficar naquele estado imagina só. Se os outros vissem Anta de butucas em cima dela e aquilo assim! Que vale que o falatório na mesa de jogo ia brabo e enquanto enchia o copo ela falou em voz baixa.

— Vai já para fora, Anta.

— Sônia vem?

— Não.

— Então Anta fica.

Seria por acaso o Benedito? Como lidar com aquele bruto? Não entendia nada de nada e se ela deixasse era capaz de resolver o caso em cima da mesa de jogo.

— Espera lá fora — disse Sônia. — Sai por aqui.

Anta saiu pela cozinha como uma sombra. Sônia levou a água para o Falua, voltou como se tivesse deixado alguma coisa na copa e saiu também. Foi andando furiosa, sem olhar para lado nenhum, sabendo muito bem que uma sombra ia se destacar da primeira árvore e vir ao seu encontro.

— Não gosto de você — disse Sônia batendo com o pé no chão. — Não quero você. Nunca mais.

— Quer sim.

— Estou dizendo que não quero. Se você falar nisso outra vez conto ao meu marido, o Falua.

— Eu dou a noiva para o Falua. Matsune.

— Falua não quer sua noiva e eu não quero você, índio vagabundo, mau.

— Índio bom. Eu falo com Falua. Falo com Fontoura.

Ó desânimo! De tão desencrencado o Anta era outra encrenca. E pronto. Já se agarrando nela.

— Escuta aqui, Anta. Você entende o que é prometer uma coisa?

— Entende. Promete.

— Se eu for com você agora, você promete que não pede nunca mais?

Anta parou. Será que estaria pensando? pensou Sônia.

— Promete? — disse Sônia.

— Mais nunca?

— Nunca mais não.

— Promete — disse Anta puxando Sônia pela mão.

— E não fala nada com ninguém?

— Não fala nada.

Anta foi andando, Sônia a reboque, parou na porta da maloca em que dormia e Sônia então viu que sua ideia era irem os dois para a rede dele. Apenasmente. Doida assim ela não era mas entrou na maloca um instante e viu bem uns dez fogos embaixo das redes, o ambiente abafado cheirando a lenha e urucum e peixe assado. Uns índios já dormiam, outros olhavam o teto, esperando sono. Fofinho e a mulher na mesma rede, ele por cima dela com jeito de quem acabou. Os fogos debaixo das redes lustravam os panelões em forma de tartaruga, avivavam pena de flecha e castanho de borduna, os dentes de onça dum colar. Acabaram na beira do rio, Anta e Sônia, que doida assim ela não era.

— O Gegê vai mesmo é para o beleléu — disse Falua. — Zenóbio garantiu que morria por ele e pela legalidade mas está a estas horas cercado de outros generais que docemente o constrangem a não fazer besteira.

Sônia viu que ninguém podia ter reparado na ausência dela. O mesmo lero.

— Tudo teleguiado — disse Otávio. — O Lacerda aposto que inventou o tiro dele.

De repente o Fontoura, rachando com um murro a tábua central de mesa de caixote.

— Eu só quero saber se o presidente vem ou não vem ao Xingu!

Sônia se deitou para dormir, livre do Anta. Dormiu vendo a maloca, ouvindo o estalido do fogo, a rede vaivindo, o bugre cobrindo a dona bugra, os colares, as penas. E nem ligou o cheiro de urucum que tinha ficado na sua pele.

Maivotsinim criou a raça humana fazendo quarups, com os quais criou os homens, homens como Canato, Sariruá, Apucaiaca e o Anta, que agora faziam quarups para criar Maivotsinim. O curioso, pensou Nando, é que naquele ofício quem mais se isolava do mundo para abrir a facão no tronco a zona branca a ser pintada e quem mais se esmerava em compor o canitar com penas de arara e de gavião era o Anta, único que usava como medida sua flauta de cana. Por isso mesmo estava aprontando o quarup da festa, Uranaco, e não o quarup dos mortos menores. Distância de uma flauta do topo do mourão à zona ampla do peito, arca de sopro, pensou Nando, tentando em vão fixar uma imagem de prise de éter, zona bem mais importante do que a pequenina cara desenhada em cima na própria casca da árvore. Canato, Apucaiaca, Sariruá pintavam o peito dos seus quarups mergulhando os dedos nas panelas de urucum, de fuligem, jenipapo, mas o Anta, que a polira antes esfregando-a com galhos tenros, molhava nas tintas a vareta com chumaço de algodão. O próprio cinturão de algodão tinto em muitas cores e que se amarrava na cintura do quarup saiu da mão do Anta como se o Anta passasse a vida fazendo cinturões para tuxaua morto quando na realidade todos sabiam que passava a vida tocando flauta na beira do rio. Os seis quarups foram plantados no centro do terreiro e sobre varas esguias um dossel de palmas de buriti cobriu suas cabeças de cabelo de algodão. Os índios escultores foram aos seus afazeres e Canato se preparou para o banho mediante o qual sairia do luto de Uranaco. Plantou-se no meio do terreiro enquanto a velha Aunalo despejava sobre um Canato ardente de urucum cuias e cuias de água. Vendo que a água ia escorrendo pelas suas coxas e ameaçando as joelheiras novas feitas para o quarup e de um belo azul arroxeado Canato sentou rápido num tamborete com cara de tatu. Mas o Anta rondava ainda os quarups e Nando rondava o Anta.

— Está faltando alguma coisa, Anta?

— Icatu — disse o Anta rindo como sempre.

Mas pelos arredores ficou, até o instante em que saiu correndo como se estivesse sendo perseguido por enxame de mutuca. Nando ficou assistindo ao banho de Canato mas daí a pouco está o Anta de volta carregando numa tábua daquelas de virar beiju no fogo uns sapotis grandes ou não, espera, umas bolas de barro molhado ainda, mas redondinhas e no chão diante de cada quarup o Anta colocou duas bolinhas e da distância em que se encontrava Nando olhou os quarups e viu que tinham pés.

Nando viu também Sônia que se aproximava do Anta, que dizia alguma coisa ao índio. O Anta sorriu e foi seguindo Sônia que se fundia com as primeiras sombras da noite.

A festa do quarup começou com um moitará. Ou seria talvez mais certo dizer o moitará se efetuou antes, durante e depois do quarup e que o trabalho mágico de Maivotsinim começou a borbulhar no seio dos quarups a despeito ou com a ajuda de uma infrene troca de xerimbabos quatis por xerimbabos mutuns, de cães por papagaios, de arcos camaiurá por fios de miçangas, de cestos de beiju por colares de caramujos calapalo e de pena, comida, rede, castanha de piqui, erva aquática de fazer sal, macacos, harpias, pimenta e bordunas por panelas, panelinhas, panelões, travessas e chapas de barro dos uauá e juruna.

Ao lado de Nando, Vanda, lavada e fresquinha como naquela manhã em que tinha tomado um segundo banho.

— Se lembra? — disse ela rindo.

— Se lembro! — disse Nando. — Você chegou bem atrasada ao SPI, aposto.

— Esquisito a gente dizer isto aqui, não é? — disse Vanda. — Serviço de Proteção aos Índios. É bem verdade que há o Fontoura.

— Este protege mesmo — disse Nando.

— Daqui a pouco está precisando de proteção. Não larga o rádio e a garrafa de cachaça.

Em torno do rádio no pequeno escritório, o chão estava juncado de pontas de cigarro e não havia mais somente o copo do Fontoura ao lado do litro de cachaça mas igualmente os de Otávio e Falua. Otávio e Fontoura às vezes pareciam prestes a chorar.

— Incrível! — disse Otávio. — Mais um dia inteiro aqui, feito uns eremitas, enquanto se muda a sorte do país.

— Qual — disse Ramiro —, não se torture assim, Otávio. A sorte ou má sorte do Brasil vem de outros tempos, quando alteramos o tipo nacional. Você conhece as minhas teses e...

— E sou capaz de assassiná-lo se me vier com abstrações no instante em que o governo do Brasil é derrubado em Washington, aquele posto de gasolina disfarçado de templo grego.

Ramiro deu de ombros e olhou para o lado de Nando, como a pedir socorro.

— Nando é ainda pior — disse Otávio. — Acha que os homens não devem mais fazer nações desde que o Império desapareceu. É um ser arcaico. Um verdadeiro sacerdote. Devia estar fumando com os pajés lá fora. Graças a Deus vocês não são o povo. O povo está com Vargas e Vargas vai resistir.

Fontoura se levantou, bêbado de pernas, olhos injetados de cachaça e insônia.

— Acho bom, Otávio, você sair com o Falua no bote. Eu vou precisar de todos os lugares do avião quando chegar o Olavo.

— Todos os lugares para quê? — disse Otávio.

— Vou levar índios comigo — disse Fontoura. — Vou do Santos Dumont ao Catete a pé com eles.

— Começou a doideira — disse o Falua. — Índios armados de quê? Arco e flecha? Borduna?

— Armados de culhões — disse Fontoura.

— A ideia em si é curiosa — disse Ramiro. — Tratamento de choque. Estive meditando, Otávio, sobre aquele suposto erro de Paulo Prado. Cheguei à conclusão de que Paulo Prado talvez *tivesse tido* razão, ou melhor, que informantes como Gabriel Soares de Souza não houvessem mentido.

— De que é que você está falando, Ramiro? — disse Otávio. — Que moxinifada é essa?

— O que me ocorre como possível — disse Ramiro — é que os brancos tenham encolhido de pênis desde os tempos do Descobrimento. Bem possível mesmo. Parte do geral desconcerto do mundo civilizado. Um capítulo que Spengler não escreveu na *Decadência do Ocidente*.

Otávio cuspiu no chão, sem responder.

— E enquanto o país apodrece dentro de nós todos — disse Otávio — essa odiosa reunião ministerial do Rio onde só dá generais, com o Zenóbio já do lado entreguista. Interminável, a lista de generais presentes! Canrobert, Fiúza, Juarez, Etchegoyen, Ciro Cardoso, Brayner, Nélson de Melo, Castelo Branco, Kruel, Magessi e por aí vai.

— Também, velhinho — disse o Falua —, vamos deixar de pieguice. O relatório do Adil é fogo. Entre os implicados no tiroteio ao Lacerda a figura mais afastada do Catete é a do motorista dos pistoleiros, Nélson Raimundo de Souza, que fazia ponto a cinquenta metros do portão principal do Catete. O mais era Gregório, Mendes, Danton, Lodi, Vargas, Vargas, Vargas.

— Mesmo licenciado eu trago ele para o Xingu — disse Fontoura. — Ele funda o Parque...

— E reassume — disse Otávio — garantido por mil índios xinguanos.

— Sônia! Sônia! — disse Falua. — Eu preciso convencer Sônia. Preciso voltar ao Rio.

Ramiro falou calmo, autoritário.

— Deixe isso comigo, que sou um estranho ao caso. Eu falo com Sônia.

A queda da noite trouxe ao quarup uma irrupção de fogo: da maloca de Canato saíram brandindo palmas acesas de buriti os índios anfitriões, uialapiti, meinaco, aueti, bichos convocados por Maivotsinim para animar os quarups com ritmo e fogo. Velhos descarnados fumando seus longos cigarros e sentados entre os quarups entoam:

— Ho-ri-ri. Icatô! Ho-ri-ri. Icatô!

Velhas carpideiras respondem:

— Nei-mahon! Nei-mahon!

Os índios em tropel de fogo estão pintados da cabeça aos pés e os cabelos cortados rente são agora um sólido barrete de urucum. Da grossa barra de tinta vermelha sobem e se encontram no alto riscas rubras. Os índios dançam ao som das flautas enormes e quando marretam o chão com o pé de pilão o cabelo sólido de tinta bate-lhes nas orelhas como asas escarlates.

— Ho-ri-ri!

— Nei-mahon!

Ramiro foi ao terreiro. Perguntou a Lídia onde estava Sônia. Perguntou ao Cícero, que tinha os olhos pregados em Auaco pintada de vermelho. Ninguém tinha visto Sônia desde a tardinha. Isto porque, quando os quarups eram aprontados, Sônia só tinha aguardado que o Anta finalizasse o trabalho depositando bolinhas de barro ao pé das estátuas de tronco de árvore. Sorriu para ele:

— Icatu, Anta, icatu.

Anta sorriu de novo, o rosto largo iluminado, e foi seguindo Sônia que se diluía no mato noturno. Foi ela quem estendeu a mão. E seguiu na frente, para a maloca do Anta. Um índio descansava na rede, outro se enfeitava para o quarup. Os tipitis pingavam mandioca espremida, havia cuias com restos de caxiri. Uma índia se recostava na rede, curumim dormindo a seu lado, peito da mãe na boca. Sônia tirou o vestido pelos ombros, depois o resto da roupa e sentiu um gostoso arrepio pela incuriosidade que sua nudez despertava. Será que os índios não iam falar naquilo? Mulher branca em rede de índio devia valer pelo menos uma fofoca xinguana. Mas ali estava ela nua em pelo no meio da maloca diante de homens e mulheres e todo o mundo continuava balouçando em rede de buriti, dormitando, esfregando tinta no corpo. Sônia entrou na rede do Anta feito fêmea índia e deixou ele deitar em cima e pensou que só queria estar ali na maloca com um homem desencrencado por cima e que era só isso, mas então viu em cima da rede do Anta pendurado do poste central da maloca um espelho redondo de barba que algum caraíba tinha dado em troca de arco ou flauta e que aumentava a gente e pelo espelho viu as costas castanho-vermelhas do Anta enterrado nela e viu a rede e o fogo no chão tudo muito maior e cheio por dentro feito bola de soprar e coisa que vai estourar virando outra sei lá e entendeu que tinha mesmo querido não apenas passar o tempo mas vir trepar ali na maloca diante dos outros. O espelho não era um olho olhando ela, era assim feito uma explicação do que é que ela tinha vindo procurar além do Anta propriamente dito, e o Anta quando se acalmou seguiu a linha dos olhos de Sônia e viu também o espelho e riu como se tivesse afinal entendido um pouco alguma coisa, pelo menos, e foi bem naquele instante ou sabe-se lá quantos e muitos instantes depois do instante em que a cara do Anta perdeu assim aquele opaco que fluish! o clarão de luz ferindo aço fuzilou no espelho feito um raio e os índios riram seu riso de sempre diante da ideia do Ramiro de tirar retrato com *flash* dentro da maloca. Ramiro sorriu, máquina em punho, e o Anta sentou na rede, pés no ar, sorrindo também e Ramiro ia dizer talvez alguma coisa ou talvez até sair da maloca mas Sônia como estava ficou, e olhou para ele com frios olhos como se não estivesse nua em rede de índio e recém-flasheada. Ramiro ficou meio sem rebolado tirando a lâmpada quente da máquina e o curumim largou o peito da mãe e veio buscar a lâmpada que Ramiro soprou antes de entregar, e Ramiro desfitou Sônia para fitar o Anta suado e sorridente reluzindo feito bronze na luz dos fogos mortiços e aquele suor de amor deu coragem a Ramiro que olhou Sônia cupidamente e mesmo assim foi bem devagar que Sônia apanhou no chão ao lado da rede o vestido e jogou ele por cima do corpo calmo e contente.

— Amanhã a gente conversa — disse Ramiro para Sônia que não respondeu e nem deu qualquer outro sinal de vida.

— Eu mesmo revelo minhas fotografias — disse Ramiro para Sônia que continuava a olhá-lo como se não entendesse língua de caraíba.

— Espero que tenha saído boa — disse Ramiro, enquanto o Anta sem entender nada bocejava, levantava, avivava o fogo de quatro paus embaixo da rede.

— Com bastante fogo e cor local — disse Ramiro vendo Sônia se ajeitar mais confortavelmente na rede agora vazia.

— Não vai me dizer que você não gostava de obter o negativo — disse Ramiro aproximando-se da rede, exasperado com a indiferença sem pudor de quem dependia dele e da fotografia que tinha na máquina.

Anta sentou-se contra o poste da maloca, olhando Sônia com olhos que nadavam em sono.

— Você quer o negativo, Soninha? — disse Ramiro.

— Não faço questão — disse Sônia. — Tenho montes de retrato em casa.

— Hum... Valente! Posso revelar e dar ao Falua? Eu revelo aqui mesmo no Posto.

Ramiro podia fazer o que quisesse com a foto, até botar numa capa de revista. Mas era encrenca das grossas mostrar a foto ao Falua enquanto estivessem todos no Xingu, com o Anta circulando. Tinha que pensar para ver mesmo como é que saía da encrenca e resolver se valia a pena arranjar o tal do negativo. Sônia fez uma cara de enjoo e lembrou madrugadas de infantil óleo de rícino considerando o preço que teria de pagar pelo negativo, principalmente pensando nisto ali e agora, tracajada e satisfeita. Ramiro parece que adivinhou tudo aquilo porque foi aí que fez promessa da grande encrenca que tinha nos estaleiros.

— Talvez seja melhor não mostrar ao Falua, coitado. Como diretor do SPI mando a foto ao Conselho Nacional de Proteção aos Índios.

— Eles vão ver que eu protejo os índios de verdade — disse Sônia fazendo um dos únicos e, provavelmente, último dos trocadilhos da sua vida.

— Você sabe que branco não pode nem casar, quanto mais trepar com índio. Se eu quiser meto você num processo. Fica proibida de voltar aqui. Arma-se um galho do tamanho de um bonde, Sônia.

O "proibida de voltar aqui" é que sem Ramiro saber tinha ido fundo. Sônia sentiu um surdo desespero.

— Tem mesmo essa encrenca toda?

— Tem. Juro por Deus. Juro pelo que você quiser. Pelo meu amor por você. Te mostro o regulamento, quer?

— E o pistolão do Gouveia? Não vale nada?

— Não, não vale nada. Para fazer isto eu rompo com o Gouveia. E não creio que o Gouveia ainda seja ministro amanhã. Ele cai com o governo. O SPI fica. E o regulamento do SPI.

Ramiro estava lívido de cólera pensando naquela mulher que era do Falua, do Gouveia, do Anta mas que nem nua e à sua mercê o queria.

— E se o Gouveia por acaso não cair — disse Ramiro — não há de querer perder a pasta por causa de uma puta reles. Boa mas puta. E muito reles.

— Isto é verdade — disse Sônia pesando com gravidade o argumento.

O que Ramiro quer é fácil de dar, pensava ela. Não custa nada, eu sei, não gasta a xoxota nem um pouquinho e mais um nabo menos um nabo sai tudo nas cachoeiras mas uh! a limonada purgativa que é o cara.

A encrenca vai ser federal mas quem sabe se não se tem um jeito de acabar todas as encrencas duma vez, sem tapar o nariz e beber Ramiro?

— Desculpe — disse Ramiro sentado agora num banquinho junto da rede e olhando Sônia nos olhos.

— Desculpe o quê, gente?

— Tudo — disse Ramiro. — E aquele nome que eu chamei você quando você falou no Gouveia. Desculpe mesmo, Sônia. Foi a raiva. A vontade de ter seu carinho.

— Carinho de puta reles — riu Sônia.

— Desculpe, meu anjo. Olha aqui. Eu...

— Sim?

— Eu rasgo o filme na sua frente. Jogo o rolo inteiro neste fogo debaixo da rede.

— Que joga nada!

— Você não acredita em mim?

— Nem um bocadinho.

— Vá lá. Você tem razão. Não posso jogar fora o filme assim sem mais nem menos.

E aqui Ramiro choramingou, choramingou de verdade dando a Sônia uma náusea cem vezes pior do que primeira cheirada de éter.

— Também você — disse Ramiro —, você se entrega a todo o mundo, até a um porco fedorento de índio, e não quer nada comigo! Escuta, Sônia, eu queimo o filme, eu te dou mil contos.

Sônia riu. Que engraçado falar em mil contos ali naquela maloca. Se Ramiro fizesse cócega não era mais gozado. Paca. Ramiro viu quase alucinado o riso que não entendia pois Sônia devia saber que ele dava o dinheiro, dava tudo. E ainda havia o pior, a ofensa maior: ela estava ficando com cara de sono! Como o Anta. Sônia sonolenta sentia tudo amalucado, ela na rede do Anta, com um seio meio de fora e um vestido cobrindo o mínimo dos mínimos do resto e aquele Ramiro gordo e olheirudo falando e falando, tudo na mais encrencada das encrencas e no meio dessa en-crencaria máxima o espelho, ora essa, o espelho o tempo todo, o espelho.

— Amanhã na hora do jogo de cartas — disse Sônia.

— O quê? — perguntou Ramiro num sobressalto.

— A gente sai junto. Tem umas prainhas boas por aí.

— Mesmo? Você jura? — disse Ramiro itifaliquíssimo.

— No duro. Agora vira para lá que eu enfio o vestido e voltamos.

— Vergonha de mim, meu anjo? — disse Ramiro, o olho revirando.

— Não é bem isso, Ramirinho, é que se você me pega nua depois desta promessa vai querer me comer com cheiro de índio e tudo. Cheiro e outras coisas.

— Não fala assim que você me tortura. Mazinha! — disse Ramiro rindo fino, num transporte de amor e nervosismo.

Rindo saiu ele por ali ao lado de Sônia vestida e ao Posto chegaram quando um novo bando de pássaros de fogo saía da maloca de Canato. Pajés camaiurá, cuicuro e uaurá sentados no terreiro fumavam com os pajés anfitriões, apontando os mortos do quarup e chorando Uranaco, relembrando como se mudou de rio para rio, como passou as malocas da tribo de uma margem para outra, como pescou uma pirarara e num dia de huka-huka deu com as costas de vinte adversários no pó.

— Ho-ri-ri, Icatô! — dizem os velhos.

— Nei-mahon, nei-mahon! — dizem as carpideiras.

Também convocados por Maivotsinim os visitantes camaiurá, cuicuro, uaurá atroam os ares batendo pé no chão, dançando e correndo em volta do fogo. Na casa do Posto, ao pé do rádio, os brancos.

— Sônia, meu amor, onde é que você estava? — disse o Falua.

— Ah — disse Ramiro —, deu trabalho achar esta moça. Visitando malocas. Acho que está colecionando *souvenirs* para levar para o Rio.

— Meu amor! — disse o Falua.

Sônia, num impulso que há muito não tinha, se atirou nos braços do Falua e o apertou contra si, sem pensar em cheiro do Anta nem nada.

— Ah, estou vendo que estava com remorso de ter me maltratado — disse o Falua.

— Estava sim — disse Sônia sentindo os olhos úmidos.

— Que bom, meu anjo. Sinto que não perdi minha viagem vendo teu amor brilhar outra vez nesses olhos de Neva, Dniester, Dnieper. Eu sabia que em pouco tua alma milenar ia enrustir as pétalas para não fenecer neste mato bronco. Você não quer mais ficar, quer, Sônia Grushenka, Sônia Karênina?

— Aqui no Capitão Vasconcelos? Não! — disse Sônia.

— Tudo em paz com a República! — bradou o Falua. — Sônia reconquistada. Estou até com pena do velho Vargas, Ramiro. Você sabe que já existem dois governos não é? O Gegê ainda não assinou a licença mas enquanto ele fala com os ministros dele, Tancredo, José Américo, o Epa, Zenóbio, Farias, Guilobel e o velho Aranha que parece que é o único que quer sair para o tiro, quem senão o nosso Café Filho se reúne em casa no Posto Seis com um novo Gabinete? Lá estão Lacerda, de pé enfaixado e bengala, Alencastro, Juarez, Eduardo Gomes. O Brasil microcéfalo está bicéfalo.

— Vocês vão ver — disse Fontoura. — Vão ver.

O que é que eles iam ver? E os índios, iam ver o quê? Quem é que via ou enxergava alguma coisa? O Fontoura aplainou os caminhos da frase para a língua desobediente e trôpega.

— O velho inda passa essa gente em buraco de agulha. Quando virem já estão do outro lado — disse o Fontoura.

— Hum — disse o Falua —, estou achando a coisa difícil. Pelo jeito vamos para a guerra civil. Reparem que não tem mais Mendes, Danton, Gregório, Lacerda. Agora é pró-Getúlio e contra Getúlio. Não se pergunta mais se Getúlio mandou ou não mandou matar. Todo o mundo desconfia que se o Lacerda tivesse sido fuzilado em regra e o Gregório viesse informar "Tenho esse cadaverzinho aqui de presente para o senhor, dr. Getúlio, meu patrão", que o Getúlio não ia tocar um apito para entrar o Paulo Torres e prender o crioulo. Mas o assunto mudou. Se alguém provasse, nesta altura dos acontecimentos, que os tiros tinham sido disparados por uns playboys treinando roleta-paulista na rua Tonelero, não acabava mais com a crise.

— O que você está querendo exprimir — disse Otávio — é que este país atravessa falsas crises de politicagem para mascarar a profunda crise econômica proveniente de ser ele senzala e celeiro de outro país. Somos um país-objeto.

— O velho está mais velho — disse Ramiro — mas se se defendeu a bala no Guanabara em 1938, com muito mais razão não quererá repetir a entrega branca de 1945. Agora, se chutarem ele para correr nos Pampas, dificilmente ele vai começar a dar entrevistas ao Wainer para em seguida ser eleito senador em dois estados e deputado em sete. Aos 71?

— Getúlio nunca foi aos Estados Unidos — disse Otávio.

— Por outro lado — disse o Falua — nunca foi a lugar nenhum. Até hoje só conhece Argentina, Uruguai e Paraguai, como qualquer criador de gado.

— Não, não é isto não. O Roosevelt veio cá, não veio, durante o governo do Getúlio? O velho nunca foi lá porque não foi, porque não gosta do beija-mão, não aceita a Casa Grande que é a Casa Branca.

— Vamos buscar ele amanhã — disse Fontoura. — O Brasil passa a ser governado do Xingu. Do rio Jarina, lá pelo paralelo 10 onde deve estar o coração do Brasil.

— Vão tocar fogo no país — disse Otávio. — Afinal. Recusa de beija-mão, legislação trabalhista, lei de dois terços, reforma agrária em marcha, Petrobras — os americanos não iam deixar. Mas agora, vai. Agora vamos ter a nossa Espanha. Vamos para Xavantina, Falua!

Sônia saiu quando nem Ramiro prestava atenção e nem ninguém ia saber se ela não estava na sua rede. Podia ir em frente. E não ia levar nada. Riu sozinha, um riso quieto mas voltado para dentro feito um espelho virado para uma rede. Foi andando. Lembrou-se da sua mala com simpatia mas assim como quem se lembra com simpatia dum vestido de muitos anos atrás, sem nenhuma intenção de botar ele de novo. O quarup olhado de longe era uma bola de fogo acesa dentro da noite e os mourões eram o mesmo que índios. Afrescalhados de penas, cabelo de algodão, amarrados de cintos. O melhor de todos, o bacana Uranaco, era do neguinho mesmo. Longe da bola de fogo a noite frigindo de estrela e um quietão enorme. A vozinha do Tuatuari escorrendo faiscante de grilos. Os cachorros do Posto saudaram de rabo abanando a passagem de Sônia que tomou a senda que ia dar na maloca do Anta sentindo na memória e no desejo o cheiro das coisas, a luz nas panelas, colares de concha, os índios dormindo. Longe um esturro de onça inquieta com os ruídos do quarup deu medo a Sônia mas medo-medo, medo até medonho mas bom e desencrencado. Sônia correu até à maloca, parou na porta, o coração que era um sino de domingo por cima do medo do esturro de onça, e foi à rede onde o Anta dormia sem brinco na orelha também era o cúmulo mas de braçadeiras de buriti nos braços fortes cara lisa de meninão.

— Anta — disse Sônia.

Anta abriu os olhos, viu Sônia, riu, quis logo puxar ela para a rede.

— Levanta, preguiçoso, vamos embora — disse Sônia.

— Ir aonde?

— Embora. Longe. Ramiro vai dizer ao Falua que sou mulher do Anta. Vai dar encrenca.

— Eu dou noiva, Matsune. Entra na rede.

— Matsune não serve não, Anta. Falua vai ficar brabo. Ramiro vai dar fotografia de nós dois na rede ao Pai dos índios, no Rio. Muita encrenca. Vamos fugir daqui.

— Encrenca — riu Anta.

Saltou lépido da rede, que desatou dos mourões, embrulhou nela espelho, camisa velha, machadinha, pegou arco e flecha.

— Vamos — disse Anta.

Do lado de fora da maloca o Anta tomou o caminho do Tuatuari. Sônia ficou em dúvida. Ele teria entendido bem?

— Onde é que a gente vai, Anta? — disse Sônia.

— Tuatuari. Na outra beira. Tem meinaco e cuicuro muito amigo. Muito longe.

Sônia ainda ia fazer perguntas mas Anta andava como quem sabe onde vai e foi com um suspiro de alívio que ela saiu atrás dele, quieta e satisfeita sentindo nos pés nus e nas canelas o capim orvalhado. O esturro lá longe da onça sem sono fez Anta passar para ela o embrulho da rede para ele ficar de mãos livres no arco. Atravessaram de ubá o riozinho e foram andando, andando, Sônia com a rede de buriti cheirando a índio, jenipapo, mandioca. Mato preto começou a verdear, uma garça abriu picada branca no ar cinzento. O ruído do quarup, que Sônia e o Anta não ouviam mais há muito chão, subiu de novo nos ares com grande esforço para galgar tamanho mundo de espaço.

No terreiro do quarup os fogos baixos, as palmas carbonizadas, o cansaço danado de Maivotsinim suando tinta no corpo dos dançarinos, virando cinza na guimba dos cigarros dos pajés, desbotando no jenipapo, derretendo na fuligem salgada de suor. Maivotsinim num prego de desgraça entregava os pontos e esperava que alguém maior cumprisse seu sonho de virar quarup em gente que povoasse o mundo e adorasse ele, Maivotsinim, que não podia mais viver sem a paparicação dos homens. Mas desistia que ninguém é de ferro e tinha hora de descanso para quem é Deus também, que diabo. No céu de tabatinga um dedo do Deus maior pintou um listrão de urucum. Numa árvore silvou um pio, depois houve um grasno repentão. Micaria que não acabava mais prorrompeu num desvario de assobio e numa primeira grimpa verde o sol se entranhou espirrando periquito por todo lado. E se deu então aquele grito que Sônia e o Anta tinham escutado e que era porque o calor do sol ia fazer nos quarups o que o esforço de Maivotsinim não tinha conseguido. A Nando que esperava que o sol ferisse as penas da acangatara de arara de Uranaco, a Vanda que se sentava ao seu lado na soleira da porta da casa do Posto, ao Fontoura que ainda bebia cachaça, Falua veio dizer:

— O velho renunciou. Não tem negócio de licença não. Agora é o Café Filho.

— Umas pústulas — disse Otávio. — Vamos pegar o bote, Falua, que a revolução começou.

— Mas Sônia? — disse o Falua. — Não encontro Sônia.

— Nem eu — disse Ramiro. — Procurei ela agora mesmo.

— Sôooonia! — berrou o Falua. — Sônia!

— Você gostava que berrassem assim no meio de uma missa? — perguntou o Fontoura com um resto de energia.

— Mas onde é que está Sônia?

— Vai ser processada, a Sônia — disse Fontoura.

— Vai ser o quê? — disse Ramiro.

— Processada — disse Fontoura. — Matsune, noiva de Anta, disse que o Anta foi embora com Sônia. Que levou rede e tudo. Se esta sacanagem for verdade, vai ser processada.

Ramiro se levantou, atravessou o quarup correndo na direção da maloca do Anta.

— Endoidou — disse o Falua atônito. — E você também, Fontoura. Que ideia é esta de Sônia fugindo com índio?

— Processada — disse Fontoura.

— Falua, vamos — disse Otávio. — Este avião não chega nunca. Vamos para o Rio. É seu dever de jornalista. É nosso dever de homem.

— Sônia! — berrou o Falua.

— Vamos para a revolução — disse Otávio, sacudindo o Falua.

— A revolução que se foda — disse Falua. — Sônia, meu amor! So-ni-á!

Na carreira em que saiu por ali, Falua quase esbarrou num Ramiro ofegante.

— Foram embora, Falua, ela e aquele índio Anta.

— Foram para onde?

— Ninguém sabe.

— Sônia! — berrou o Falua já em prantos.

Vanda e Lídia se precipitaram para ele, para ampará-lo e consolá-lo. Era o que Ramiro já fazia, mãos nos ombros do Falua, procurando na mata que o dia iluminava o vulto fujão de Sônia.

O sol está mesmo de derreter quarup, pensou Sônia. Seguindo sempre o passo ligeiro do Anta ela sentiu calor e muita impaciência com o vestido que ainda vestia, cor-de-rosa com flores brancas. Passou para Anta a rede, tirou o vestido que largou ali mesmo sem pena nenhuma na beira do caminho e foi nua em pelo na trilha do seu homem, que se embrenhou mais e mais na mata até avistar umas ocas de caça vazias.

— Cuicuro. Amigo — disse Anta.

Ali pousou o casal. Anta fez fogo embaixo do jirau que encontrou na oca que ocupavam.

Na beira do rio, Lídia a seu lado, Otávio olhava o bote com Falua e Ramiro que mais uma vez apontava numa curva do Tuatuari.

— Vão acabar a gasolina toda esses idiotas e criminosos — disse Otávio.

Falua e Ramiro tinham se lançado a pé, às carreiras, pelo meio das malocas e no mato em volta aos berros de "Sônia!" e Nando via com surpresa que os índios já sabendo que Sônia tinha desaparecido com o Anta riam dos esforços dos que procuravam por ela e riam principalmente do Falua com um riso que se o mesmo não era parecia até demais com o riso que em tais circunstâncias seria rido em Olinda ou no Rio de Janeiro. Falua e Ramiro tiveram então a ideia de pegar o bote. Subiram vinte minutos de Tuatuari berrando para as margens "Sônia! Sônia!". Desceram depois o rio passando diante do Posto com aquele berro que lá parecia coisa de algum bicho novo do mato que esturrasse Sônia e afinal quando desceram o rio vinte minutos e voltaram já alternavam o Sônia, Sônia com disciplina, Falua que acionava o Johnson na popa berrava para a margem à sua direita, Ramiro com desconsolada carranca à proa berrava seu Sônia para a beira oposta e até índio já cansado do quarup berrava Sônia também só de picardia e divertimento. Otávio teve um ataque de fúria quando mais uma vez chegou diante do Posto o barco dos dois que berravam Sônia.

— Escapistas! Subdesenvolvidos! Caçando mulher no mato com gasolina do governo enquanto o governo é derrubado!

— Vou levar os índios para o Rio — disse Fontoura bêbado, chegando da casa.

247

— Você é outro escapista — disse Otávio. — Protegendo índio! Que topete. O Brasil inteiro é um Protetorado.

— Sônia! — berrou Ramiro, garganta apertada.

— Sônia! — berrou o Falua.

— Pulhas! Cornos! — berrou Otávio imitando o tom dos gritos de "Sônia! Sônia!"

Icatuíssimos em pleno sol os reluzentes quarups o que queria dizer que estava o mundo criado ou no caso repovoado e Maivotsinim podia cobrar das suas crianças a paparicação mas oxente que começaram a fazer os índios mil? Huka-huka. De início ficou claro que Itacumã não ia sujar as costas no terreiro pois ai dos tristes uialapiti o campeão Sariruá não querendo crer na esguia força de Itacumã deixara-se muito empanturrar de beiju durante o ano e mesmo quando os lutadores estavam ainda de quatro no chão olhando-se feito duas onças Sariruá a gente sentia que tinha começado a virar pau de quarup roliço e dobrado mas que sem sol não vai enquanto Itacumã-Nilo a gente quase via uma corda retesa por trás dele e um bico de flecha na tonsura do cabelo. Se Sariruá arredasse na hora do bote Itacumã era capaz de sair silvando e varar a garça que apontava no céu lá embaixo. Antes da corda ser largada Sariruá gadunhou o pescoço de Itacumã e levantando num repelão foi de saída atropelando o outro terreiro afora enfunado pelos uivos uialapiti. Quando Itacumã firmou calcanhar no chão um cipoal de músculo descarnou ele todo e Sariruá de braços desgalhados no terreiro ficou feito um pau d'arco abraçado num relâmpago. O Anta foi subindo a árvore da beira da lagoinha de arco e flecha na mão esquerda e chegou agachado na ponta do galho grosso que se dependurava por cima de água. Se ergueu um pouco para botar as costas contra o galho de cima, depois prendeu a flecha na corda e ficou bem quieto em posição de tiro, uma lagoinha dormindo em cada olho atento. Otávio tapou os ouvidos para não ouvir mais os Sônia-Sônia que atroavam o Tuatuari entre os pô-pô-pô do Johnson gorgolejando gasolina do estado pobre e sacudiu Fontoura que ao pé do rádio entregue a Cícero mergulhava os olhos no copo de cachaça. Quem é que ia saber alguma coisa do Olavo ou de qualquer outro avião no país de prontidão e talvez já sublevado e com o povo amontoado diante do Catete para ver o presidente Vargas saindo em companhia do cardeal para voltar a São Borja? De todos os Sete Povos mais se fala em São Borja, pensou Nando, que levou duzentos anos para parir um homem de um metro e sessenta. Como se quebram sucessivos círculos para um dia ter na mesma cidade Nero e Pedro, o que sujava de esperma a túnica da mãe Messalina e o que beijava a barra da túnica azul de Maria, os dois incendiários de Roma com fogo do inferno e fogo da eucaristia? Aqua Mareia, Aqua Appia, Anio Novus para lavar a virgem Petronilha e a libertina Lésbia, a Cloaca do Palatino para carrear as fezes de São Paulo e de Tibério. Os uialapiti ouviram como grande estrondo o tremor de terra, o baque dos costados de Sariruá no chão. Parrudo e grosso Quaganamum capitão meinaco mal deixa Itacumã se afastar e já o chama à luta e Itacumã como querendo variar a bossa leva o Quaga ao chão aos poucos como quando verga em treino seu irmão menor e a um palmo do chão ergue o Quaga de novo. Tamapu bêbado com vitória do filho sobre campeão Sariruá nem olha a segunda luta de Itacumã e vai para a primeira velha uialapiti que vê e segurando o membro fode o ar na frente dela como se quisesse ensinar a fazer campeão de huka-huka. Canato sai agora para o cuicuro Taculavi e restabelece prestígio uialapiti derrubando Taculavi como quem vira uma cadeira no chão pela perna. Se o aruaná tivesse olhado para a árvore tinha se visto nadando nos olhos do Anta mas como aruaná não olha para cima estava frito quando a flecha do Anta lhe espatifou meia dúzia de escamas e entrou fundo em aruaná, que nadou ainda mas que aruaná escapa nadando com uma flecha espetada no lombo? Pajés e velhas que a noite inteira tinham cantado feito bacuraus ainda piavam sabe Deus o quê em volta dos quarups. Vanda queria muito pensar no que estava acontecendo no Rio e no que aconteceria a ela com os meninos se acabasse o emprego do SPI mas só conseguia pensar em Sônia, Sônia, não do mesmo jeito é claro mas tão intensamente quanto Falua ou Ramiro pois então uma mulherzinha assim tinha de repente uma gana daquelas e metia o pé no mato? Tinha falado com Lídia mas Lídia tinha dado de ombros e dito que a gente só tem uma fração pequena um décimo da gente do lado de fora e que o resto é por dentro, vá-se assim entender seja lá quem for. Não mas espera aí entre a gente não entender certos troços das pessoas e ver a Sônia raptar um índio agora que tinha um ministro e um apartamento! De princípio ela nem sabia o que pensar e pensou que Sônia tivesse morrido o que ainda era possível mas Nando tinha visto ela chamando o Anta e tudo indicava que o Anta por assim dizer tinha arrumado a mala apesar da Sônia não. Aquilo tinha dado uma arretação em Vanda que nem tinha deixado Nando chegar ao lugar onde escondiam a rede. Velha Carumá terrível marchou direta para o filho que tinha levado surra de Canato e tirou os brincos das orelhas dele. Sariruá depois da luta com Itacumã disse não a todos os desafios sabendo que só perdia de Itacumã mas pra que ganhar dum outro? Ficou parado, olhando sem ver as muitas lutas travadas entre tantos. Sônia limpou aruaná que Anta trouxe e botou ele no jirau. Com gestos muito naturais e até cansados de tão antigos. Depois de comer se levantaram. Otávio andava de um lado para outro no campo de pouso como quem anda em sala fechada e cresceram ao seu redor as paredes com reposteiros, os quadros de batalhas, os móveis dourados, os lustres que ninguém tinha se lembrado de apagar mesmo com o sol do Rio entrando no Palácio, e aquela mista luz de lâmpada e sol exagerava as olheiras dos cegos que vinham de 22 e 24, 30 e 45 e até os que vinham da Coluna tateando ao redor da história com cabelo branco e bengala branca. Quando o irmão de Itacumã deu com as costas de Cravi no chão, o tuxaua Tamapu dançou em círculo diante dos índios exibindo nas mãos em concha membros e bagos e riscando em torno de si mesmo e das suas armas de garanhão de campeões de huka-huka uma roda de gargalhadas que se propagou pela huka e foi morrer em moitará e javari distante. Canato derrubou Quaganamum, Iró derrubou Tacuni, Itacumã derrubou Iró, Apucaiaca derrubou Capiala, Pilacui derrubou Suiá, Itacumã derrubou Pilacui, Apucaiaca derrubou Suiá e Tacuni, Itacumã derrubou Apucaiaca e se encheu de fúria ao ser desafiado por fedelho cuicuro e derrubou ele feito quem quer matar e depois nem olhou o bolo de Cuicuro enroscado no chão depois da porrada na terra e Itacumã saiu da rinha e foi tocar flauta e dançar. Huka-huka estava no fim e pajés desenterravam Uranaco e demais quarups que agora eram cascas vazias mas em todo o caso respeitáveis porque tinham tido mistério dentro. Os índios da huka-huka e do moitará e javari só ouviram porque conheciam muito bem a voz do Fontoura mas ligar não ligaram o grito dele não, porque não queria dizer nada que índio soubesse e viram logo que só podia ser lá coisa entre caraíba o Fontoura berrando o velho se suicidou, o velho se matou, o velho morreu e nem interessava também que o Cícero berrasse junto dizendo meteu uma bala no coração e morreu, Getúlio morreu. Otávio saiu correndo como um doido do campo de pouso e encontrou diante da casa do Posto Cícero aos soluços e Fontoura repetindo Getúlio morreu e Nando e Vanda e Lídia de caras transtornadas também e todos a perguntarem se seria que era verdade mesmo quem é que tinha ouvido no rádio e não havia a menor dúvida o velho tinha metido uma bala no coração e quando Otávio chegou ao pé do rádio no escritório sentiu aquele cheiro forte de éter e Falua e Ramiro estavam ao pé de uma mala aberta onde tinha caixa de rodo metálico e os dois tinham lenços na mão e balbuciavam um para o outro coisas onde o nome de Sônia aparecia o tempo todo mas Sônia não tinha ouvido nem o nome dela e nem as notícias berradas e nem nada andando e andando na trilha do Anta que tinha graças a Deus entendido naquela cabeça bonita por fora e esquisita por dentro que tinha que andar muito e que ir bem longe para guardar a fêmea branca que tinha arranjado com sua tesão e sua malandragem e Sônia que não escutou nada só tinha que seguir a musculosa traseira castanha com miçanga azul e cada vez entraram mais na mata ele e ela como um fiinho de Tuatuarizinho de nada se perdendo para todo o sempre no marzão verdão do matagal e

251

Otávio empurrou para o chão Ramiro e Falua e esguichou o lança-perfume bem na cara dos dois que protestaram não faz isso Sônia volta Sônia e saíram quase tropeçando nos quarups que vinham rolando, rolando pelo declive tocados pelos pajés e plaf plaf plaf um atrás do outro foram entrando n'água e o maior de Uranaco mergulhou um pouco, emergiu, saiu boiando com sua faixa de algodão tinto e suas penas de arara e de gavião.

4

A orquídea

Cara de homem em cuia de pinga. Nando se viu cabeludo, barba-do de vários dias. A cuia de caxiri que tinha levantado do chão ao pé da rede do Fontoura refletia alguma coisa enquanto os olhos do Fontoura nada. Viviam velados pelas pálpebras ou então baços e vermelhos. Talvez fosse melhor assim, para aquele que no momento se contemplava na cuia de caxiri. Que diria ao Fontoura se Fontoura recobrasse a fé no que fazia?

— Fontoura!

Uma espécie de rito chamar o Fontoura, como se fosse consultá-lo sobre alguma coisa. Cacoete de passadas disciplinas. Que saúde a do Fontoura. Anos e anos nutrido a álcool de cana e mandioca fermentada. E no entanto inteiriço, um missionário apodrecido mas missionário. Enquanto que ele próprio! Um vulto hirsuto projetado em cuia de pinga.

— Fontoura! — disse Nando bocejando.

Pôs a cuia no chão e saiu sem esperar resposta. Abriu com cuidado a porta do Posto, que se desconjuntara e desconjuntada ficara. Do lado de fora foi andando a esmo, vagamente na direção do campo mas sem buscar a estrada meio afogada de mato. Pela linha mais reta, entre ma-locas, varando o cerrado. O campo de pouso tinha encolhido. Às duas cabeceiras o mato comera a energia de Vilar, avançando grosso como avançara o cabelo pela sua tonsura. Escrever a Anselmo a carta-ruptura tinha doído tanto quanto nem sequer responder à carta de Winifred:

"Por que é que você não me escreve? Se você escrevesse e dissesse que gostava de me rever, palavra que eu ia ao Xingu. Não esqueça que nos termos do seu mundo eu vou parar no inferno por ter querido, nos termos do meu mundo, ajudar você. Então minha condenação eterna não vale um bilhete?" Era impossível dizer a Winifred que ela estava indo para o inferno de graça.

Tinha sido estranho rever o mosteiro não somente sem Anselmo mas com Anselmo morto assim. Por que não considerara mais o perigo? Várias vezes pensara no revólver no bolso da batina, sem dúvida. Principalmente no dia da resolução de abandonar a Igreja: a visão da estrada de Vilar, do rio Negro e da triste prelazia era dominada pelo tom animal do revólver. Ou esse brilho tinha sido posto na lembrança depois, como uma pincelada fresca em quadro pronto e seco? A Transbrasiliana estava então ainda pequena, nem metade do que era agora, mas implacável, ferindo o lombo da terra não com ferro frio e passageiro de enxada mas com ferro em brasa. Jerusalém é aqui, bradava na floresta a via ímpia. Só mesmo chorando de desalento e vergonha diante das prelazias depois de vista a estrada: as meninas de soturno vestido comprido e fita de filha de Maria no pescoço, os curumins de calção e camisa de meia, transferidos do Éden para um subúrbio, rezando o terço alto e cantando ladainha à beira do rio embebido como um sabre de trevas no flanco barrento do Amazonas. Ao avistar o Negro tivera a sugestão da arma: no momento em que, a bordo do Catalina, com os olhos ainda cheios do rio reto e sólido posto a correr na floresta pelos tratores de Vilar vislumbrara de repente o Tenebroso engolfado no Imundo. Que significava aquilo, Senhor, na Criação? As areias de ouro. A treva translúcida iluminando com sua escuridão o monstro farto. Naquele instante, bloco de papel nos joelhos, tinha rascunhado a d. Anselmo a carta que encontraria d. Anselmo morto. Ao chegar ao mosteiro soube que sua carta de renegado ia dar em expulsão logo que acabasse o júri de Hosana. E na mesma noite da chegada tinha ido procurar mulheres da vida com a esperança de que, agora quem sabe que não era mais padre, talvez se dominasse como homem. Ao chegar à pensão e tendo visto logo doçura e possibilidade de amor nos olhos de Cecília, antes de com ela deitar deitara com Dilma. A Cecília chegou tranquilo e ela com uma zanga meiga de quem já o conhecesse e se queixando dele ter buscado mulher antes o que era aquilo onde é que se viu uma coisa assim? E Cecília mexendo e gemendo como uma rolinha e a grande esperança sucedida pelo medo de sempre e o voto sincero e ardente subindo das profundas do seu ser: ainda que eu pudesse ressuscitar d. Anselmo, desfazer o crime, anular o acontecido, prefiro o poder de deter *este* acontecimento. Mal o formulara e o voto já era inútil. Tão diferente o Fontoura. Quando ia a Cuiabá ou a Ceres procurava mulher da vida assim como ia ao cinema. Mas não tinha sequer ideia de como era feito, como funcionava, se as mulheres com ele gozavam ou não. Tinha alguma preocupação com seios. Era só. O Vilar então! Nem se achava jeito de falar tais coisas com ele. Tinha namorado e casado com a mulher dele. Ponto final. Só pensava na Transbrasiliana. Quando o sujeito tem uma ideia fixa chega lá de verdade. É, mas talvez não seja assim tão garantido não. Quando Vilar fora trabalhar na Fazendo do Gonçalo parecia ter chegado ao fim de sua vida de bandeirante. Não fosse o Juscelino depois mandar o bicho fazer a estrada ficaria Vilar no ora veja, como todo o mundo. E demitido a bem do serviço público, ainda por cima. Vilar tinha ido ver o Fontoura naquela ocasião.

— Antes que eles me demitissem eu me demiti, Fontoura. E tive o gosto de dizer na minha carta ao ministro que o simples fato de tirarem você da chefia do Posto do SPI me levaria também a pedir a demissão.

Fontoura atirou à parede com fúria o copo em que tinha servido cachaça.

— Não me mete nessa historinha idiota! Eu sou uma merda, um bêbado, faço um quase nada pelos índios mas quando me retiraram a chefia fiquei firme. Pelo menos enquanto estiver aqui posso ajudar eles um pouco. Mas você não, não é? Vai logo embora. Queixo escanhoado, bota engraxada, blusão cáqui engomado, Vilar desmascara os vilões. Não leva desaforo para casa. Bonito!

— Você está ficando um pau-d'água permanente — disse Vilar — um porrista que acha grande vantagem se chamar de porrista. O fato é que porrista prefere beber a fazer o que tem de fazer. Depois banca o moralista para cima de um dos poucos amigos que ainda tem, talvez do único amigo.

— Muito bem. O puro cavaleiro é o Amigo com A maiúsculo. É o protetor dos fracos. Pois por mim estou cagando para sua amizade. Estou cagando para mim mesmo. Pouco me importa que salvem este odre fedorento.

— Pelo amor de Deus, o que é que você acha que eu podia fazer? Degradam você no serviço público e me ameaçam com demissão. Eu...

— Você bancou o mocinho, naturalmente — disse Fontoura. — Mas você tinha e sabe que tinha a imprensa a favor da sua figura egrégia de desbravador. Você podia ter lutado. Mas não. Afastou-se e vai cuidar dos boizinhos e do capim-gordura do compadre Gonçalo. É ou não é o planozinho?

— Você sabe que a estrada que Gonçalo quer fazer na fazenda dele é um pedaço inevitável de uma futura Transbrasiliana. Não estarei perdendo inteiramente o tempo.

— Pois é, Vilar. Tem gente assim. Consegue fazer coincidir os grandes gestos com os bons empregos.

— Você sabe muito bem que eu não me demiti para melhorar de emprego! — disse Vilar. — Se agi por alguma coisa assim foi sem saber.

— Foi seguindo o sadio instinto dos homens bons — disse Fontoura enrolando com fúria um cigarro de palha. — Foi o bom senso figadal de quem tem um belo fígado no ventre. Foi até por idealismo, Vilar, se você insistir.

Fontoura acendeu o cigarro. E continuou:

— Mas há de chegar, há de vir a hora do demônio, a hora do vômito para você também. Não posso admitir que haja pessoas assim, que só hesitam entre destinos grandes, que só sofrem nobremente, pensando nas dores alheias, bonecos belos por fora e por dentro, enquanto gente como eu rói barro, range dente, rola de cólica e chupa de raiva a medula do próprio osso.

— Minha solidariedade a você vem do fundo de mim, Fontoura — disse Vilar. — Eu confio em você, nas coisas que você quer. Não me importa o que você diga. Se sou burro a culpa não é minha. Se ajo por interesse não estou consciente disso. Mais não posso fazer.

— Você pode fazer o que quiser — disse Fontoura deixando-se afundar cansado na rede de buriti. — Você tem a santa palermice e inocência dos heróis. Só você seria capaz de um dia levar cinquenta mil índios nus ao Rio.

— Eu sei fazer coisas que estejam na minha frente. Deixa de beber o dia inteiro e vamos trabalhar juntos. No que você mandar. Eu quero o mundo que você quer. Mostre o caminho.

— Não, isso não adianta — disse Fontoura. — Um belo dia os heróis se encontram a si mesmos. Não andam atrás dos outros.

— Você agora é que procura saídas para as suas dificuldades. Diga alguma coisa positiva, Fontoura. É muito fácil falar com essas imprecisões.

Pitando o cigarro Fontoura se ajeitou na rede, como se não fosse o homem excitado de segundos antes. Quase sonhador.

— Há coisas que poderiam mostrar a você mesmo seu próprio caminho — disse Fontoura. — Eu gostaria, por exemplo...

— Sim.

— Mas não vale nem a pena dizer. Nossas opiniões só podem ser diferentes quanto aos meios. Garanto.

— Diga sempre.

— Besteira, meu caro — disse Fontoura. — Essas coisas são muito pessoais. Você não veria nada de útil.

— Bem, já vi que não adianta. Você não está mais nem interessado na conversa. Espero que continue interessado nos índios. Até mais ver, Fontoura.

— Até loguinho — disse Fontoura bocejando. — Em todo o caso, escute lá. Sabe o que é que eu gostaria? Gostaria que você, ao chegar em casa agora, encontrasse mortos sua mulher e seus dois filhos. Violados, barbaramente assassinados.

Houve um silêncio. Afinal Vilar falou:

— Não compreendo.

— Eu não avisei você? Não disse que a gente não concordava? Agora vá embora, Vilar, por favor. Adeus.

O piloto Olavo sempre dizia que quando Fontoura via de cima a estrada de Vilar varando a selva, punha uns óculos escuros quebrados que herdara de Ramiro para esconder os olhos que se enchiam de água. Foi quase com uma sensação de sacrilégio que Hosana na prisão tinha feito Nando lembrar Fontoura falando com Vilar. De comum só havia a rede e a de Hosana era de algodão. Suja. Ele ao chegar à cela se considerava quase indiciado, criminoso, a velha ideia de martírio servindo de pano de fundo. De qualquer forma o cárcere de Hosana acabava por ser desejável em comparação com o cárcere ilimitado, a pena obscura.

— Meu Nandinho — disse Hosana —, isto de você se dizer tão culpado quanto eu me irrita de pagode.

— Eu nunca disse tal coisa. Só disse a d. Ambrósio que podia e devia ter tomado o seu revólver ou denunciado a existência dele e da sua tentação de eliminar d. Anselmo. Fui omisso. Só estava pensando no meu próprio problema.

— Na sua missão, Nandinho. Você era um predestinado.

— Era.

— Realmente os tempos passaram e as grandes obras não vieram. Mas daí a você ter culpa no meu crime, isto não. E afinal de contas eu imagino que tudo esteja encaminhado no Xingu para a grande festa da fé.

— Vamos falar no crime, Hosana, eu tenho parte da culpa.

— Tem.

— Gosto de ver que afinal você concorda.

— Tem — disse Hosana. — Como parcela que você é do povo brasileiro. D. Anselmo foi assassinado pelo povo brasileiro. Logo ele, coitado, que era italiano.

Hosana continuou, vendo que Nando não perguntava nada.

— Você, por exemplo, Nando, você calculou, nos confins do Xingu, que a morte de Getúlio Vargas pudesse passar em branca nuvem? Que o velho metesse uma bala no peito e pronto, fossem todos dormir depois? Sem que ninguém disparasse um tiro? Você podia imaginar que o único tiro da noite de 24 de agosto fosse o meu?

— O que é que a morte de Getúlio tem a ver com o caso?

— Eu estava obedecendo a d. Anselmo, Nandinho. Só via a Deolinda longe da casa dela, uma vez por mês, com os maiores cuidados. Mas quando o presidente da República se suicidou eu imaginei que começava a revolução popular, ou que haveria pelo menos uma baderna, e que eu podia ir impunemente dormir com a prima. Acontece que não aconteceu nada. Fui pilhado sem ceroulas e sem desculpas. Não havia nem movimento na rua.

— Eu volto mais tarde, Hosana, tenho de ir embora. Preciso...

— Precisa recobrar o fôlego, eu sei. O que vale neste mundo é que morre gente de todas as espécies, não é?

— Eu volto, Hosana. No momento nem entendo o que você quer dizer.

— Vá, pode ir. Eu só queria pagar a visita com uma boa notícia. Ou pelo menos com uma morte em outro setor.

— Fale — disse Nando.

— Quem morreu foi aquele rapaz que era anarquista, trotskista, sei lá. Mas você provavelmente foi informado pela Francisca.

— Não — disse Nando —, não sei de nada.

— Pois foi — disse Hosana —, ela agora está livre. Perdeu o noivo. Como é que ele se chamava?

— Levindo. Mas o que foi que houve?

— Não, nada — disse Hosana com ar santarrão. — Volte quando quiser. Continuou, já que Nando não se moveu:

— Foi... também assassinado a tiro, o pobre. Invadiu um engenho, com camponeses que iam reclamar salário atrasado. Uma coisa assim.

— Quando foi isso?

— Hum... Pouco antes do *meu* tiroteio. Pena é que a família dela, cheia da erva de cana e de cerâmica, mandou logo a Francisquinha para a Europa. Logo agora, que ela precisa de consolo dos amigos.

Nando tinha escrito a Francisca para o endereço da escola de arte de Ulm. Escrito penosamente, para conseguir dar ideia da sua ternura e estranho amor. Mesmo agora, de carne há tanto libertada, não conseguia ver Francisca nos seus braços, como mulher. Agora era talvez ainda pior. Não conseguiria nunca. Gostaria de afagar os seus cabelos e lhe dizer palavras de amor. Mas segurá-la como fêmea, tocar o corpo de Francisca, sentir... Não. A perturbação maior da carta era imaginar os dedos vivos de Francisca segurando aquela folha de papel, era pensar que a tinta das palavras ia comunicar alguma coisa aos olhos, às pontinhas de fogo, à física Francisca que a milhas de distância existia, respirava, recebia impressões do mundo e, sobretudo, dava-se ainda que involuntariamente em comunhão a todos os que a viam.

E antes do regresso ao Xingu a entrevista com d. Ambrósio, substituto de d. Anselmo:

— Padre Nando — começou d. Ambrósio. — Seu Nando — continuou —, o senhor precisa ir embora daqui.

— Para onde, d. Ambrósio?

— Isto é com o senhor. Trata-se de um pedido que a Ordem lhe faz. Do ponto de vista humano seu testemunho no julgamento terá valor. Do nosso ponto de vista só tornou o caso mais sensacional. Isto, mais sua vida libertina, tornam seu exemplo indesejável e sua presença nefasta.

— Eu volto para a selva — disse Nando.

— É o que eu gostaria de lhe pedir.

— E eu gostaria de lhe pedir uma coisa também — falou Nando. — A morte de d. Anselmo me doeu como a de um pai.

— E o que queria me pedir?

— Que me creia. Que acredite no que acabo de lhe dizer. É só.

Quase viu diante de si dois sorrisos sardônicos, o do Fontoura e o de Hosana. O gambá procurando fazer um cheiro bom na hora da despedida. Fontoura tinha dito, ao voltar Nando:

— Trouxe muita medalhinha?

— Não — disse Nando —, eu não sou mais padre. Não sou mais nada.

— Agora é um desempregado honesto — disse o Fontoura.

— Posso ficar por aqui, Fontoura? Eu te ajudo a pacificar as tribos novas.

— Tá — disse Fontoura. — Fica. Vê se fala com o Ramiro que ele te regulariza a situação no Ministério. Ouvi dizer que ele já está íntimo do novo ministro. Em Brasília chamam ele de SPS, Serviço de Procurar Sônia.

— Eu gostaria que você gostasse de me guardar aqui — disse Nando.

Fontoura virou para o outro lado na rede e Nando começou, aos poucos, a sair pela floresta, ir para longe do Posto. Tinha aprendido a usar arco e flecha, levava presentes para índio bravo. O embornal cheio de carne seca de veado ou capivara entrava na brenha, longe dos cursos de água, colhendo pequi nas árvores, chupando coquinho. Via gostosamente a comida acabar no embornal para depender do acaso de ave, cobra, macaco, formiga. Durante meses e anos só se detivera de quando em quando no Posto e no convívio do Fontoura para justificar o emprego que Ramiro afinal lhe arranjara ao passar por ali e pedir seu auxílio numa das buscas de Sônia. Mas eram visitas a uma clareira na selva bruta em que vivia.

Pacificou os gorotire que andavam de briga com vizinhos e trouxe os txikão para paz e relações amistosas com o Fontoura. Andou meses atrás deles que fugiam sem sequer olhar os presentes que depositava nos lugares por onde iam passar. Escapavam, sumiam, esquivos, fronte baixa de bicho de marrar. Acabou localizando a aldeia txikão e durante dias e dias perseguiu-os de perto com seus presentes. E chegou o dia em que viu o rastro deles ainda fresco e eles ocultos adiante, sem ânimo de mais resistir. Seu coração bateu alvoroçado. Estava numa corcova de morrinho e via bulir o mato no fim da rampa. Como lebréu do Senhor foi se aproximando da vítima cansada. Desceu alguns passos carregando os presentes: três facões, um tijolo de rapadura, duas machadinhas. Chegou bem perto de onde vira o mato bulir. Tranquilo como quem bota a mesa, dispôs no capim o primeiro facão, o segundo, o terceiro, uma, duas machadinhas, o doce. Fez o sinal da cruz sobre os objetos e voltou ao cabeço de morro absorto, testa alta, como se virasse um instante as costas aos fiéis. Tremeram uns arbustos e da sombra do mato saiu o txikão escuro, flecha na corda retesada. Depois outro e mais outro e mais outro, todos em posição de tiro. Nando ficou na sua eminência, alegre, sentindo que quase ardia o grande bolso esquerdo da camisa cáqui, de tal forma ardia por trás dele não seu pobre coração de todos os dias mas o ígneo coração de estampa que queima em todo peito são que se oferece contente à morte. Sem descuidar do arco os txikão olharam a mesa posta da comunhão. Dois afinal desarmaram o tiro e se abaixaram confabulando e tocando com o dedo lâmina de machado e facão. Frente a Nando imóvel os outros também miraram os presentes na terra. Só então veio a Nando não exatamente o medo mas a estranheza de quem representasse no teatro a própria vida e fosse de súbito assaltado pela suspeita de que podia morrer por pura representação de uma morte que não ocorrera. O medo não chegou porque o voto que Nando fez era o de sempre, real como sempre: me varem de flecha, me moam de borduna, me deixem com apenas meia-vida se o preço for amar lentamente as mulheres. Se o preço é este, glória a Maivotsinim sobre o Cristo. Na terra de ninguém entre Nando e os índios na última dúvida houve um câmbio de eflúvios pelo menos tão real quanto uma corrente elétrica. Dias depois três txikão chegaram ao Posto Capitão Vasconcelos atrás de Nando como ovelhas seguindo o pastor. Cristo vencera.

Naquele dia o próprio Fontoura, a vista desanuviada de cachaça e caxiri pela presença dos txikão, abraçara Nando um longo instante. Nando o deixara com os índios conquistados e saíra pela brenha envergonhado da medalha de gratidão com que Fontoura o agraciava. E como a noite se tornou muito fria e havia no seu peito aquele grande calor foi à maloca de Aicá. Condenado a nunca ter repouso Aicá voltara de um estágio no Instituto Osvaldo Cruz, com o fogo-selvagem se não curado ao menos paralisado. Coberto ainda de cascas parecia sarar e não ardia, no calor da moléstia. Ardia de febre. Uma febre que o fazia gelar e bater queixo quando vinha o acesso e que os remédios contra malária não estavam curando. Nando tinha anzóis no bolso, linha de pescar, uma faca. Os outros índios já estavam dormindo. Aicá sonhava de olhos abertos, fogo queimando debaixo da rede. Sonhava e tiritava de frio. Nando tirou os presentes.

— Tudo para você — disse Nando.

— Icatu — disse Aicá.

Por um instante, diligente como todos os índios, Aicá examinou os presentes, testou com as duas mãos, olhos faiscantes, a linha de náilon. Depois retirou a faca da bainha de couro, descolou da lâmina cheio de cuidado o papel besuntado de graxa e com o indicador experimentou o fio acerado.

— Icatu — disse.

Em seguida retomou o papel, enrolou a lâmina, enfiou a faca na bainha. Puxou de baixo da rede uma velha mala onde havia outros facões e facas, machadinhas, canivetes, linhas de pesca e caixas de anzóis. Os novos presentes juntaram-se aos demais, fechou-se a mala.

— Icatu — disse Aicá.

Era um agradecimento e uma despedida. Aicá curvou-se para aviventar o foguinho que queimava sob a rede. Nando revolvia na cabeça histórias de santos, de leprosos, de unguentos. A pequena flama subiu na encruzilhada das quatro achas e Aicá se recostou na rede, pernas pendentes dum lado só, olhos de novo perdidos no alto. E se pôs a tremer, os braços vibrando, os dentes se entrechocando. Puxou contra o peito um velho cobertor mas de leve como se tivesse medo de descascar as feridas mal curadas.

— Está com a febre? — disse Nando.

— Febre — disse Aicá.

— Já tomou remédio?

— Já tomou. Aralém.

Nando fez um esforço grande para sair, ir embora, mas seus pés tinham deitado raiz no chão. Aicá sem olhá-lo tremia pacientemente em todos os membros. Nando colocou a mão direita na testa de Aicá e sentiu a pele grossa como a de um lagarto.

— Está com febre alta — disse Nando. — Por isso é que você tem muito frio.

— Muito frio — disse Aicá sem olhar Nando.

— Deixe que eu te aqueça.

Aicá não parecia ter entendido. Não respondeu.

— Você precisa de calor — disse Nando.

— Calor — disse Aicá indiferente.

Nando passou a mão pelos ombros e pelo peito de Aicá, sentindo o coscorão da pele, botou para dentro da rede as pernas pendentes de Aicá cobertas de um palimpsesto grosso onde se adivinhavam debaixo das cascas e sânies das feridas recentes as duras crateras de chagas extintas. Despiu a própria camisa. Em seguida estirou-se na rede ao lado de Aicá e o estreitou contra si, peito nu em peito nu, face direita contra face direita, seus lábios apertados contra o pescoço rugoso de Aicá. Assim ficaram os dois um minuto, imóveis, Nando sentindo bater de encontro ao peito o coração de Aicá. Finalmente Aicá sorriu vago e se desvencilhou de Nando, sentando-se na rede, tiritante. Nando se levantou, apanhou a camisa e saiu ligeiro como um ladrão.

O avião que chegou ao campo de pouso do Posto trazendo os membros da Expedição ao Centro Geográfico do Brasil arrebatou Nando ao planeta Saturno. Viu de longe Francisca que saltava, Francisca que não o viu e por isso não lhe sorriu como Beatriz não sorrira para não reduzir o poeta à negra cinza com a visão insuportavelmente bela do seu semblante assim iluminado.

Chè la bellezza mia tanto splende...

Como se de fato fugisse de ser calcinado Nando fez meia-volta e correu ao Posto, incapaz de pensar mas capaz de fugir. Fugia ao vácuo mental, ao escurecimento que se fizera para que Francisca se inscrevesse na treva como um relâmpago. Fontoura estava de pé, felizmente de cara desanuviada.

— Chegou o avião — disse Nando —, o que vem do Rio e Brasília.

— E você parece até que correu do Rio e de Brasília para me dizer isto. O que é que houve? Aposto que não veio o presidente da República a bordo.

— Não, não, mas acho bom você ir receber os visitantes. Eu vi o Ramiro e mais uns membros da Expedição.

— Você está é ficando doido, Nando. Todo ofegante e pálido. Meu substituto na chefia é que deve afinal ter chegado. Custou-se a encontrar alguém que aceitasse o abacaxi. Ele que comece a se arrebentar por aqui. Eu vou dar meu passeio com a Expedição.

Fontoura saiu ao encontro dos recém-chegados e Nando foi ao canto da copa onde havia um caco de espelho pregado a um mourão. Olhou a cara que há muito não via, a barba de vários dias, a cabeleira crescida e alastrada de fios brancos. Lavou o rosto, espichou o cabelo com pente de índio. Não podia ser apanhado em flagrante de se barbear. Paciência. A barba ficaria para depois. Mas podia botar uma camisa lavada, isto sim. Quando saiu viu na estrada Fontoura que já falava com Ramiro, o piloto Olavo e mais dois homens. O resto do grupo não aparecera ainda na curva da estrada.

— Meu querido Nando — disse Ramiro. — Venha de lá um abraço.

— Como vai, Ramiro? — disse Nando.

— Bem — disse Ramiro —, eu falava nisto ao Fontoura. Vou cheio de esperanças! Nossa missão é extraordinária, da maior importância para o Brasil. Mas além disto, ou, digamos, graças a ela...

— Graças a ela, o Ramiro desta vez encontra Sônia — disse Fontoura.

— São informações positivas — disse Ramiro.

— Segundo Ramiro, Sônia foi aerofotogrametrada — disse Fontoura.

— Não, não é isto — disse Ramiro. — Dá última vez que saí por aí com Nando soubemos que entre os tcukarramãe há uma mulher branca. É claro que...

Fontoura talvez estivesse escutando mas Nando certamente não, pois o resto do grupo se acercava.

— Aqui está o nosso *defroqué* seu conhecido, dona Francisca — disse Ramiro.

— Como vai, depois de tantos anos? — disse Francisca sorrindo.

— Que bom vê-la aqui — disse Nando.

— Fontoura é o herói das nossas matas — disse Ramiro apresentando-o a Francisca. — O máximo de civilização que ele tolera é a cidade de Cuiabá.

— Quedê o meu substituto na chefia do Posto? — disse Fontoura. — Quero conhecer o abnegado.

— É aqui o jovem Vilaverde — disse Ramiro. — Tão doido por índio quanto você. Já vagabundou por todo o Amazonas e subiu o Tapajós sozinho, de canoa.

Sorridente mas cheio de emoção e respeito, Vilaverde estendeu a mão ao Fontoura:

— O senhor não avalia que honra é apertar sua mão. Não tem um brasileiro que eu admire mais, sabe?

Fontoura retirou a mão, hirto.

— Eu vim aqui para ser seu aluno — disse Vilaverde. — Me ensine como se vive uma vida bonita como a sua.

— Cachaça e rede, meu velho — disse Fontoura. — O mais é coçar os bagos.

Mas Vilaverde sorriu imperturbável.

— Já tinham me avisado que o senhor quando ouve a verdade a seu respeito se queima. Vai se queimar comigo de vez em quando.

Insensivelmente, enquanto os outros se aproximavam e se chegavam ao grupo, Nando e Francisca foram andando em direção ao Posto. Menos opresso Nando se habituava à ideia de que ali estava Francisca.

— Você não avalia como gostei de receber sua carta na Alemanha — disse Francisca.

— Eu tive tanta pena de não poder vê-la em pessoa — disse Nando. — Você deve ter sofrido muito. Agora estou custando a crer que você esteja aqui.

— Não se lembra dos meus desenhos? Mais dia, menos dia eu tinha certeza de vir ao Xingu.

— Logo que cheguei ao Xingu, imaginei possível uma visita sua. Depois imaginei você casada, voltada para outros interesses, não sei. Fiquei com a impressão de que não a veria mais.

Francisca riu, brejeira. Mesmo sem olhar Nando viu a crepitação de fagulhas em campo verde.

— Nossa despedida entre os ossos podia parecer final. Mas eu sabia que não.

— Que bom, Francisca, você não mudou nada.

— Você acha?

— Acho. Tenho certeza. De aparência eu podia ter visto você ontem. Está tal e qual. Agora vejo que de espírito também está a mesma.

— Pois você mudou — disse Francisca.

— Muito — disse Nando inquieto.

— Você não falaria de ninguém com tanta segurança, nos outros tempos. Você só falava assim dos romanos e dos guaranis.

Nando não teve coragem de dizer que a ela sempre observara, sempre a conhecera e adivinhara. A partir do momento em que se haviam encontrado, na dura cidade mental das suas meditações jorraram de repente todas as fontes. Obstruídas antes, eliminadas do seu campo imaginativo, com a vinda de Francisca elas tinham estourado da boca dos leões e dos tritões, do ventre das ninfas. Roma pela primeira vez cantou aos seus ouvidos.

— Muito não mudou — disse ainda Francisca — mas bastante.

Tudo muda, pensou Nando, mas de tempos em tempos os homens tinham na matéria perecível de uma pessoa a prova do imutável. De século em século entra assim misteriosamente no tempo um fragmento da eternidade. Um momento para os que tiverem olhos de enxergar. O tempo iria erodindo a beleza de Francisca como dispersava afinal, grão a grão, as próprias estátuas em que os homens capturavam Franciscas. Mas o recado que Francisca trouxera em si de permanência da graça teria sido dado a todos os eleitos que a haviam conhecido na hora do fulgor. Afinal de contas só uns poucos, numa breve geração, privam e provam de Deus quando ele desce entre os homens.

— Vou te confessar uma coisa, Nando — disse Ramiro. — Eu só incluí a moça na Expedição, para documentar a viagem pelo SPI e o Museu Nacional, depois que ela me falou em teu nome.

— Falou em meu nome?

— Quer dizer, veio toda recomendada pelo pai, que é amigo do ministro, e trouxe uma porção de trabalhos que realmente já fez, de pintura de índios, mas eu estava achando que trazer uma moça bonita e sem dono numa Expedição dessas só de homens, era meio biruta. Mas depois ela falou em você e eu...

— Sim?

— Sei lá, imaginei que houvesse alguma coisa.

— Não há nada, Ramiro — disse Nando. — Mas você não imagina como lhe agradeço.

— Então há — disse Ramiro melancólico. — Só minha vida é que vive de uma ausência.

Nando pensou em perguntar pelo Falua mas achou melhor esperar que Ramiro dissesse alguma coisa. E Vanda? pensou aborrecido. E se Vanda viesse?

— Ah, aposto que apesar das saudades de Sônia a *garçonnière* da Farmácia Castanho continua ativa — disse Nando.

— Aparecem lá umas mulherinhas, já que é indispensável, mas eu ando tão abúlico, tão infeliz, tão fora de minha própria natureza que conquistei uma saúde de bruto. Durante uns meses imaginei que meus vãos desejos de Sônia já tivessem gerado seu ente patológico natural. Me imaginei impotente, Nando. A primeira vez que falhei, embora a mulher fosse bela e tivesse um encantador sotaque húngaro, não me preocupou em demasia. Ela era médica. Disse que compreendia essas coisas. A segunda e a terceira, sim. A terceira principalmente, pois a mulher não era coisa nova, uma costureirinha de minha mãe com quem sempre me entendi às mil maravilhas. Trepávamos como anjos e ela se amuou quando viu pensativo e ensimesmado o membro que há anos conhecia jovial e rubicundo. Foi embora zangada. E eu, abalado sem dúvida, mas sentindo pelo menos o consolo de alguma coisa organicamente negativa, me preparei para um combate terno à condição, pode-se mesmo dizer à moléstia que é a anafrodisia. Mas aí reparei com vergonha que nem na Farmácia Castanho tínhamos pó de cantáridas! Que dizer nas outras,

Nando, miseravelmente americanizadas, de remédios industrializados, refrigerados? Mas não entreguei os pontos. Procurei um amigo entomólogo que a princípio se limitou a me informar que no Brasil não havia cantáridas, que toda cantaridina era importada. Alto lá, disse-lhe eu reagindo à altura. Dejean classificou pelo menos duas cantáridas brasileiras, a *Tetraonyx quadrilineata* e a *Tetraonyx tigridipennis*. Impressionado, meu amigo se dedicou a pesquisas mais aprofundadas e descobriu, de acordo com relatório publicado no *Progresso Médico* de novembro de 1877, a notícia alvissareira: apanhavam-se cantáridas em Botafogo, Nandinho, imagine! Uma parenta próxima da cantárida oficinal, que dá na Rússia, na França, na Espanha, na Sicília e entre os freixos, lilases e salgueiros da Beira lusitana antigamente voava e saltava por aí, em pleno Morro da Viúva. Finalmente, depois de uma verdadeira caçada na Floresta da Tijuca obtivemos umas cantáridas que eu não sabia se seriam das melhores. Durante dias preparei a tintura de cantárida no álcool, macerando, coando, espremendo, filtrando, enquanto separava e depurava, para o produto final, o almíscar, a noz-moscada, a canela, o bálsamo de Meca. Obtive afinal o Bálsamo de Gilead do Docteur Salomon. Tenho para mim, aqui entre nós, que o bálsamo de Gilead a que se referia Edgar Poe no poema do corvo era esse do Salomon. Aproveitei o Bálsamo, na boa fórmula do farmacêutico Vigier, Boulevard Bonne-Nouvelle, mas carregando nas cantáridas. Nem lhe conto o que aconteceu, ao cabo de poucos dias.

Ramiro parou, tomando fôlego. Nando, que aguardava o fim da história para se informar sobre a Expedição, incitou:

— Conte! Conte, Ramiro.

— Entrei numa satiríase vulcânica, com um consumo de mulheres que assumiu proporções de genocídio. Devastei as damas que vigoravam na época e me atirei depois a velhos cadernos de endereço, em busca de amores que julgava enterrados. A húngara escreveu uma monografia sobre meu priapismo (colocou só minhas iniciais) para a Academia de Ciências de Budapeste.

Nando deu um longo assobio.

— Puxa! Você pode fazer uma fortuna lançando de novo no mercado o Bálsamo de Gilead.

— Com as dosagens que adotei seria um crime. Eu mesmo, passado o período do vão orgulho masculino, precisei tratar minha satiríase a sério, com semicúpios de água fria, lavagens, preparações de cânfora e bromureto de potássio.

— E como ficou a sua... a sua situação depois? — disse Nando. — Pôde dispensar a cantaridina?

Ramiro, cujo rosto se animara enquanto narrava a caça às cantáridas e seu terremoto genésico, recuperou o ar grave de costume:

— Analisei eu mesmo a anafrodisia que me acometera e cheguei à conclusão de que não padecia de mal nenhum e de que mesmo sem cantáridas podia continuar na minha modesta performance média. Sabe o que eu tinha e ainda tenho com frequência? Ausências, acessos de distração. O problema de encontrar Sônia me ocupa de tal forma que me ausento, perco o fio das coisas. Me esqueço até o que é que tenho de fazer com uma mulher deitada ao meu lado. A pobrezinha entre esses bugres. Sonetchka na mais bronca das Sibérias. Não, não me conformo, Nando.

— Mas você tem esperanças, nessa Expedição, de traçar talvez o paradeiro de Sônia? Eu devo lhe dizer, honestamente, que a vaga informação que parecíamos ter obtido daquele trumai, sobre uma mulher branca entre os txucarramãe, jamais pude confirmar. E fique sabendo que entre os índios nascem também crianças mais claras, que eles chamam um tanto indiscriminadamente de brancas.

— Não, não, garanto que se trata de Sônia. Nesta viagem ao Centro Geográfico obteremos informações seguras. É a trilha certa.

— Bem, perfeito. Eu já conheço os dialetos de toda a zona e estou pronto a cooperar.

— E a acompanhar dona Francisca, sem dúvida — disse Ramiro.

— Isto é parte da Expedição — disse Nando.

— Vamos precisar deixar o Posto entregue ao Cícero. O jovem Vilaverde chefia a Expedição e o Fontoura, contra todas as minhas expectativas, fez questão fechada de vir conosco.

— Também tenho estranhado isto — disse Nando. — Fontoura tem até bebido menos, desde que se começou a falar na Expedição.

— Não faz mal — disse Ramiro —, a Expedição dura no máximo uns três meses. Abrimos um campo de pouso que possa servir ao Centro Geográfico e voltamos em avião do Correio Aéreo. O que eu não podia era recusar isto ao Fontoura no momento em que trago o seu substituto, que diabo. E o Fontoura queria que *você* ficasse, Nando...

— Para mim seria a maior das decepções — disse Nando.

— Eu não dei um pio sobre isto ao falar com Fontoura. Mas não ia desapontar, além de você, Francisca — disse Ramiro.

— E ao mesmo tempo você quer minha ajuda na procura de Sônia.

— Verdade, pura verdade — disse Ramiro.

Francisca estando presente, Nando tinha um vago temor de qualquer coisa que pudesse complicar a natural gentileza dos acontecimentos. Perguntou:

— E Vanda como vai, Ramiro?

— Você bem que poderia saber, se respondesse às cartas da pobrezinha.

Nando enrubesceu, o que não fazia há muito tempo.

— Criou calo no dedo de tanto te escrever. Tenho a impressão de que ela teria vindo se tivesse alguma esperança. Você, hem! Com esse jeito songamonga.

— Ela vai bem?

— Agora acho que resolveu todos os problemas. Está com um rapaz meio chato mas doido por ela e pelas crianças.

Nando ouviu com ar atento o resto da história mas já não prestava mais atenção.

Nos primeiros dias que se sucederam à chegada de Francisca e em que todo o Posto se empenhou em armar a Expedição ao Centro Geográfico, ele viveu dias esquisitos. A inquietação de tantos anos, que de qualquer forma nunca tinha se transformado em angústia clara e diagnosticável, desaparecera de repente. Mas não para ceder o lugar a algum sentimento amplo de paz e satisfação. Seria a proximidade de Francisca mais alarmante do que a privação de Francisca? Nos primeiros dias Nando não evitou falar com Francisca, mas criou uma falsa naturalidade em lidar com ela, temeroso não sabia bem de quê. Ao achar que atingira o objetivo da naturalidade constatou que o ultrapassara de longe. Estava sendo tratado por Francisca exatamente como Ramiro, Olavo, ou o etnólogo Lauro. E viu então com um cerrar de garganta a extensão do problema novíssimo. Francisca era agora livre, ele era livre. Não estavam numa cidade. Aprestavam-se para uma longa viagem de desbravamento. Ainda mais cheio de amor por Francisca Nando sentia no entanto uma certa irritação e se dizia a si mesmo que se Beatriz, pétala que era da rosa mística, se houvesse dela desprendido para volver ao mundo com Dante, teria causado ao poeta sérios transtornos. Não devido ao seu marido Bardi ou a dona Gema, mulher de Dante, que nos 14.233 versos da Comédia não aparece nenhuma vez. E também não era pela ideia cínica de que o amor do poeta não resistisse à vida com a amada pois Nando ele próprio sentia em si, em sua natureza, uma total desesperança de saciedade em relação a Francisca. É que não há quem viva direito com um amor desses.

Quella que imparadisa mia mente

Uma mente paraisada, isto é, em estado permanente de emparaisamento é também uma mente paralisada para tudo que não seja aquilo que é a única coisa importante. Mesmo ao lado de sua dama santificada o poeta tinha de levar pitos místicos para não tombar em ausências ramirescas e esquecer de olhar a própria visão divina que iria contar aos homens:

> *Perché la faccia mi si t'innamora*
> *che tu non ti rivolgi al bel giardino*
> *che sotto i raggi di Cristo s'infiora?*

Só assim repreendido é que o poeta desviava do rosto de Beatriz os olhos ainda enamorados para fitá-los no jardim posto em flor pelos próprios raios do amor de Deus. Em que jardim dos homens os fitaria, em que tarefa terrena se aplicaria, em que política florentina pensaria com aquela criatura respirando e sorrindo nas ruas do seu exílio, comendo na mesa ao seu lado, dormindo em travesseiro pegado ao seu? Agora, sim, Nando sentia não a proximidade de alguma das angústias modernas mas de uma angústia arcaica que o ameaçava. Que pensava Francisca a seu respeito? Como era Francisca?

— Você ainda vive muito em função de Levindo, não? — disse Nando.

— A única coisa que eu tenho feito que de longe possa parecer um serviço de amor prestado à memória de Levindo tem sido ensinar camponeses a ler e escrever. Agora, surgiu essa oportunidade de pagar uma promessa minha a ele.

— Eu me lembro — disse Nando. — A estrada de cajueiros...

— Pois eu estou na Expedição devido ao entusiasmo de Levindo e... Francisca apontou para Nando.

— Sim? — disse Nando.

— E devido ao seu desinteresse.

— Meu desinteresse?

— Nas suas discussões com Leslie você não dizia que era o cúmulo a gente continuar fazendo pátrias no mundo de hoje?

— Bem, isto sim, me lembro. Mas...

— Pois você então não acha incrível que ainda exista um país em busca do seu coração?

— Eu não tinha pensado nisto nesses termos — disse Nando.

— É engraçado, você não acha? E eu gosto das coisas que estão desaparecendo... O Brasil acho que vai ser o último país que se forma no modelo antigo.

— Verdade — disse Nando. — Cansativo. Mas você entrou na luta, em Pernambuco.

— Eu fiquei noiva da luta do Levindo, sabe. Juro que não me incomodava de morrer por lá, como ele.

— É melhor viver por lá — disse Nando.

Francisca sorriu, meio triste.

— Isto é mais difícil.

— Por quê?

— Esse hábito de minha família, de ir para a Europa como remédio a qualquer coisa desagradável que aconteça, acaba viciando. Quando papai me forçou a ir com ele depois da morte de Levindo, precisou quase usar força. Mas de volta à Europa compreendi por quê. Tudo tão bom, tão calmo, tão realizado. Papai diz que a melhor nacionalidade é a gente ser estrangeiro na Inglaterra, na França, na Itália.

— E você pretende um dia viver lá?

— Não sei. Talvez não consiga nunca. Não é por vingança não. Por lealdade a Levindo eu acho que tenho de fazer o trabalho dele. Pelo menos durante algum tempo. E se me acontecer alguma coisa, tanto melhor.

Uma vida dedicada à memória de outro e um possível desaparecimento no exílio: não estava Francisca assim bastante perdida para ele? Não era isto que ele desejava? Ou tinha simplesmente medo? Medo inclusive de não amá-la fisicamente à altura do que a amava no espírito? Não teria sido esse o medo que engendrara o amor cortês?

— Você sabe que o etnólogo da Expedição é um sujeito muito interessante? — disse Francisca.

Nando sentiu uma dor fina no peito. Tolice não ter pensado nisto. Francisca devia achar várias pessoas interessantes. Normal. Quem, de quando em quando, não acha uma pessoa interessante? O etnólogo Lauro era um grande especialista em lendas brasileiras. Era também sociólogo e, como acrescentava, polígrafo. Escrevia artigos para o suplemento dominical da Folha, de onde conhecia o Falua.

— Foi o Falua quem me entusiasmou a me engajar na Expedição — disse Lauro. — Tira o rabo da cadeira e vai ver índio vivo, no meio do mato, foi como ele me falou com aquele jeitão.

— E por que é que o Falua não veio? — disse Nando.

— Parece que a Folha já o proibiu de mencionar Xingu, índio, Sônia. Tantas vezes o Falua tem vindo para cá, principalmente desde o desaparecimento dela, que a direção do jornal não pode mais nem ouvir falar no assunto. Se houver a menor notícia do encontro de Sônia ele estoura por aqui, ainda que perca o emprego. Vem no primeiro avião que aterrissar perto da gente, caso a mulher apareça.

— É admirável essa tenacidade do Falua — disse Nando.

— E do outro — disse Lauro —, de Ramiro. Esse então é uma coisa incrível. E está de bobo nessa história. O Falua me disse...

Nando não quis ouvir o que Lauro teria a contar sobre Ramiro naquele tom. Ou sobre Sônia.

— Você espera colher material para um estudo sobre raças indígenas? — disse Nando. — Eu sei que você é autor de trabalhos excelentes.

— Espero colher material suficiente para provar uma teoria psicológica que já tenho, sobre o indígena como formador da mentalidade brasileira.

— A teoria você já tem — disse Nando.

— Tenho. E o livro vai ser um estouro. Troço inesperado. Será que você me aponta por aqui um pé de taperebá?

— Um pé de quê?

— Taperebá. Taperebazeiro.

— Não — disse Nando. — Não sei o que seja.

— Taperebá é a árvore do jabuti e o ciclo de histórias do jabuti é fundamental para a minha teoria. Taperebá dá uma frutinha azeda.

— Talvez o Fontoura conheça — disse Nando.

— E o jabuti — disse Lauro — vê-se com muita facilidade?

— Jabuti é a tartaruguinha, não é, o cágado?

— Bem — sorriu Lauro —, digamos que o jabuti é o cágado. Mas tartaruga... São todos quelônios, mas a tartaruga mal anda em terra, com suas nadadeiras. Nosso jabuti tem pernas escamadas, compridas. O próprio Von Ihering aí do Posto pode te esclarecer.

— O Posto não tem livros não, ou só tem romances.

— Não é possível. Eu devia ter trazido pelo menos meu Couto de Magalhães, ou o Hartt, com suas histórias de jabuti.

— É. Teria sido bom.

Interessante? pensava Nando. Esse camarada? Talvez melhorasse, com o uso. À primeira vista o acordo com tal opinião era difícil. Em todo caso enquanto estivesse conversando com ele o Lauro não estaria conversando com Francisca.

— A importante história de como o jabuti conseguiu sua carapaça eu a encontrei em Smith, um discípulo de Hartt — disse Lauro. — A história é realmente básica. O jabuti que só possuía uma casca branca e mole deixou-se morder pela onça que o atacava. Morder tão fundo que a onça ficou pregada no jabuti e acabou por morrer. Do crânio da onça o jabuti fez seu escudo. Seminal, não acha?

Com desalento Nando viu que Francisca subia dos lados do Tuatuari entre Ramiro e Olavo. O mundo estava cheio de homens, coisa em que ele nunca tinha reparado antes.

— ... E é bicho que hiberna, coisa rara em nossas plagas — ia dizendo o Lauro. — Pode ficar meses sem alimento.

Calça de zuarte azul, blusa branca, cabelo apanhado na nuca, Francisca fazendo seu estágio no mundo. Ainda bem, ainda bem que os homens concentravam sua atenção em várias coisas, de acordo com as inclinações, inclusive em jabutis.

— Então — disse Ramiro quando seu grupo se aproximava de Nando e Lauro —, todos prontos para a grande marcha?

— Todos — disse Nando. — Olavo vem pelo rio conosco?

— Vou — disse Olavo — e não quero outra vida. Estou cansado dos ares e querendo ver este chão direito. Eu cuido das comunicações entre nossa infantaria e os aviões que vão nos dar cobertura.

— Estou contente comigo mesmo — disse Ramiro. — Talvez eu não devesse ser tão imodesto mas sinto o talento que demonstrei em reunir o grupo que temos, completado pelos que ainda vêm. Acho que todos vão funcionar bem em seus respectivos lugares.

— E o lugar de honra — disse Lauro — é naturalmente o de dona Francisca, como única mulher do grupo.

Ramiro se curvou um pouco, como se estivesse num salão:

— Essa honra, espero que Francisca a tenha apenas na ida.

Durante dias a Expedição aguardou os tais membros que a completariam e que jamais vieram: um cartógrafo, um representante da Produção Mineral do Ministério da Agricultura, outro do Conselho de Segurança Nacional. E nem receberam, como esperava Ramiro, uma lancha a gasolina para descer o Xingu.

— Você também tem cada ideia, Ramiro! — disse Fontoura. — Ir à merda em lancha a gasolina. Nós temos de chegar ao Centro do Brasil rastejando em mãos e patas.

— Bem rastejante é o jabuti — disse Lauro — e no entanto ganha até uma aposta de corrida com o veado.

— O importante — disse Vilaverde — é tocarmos para a frente sem mais nenhuma perda de tempo. Do contrário vamos pegar o início das chuvas. A FAB nos dará cobertura sem falta, não é Olavo?

— Pelo menos duas vezes por semana o piloto Amaral, do Correio Aéreo, passa por cima da gente para saber se está tudo certo.

— Estou perguntando — disse Vilaverde — porque antes ou depois de marcarmos o Centro Geográfico vamos ter de vaguear um pouco pelo mato.

— Vaguear pelo mato? — disse Lauro.

— De acordo com os reconhecimentos aéreos da zona do Centro o terreno não se presta ali à construção de um campo de pouso — disse Vilaverde.

— Isto é verdade — disse Olavo.

— Como em si mesma a ida ao Centro é viagem relativamente fácil, podemos buscar local para o campo de aterrissagem antes de fincar o padrão no Centro. Assim, garantimos de antemão o pouso do avião que nos irá buscar.

— Esta parte da ideia não é ruim — disse Lauro. — Mas não é perigosa demais a história de sair andando pela selva?

— Qual nada! — disse Vilaverde. — A gente aproveita e pacifica um ou dois grupos de índios meio recalcitrantes.

— Bem — disse Lauro —, creio que não foi bem para isto que se organizou a Expedição. O objetivo...

— O objetivo aqui é fazer tudo ao mesmo tempo, velhinho — disse Fontoura. — Senão não há tempo para coisa nenhuma.

— Bem, meus amigos — disse Vilaverde —, o resto a gente vê no caminho. Vamos embora.

Lá estavam duas canoas juruna de dez metros de comprido por um de largo, equipadas com motores de popa Penta.

— Nem o motor é americano — disse Olavo ao embarcar na sua canoa. — Que alívio!

— E vamos a um lugar que jamais foi pisado por estrangeiro — disse Lauro.

Ramiro deu de ombros.

— Pelos cálculos do Conselho Nacional de Geografia o Centro do Território Nacional fica perto da Cachoeira de Von Martius, nome que não me parece exatamente o de algum caboclo.

— Ao Jarina ele não foi — disse Lauro. — Nenhum gringo, provavelmente nenhum branco jamais esteve neste ponto de 10 graus e 20 minutos ao sul do Equador e 53 graus e 12 minutos a oeste de Greenwich. Farei para os meus netos um relato da Expedição, que lhes deixarei ao lado destas botas com que hei de pisar a terra do Centro Geográfico.

— Junta uma tradução inglesa da mensagem — disse Fontoura — que até lá o português está extinto.

— Eu poucas vezes tenho notado tamanha disparidade entre os serviços que uma pessoa tem prestado ao seu país e o respeito que vota a esse mesmo país — disse Lauro. — Eu não te entendo, Fontoura.

— Bem — disse Vilaverde —, vamos sair que temos bem uns dez dias de canoa à nossa espera.

Na primeira canoa os brancos, com um juruna à proa e outro à popa, na outra os mantimentos e seis índios que iam ajudar a abrir as picadas e o campo. O sol ainda não tinha saído, os horizontes estavam encolhidos em restos de bruma. Cícero e Pionim que davam um triste adeus da margem, pesarosos de não virem com a Expedição, emprestavam à partida um certo ar doméstico de despedida de família seringueira.

O pedaço verde do Tuatuari que se avistava perdia-se como um fio de linha a costurar farrapos de névoa. As canoas buscavam o Culuene que buscava o Xingu que buscava o Amazonas se encontrando todos o tempo todo e todos no esforço incessante de se encontrarem. Nando pensava nos rios, pensava em Francisca e pensava com um estranho remorso em Levindo. Era bom que ele não mais fosse, mas não seria preferível que ali estivesse? No momento em banco da frente Francisca falava a Vilaverde e Olavo e como seriam em relação a mulheres Olavo e Vilaverde? Como seria Francisca em relação a eles, a Lauro, a Ramiro, e mesmo que pensava ela olhando os índios em inocente despudor? Se alguma coisa acontecesse, se ficassem isolados, se perdessem as canoas? Para que vir ao Centro Geográfico de um país menor principalmente quando antes esse Centro tinha para ela um sentido amoroso que acabara não em sangue de lençol mas em sangue empapando a terra dura dum pátio de engenho?

— Devíamos ter trazido um toldo de ray-ban — disse Ramiro colocando óculos escuros. — Abominável esta luz dos trópicos.

— Esta luz — disse Lauro — inspirou uma história da Cobra Grande.

— Com o jabuti? — disse Nando.

Fontoura riu e Lauro não disse mais nada.

- Ih — disse Vilaverde —, já vi que vamos ter petisco para o jantar. Ouço macacos.

— E macaco é bom de comer? — disse Francisca.

— Excelente — disse Fontoura.

— Você vai saltar para a caça? — disse Lauro, que se voltou no seu banco para o banco de Francisca e Vilaverde.

— Não — disse Vilaverde. — A ideia é viajarmos o dia inteiro e saltarmos às seis da tarde para jantar, dormir e preparar o almoço do dia seguinte, a bordo.

— Doze horas de barco todos os dias? — disse Lauro.

— Francisca não está protestando — disse Fontoura.

— Eu não posso protestar — riu Francisca. — Como absolutamente minoritária me declaro desde já de acordo com tudo.

Winifred gostaria de ouvir isto, pensou Nando. Francisca por conta própria, fugindo ao seu destino de ornamento ao sol para exercer a vocação protestante do seu século de superfícies tumultuosas e tristes abismos abandonados. Mas era preciso conhecer direito o inimigo, principalmente não hostilizar ninguém, dar-se com todos de forma a poder com um máximo de naturalidade interromper qualquer conversação. Nando passou a perna por cima de dois bancos, sentou-se ao lado de Lauro, que tomava notas.

— Você vai ser o nosso cronista-mor — disse Nando.

— De certa forma estamos ainda numa viagem de descobrimento, não é?

— Exato — disse Nando.

— Será que existe algum outro país com uma tão longa história de autodescobrimento? — disse Lauro. — Eu duvido. Nós somos a mais sustida introspecção da história. Você talvez me ache meio extremado nessa história de nacionalismo. Mas a coisa enche. Eu uma ocasião subi o rio Amazonas, de Belém do Pará até à fronteira do Peru. Para ver. Para conhecer minha terra. Escolhi um pequeno gaiola, bem brasileiro, que andava pegadinho à margem esquerda, para embarcar seu combustível nos portos de lenha. Às vezes era gozado. Os portozinhos têm um trapiche e meia dúzia de cabanas mas se chamam Liverpool, por exemplo, lembrando os tempos em que os americanos eram os ingleses. Em todo caso, andando pela beirada, a gente tinha a impressão de estar mesmo no Brasil, entre brasileiros. O capitão se guiava por um caderno de croquis do leito do rio que ele próprio fizera, ao longo de trinta anos de viagens no Amazonas.

— O que é mesmo que fez o jabuti? — disse o Fontoura lá de trás, ouvindo o som da voz de Lauro.

Nando pediu silêncio ao Fontoura. Lauro continuou:

— Mas a primeira vez que tivemos de pegar a calha central do rio vi o capitão desenrolar uns mapas imensos e pormenorizados do Amazonas, em seções minuciosas. Eram do Departamento de Marinha dos Estados Unidos.

— Desagradável, hem — disse Nando.

— Humilhante — disse Lauro.

— O diabo é que esses mapas de detalhe fazem uma falta medonha — disse Nando. — Já encalhei muito por aí, viajando em regiões onde a gente se guia por meros livros de viagens, escritos ha cem anos por ingleses, franceses e alemães.

Lauro baixou a voz.

— Mas acredite, Nando, a parte verdadeiramente formativa da educação é a que fica por baixo das coisas, a que é oculta. Voces me gozam mas o nosso fabulário indígena...

— Eu sei — disse Nando — e acho importante recolher e preservar essas histórias.

— A verdade — disse Lauro — é que temos uma tendência perversa e decadente de transformar em heróis os Macunaíma e Poronominari e de esquecer os verdadeiros heróis, os que nos ensinam, ainda que com a astúcia dos mais fracos, a nos superarmos e derrotarmos os fortes. Vocês me gozam mas...

— Ah, nem tem dúvida — disse Nando —, o ciclo do jabuti representa um repositório cultural sério.

— Sério e programático, em sua forma singela de mito, é claro. Você veja por um lado a naturalidade com que deixamos escapar nossas matérias-primas e por outro lado a luta do jabuti pelo seu taperebazeiro. A anta imensa e forte quis as frutas, expulsou o jabuti, enterrou o jabuti no barro embaixo da árvore. Mas o jabuti aprendeu a hibernar. E quando saiu do barro, com as chuvas, taperebazeiro estava dando taperebá. A anta prepotente e que tudo ignorava acerca do tempo em que o taperebazeiro dava fruta tinha morrido de fome, a esperar.

— Formidável — disse Nando. — Eu nem sabia que jabuti hibernava.

— Ah, hiberna! Aprendeu a hibernar, aí é que são elas. E tem mais, espere. Nessa linha histórica o jabuti, ao sair ressuscitado para comer suas frutas prediletas, não foi atacar diretamente a anta, para se vingar. Entrou em contato com o *rastro* da anta. Era só o rastro que ele interpelava e o rastro finalmente o levou à anta adormecida. E sabe como é que o jabuti matou a anta, não?

— Não — disse Nando.

— Saltou no escroto da anta e espremeu até a anta morrer! Boa, não é?

— Magnífica história — disse Nando. — Tem humor, tem seu toque sinistro. Muito boa.

— E programática, Nando. É só passarmos à ação, de nossa parte. Está tudo no conto. Seminal.

Nando olhava de soslaio Vilaverde que de rifle na cara fazia pontaria em alguma coisa na margem.

— É verdade — disse Nando.

— Você não acha que basta copiar a fábula?

— Bem, exatamente não sei. Espremer os culhões dos americanos até eles irem embora?

Tá! O tiro de Vilaverde provocou a queda de um pequeno vulto e um alarido nas árvores da margem. Vilaverde emendou outro tiro. O índio meinaco se atirou n'água entre os dois disparos e já retesava o arco, de pé na margem. O macaquinho caiu de flecha enterrada no peito.

— Vamos atracar! — disse Vilaverde. — O jantar está garantido. E tem peixe pescado pelo uialapiti para quem preferir.

A noitinha de maio se anunciava seca e fria, sem mosquitos. As redes foram simplesmente esticadas entre árvores e os índios fizeram um fogo bonito para ensopar os macacos. Ramiro foi o primeiro a se instalar na rede. Mesmo que a noite fosse quente armava sobre a rede um cortinado, para não ser mordido de mosquitos. Sob o travesseiro colocava sempre, num saco de celofane, um pano rosa e branco, cuidadosamente dobrado. Num jirau perto duas matrinchãs iam cozinhando. Vilaverde conversava com os índios perto do peixe.

— Você é um tiro mortífero, hem, Vilaverde — disse Nando.

— Ah, que nada — disse Vilaverde. — Esses macacos são tão bobos que nem dá gosto.

— Você não começa a sentir a pressão da floresta quando passa muitos meses aqui, sem ver uma cidade, um povoado qualquer?

— Olha quem fala — riu Vilaverde. — Eu sei que você está no Xingu há anos.

— Mas tenho ido a Pernambuco e ao Rio e de certa forma fui preparado para a vida missionária. Deixei a batina mas o hábito ficou.

— Pois eu quase podia dizer que nunca deixei a batina — disse Vilaverde. — Nunca tive muita instrução religiosa mas gostava da história de santo e aqui no Brasil nunca encontrei história tão parecida com história de santo como a do pessoal do Rondon, palavra. Das Missões Salesianas também, mas o Rondon, nunca vi. Gente como eu gosto, sabe. Faz isto não é por acreditar em Deus nem nada não. É pra fazer o bem assim no duro, de graça, sei lá.

— Você tem muita razão. Eu sempre admirei também essa gente capaz de tanta abnegação, de um dom tão completo de si mesma. E você acha que o Parque Indígena vem algum dia?

— Mas claro que vem. Quando existe um camarada como o Fontoura, dedicado vinte e quatro horas por dia a uma ideia fixa, não há quem resista. Eu acho que o Parque está na bica. Pelo menos para o governo se livrar do Fontoura.

— Olha que está prometido há séculos — disse Nando.

— O Parque vem, não tenha dúvida. Agora, além do Fontoura têm a mim também, para falar no Parque o tempo todo.

— E sua vida? — disse Nando. — Sua vida particular, íntima. Está pensando em se casar?

Vilaverde sorriu, coçando a cabeça.

— Bem, eu estou noivo já tem quase quatro anos. Gosto muito da moça, mas já disse a ela. Deixa primeiro a gente comprar uma casa em Cuiabá, ter um cantinho qualquer. Depois a gente pensa nisso.

— E você não fica com muita saudade dela? São temporadas grandes, não são, separações duras de aguentar.

— Logo que eu saio de junto dela fico pensando nela o tempo todo, fico torcendo para que aconteça alguma coisa que me faça voltar para perto dela. Depois, o sofrimento em vez de aumentar melhora. Me lembro dela com uma saudade calma, calma. Gozado, não é?

— E não pensa em mais ninguém?

— Mulher? Ah, você não conhece a Cleia, minha noiva. A gente encontra aquilo e sabe logo que tirou a sorte grande. A gente pode é pegar uma mulherzinha por aí, em algum bordel. Mas eu prefiro não. Sei lá. Há sempre perigo de uma galiqueira. E é chato depois, quando se acaba de trepar.

Nando se arrependeu de não ter preferido a matrinchã. Não pelo macaco, que estava muito saboroso na opinião quase geral, mas porque o não comer macaco tinha criado um vínculo entre Francisca e Lauro, os dois únicos a recusarem o bicho que tinham visto morto, depois esfolado, depois esquartejado. Não podiam nem olhar os pedaços no prato dos outros. Quando Nando se aproximou dos dois, depois da refeição, Francisca disse:

— Ah, Nando, como é que vocês podem? Parecia que estavam devorando um bonequinho que eu tive em menina e que ainda anda pelos cantos lá em casa.

— O macaco?

— Claro — disse Lauro. — Veja só o tom do bárbaro. Está tão habituado a esses horrores que nem nos entende. Ai, vamos sair daqui, Francisca. Lá vem o Vilaverde trincando uma perna do bicho.

Os dois se afastaram para a margem do rio.

— Existe alguma história de macaco e jabuti? — perguntou Nando, sem ânimo de ir no encalço dos dois, procurando deter Lauro.

— É capaz — riu Lauro — mas aposto que o macaco também acabou na panela.

Foi uns dois dias depois, pouco antes da hora de saltar que Fontoura ficou de pé na canoa, olhos pregados na distância, mão em concha na orelha. Bem no fundinho do horizonte aquele penacho, rabicho talvez de nuvem, mas quem sabe pluma de fumo correspondendo a rastro no chão.

— Suiá — disse Vilaverde pondo-se também de pé.

— Deve ser — disse Fontoura — mas não foram encontrados.

— Pois é — disse Vilaverde —, vamos lá.

— O que é que está havendo? — disse Ramiro.

— Fumo no horizonte — disse Fontoura. — Deve ser o grupo suiá que ainda não consegui pacificar. Há bem uns seis meses Nando deixou presente para eles.

— Em várias semanas consecutivas — disse Nando. — Mas os índios não apareciam enquanto eu estivesse perto. Têm cara de poucos amigos.

— Pintam o corpo? — perguntou Francisca.

— Que eu visse, não.

— Bem — disse Lauro —, se o Nando não conseguiu se aproximar deles durante tanto tempo, nós não haveríamos de conseguir resultados em algumas horas. E estamos aqui para ir ao Centro Geográfico, não é?

Fontoura suspirou.

— Pura verdade. Isto leva tempo. Talvez na volta a gente dê um jeito de se aproximar deles.

Vilaverde tinha os olhos brilhantes e sorriu meio esquerdo, como menino se metendo em conversa de gente grande.

— Eu tenho um sistema novo de pacificar índio brabo. É rápido.

Fontoura deu de ombros, talvez pela primeira vez demonstrando impaciência em relação a Vilaverde.

— Sistema novo? — disse Fontoura. — Rápido? Custo a imaginar. Desde os tempos de Rondon, de Pirineus, de Vasconcelos o método é o mesmo.

— Eu já fiz isso com caiapó — disse Vilaverde. — Numas três aldeias. Funcionou sempre. Duas pessoas é melhor mas até sozinho já fiz.

— Eu vou com você — disse Nando.

— Antes de saber como é? — disse Lauro.

— Eu também gostaria de ir — disse Francisca.

— É simples — disse Vilaverde. — Em vez de botar os presentes no chão, perto da aldeia, esperando que os índios venham buscá-los, a gente vai de supetão até o centro da aldeia, bota os presentes no chão e espera os índios.

— Espera o quê? — disse Ramiro.

— Espera a morte — disse Lauro.

— Calma — disse Francisca. — Vilaverde já fez o trabalho. Vamos ouvir o que ele tem a dizer.

— Eles ficam alvoroçados, não tem dúvida — disse Vilaverde. — Ficam trêmulos, gritam, retesam o arco. Mas quando veem a gente tranquila, fazendo acenos amigos, sem armas, rodeados de presentes, botam os arcos no chão, chegam perto, apanham tudo, oferecem caxiri...

— Virgem — disse Lauro.

— Blitzkrieg — disse Olavo.

— Se já deu resultados com caiapó, não vejo por que não tentar com suiá — disse Nando.

— Se é caso de votação, sou contra — disse Lauro.

— E os índios assim pacificados permitem depois que se visite a aldeia, que se fique entre eles um tempo, que se converse? — disse Ramiro.

— Claro — disse Vilaverde —, a gente conquista eles de chofre e para sempre. Tratamento de choque.

— Pois então o que é que estamos esperando? — disse Ramiro. — Você é o chefe da quadrilha, meu velho.

Se fosse caso de votação, os índios que acompanhavam a Expedição teriam sido unanimemente contra:

— Suiá! — disseram os dois juruna.

— Suiá! — disse o meinaco, o uialapiti, os quatro camaiurá. E eram truculentos os gestos com que acompanhavam a exclamação que saía da cara crispada como se refletissem na expressão o medo, e no gesto a explicação do medo.

— Vilaverde é capitão valente — disse Fontoura aos índios. — Nando é capitão valente. Suiá respeita os dois.

— Suiá mata! — disse um juruna.

— Suiá brabo! — disse o meinaco.

— Francamente — disse Lauro —, que ideia mais estapafúrdia a gente ir se meter na boca do lobo. O sistema antigo, de Rondon, é tipicamente jabuti. Vocês entram lá feito umas onças e esperam o quê? Eu fico aqui perto dos barcos! Fique também, Francisca.

— Dona Francisca fica de jabota? — disse Fontoura.

— Não — riu Francisca —, vou de onça.

Para surpresa geral Fontoura disse:

— Pois eu fico com o jabuti. Se vocês forem liquidados nós dois plantamos o padrão no Centro Geográfico, não é, Lauro?

Nando respirou fundo quando iniciaram a caminhada rumo ao suiá. Ia ao lado de Francisca, sem qualquer plano de morrer mas reconciliado com a ideia de morrer ao lado de Francisca, o que era bem melhor do que viver longe dela, num mundo em que sobrevivesse Lauro e não mais vivesse Francisca. Vilaverde marchava adiante, levando seu saco de panelas, espelhos, facões e machadinhas, seu próprio facão desembainhado para ampliar a trilha. Atrás de Francisca, de Nando que carregava outra sacola de presentes, vinha Ramiro gordo e grande, singrando o mato com um desdém de transatlântico. Nas cercanias do aldeiamento suiá, Vilaverde deteve os demais com a mão.

— Agora vamos devagar — disse Vilaverde. — A alma do negócio é a surpresa.

Prosseguiram cautelosos, evitando bulir demasiadamente no mato, tratando de não estalar graveto no chão, Vilaverde descalço, esquivando-se aos galhos e varando moitas. Estavam em breve na beirada da coroa de mato que se debruçava sobre o terreiro nu da aldeia cheia de malocas, mulheres ralando mandioca, mulheres de filho na ilharga cruzando de uma casa para outra, curumim fazendo ponta em flecha, quatro homens saindo do mato com seus arcos, cabelos flutuantes, pires de pau no beiço, dois outros com peixes às costas, risos de duas cunhantãs numa porta. Fechava o grupo Ramiro pensativo, agachado ao pé de uma árvore. Francisca e Nando olhavam Vilaverde tenso, olhos cravados na aldeia a tomar de assalto, flecha em corda de si mesmo. E Francisca, num sussurro ao ouvido de Nando:

— Amor.

Nando estremeceu, fitou os olhos verdes ao seu lado os quais estavam fitos no vulto de Vilaverde.

— Amor, Nando — disse Francisca —, é amor.

Como um meigo felino Vilaverde se erguia agora na ponta dos pés, afastando folhas. Depois tomou o saco de presentes na mão esquerda, acenou a Nando com a direita. Quando Nando se aproximou, ele falou:

— Você vem comigo. Caso nos aconteça alguma coisa os outros dois talvez alcancem os barcos. Se tudo correr bem venham ao nosso encontro com o outro saco de presentes.

— Você fique aqui, meu bem, com Ramiro — disse Nando a Francisca. — Se acontecer o pior, fujam. Não discuta, são as ordens de Vilaverde. Mas como não vai acontecer nada, vocês nos seguirão dentro de um instante, com os outros presentes.

— Está pronto? — disse Vilaverde.

— Estou — disse Nando.

O Reino tomado pela violência, pensou Nando, o brusco saltar do gradil florido, a porta que cede, a beleza em desalinho ao seu sono arrancada. Não os pedidos, os rogos, as promessas. Nando e Vilaverde desceram correndo o barranco enquanto suiá se atropelava e berrava e corria a buscar borduna e arco e as mulheres desapareciam pela boca das malocas. Vilaverde despejou suas joias de aço no meio do terreiro com alegre estrépito. Panelas, facões, espelhos de moldura dourada, tudo tilintando e rebrilhando ao sol e em torno dos presentes os dois caraíbas que riam, braços cruzados diante dos vociferantes suiá de arcos esticados. Suiá veio se aproximando dos homens que riam e que agora apontavam os presentes que eram um fogo de prata na terra cozida de sol. Quando um suiá chegou perto, Vilaverde pausadamente se curvou, tomou de um espelho e o colocou contra a cara do índio que tão cômico ficou ao se ver duplicado naquela chapa de lua que os demais riram e abaixaram os arcos e se curvaram para os presentes, e meteram caras no espelho, momento em que Francisca e Ramiro surgiram também com mais presentes para suiá. Nando jamais compreendeu como podia o suiá que via pela primeira vez como exemplo de mulher branca a figura de Francisca não cair no chão fulminado daquele terror que infunde a beleza forte demais dos anjos. Gordura de Ramiro, sim, foi admirada e apalpada com assombro como sinal de outra raça e outros valores. Sem qualquer importância ligada à tal bolinação ou ao aspecto novo dos índios, Ramiro partiu para uma visita às malocas, seguido de pequeno séquito de índios.

— Mulher branca, aqui? — perguntou Ramiro a um suiá.

Suiá estupefato olhou o homem gordo que falava a língua estranha. Nando usou língua xinguana e apontou Francisca. Tinham alguém assim na aldeia? Alguma cunhã branca? Índio fez que não com a cabeça, enérgico.

— Nunca tiveram? — disse Nando.

— Nunca — disse suiá.

Depois — e tinham sempre dessas imprecisões os índios, pensou Nando — suiá fez gestos que podiam abranger o mundo inteiro, repetiu várias vezes a palavra mulher, apontou o norte.

— Branca? — disse Nando.

— Muito — disse suiá.

— Muito branca? — disse Nando.

— Tabatinga — disse suiá.

— Tabatinga é cinzenta — disse Nando.

— Pergunta se o nome dela não é Sônia — disse Ramiro.

— Nome dela Sônia? — disse Nando.

Suiá se afastou, entrou numa maloca. Ramiro apertou o braço de Nando:

— Estamos na pista de Sônia. De estalo.

Suiá voltou com cuia de mandioca e ofereceu aos visitantes.

— Nome dela Sônia? — disse Nando.

Suiá não parecia mais saber de que se tratava, olhando Nando com espanto.

— Mulher — disse Nando —, mulher cor de tabatinga. Chamava Sônia?

Suiá fez de novo seu gesto amplo.

— Txucarramãe? — disse Ramiro.

Suiá jogou cuia de mandioca no chão, enraivecido.

— Txucarramãe suiá mata — disse.

— Meu amigo quer saber se mulher branca chamada Sônia não foi roubada por txucarramãe.

— Txucarramãe quando não mata rouba.

Sem prestar mais atenção à cólera do que às contradições de suiá, Ramiro disse, mais a si mesmo que a Nando:

— Você viu? Agora é sério. Txucarramãe!

— Bem — disse Nando. — É difícil tirar notícias precisas deles.

— Meu caro Nando, não se precisa ser Fontoura nem Vilaverde nem você para saber que índios do Xingu não têm a exatidão dos matemáticos europeus. Mas as indicações são na mesma direção e a pergunta é sempre respondida na afirmativa. Txucarramãe é o endereço certo.

Vilaverde e Francisca se aproximaram, cercados de homens e mulheres suiá.

— Podemos ir — disse Vilaverde —, estes não reagem mais a brancos bem educados.

— Vamos embora — disse Ramiro —, o contato foi da mais alta importância.

— Ah, sem dúvida — disse Vilaverde. — Suiá era um problema para nós.

Foram saudados ao voltar por alegres gritos do Fontoura, que vinha ao encontro do grupo de garrafa de cachaça na mão, seguido de um Lauro preocupado.

— Viva os heróis! — disse o Fontoura. — Viva o Vilaverde!

— Você está celebrando o quê? — disse Vilaverde.

— A pacificação de todas as tribos, que um dia ainda governarão o Brasil, saindo da Cloaca Máxima.

— Por favor, Fontoura, não beba durante a viagem — disse Vilaverde.

— Como não hei de beber, agora que você faz o meu trabalho, e muito melhor do que eu? Vilaverde é a luz verde para os porres de Fontourinha. Icatu!

— Ele só trouxe garrafas — disse Lauro. — Duas mudinhas de roupa e garrafas de cachaça. Esta é a bagagem dele. Agora é que eu vi.

— Vamos jogar essas garrafas fora — disse Vilaverde. — Você não pode beber durante a viagem, Fontoura.

— Eu juro que só bebo em dia de pacificação — disse Fontoura. — Por esta luz que me alumia. Pela alma de minha mãe, que Deus tenha.

Da primeira vez que o avião do Correio Aéreo Nacional sobrevoou as canoas que então chegavam à desembocadura do Culuene no Xingu, Olavo sacudiu no ar uma toalha branca, o que significava que ia tudo sem novidades. Mas deu instruções de sinalização aos demais:

— Uma coisa a lembrar sempre — disse Olavo — no caso de alguém se perder do grosso da Expedição é que o melhor sinal é um fogo coberto de folhas verdes. A coluna de fumaça indicará com exatidão onde se acha o extraviado. Quanto aos sinais propriamente ditos, o combinado é o seguinte: três homens agitando os braços, pedido de comida; seis homens agitando os braços, pedido de munição; toda a Expedição agitando os braços, sinal de perigo; três homens deitados, sinal de doença.

Aqui Olavo fez uma pausa, para desfechar a piada.

— Há também o sinal de todos os membros da Expedição deitados no chão. Sabem o que significa?... Todos mortos.

Depois resumiu, sério:

— Como vocês estão vendo, ficamos em poucos sinais essenciais e o quase certo é que só vamos usar o primeiro, o pedido de abastecimento. Comida sólida temos aí à beça, em peixe e caça. Mas poderemos precisar de vez em quando de um surrão de feijão, arroz, farinha, açúcar, sal, banha e café. O que eu acho bom é cada um anotar esses poucos sinais: três pessoas para pedir boia, seis para pedir munição, toda a Expedição para dar sinal de perigo.

— O que é que acontece se dermos o sinal de perigo? — disse Lauro.

— Bem, o avião poderá se aproximar ao máximo para formar ideia de que perigo pode ser. Em caso de real necessidade um hidroplano pode amerissar no rio, para nos socorrer.

O que Nando pensou, sem dizer, Fontoura proclamou:

— Nunca vi um hidroplano por estas bandas.

— Mas *pode* vir um — disse Olavo. — Existem hidroplanos.

— Quanto a isso, não tenho dúvida — disse Fontoura. — E no Amazonas há os Catalinas das linhas comerciais. Mas aqui?...

Ramiro tirou de sua maleta um bloco branco e anotou os sinais. O reflexo do sol na alvura do papel extraiu-lhe um gemido:

— Ai, luz bárbara.

Mergulhou na água do rio o lenço e o atou à cabeça, ficando com um vago ar turco.

— Quer uma aspirina? — disse Francisca.

— Não, obrigado — disse Ramiro. — O acetilsalicílico confunde as dores, obscurece as raízes do sofrimento. É contemporâneo do sufrágio universal secreto e tem os mesmos ares de panaceia. Muito câncer custa mais a despontar porque dorezinhas são afogadas em ácido acetilsalicílico.

— Mas o que é que você toma quando a cabeça dói? — disse Francisca.

— Quando tenho tudo à mão tomo tártaro emético, ipecacuanha e já experimentei mesmo sanguessugas atrás das orelhas, com resultados extraordinários. Mas de toda a nobre panóplia de armas ligeiras anteriores à aspirina quase só resta esta.

Com o indicador e o polegar Ramiro retirou o pó escuro de uma caixa de prata, aspirou-o, espirrou-o.

— Rapé — disse Francisca.

— Rapé — disse Ramiro. — E além do rapé um pedilúvio, se possível de farinha de mostarda sinapizada.

Quando mais tarde as canoas encostaram, Ramiro pediu a um dos juruna que lhe fervesse água num balde, enquanto segredava a Francisca:

— O pior da história é que quando sou acometido de uma simples cefalalgia estou avisado de que provavelmente há uma *migraine* a caminho.

Pés a escaldarem no balde de água, cabeça a esfriar na compressa, observado, de um lado, por dois juruna e um uialapiti e do outro por Francisca, Ramiro parecia o centro de uma daquelas alegorias em que a República libertava índios e pretos e punia algum chefe de Gabinete antiabolicionista.

— Este Ramiro tem seu lado curioso e é um sujeito inteligente — comentou Lauro que ao lado de Nando observava a cena. — Mas me irrita. Me enche com aqueles artificialismos.

— Pois eu pensei — disse Nando — que vocês se entendessem muito bem.

— Cruzes! — disse Lauro. — Por quê?

— Quando mais não fosse pela guerra que ambos movem aos Estados Unidos.

— Mas não existe a menor semelhança entre as nossas respectivas posições. Ramiro queria um Brasil afrancesado, engalicado. Eu quero um Brasil brasileiro de verdade, liderando o mundo, um Brasil nosso. mulato. Nossa existência ocorre fora de nós mesmos. Somos alienados, como dizem os comunas. De Pedro II a Marta Rocha vivemos embebidos na contemplação de caras estrangeiras. Precisamos de mulatas em nossos selos, nos monumentos públicos, nas notas de dinheiro.

— Vejo que as mulheres claras não são bem seu tipo — disse Nando.

Lauro respondeu com alguma imprecisão:

— O que eu acho e postulo é que no Brasil temos vivido um longo e funesto período de traição à nossa própria libido. Mas qualquer generalização maior apresenta perigos.

— Não — disse Nando —, não há nada de extraordinário nisto. A mulata é realmente uma espécie de achado biológico. E foi criada pelo homem, veja bem. A mulata não surgiu na natureza, como a preta ou a branca.

— Nessa questão de mulher — disse Lauro — o que eu acho é que nós latino-americanos temos o encargo específico de apressar o advento da raça cósmica, segundo a concepção do mexicano José Vasconcelos. Os ibéricos já eram um cadinho de raças antes de virem para a América e nosso destino é evidentemente o de acelerar a mestiçagem no rumo da raça única, cósmica.

— Claro — disse Nando —, a raça marrom, das mulatas, das mestiças.

— Mas aí é que vem o ponto importante. As raças claras são em geral as do hemisfério Norte, são as raças abastadas. Deixadas em paz se perpetuarão talvez, acasteladas em seu dinheiro, impedindo a chegada da raça cósmica. É portanto indispensável que a energia sexual latino-americana se concentre na sedução e sempre que possível fecundação das mulheres louras. É claro, por outro lado, que não devem ser descuidadas as mulheres mestiças, nas quais já se realizou a síntese prevista por Vasconcelos.

Fornicação geral, pensou Nando, um cantarídeo nato e que provavelmente não pensa em outra coisa.

— O mal — disse Nando — é que o ideal de José Vasconcelos parece estar sendo realizado exatamente pelos homens do hemisfério Norte, não? Pelos americanos, principalmente, que se espalham por todo o mundo e principalmente pela América Latina, e que vão seduzindo e fecundando as mulheres morenas.

— Não seduzem ninguém — disse Lauro feroz. — Só comem puta e puta raramente tem filho. No Rio só pegam vagabunda na praia e no Farolito. Aliás, como um dos expedicionários ao Centro Geográfico pretendo agitar a opinião pública do país, ao voltar. Precisamos interditar a estrangeiros a zona propriamente dita do Centro. Será o nosso palmo de chão livre. Aliás eu gostaria de aliciar para isto todos vocês, meus companheiros de Expedição. Você topa?

— Fazer do Centro Geográfico uma espécie de templo nacionalista? — disse Nando. — Você acha que isso pode ter consequências duradouras?

— Iremos do Centro para a periferia — disse Lauro. — Limpando o país de gringos em círculos concêntricos.

— A operação será complicada — disse Nando. — Os gringos estão em toda parte. Que armas usaríamos contra eles?

— Qualquer arma! O importante é o espírito, é a determinação de lutar. Até com o cu a gente pode vencer o inimigo.

— Será que pode?...

— Quando a raposa roubou a flauta do jabuti e correu pelo mato às gargalhadas, de flauta na boca, o jabuti não tentou correr atrás da ladra. Era impossível. Não a pegaria jamais. Foi, ao contrário, catar mel de pau para untar o rabo, sabendo que a raposa adora mel. O jabuti se enterrou no chão deixando de fora só o cu untado de mel. A raposa meteu o dedo, provou, gostou, enfiou a língua, o jabuti apertou. Para livrar a língua do cu do jabuti a raposa entregou a flauta roubada.

— Moral da fábula: um bom esfíncter vale às vezes um arsenal inteiro — disse Nando.

Devido a uma ubá largada na beira do rio Fontoura tinha dito:

— Txucarramãe nas redondezas.

Ramiro entrou em grande agitação e preparos. Fez barba, uma longa barba de casamento, e tomou banho. Vestiu uma das três camisas engomadas que guardava para o encontro com Sônia e tomou para os nervos uma generosa dose de éter amilvaleriânico do Doutor Dubois. Tinham andado depois o dia inteiro rio abaixo sem mais encontrar sinal de txucarramãe. Vilaverde bem que perscrutara mais de uma vez o horizonte como se desconfiasse de que ao longe talvez os índios estivessem acompanhando os barcos. Mas de tudo se esqueceram todos diante do espetáculo dos macacos desapontados que acolheram o grupo na hora de saltar para o pouso da noite. Havia peixe bom para janta e almoço do dia seguinte. Os macacos bulhentos que gritavam na grimpa das árvores foram acometidos do que parecia ser um acesso de desespero quando se viram sem a atenção dos homens do grupo. Puseram-se a berrar alto. Depois atiraram galhos de árvores, balançaram-se pelo rabo nos ramos mais baixos, jogaram cocos perto da panela e do jirau onde se preparavam os peixes.

— Se a gente quisesse matava esses tarados a pau — disse Vilaverde.

Quem se aproveitou da bulha dos macacos foi txucarramãe.

— Tudo no chão! — berrou Vilaverde.

Ramiro não se atirou ao solo, como os demais, mas mesmo assim se agachou por trás de uma árvore e as flechas silvaram sobre o grupo e se perderam no rio, com exceção da que se fincou com um ruído fofo no lugar onde Ramiro, se estivesse deitado, teria a cabeça. Pelo bulir do mato via-se que fugiam os índios mas o que Fontoura notou principalmente foi Lauro de revólver na mão fazendo pontaria no rumo do mato de onde tinham saído as flechas. Tomou brutalmente o revólver da mão de Lauro e o ameaçou com a coronha.

— Se tivesse chegado a disparar estava de cabeça rachada.

— Calma, Fontoura, calma — disse Olavo. — O Lauro tirou a arma só por precaução. Eu também trago meu revólver na cinta, que diabo. Sempre ando com ele. Pode surgir de repente um bicho ou lá o que for.

— Lá o que for não — disse Lauro. — Um bicho sim. Mas o Lauro estava apontando na direção dos txucarramãe.

— Era só mesmo para o caso deles estarem disparando mais flechas contra a gente — disse Lauro.

— Não tem caso nem meio caso. Não se atira em índio.

Lauro deu de ombros.

— Está bem, está bem. Deixe ver o meu revólver.

Fontoura enfiou o revólver no bolso.

— Não, você não pode andar armado. Pode deixar que nós defenderemos você contra algum bicho que nos ameace.

— Mas se eu estiver sozinho? — disse Lauro. — Se um índio me atacar quando um estiver sozinho?

— Morra — disse Fontoura —, nada mais fácil. Em vez do câncer, flecha. Sopa.

— Bem, Fontoura — disse Lauro —, você está exaltado e portanto não vale a pena a gente discutir. Depois volta-se ao assunto.

— É — disse Olavo —, vamos deixar isto para mais tarde. O Lauro já está bem avisado de que só em última análise se usa arma de fogo.

— Não tem última nem primeira análise e nem análise nenhuma — disse Fontoura. — Se alguém disparar em índio leva um tiro meu.

— Ô Fontoura — disse Olavo —, tira o cavalo da chuva. Eu estou pilotando aviões aqui quase há tanto tempo quanto você tem de mato. Tenho ajudado você num milhão de coisas. Conheço pelo menos metade das tribos que você conhece e nunca matei índio nenhum. Falo quase no abstrato, que diabo. Se um índio levantasse uma borduna e fosse me esmigalhar a cabeça eu atirava.

— Foi bom que você falasse assim, com tanta franqueza, Olavo. Porque assim você também fica avisado. Eu lhe meto uma bala na cabeça se você disparar contra um índio.

— Bem — disse Lauro —, nós estamos numa Expedição de gente sensata e não de malucos. Se a coisa continua desse jeito eu volto daqui.

Olavo se dirigiu a Vilaverde.

— Você é o chefe, Vilaverde. Diga ao meu querido amigo Fontoura para não se deixar carregar pelas palavras.

— Ele está com a razão — disse Vilaverde. — Índio não se mata.

— Claro — disse Olavo —, nós todos sabemos disto. Pronto. Vamos restabelecer a harmonia na Expedição. Você é o chefe, Vilaverde.

Vilaverde estendeu a mão ao Fontoura.

— Fontoura, deixe ver a arma do Lauro.

Fontoura fechou a cara, tirou o revólver do bolso e o entregou a Vilaverde. Vilaverde segurou a arma e a arremessou com toda a força para o meio do rio. Cada um tomou o rumo de sua rede, Nando esperando com fervor que o Lauro resolvesse realmente abandonar a Expedição. Era fácil. O Posto do Diauarum estava ali na esquina. Ramiro tocou no braço de Vilaverde.

— Preciso falar com eles. É absolutamente indispensável. Tenho certeza de que Sônia está com eles.

— Eles quem? — disse Vilaverde.

— Txucarramãe.

Vilaverde sorriu e passou o braço pelos ombros largos e gordos de Ramiro.

— Deixa a gente passar o Diauarum e fazemos uma incursão amiga para perguntar a eles pela Sônia.

— Você está me falando no tom de quem precisa contentar uma criança — disse Ramiro — mas é certo que Sônia esteja entre eles.

— Olhe — disse Vilaverde —, se uma coisa eu gostaria que resultasse dessa Expedição seria o encontro da sua Sônia, palavra.

— Muito mais importante localizar Sônia que o Centro Geográfico, aqui entre nós. Mando fazer um padrão de mármore para assinalar a latitude e longitude da posição em que for achado o meu amor.

Vilaverde deu outra palmada afetuosa nas costas de Ramiro, que foi direto ao travesseiro da sua rede para arrancar a flecha que ali se cravara. Aliás cravara-se no misterioso segundo travesseiro, de pano cor-de-rosa em fronha de celofane. A flecha tinha rasgado o envelope de celofane e dilacerado a fazenda. E naquela noite, antes de se deitar, à luz de uma lanterna elétrica pendurada pela alça de um galho de árvore, Ramiro tinha cerzido com competência o rasgão deixado no pano pela flecha txucarramãe.

A chegada ao Posto do Diauarum teve seu lado espetaculoso. Ao mesmo tempo que aparecia diante dos expedicionários o Posto com seu pequeno ancoradouro, surgia a princípio difuso uma espécie de cartaz gigantesco de uma mulher em andrajos, seminua, numa clareira de mato, olhos revirados de terror, procurando cobrir com os luxuriantes cabelos pretos o peito quase descoberto. Na floresta por trás dela brotavam caras de índios, como máscaras debochadas e ferozes. Ramiro mirava com intensidade o cartaz.

— Sônia — disse Nando.

— Não resta mais dúvida — disse Ramiro.

— Não é que é ela mesmo? — disse Fontoura rindo.

— Que ideia será essa? — disse Nando.

Ramiro suspirou:

— Já sei. É o mais recente filme a respeito dela. Coprodução com italianos e franceses. A ideia publicitária do filme é que a equipe se constituiria em expedição com cartazes representando Sônia para ver se os índios a identificavam. E os cartazes se baseiam em retratos de Sônia.

— Até que não é ruim a ideia — disse Francisca. — Por que não?

— Eu investiguei muito bem o caso — disse Ramiro. — Essa gente vem até cá de avião e daqui não passa. Filmam tudo que tiverem de filmar na beira da água e depois contam ao mundo como foram atacados por canibais e por amazonas de olhos azuis e como encontraram tribos que falavam grego arcaico.

Lauro resmungou para Nando.

— Se o Diauarum tem campo de pouso por que não viemos até aqui de avião?

— Uma viagem tão fácil, do Capitão Vasconcelos para cá! — disse Nando. — Teríamos de esperar algum tempo um avião em que coubéssemos todos nós.

— Qualquer teco-teco desses podia fazer várias viagens conosco — disse Lauro. — Mas é o nosso desleixo, nossa bagunça que estraga tudo. Enquanto a gente perde tempo e briga com maníacos no caminho os gringos vão tomando conta, vão botando o Brasil no bolso.

Disfarçando a esperança que o consumia Nando perguntou:

— Você já abandonou a ideia de se desligar da Expedição, não?

— Abandonei. Seria muita criancice. E não me apetece dar tanta importância ao Fontoura, esse bobo.

— Bobo ele não é não — disse Nando. — Trate de ver como perderia sentido a vida do Fontoura se nesta altura das coisas um índio fosse fuzilado sob as vistas dele.

— E se eu fosse fuzilado por um flechaço?

— Isto não mudava nada.

Lauro foi se afastando brusco. Nando estugou o passo para acompanhá-lo.

— Quer dizer, me entenda bem, não mudava nada em relação ao Fontoura — explicou Nando.

— Sei, sei — disse Lauro.

Lauro se afastou resoluto e ficou entre os demais, que olhavam o cartaz agora imenso de Sônia apavorada. Olavo catucou Nando nas costelas e falou baixo:

— Até que a Sônia saiu boa de pagode no cartaz.

— Meu caro Olavo! — disse Nando. — Mesmo nos tempos em que a despeito de minha carne fraca eu ainda lutava por manter vivo meu sacerdócio você já me dava a impressão de cavaleiro sem medo e sem reproche, um brasileiro que não parecia atuado por mania de mulher. Será que me enganei?

Olavo riu.

— Até que eu sou fiel demais à patroa, mas que diabo! Uma mulher como a Sônia aparecendo à gente assim, em plena mata... Já pensou? Deve ser um choque de civilizar qualquer bugre.

— Se você tivesse uma missão a realizar — disse Nando — você acha que uma mulher como Sônia seria capaz de te desviar do caminho certo?

— Isto não vale — disse Olavo. — Me botar em confissão quando você não tem mais a capacidade de me absolver.

Saltaram das canoas no meio da equipe cinematográfica. Eram rostos sonolentos, de brasileiros que o sol tostara e de estrangeiros que o sol avermelhara. Entre eles, uma bela mulher.

— Exatamente o pessoal que me procurou no Rio — disse Ramiro.

— A moça quem é? — disse Nando.

— Coitada — disse Ramiro —, cabe-lhe a tarefa ingente de representar Sônia na tela.

— Ela é bonita — disse Francisca.

— Sim — disse Ramiro — mas pergunta a Nando, pergunta ao Fontoura o que tinha Sônia além da beleza.

Não tendo havido resposta de um ou de outro, Ramiro continuou:

— Você, Francisca, que é mulher sensível, você sentiria em Sônia, trancada e se debatendo para sair, a alma russa, a mais doente de toda a criação.

— Soltou-se nestes matos — disse Fontoura.

Nando ouviu atrás de si a conversa de Olavo e Lauro.

— Eu não entendo — disse Olavo — é como o Falua não veio agora. Parece que largou a Sônia aos cuidados do Ramiro.

— Aqui entre nós — disse Lauro — o Falua me confiou que mais de uma vez Sônia tinha dito a ele: olha, do Ramiro não precisa ter ciúme não. Tenho nojo dele. Se ele for o último homem da terra palavra que eu me passo para a primeira paraíba que aparecer.

— Puxa! — disse Olavo. — E o Ramiro já está até ficando com pinta de Fernão Dias de tanto procurar essa vagabunda. Acaba mapeando rios novos e descobrindo montanhas quando só quer encontrar um grelo ingrato.

— É verdade, hem — disse Lauro. — Amor não correspondido é mais azedo que fruta de taperebá. Você conhece aquela história...

Ramiro tinha sido reconhecido pela atriz que ia representar Sônia e por um dos cinegrafistas, que o convidou a ser filmado:

— Agora, é o destino — disse o cinegrafista. — No Rio o senhor podia nos recusar, mas esse encontro casual na selva, quando exatamente filmamos a vida de Sônia, se impõe. É um momento carregado de destino.

Ramiro beijou a mão da atriz.

— Era mais do que provável — disse Ramiro — que nos encontrássemos no Diauarum, já que eu lhes disse que passaria por aqui e já que vocês não arredaram pé daqui.

— Ah — riu o cinegrafista — mas chegamos ao coração da selva. Temos filmado cenas sensacionais. Vamos imortalizar Sônia.

— E eu vou encontrá-la viva — disse Ramiro.

— Olha — disse o cinegrafista —, a proposta está de pé. Aprovada pelo Rio, por Paris e Roma. Refilmamos o filme inteiro, com a própria Sônia, se ela reaparecer. Cena por cena.

A atriz escalada para representar Sônia ocultou polidamente um meio bocejo, o qual, sem dúvida, significava que uma atriz da sua qualidade não teria aceito o papel se houvesse alguma esperança de se encontrar Sônia.

— Transmitirei a proposta a Sônia Dimitrovna — disse Ramiro.

— Mas uma coisa o senhor não nos pode negar — disse a atriz a Ramiro. — Queremos filmar o seu encontro com a equipe, aqui no Xingu. É para a propaganda mundial do filme. A ideia é filmar esse nosso encontro em Diauarum como se fosse o seu encontro com Sônia.

— Por falar nisto — disse Ramiro dirigindo-se ao cinegrafista — vocês suprimiram toda e qualquer referência a Sônia como espiã soviética tentando transformar o Planalto Central em porta-aviões russo no seio do Brasil? Minha ameaça está de pé. Inicio o processo no dia seguinte.

— Suprimimos tudo. E em consideração ao senhor. Porque o velho Dimitri, a quem competiria qualquer iniciativa legal, aprovou o roteiro de cabo a rabo. Nós só queríamos lhe pedir uma compensação. Nos disseram que no Capitão Vasconcelos ficou a mala de Sônia com as roupas dela. Queríamos estas roupas. E o vestido que ela trajava quando desapareceu e que segundo o Falua foi encontrado no mato. Pretendemos exibir tudo isso na estreia do filme.

— A mala — disse Ramiro — ficou realmente no Posto, e quem sabe dela é o Fontoura.

— Ora — disse o Fontoura —, havia lá uns três vestidos que distribuí entre as índias. O resto eram calcinhas e porta-seinhos e biquininhos que manteriam as índias tão nuas como antes de usar tais coisas. Joguei tudo fora. O que é que se ia fazer com aquilo? Relíquias?

Toda a equipe do filme achou graça.

— E o tal do último vestido? — disse a atriz.

— Este eu o achei, jogado no mato pelo seu raptor sem dúvida — disse Ramiro. — Este me pertence e não o cedo, não empresto e nem vendo por preço nenhum.

— Bem — suspirou o cinegrafista —, pelo menos deixe-nos filmar seu encontro com "Sônia" aqui no Diauarum.

— Amanhã de manhã — disse Ramiro. — Estou muito fatigado agora.

Mas de noitinha, na casa do Posto Diauarum, Vilaverde veio a cada membro da Expedição transmitir como chefe o apelo que fazia Ramiro aos companheiros: o de que saíssem dali enquanto estivesse ainda escuro, silenciosamente, para escapar àqueles "coveiros de minha Sônia", que era o que a ele pareciam ser todos os que presumiam a morte, ou pelo menos o irremissível desaparecimento da bailarina do Milton Danças. E foi no lusco-fusco que os brancos resignados e os índios estremunhados puseram n'água os barcos e ligaram os motores para a fuga. Uns dois dias adiante começaram a se multiplicar os sinais de uma concentração maior de txucarramãe para leste, uma concentração que parecia a Vilaverde e a Fontoura inesperadamente marcada, já que naquela altura do rio a tribo devia estar dividida pelas duas margens.

— Será realmente estranho — disse Ramiro a Fontoura e Nando — se os idiotas ficam lá no Diauarum, pertíssimo talvez de Sônia e tentando representá-la com aquela lambisgoia, enquanto nós encontramos a verdadeira Sônia, que será filmada por Fellini e não por esses mentecaptos.

— Ainda bem — disse Fontoura preocupado — que eles não estão saindo do lugar. Gente assim acaba causando as maiores dificuldades em matéria de índios.

— Você não acha que o Vilaverde e o Nando — disse Ramiro — deviam estabelecer contato com esses índios? Senão, eles podem atirar flechas contra um camarada da equipe e é capaz de surgir um incidente grave.

— Eu sei perfeitamente — disse Fontoura — que você não está de todo preocupado com a saúde dos txucarramãe e sim com essa mania absurda de encontrar Sônia. Mas Deus fala pela boca dos doidos.

Vilaverde e Olavo foram convocados pelos outros dois. Lauro veio escutar.

— Realmente — disse Vilaverde —, se a nós um grupo isolado de txucarramãe atacou assim de supetão, há perigo de alguma reação deles violenta, quando em grupo grande. Seria bem interessante se fôssemos até eles. Só que...

— Só que o Centro Geográfico está à nossa esquerda, para oeste — disse Lauro.

— Eu avisei antes da gente iniciar a viagem — disse Nando — que muito perto do Centro não há possibilidade de campo de pouso.

— Sim — disse Olavo — mas entre isso e sair à procura de tribos indígenas...

— É exatamente o reparo que eu queria fazer — disse Lauro.

— Se vamos realizar uma exploração de terreno, por que não ir em direção aos txucarramãe? — disse Vilaverde.

— Convenhamos, Lauro, que o Vila tem sua razão — disse Olavo. — Vamos meter a cara pelo matagal. Assim a gente tem mais o que contar depois.

— Claro — disse Ramiro. — Além disso, o encontro de Sônia tornará vocês todos célebres e trará algum interesse ao Centro Geográfico do Brasil.

Como concluiu mais tarde um inquérito feito no Rio sobre as circunstâncias da morte do Fontoura e as privações sofridas pelos membros da Expedição, a decisão foi tomada com certa ligeireza. Exatamente isto é que queria provar Lauro, cujas entrevistas aos jornais provocaram o inquérito. Segundo ele a Expedição teria tido outra eficiência e o campo de pouso teria sido feito, sem recurso ao hidroplano, se não fosse aquela mania de estabelecer contato com índios bravos. Isto para nem mencionar a procura de mulheres maiores de idade e desaparecidas anos atrás. A verdade é que Lauro protestou na hora e foi voto vencido. Ou nem votou. Ficou resolvido que a Expedição ia ultrapassar o ponto em que devia largar o rio e andar 17 quilômetros para oeste, rumo ao Centro Geográfico. Em lugar disto, marcharia para leste, rumo aos índios txucarramãe, e descreveria em seguida, de leste para oeste, um arco de mais de 300 quilômetros, cortando de novo o Xingu lá em cima. Os botes ficariam perto da foz do Jarina, alagados e ocultos na vegetação de beira-rio e os motores de popa escondidos por perto, em oco de árvore. Os índios, que não iam voltar de avião, levariam os barcos de volta, depois de encerrada a Expedição. Assim, a partir do momento em que iniciasse a marcha, a Expedição não contaria mais com barcos. Ia depender muito mais do avião de abastecimento e ficava com os prazos da viagem um tanto fluidos.

— Nem americanos nem europeus planejariam uma coisa assim no vago — disse Lauro.

— Você não quer ser diferente deles? — disse Nando.

— Eu quero ser melhor do que eles — disse Lauro.

Na vida de Nando e Francisca a zona do Jarina e da Cachoeira de Von Martius se transformou em mero divisor de águas. O dia em que se adotou a resolução de fazer a marcha ficou entregue à fantasia de cada um. Nando tomou a pequena ubá que vinha no barco da carga e saiu remando, ali onde o Jarina entra no Xingu. A foz, abaixo da Cachoeira de Von Martius, fica meio oculta por uma ilha. Dando a volta à ilha para melhor pensar em Francisca, Nando a viu pela primeira vez transferida para o mundo. Desde os tempos de Olinda que certas paisagens eram para Nando a própria Francisca transposta para outro meio de expressão: oitão de igreja batido de sol com cajueiro, coqueiro perto de rede de pescar estendida na areia. Às vezes Nando sentia mesmo um certo temor de perder Francisca fragmentada em demasiadas paisagens. Vinha-lhe uma avareza, uma necessidade de limitar tamanho esbanjamento de Francisca, de disciplinar sua invocação involuntária. Mas aquele dia na foz do Jarina foi diferente. Remava Nando perdido em sonho de Francisca, a capacidade de visão tomada pela imagem muito viva daquela com quem acabava de estar, quando a viu realmente transferida para o mundo. É que por trás da ilha entrara quase insensivelmente por um furo estreito e alastrado de orquídeas dos dois lados. Mata fendida pelo fio de água, fio de água tornado lilás pela contemplação de tantas orquídeas. Nando remou de volta ao acampamento, encostou a ubá para chamar Francisca:

— Venha, venha comigo, Francisca.

— Aonde? Você parece que viu assombração.

— Foi quase isto. Se lembra que outro dia você se queixava de nunca ver flores na floresta?

— Lembro.

— Pois eu acho que a floresta te ouviu e meteu-se em brios.

Nando falava em tom ligeiro em parte para esconder a agitação da descoberta, para guardar a naturalidade, para que Francisca não perdesse tempo e entrasse na ubá que voltou célere ao fio de vivas águas lilases. Francisca ia silenciosa ao seu lado.

— Nando! — disse Francisca.

Ela colocara a mão no braço de Nando ao descobrir, contornada a ilha, a vereda de orquídeas que surgia ofertando-se à proa da ubá. E ali ficou sua mão à medida que a canoa prosseguia, que as orquídeas desciam pelas árvores, que o furo ia pouco a pouco se afunilando. Quase de si mesma a ubá se encostou à margem direita do furo e Nando e Francisca saltaram enlaçados pela cintura. Mais para dentro da margem havia orquídeas claras, quase brancas. Nando e Francisca não falaram. Apenas se voltaram um para o outro, braços abertos, e o breve instante em que se separaram foi para deixarem cair no chão as roupas sobre as quais se deitaram debaixo de orquídeas pálidas, separados do rio por um cortinado de orquídeas coloridas. Quando veio o prazer Francisca o fechou em lábios e pétalas quentes sem nenhuma palavra e Nando descobriu o gozo que é profundo e contínuo como mel e seiva que se elaboram no interior das plantas. Se de quando em quando separavam boca ou ventre era para melhor se verem um instante e constatarem com assombro que eram ainda duas pessoas. De novo se perdiam um no outro sem mais saber com que lábios sentiam os lábios do outro ou quem possuía e quem era possuído, ambos sem rumo que não fosse o outro pois viviam um no outro e se detestariam quando uma vez mais estivessem sozinhos depois de haverem vivido tamanha soma da vida. Entraram na água fresca do furo cheios ainda de desejo, não desejo de fome, que estavam saciados, mas desejo de moradia um no outro pois nenhuma razão reconheciam como válida para serem dois. Ainda pingavam água nus e sorridentes quando Nando constatou desapontado que seu próprio sexo não estava no ventre liso e flexível de Francisca e que nem no seu peito de homem floriam os pequenos seios dela.

Nando teria preferido egoisticamente guardar a vereda como um segredo. Voltaram ao acampamento em silêncio, Nando principalmente procurando controlar a sucessão de imagens da nova Francisca. Antigamente lembrava-se sempre dela com o último vestido em que a vira e com os cabelos da maneira em que se arrumavam na véspera, mas agora era o deslumbramento de Francisca verdadeira das plantas dos pés aos cabelos revoltos ou molhados, Francisca essencial, fazendas, couros, fitas e grampos varridos sem remorso para longe do seu corpo como se ali se pousassem como nuvens ocultando o sol. Ramiro, sentado na rede esticada entre duas árvores, disse:

— *Catleia violacea.*

Francisca e Nando o olharam com espanto mas Ramiro sorriu e apontou a mão em que Francisca, distraída, carregava três orquídeas.

— Pois é — disse Francisca —, nós vínhamos mesmo avisar vocês da descoberta mais bonita que a Expedição fez até agora.

Nando, pesaroso, seguiu a única linha possível.

— Demos a volta à ilha e num furo estreito nos vimos cercados de orquídeas. Essas que Francisca trouxe são mesmo *Catleia violacea?*

— Eu sei vários nomes de orquídeas — disse Ramiro — lindíssimos. Não sei é fazê-los coincidir com as flores. *Catasetum pileatum, Galeandra devoniana.* Que beleza! *Catleia luteola.* Lindo!

E foram todos visitar a Vereda de Orquídeas, numa das canoas grandes.

— É pena que quando afinal a gente encontra flores não sabe o nome delas — disse Francisca.

— Basta escolher — disse Ramiro. — Isto de flor é como borboleta. As azuis têm nomes triunfais: *Morpho menelaus, Morpho helenor.*

— Negócio de flor e de árvore é difícil da gente conhecer, num país como o Brasil — disse Lauro. — Há espécies demais.

— Pura conversa — disse Fontoura. — É que a gente só aprende o nome das coisas, o nome isolado das coisas. É o caso do Ramiro.

Ramiro estava loquaz.

— Eu sei o nome de todas as flores que poderemos encontrar por aqui.

— Não são tantas assim — disse Francisca.

— Não são? E os nenúfares, as liliáceas que florescem dentro do rio, à sombra das cachoeiras? E as sobrálias, quase orquídeas, tão densas às vezes que Schomburgk teve de abrir caminho entre elas a machadinha, seus olhos europeus cheios de lágrimas pelo sacrilégio? E há uma flor que eu conheço, tu conheces, ele conhece, todos nós conhecemos. Refiro-me à vitória-régia, à planta-flor que um inglês teve a audácia de batizar com o nome daquele bofe que foi a rainha Vitória. Devia se chamar Joana d'Arc, pois tem uma flor virginal defendida por imenso escudo verde.

— Até agora — disse Francisca — só eu e Nando é que descobrimos flores neste matagal. Onde estão as suas flores, Ramiro?

Ramiro fez um largo gesto de proprietário que não pode se dar o trabalho de descobrir onde mandou plantar alguns de seus mil canteiros de flor.

— Por aí, pela Hileia.

Mas já surgia a vereda. Para Nando, a profanação por tantos olhos e tantos olfatos daquelas flores e daquele perfume que se confundia agora com o de Francisca foi mitigada pelo silêncio em que se ouviu o próprio deslize da canoa grande penetrando no furo.

— Somos seguramente os primeiros a ver isto — disse Lauro. — Brasileiros.

Até aquela manhã, pensou Nando olhando o rosto de Francisca, as flores e as águas eram secretas. Agora as orquídeas estavam cheias de gemidos e as águas salgadas com o suor do amor.

— *Menadenium labiosun* — disse Ramiro misterioso.

Ramiro tinha empalidecido ao sentir em cheio a névoa de flor e de cheiro. Saltou na beira, deixando-se molhar pelas águas, chapinhando em barro molhado.

— Fazer catleia, para Swann, era fazer amor — disse Ramiro.

E saiu andando por terra, olhos ávidos mergulhando na sombra. Da canoa Fontoura gritou para ele:

— Quer que eu chame para ver se Sônia está escondida no fundo?

— É em águas assim que a gente pesca iaras, não é? — disse Ramiro.

— Pescava — disse Fontoura. — Não tem mais.

Não foi propriamente para se vingar, mas Ramiro disse:

— Se teu parque sair a gente pode criar iara de novo.

— Brrr! — disse Vilaverde, cheirando uma flor rajada feito um leopardo.

Ramiro se aproximou interessado, cheirou a flor.

— Esta eu conheço mesmo, é uma aristolóquia. Tive uma trepadeira delas em casa. Mamãe mandou derrubá-la por causa do mau cheiro.

Todos aspiraram a flor linda e fétida.

— Na tristeza em que caí quando não encontrei mais minha trepadeira — disse Ramiro — escrevi *in memoriam* um soneto em alexandrinos. O fecho de ouro celebrava "a graça fedorenta das aristolóquias".

— É isto — disse Fontoura. — No Brasil a gente só consegue identificar as coisas que fedem muito. Sus! amigos, voltemos e preparemo-nos para chegar à Aristolóquia Central.

No segundo dia da marcha rumo aos txucarramãe, a Expedição foi sobrevoada pelo aparelho do Correio Aéreo e recebeu víveres atados a um paraquedas. Olavo, por meio de sinalização mais elaborada, comunicou que a Expedição procurava local para o campo de pouso, antes de ir ao Centro Geográfico. Durante a transmissão de sinais, Ramiro lhe perguntou:

— Não existe alguma convenção para se pedir lança-perfume?

— Pedir o quê? — disse Olavo.

— Umas rodos metálicas — disse Ramiro.

— Você está de porre, homem? — disse Olavo.

— Não, mas gostaria de ficar, logo que abrande minha enxaqueca. Ela chegou. Esqueça o lança-perfume. Éter sulfúrico eu tenho.

Ramiro tinha o olhar esgazeado, os gestos inseguros, o rosto lívido, feições repuxadas, os bigodes crescidos. Estava mais gordo, amarelo, e dava a impressão de que, se fosse tocado por um dedo, ia ganir de dor. Queria que se prosseguisse assim mesmo na marcha mas Fontoura se irritou:

— Ramiro, você afetando heroísmo é inaceitável. Entra na rede e fica.

Ramiro afundou prontamente na rede.

— É a luz, Fontoura, é a luz. Se você quiser caminhar à noite eu te sigo. Sem heroísmo. Mas esta luz crua, incivil!

— Desta vez eu conto — disse Lauro.

— O quê? — disse Nando.

— Não é de jabuti, Fontoura — disse Lauro. — Prometo. É a história da filha da Cobra Grande, que logo no princípio das coisas arranjou um homem para casar com ela mas não tinha coragem de dormir com ele porque a noite não existia no mundo, só o dia, só a luz.

— Ai, que horror — gemeu Ramiro.

— Ordenou que se buscasse na casa da mãe Cobra Grande o caroço de tucumã em que ela escondia a noite. A Cobra mandou o tucumã da noite para a filha usar nas bodas e enviar de volta depois. Para tirar só um pouquinho de escuro. Fez-se o escuro, houve as bodas e voltou a luz a reinar. Mas o marido da moça botou o caroço de tucumã no ouvido e ficou embevecido, ouvindo sapo, grilo... Derreteu o breu que fechava o tucumã e a noite pulou inteira de dentro.

— Que alívio — disse Ramiro.

— A Cobra Grande teve então de se conformar — disse Lauro — e dividir o dia da noite. Nem isso a filha dela quis fazer porque logo que ficou escuro outra vez meteu-se na rede com o moço seu marido ao som de sapos e grilos.

Da maleta de remédios que possuía, Ramiro havia retirado e colocado ao pé da rede uma caixa só das enxaquecas. Lauro falou em voz que todos poderiam ouvir, mas na realidade falou com Francisca:

— Vamos deixar Ramiro repousar agora? A filha da Cobra Grande está quase abrindo o tucumã.

— Como é o tucumã? É uma árvore? — disse Francisca.

— Sim — disse Lauro —, é uma árvore...

— É uma palmeira — disse Nando.

— Claro — disse Lauro —, *Astrocaryum tucuma*, classificada pelo Martius, esse da cachoeira.

— Gringo — disse Nando.

— Mas eu quero saber — disse Francisca — como é o tucum, o caroço.

— Bem — disse Lauro. — O tucumã, pela descrição de Von Martius...

Vilaverde que escutava deu uma risada:

— Se você sair andando bem direito em frente bate com a cabeça numa palmeira de tucum.

Lauro deu um salto.

— É mesmo?

— Aquilo ali, olha — disse Vilaverde.

Lauro se afastou comovido para examinar a palmeira e Ramiro pediu a Francisca:

— Apanhe aí o vidro da minha Valeriana de Richter, por favor. Ah, e o Electuário de Swediaur. Não me lembro em qual dos dois entra o absinto.

— Deixe ver — disse Francisca —, a Mistura tem tintura de castóreo, láudano de Sydenham, tem... Ah, é o Electuário. Está aqui o absinto, um grama.

— Me dá uma colher de sopa num copo de água por favor. Vou tomar com isto uma das hóstias que estão no vidro ao lado, de Exalgina do dr. Bardet. Daqui a duas horas tomo a Neurosine Prunier.

— Mas você se medica assim em massa? — disse Francisca.

— Eu sou médico. Ou melhor, aprendi o suficiente para ser médico de mim mesmo. Gasto muito dinheiro nos meus tratamentos.

— Os remédios estão caros — disse Francisca.

— Não é bem isto. Estão ruins. Sem imaginação. Eu mando aviar especialmente meus remédios, de acordo com as fórmulas antigas. Os que não consigo fazer na minha farmácia, faço vir de Paris. Passe aí meus pós de cânfora e o cristal japonês. Às vezes ocorrem confusões provenientes da nossa ignorância. Sempre achei o *tamar indien* básico para uma porção de fórmulas e o mandava vir de Paris quando de Paris acabaram por me pedir que lhes mandasse daqui a matéria-prima para fazer o pó: eram tamarindos, que eu tinha no quintal do Catete. Como o tucum aí do nosso Lauro.

Francisca e Nando se entreolharam porque Ramiro parecia agora falar para se ninar.

— Eu tenho uma certa queda pelas enxaquecas, as *migraines*, porque são daqueles males que resistem à moda de antibióticos e outras maneiras de enfrentar a dor pelo facilitário. A base eterna da cura da enxaqueca é o repouso, a diluição do ruído, da luz, o reino da penumbra, a compressa fria na testa inundada de Chloretylle Bengué, a friagem interna do éter das pérolas de Clertan, os clisteres, os escalda-pés, o chá de erva-cidreira, as Pílulas Angélicas do dr. Franck, rue Phillippe-de-Girard, o grande vinho tônico de Cabanès, a beladona, cravo vermelho, dormideiras, o xarope de *escargots* ou caracóis das vinhas (ferva os caracóis até que larguem a casca, evite a parte preta, água fria, água fervendo de novo, deixe evaporar um terço, coe, bote açúcar, beba), o de avenca ou capilé, as pílulas cânforo-opiadas de Ricord, 20 Place des Vosges. A minha enxaqueca particular, quando vai se despedindo, me dá fenômenos minguantes de hemiopia ou crescentes de diplopia muito agradáveis de misturar com eventos psíquicos semelhantes aos induzidos pelo éter sulfúrico.

Lauro voltava com um tucum na mão. Vinha sem dúvida falar a respeito, mas como Ramiro tinha dormido Nando se limitou a lhe pedir silêncio e sem maiores cerimônias se afastou com Francisca.

— Por que é que você foi saindo assim? — disse Francisca.

— Porque quero ficar sozinho com você.

— Não vá escandalizar os companheiros.

— Vou comunicar a todos que você é minha noiva e que vamos nos casar logo que encontrarmos quem nos case.

— Antigamente havia um padre por aqui — disse Francisca.

— Quando é que nos casamos? — disse Nando.

— Eu respondo antes de ir embora daqui.

— Você não vai embora, nunca.

— Por quê? Eu sou livre, sabe?

— Era, Francisca. E digo que você não vai embora no sentido de saber que você não irá embora de mim. Se você não ficar aqui eu vou com você.

Francisca, com um suspiro, sentou ao pé de sua rede numa lata vazia de querosene que lhe servia de mesa de cabeceira à noite. Postou contra a árvore onde se atava um dos punhos da rede a máscara de dança dos suiá que copiava para restabelecer mais tarde a comparação entre máscaras de várias tribos. Nando sentou-se no chão, ao lado da máscara, diante de Francisca.

— Me diga mais a seu respeito, Francisca. Quem é você? Por que é que não se sabe quem é você?

— Não sabe quem não pergunta. E você, aliás, está cansado de saber. Agora então!...

— Eu estou perguntando porque não sei. Você apareceu no mosteiro copiando azulejos, pintando cantos da igreja. Noiva de Levindo, é verdade, ajudando Leslie numa ou noutra coisa, mas misteriosa, desligada das coisas.

Francisca riu.

— Você é que era desligado das coisas, você não se interessava por nada que não fosse sua futura obra no Xingu. E os ossos. Eu noivava com meu noivo e quando não estava com ele copiava azulejos.

— E você conhece outra pessoa que copie azulejos? Que copie desenhos corporais dos índios? Você é o mistério.

— Porque você me prefere assim. Quer que eu conte como se faz cerâmica por atacado? Os fornos, as tintas?

— Quero que você me conte como é que você aprendeu a amar como ama.

— Primeiro foi um homem de meia-idade, que me amava desde que eu era menina. Quando Levindo morreu aquele velho amor dele, meio paternal, me consolou. Ah, você sabe quem é. Ao menos de nome. O Macedo, professor de Antropologia. Era a menor traição que eu podia fazer a Levindo. Foi então que...

— Não — disse Nando —, não conta.

— Está vendo? Depois você me chama de enigma.

— Eu tinha guardado uma tal imagem de você do tempo do mosteiro que... Sei lá. Só imaginava você pura, totalmente pura.

Francisca ia passando para o caderno de desenho a máscara apoiada contra o tronco de árvore. Havia a barra preta da testa, à qual se seguia em relevo na madeira o pequeno nariz quadrado entre olhos que eram duas asinhas pretas ou dois acentos circunflexos com os vértices voltados para o nariz. Embaixo uma barra branca. Mais embaixo as complicadas figurações peitorais: triângulos, dentro de triângulos, dentro de triângulos, feixes de triângulos separados de outros feixes por listras pretas como cintos em possíveis cinturas, o todo abstrato e geométrico.

— Como é que os índios têm tudo isso na cabeça?

Ela agora copiava em traços rápidos a barba de fibra que pendia do queixo reto da máscara.

— Você já amou alguém com a intensidade com que me ama? — disse Nando.

— Não — disse Francisca. — Nunca.

Cheio de desaflição e de ternura Nando acariciou os cabelos claros. Ainda desenhando Francisca disse:

— Pergunta a que eu não saberia responder se fosse pura, totalmente pura.

Nando soube reconhecer que a afirmação prescindia de resposta sua. Francisca prosseguiu:

— Existe alguma esperança de se encontrar Sônia?

— Talvez a principal dificuldade seja que Sônia não deseja ser encontrada.

— Será mesmo verdade isto? Que ela tenha fugido, como você acha e o Fontoura também, ainda entendo. Digamos que ela fugiu assim, num arranco para escapar ao Falua, ao Ramiro, coitado, sei lá. Ficar a vida inteira no mato voluntariamente é que eu acho difícil. Mulher de um desses índios que mal entendem o que a gente quer dizer mesmo que fale língua deles?

— O Anta era bem melhor que a média deles — disse Nando.

Francisca completou a barba e começou a retocar o centro da máscara.

— Ou será que ela era bem mais pura do que nós?

— Mais pura? Hum...

— Digo mais intacta de espírito. Mais capaz de entender, por exemplo, os desenhos de uma máscara de dança suiá.

— Isto é possível — disse Nando. Francisca suspirou.

— É sempre preciso explicar. Para vocês pureza é só uma coisa. Cruzes!

No mais negro da noite, Nando, que dormia um sono irrequieto, sentiu no ar o cheiro comunicativo do éter que Ramiro cheirava em sua rede. Nando sentiu as imagens presas que se chocavam em sua cabeça como aves escuras contra as grades de um viveiro. Só uma ave brilhava de ouro entre todas e era a nova Francisca elementar. Agora que já a tivera quente entre os braços, que novas relações se haviam criado entre ela e suas imagens fundamentais? E que novas relações precipitara ela entre essas imagens e as que originara entre as orquídeas? Aproximou-se mendicante da rede de Ramiro que sem dizer palavra estendeu-lhe meio vidro de éter. A outra metade ele a passara para uma âmbula de Guyon irmã da que dera a Nando e que usava para umedecer o lenço sob o céu estrelado.

— Pela mão de Vanda — disse Ramiro. — Chegou. Entendeu?

— O quê? — disse Nando segurando com amor o vidro frio.

— O símbolo. Os que amam são símbolo de quem amam.

— Como assim?

— Sônia me vem pela tua mão, Nando. Só pode ser isso.

Nando voltou à sua rede. A figura doce de Vanda passou, ao ser pronunciado seu nome, como o leve perfume que uma brisa traz não se sabe de onde e carrega quem dirá para que canto. Nando aspirou o lenço molhado, aquela primeira cheirada penetrante e áspera que faz a gente afastar de si o cálice ainda cheio. Relembrou a advertência: se vais entrar dentro de ti arma-te até aos dentes. Mas não, não ia propriamente entrar dentro de si mesmo e sim dentro de um meio mental onde boiava Francisca pois nada mais era que um francisco frasco. E Francisca boiava nas águas que exigia e purificava com a simples exigência. Exceto que. E na fase ainda puramente da dramatização violenta de ideias o grande poeta atravessando a Ponte dos Suspiros perdido em meditação mas andando sobre as mãos, pernas para o ar e dizendo em *terza rima* que a ele não fizessem o que haviam feito a Hegel. No roxo crepúsculo ao fundo pegou fogo um cipreste com chama verde. O importante seria escrever, disse Nando aborrecido consigo mesmo. Perda de tempo do contrário mas não ia começar no escuro em rede tinha graça. Como não podia deixar de ser lá estava ela mas falando sem som a um outro e como ia ele interromper? Francisca ouvia a história, sorria mas era a ele que buscava relanceando os olhos ao redor apesar do esforço que fazia quem falava para que os olhos dela o fitassem. Agora Francisca ria e não relanceava mais os olhos e Nando se viu chegando e a maçã lhe sendo ofertada mas logo após estava pacificando txikão e txikão disparou a flecha mas ele não se incomodou e a flecha entrou no peito e bateu em alguma coisa dura e clara feita talvez com ossos do ossuário. Nando compreendeu então que a flechada era verdadeira mas que ao mesmo tempo o episódio todo era para ilustrar a conversa de Francisca cujo tema era a diferença entre um mártir e um mágico. Difícil de verdade era captar alguma coisa do momento do porre em diante pois toda tentativa de formulação borrava a imagem ou então interrompia a sequência válida porristicamente com transposições apenas úteis depois mas nunca representantes dos momentos que. Qual a matéria em que se chocara a flecha? Um corpo estranho ali colocado ou ao contrário incrustração natural a mágico ou mártir o que significaria sem dúvida hostilidade menor entre os biótipos? Luminosa era. E sede de uma fome. De preguiça e de fome. Uma noz luminosa de inação, de indolência e de notável fome, provavelmente sólida mas com uma força extraordinária de atração à superfície. Francisca tinha dado a mão ao seu confidente que agora Nando identificava como Lauro mas a mão não era dada sob o signo do amor e sim de medo da atração a vácuo que exercia sobre ela a luminosa noz. Em pouco voavam em direção a Nando os cabelos e a roupa de Francisca e ele querendo dizer a ela que não agia assim de propósito, que era mais forte do que ele aquela força, que ele lhe daria mesmo as costas se ela quisesse, que ela podia largar a mão de Lauro pois num momento estaria desligada a corrente. Quando molhou o lenço que secara no seu nariz Nando viu Francisca quebrando com gesto seco um azulejo do qual saltou uma cobra ou mais exatamente um raio de treva que se esparzia. O máximo estava dado de lição compreensível antes de completamente soltos os cavalos de venta fremente. Costumeiros. Troca absoluta de idiomas.

Era difícil amar na Expedição, mas naquele dia que ninguém sabia que seria o último dia inteiramente calmo foi possível, já que o éter agravara ao invés de minorar a enxaqueca de Ramiro, que ficou semimorto na rede, meia máscara de dormir amarrada na cara o dia inteiro, balde de água fria ao seu lado para umedecer a compressa, balde de água quente trazido de quando em quando por um índio pará o pedilúvio. Nando pegou um dos rifles da Expedição e saiu com Francisca, na esperança de jacubim ou caititu e na ansiosa quase certeza de Francisca. Quando lhe deu o primeiro beijo na primeira zona densa de floresta, Francisca se admirou do cheiro de éter. Foi com a maior estupefação que Francisca ouviu a explicação de Nando.

— Cheirando éter, como? — disse Francisca. — Você fala nisto com uma naturalidade que Deus me livre!

— Bem...

— Como bem? Você começou a cheirar éter por quê? Precisou cheirar por que estava doente? Ficou assim depois de uma operação?

— Não. Para dizer a verdade foi uma noite, depois do jantar, na casa de Ramiro, no Rio. Todos cheiraram lança-perfume. E criei respeito pelo éter, palavra. Eu até acredito, com meu Falua, que as drogas em breve estarão no programa primário e ginasial. Onde ainda houver no currículo o ensino religioso elas serão indispensáveis.

— Estou imaginando — disse Francisca. — Ave-maria e lança-perfume.

— Da ave-maria ao Apocalipse, tudo ficará mais claro com éter.

— Você podia vender o *slogan* à Rodo. Francamente!

— O mal aí, a malícia, o escândalo provém de você.

— Ah, muito bem. O jovem sacerdote toma uma pifa de lança-perfume mas o escândalo provém de mim.

— O sacerdote encontrou no lança-perfume a confirmação da vontade de Deus — disse Nando. — A qual era que eu amasse você.

— Isto eu sei que você só explicaria em alguns tomos — disse Francisca — e não convenceria.

— Quando Deus nos encaminha àquilo que temos capacidade de amar com maior verdade, está nos encaminhando a ele próprio.

— E o éter encaminhou você a mim?

— Me encaminhou a mim e a você.

— Ah — disse Francisca —, quer dizer que o que você mais ama é Nando e depois Francisca.

— Não adianta troçar de mim — disse Nando. — Estou falando a verdade e só a verdade. O éter me levou ao meu eu real e a busca desse eu real era você.

— E todo o mundo imaginando que a busca de sua vida eram os índios do Xingu. Quando acaba era só eu. Você é de uma desambição de dar pena, como diria Winifred.

— Você continua troçando de mim — disse Nando. — Mas eu me conheci no éter e sei que sou homem de dedicar a vida.

— Ao amor! — disse Francisca. — Lindo. Eu só pergunto a mim mesma que diria Winifred a isto. Ela me escreve de vez em quando, você sabe? E se queixa de que você nunca escreveu.

Nando hesitou mas um instante só.

— Agora escrevo. E com toda a ternura de que sou capaz. Ela te contou, não contou?

Francisca fez que sim com a cabeça.

— Agora escrevo para agradecer a ela ter me dado você.

— Não! Isto é o cúmulo.

— Então não digo. Agradeço só. Mas é verdade. Tudo que me aconteceu foi uma preparação para você. Para eu amar você até o fim do mundo.

— Nando, isto não existe e você sabe que não existe. A melhor maneira de destruir o amor que você porventura tivesse seria você se dedicar inteiramente a mim.

— Você me deixa experimentar?

Francisca saiu andando na frente dele, sem responder. Dentro de pouco tempo, numa distante clareira, se amavam como se Nando quisesse provar o que tinha dito e como se Francisca só duvidasse por medo de acreditar no que ouvia.

— Não é possível que dure — disse Francisca — essa maneira violenta que temos de nos amar. Ressacas não duram, nem tempestades, nem nada assim como tufões.

— Cachoeiras duram — disse Nando. — Não acabam nunca.

Francisca sentou no duvidoso leito de roupas estendidas.

— No dia em que tivermos uma cama de verdade isto passa.

— Não adianta dizer coisas chocantes, para se convencer.

— É impossível que não passe, Nando. Antigamente eu me considerava má porque amava meu noivo, porque você era padre e ver você me perturbava. Agora eu sinto uma certeza que me horroriza. Mesmo que eu tivesse me casado com ele eu ia ser sua.

Nando tomou-a de novo nos braços, deitou-a de novo para possuí-la, não como com as outras mulheres mas na certeza da prolongada glória que subia pelo caule do tempo como se os dois corpos entrelaçados produzissem com a troca de seivas uma flor aos poucos.

— Você está dizendo o que eu mais gostaria de ouvir — disse Nando.

— E o que eu menos gostaria de dizer — disse Francisca. — Eu me sinto totalmente traidora. Nunca fui de Levindo mas sei que não seria dele assim... feito um bicho. Nós dois nos amamos... não sei como, Nando. Mas sei que escandalizaríamos onças, índios.

— Como os grandes amantes, Francisca, assim é que nos amamos.

— Eu me sinto como se tivesse enganado Levindo desde aquele tempo, como se tivesse escolhido você e sido por você escolhida quando ainda pretendia casar com ele. Eu traí Levindo antes de me casar e trairia ele depois. É um pecado esquisito e mesquinho.

— A religião católica é estrita mas de uma objetividade sábia — disse Nando. — O seu é um pecado de escrúpulo, de especulação mental. Casa comigo, Francisca.

Francisca teve um arrepio, cruzou os braços sobre os seios, como se assim se abrigasse do frio e das lembranças.

— Eu vi o corpo de Levindo, Nando, morto duas vezes, no mesmo dia. Primeiro no pátio do Engenho da Estrela. O portão do Engenho estava fechado, a polícia cercava os cadáveres. Agarrada nas grades, chorando de amor e de raiva, vi o corpo de Levindo entre os dos camponeses que tinham ido reclamar salário atrasado. Meu pai me abraçava pelos ombros, com uma lealdade e um carinho que eu nunca tinha sentido nele. Levindo não tinha carregado nenhuma arma e em torno dos camponeses estavam arrumadas as que carregavam: duas peixeiras, três foices. E todos fuzilados, ali. Levindo ensanguentado e empoeirado. Quando eu gritei me levaram embora, mas fui vigiar o Instituto Médico Legal na cidade. Quando os corpos chegaram entrei sozinha, em silêncio, e vi Levindo morto pela segunda vez. Ele e os outros tinham tido as roupas rasgadas no Instituto, para contagem de buraco de bala. Apesar daquela sua doce vaidade de estudante que queria ser camponês, Levindo, de camisa de algodão, calça de brim, sandálias de couro cru era o chefe daqueles mortos. Um buraco no pescoço, dois buracos no peito. A gente quase ainda via uns fios de vida saindo com pena dos buracos. Acho que eu nunca teria tido força de sair de lá, se um outro braço não me ajudasse. E falando de vingança. Era Januário me dizendo: "A família de Levindo está apavorada. Se me entregasse o corpo eu botava cinco mil camponeses para enterrar Levindo. Vão levar ele para casa como se tivesse sido atropelado por um jipe." Depois acompanhei Levindo fechado no caixão. Um enterro discreto, de menino que ficou embaixo de carro. E que agora está sendo chorado aqui pela noiva nua em pelo.

— Agora não — disse Nando —, anos depois. A vida continua.

— Não diga — disse Francisca.

— Por que é que você não há de casar comigo?

— Você não acha a solução fácil demais? Ah, por falar nisto: você sabe que Levindo queria que você nos casasse?

— Não vejo por que você há de sentir culpa em relação a Levindo. Você foi perfeita com ele.

— E ele foi perfeito com todos, Nando. Levindo só queria casar, ter filhos, viajar, acabar os estudos ou até cortar o cabelo quando não houvesse mais injustiça no mundo. Entendeu? Agora diga que ele era criança, que essas coisas passam com a idade, que um dia não haverá mais camponeses assassinados em Pernambuco, que tudo chega a seu tempo.

— Francisca, não comece a me odiar só porque me ama. Não foi por sua ou por minha culpa que Levindo morreu. Por que é que a morte dele haveria de ficar entre nós dois?

— Escuta, Nando, é impossível que um crime horrendo assim não tenha alguma consequência definitiva, para alguém. Levindo acabou. Feito um bicho sangrado, esfolado — e jogado fora. Se até a minha vida vai ser tranquila e feliz a morte dele está inteiramente negada, inutilizada. Daqui a pouco vão se inteirar dez anos da morte de Levindo. Será que alguém vai se lembrar? Januário, sim. Mas está atribulado, atarefado. Se eu não sacudir dois ou três, se não obrigar meia dúzia de pessoas a pensar nele, acabou-se Levindo.

— Mas meu amor — disse Nando — o que é que você pretende fazer?

— O que é que você acha razoável que eu faça? Que eu cheire éter? Que eu dê éter às criancinhas?

— Você não pode lutar à frente de bandos armados, pode?

— Vou levar para Palmares a terra do coração do Brasil. Depois...

— Sim?

Francisca cobriu o rosto com as mãos.

— Depois provavelmente faço uma viagem à Europa.

Longe dos rios a floresta amarra a cara. Ou leva as pessoas a dormirem suando em bicas mas envoltas em roupas para evitar mosquitos ou a andarem como cegos, os olhos amarrados com gaze, para escapar às lambe-olho. Com mosquito de noite sempre se contava, apesar de não ser época de chuva, mas até o veterano Olavo, menos habituado que os do SPI às caminhadas longe dos rios, caiu de joelhos no chão esfregando os olhos.

— Não esfrega! — berrou Nando. — Abre bem os olhos.

— O jeito é abrir os olhos — disse Vilaverde. — Elas bebem e saem.

— Bebem o quê? — disse Francisca que também sentia aquele ardor.

— Sei lá — disse Vilaverde. — A aguinha que a gente tem nos olhos.

— Virgem! — disse Lauro. — Mas o que é que entra assim nos olhos da gente? Mosquito?

— Jabuti não é não — disse Fontoura. — Uma abelhinha. A lambe-olho, um dos únicos bichos do mato que sabem se defender da gente. Gosto muito dela.

Nando sentiu que alguém lhe dava o braço. Era Ramiro, olhos tapados com gaze como um cego.

— Botou Chloretylle Bengué nos olhos? — disse Francisca.

— Ah, Francisca, não zombe de remédios sérios para coisas mais civilizadas. É verdade que a lambe-olho é uma espécie de moléstia da natureza e como tal merece uma certa consideração.

— Você não sente o ardor, Nando? — disse Francisca.

— Já me exercitei bastante com elas — disse Nando. — Agora, abro os olhos e aguento firme.

Lauro, olhos fechados, deu o braço a Francisca.

— Para maior glória de Deus, Nando — disse Lauro —, Deus também inventou os bichinhos incompreensíveis. Quem são os religiosos indianos que se amordaçam para evitarem matar com o hálito insetinhos invisíveis?

— Os Jains — disse Nando.

— Mandemos aos irmãos Jains uma colmeia de lambe-olhos.

Sem propriamente interferência de sua vontade, Nando desejou com as entranhas que todas as lambe-olhos se concentrassem em Lauro, que dava o braço a Francisca como se se agarrasse a uma mulher qualquer.

Non sai tu che tu sei in cielo?
e non sai tu che il cielo é tutto santo?

— Ai — riu Francisca —, estou precisando também de quem me guie.

Riam os dois, Francisca e Lauro, agora abraçados pela cintura e andando na mata como crianças que riem, perdidas num labirinto de jardim. Nando teve a impressão de que da sua cabeça em cólera haviam saído os txucarramãe. Num primeiro momento vingativo aceitou txucarramãe como coisa sua e filhos da sua ira, mensageiros seus, furiosos com aquela estúpida cabra-cega. Só quando eles engrossaram como enxame de enormes lambe-olhos é que voltou ao contexto da vida e do momento e deles se acercou juntando-se a Vilaverde e Fontoura que procuravam parlamentar. Olhos ainda vendados, Ramiro:

— Aonde é que você vai?

— Tira a gaze que agora é bugre — disse Nando.

Nando falou alto, com um secreto prazer de ser ouvido por Lauro e Francisca, que continuavam rindo e arriscavam esbarrar em meia dúzia de índios postados logo em frente, arcos não enflechados mas em boa posição de sentido. A Expedição ainda não saíra da nuvem de lambe-olhos mas as restantes abelhinhas ninguém sentiu. Nando e Fontoura usaram palavras que têm circulação em todo o Xingu e de pronto foram ao estoque de presentes. Deram facões e machadinhas aos chefes. Ramiro se acercou destemido, a venda de gaze agora empurrada para cima da testa:

— Cunhã branca? — perguntou. — Viram mulher chamada Sônia?

Nando traduziu a pergunta. Vilaverde acrescentou dados. Dois txucarramãe prorromperam num exaltado e rápido relato. Quando se calaram, Nando, Fontoura e Vilaverde recomeçaram pacientemente as indagações. Ramiro queria saber o que tinham falado os índios.

— Como sempre — disse Fontoura — viram mulher branca, ou caraíba, ou cor de tabatinga. O que um índio nunca diz é não.

— Você é um cético, Fontoura — disse Ramiro. — Vejo pelas suas palavras que Sônia está entre eles. Aliás eu sabia.

Um dos chefes txucarramãe se adiantou, facão já amarrado com embira na cintura e machadinha na mão esquerda, e falou, gesticulando, apontando o céu, com mímica de rio, de sol, fazendo cara de terror, enfiando no ar a mão direita onde estavam arco e flecha.

— Bem — disse Olavo —, tratando de coisas sérias: vamos perguntar aos nossos amigos se moram em terra bem plana, se há um bom espaço sem floresta.

— Peça a um chefe desses, Vilaverde, para descrever a mulher branca que mora com eles — disse Ramiro.

— Não — disse Olavo —, chega de maluquice. Nós precisamos descobrir um local apropriado para o campo de pouso.

— Eu já estou achando a ideia do campo maluquice também — disse Lauro. — Vamos marcar o nosso Centro Geográfico e quem quiser que venha cá depois e construa o campo.

— Mas quem? — disse Nando. — Americano?

— Eu acho bom — disse Lauro — pararmos com as picuinhas e as provocações pessoais. Aqui estamos, entre as mãos de um bando de selvagens, vagando pela selva, com os olhos cheios de abelhas ou lá o que sejam. Acho que podemos dispensar provocações inúteis.

Vilaverde falou autoritário:

— Também acho, Lauro, e tenho certeza de que se você se sente assim o Nando não fará mais brincadeiras. Mas temos que marcar o Centro Geográfico, temos que fazer um campo de pouso e tentamos encontrar Sônia, o que significa entrar em contato com índios.

— Acho que assim a gente leva dez vezes mais tempo.

— Certo — disse Vilaverde. — Em compensação assim a gente não vive como se só quisesse passar no exame. A gente vive e aprende.

Lauro encolheu os ombros, sorriu e se afastou como quem não vai mais perder tempo. Vilaverde e Olavo puseram-se a interrogar txucarramãe sobre terras planas e concluíram que sim, que a tribo era dona de um verdadeiro chapadão.

— Será mesmo? — disse Olavo coçando a cabeça.

— Só há um jeito de saber — disse Vilaverde.

E Olavo, resignado:

— Ir à aldeia dos txucarramãe e aproveitar para aproximá-los do futuro Parque Indígena.

— Exato — disse Vilaverde. — Amanhã de manhã partimos.

À noite Vilaverde passou perto da rede do Fontoura e o viu calmamente, ostensivamente de garrafa de cachaça na mão. Olhou Vilaverde, levou a garrafa à boca, bebeu, estalou a língua:

— Fontoura — disse Vilaverde —, você simplesmente não pode beber assim durante uma viagem como a que fazemos. Não pode beber nunca, você sabe disso muito bem. Mas durante uma viagem dessas!

— Mas é por isso que estou bebendo. Como vamos começar a andar a pé e não posso carregar minhas garrafas, despeço-me. E uma coisa importante que eu queria lhe dizer. A gente não aprende nada não. Dentro da cachaça então eu vejo isto com a maior nitidez.

— De que é que você está falando, Fontoura?

— Uma conversa sua, com o jabuti Lauro. Você não vai aprender nada, Vilaverde. Só os safados é que aprendem. Pode perder a esperança. Tem os que aprendem e os que fazem o trabalho.

— Fontoura — disse Vilaverde —, o que eu quero saber é se você promete jogar fora a cachaça que trouxe.

— Já joguei. Três garrafas da azulzinha. Destampei as três perto das canoas alagadas e dei tudo ao santo. Você não notou o Xingu meio de porre?

Dos oito índios da Expedição foi necessário liberar seis para que regressassem ao Posto Capitão Vasconcelos. Todos temiam os txucarramãe, como temiam tribos estranhas, e só os dois juruna, Jubé e Pauadê, concordaram em permanecer. Isto significava que os presentes, os víveres, a munição precisavam ser divididos entre cada componente do grupo. Mesmo Francisca, que todos queriam excluir da partilha da carga, fez questão de levar um mochilão às costas. Dos muitos txucar-ramãe que haviam surpreendido a Expedição a maioria já tinha desaparecido no mato, rumo à aldeia em que viviam. Sobravam três, que haviam ficado como guias. O primeiro dia de caminhada transcorreu bem e no segundo um fresco riacho dessedentou a todos e encheu os cantis. No terceiro dia Francisca, a pretexto de imitar Nando, Fontoura e Vilaverde, botou as botas nas costas, para andar descalça, mas Nando descobriu a razão da bravura extemporânea: bolhas nos dois pés. Felizmente já se via perto a fumaça da aldeia txucarramãe. Vilaverde discreto propôs que todos avançassem na direção da aldeia e que Nando viesse mais devagar com Francisca. Ramiro deixou com Francisca pomada para cuidar das bolhas e com Nando um vidro de éter:

— A gente sempre se sente mais forte com um desses no bolso. É o hálito engarrafado da pitonisa.

Logo que os demais se distanciaram, Nando tratou os pés de Francisca.

— Me lembro tanto deles nos tempos do mosteiro — disse Nando. — Eu achava você infinitamente séria mas os pés tinham um ar muito irônico.

— E o que é que eu vou fazer dessas ironias cheias de bolhas? — perguntou Francisca.

— Em primeiro lugar precisam repousar.

— Não podemos ficar aqui dormindo um com o outro — disse Francisca.

— Meia hora — disse Nando.

— Eu *nos* conheço — disse Francisca assustada. — Acabamos ficando aqui até a lua sair e o sol raiar amanhã.

A cama de costume estava arrumada, com as roupas de ambos, e diante de Francisca despojada das dela Nando sentiu a impossibilidade de jamais se habituar ao que via.

— Que bom estar aqui com você, Francisca, depois que me lembrei de repente do meio sonho que tive na rede quando o éter acabou. Eu tinha esquecido mas senti olhando você o terror que acompanhava o sonho e a lembrança do terror recompôs a cena. Era uma linda cidade antiga, lourinha de sol à beira do seu rio, as torres do castelo emplumadas de flâmulas, mas sitiada por milhares de homens. Homens tristes e determinados, olhando as muralhas em busca de uma brecha e recuando de quando em quando para mirar a cidade com imenso amor. Não formavam exército. Nem se comunicavam entre si. Era como se cada um falasse língua ininteligível para o outro. Só tinham em comum a ideia de tomar a cidade de assalto. Cada um seu próprio exército. E cada um inimigo de cada um. Cada um meu inimigo. Eu olhava um a um com calafrios de ódio mas era com um alívio cheio de remorsos que eu via quebrarem os ossos na pedra do enrocamento os que escalavam meia muralha escalavrando os dedos ou os que tentavam vadear o fosso e desapareciam nas águas agitadas de serpentes. Eram irmãos que eu detestava.

— De repente foi arriada a ponte levadiça — disse Francisca com voz cavernosa.

— Não brinque assim — disse Nando. — Se isto acontecesse eu morria dentro da visão.

— O Conde Nando entrou — disse Francisca — e a ponte de novo se ergueu para nunca mais se arriar.

— Você continua brincando — disse Nando. — Aliás, sempre gostou de zombar de mim. E eu com essa impressão de ter encomendado você peça a peça, mandando a Deus meus croquis do seu rosto, dos seus pés, desses teus ossos cinzelados com tanta elegância.

— Hum — disse Francisca —, em matéria de ossos você deve ser entendido. Como gostava daqueles esqueletos!

— Mas você sabe que eu te encomendei, Francisca? Não há outra explicação. Joelhos, ombros, cabelo, tudo de acordo com a imagem de mulher que vivia dentro de mim.

Francisca riu, olhando Nando e arrepiando o cabelo dele.

— Ria — disse Nando — mas quem ama diz coisas assim. Nada a fazer.

— Não estou rindo de me ver esquartejada em projetos seus e sim de ter você aqui entre meus braços. Você era tão grave e sério.

— Hoje é que eu sei como desejava você — disse Nando. — Você no meio dos ossos. Você no meio dos azulejos. Eu tremia quando te via. Você não. Nem a mão tremia quando me desenhava. Zombando de mim.

— Que ideia é essa de zombaria?

— Por que é que você entendeu de me desenhar no ossuário, quando veio dizer adeus?

Francisca ficou séria, os olhos verdes sem qualquer fagulha.

— E por que é que você acha que estou aqui desenhando arabesco de corpo de índio e máscaras de dança?

— O que é que isso tem a ver com meu retrato no ossuário?

— Me dói a morte das coisas que tiveram muita significação e que podem desaparecer sem deixar vestígio. Você, Nando, com toda a sua seriedade, me deu muito a impressão do que era, sabe?

— O quê? Um padrezinho hipócrita?

— Não. Não é bem isso. Mais do que isso. A expressão é de Winifred: um fim de mundo. Como se você fosse o último trumai, marchando alegre para o banho, pronto a se esfregar energicamente de tabatinga. Ou pronto a que te esfregassem.

— E você não quis fazer a esfrega.

— Não — disse Francisca —, preferi te deixar para outra lavadeira. Saí de Olinda com um croqui dos últimos momentos de padre Nando.

Nando perdeu-se nos braços estendidos de Francisca como quem passa de um sonho para a crua e linda realidade. Ramiro é que passou da realidade Sônia a uma estranha transcrição de sonho. Movidos talvez pelo açodamento de Ramiro os txucarramãe não o levaram logo à cabana da mulher branca. Ramiro teve de dar como presentes a eles até as duas camisas engomadas que ainda guardava. Acompanhado de Francisca e Nando chegou afinal à cabana da prisioneira branca que os índios mantinham em trevas. Só então Ramiro se deteve, trêmulo.

Curvou-se para atravessar a porta baixa mas ali ficou hesitante como quem para diante de uma casa em chamas. Francisca e Nando impeliram Ramiro para dentro curvando-se também e no interior quando se ergueram tiveram de ajudá-lo a fazer o mesmo. No fundo da maloca o vulto claro, sentado. Os três se adiantaram e Nando, que sentia o próprio coração batendo forte contra as costelas, teve a impressão de ouvir como um ribombo compassado o coração de Ramiro atroando as paredes de palha. Entraram mais naquele caroço de tucum e distinguiram a mulher que esperava, cheia de um terror de bicho, os cabelos como aniagem de barro e de cinza, a pele terrosa e vítrea. Nando sentia no braço a mão convulsa de Francisca.

— Sônia! — gemeu Francisca.

— Ai! Horror! — disse Ramiro.

Ramiro saiu num repelão da maloca e foi Francisca que Nando teve de amparar e de afastar do caminho do txucarramãe que empurrava a mulher para fora, no encalço de Ramiro, gritando:

— Mulher branca! Mulher branca!

Do lado de fora os olhos descoloridos da pobre índia suiá enfrentaram com fixidez de coruja a luz do dia.

Altivo e furioso Ramiro saíra da cabana sem olhar nada e ninguém, mas o txucarramãe foi buscá-lo zangado para fazê-lo olhar a suiá albino:

— Mulher branca!

— Índia! Índia vagabunda — disse Ramiro.

— Vai devagar — disse Nando a Ramiro. — Eles pensam que estão te fazendo um favor ou querem se livrar desta suiá que de algum jeito veio parar aqui. O importante é não encolerizá-los.

Das malocas saíram os trinta ou quarenta txucarramãe da aldeia, que cercaram os recém-chegados, com especial interesse pelo casal que formavam Ramiro e a suiá. Ramiro relanceou os olhos pelos companheiros, olhou de alto a baixo a pobre índia:

— Os noivos — disse Ramiro.

— Você está como o jabuti que o macaco levou para cima da árvore — disse Lauro — e que não podia saltar porque a onça o esperava embaixo.

Ramiro tentou romper o círculo dos txucarramãe, que insistiam com palavras e gestos para que ele levasse consigo a suiá. Os dois juruna da Expedição quase se agarravam fisicamente a Fontoura. Vilaverde explicou aos txucarramãe que Ramiro precisava descansar, que todos iam armar as redes, e que depois conversariam a respeito da "mulher branca". Rompeu-se o cerco ao menos pelo momento. Francisca tinha sentado no terreiro, parada, os olhos ainda cheios de medo.

— Você pensou que fosse Sônia, meu bem? — disse Nando.

— Ah, que impressão terrível, Nando. Tolice minha, e o escuro da maloca. Mas pensei por um momento que a vida selvagem, ou os sofrimentos não sei, tinham transformado ela. Ainda sinto um arrepio, sabe? Como estará Sônia, a verdadeira Sônia? O que é que acontece se a gente viver durante anos essa vida deles?

— Eu duvido que se dure muito tempo, Francisca.

— Eu teria gostado tanto de encontrar Sônia até hoje — disse Francisca. — Agora tenho um mau pressentimento. Imagine se a gente encontra um... um outro tipo de monstro, Nando.

Esgueirando-se incerta de maloca a maloca, abandonada de Ramiro e txucarramãe, a suiá albino pareceu a Nando um viscoso peixe noturno preso em arrastão à luz do dia. Acertou afinal com a porta da prisão e entrou ligeira como se furasse um chão de lodo.

Olavo regressava de uma primeira batida pelas redondezas sem haver encontrado nada que se assemelhasse a um bom terreno para abrir o campo de pouso. Tudo ali era ondulado, coberto de matas, trançado de raízes. Fontoura foi conversar com os guias txucarramãe:

— Onde está terra limpa? Grande terra sem árvore?

— Mulher branca — disse o índio apontando a maloca da suiá.

— Sim, mulher branca sim, mas campo limpo onde?

Txucarramãe fez um daqueles gestos amplos que significam qualquer coisa.

— Cren-acárore!

Todos o txucarramãe em torno se agitaram como terreiro de galinhas onde entrou gambá.

— Cren-acárore! Cren-acárore!

— O que é que os cren-acárore têm que ver com isto? — disse Fontoura.

O índio fez longo discurso onde a cada vez que se mencionava o nome dos cren-acárore havia um zumbido de pavor por parte dos ouvintes e já agora também por parte dos juruna. Fontoura voltou-se para Vilaverde e Nando.

— Pelo jeito, os cren-acárore tomaram de txucarramãe as terras planas que tinham para oeste.

— É o que se compreende — disse Nando. — Mas txucarramãe não fala em ataque dos cren. Como tomaram as terras?

Outros txucarramãe foram metidos no interrogatório. Como os cren-acárore tinham se apoderado das terras planas? E se tinha sido sem guerra isto queria dizer que os txucarramãe tinham fugido sem luta?... Indignação geral dos txucarramãe, que se punham a descrever os cren como se fossem monstros, duendes, sabe-se lá o quê. Faziam caretas, andavam trôpegos, os braços abertos. Olavo se impacientou e disse:

— Uns vigaristas, esses txucarramãe. Se tinham as terras e não têm mais por que nos atraíram até cá?

— Pelo que entendi — disse Vilaverde — o que eles realmente querem é que nós os livremos dos cren-acárore. Ou txucarramãe teve sua zona vital invadida por cren ou teme um ataque iminente deles.

— Mas por que é que hão de descrever os tais dos cren desta maneira estranha, como se fossem símios, ou sei lá que espécie de monstros?

— Isto também não entendi — disse Fontoura — mas havemos de descobrir.

Naquela mesma noite o estado do Fontoura preocupava muito mais a Expedição do que a noiva suiá de Ramiro desconsolado ou o mistério dos cren-acárore. De certa forma era apenas mais um acesso de malária em sua vida e no dia seguinte ele estaria curado com paludrina. Mas Nando sabia qual era o estado do baço do Fontoura. Se o fígado do Fontoura vivia há anos no limiar da cirrose seu baço duro já era mais um tumor do que um órgão. O estado de prostração em que caía o Fontoura com qualquer febre que o atacasse deixava Nando preocupado pela vida do amigo dentro do relativo conforto do Posto Capitão Vasconcelos. À cabeceira de Fontoura, Nando e Francisca se revezavam. Ramiro conversava com os txucarramãe, andava pelos arredores, informava-se acerca dos cren-acárore. Apesar da lebre que lhe chocalhava os dentes Fontoura observou aquelas idas e vindas:

— Ramiro está fazendo o novo roteiro de Sônia.

E um minuto depois:

— Quando é que tocamos o bonde? Tenho de chegar à Cloaca Central. Faço questão de entrar na corola da aristolóquia.

— Por enquanto — disse Francisca — você tem é de dormir. A febre daqui a pouco baixa e você vai dormir, comer, recuperar as forças.

Sentados no mesmo banquinho de índios, mãos dadas, Nando e Francisca cochilaram apoiados um contra o outro, velando Fontoura. Deram remédio, deram comida, enxugaram o suor do Fontoura que pouco a pouco foi respirando mais regular, parando de tiritar debaixo do cobertor, caindo afinal num sono tranquilo. Mas sem rubor de febre, sem agitação, dormindo em paz, Fontoura parecia morto, tinha todo aquele afilamento de cara que é a quilha de entrar na morte. Ainda mais ele que já tinha o nariz fino. Francisca colocou a mão na testa do Fontoura para se certificar de que a febre partira e o fino rosto escuro coroado dos dedos longos e alvos lembrou a Nando algum Cristo morto espanhol com diadema de pérolas na fronte. De todo sem febre, pela manhã Fontoura chamou Vilaverde para lhe dizer que deviam partir de regresso ao Xingu. Ramiro parecia recuperado do choque da noiva suiá.

— E podemos ir numa reta, atravessar o Xingu e chegar ao Jarina pelas cabeceiras — disse Ramiro.

Vilaverde e Nando o olharam com espanto, dada a precisão da viagem de regresso que propunha.

— Desta forma — disse Ramiro — passamos pelas terras dos cren-acárore. Devem ser as terras planas que Olavo procura.

— E você — disse Fontoura — o que é que procura?

— Bem — disse Ramiro —, tenho conversado muito com esses bugres e se ainda não entendo nada do que dizem estou ficando um verdadeiro mestre na mímica que usam. Tenho para mim, meus amigos, que a verdade sendo sempre mais incrível do que a ficção, estamos aqui, nesta mata bruta, diante de uma pequena guerra de Troia.

— Guerra de Troia? — disse Fontoura.

— Helena adivinha-se quem possa ser — riu Francisca.

— Ela própria — disse Ramiro. — Estou convencido de que Sônia esteve aqui onde estamos, entre os txucarramãe que provavelmente a adoravam como deusa. De alguma forma os cren-acárore a raptaram.

— Incorrigível, meu Deus — disse Fontoura deixando-se cair no fundo da rede.

— O que eles imaginam, de alguma forma confusa — disse Ramiro —, é que, falando tanto em mulher branca, eu me proponho a levar de volta essa horrenda suiá, falsa branca por quem os cren-acárore substituíram Sônia raptada. Por isso me entregaram a suiá, para que eu a leve e traga Sônia de volta.

— O que você sem dúvida fará, com a cortesia de costume, mandando encostar o automóvel com chofer na porta da suiá — disse Fontoura.

— Não — disse Ramiro —, o que certamente não farei. Eles vão ter de depender da minha palavra de cavalheiro. Se encontrar Sônia Dimitrovna entre os cren-acárore juro que levo esses txucarramãe ao Rio para as bodas.

A palavra de cavalheiro de Ramiro custou à Expedição todos os presentes que traziam para os azares do encontro de índios. Porque txucarramãe se considerava lesado com a decisão de Ramiro de deixar ali a noiva suiá.

— Bem — disse Olavo —, não há de ser nada. O avião que nos acompanha já devia ter aparecido. Hoje há de vir e vamos refazer os estoques de bugigangas. A gente carrega os fardos que restam, e os dois juruna podem ir carregando o Fontoura de rede, até que ele aprume.

Não fosse isto, o Fontoura, efetivamente, não poderia sair antes de uns dois dias de repouso. Um bando de txucarramãe acompanhou durante o primeiro dia a Expedição, fazendo o tempo todo avisos sobre cren-acárore. Quase um grau de latitude ao norte do ponto em que havia cruzado o Xingu no mundo dos txucarramãe, a Expedição cortou o Xingu de volta, no rumo dos cren-acárore. E na margem oriental do rio os txucarramãe, que haviam emprestado canoas para a travessia, voltaram lestos nas mesmas canoas.

— Cren-acárore! — berraram ainda do meio da corrente. — Cren-acárore!

Olavo, que tinha acendido um fogo de aviso ainda entre os txucarramãe e outro ao atingirem o Xingu, não sabia como explicar a ausência do avião de cobertura do Correio Aéreo Nacional. Exatamente agora, quando a Expedição se afastara do Xingu, o CAN devia estar muito mais solícito e, no entanto, desaparecia. O pior é que a alternativa era esperar indefinidamente pelo avião antes de prosseguir viagem ou arriscar o encontro com os cren-acárore sem presentes. Depois de ter sido transportado na rede pelos juruna durante um dia inteiro Fontoura se recusava a continuar viagem feito "dama antiga", de liteira, e no seu assanhamento de chegar ao Centro Geográfico não queria esperar avião nenhum.

— Garanto que os cren são umas flores — disse Fontoura. — Txucarramãe deve ter pinimba fresca com eles. Por isso é que só falavam neles com trejeitos e macaquices.

— Já lhe expliquei qual é a pinimba — disse Ramiro. — Típica de povos primitivos.

Lauro, sombrio, advertia:

— Não esqueçam por favor que estamos em terra virgem, entrando em contato com um grupo de índios inteiramente desconhecidos. Todos os horrores são possíveis. Não esqueçam que padres jesuítas, nos tempos do descobrimento, descreveram monstros encontrados até nas matas litorâneas. Vamos subir o rio até ao Jarina, vamos deixar de novidades.

— Subimos o rio a nado? — disse Ramiro. — Quedê as canoas?

— Fazemos canoas — disse Lauro. — É facílimo. Casca de árvore.

— Que árvore? — disse Ramiro. — Tucum?

— Leva um tempão fazer canoa de casca de jatobá — disse Nando.

Olavo alimentava seu fogo coberto constantemente de punhados de folhas bem verdes para que o penacho de fumo furasse reto como um lápis o céu sem nuvens e sem vento. Nando, Vilaverde e Francisca voltaram de uma caçada próxima com a única notícia alegre do dia inteiro: dois gordos veados e um mutum, que foram prontamente preparados para comida imediata e boia para a viagem. Um pouco de arroz e feijão ainda tinham. Se o avião aparecesse estava tudo em ordem.

— Aliás — disse Olavo — eu concordei com essas caminhadas mas foi besteira. Deixávamos o campo para depois. Se tivéssemos ido diretamente ao Centro talvez o avião não perdesse contato conosco.

— Ah, essa não, Olavo — disse Fontoura. — O avião foi perfeitamente avisado e a 500 quilômetros de distância qualquer piloto avistaria nosso fumo de folha verde.

— O pior é que agora estamos positivamente entrando na boca do lobo com a sinistra ideia de amansar sabe-se lá que macacos ferozes — disse Lauro. — Vamos pelo menos voltar ao Jarina andando pela beiradinha do Xingu.

— Estou me inclinando pela tese do Lauro — disse Olavo. — Não devemos mais pensar nem mesmo no campo. E acho sobretudo que não temos mais saúde para arriscar em encontros com tribos desconhecidas.

— Se está falando de mim — disse Fontoura — pode calar a boca. Me sinto capaz de domesticar os cren-acárore, de treiná-los para abrirem conosco o campo de pouso e de ensinar a todos eles o Hino Nacional, com sua letra hermética. Cantarão o Hino conosco na hora de perfurarmos o Ânus Pátrio.

— Fontoura — disse Lauro —, antes do que possa nos acontecer eu quero declarar que considero você um pulha, um merda, um bêbado.

Fontoura riu, dando de ombros, e cantando, no nariz de Lauro:

— *Laranja da China, laranja da China, laranja da China! Abacate, limão doce, tangerina!*

Vilaverde disse a Lauro:

— Se eu tivesse aqui os meios de mandá-lo embora, você estaria expulso da Expedição.

— Não se incomode não — disse Lauro. — Eu vou pela beira do rio. Vou até ao Diauarum, até ao raio que o parta, mas não vou me internar nesses matos com um bando de loucos. Parto logo que o dia raiar.

— Vamos com calma, minha gente — disse Olavo. — O Lauro tem toda a razão de protestar. Nossa cobertura aérea está falhando e temos índios totalmente desconhecidos pela frente. A gente espia que espécie de terreno existe por trás da floresta. Se é também ondulado, a gente desiste e trata de marchar o mais direto que for possível para o Centro Geográfico.

— Eu faço a exploração — disse Vilaverde.

— Bem — disse Lauro —, amanhã de manhã eu parto.

Vilaverde saiu com Nando e Francisca na direção provável dos cren-acárore e ao cabo de uma hora de caminhada começaram a ter os sinais positivos de índio perto. Da grimpa de uma árvore Vilaverde comunicou aos outros dois:

— Lá está a aldeia! Coisa de uma légua daqui.

— Aldeia grande? — disse Nando.

— Pouco mais gente do que txucarramãe. Só tem uma coisa curiosa. Quase sem fogos. Quase sem movimento.

— Abandonaram talvez a aldeia? — disse Nando.

— Isto é seguro que não — disse Vilaverde. — Algum movimento há. E as picadas que saem da aldeia estão usadas.

— Quem sabe se é apenas um acampamento de caça dos cren — disse Nando. — Não será mais longe a aldeia?

Mas Vilaverde não respondeu. Começava a descer da árvore em silêncio, de galho a galho, com os movimentos seguros de sempre, mas lentos, flexionando os braços, esticando a ponta do pé à forquilha próxima. Francisca riu:

— O Vila parece um leopardo preocupado.

Vilaverde tinha de fato a testa enrugada quando tocou o solo.

— Sabem o que é que eu vi, furando a floresta com as copas altas, subindo para o norte a perder de vista? Seringueiras.

— Você imagina portanto que deve haver também muitos seringueiros — disse Nando.

Vilaverde assentiu com a cabeça.

— O que é que vocês estão descobrindo com esse ar de conspiração? — disse Francisca.

— Não sei bem o que estará na cabeça do Vilaverde — disse Nando — mas vizinhança de seringueiros nunca é bom sinal para índios.

— Vamos andar até a aldeia — disse Vilaverde. — Tem alguma coisa estranha por lá.

— Você acha que os índios foram atacados pelos seringueiros? — disse Nando.

— Pode ser — disse Vilaverde. — O jeito é irmos até lá.

Mas não chegaram a reencetar a caminhada no rumo dos cren-acárore. Das bandas do acampamento que tinham deixado na beira do rio soaram uns gritos distantes de "Verde!", "Isca!", "Ando!".

— Que será? — disse Francisca. — Estão gritando por nós.

Puseram-se a andar de volta e em pouco tempo viam o mato rasteiro se abrir para mostrar as caras ofegantes e vermelhas de Olavo e Lauro.

— O juruna! O juruna! — disse Lauro.

— Morto — disse Olavo. — Jubé. Assassinado. Dois índios. Caíram em cima dele feito um raio.

— Que índios? — disse Vilaverde. — Txucarramãe?

— Não — disse Olavo. — Cren-acárore.

— Será que enquanto procurávamos o caminho mais curto para a aldeia deles os cren fizeram uma volta para nos surpreender? — disse Nando.

— Alguma coisa assim fizeram — disse Olavo. — Não conseguimos pegar os dois atacantes. Mataram Jubé e fugiram com a gamela em que ele comia um peixe que tinha pescado e assado.

Lá estava Jubé na posição em que caíra morto, todo o lado direito da cara fraturado pela bordunada, na frente do corpo tombado de lado, meio juntas, as mãos sujas de peixe.

— Alguém viu os índios? — disse Nando.

— Eu — disse Ramiro. — Eram altos, magros.

— Você disse *muito* altos — disse Lauro —, diferentes de todo e qualquer índio dos que você conhece.

— Nunca vi nada mais magro, é verdade — disse Ramiro. — impressionante. Deve ser uma raça de ascetas. Religiosos talvez.

— Guardiães da deusa Sônia, sem dúvida — disse Olavo. — Vão é esmigalhar o crânio de todos nós.

— Vai ver que são os tais que encolhem a cabeça do inimigo morto — disse Lauro.

— Não temos índios com esse costume no Brasil — disse Vilaverde.

— Não, não — disse Lauro —, os índios brasileiros são umas teteias. Umas flores, como dizia Fontoura dos cren. Olha como se tratam uns aos outros.

E apontou no chão o juruna trucidado.

— Não digo que sejam anjos — disse Vilaverde — só estou informando que nunca se soube no Brasil de índios que fizessem encolher cabeça de inimigo.

— E cabeças há que encolher muito não podem — disse Fontoura.

Fontoura estava sentado numa arca comprida, de madeira leve, que guardava os fuzis da Expedição. Como se Fontoura não tivesse dito nada Lauro respondeu:

— E quem é que conhece os cren-acárore, Vilaverde? Podem até ser canibais. Você fala de índio como se não tivesse apelação do que você diz. Sabe tudo.

Vilaverde não respondeu. Olhou o juruna aos seus pés. Olhou Pauadê, o juruna sobrevivente.

— Vamos tratar de enterrar Jubé — disse Vilaverde.

— Isto é hora de deixar que os mortos enterrem seus mortos — disse Lauro. — Ou então façam logo uma cova onde caiba a Expedição toda. Nós não vamos fugir dessa arapuca?

— Vamos — disse Vilaverde — mas agora é imprudente. Está quase caindo a noite e não temos ideia de onde possam estar os cren-acárore. Vamos fazer o que você queria, Lauro. Andaremos pela beira do rio. Mas amanhã de manhã.

Jubé foi enterrado numa pequena elevação cerca de uns cem metros do Xingu e no seu túmulo de bugre Vilaverde plantou uma cruz de pau de sobro. Nando sentiu a boca cheia de palavras que não tinha mais direito de proferir: "Acorrei, santos de Deus, dai-vos pressa, anjos do Senhor. Tomai a sua alma. Introduzi-a à presença do Altíssimo." Mas não, muito grave para quem era. "Recomendo-vos, Senhor, a alma de vosso servo Jubé, para que, morto ao mundo, viva para vós, e tudo aquilo em que delinquiu, por fragilidade humana"... Delinquiu? Jubé? O sacristão que repique sinos para a Missa dos Santos Anjos. Nada dessas estolas negras. Paramentos brancos, alvos. "Deus eterno e onipotente, que amais a santa pureza e que vos dignastes, na vossa misericórdia, chamar para o Reino dos Céus a alma desta criança." Nando pôs os joelhos em terra e em nome da antiga e imerecida intimidade que tivera em sua alta casa pediu a Deus que recebesse com ternura ainda maior que a de costume aquele que não chegara sequer à categoria dos pobres de espírito, que tinha servido no quintal dos pobres de espírito, entre os bichos e os pobres de espírito, leve ponte juruna entre dois reinos, entre três reinos agora que em viagem. No sobro a canivete Vilaverde gravara com paciência: *Jubé. Morto rumo ao Centro. Agosto de 1961.* Não gravou o dia certo daquele fim de mês porque no momento em que cortava a madeira nem ele, nem Nando ou Francisca concordaram quanto à data exata. O mais gozado é que os demais membros da Expedição não lembraram também e portanto não fizeram saber aos outros que o dia era 25 e que os calendários assinalavam eclipse de lua. O fato é que ninguém pensou ou lembrou e quando a lua subiu no céu o acampamento inteiro rodeava a bonita fogueira de Olavo, com Fontoura sentado na arca de guerra da Expedição e todo o mundo mais para despreocupado do que outra coisa já que podia haver ataque dos cren mas não haveria tiroteio do lado caraíba. Ali só Fontoura tinha fuzil à mão e ia atirar para o ar em caso de ataque, enquanto Vilaverde e Nando tentariam aplacar os cren-acárore, transformando em presentes para eles objetos necessários à Expedição. Assim, foi o disco da lua cheia subindo tranquilo o céu diante da desatenção geral quando de súbito uma beira sua empreteceu com uma primeira beirada de sombra da terra.

— O eclipse! — disse Olavo.

— É mesmo! — disse Vilaverde.

E todos esqueceram por um momento os cren, principalmente depois que Francisca apontou o rio onde o eclipse acontecia numa bandeja de prata apenas franzida por um sopro de brisa. No céu ou no rio a escolher aquela infiltração de negro impuro em corpo azul. No rio então tinha-se a impressão de que a lua ia de repente chiar e se extinguir feito fogo que apaga. Tinha o astro preto devorado um bom bocado do azul quando num grande semicírculo de mata frente ao rio e ao acampamento subiu uma saraivada de flechas de fogo. Será que se podia dizer saraivada? Porque as flechas subiam molengas, mal passando a cabeça das árvores maiores e retombavam na floresta, sua ponta de algodão embebido em resina queimando ainda com labareda forte feito bucha de balão que pega fogo mal subido. Nando e Vilaverde foram andando cautelosos na direção do ponto de disparo das flechas incendiárias que pretendiam reacender a lua. Fontoura se pôs de pé, fuzil voltado para o ar. Todos os demais se levantaram, cara de susto, enquanto o juruna Pauadê se atirava ao rio e se agarrava às plantas da barranca. Secas sarças onde haviam mergulhado flechas puseram-se a arder e quando a lua se transformara em usada roda de louça uaurá de assar beiju e quando mesmo a auréola que cercava a roda como um nimbo de Senhora negra se absorvera no negrume geral aquele fogo da terra era só o que tinha de claro no mundo e os cren-acárore que então iluminou apareceram reduzidos a couro esticado nas varas do esqueleto. Nando e Vilaverde se acercaram com os facões e macha- dinhas da Expedição. Os cren não esboçaram um gesto de agressão. Adiantaram-se pelo acampamento adentro cambaleantes e foram aos jiraus de peixe e aos panelões de perto do fogo dos caraíbas enfiando na boca a comida e a farinha e o arroz que encontravam e outros vieram e em pouco tempo o que havia de comida tinha sumido.

— Famintos! — disse Fontoura.

— Mas não é só isto — disse Vilaverde. — Estão morrendo de alguma outra coisa também.

Outros cren-acárore chegavam, arcos arriados, e os que haviam comi- do se afastaram rápidos para a mata em sombra total e do acampamento se ouviam os ruídos intestinais de um concerto comum de disenteria.

— Doentes — disse Fontoura —, todos doentes.

Lanterna elétrica na mão Ramiro passava os cren-acárore em revista, procurando e procurando entre as mulheres horrendas e chupadas pela moléstia, em cada peito de osso dois canudos de pelanca terminados em bico de seio.

— Mulher branca? — disse Ramiro.

A índia com quem ele falava metia os dedos de puro osso nos bolsos de Ramiro em busca de alguma comida.

— Não deixe que te toquem! — disse Lauro.

Lauro tinha na mão uma vara comprida com a qual mantinha os índios a distância.

— Estão morrendo de alguma peste — disse Lauro.

— Era esse o pavor dos txucarramãe — disse Nando. — Medo da moléstia.

— O que é que eles têm? — disse Lauro, — Lepra?

— Têm o que você já teve — disse Fontoura. — O que toda criança tem.

Ramiro, iluminando mais caras com a lanterna elétrica, disse:

— É sarampo, não é?

— Sarampo — disse Fontoura. — E quase todos vão morrer de febre e disenteria.

— Sarampo? — disse Lauro. — Vocês têm certeza?

Quando um claro cordão de lua ressurgiu livre da sombra os índios moribundos saudaram o milagre com mais algumas flechas ao menos para estabelecer que as primeiras haviam contribuído para restaurar a lua. Depois sentaram-se em torno do acampamento, moribundos e malcheirosos, como se o resto de vigor da tribo se houvesse concentrado na paulada que dera cabo do juruna Jubé enterrado no seu monte. Falavam pouco entre si e a todo instante buscavam o primeiro fiapo de mata para se dessorarem um pouco mais em fezes e depois iam de novo fuçar as latas à procura de algum farelo de biscoito ou as panelas na esperança de um último osso. Incapazes de caça ou pesca. Na total panemice. Quando a luz da lua voltou Lauro disse o que todos agora desejavam ouvir e fazer:

— Pelo amor de Deus, vamos embora. Vamos sair daqui.

— O que é que você acha, Fontoura? Na minha opinião devemos ir — disse Vilaverde. — Não temos remédios. Não temos comida. Talvez, quem sabe, a gente possa voltar depois.

Fontoura balançou a cabeça afirmativamente. Foram todos aos fardos, ao pouco que ainda havia a carregar. Só Fontoura continuava com seu fuzil na mão. Pauadê botou a arca das armas na cabeça. Mas quando iniciaram a marcha primeiro se aproximou um cren-acárore inquieto, cara irada. Depois outro. Depois da mata em torno veio o grosso da tribo. Em breve estava a Expedição com o rio por trás e uma ferradura de esqueletos pela frente. Os brancos instintivamente recuaram e os cren fecharam em torno deles o círculo como se temessem que a presa se atirasse ao rio para a fuga. Ao redor da Expedição fechava-se um anel de ossos. Os brancos depuseram os fardos. Olavo com mão trêmula atirou achas de lenha ao fogo para reavivá-lo. Os índios que tinham empunhado e armado o arco deixaram cair os braços. Lauro se aproximou da arca que Fontoura vigiava. Apontou-a, falando aos companheiros em voz não muito alta mas tensa:

— Olha aqui, eu quero dizer uma coisa a vocês. Um punhado de brancos, com fuzis e balas, imobilizados por índios semimortos, é coisa que nunca se viu. Ouviram bem? Nunca. E não tem no mundo inteiro quem ache razoável uma palhaçada destas. Em nome de nada, de coisa nenhuma.

— Cala a boca, burro — disse Fontoura, sentado em cima da arca.

— Esse é outro moribundo. De qualquer jeito acaba junto com os índios. E só não trata bugre como bugre por falta de culhão.

— Tem moça na roda, Lauro — disse Fontoura.

— Faz graça assim, à custa da nossa vida — disse Lauro —, porque não tem coragem de ser chefe, de assumir a responsabilidade dos seus atos. É como o cria dele, Vilaverde. São os bonzinhos. Ganham o dinheiro do Estado para bancarem apóstolo entre índios. Mas para me matarem no meio dessa vadiagem não! Débeis mentais, ignorantes! É ridículo, ouviram bem, ridículo em qualquer parte do mundo sacrificar homens civilizados e cultos a selvagens. Nunca se fez isto! Nunca se fará isto! A gente pode não exterminar bugres. Pode tentar educar bugres. Mas não vamos nos deixar matar estupidamente por bugres à beira do rio Xingu quando temos fuzis e muita munição. Basta liquidar um idiota desses a tiro para os outros nos obedecerem.

— Bravos, Lauro — disse Olavo. — Uma vergonha! Cercados de índios sarampentos, fedorentos e que provavelmente fogem até se a gente atirar para o ar!

— E se replicarem ao estampido flechando um de nós? — perguntou Vilaverde.

— Atiramos neles — disse Olavo. — Legítima defesa.

— Isso não pode.

— Ó, idiota, em caso de guerra civil a gente mata até irmãos, primos, quando normalmente a gente não pode matar ninguém. Você não vê que os cren nos declararam guerra, *guerra*? Estamos cercados!

— Em caso de guerra civil os dois lados têm homens responsáveis. Os índios são tutelados do Estado, Olavo. Têm estatuto de criança. Acabou-se. Vou parlamentar com eles.

— Um momento — disse Lauro. — Quem for a favor da resistência armada aos índios que levante a mão.

Olavo levantou a mão. Ramiro coçou a coxa com a mão direita, pensando um instante, mas acabou de braço abaixo. Lauro riu. Apontou os índios esqueléticos em torno.

— Os ingleses — disse Lauro —, quando eram os chefes do mundo, morreriam de vergonha se se vissem forçados a um *quadrado* desses. Nativos moribundos imobilizando um grupo armado de brancos!

— É possível — disse Fontoura — que como nós não somos lá muito brancos eles sejam menos nativos. Não acha não, Lauro?

— É a emergência da raça cósmica, Lauro — disse Nando.

— Não — disse Lauro —, do jeito que vamos não fazemos nem raça cósmica, nem voltamos à selva, nem merda nenhuma. Fazemos uma selvinha, brasileirinha, mediocrinha, na base do cagaço. Brancos com caganeira espiritual cercados de cren-acárore com caganeira de sarampo.

Vilaverde que falava com o cren voltou ao grupo. Sorrindo.

— Vamos ao rio pescar — disse Vilaverde. — Os cren compreenderam que se continuarem nos cercando assim não podemos nem pescar. E concordam.

Lauro se atirou a Vilaverde, segurou-o pelo blusão, sacudiu-o até entrechocar as duas caras, enquanto atroava os ares com um berro:

— Concordam! CON-COR-DAM! Cachorro! Concordam. Concordam com você, seu banana! CON-COR-DAM.

Os cren-acárore em massa riram e disseram:

— Con-cor-dam!

Vilaverde afastou Lauro.

— Me largue e não berre no meu ouvido — disse Vilaverde.

— Não largo! Berro!

De novo Lauro sacudiu Vilaverde, que lhe deu um soco seco na boca do estômago com o punho direito e o amparou com a mão esquerda, antes que Lauro caísse no chão. Sentou-o devagarinho na arca, ao lado do Fontoura, dizendo a Lauro:

— Bati assim para os índios não verem que estamos brigando. Senão ficamos em situação ainda pior.

Lauro deixou-se ficar ao lado de Fontoura, cabeça caída sobre o peito. Vilaverde explicou aos outros:

— Vamos caçar e pescar o que pudermos, o mais cedo possível de manhã. Arranjar comida para os cren. A esperança é que eles nos deixem partir depois. Nando, você vai com Pauadê, Olavo e Ramiro cortar varas no mato para armarmos um curral de peixe. Ramiro, Francisca e Lauro botem caniço no rio.

Os cren-acárore que já tinham recuado sentaram-se mais longe, mais dispersos. Alguns dos índios foram desconfiados no encalço dos brancos que tocavam para o mato com os facões. Vigiaram o corte de varas. Depois acompanharam os quatro homens ao rio. Dois dos menos moribundos entraram n'água e ajudaram molemente a fincar as estacas. Segurando o anzol como se estivesse cumprindo pena Lauro foi o primeiro a levantar um peixe do rio. Ergueu-o interessado na ponta do caniço e ia desprendê-lo do anzol quando um cren por trás dele empolgou o peixe no voo e pôs-se a comê-lo ainda vivo. Lauro atirou o caniço por terra e cruzou os braços, pernas balançando na margem do rio. O segundo peixe subiu no anzol de Francisca e outro índio o arrebatou mas Vilaverde foi a ele, tirou-lhe o peixe da mão e levou ao jirau onde o peixe ia ser moqueado. Não houve protesto. Estava entendido que os brancos não partiam mais e que iam alimentá-los. Os cren-acárore deitaram-se no chão. Pareciam esqueletos emergindo de covas imemoriais para ocupar o mundo dos vivos.

— Não estou mais propondo nada — disse Olavo — mas se fuzilássemos esses infelizes teríamos o aplauso até de sociedades pias. Ai! como fedem!

— Ainda bem que você não está propondo nada — disse Fontoura.

— Não estou. Tanto assim que peço a você que me confie um rifle. Aceite minha palavra de que é para caça. Vou ver se mato uma paca noturna ou um outro bicho qualquer. Vou ver se *mato* alguma coisa!

Fontoura entregou a Olavo espingarda e munição.

— Me dê outro — disse Ramiro.

Um cren meio morto, de olho revirado, ia se afastando de quatro para o mato mais perto mas não teve tempo de chegar, se aliviou assim mesmo, joelhos e mãos no chão, e ali ficou de rabo pingando, olhando Ramiro e Olavo que se afastavam carregando os rifles.

— Como fazem cocô! — disse Olavo.

— Estes índios realmente exageram na disenteria — disse Ramiro.

— E não se limpam com gravetos, como fazem os índios agrupados no Posto Capitão Vasconcelos. Aqueles pelo menos dariam um capítulo original ao *De Modo Cacandi*, de Tartareto.

— Os cren lá têm tempo para graveto ou folha — disse Olavo.

— Isto é verdade — disse Ramiro. — Talvez por isto lhes falte o traço cultural do graveto. E dariam uma ilustração dramática ao famoso emético do dr. Corvisart, feito à base do cremor de tártaro solúvel. Não existe absoluta certeza histórica de que fosse fórmula favorecida pelo grande corso, mas só o nome que lhe deu Corvisart, Purgatif Napoléon, causava efeitos estrondosos. Inimitável Corvisart! Soltava a *Grande Armée* nos intestinos do doente.

Por volta das dez da manhã o curral estava cheio de peixe e Olavo tinha voltado da caça com um veado dos grandes. O veado dava para a Expedição e havia peixe com que saciar os cren-acárore. Quando os peixes foram postos a assar e moquear Fontoura e Vilaverde tiveram uma longa conversa com os moribundos. A Expedição era amiga de todos os índios, todos eles, e queria socorrer os cren-acárore que estavam muito doentes.

Mas para isto a Expedição precisava continuar viagem. Tinha de fazer um campo onde pudesse pousar avião e no avião viria remédio para tratar cren-acárore e comida para matar a fome tão grande da tribo até ficarem todos sãos outra vez e pescarem outra vez para matar a fome. O chefe cren que tinha ouvido Vilaverde e Fontoura falando entre si quis saber qual dos dois era Fontoura, cujo nome conhecia.

— Pois então acreditem em mim — disse Fontoura. — Voltem à aldeia com o peixe que a gente pescou. Deixem os menos doentes aqui com os anzóis que a gente vai dar e vigiando o curral de peixe. Eu volto. Palavra de Fontoura. Ou volta Vilaverde, amigo grande dos índios.

— A gente vai com Expedição — disse chefe cren. — Expedição pode seguir mas a gente segue também.

A história do chefe cren era que o pajé tinha dito que sabia mas não sabia curar doença trazida pelos brancos. Então os cren tinham assassinado o pajé e não tinham outro à mão. O pajé menino tinha sido pior ainda e a raiva do pajé morto junto com a doença dos brancos tinha botado os cren tão panema que não acertavam mais em bicho nem inimigo e não pescavam mais nada e o jeito era mesmo ficar com a Expedição. E nem ninguém queria voltar para a aldeia onde tinha seringueiro e raiva do pajé morto. Fontoura voltou à sua rede e tapou a cara com o travesseiro enquanto Vilaverde comunicava aos companheiros a duvidosa boa notícia de que podiam partir mas de que os cren-acárore vinham a reboque. Tornavam-se nômades para seguir a Expedição.

— Vão comer o que caçarmos e pescarmos — disse Olavo. — Pelo menos não devoram a gente, sem maiores cerimônias. Há dias que eu não durmo, com medo de virar cocô de cren-acárore.

Preparava-se a Expedição para sair quando Fontoura, antes de qualquer outro, deu por falta de um rifle e portanto notou a ausência de Ramiro. Voltou à rede, travesseiro na cara.

— Por que o travesseiro? — disse Francisca.

— Tapando a cara a gente se enxerga menos. O que eu quero é me ver o menos possível. Quando a gente passa muito tempo amando sem eficácia dá um cansaço danado. Um nojo!

Olavo retomou o rifle que restituíra e se preparou para sair com Nando em busca de Ramiro, mas Ramiro já vinha, exausto da marcha até a aldeia cren-acárore.

— Bons olhos o vejam — disse Nando. — Estávamos preocupados.

— E você vai ter de recomeçar a andar — disse Olavo. — Os cren fazem o grande favor de nos deixarem partir. Só que vêm conosco para continuarem comendo em nossa pensão.

— Passei em revista toda a aldeia — disse Ramiro.

— Encontrou algum indício? — disse Nando.

— Uns fiapos de algodão, na maloca maior que é sem dúvida a do capitão cren.

Fontoura destapou a cara:

— Então, Ramiro, fazendo a digestão?

— Podemos sair quando vocês quiserem — disse Ramiro — e não me assusta muito esse negócio de seguirmos viagem com os cren-acárore. Eles estão na última lona. Vi mortos praticamente em todas as malocas. Acho que até alguns dos que estiveram aqui voltaram para morrer. Estavam quentes ainda.

Quando continuou até sua rede, Ramiro chamou Nando. Tirou da fronha de celofane a fazenda que lá guardava. Era um leve vestido de mulher, cor-de-rosa com florões brancos.

— É o tal vestido de Sônia? — disse Nando.

— Um vestido absolutamente histórico — disse Ramiro — marcado por estranha coincidência. Era o vestido que trajava Sônia quando a vi pela primeira vez no Milton Danças. Um vestidinho de verão. E este mesmo vestia Sônia quando desapareceu. Ficou caído a uns poucos quilômetros do Posto.

Ramiro tirou do bolso os preciosos fiapos de algodão que encontrara na aldeia cren-acárore.

— Recolhi os fios na maloca maior, entre brincos e diademas que sem dúvida pertenciam ao chefe. Não me lembro que o vestido histórico tivesse um bolero ou outra peça semelhante que Sônia pudesse ter guardado. Mas isto me parece um farrapo, um retalho do vestido.

— Não seria algodão produzido e tingido pelos próprios índios? — disse Nando.

Ramiro olhava as costuras do vestido para comparar fiapos.

— Hum... não sei. Começa a me surgir a teoria que eu diria definitiva. Sônia não está em nenhuma mas está em todas as tribos xinguanas.

Nando olhou Ramiro com certa inquietação.

— Por outras palavras — disse Ramiro — tenho para mim que Sônia passou como um adorno, de tribo a tribo. Onde estará agora? Em que tribo? Tenho a impressão de que a resposta está dentro de mim. Se eu cheirar um vidro de éter acho que sei onde está Sônia.

A Expedição reiniciou a marcha com seu séquito de devoradores de peixe. De vez em quando um cren-acárore se atrasava para se acocorar no mato em mais uma sessão de diarreia. E às vezes não reaparecia, como se finalmente tivesse conseguido cagar-se a si próprio. Ninguém ia ao mato saber o que tinha acontecido, nem mesmo a família do desaparecido. Nem mesmo Fontoura que marchava sem olhar para lado nenhum, sonâmbulo, meio febril de novo. Alguns índios ficaram no caminho literalmente, agarrados a uma árvore, sem força para caminhar, olhando a Expedição que andando se despregava deles como um cavalo de sua bosta. Uma nuvem de lambe-olhos que atacou a Expedição liquidou novos cren, dois que se atiraram no rio para se livrar das abelhas e que foram prontamente arrastados para trás como se regressassem ao ponto de partida e mais dois que não tiveram força para se atirar n'água mas acolheram o pretexto das lambe-olhos para simplesmente fecharem os olhos, libertados da obrigação de andar. Os vinte, vinte e poucos cren-acárore que sobraram foram tocando para a frente como engenhocas de transformar em disenteria os estoques de comida da Expedição. A um Lauro magro e fero que se queixava de gigolotagem dos cren respondeu Fontoura que eram batedores à altura da Cloaca Central de que se aproximavam todos: os cren acorriam com sincera pressa à Latrina. Os olhos dos caraíbas procuravam o tempo todo no horizonte a foz do Jarina onde haviam ficado os barcos e os motores de popa. Se o avião não mais aparecesse e devessem regressar de barco, subindo a corrente, que seria dos cren-acárore? Ou, mais exatamente, que seria dos demais membros da Expedição quando só os cren encheriam os dois barcos?

— Você não está arrependida de ter vindo, Francisca? — perguntou Nando.

— Agora menos do que nunca. Levindo sempre se sonhava posto à prova.

— Será que ele aguentaria a prova bem como você?

— Ele não aguentaria a prova como você ou eu, Nando. Ele ia dirigir a prova. É essa a diferença entre... entre nós. Levindo não sofria as coisas. As coisas é que sofriam ele.

— Eu gostaria de transportar você suspensa no ar. Num andor. Ou num helicóptero, acima de nós e dos cren, coitados, tão repugnantes.

— Se fosse para evitar a companhia de um dos dois grupos, eu talvez ficasse com os cren — disse Francisca.

— Francisca! — disse Ramiro. — Venha ver o Fontoura.

Francisca veio socorrer Fontoura que entrava em outro acesso de malária e foi em seguida a Vilaverde, que marchava na frente com Lauro.

— Precisamos parar para tratar de Fontoura — disse Francisca.

— Não chegaremos nunca à foz do Jarina — disse Lauro.

— Se pelo menos esta porcaria de avião aparecesse e pudéssemos receber remédio para os índios — disse Vilaverde. — Acho que o Fontoura acaba morrendo só de ver os cren desse jeito.

— Umas fábulas tão sutis — disse Lauro —, um animal tão inteligente nos apontando o caminho, e uma realidade tão vagabunda!

Francisca desgrenhou o cabelo de Lauro num gesto de afeição:

— Para de pensar no jabuti — disse.

— É. Deve ser mito mesmo, o jabuti. Por isso é que ninguém sabe qual é a árvore dele, o taperebá.

— Taperebá? — disse Vilaverde. — Ué, lá no Rio se chama de cajazeira, o pé. Cajá-manga.

— Taperebá? — disse Lauro. — Cajá?

— Claro, ué, mesma coisa.

Nando olhava Francisca que ia e vinha entre as barbudas sombras dos caraíbas ou entre os índios esquálidos e evocava imagens de santas levadas em procissão pelos pestilentos de outras eras. Como podiam outras pessoas transformar impulsos como aquele que o arrastava para Francisca em alguma outra coisa que não fosse o próprio impulso? Fontoura tremendo de febre, magro como um cren, os cren se restituindo à terra pelos intestinos, o Centro que recuava, o céu ermo. Mas dentro dele só e só aquele ímã que o resumia e no qual se concentrava para atrair Francisca a si, para dissolver Levindo e lembranças anteriores à Vereda, todo ele uma função de assimilar Francisca, feito para só isto, paciência, paciência, a cada um sua missão. Seu grande poema, paciência, começara no casto paraíso e acabava naquele inferno aceito, paciência, inferno como o outro, principalmente para os outros, só ele com os dias ainda não inteirados e aquela luz no peito.

— Quanto tempo se vive sem comer? — disse Lauro.

— Hiberna, Laurinho, hiberna — disse Francisca. — Depois come cajá.

E só mesmo Francisca podia dizer uma coisa assim, numa hora daquelas e tirar um sorriso do rosto seco, riscado de rugas, eriçado de negra barba de um Lauro cheio daquele medo ignóbil que só sente o homem que se julga condenado a uma morte inteiramente estúpida. Quando caía a noite, zonzos de cansaço, olhos doendo de procurar avião, o grupo se detinha à beira do rio e se esforçava por pescar, aquele grupo onde só Francisca ainda transcendia e simbolizava alguma coisa. Os demais, pensava Nando, eram um bolo que já havia adquirido até homogeneidade racial. Os caraíbas emagreciam a poder de alimentar os cren que emagreciam de diarreia, todos crescendo em ossos e minguando em carnes. À medida que se descarnavam, ressecavam, empalideciam, os índios se tornavam menos mongóis, mais brasileiros, um grupo de paraíbas, de cearás, de jecas mineiros só que nus em pelo. A fome não era mais uma ânsia e sim um atributo coletivo. Os índios andavam atrás dos brancos e os brancos só andavam porque sabiam que se parassem iam virar índios. Arquejante, os olhos cheios de lágrimas, Lauro disse:

— Proponho que a gente se deite no chão e fique deitado. Não era isto que vocês queriam? Não era?

— Não sei se era — disse Ramiro — mas a ideia me parece a única viável.

Sentaram-se os dois.

— Temos de andar, temos de andar — disse Fontoura. — A foz do Jarina está perto.

— E o que é que acontece na foz do Jarina, seu louco? — disse Lauro.

Os demais continuaram. Ramiro se levantou, juntou-se de novo ao grupo. Cercado dos cren marcados para morrer, e que o olhavam com certo interesse de companheiros, Lauro se levantou num pavor e pôs-se também a caminhar. Foi quando o avião do Correio Aéreo apareceu no céu. Exaustos e confusos todos se puseram a gritar, a acenar com os braços, a agitar as camisas que despiam. Olavo quis pôr certa ordem nos sinais frenéticos de brancos e de índios que imitavam os brancos, na dança de são vito em que todos pareciam querer exorcizar o avião. Caíram três fardos de víveres, o avião baixou o mais perto que pôde, depois sumiu no horizonte, retornando sem dúvida ao Diauarum. Os surrões de couro batiam no chão e os brancos se perguntavam se o piloto tinha entendido que precisavam de comida, mais comida.

— Será que nossos sinais foram inteligíveis, meu Deus? — disse Lauro.

Confabularam só um instante, animados pela chegada do socorro. Mas foi um instante fatal. Os cren já tinham empolgado os fardos, fugiam com eles para o mato. Os brancos correram atrás enquanto os índios estouravam os surrões, partiam latas contra pedras, espalhavam pela terra os grãos de feijão e de arroz, dilaceravam as mantas de carne-seca com os dentes.

— Agora chega! — berrou Olavo.

Olavo correu à arca das armas que estava debaixo da rede de Fontoura febrento e tirou um rifle. Gritou para os índios, histérico:

— Larguem tudo aí! Larguem!

Vilaverde e Nando correram para Olavo no tempo exato de levantarem o cano da arma apontada aos cren. O tiro partiu para o ar. A arma foi arrancada da mão de Olavo e os índios farejando desinteligência entre os brancos acabaram de pilhar os fardos. Lauro cerrou os pulsos, trêmulo de fúria:

— Idiotas! Filhos da puta! Isto é um crime contra o Brasil. Por isso é que os americanos mandam em vocês, seus maricas, veados.

Vilaverde segurou Olavo pelos ombros, olhou-o bem nos olhos:

— Agora que o avião retomou contato conosco é estúpido perder a cabeça! Ele daqui a pouco está de volta.

— Mas uma coisa você me promete, Vilaverde — disse Olavo. — Você vai conversar com essa cachorrada cren. Vai avisar que os próximos fardos serão abertos por nós! Por nós! Ameaça eles. Diz que eu mato todos eles. E juro que mato, Vilaverde. Nem que tenha de matar você antes. Se for preciso com minhas mãos, ouviu? Mato!

Fontoura, Vilaverde e Nando falaram com os índios. Se eles avançassem daquele jeito sobre qualquer fardo que os aviões jogassem os brancos iam ficar furiosos e matar eles. Os fardos traziam comida para todos e não comida para ser desperdiçada estupidamente. E ficaram os três com três rifles nas mãos até o avião repontar de novo no céu. Os cren se amontoaram num canto enquanto o aparelho baixava de novo e desovava um só e grande volume, num paraquedas. Do embrulhão quadrado Vilaverde tirou primeiro uma mensagem, que se pôs a ler. Os outros abriram a grande caixa. E contemplaram com horror, num círculo, seu conteúdo duro e dourado. Lauro teve um soluço, meio de choro, meio de riso. Se abaixou, meteu a mão entre os cartuchos de rifles, foi enfiando a mão até ao fundo da caixa, procurando. Só tinha mesmo cartucho de rifle. Lauro chorou e riu mais alto e enfiando as duas mãos no cartuchame atirou as cápsulas para o ar.

— Viva! Viva! — berrou, fazendo um chuveiro de cartuchos de rifle por cima da cabeça de todo o mundo. — Agora podemos fuzilar todos os índios do Brasil. Paredón! Paredón!

Os índios ficaram contagiados pela explosão de Lauro. Riram também. Se aproximaram, olhando os brancos para ver se podiam. Depois meteram também as mãos nas balas e as atiraram para o ar, enquanto Lauro ria, ria e chorava.

Vilaverde sacudiu Lauro.

— Pare com essa cretinice. Dentro de pouco tempo teremos um hidroplano para nos levar de regresso.

— Que conversa é esta de hidroplano? — perguntou Olavo.

— Recebemos mensagem — disse Vilaverde. — Só que deve estar todo o mundo de porre na Aeronáutica, no país, sei lá.

— Por quê? — disse Olavo.

— A mensagem é a seguinte: "Desculpem o mau jeito e o atraso mas estamos todos de prontidão. O Brasil ainda não tem presidente da República. Podem esperar hidroplano junto à foz do Jarina, que está a uns cinco quilômetros de vocês. Espero que esteja tudo O.K. aí no chão. Não entendi sinais muito bem mas como já tinha jogado víveres achei que vocês só podiam querer balas. Boa caça. Amaral."

Magro, todo ele agora uma quilha, Fontoura bufou, olhando em frente:

— Cinco quilômetros! Setenta anos de República. Quem quiser que entenda como é que o Brasil não tem presidente. Eu vou para o Centro Geográfico nem que só coma cartucho de fuzil.

Ramiro, que nos últimos dias parecia mortalmente fatigado, olhou o matagal, o rio em frente.

— Cinco quilômetros! Acho que fico aqui, à espera do hidroplano. Estou com os pés tão inchados que creio que não me levam lá.

— É — disse Lauro —, vocês peçam ao hidroplano que dê uma esticada rio abaixo. Eu também estou no fio, na última lona. Só tenho fadiga. E raiva de vocês.

Lauro cuspiu para o lado, sentou em cima do fardo da sua rede e suas coisas. Ramiro, encostado numa árvore, fechou os olhos à luz bravia. Iam os demais continuando na marcha mas Francisca também sentou. Não foi só Nando quem se deteve e retrocedeu. Todos voltaram, Fontoura correndo à frente, um Fontoura inédito, solícito e terno, como se descobrisse de repente uma irmã mais moça necessitada de carinho.

— Espere que eu vou abrir a rede para você, meu bem. Anjo também cansa, sabe?

Francisca segurou a mão de Fontoura.

— Não, não estou cansada. Mas Lauro está. E Ramiro. Como é que vocês podem continuar andando assim, sem olhar para trás?

Fontoura, Olavo, Nando se entreolharam. Até Pauadê olhou os brancos que havia seguido.

A Expedição que retomou seu caminho no dia seguinte e viu surgir na distância a foz do Jarina era de novo um grupo humano. Bastou sentar, pensou Nando olhando Francisca.

— Vamos, minha gente — disse Fontoura. — Estamos todos novinhos em folha. A gente põe a flutuar as canoas, deixa um recado para o Amaral e vai fincar o padrão na casinha.

Na foz do Jarina, no canto mais visível, ficou atracada uma das canoas, e a mensagem escrita a suco de jenipapo numa coberta de lona: "Tocamos para o Centro Geográfico, a 17.800 metros daqui em linha reta." Não houve suborno de peixe e caça que fizesse os cren-acárore aguardar ali a chegada do avião.

— Fazem questão de semear os ossos pelo caminho — disse Fontoura.

— Já são brasileiros — disse Ramiro. — Cultivam a sua doença. Integrantes do grande hospital. Até que me dão uma certa ternura esses cren-acárore.

Guiando-se pelos cálculos do Conselho de Geografia, a Expedição tinha o rumo e a distância da latitude e longitude do Centro. Mas ninguém tinha trazido uma trena. Vilaverde arranjou um duro cipó de dez metros para ir medindo o caminho. Lauro que tinha ficado de riso frouxo desde a chegada dos cartuchos desmanchou-se de novo, acompanhado pelos cren:

— O jabuti, na fábula, só escapou ao gigante porque fingiu que tinha mais força: puxando cada um a ponta de um cipó o jabuti amarrou sua ponta ao rabo dum pirarucu, dentro do rio, e ganhou a aposta. Agora o jabuti sumiu. Temos nós brasileiros que não aprendemos nada com o jabuti e tem o gigante, bobo como sempre. Lá vamos nós, fazendo cócegas com o cipó no gigante adormecido.

De dez em dez metros a Expedição de brancos ascéticos e índios desidratados levantava o cipó. Fontoura caminhava entre Nando e Francisca, entre Lauro e Francisca, entre Lauro e Nando, entre Ramiro e Vilaverde, entre Pauadê e o primeiro cren que tinha ficado bom. Seria tão inútil demover Fontoura quanto os índios.

— Estou mesmo retendo as tripas para fazer honra ao local — disse Fontoura. — *Sentina Mundi, ora pro nobis.* Uma boa ladainha para você em outros tempos, Nando.

— Que ridículo — disse Lauro — chegarmos ao Centro Geográfico do Brasil esfomeados, esmolambados, barbados, arrastando atrás de nós esse colégio de agonizantes podres! Graças a Deus não temos aqui um cinegrafista. O que é que diz o cipó, Nando?

— Ainda temos bem uns dez quilômetros a vencer — disse Nando.

— É certo que a gente volta de hidroplano? — disse Lauro. — Que ele estará pousado ao lado da canoa à nossa espera?

— Disto não há dúvida — disse Olavo. — Ficamos meio abandonados quando zanzávamos aí pelos matos feito doidos, mas a mensagem que recebemos é definitiva. O Amaral vem mesmo.

Lauro olhou de soslaio para Fontoura, que caminhava apoiado de um lado por Francisca e de outro pelo juruna Pauadê, e para Vilaverde que suava de tanto se agachar e medir a selva e disse:

— Espero que os índios não tenham precedência. Eu peço para ser cabeça de fila. Depois de Francisca e... do doente.

— Entre depois de Francisca — disse Fontoura.

Fontoura não dormiu a última noite passada na mata antes da chegada ao ponto assinalado pelo Conselho de Geografia. Recusou um sedativo que Ramiro ofereceu, com medo do torpor que podia assaltá-lo no dia seguinte.

Entrou na zona do Centro Geográfico por seus próprios pés e apoiado no braço de Nando, mas armou logo a rede. Vilaverde procurava um pé de sobro para fazer o padrão de madeira e ser fincado no Centro Geográfico e mandava Nando catar um jatobá, um ipê, um cedro bem linheiro para improvisar o mastro e içar a bandeira brasileira ao pé do padrão.

— Nossos avós lusos — disse Lauro — fincavam no chão padrões de pedra de cantaria gravada com as armas de Portugal. Nós botamos pau trabalhado a canivete. E ainda falamos mal dos portugueses.

— Quando fizermos a próxima expedição — disse Vilaverde — você carrega nas costas a pedra de cantaria com as armas do Brasil.

Antes de cair a noite Vilaverde com canivete, chave de fenda e um pedaço de pau servindo de martelo gravava os dizeres no padrão do Centro Geográfico. Nando polia o tronco fino e reto que ia se transformar no mastro do Centro. Francisca reunia a seu redor dois baldes, uma panela, uma sacola e parecia fazer cálculos mentais.

— Vai brincar de bolinhos de terra? — disse Nando.

— Acontece — disse Francisca — que eu trouxe comigo um grande saco de encerado para levar a terra do Centro. Mas quem vai carregar o saco?

Então — disse Nando como quem não quer nada — você está preparando um fardo para cada membro da Expedição.

— Exato — disse Francisca.

— Você vai diretamente a Palmares, a Levindo?

— Vou — disse Francisca.

— Também eu — disse Nando.

— O que é que você vai fazer lá?

— O trabalho de minha vida — disse Nando.

— Qual é? — disse Francisca.

— Deixe por minha conta.

— E vai dar para você viver?

— Meus pais me deixaram uma casinha na praia, na Boa Viagem — disse Nando. — Comida é fácil. Meu trabalho propriamente dito é de graça. Encontrei afinal um trabalho de devoção total, de amor.

— Você saiu de lá julgando que ia encontrá-lo no Xingu e agora vê que é lá que ele está. Que bom, Nando. E assim... nos vemos.

Não entendeu, pensou Nando. Fingiu que não entendeu. Não quis entender. Mas entender ou não, é secundário. Eu estarei presente. Nos vemos. Quando me olhar ela verá ela mesma e ninguém resiste a Francisca.

Vilaverde que fincava com Pauadê o padrão numa espécie de grande depressão do terreno bem no ponto em que se encontravam as coordenadas do Centro deu um urro e saiu sapateando pelo terreno. Pauadê que o olhou com espanto a princípio, começou a fazer o mesmo.

— O que é que houve? — riu Nando. — É a dança da posse?

— Formiga — gemeu Vilaverde. — Isto é o maior panelão de saúva do Brasil.

E de longe se viam as formigas despertadas pelo movimento das pessoas, pela fixação do padrão, milhares, milhões de saúvas, como se os grãos de terra do mundo tivessem começado a andar transformados em içá, sabitu, tanajura.

— Vamos bater bem o padrão e sair de perto — disse Vilaverde.

— E o mastro? — disse Nando.

— Basta que o padrão fique aqui — disse Vilaverde. — O mastro a gente finca mais longe.

— Já temos até a cordinha — disse Nando — para içar e desfraldar a bandeira.

— É o que vamos fazer amanhã de manhã, ao romper do sol. Agora, temos de mudar as redes e os fardos para longe deste sauval. Nunca vi tanta formiga junta na minha vida.

Primeiro juntaram-se os fardos que os cren-acárore mais restabelecidos foram carregando. Depois iniciou-se a pequena marcha, de uns quinhentos metros, para longe das saúvas que fervilhavam inquietas pelo chão. Vilaverde foi à rede do Fontoura despertá-lo do seu torpor.

— Vamos, Fontoura. Temos de mudar de casa.

— Você está doido? Mudar para onde? — disse Fontoura.

— Tem formiga demais — disse Vilaverde.

— Agora a gente já foge de formiga?

— Tenho medo que elas subam pelas árvores e entrem nas redes, Fontoura. Isto deve ser o panelão que fornece formiga ao resto do Brasil.

— Eu daqui não saio.

E virou para o outro lado. Vilaverde sentiu-lhe a testa e chamou Ramiro.

— É a febre de novo — disse Vilaverde.

Ramiro sussurrou no ouvido de Vilaverde:

— Se não recebermos socorro depressa acho que o nosso Fontoura fica por aqui. Isto não é mais malária somente.

— Deixa disso, Ramiro. Ele já esteve assim uma porção de vezes. Pergunta ao Nando.

— Assim, duvido — disse Ramiro. — De qualquer forma é melhor deixar ele dormindo. Pode ser que reaja. Nós podemos nos revezar ao lado dele.

Mudou-se o acampamento mas uma rede ficou armada perto da do Fontoura. Como ainda havia fardos a carregar e os homens todos tinham o que levar, Francisca se dispôs a velar primeiro pelo doente.

— Daqui a pouco eu venho te revezar — disse Nando.

Quando os outros mal haviam desaparecido no rumo do novo acampamento, Francisca que cuidava da fogueira acesa perto das redes notou que o Fontoura se mexia. Voltou-se para saber se ele precisava de alguma coisa. Fontoura dava grandes goles no gargalo de uma garrafa e era inútil perguntar o que é que ele bebia. O cheiro da cachaça subia violento pelos ares.

— Fontoura, seu maluco, me entregue esta garrafa.

Fontoura resistiu ao puxão de Francisca e deu mais três goles.

— Vou chamar os outros! — disse Francisca. — Você não pode beber.

Fontoura então a segurou pelo pulso, detendo-a.

— Não, pelo amor de Deus — disse Fontoura. — Ainda bem que foi você quem ficou. Você é mulher. Tem pena dos outros.

— Não quero saber disto não — disse Francisca. — Você jurou a todo o mundo que não tinha mais uma gota de bebida.

— Deixei uma garrafa do cordial na canoa alagada, para o fim da viagem — disse Fontoura. — Agora me ajude, Francisca.

— Ajude a quê? Você vai ficar quieto na rede até Nando voltar.

— Não, me ajude, eu quero ir até o lugarzinho mesmo do Centro.

— É um formigueiro enorme, Fontoura. Espere até chegar Nando.

Animado pela cachaça, os olhos reluzentes, a cara inteira uma súplica suada e barbada, Fontoura pôs as pernas para fora da rede e cambaleou de pé, buscando o braço de Francisca.

— A gente vai e volta imediatamente, eu juro.

Trêmula, segurando forte o braço de Fontoura, Francisca foi andando para perto do padrão. A poucos metros da rede sentiu um arrepio de aflição ouvindo as formigas que estouravam pisadas pelos dois.

— Vamos voltar, Fontoura.

— Espere, espere.

Quando chegaram ao pé do padrão Fontoura pôs os joelhos no chão e leu:

— Centro Geográfico do Brasil, latitude dez graus e vinte minutos sul, longitude cinquenta e três graus e doze minutos oeste de Greenwich.

Fontoura caiu de cara no chão, as mãos para a frente, o ouvido colado à terra enquanto inquietos bandos de formiga lhe cobriam os dedos e o pescoço.

— Nando! — gritou Francisca. — Levanta, Fontoura, levanta!

— Ponha o seu ouvido na terra — disse Fontoura.

— Para quê? Levanta!

Mas na impossibilidade de erguer Fontoura Francisca se curvou, deitou o rosto sobre as formigas enlouquecidas, sentiu viva e feroz a terra de Levindo.

— Está ouvindo? — disse Fontoura.

— O quê?

— O coração.

— Estou ouvindo — disse Francisca. — Agora levante, Fontoura.

— Você ouviu bem? — disse Fontoura.

— Ouvi, ouvi, agora vamos.

— Estou perguntando porque a gente ouve leve. A batida é funda.

Fontoura se levantou, mas pesado, muito mais pesado do que antes. Francisca esfregou a cara e o pescoço de Fontoura negros de saúvas, passou a mão no próprio rosto, arrastou Fontoura para fora do formigueiro que agora fervia com um fogo negro-fulvo de cabeças e ferrões. Fontoura caiu sem sentidos e Francisca o agarrou pelos sovacos, arrastou-o por cima de milhões de formigas, arrastou-o com um esforço bruto até não saber mais se o arrastava ou se eram seus próprios braços que alguém puxava pelas mãos, se não eram as saúvas que a chupavam com seu fardo para dentro do caldeirão borbulhante. Depois o tranco nas costas, a escuridão. Nando encontrou Francisca sem sentidos contra um tronco de árvore, sentada. Entre suas pernas, aninhado no seu ventre, Fontoura como se tivesse acabado de nascer dela. Só que estava morto.

A cruz do túmulo de Fontoura foi plantada perto do padrão do Centro Geográfico e um dia depois do seu enterro a Expedição viu o avião de socorro que chegava. Era um hidroplano, que desceu no Xingu. A Expedição resolveu esperar que viessem os tripulantes, já que sem dúvida gostariam de conhecer o Centro Geográfico. Viriam facilmente, pela picada aberta. De mais a mais a morte de Fontoura tinha acabado pelo momento com a energia de Vilaverde, que pela primeira vez entrava numa rede durante o dia. O piloto Amaral, do Correio Aéreo, vinha com um funcionário da Fundação Brasil Central e um camarada louro, de macacão azul-marinho brilhante, com fecho ecler de alto a baixo. Um americano. Major Norry. Amaral explicou:

— Só conseguimos hidroplano com a Missão Militar Americana.

— Nós quase que pifamos aí no mato — disse Olavo. — O que é que aconteceu afinal? Ninguém entendeu bem aquela mensagem.

— O Jânio Quadros renunciou, velhinho. Você nem imagina que corre-corre e...

— Renunciou? Mas como? Derrubaram ele? — disse Olavo.

— Que nada! Ou pelo menos parece que não. Ninguém sabe. Acho que nem o Jânio. Primeiro surgiram milhões de explicações. Uma confusão de todos os diabos. Tinha sido o Exército. Tinham sido os americanos...

O major Norry, que fotografava tudo e todos com uma Leica, riu:

— Os americanos não se metem não.

— E afinal? — disse Olavo.

— Afinal o Jânio viajou. Pôs-se à fresca. Esteve refugiado na Base Aérea de Cumbica durante a noite do eclipse e no dia seguinte se eclipsou. Fez a pista.

O americano não tinha conseguido fotografar Lauro, que se metera na rede, e nem Francisca, ainda inchada das ferroadas de formiga.

— Você é bonita mesmo assim — disse o major Norry.

— Meta-se naquele formigueiro e veja se você tem vontade de tirar retrato depois — falou Nando.

O americano riu e se meteu no formigueiro para tirar um *close* do padrão e da cruz de Fontoura. Francisca disse a Nando:

— Mas que coisa, o Jânio! Ele tinha o quê? Meses de governo, não?

— Sete meses — disse Nando — e aquela gana toda. Eu estou começando a entender a história do Brasil. São uns apressados, Francisca.

— Como apressados?

— Veja o Jânio. Gozou depressa demais. Fica a Pátria sempre nessa aflição, esperando, esperando, insatisfeita, neurótica.

Olavo perguntou ao piloto Amaral:

— Você se lembrou de trazer uma bandeira?

— Bandeira? — disse Amaral.

— Sim. O pavilhão nacional — disse Olavo. — Nós armamos o mastro, preparamos tudo e só então vimos que não veio bandeira na bagagem.

— Ah, meu velho, nem pensei nisto.

— Bem, não há de ser nada — disse Olavo. — Vamos embora, Vilaverde?

— Vamos. O hidroplano dá para quantos?

— O bicho é grande — disse Amaral — e está leve, leve. Só trouxemos mesmo alguma comida para vocês. Vamos meter esses índios podres nas canoas e acho que os brancos cabem todos.

— Eu vou numa das canoas e Pauadê na outra — disse Vilaverde.
— Os cren são chucros e estão morre não morre das consequências de uma epidemia de sarampo.

Lauro se levantou da rede.

— Eu também vou de canoa — disse Lauro.

— Mas não é preciso — disse Vilaverde —, você pode...

Depois olhou a cara tensa e dura de Lauro.

— Está bem. Venha de canoa.

Quando todos já haviam iniciado a marcha no rumo do avião e das canoas Ramiro se deixou ficar para trás. Depois juntou-se aos outros, atirando fora um saco de celofane. De longe os membros da Expedição e os da turma de socorro viram que tremulava ao vento, no pau da bandeira, um pano cor-de-rosa com florões brancos.

5

A palavra

Só muito mais tarde é que Nando localizou no dia da lição do cla, cle, cli o princípio da diluição da noz de egoísmo que no seu peito era a pequena mas portentosa usina de atrair Francisca. No momento foi assim feito uma vertigem. A salinha escura. O projetor jorrando luz na parede caiada, na mão de Francisca que mudava um *slide*, no cabelo de Francisca. A luz do projetor de volta da parede acendendo a cara dos camponeses. Repetindo por fora o trabalho de escultura que a palavra fazia por dentro.

— Cla — disse o camponês.

— *Cla*sse *cla*mor — disse Francisca.

— Cle.

— *Cle*mência

— Cli.

— *Cli*ma.

— Clu.

— *Clu*be.

Francisca tirou um *slide* de fora da série. A palavra de duas letras mas grande na parede. Vários camponeses leram juntos:

— Eu.

Outro *slide* e disseram:

— Re.

— Pensem em *cla*sse e *cla*mor — disse Francisca enquanto colocava o *slide* com o pronome e o verbo.

— Eu re — disse um camponês.

— Eu remo! — disse outro.

— Eu clamo — disse outro.

— Eu sei professora, eu sei dona Francisca. Eu RECLAMO!

Mesmo agora, já habituado a assistir e a ensinar ele próprio, Nando sentia os olhos cheios de água, quando diante de um camponês uma coisa ou uma ação virava palavra. A criança tantas vezes vai fazer a coisa a comando da palavra. Para aqueles camponeses tudo já existia menos a palavra.

— De — disse um camponês.

— Cla — disseram todos.

— Ra — disse um camponês.

— DECLARAÇÃO! — disse outro.

Como se visse entrar num alçapão um pássaro palpitante, pensou Nando. E lembrou os possantes dentes alvos e quadrados do padre Gonçalo quando riu da emoção de Nando ao assistir a primeira aula. "É o porre do Verbo, seu Nando!"

— Reclamar vocês todos sabem o que é — disse Francisca.

Os camponeses riram.

— Só que precisam reclamar cada vez mais. Reclamar tudo a que vocês têm direito. Direito também vocês sabem o que é. Direito que todo homem tem de comer, de ganhar dinheiro pelo trabalho que faz, de votar em quem quiser em dia de eleição.

— O voto é do povo — disse um camponês.

— O pão é do povo — disse outro.

— O pão dá vida e saúde ao povo — disse outro.

— Isto mesmo — disse Francisca — mas vamos deixar as lições passadas e aprender a de hoje. Nosso estado tem um...

— Governador — disse um camponês.

— E o Brasil — disse Francisca — tem um...

— Presidente da República.

— Muito bem. Todo país tem seus governadores e tem um presidente. Mas agora o mundo tem um governo que conversa com todos os governos. O governo dos governos se chama Nações Unidas, quer dizer a união de todas essas nações. Cada nação tem uma lei, que manda em todos, e que se chama... Quem é que se lembra?

— Lei Áurea — disse um camponês.

— Não — disse Francisca.

— Essa não foi a que acabou com os escravos? — disse um camponês.

— Isto mesmo — disse Francisca —, a Lei Áurea foi o decreto da Abolição, quer dizer, que aboliu, acabou a escravidão dos negros no Brasil. Mas tem uma lei que governa todos nós... A Cons...

— Constituição — disse um camponês.

— Muito bem — disse Francisca —, cada país tem sua Constituição. Mas as Nações Unidas, que é o governo de todos os países, tem uma DECLARAÇÃO. Chama-se Declaração dos Direitos do Homem. E está ali escrito tudo a que os homens têm *direito*, que é coisa feito pão, saúde, educação, voto.

— Quem é que manda mais — disse um camponês —, Constituição ou Declaração?

— Bom — disse Francisca —, a Constituição manda diretamente no povo brasileiro, diz o que é que os brasileiros podem e não podem fazer. Mas a Declaração dos Direitos do Homem, das Nações Unidas, vigia a Constituição do Brasil e as outras Constituições, dos outros países. Não permite que nenhuma delas tire o voto do povo, por exemplo, proibindo o voto de quem é pobre, ou preto, ou coisa assim. Não permite também que exista o cambão, por exemplo. Quem trabalha para um patrão tem direito a salário, em dinheiro do país. Assim é que os brasileiros têm seus direitos garantidos por uma...

— Constituição — disse um camponês.

— E todos os homens têm os direitos de suas Constituições garantidos nas Nações Unidas por uma...

— Declaração — disse um camponês.

— Declaração dos Direitos do Homem — disse outro.

Francisca útil, pensava Nando, como se em fogo santo se cozesse pão. Pão. Vida. Voto. Saúde. Depois das caras impassíveis dos índios as caras dos caboclos que de repente viam no bloco de letras uma realidade transposta e quase berravam FOICE NO SOL cegos por fio de foice e brilho de sol.

— As figuras, dona Francisca — disse um camponês.

— Um momento. Vocês entenderam bem a diferença entre a Constituição do Brasil e a Declaração dos Direitos do Homem, não é?

— Entendemos, dona Francisca. Mas a gente só chegou na palavra DECLARAÇÃO depois de estudar o cla, cle, cli que saiu da palavra...

Francisca projetou um *slide*.

— Caboclinhos — disse um camponês.

— O povo — disse Francisca — tem direito a pão, a voto, e à alegria também. Caboclinhos fazem vocês pensar em quê?

— Frevo — disse um camponês.

— Bumba meu boi — disse outro.

— Maracatu — disse outro.

E se agora aqueles homens entrassem em si mesmos, pensou Nando, e vissem essas palavras na manjedoura? É verdade que em massa não seria possível e em meio a classes enormes. Mas um pequeno grupo que se eterizasse à medida que ia aprendendo e que ao mesmo tempo captasse as águas do saber e as águas da vida? Teriam sem dúvida de si mesmos uma inebriante consciência total. Num silêncio absoluto os homens viram a palavra superposta à figura da jangada. Ninguém disse jangada por uma espécie de orgulho: assim com a figura por trás quem não havia de saber? Depois um peixe. Depois um coqueiro. Depois uma figura mais complexa e pouco estudada ainda, uma casa num pântano com um coqueiro perto e um homem na porta.

— Coqueiro — disse um camponês.

— Alagado — disse outro.

— Homem.

— Casa.

— Que casa é esta? — disse Francisca.

— A casa do homem — disse um camponês.

— Mas como se chama a casa de vocês?

— Mocambo — disse um camponês.

— O homem da figura gosta de morar no mocambo?

— Não, mora porque não tem outro jeito — disse um camponês.

— O povo sem casa vive no mocambo — disse Francisca.

— Casa de quem não tem casa é mocambo — disse um camponês.

Era com um prazer de neófito que Nando se via agir, ao lado de Januário, de Otávio, de Gonçalo, do governador. Januário tinha seu plano mestre de, a partir do Engenho do Meio, onde os foreiros tinham levantado suas foices contra a ordem de despejo do proprietário que queria vender as terras, alastrar a rebelião por todos os engenhos, antes de atacar a frente mais dura das usinas. Mas não sacrificava por isso os casos isolados mais chocantes como o do Engenho Nossa Senhora Auxiliadora. O governador, no caso do Engenho do Meio, atendera ao apelo revolucionário de Januário: não fizera a desapropriação das terras pelo Estado. Assim caracterizava a primeira rebeldia de camponeses. Graças a isto dois engenhos vizinhos se haviam unido ao do Meio, formando o núcleo da Liga Camponesa. Nando e Francisca sabiam que Januário queria romper com o governador por causa do Engenho Auxiliadora, mas Januário começou a conversa com calma.

— O Movimento de Cultura Popular precisa mandar muito mais gente para o Engenho do Meio e os vizinhos. Formidável como eles aprendem depressa com essas palavras o conteúdo social! Eu me lembro de minha mãe, coitada, que Deus tenha, ensinando uma nossa lavadeira a ler. Agora entendo o acanhamento da mulher, que queria muito aprender a ler, mas ficava sem jeito, entre nós, crianças da casa, com aquelas histórias de Vovó vê a ave, Eva vê o ovo, Ivo vê a uva. Se mamãe mandasse ela ler que Sabão Lava, Roupa na Corda, Rol Errado num instante ela aprendia tudo.

Januário coçou o queixo e continuou:

— Ótimo, mesmo. O camarada entra direto no que interessa, no que conta de verdade. Mas...

— Mas o quê? — disse Nando. — Você sempre com um *mas* engasgado na garganta. Estamos produzindo votos para 1965. Vamos eleger com os alfabetizados um governo federal que vai fazer pelo Brasil em geral o que o governador está fazendo pelo estado.

— Claro, claro, não precisa arrombar portas abertas. Eu estava só pensando em palavras geradoras que se aplicassem mais... Pelo menos no Engenho do Meio.

— Aonde é que você quer chegar, Januário? — disse Francisca.

— Olha, a coisa é a seguinte. Vi muitos professores do Movimento de Cultura Popular cantando la, le, li sem chegar à conclusão: Liga, Liga Camponesa para Salvar o Brasil ou uma coisa assim.

Nando e Francisca riram juntos.

— Sempre o mesmo *mas* — disse Nando. — Devagar com o andor, Januário. Senão Otávio e os comunas dele querem que a gente só fale no Partido Comunista.

— E o padre Gonçalo que se fale na Igreja Católica — disse Francisca.

— E o governador que se fale no governo dele — disse Januário.

— Isto você sabe que não é verdade — disse Nando. — O governador tem que manter vocês nos respectivos lugares para que tudo e todos caminhem.

— Lugares ou não lugares — disse Januário — eu vou sapecar vinte mil camponeses na rua, em solidariedade aos do Engenho Auxiliadora. Aquele safado do coronel Barreto devia ser sangrado como um porco e enforcado em seguida.

— Os camponeses continuam firmes? — disse Nando.

— Firmes, famintos, irredutíveis. Não arredam pé enquanto não receberem todos os salários atrasados e a indenização. O Barreto diz que prefere que o engenho dele nunca mais produza nada a obedecer à lei. E sabem que estourou por lá a varíola?

— Varíola? — disse Francisca. — Mas então é preciso isolar os doentes.

— Os pais das crianças doentes dizem que não se separam dos filhos e o resto do pessoal não avalia o que seja varíola. Ninguém quer arredar pé. O Auxiliadora é capaz de incendiar o estado inteiro.

— Mas não se falou que o vizinho do coronel Barreto queria comprar o Engenho para aumentar o dele e botar tudo em funcionamento conjunto? — disse Nando.

— Conversa — disse Januário. — O Barreto pede um preço absurdo, de propósito, e há todo esse passivo de salários a pagar. Quem é que adquire uma propriedade dessas? Eu vou botar os camponeses na rua. O governador não age, ajo eu.

— O governador agiu logo — disse Nando. — Só espera a resolução da Justiça. E a Justiça hoje em dia funciona.

— Sim, mas ainda demora muito. Ah, se o Auxiliadora fosse mais perto do Engenho do Meio! — disse Januário. — Nem os próprios camponeses do Meio querem mais que o Engenho seja desapropriado. Já entenderam que ganhariam seus pedacinhos de terra mas que iam encher as burras do dono com dinheiro do Estado. Vergonha pagar vinte milhões por aqueles hectares de pedra. Os foreiros dos dois engenhos vizinhos vivem no telheiro do Engenho do Meio, discutindo preço de coisas e reforma agrária.

— Os telheiros que Leslie tanto ajudou a criar — disse Francisca.

— Isto só vai na marra, Nando — disse Januário. — Não tem outro jeito não.

— Pois eu começo a achar que vamos realizar uma espécie de obra-prima da revolução, graças à nossa cordura, Januário.

— Cordura nada — disse Januário. — Moleza.

— Confesso que esta sua mania do sangue pelo sangue só porque tem corrido sangue no resto do mundo acho besteira.

— Então — disse Januário — vai contar aos latifundiários que eles têm que dar o pira de suas terras para os camponeses trabalharem terra própria, vai dizer aos usineiros que têm que pagar o décimo terceiro salário, vai anunciar aí nas engenhocas que senhor de engenho que falar em cambão é trancafiado na cadeia. Depois me conta se eles bateram palmas e puseram o Brasil a progredir aos beijos e abraços.

— Também não é assim! — disse Nando. — Parta do princípio que estes senhores e senhoritos todos do Nordeste viviam acima da lei. Agora, não. E se aceitarem a lei, eles...

— Tá — disse Januário —, tá. Depois você me conta o que é que aconteceu. Vocês vêm me ajudar domingo na Marcha?

— Estaremos presentes — disse Nando. — Mas fica na solidariedade aos camponeses. Não transforma a Marcha num ataque ao governador.

Quando Januário saiu Nando disse:

— Vamos tomar uma xícara de café lá em casa.

— Não tem ninguém te esperando? — disse Francisca.

Nando não respondeu. Apenas apertou a mão de Francisca, que tomara seu braço. Sempre que acabavam um dia de trabalho e tinham tempo para andarem juntos, ou irem até a casinha de Nando, antes de partir Francisca para sua própria casa, sabiam perfeitamente em que pensavam, sabiam o que é que rememoravam. Tinham ficado no Posto Capitão Vasconcelos o tempo suficiente para que Vilaverde construísse um lazareto em que se abrigariam os cren-acárore para serem tratados sem contaminar os demais índios. Tinham depois tomado o avião do Correio Aéreo para o Rio, onde Francisca levaria ao Museu os objetos colecionados, os desenhos. Em seguida, sem nada precisarem dizer, tinham ido para um hotel modesto mas que aos dois ofereceu os singelos emblemas do amor numa cidade: um leito por trás de uma porta com chave, um banheiro abrindo para o quarto. Foi tudo que viram do Rio nos quatro dias que ali viveram a pão e queijo, vinho e frios, latas e latas de suco de tomate. E principalmente um do outro, um no outro. Levaram horas antes de descobrir com encanto que da janela via-se o mar por cima dos telhados e levaram dois dias para notar na parede cartazes de antigas exposições de pintura. Aprendiam-se de cor, na cama, debaixo do chuveiro, aos acasos de um sofá carmesim e de uma poltrona. E sem qualquer cuidado de generalizar ciência tão personalizada sentiam que de uma tempestade como aquela trancada entre quatro paredes vários sóis podiam nascer e maduras colheitas para a comunidade. No momento, aliás, Nando não sabia. Mas fez uma safra de imagens de Francisca que lhe deu silos e silos de grãos de ouro durante uma seca que não podia prever naquele quarto de hotel cujas paredes alvas eram o côncavo de pedra que guardava no fundo, como uma lagoa, Francisca. Boi de pasto gordo de beira-mar tangido para grota de sertão para lamber beiço seco de cacimba e talo de palha de capim Nando muitas vezes ruminou na memória a fresca relva loura que pastara e que o sustentaria e consolaria para sempre a despeito da fina dor que transformava seus testículos num sensibilíssimo badalo a proclamar de suas virilhas para os vales do mundo saudades incuráveis de Francisca. Na última noite que passaram juntos antes de tomarem o avião para o Norte, Nando notou, mas julgou que fosse apenas amor, a loucura com que Francisca se abandonava a ele e recapitulava uma a uma as doces formas físicas que tomara a paixão dos dois. Ela própria sabia ou só depois é que percebeu até que ponto dizia adeus a Nando? Nos primeiros dias do regresso era compreensível que não se amassem, ela na sua casa, Nando numa pensão. Mas Nando estava na impaciência de sempre e sentia Francisca esquiva. Passou os braços pelos seus ombros e Francisca se encolheu, como se sentisse frio.

— Sabe de uma coisa, Francisca? Vou poder sair da pensão. Minha casinha da praia estará livre dentro de poucos dias.

— Que bom para você, Nando — disse Francisca.

— Para mim? Só para mim? Você está vivendo em inteira liberdade, meu bem. Por que é que não nos casamos, nos juntamos, o que você quiser?

Ela tentou rir, como qualquer mulher que discute tais assuntos, mas estava pálida, voz insegura.

— Calma — disse Francisca. — Parece que vai tirar o pai da forca!

— Nós somos homem e mulher desde o Xingu, Francisca. Aqui você não tem querido falar nisto, tem evitado o assunto.

— Por favor, Nando, não fale assim, eu te imploro. Você pensa que eu não sofro também?

— Eu já estava até pensando em outras coisas, Francisca. Em alguém... Em algum outro compromisso que você tivesse aqui.

— Isso eu diria a você. Ou já disse.

— Já disse o quê?

— Você sabe qual é meu compromisso — disse Francisca —, a outra pessoa de minha vida.

— Que outra pessoa?

— Pessoa? Não sei se é. Os mortos são o quê?

— Francisca! Pelo amor de Deus!

— Não consigo, Nando, não consigo. Não posso te amar aqui, onde ele viveu. E não, por favor! Não diga isto!

— O quê?

— Não proponha que a gente vá embora daqui. Levindo não pode morrer completamente, sabe? Eu tenho pensado, como eu penso nisto, nele, em você, em nós, nele e em mim, o tempo todo, o tempo todo. Já vasculhei tudo, tirei todas as pedras do lugar, me virei pelo avesso. Eu me chamei de fingida, de reles, tive vontade de cuspir na minha cara no espelho. Eu disse a mim mesma que se Levindo estivesse vivo eu ia amar você também, tenho certeza. Então por que fingir de viúva agora, e viúva só aqui, onde ele viveu? Viúva e desconsolada depois de tudo que eu fiz com outros homens e de todo o amor que eu dei a você? Estou querendo enganar quem? Me apresentar assim a quem?

Nando passou de novo o braço pelos ombros de Francisca.

— Não pense mais nisto. Faz pouco tempo que você está de volta aqui, comigo. Você se habituará aos lugares em que viveu ao lado de Levindo. Deixe as coisas como estão. Assim eu tenho mais tempo de preparar a casa para você. Vou procurar um certo sofá carmesim...

— Não posso, Nando, eu sei que não posso. Eu não cheguei a cuspir no espelho não, sabe? Eu me vi como sou e não me incomodei. Eu ia enganar Levindo, provavelmente, por uma razão ou por outra, mas ele era o homem de minha vida. E não morreu a morte dele. Se tivesse morrido a morte dele, estava morto e eu, gostasse ou não, estava livre e me habituava e ia morar agora na tua casa da praia. Levindo morreu uma morte que envergonha a gente de viver a vida da gente sem pensar nele, aceitando ele como morto. Não posso, Nando. E por favor, não me siga agora não.

Francisca saiu andando rápida e Nando tomou automaticamente o rumo da praia com medo de se convencer demais da finalidade dos propósitos de Francisca. Não podia, logo em seguida ao choque, pensar naquilo, exclusivamente. Precisava se cansar, prestar atenção em alguma coisa, deixar que a conversa estranha se aninhasse na sua memória em lugar de, como naquele momento, tentar a fuga se ferindo e sangrando entre tudo que havia acumulado na sua cabeça. O que o salvou momentaneamente foi ver, entre os jangadeiros que remendavam redes na beira do mar, aquela diminuta figura de homem vestido quase como eles mas tão infinitamente diferente deles. Havia alguma coisa repugnante no homem feito, de longas barbas, trancado em estatura de menino de nove anos. Por que as barbas? Ou a repugnância estava na cor do menino-homem, um amarelo... marfim?... até certo ponto, talvez. Um amarelo-jaca-passada, um amarelo em desintegração. Ou era a cena, talvez a cena. Uma adaptação mesquinha, uma ilustração zombeteira de cena evangélica, não pelos jangadeiros que Nando conhecia vagamente por ouvir o nome deles — Amaro, Zeferino — mas pelo Cristinho miúdo, patético, como se alguém quisesse dizer que os pescadores permaneciam mas Deus encolhera. Nando se aproximou um pouco mais. Apoiou-se contra um coqueiro. Apurou o ouvido:

— Eu preciso de vinte mil jangadas de vela branca — dizia o homenzinho barbado —, jangadas de Pernambuco, da Paraíba, do Rio Grande do Norte, do Ceará. Vinte mil não é tanto assim e no entanto seria a mais bela frota em cima dos mares atlânticos...

Os jangadeiros não só trabalhavam como falavam entre si.

— A gente podia vender na beira da praia, feito coco, uai.

— Peixe não é coco, é o que eles dizem. Não se apanha no pé.

— E tem que botar no gelo.

— Iríamos por aí boiando feito gaivotas.

— Olha, a gente pede na escola dos adultos uma tabuleta dizendo Peixe Fresco e bota ela aqui mesmo, debaixo dos coqueiros. Garanto que vende tudo.

— Ah, não fala isso não. Dia que todos nós traz o samburá cheio que é um despotismo? Quem é que pode vender tudo? E o que é que as madamas ia pagar à gente? Não é mesmo, Beirão?

— Virgem! Só esse nome de madama me deixa todo perrengue.

— Vai te pôr numa égua seu filho duma jumenta. A gente está cuidando de preço de peixe, não está em conversa de fêmea.

— Eu ia na capitânea, com a imagem de são Tiago. Navegaríamos até a Terra Santa da América e o mundo inteiro ia pasmar de ver que nenhuma só das jangadas se perdera na longa travessia.

— Hoje deu muita cioba, hem.

— Hoje deu de tudo e a lagosta eu levo direto pro hotel e pro Buraco da Otília.

— É preciso que alguém anuncie ao mundo e isto nós é que o faremos. As velas das jangadas vão ficar de ouro a partir do momento em que entrarmos nas águas bentas. Quando poderemos partir? Quando vai boiar em nossos mares a frota de são Tiago?

Nando foi se afastando de mansinho do seu coqueiro mas ficou envergonhado de si mesmo porque os olhos de André tinham encontrado os seus e André nem sombra de saber quem era ele. E a Nando não pareceu que André não o houvesse reconhecido devido à passagem do tempo, à ausência da batina, ao inesperado do reencontro. André tinha olhado feito doido manso, dizendo aos jangadeiros:

— Quando as cinco mil jangadas chegarem à Terra Santa formarão um só pássaro de tábuas, com trezentos côvados de comprido, cinquenta de longo e trinta de alto. Das entranhas do pássaro sairá o grande ovo que há de se abrir no seio do mar para dar à luz o Espírito Santo, o Terceiro Reino.

André, pensou Nando, o pobre André da Segunda Vinda. Nando tinha vagamente sabido que André perdera o juízo, fora internado, a família concordara em desligá-lo do sacerdócio. Ah, o bálsamo da desgraça alheia pousando fresco sobre as nossas feridas. Nando tinha sentido sua esperança renascer, tinha dito a si mesmo que Francisca não podia ficar muito tempo naquela esquisitice. Afastou-se dizendo a si mesmo:

— Obrigado, André, obrigado.

No dia seguinte ao da conversa que tinha tido, ao lado de Francisca, com Januário, Nando recebeu na sua casa a visita intempestiva de Otávio, de um Otávio mais magro do que era nos tempos do Rio e do Xingu mas de fisionomia plácida, muito mais contente, muito mais convencido, como dizia, de que afinal a Coluna Prestes fora recebida numa cidade brasileira. O intempestivo da visita é que Otávio devia estar em Palmares, cuidando do grande sindicato em que as maiores influências se dividiam entre a dele e a de padre Gonçalo. A preocupação de Otávio é que a Marcha de Januário prejudicasse o trabalho sábio do governador que alterava as estruturas fósseis do Estado sem ainda dinamitá-las. Otávio lembrava tudo isso falando a Nando ao lado de dois estudantes que ajudavam seu trabalho em Palmares, Djamil e Jorge. Nando riu:

— Quem te ouviu e quem te ouve, hem, Otávio! A favor do gradualismo.

— Não, que gradualismo! A verdade é que dinamite tem hora. Há uma hora de dinamite e uma hora de Prêmio Nobel. Nosso governador é Prêmio Nobel. Dinamitá-lo por causa duma engenhoca é tocar fogo no navio para matar ratos.

— Convenhamos — disse Jorge — que esse caso do Engenho Auxiliadora, com aquelas crianças embolotadas de bexigas, é um pavor. O tal do Barreto devia realmente ter uma morte exemplar qualquer.

— Eu já propus ao Otávio que assassinássemos o Barreto, pura e simplesmente — disse Djamil. — Ele está julgado e devia ser executado. Do contrário, a coisa não vai.

— Esses meninos — disse Otávio — estão com um pé na grande Revolução Brasileira e acham que nada vai bem. Muito mimados, Nando. Vivem neste admirável Pernambuco de hoje e não sabem o que foi o Brasil pateta de minha vida inteira. E quem me espanta é o Januário, com sua Marcha. É a tal história. Esquerda, fora do Partido, vira e mexe dá-lhe uma nostalgia de Marchas e Mussolinis.

— Eu passei no Engenho Auxiliadora hoje mesmo — disse Jorge. — Aqueles desgraçados estavam morrendo em pé mas vendo miragem, sei lá. Corre o boato entre eles de que o vizinho do Engenho Maguari vai comprar o Auxiliadora, pagar os atrasados e botar tudo para funcionar de novo.

— Isto só mesmo miragem — disse Otávio. — Ninguém compra uma bomba daquelas. O jeito é o governador obrigar o Barreto a pagar o que deve e depois então desapropria pelo custo histórico, mais uma gorjeta.

— Quem te ouviu e quem te ouve — disse Nando novamente.

Na sua própria casa, à noite, Nando recebia os camponeses que quisessem repetir as lições e, principalmente, conversar. Na parede da cozinha os únicos quadros eram os que diziam em letras garrafais: ENXADA, PEIXEIRA, JANGADA, CANA, CAMBÃO. Sempre que estava na cidade Manuel Tropeiro era presença infalível. E havia os estudantes, principalmente os da Assessoria Sindical do governo do estado, que acompanhavam a polícia quando os engenhos e usinas requisitavam força, para fazerem seu relatório depois. A Força Pública era do povo. Não estava mais à disposição dos proprietários. A presença dos camponeses obrigava os estudantes sofisticados e Januário, padre Gonçalo ou Otávio a apresentarem suas ideias em termos simples. Uma noite, antes de chegarem os demais padre Gonçalo disse a Nando:

— Sabe que nós vamos acabar ganhando esta luta?

— Nós quem? — disse Nando.

— Nós da Igreja. Eu disse nós pensando em mim, mas talvez deva incluir você também, que ninguém escapa inteiramente à Santa Madre.

— Não tente me reconverter — disse Nando — que você consegue. Eu me converto a tudo que exija fervor. Minha falta de caráter é um excesso de zelo.

— Pela modéstia você não ganha o Reino dos Céus nunca — disse Gonçalo. — Me disseram que você alicia gente para o Partido.

— Eu não alicio — disse Nando. — Encaminho as pessoas para o fervor que as atrai. É claro que só conheço pessoas bem formadas, isto é, que vivem de costas para a direita.

— Em relação ao Partido estou cem por cento com você. Ele trabalha para nós — disse Gonçalo.

Nando riu e disse:

— Mas vocês padres fazem os sindicatos e os sindicatos estão infiltrados de comunistas, quase que sem exceção.

Como se não tivesse ouvido padre Gonçalo disse:

— Você tem visto como é fácil criar hoje em dia um sindicato rural. Já temos uns dois mil por aí. A Superintendência da Reforma Agrária dá à gente uns impressos que a gente enche e pronto, nasceu outro sindicato. Mas antes havia uma série interminável de etapas. Era preciso fazer um mapa, datilografado em três vias, com o nome de todos os trabalhadores do município a serem sindicalizados, com o número da carteira profissional de cada um, local de trabalho, tempo de serviço, filiação. Depois se redigia uma ata de constituição, que era assinada e tinha todas as firmas reconhecidas em cartório. Depois, com uma petição, ia a maçaroca à Delegacia Regional do Trabalho, que no seu tempo e hora a encaminhava ao Ministério do Trabalho, que então mergulhava nos exames e pareceres até expedir, quando expedia, a carta sindical. Pois para mim, pessoalmente, Nando, o mais importante não era a Igreja conseguir fundar por todas essas etapas mais um sindicato. A última etapa era o prêmio: atrair para o sindicato a infiltração comunista.

— Você está fazendo blague, Gonçalo. Está se justificando. O Partido se infiltra e vocês não têm remédio senão aceitar a infiltração.

— Não é uma infiltração aceita mas planejada.

Padre Gonçalo aproximou a cara da cara de Nando e à medida que falava acentuava o que dizia batendo com a mão direita no joelho:

— Pla-ne-ja-da! Precisamos tornar o comunismo uma realidade para que o único Manifesto irrealizável continue a ser o Evangelho.

Ficaram em silêncio, cara com cara. Nando afinal assentiu com a cabeça.

— Entendo, entendo. Mas olha, meu amigo Otávio acha que quem ganha no fim é o Partido.

— O Partido já perdeu, seu amigo Otávio já perdeu. Eles aceitaram a luta em nosso terreno, que é a alma dos homens. Do momento em que os padres voltaram às fontes evangélicas e se colocaram ao lado dos pobres, os comunistas só poderiam ganhar se levassem a luta também ao terreno do imaterialismo a-histórico. Aí perdem. Não têm os livros, não têm as teses. Não sabem de que se trata. As heresias antigas eram muito mais perigosas do que a comunista porque disputavam o homem inteiro.

Como sempre fazia quando não estavam juntos, Lídia vinha de tempos em tempos ver Otávio. Não tinham mais ligação física mas toda uma terna amizade e necessidade mútua. Desde que Nando estava também em Pernambuco era a segunda vez que Lídia vinha. Da primeira, logo depois de chegarem Nando e Francisca do Xingu, mal se haviam visto, Nando empenhado em desocupar sua casa da praia e atrair Francisca. Agora, quando ocorria o primeiro aniversário da gestão do governador, Lídia encontrava Nando mais solto e disponível.

— Passou o grande amor da sua vida? — disse Lídia.

— Ah — disse Nando —, isto nem que eu quisesse muito. E não quero não.

— Esperei encontrar você instalado. De cama e mesa. Você me parece... mais livre do que quando estivemos juntos da outra vez.

— Meu Reino de Deus foi adiado — disse Nando. — Por pouco. Em nenhum lugar do mundo o mundo está sendo tão rapidamente alterado e tornado melhor como aqui, neste ponto do Brasil, neste momento. E eu estou dentro do turbilhão. Sou uma faísca do raio. Quando além disto eu tiver Francisca vou viver ao mesmo tempo nesse turbilhão e na eternidade. Entendeu?

— Não — disse Lídia. — E prefiro não entender. Isto parece juvenília de poeta romântico. Aquelas coisas que as famílias publicam depois que o poeta morreu.

Nando riu.

— Lídia, Lídia, eu estou me preparando para ser o homem mais feliz deste século!

— Feliz, feliz mesmo, com turbilhões e eternidades a produzirem energias criadoras e pasmaceiras amorosas, só se for você sozinho, Nando. Ainda que pudessem, que conseguissem, acho que as pessoas hoje não querem mais isto não.

— Neste caso minha responsabilidade é maior ainda.

— Imensa — disse Lídia. — Se esta sua conversa é verdade, e não vem apenas do fato de Francisca estar fugindo de você, sua responsabilidade é realmente grande. Você fica assim como um dinossauro pensante e preocupado com o fato de ser o fim da raça.

— Eu vejo que vem vindo, vem vindo, vem vindo — disse Nando.

— Essa montanha de contentamento com você mesmo e o mundo inteiro?

Nando fez que sim com a cabeça.

— Não pode — disse Lídia. — É proibido. É indecente, Nando. Ainda que fosse possível não se faz.

Quem mais vinha conversar com Nando na casinha da praia quando estava na cidade era Manuel Tropeiro.

— Uma coisa eu não entendo, seu Nando. Como é que essa gente dona das terras está pagando lavrador direito? É contra a natureza. Por isso mesmo é que eu sou tropeiro.

— O governador manda a Força Pública ao dono de terra que não paga.

— Isto é bem verdade e Deus guarde o governador, nosso pai. Mas como é que os donos da terra pagaram o salário sem dar tiro? Eu sei que tem uns que não paga no fim do mês e tem quase ninguém que paga o décimo terceiro no fim do ano e aí o governador manda os macacos que pela primeira vez estão com a boa gente do povo, por comando do governador. O que eu não entendo, seu Nando, é como é que de cara esses unhas de fome disseram que sim, que iam pagar muito mais ao pessoal do eito e da enxada?

— Bem — disse Nando —, aí teve uma razão sim. Você sabe que tem um país chamado Cuba, não sabe?

Manuel tirou o chapéu.

— Deus me proteja, seu Nando. Então quem é que não sabe disto?

— Pois muito bem. Cuba resolveu brigar com os americanos e Cuba produz muito mais açúcar do que o Nordeste do Brasil. Os americanos por causa da briga pararam de comprar aquele mundão de açúcar que Cuba produz e assim a gente entrou com o açúcar daqui, e cobrando bom preço. O dinheiro de repente ficou fácil para o dono da terra. Só que antigamente, fácil ou não, ele enfiava tudo no bolso, ia viajar com a família, e o camponês continuava dando dia de cambão e chupando o dedo.

Manuel deu um assobio longo.

— Ahn... Isto do açúcar de Cuba deita muito lume na história. E se Cuba fizer as pazes com os americanos?

— Aí vai ser o diabo, Manuel. O governador não é homem de recuar. Os donos de terra é que vão ter de encolher a pança.

— Mas sabe seu Nando eu sabia que tinha um boi inteiro por baixo desse angu dos camponeses recebendo salário e comprando caneta-tinteiro para alegrar o bolso. Eu bem que desconfiava que profissão de dono de terra não ia variar assim tão depressa. Eu acho mesmo que profissão de gente não acaba nunca. Às vezes fica tão diferente que sem botar tento a gente matina que desapareceu. Profissão de dono de terra vai ter sempre. Só acaba com o mundo.

— Bem — disse Nando —, quando a gente muda um país de cabo a rabo muda até as profissões da gente.

— Diz que os comunistas acabam com profissão de padre, não é mesmo?

— Riem dela — disse Nando. — Tiram o estímulo. Dizem que o outro mundo foi inventado para que os pobres só pensassem nele, enquanto os ricos cuidavam *deste* mundo bem real. Dizem que os padres ajudam os ricos a oprimir o povo, e coisas assim.

— É mesmo verdade, como me contou seu Hosana, que eles falaram que o Gagarin tinha andado entre os astros e não tinha visto Deus nenhum?

— Falaram. Que seu Hosana é esse, Manuel?

— Esse é aquele mesmo, seu Nando. Eu passo muito pela chacrinha dele. Compro verdura dele.

— Verdura?

— Chacareiro, seu Nando. Tudo direitinho. Lá com a moça dele. Fala muito no senhor.

Manuel parou, talvez esperando que Nando perguntasse mais, ou que pedisse para ir ao sítio do Hosana. Nando quase perguntou alguma coisa, para ser atencioso com Manuel Tropeiro, mas não perguntou, afinal, e com alívio viu que Manuel contornava totalmente o obstáculo.

— Mas voltando a esse negócio de profissão de gente, seu Nando. Elas não acabam não. Eu já lhe falei do meu primo Leôncio, lá do sertão. Meninazinha dele morreu — a Leovigilda — porque tinha um farmacêutico safado tal de Militino, que vendeu remédio podre pra ela. Menina tinha espinhela caída. Morreu feito um pintinho, sem suspirar um ai. O primo Leôncio que era caladão e tinha muito as rédeas dele mesmo enterrou a menina Leovigilda com grande respeito mas no cemitério avisou o padre: "Prepara as rezas do farmacêutico que na botica dele não tem remédio que salve ele não." Só que quando chegou na farmácia uns afobados já tinham avisado o farmacêutico, o qual desapareceu só tendo mesmo esvaziado a caixa registradora. Primo Leôncio distribuiu pros pobres na frente da farmácia tudo que era remédio direito, posto em caixa e trazido de armazém sério de mesinha, e depois quebrou estante, vidraças, vidro, tubo, pastilha, tudo. Só muito tempo depois é que teve notícia do Militino que disseram a Leôncio que estava em Petrolina, que é cidade grande. Quando viram na cara do primo Leôncio a sombra pesarosa e raivosa que sempre passava nele quando via na sua frente o corpinho da Leovigilda disseram a ele: "O Militino é outro, mudou de profissão." Tal fato ocorreu num canto de feira, seu Nando, perto de onde tocava um violeiro, que fazia o louvor das Ligas Camponesas. Cabra magro que ouvia o violeiro escutou o nome de Militino e com o perdão do primo Leôncio e do amigo que tinha falado meteu o nariz na conversa. "Que Militino é esse que vosmicês falam?" Primo Leôncio disse que era mau farmacêutico mas que agora diziam que tinha se regenerado e mudado de profissão. "Será o Militino que tem pensão na beira do rio?", perguntou o homem. Era, sim. "Ah", gemeu o homem, "eu comi lá um peixe tem uns quinze dias que até agora não consegui expulsar pelas tripas."

Manuel Tropeiro parou, dando efeito à história. Nando riu.

— Seu Nando está vendo? Por baixo das coisas o homem não tinha mudado nem um tiquinho de profissão.

— A profissão do Militino é vender coisa podre — disse Nando.

— Tal e qual, seu Nando. A profissão dele era vender coisa podre, esse finado Militino.

Nando parou de rir.

— O Leôncio...

— Primo Leôncio cuidou dele sim senhor. Separou a cabeça do tronco. Botou a cabeça no alguidar da peixada do dia. Podre no podre.

— Cruzes! — disse Nando. — Que vingança medonha, Manuel.

— O senhor sabe, seu Nando, primo Leôncio também não mudou de profissão. Meu tio pai dele, e o tio dele, quer dizer meu pai, e meu avô e o avô dele era gente desembestada, seu Nando. Gente boa e temente de Deus, seu Nando, disso não tinha dúvida não. Mas era gente jagunça, gente de a-cavalo. E quando tinha um torto a endireitar não adiantava botar a polícia atrás deles não. Era gente de fazer o que tinha que fazer e sumir com a família inteira. Naquele tempo ninguém achava ninguém na caatinga não. A gente acabava botando a justiça de Deus nesta terra, a cavalo.

— Agora a gente bota, Manuel, de caminhão, de trem, de jipe, de tudo que anda depressa. A justiça de Deus está vindo tarde, por isso mesmo precisa andar ligeira.

— E o senhor acha que os donos da terra vão mudar de profissão, seu Nando? Seu Januário diz que a terra é de todo o mundo. Isto não tem dono de terra que concorde. Não tem mesmo. Eu posso aprender a ler tudo quanto é tijolo e enxada que dona Francisca ensina mas isto não tem palavra que ensine não, seu Nando.

— A coisa não é assim, Manuel — disse Nando — do dia para a noite. Por exemplo: pagando salário muito mais alto aos camponeses o dono da terra já dá a eles uma parte muito maior daquilo que a terra rende; obrigado pelo governo a pagar impostos, que antes não pagava, está entregando mais dinheiro ao Estado, que o Estado bota para educar o povo; o povo educado vai exigindo cada vez mais o que devem a ele, uma participação cada vez maior no que a terra produz; as Ligas Camponesas e os Sindicatos já estão avisando os donos da terra que fazem uma verdadeira guerra contra eles se eles não pagarem direito, não se comportarem direito. Vocês são milhares, são milhões e milhões no Brasil inteiro. Guerra eles sabem que perdem. Compreendeu, Manuel?

— Bem, quer dizer, a gente quer tirar esses safados da terra deles de mansinho, não é mesmo? Assim um pouco sem eles repararem no que está acontecendo.

— Se eles compreenderem que é assim que se tem que fazer, que não existe saída para eles, tudo pode ser feito com calma, sem se matar ninguém, sem derramar sangue.

— Hum...

— Você não acredita? O presidente da República é a favor de vocês...

— O Jânio — disse Manuel.

— Jango — disse Nando.

— Ah, sim, é o outro.

— E o governador do estado então nem se fala — disse Nando. — Este morre com vocês se for preciso.

— Seu Otávio diz a mesma coisa. Me falou que o governador é do sertão, feito a gente. Deve ainda gostar de cavalo.

— Manuel — disse Nando —, uma coisa é importante, muito importante mesmo, a mais importante de todas. Vocês precisam acreditar no que estão fazendo com a gente. Se vocês acreditarem a gente chega lá. O Brasil inteiro está dependendo do que a gente vai mostrar que pode fazer aqui, em Pernambuco.

— Tatetitotu, jajejijoju — disse Manuel.

— Que foi?

— Estou batalhando aqui com o tijolo. Agora tem uma coisa, seu Nando. Tem duas coisas.

— Quais são?

— Uma é para mim aprender a ler direito e mais ligeiro — disse Manuel.

— Mas Francisca me disse que você está indo para a frente feito um paiol em fogo.

— Dona Francisca tem de generosa o que tem de bonita, Deus guarde ela — disse Manuel. — Mas é a Raimunda, seu Nando, que me aperreia o entendimento. Eu saio lendo inteiro a *Donzela Teodora* e os *Doze pares de França* se botar a Raimunda na minha cama. Ou então se tirar a Raimunda da minha cabeça. E não é por saber de cor a versaria não. Leio letra por letra.

— A Raimunda não gosta de você? — disse Nando.

— Fala isso não, seu Nando. Me adora. Mas é que ela é de pensão de mulher-dama, sabe, e que eu sou tropeiro. Fico até zonzo do juízo quando penso que com qualquer quinhentos mil réis um cabra que arriba na pensão pode botar minha Raimunda em pelo. De primeiro eu aguentava bem essas imaginações porque nem trancado comigo mesmo eu pensava tirar uma mulher assim da vida para fazer minha mulher. Agora, seu Nando, eu acho que sou cabra decisivo quando chego a pensar em outra coisa qualquer. Penso tanto em casar com a Raimunda que tenho até medo de gastar o miolo.

— Então o que é que você está esperando, Manuel? Vai buscar Raimunda para a sua companhia.

— Mas que companhia, seu Nando? Aí é que é. Tropeiro não tem casa certa. Eu vivo de Herodes para Pilatos em cima de um burrico feito Nosso Senhor, Deus me desculpe a ideia. A Raimunda deve ter se habituado com homem, não é fato? Por profissão. E esse negócio de profissão!...

— Tira Raimunda da vida para você, Manuel. Faça da sua profissão amar Raimunda e veja se ela não esquece a profissão que tinha.

— O senhor acha mesmo, é?

— Claro que acho — disse Nando. — E qual era a outra coisa que você queria me dizer?

— A coisa é a seguinte. A gente tem lá em Brasília o Jânio, quer dizer o Jango, e tem aqui o nosso governador. Mas imagina que essa gente finória dona das terras enrola os dois.

— Agora não enrola não — disse Nando —, fique tranquilo.

— Hum, tranquilo eu estou. Mas agora que ninguém está olhando muito não era boa hora da gente falar com gente feito o primo Leôncio, o resto da minha família, os amigos da gente? Só pra ficar assim de sobreaviso, seu Nando. Primo Leôncio não erra um tiro. Se o governador precisar fazer uma guerra...

Nando riu.

— Fala, fala com a jagunçada.

— Estorvar não estorva — disse Manuel — e pode vir muito a calhar, não acha mesmo, seu Nando?

Com Francisca e com Lídia Nando foi um dia ao Sindicato de Palmares, onde o Movimento de Cultura Popular tinha um grande centro e onde Otávio travava sua principal luta pela predominância do Partido no maior dos sindicatos do estado. Otávio estava no campo, aliciando para o sindicato uns camponeses recalcitrantes. Foram os três procurar Otávio, num jipe do sindicato, e o encontraram em pleno campo. Ao seu lado o Libânio, homem forte da Liga e também membro do Partido. O jipe parou perto e Otávio que falava aos camponeses nem se virou.

— Vocês não quererem pertencer ao Sindicato é maluquice. Um sindicato desses, que junta trabalhadores de mais de vinte municípios, e vocês bancando o quê? Bancando latifundiário?

— A gente já explicou que não é nada disso — disse um camponês um pouco à frente dos demais. — É que lá na usina eles já disseram que gente da Liga já é ruim e que gente do comunismo então não se fala. E que eles bota a gente no olho da rua e que não paga nem um tostão. Diz que bota a gente para dançar que a gente vai ver.

— Eu já falei para esses companheiros, seu Otávio — disse Libânio — que o governo é que bota latifundiário e usineiro para jangar e que o governador fecha usina que não pagar direito o trabalhador.

— O principal — disse Otávio — é que o Sindicato não tem nada que ver com Liga nem com Partido Comunista. Vocês não quererem pertencer ao Sindicato é como não quererem pertencer à família de vocês mesmos. Onde é que já se viu família que não se une quando algum membro da família está doente, ou precisado de dinheiro, ou atrás dum adjutório para remendar um telhado? O Sindicato é uma família enorme que junta todas as famílias. Se você pertence ao Sindicato e o patrão mexe com você, ele não mexe só com você não. Mexe com sabe quantos de vocês? Com quantos camponeses? Sabem quantos o Sindicato tem? Trinta e seis mil camponeses!

Libânio arregalou os olhos, levantou os braços para cima.

— Trinta e seis mil camponeses sindicalizados — disse Libânio — e vocês aí, uma duziazinha, querem fazer papel de palhaço? Vocês já não votam porque não sabem ler nem escrever. Não querem nem se reunir num sindicato para o patrão não cuspir e escarrar na cara?

— Querer ser do Sindicato a gente quer sim, Libânio — disse o porta-voz dos camponeses —, mas a gente tem filho para criar e mulher para sustentar e como é que a gente se arruma se...

Libânio ia se enraivecendo. Otávio pediu silêncio, as mãos abertas no ar.

— Nós estamos pensando muito menos em você, em vocês — disse Otávio — do que na mulher e nos filhos de vocês. O que a gente quer é que quando vocês sofrerem uma injustiça não tenham que ir discutir com o capataz e às vezes levar um tiro dos capangas do patrão. O Sindicato vai discutir por vocês. Vocês voltam para casa que o Sindicato resolve tudo. Se o Sindicato marcar uma greve, uma passeata, então sim, vocês vêm para aumentar a força do Sindicato. Mas vocês ficam seguros e garantidos para a mulher, os filhos.

— Mas o padre André falou que a gente não precisa mais de Sindicato, nem de Liga nem de nada — disse o camponês. — Nem de família. O Cristo já voltou e ele vai levar a gente para o Cristo, nas jangadas.

— O padre André é maluco — disse Libânio. — Quem é que não sabe disso ainda? Saiu da Igreja para o hospício. Não é mais nem padre da Igreja.

— Padre da Igreja — disse Otávio — é padre Gonçalo, e foi ele quem fundou o Sindicato. O que é mais que vocês querem?

O camponês pregou teimoso os olhos no chão.

— A gente quer o Cristo Jesus, Nosso Senhor.

— Então entra para o Sindicato — disse Otávio. — Jesus Cristo andava entre homens feito vocês, defendia homens feito vocês. É isso que a gente está querendo fazer. Cristo está com padre Gonçalo, que é são de espírito, como estava antigamente com o padre Cícero. Você não vê que é pecado pensar que Jesus está na cabeça de um doido? Vocês vêm na reunião do Sindicato domingo, não vêm?

— Padre André disse que até sábado a gente embarcava nas jangadas, seu Otávio.

— Então vamos fazer um trato — disse Otávio. — Se as jangadas não saírem vocês vêm e entram para o Sindicato. Está fechado?

O camponês pensou, rodando o chapéu na mão. Depois assentiu com a cabeça, pensativo. Partiu com os demais. Libânio foi com eles. Otávio se voltou, viu Nando e as duas mulheres.

— Puxa — disse Otávio —, vocês aí me espionando, hem.

— O olho de Moscou — disse Nando.

— Você estava com uns ares de padre — disse Lídia — principalmente quando falava no camarada Gonçalo.

Otávio riu.

— Januário fez as Ligas, a Igreja fez os Sindicatos e o Partido fornece os quadros às Ligas e Sindicatos. A coisa é simples.

— E o governador — disse Francisca. — O que é que diz a isto?

— O governador acha que controla inclusive o PC.

— Acha? — disse Nando.

— Ou controla, até certo ponto, sei lá. Eu sou fundador do Partido no Brasil e pretendo morrer membro do Partido. Mas aqui entre nós que ninguém nos ouça, o Partido tem feito tão pouco no Brasil que o único jeito era empurrar a culpa para cima do Brasil. O governador está mostrando do que é que o Brasil é capaz.

— Assim, o governador já está aceito — disse Nando — e padre Gonçalo acha que vocês acabam por aceitar Deus de volta.

— Se a Igreja canonizar Marx é possível — disse Otávio. — Afinal de contas ele viveu uma vida de santo, hem.

Ao entrarem no jipe para ir embora Nando disse a Lídia, que dirigia:

— Vamos até à sede.

Mas sentiu a mão de Francisca que apertava a sua, súplice.

— Eu tenho uma aula ainda hoje, com um novo grupo trazido pelo Bonifácio Torgo. Se vocês não se incomodam prefiro voltar diretamente.

Quando veio ver Nando e Francisca, de regresso da Paraíba onde tinha ido garantir a presença das Ligas na Marcha de Solidariedade aos do Engenho Auxiliadora, Januário era um homem arrasado. Arrasado pelo sofrimento alheio, pensou Nando. Como se aquele batalhador morto da Liga de Mari fosse filho seu, irmão querido, coisa assim.

— Pelo menos em Pernambuco já deixamos para trás o assassínio puro e simples — disse Januário a Nando. — Isto eu concedo de sobra ao governador. Ficou para trás a tocaia em que capangas armados fuzilam um caboclo de ouro, como Pedro Monteiro de Mari. E quase que matam o filho dele, um garoto de doze anos. A mulher, Isabel Monteiro, viu a fuzilaria da janela da casinha e ouviu os gritos do menino ferido de raspão.

— Você falou com ela? — perguntou Nando.

— Falei — disse Januário.

— Devia estar num desespero, a pobre mulher — disse Francisca.

— Não sei o que é que ela sente quando pensa no Pedro, isso ninguém sabe — disse Januário. — Mas estava de olho aceso, seco, dizendo o nome dos mandantes do crime. "Se os pistoleiros que mataram o Pedro entrassem por aquela porta agora eu cuspia na cara deles mas deixava eles ir embora. Tem os que cavam a terra e tem os que matam os outros. Para comer. Mas esses Cardosos latifundiários eu juro que pagam o que fizeram." Mulher séria e trabalhadeira, a Isabel, boa mãe de uma filharada grande, mas saiu do enterro do Pedro para denunciar os Cardosos num comício.

— Por que *mas*? — disse Francisca. — É o que se devia esperar dela.

— Você tem razão — disse Januário. — É um pouco defesa da gente, da sensibilidade da gente. Se ela estivesse ninando filhos, mexendo mingaus, passando roupa, a gente saía, ia tratar da pensão dela, que a Liga vai dar, ia denunciar em juízo os Cardosos. Mas a Isabel que eu acabo de ver tem de admirável o que tem de terrível. Falando com a gente ela segurava no braço esquerdo o menino de colo, o mais moço, chorando. Sem parar de falar ela tirou o peito do vestido e meteu na boca da criança. Eu tive a impressão de que o seio dela, amojado como estava, era duro, incapaz de dar leite ao menino. Como se Isabel fosse um monumento, uma estátua.

— Eu tenho inveja dela — disse Francisca.

Januário sacudiu a cabeça e ia mudar de assunto quando reparou em Francisca pálida, as mãos apertando com força a tampa da carteira onde um camponês tinha deixado um papel com palavras em letras de forma.

LUCRO   CORONELISMO
IMPERIALISMO   REMESSA

— Desculpe, Francisca — disse Januário —, eu fiquei tão impressionado com Isabel Monteiro que provavelmente estou remexendo suas piores lembranças. Aliás, *nossas* piores lembranças. Acho que foi a morte de Levindo que me fortaleceu nesta luta contra perder tempo em tudo que não seja a luta, o verdadeiro combate.

— Você não tem nenhuma razão de ter inveja dela, Francisca — disse Nando.

— Claro que sim — disse Francisca —, não seja absurdo.

— Você, Francisca? — disse Januário. — Oxente! Eu nunca pensei que uma menina rica se atirasse como você fez nesse trabalho arriscado.

— Mas é com esforço, Januário.

— Melhor ainda — disse Januário. — Mais difícil.

— E eu queria que fosse fácil — disse Francisca —, por amor, por instinto como Isabel.

Quando Januário saiu, Nando disse a Francisca.

— Não vejo como você pode invejar a coragem ou o desprendimento de ninguém. Você chegou ao extremo de abolir sua vida pessoal, o que Isabel não fez. Por quê?

— Eu me detesto — disse Francisca.

— Você está servindo, amando o próximo. Isto não é se detestar.

— Eu não amo o próximo pelo próximo. É a maneira que eu tenho de esquecer Levindo esburacado de balas. Sirvo o próximo para me defender de mim mesma.

— É o único caminho? Não há outra maneira de vencer o passado?

— Sair daqui — disse Francisca. — Ir embora. Enterrar Levindo.

Estavam sentados à mesa e Nando acariciou os cabelos de Francisca. Depois puxou ternamente Francisca para si, beijou suas pálpebras, suas mãos, depois os lábios de Francisca, que não se entreabriram. Passou o braço direito pelos ombros de Francisca, buscou com os dedos aquele pequeno seio direito, o primeiro que sentira, trêmulo e quente, entre as orquídeas do Jarina. Mas estava frio o seio de Francisca, rígido e frio. Não friorento como um seio que se desnuda em friagem de madrugada. Frio. De pedra. Nando pensou no seio de Isabel Monteiro.

— Não se afaste de tudo, Francisca — disse Nando deixando-a em paz. — Por que é que outro dia, em Palmares, você se recusou a parar na sede? É a segunda vez que isso acontece, em pouco tempo.

— Porque você está sempre querendo que a gente vá a Palmares e pare diante da sede, em contemplação.

— Francisca! — disse Nando.

— Perdão — disse Francisca. — Eu sou injusta com você, eu sei.

— Injusta com você mesma. E desconfiada comigo. Você acha que eu só penso numa coisa, o que só é verdade até certo ponto.

Francisca sorriu, segurando a mão de Nando.

— Se você soubesse como é importante para mim, sentir o seu amor, o seu desejo. Mas eu sei que sou olhada, vigiada, ele está sempre conosco. Quando você me acaricia, me beija, é como se ele estivesse olhando a gente. Eu devia ter sido de Levindo, Nando. Eu não me incomodava. Seria dele quando ele quisesse. Mas ele queria que eu me casasse pura. Ah, como vocês complicam essas coisas! A gente se beijava, se excitava, ele beijava meus seios e eu sempre esperando que um dia ele me despisse ou pelo menos me deixasse senti-lo todo com as mãos. Não sei nem como é que ele era feito. Tive uma vontade horrenda de chegar perto dele morto e espiar.

Nando se levantou, foi acender com mão incerta o álcool do espiriteiro onde o bule de café estava em banho-maria.

— Agora eu sei que torturo você com o que estou falando — disse Francisca. — O erro foi dele, é o que você deve estar pensando. Mas você sabe o que é uma vida pura, toda voltada para o futuro, e toda rasgada de balas antes de chegar a qualquer resultado? Levindo não chegou ao mundo que queria, à mulher que tinha escolhido, a nada. O mundo em torno dele era um nojo, as mulheres que procurava depois de se alvoroçar comigo eram prostitutas.

Francisca andou para Nando, de costas para ela junto ao espiriteiro, segurou-o, apoiou a cabeça nas suas espáduas.

— É isso que ele me diz quando eu quero ser sua outra vez, Nando. E eu quero isso o tempo todo.

Nando tirou a panelinha do fogo, apagou com a tampa de ferro o espiriteiro, serviu café em duas xícaras, depois voltou-se para Francisca.

— Meu anjo, o que me aflige é que você está cada vez mais querendo viver num vácuo. Eu nunca vou a Palmares que não pense em Levindo, nele, nele próprio, sem você dentro da lembrança.

Francisca falou com súbita veemência.

— Isto é mentira! Pura mentira! Você pensa nele porque pensa em mim! Pensa nele de esmola.

— Francisca, ache você o que entender que deve achar. Levindo morreu uma morte de herói. Não teve você porque como todo herói queria antes de tudo arrumar o mundo e a vida, a vida em geral e a vida dele próprio. Mas morreu como herói e em Palmares você ergueu a ele um primeiro monumento. Outros virão, quando o mundo que ele previu estiver conosco.

— No fundo de mim mesma pouco me incomodam essas coisas. Eu preferia mil vezes o mundo sórdido que está aí fora, mas com Levindo vivo, do que o mundo dos sonhos de Levindo com Levindo tornado sonho dentro dele. Eu sou assim. Talvez mulher seja assim.

— Todo o mundo é assim — disse Nando. — Homem e mulher. Nós todos somos assim.

— Por isso é que Palmares não consola — disse Francisca. — Eu tenho medo de começar a fingir que consola.

Tomaram o café em silêncio, mais nus, como pessoas, diante um do outro do que haviam estado durante dias no hotelzinho do Rio.

— Agora, Francisca — disse Nando —, imaginando que você não me amasse nem mesmo o quanto me ama...

— Amo muito.

— Mas ainda que fosse menos, que fosse quase nada, e que portanto a ausência de Levindo fosse irreparável, e devesse ficar assim irreparável durante muito tempo, ou para sempre: não é uma revelação e um contentamento o trabalho que você faz agora?

— O de ensinar esses homens a ler e escrever? Ah, Nando, é um consolo. Uma coisa que chega a ser misteriosa de tão linda.

— Dentro das circunstâncias, no mundo sem Levindo, haveria coisa que te realizasse mais?

Francisca sorriu.

— Só posso comparar esta satisfação com a que me dava minha "arte", meus desenhos e azulejos. E não sei de coisa nenhuma que eu pudesse fazer como artista que me desse alegria de transformar essa gente em gente.

Nando tomou as mãos de Francisca:

— Mesmo num mundo sem Levindo, mesmo que ele não tivesse existido, você sentiria isto, não é verdade?

Francisca se defendeu de um embuçado inimigo que pressentia.

— Se Levindo não tivesse existido eu não estaria pensando nem de longe em tal trabalho.

— Eu sei — disse Nando — mas esse trabalho em si, ele mesmo, não é uma coisa que existe fora de você, no mundo sórdido, e que chega a ser misterioso de tão lindo? Você foi procurá-lo por causa de Levindo, para ajudar a fazer nascer o mundo que ele queria, mas se tivesse chegado a ele por outros caminhos a revelação seria a mesma, não?

— Talvez, talvez, mas eu nunca teria chegado a esse mundo sem Levindo. É inútil, Nando.

Nando soltou as mãos de Francisca, serviu mais café.

— Eu não estou querendo diluir Levindo, meu anjo, ou fingir que ele não existiu. Pelo menos não estou querendo só isto, ou bem isto. Estou achando muito triste demais que não exista fora da gente, independente da gente, uma razão de contentamento. Talvez não sejam só os nossos humores que fazem o mundo bom ou ruim. A certeza de estar fazendo o mundo bom, ou ruim, também poderá determinar, por pouco que seja, nossa alegria ou nossa tristeza.

— Isso é verdade — disse Francisca. — Quer dizer, talvez possa mesmo. Você quer dizer que é o nosso caso, não é, ou pelo menos o meu caso quando vejo lendo jornal os camponeses que dois meses antes assinavam o nome em cruz?

— É o *nosso* caso, Francisca — disse Nando. — Você foi levada a esse trabalho por Levindo e eu por você que amava ele, enquanto nós dois nos amamos. Mas apesar deste enovelamento de nossas pessoas e da busca de objetivos nossos no que fazemos, o fato é que existe no que fazemos uma beleza e uma justiça que independem de nós, não é verdade? De nossas intenções e da compulsão daqueles que nos inspiraram.

— Isto é verdade — disse Francisca — e é um grande consolo, Nando.

— Uma pequenina área, mas um grande consolo, como você diz. E não há dúvida de que há muita gente ao redor de nós criando um mundo novo onde vai se criar gente muito mais feliz, milhões e milhões de pessoas mais felizes. Você está ajudando a fazer este mundo por causa de Levindo, eu por causa de você e, portanto, indiretamente por causa de Levindo. Januário, como disse hoje, em grande parte por causa de Levindo.

O rosto de Francisca, plácido, não se alterou quando seus olhos se turvaram numa súbita tormenta de verão desfeita em duas lágrimas francas, pensativas.

— Não quero te comover, meu amor — disse Nando. — Mas é uma loucura você pensar que Levindo viveu inutilmente.

Francisca se levantou para partir, sem nada dizer, e quando Nando a abraçou sentiu-a mais suave nos seus braços. Mas guardou-se de qualquer afoiteza. Apenas colheu nas faces de Francisca um pouco do sal que era o único a verdadeiramente salgar sua vida.

— André, sou eu. Nando. Padre Nando, nos outros tempos. Você não se lembra mais de mim?

Assim é que Nando saudou André quando de novo o viu falando aos pescadores. Nando o saudou vencendo uma repugnância que lhe dava repugnância de si mesmo. Por que é que ele, com sua vida tão rica e que se encaminhava para um jubileu de alegria, evitava André, olhava André com um quase princípio de raiva?

— Você não se lembra mais de mim, André?

— Eu só tenho lembranças do que está por vir — disse André. — Você... Você não é jangadeiro. Mas arranje a sua jangada. Da nossa chegada nas jangadas eu me lembro.

Nando sentou-se ao lado de André no coqueiro seco que tombara na praia e parecia velado como um defunto pelos coqueiros sãos. Será que André não se lembra de fato dos tempos do mosteiro ou apenas se recusava a fazer o indispensável esforço para colher na memória as imagens ali depositadas?

— Nosso d. Anselmo, tão amigo da gente, a cofiar a barba nos momentos de agitação ou entusiasmo — disse Nando. — Você não se lembra dele?

— Eu lembro João na ilha de Patmos — disse André. — Ele também só lembrava coisas muito antigas. E lembro o passado a se cumprir. Bem-aventurados aqueles que leem e aqueles que ouvem as palavras da profecia e guardam as coisas nela escritas, pois o tempo está próximo. Afinal desceu do céu o anjo com a chave do abismo e uma grande corrente. Segurou o dragão, a antiga serpente, que é o diabo, Satanás, e o prendeu por mil anos. Lançou-o no abismo, fechou-o e selou-o, para que não mais enganasse as nações.

— Escuta, André — disse Nando —, venha comigo, até minha casa. Eu tenho uma casinha aqui na praia. Onde é que você come? Onde é que você dorme? Eu tenho certeza de que se conversarmos você vai se lembrar de d. Anselmo, de momentos bons no mosteiro.

— Não há mais tempo para nada. Comer? Dormir? Ruminar uns nadas enfiados em palavras? Quando a profecia vira história não é mais sequer pecado ignorá-la. É a bestidade das bestas. É a divisão entre os homens e as bestas.

— Venha ao menos uma vez, André, à minha casa. Para aprender o caminho.

— Só existe um caminho. Vi o céu aberto e eis um cavalo branco. O seu cavaleiro se chama Fiel. Sai da sua boca uma espada afiada, para com ela ferir as nações. E ele mesmo as regerá com cetro de ferro, e pessoalmente pisa o lagar do vinho do furor da ira do Deus Todo-Poderoso.

— Adeus, André — disse Nando.

— Eu conclamarei todos a me seguirem à Terra Santa da Segunda Vinda. Se você quiser, embarque também. Ou espere que despontem os cascos, as orelhas pontudas, os grandes dentes amarelos.

O Engenho Nossa Senhora Auxiliadora ficava na freguesia de padre Gonçalo, que passava agora a maior parte do tempo consolando aqueles aflitos que morriam de fome e de doença para não perderem meses de salário. Nando, ao lado de Gonçalo, olhou com um arrepio de horror os oito filhos de Totonho Viegas, embolotados de bexigas, barrigudos, sinistros, inchados de um mal vindo de fora mas que agora lhes corrompia a natureza.

— O que é que vai acontecer com eles? — disse Nando.

— O melhor provavelmente seria a morte — respondeu padre Gonçalo. — Se sobreviverem vão ficar desfigurados.

— E o resto das crianças, e desse povo todo — disse Nando — estão pelo menos vacinados?

— Os estoques do estado eram pequenos e se esgotaram, com o susto espalhado pela notícia de varíola aqui. O resultado é que não estão vacinados os ainda sãos no Engenho Auxiliadora. Agora não é nem desejável de um ponto de vista de saúde pública que saiam todos daqui, antes de se saber quem contraiu esse horror.

— E há quem queira sair? — disse Nando. — Seria o cúmulo tentar impedir alguém de sair do inferno.

Padre Gonçalo fez um gesto evasivo e depois levou a mão à cara como se tentasse jogar fora pela ponta dos dedos a preocupação que lhe desfigurava o rosto forte de caboclo.

— Não, não querem. Mas não sei se até certo ponto por uma certa influência, uma pressão de...

— Não há de ser do Barreto — disse Nando — que só quer vê-los pelas costas.

— Não, no princípio eu quase tinha a impressão de que o ímã, a força que retinha os camponeses do Auxiliadora era o ódio do Barreto. Eu tinha vontade de tocar essa gente daqui de qualquer maneira, debaixo de ameaças, de relho, de polícia. Parecia que eles estavam obedecendo a uma última ordem de Barreto, a de morrerem todos aqui para expiar o crime de reclamar dinheiro devido e não pago, condições de trabalho devidas e não cumpridas. Cansei de explicar a eles que em relação aos atrasados que têm a receber a Justiça resolverá o caso ainda que eles não estejam mais aqui, em terras do Engenho. E nada, nada... Um mês, dois meses, três.

— É que eles não acreditam na Justiça — disse Nando. — E por que é que haviam de acreditar? Justiça nesta terra é coisa nova. Quando a palavra aparece na Lição 77 o camponês sempre fala por associação de ideias em sabre, soldado, fuzil.

— Sim, é verdade, mas quando a varíola estourou já havia outro elemento de influência em jogo. O nosso Januário, Nando. Ele não quer que ninguém saia daqui. Ele quer fazer a Marcha de Solidariedade aos camponeses com esse tumor da Idade Média bem rico de pus, de sânie. Se morrer alguém de bexigas, melhor ainda!

— Não exagere, Gonçalo — disse Nando. — Januário ama essa gente. Tem uma compaixão enorme pelos camponeses.

— Tem. Mas exatamente agora que um governo direito procura resolver os problemas dos camponeses, Januário acha que pode forçar a mão e resolver os problemas do homem em geral. É um endemoninhado.

— É um pernambucano deste momento que passa — disse Nando.

— Contraproducente, esse jeitão dele. Uma revolução especial para cada pessoa e cada temperamento não é possível. Por que é que o Januário não ingressa no Partido Comunista, santo Deus?

— Talvez por pirraça. Januário tem tentado por todas as maneiras conseguir armas de Cuba e até agora não vieram.

Em todo o Auxiliadora que mais uma vez Gonçalo percorreu em companhia de Nando havia um cheiro adocicado de cana e de gente que apodrece ao sol. Nando se via diante de uma experiência de hecatombe que fizessem a título de escarmento os países que temem o lento fim do mundo depois de uma guerra apocalíptica. Sentada sobre sua colina como uma sinhá irada que tivesse mandado envenenar os campos e as senzalas, a casa de moradia dos Barreto fechada, trancada, carrancuda. Cá embaixo, das palhoças, saíam os camponeses estrangulados pelo *lock-out*, pálidos, magros, com apenas de humano um vago ar idiota de comunidade exausta de trabalho que de repente descobre que pode morrer de inércia e que de qualquer forma tal espécie de morte é um meio de enganar o patrão. Os grandes tinham um ar obsceno e torvo de mortos que se recusassem a ficar debaixo da terra e diante de uma meninazinha de imensos olhos na cara escaveirada e com o ventre arredondado de hidropisia Nando teve a impressão de que estava grávida de um monstro ainda menor e mais lamentável. Brincava com outras crianças junto a uma poça de água, se era brincar aquela fanática concentração em tentar fazer boiar como barcos os torrões de terra duros de sol e que se derretiam como açúcar mascavo nas águas de lama.

— Os meninos do Totonho Viegas estão ali no meio — disse Gonçalo.

Nando já avistara com o horror que sentira da primeira vez os meninos empestados, com seus calombos e suas úlceras. Dois deles faziam bolinhos de terra molhada e não havia compaixão por aquela inocência que afastasse a ideia de que preparavam algum abominável quitute de varíola para distribuir ao mundo inteiro. Gonçalo foi tirando de uma sacola pães que distribuía com lágrimas de raiva mas com um sorriso para as crianças.

— Com ou sem decisão da Justiça, com ou sem processo que lhe mova o Barreto por invasão de propriedade, dentro de quarenta e oito horas o governador desapropria o Engenho — disse Gonçalo.

— Pelo menos essas crianças e os pais deviam estar isolados — disse Nando.

— Totonho e a mulher não saem. Dizem que por causa de perebas não vão perder os atrasados. E o Januário quer colocar esse clã dos Viegas à testa da sua Marcha.

Nando imaginou a cena, a chegada dos empestados às pontes e avenidas, as pessoas fugindo, Januário feito um vingador que enxertasse um distante passado de peste no presente da cidade cruel.

— Logo agora — disse Gonçalo — quando o governador promete resolver o problema do Auxiliadora apesar da terrível situação do país.

Sabe que ele escreveu uma carta a todos os governadores do Nordeste dizendo que vem aí um golpe militar?

Tinha, Nando tinha ouvido falar, mas a notícia não entrava no contexto das coisas aceitáveis. A pequena área comum de mundo limpo arado e semeado pelos homens como criaturas maiores do que elas mesmas não podia ser assim envenenada a ponto de levar cada um de novo à casca da sua própria pele.

— Deixe isso comigo — disse Nando. — Eu vou procurar Januário.

Quando saía de sua casa em busca de Januário, Nando viu ao longe um homenzinho que se aproximava, baixote e barrigudo, terno de caroá, camisa e gravata, ar de pequeno funcionário público a caminho de casa. Nando já ia desviando o olhar quando o homem o saudou:

— Como vai o nosso prezado missionário?

Antes de reconhecer a cara Nando reconheceu a voz.

— Hosana!

— Ele próprio — disse Hosana.

— Você?... Em liberdade?

— Claro — disse Hosana —, você não sabia?

— Confesso que não. Eu passei tantos anos no Xingu, longe de tudo, e ao voltar... O Manuel...

— Ao voltar, mesmo imaginando que o velho amigo ainda estivesse por trás das grades, não se deu o trabalho de procurá-lo. E você já quis até se apresentar como coautor do meu desvario, hem! Assim são as coisas, assim é este mundo vão. Eu me comportei tão bem que me comutaram a pena. Tinha pegado quatorze anos e só precisei cumprir cinco.

— Que bom — disse Nando. — E você o que é que faz para ganhar a vida? Arranjou algum emprego?

— Tenho um sitiozinho. Manuel deve ter te falado. Vendo legumes e frutas ao mercado. E a tropeiros como ele. Mas me diga uma coisa, Nando, você me perdoou?

— Perdoar você... Mas... De quê?

— Ora, pelo amor de Deus! Você me perdoou a morte de d. Anselmo? Eu sei como você gostava dele. E sei também que você ficou se sentindo culpado em relação a ele. Menina dos olhos de d. Anselmo, nutrido a pão de ló para ser a glória do mosteiro, você acabou desapontando o velho.

— Tudo verdade — disse Nando. — Por isso mesmo como é que eu poderia julgar você?

— Eu não estou pedindo a você para me julgar. Estou perguntando se me perdoou.

— Eu me sentiria tão torpe dizendo que não como dizendo que sim, Hosana. Eu me considero de fato culpado da morte de d. Anselmo. Perdoando você eu estaria me perdoando, compreendeu?

— Muito bem, senhor casuísta, mas no que se refere apenas a mim, ao meu gesto: você me perdoa ou não?

— Pelo que isso possa valer: perdoo.

Hosana sorriu um sorriso franco que lhe iluminou a cara muito menos tensa e diabólica do que nos velhos tempos.

— Ufa! — disse Hosana. — Pobre Nandinho. Eu arranquei a absolvição como se te arrancasse um dente a boticão. E você não está muito feliz por ter dito que me perdoava. Talvez você se sinta mais à vontade se eu lhe disser que a Santa Madre Igreja não só não se opôs à minha soltura como é ainda quem me garante a subsistência. Com seu perdão você está em boa companhia, Nando. A terra de onde tiro minhas hortaliças e meus abacaxis é propriedade da Igreja. Não fique com esse ar tão incrédulo. Durante o julgamento eu poderia ter prejudicado muito a Igreja e não fiz. Em parte por orgulho e em parte para expiar dentro de mim mesmo o crime, o fato é que selei e lacrei a boca.

— Qual era esse segredo tão grave que você conhecia?

— Sabe que eu acabei de furar o nosso tunelzinho, não é? — disse Hosana. — Uma das coisas que me deram raiva de d. Anselmo quando ele me surpreendeu com a prima Deolinda e quis me espancar de vara, em público, eu de ceroulas, é que ele sabia que eu guardara a maior discrição acerca do resultado dos trabalhos de perfuração do túnel e isto de nada me valeu na hora da sua cólera cega. Teria sido um escândalo, Nando, se alguém soubesse que o túnel fora inteiramente desobstruído e que o que achamos era pior ainda do que aquilo que temíamos. Pois eu tive o cuidado (em parte por egoísmo) de fazer sozinho o último estágio do trabalho e só a d. Anselmo contei a descoberta. Depois, o julgamento já iniciado, contei a d. Ambrósio. E disse a ele: "Olhe, não vou dar um pio a respeito, pode ficar tranquilo. É uma questão de honra para mim." D. Ambrósio ficou tão assustado com a descoberta que eu tive de tranquilizá-lo dizendo que por ordem de d. Anselmo eu próprio tinha obstruído a passagem de novo. Quanto à saída do túnel para o ar livre, nos jardins arruinados da velha Quinta dos Frades, esta ninguém acharia jamais, se não a encontrasse primeiro pelo caminho do túnel, que é um velho poço de água entupido. Agora, mais do que nunca, está o segredo protegido. É nessas terras, à beira desse poço que eu cultivo minha horta e minhas fruteiras... Sou hortelão e guardião do segredo da Igreja.

— Puxa! — disse Nando. — A gente tem de reconhecer que você remendou sua vida com grande competência.

— Remendou não, Nandinho, estou reconstituindo o tecido rompido. Tenho sérias esperanças de retornar ao redil, ao regaço da Mãe Igreja. É verdade que hoje sou um homem casado, mas o celibato está caindo de podre nos bastidores, em Roma.

— Isto, Hosana, ainda que fosse possível eu nunca perdoaria a você. Há limites para o filho pródigo que retorna. Você não está satisfeito com o que conseguiu?

— Nando, a você eu revelo o segredo do que descobrimos no túnel. Venha comigo. Talvez você compreenda meus planos, que vêm de uma certa paz de consciência. Ou até os *seus* planos.

— Eu ando muito atribulado, Hosana, e não creio...

Hosana suspirou.

— Eu sei que um dia você irá. Ao menos por curiosidade. Nos nossos velhos tempos seria inútil tentar convencer você com o que você vai ver, mas hoje acredito que...

— Que me mostrando o local de sacrilégios mortos você me faça realmente perdoar a você e a mim. Você quer nos nivelar por baixo, aos piores.

— Juro que não é bem isto, Nando, eu...

— Está bem, Hosana, mas então deixa para outro dia.

As notícias alarmantes já tinham feito Januário mergulhar numa semi-clandestinidade. Mas se Nando não o encontrou, ele veio ao encontro de Nando de tardinha.

— O país não vai mesmo adiante, Nando. Só arrancando ele da terra pelas raízes. Só deixando as raízes esturricarem no sol. Só começando de novo.

— Eu queria mesmo alertar você — disse Nando. — Acabo de ver padre Gonçalo. A gente tem que se preparar aqui não é para Marchas contra o governador mas sim para a defesa do governador e do estado.

— A Marcha eu faço — disse Januário — porque esta guerra, se vier, a gente perde. Eu, por exemplo, já perdi uma batalha. O Engenho Auxiliadora foi apenasmente comprado pelo Engenho vizinho, o Maguari.

— Comprado?...

— Sim — disse Januário —, e é claro que o dinheiro nem veio do governo do estado e nem existe Banco capaz de financiar uma besteira destas. O Maguari comprou o Auxiliadora com todo o passivo, com as pessoas agonizantes, com as máquinas enferrujadas. A transação mais biruta do século vinte. A iniciativa particular resolveu de estalo um problema que angustiava o governo e todo o mundo.

Nando e Januário foram de jipe ao Auxiliadora. Um Gonçalo irreconhecível, cara enérgica e animada, comandava um grupo de médicos e seus assistentes no Engenho que antes de voltar a uma vida normal de trabalho entrava numa temporada de cura e tratamento. Totonho, a mulher e os oito filhos empestados já tinham concordado, agora que a situação era outra, em partirem para o hospital. Todos os demais estavam sendo vacinados e a vacinação se estenderia ao Maguari e todos os Engenhos e propriedades da zona. E havia também fardos de roupa para os camponeses milagrosamente libertados do jugo do coronel Barreto. Como a simbolizar toda aquela benéfica revolução o próprio Engenho Auxiliadora se abria agora a todos os ventos como bruxa embuçada que despindo de repente seus véus pretos se transformasse numa princesa. Batido dos últimos raios de sol e varado de ventos o negro Engenho parecia um retábulo.

— Aliás — disse padre Gonçalo —, recebemos cal para as paredes e tinta verde para as janelas.

Gonçalo já se afastava numa venturosa ebriez de ação depois daqueles meses de terror quando Januário disse:

— Mas quem foi o santo, padre Gonçalo? Quem é o autor do milagre?

Gonçalo se deteve um instante.

— Não sei. Não quero saber, Januário. Isto são coisas para mais tarde.

Januário e Nando foram se afastando, andando devagar pelo cemitério que se transformava em colmeia. Quando chegaram ao jipe encostado junto ao portão a noite já caíra. Uma camioneta tinha chegado e sem dúvida ficaria ali durante a noite, carga coberta de oleado. Januário que estava calmo e silencioso levantou o oleado de um lado, depois de outro.

— Vacinas — disse Januário —, leite em pó, latas de comida.

— De qualquer forma — disse Nando — tua Marcha era altamente inconveniente no momento. Há uma boataria danada no ar. Eu espero que sejam só boatos.

— No Brasil boato ruim nunca é boato.

— Mais uma razão, então, para você deixar de pensar na Marcha e pensar apenas na defesa que a gente puder fazer do governador.

— Cada um entende o governador ao seu jeito. Eu, por exemplo, sempre achei que ele nos dava a oportunidade de iniciar neste estado a luta armada que salvaria o Brasil inteiro.

— Eu já acho diferente — disse Nando. — Por que não havemos de levar o governador à Presidência da República?

— Não se iluda não que isso a gente não consegue fazer — disse Januário. — Tem muita vacina, muito leite em pó no caminho. E depois, você sabe como é, a gente deve muitas emoções boas e muitas lições bonitas a Cuba, mas por outro lado ela nos criou um grande abacaxi. Fez a Revolução antes. Agora, tome leite, tome remédio, tome gorjeta — e tome pau no lombo se for preciso que o Exército está aí para isso mesmo. Vamos acabar todos como o padrezinho André eternamente a reunir jangadas para chegar à Terra Santa de Cuba. Fidel para nós acaba transformado num meigo Jesus de padre doido.

Com o mesmo ar calmo que vinha mantendo, Januário subiu à camioneta, puxou o oleado para cima da cabina do motorista. Depois tirou do bolso um canivete, abriu a lâmina maior.

— Uma lástima — disse Januário — que a Revolução tivesse sido feita numa ilhota de oito milhões de habitantes. Em vez do grande palco e do grande ator, que era naturalmente o Brasil com os brasileiros, armou-se o espetáculo em Cuba. Ainda se o Guevara tivesse feito na terra dele o que fez em Cuba nós íamos a reboque da Argentina mas íamos de verdade. Agora vai ser muito mais duro.

Com golpes secos, exatos, Januário começou a fazer saltar com a lâmina do canivete tampas de latas de leite em pó e a rasgar as caixas de papelão que continham vacinas e remédios.

— O que é que você está fazendo? — disse Nando.

— Sobe aqui e me ajuda — disse Januário. — Meu canivete tem abridor de lata também. Depois a gente cuida das latas de boia. Você não tem uma faca aí?

— Mas o que é que você imagina que vai fazer, Januário? Está maluco?

— Vamos jogar esta porcaria fora.

— Com todo esse perigo de varíola? Com a fome que ainda grassa no Auxiliadora? Não seja idiota, Januário.

— Sobe e ajuda, cretino. Vem ajudar os Estados Unidos que não sabem mais onde armazenar comida. E cada vez que se inventa um novo programa de auxílio nossa arma perde mais um pouco de gume, como dizia o Levindo.

Januário pegou uma das latas de leite já abertas e despejou o pó branco em cima de Nando.

— Anda, palhaço — disse Januário —, ajuda aí no picadeiro. Pelo menos pisa em cima.

Januário jogava agora punhados de ampolas no chão. Nando subiu num salto ao caminhão e pegou Januário pelos ombros.

— Para com essa estupidez ou eu dou o alarma. Você não está doente e não está com fome. Esta violência te sai muito barata. Faz a tua revolução mas deixa que os que precisam aceitem a caridade alheia.

— Caridade só vale quando a gente dá as coisas que fazem falta à gente. Sai da minha frente.

Nando se atracou com Januário e sentiu uma dor aguda nas costas, no glúteo. Escorregou ao se afastar de Januário, rolou por cima de uma lata e caiu no chão branco de leite em pó. Januário saltou atrás.

— Eu feri você, Nando?

— É o que parece, seu possesso. E logo na bunda. Ferimento de fujão.

— Nando, me perdoe. A lâmina entrou em você sem eu querer. Juro. Vamos sair daqui que eu te faço um curativo. Foi só na bunda mesmo, só no músculo?

— Acho que foi. Vamos embora.

Nando começou a se levantar, branco da cabeça aos pés, a calça grudada de sangue com farinha de leite. Januário passou a mão pela cintura de Nando, colocou o braço de Nando por cima do seu ombro e começaram a andar para o jipe. Mas Januário tremia e suava.

— Espera — disse Nando —, me dá só o braço que vamos bem.

— Estou tremendo feito uma vara verde, não é? — disse Januário.

Januário esfregou a mão esquerda na própria coxa.

— Acho que molhei a mão no teu sangue. Eu nunca tinha derramado sangue de ninguém, na minha vida inteira.

Nando riu.

— Aproveite a ocasião e trate de se habituar com ele — disse Nando. — Cheiro, gosto, densidade. Mas tem uma coisa, Januário. Você faça o que quiser, vire os fatos como entender, escolha o caminho que lhe aprouver. Mas existe na violência um horror próprio, um elemento negativo inaceitável. E isto, meu velho, é porque nós somos uns bichos de muito mistério. A concepção de Deus está desatualizada, caduca, empresarial, mas vamos precisar dela posta em outras palavras. Senão o mistério come o homem inteirinho, você vai ver.

Januário deu os últimos passos até ao jipe com pernas firmes.

— O que é que quer dizer isto?

— Quer dizer que neste mistério que é o homem a presença divina só admite a violência do amor.

— Sei, sei — disse Januário.

Tinham chegado ao jipe e ele ajudou Nando a se sentar. Fechou a portinhola. Depois, em lugar de entrar pelo outro lado para dirigir o carro, perguntou:

— E essa violência proibida pelo Deus misterioso você acha que é só tiro na cara, fuzilamento, facada na bunda?

— Quando falei em Deus posto em palavras novas — disse Nando — minha ideia...

Mas Januário já se afastava, voltava ao caminhão e em breve Nando ouvia o ruído nítido das latas tombando no chão, de ampolas de vidro pisadas, o surdo baque de fardos arremessados longe. Januário viu com alívio, chegando à casa de Nando, que Francisca estava lá. Ainda insistiu uma vez, mas sabia que Nando recusaria de novo.

— Veja lá, hem — disse Januário. — Eu acho melhor levar você ao pronto-socorro, ou pelo menos a uma farmácia.

— Garanto a você que não é preciso — disse Nando. — Eu tenho tudo em casa para o curativo. E foi um corte superficial.

— Bem — disse Januário —, então Francisca cuida do curativo.

— Curativo? — disse Francisca. — O que é que houve?

— Machuquei o Nando sem querer. Que bom encontrar você.

— Espero que não seja nada de sério — disse Francisca. — Eu vim aqui, Nando, porque o Otávio me pediu que te desse um recado urgente. Precisa falar com você ainda hoje. Ele não vai sair da redação do jornal comunista.

Quando Januário partiu, Nando se deitou de bruços na cama enquanto Francisca apanhava no banheiro os remédios. Francisca examinou o corte na nádega de Nando.

— O que é que você e o Januário andaram fazendo? — disse Francisca. — Brincando de soldado e ladrão?

Mas Nando tinha sentido no ar o cheiro de éter do vidro que Francisca destampara.

— Depois eu conto — disse Nando. — Você não prefere me dar anestesia geral?

— Não, deixe de modas. Isto aqui é sério. O corte é superficial mas bem extenso.

Cara enterrada no travesseiro Nando relembrou o Auxiliadora, as más notícias políticas, Januário e Otávio, mas se fixou em imaginar vivos os dedos de Francisca que sentia limpando o golpe, pingando mercurocromo ("Cuidado que vai arder") aplicando gaze, os finos dedos sábios em que dormiam tantas carícias sem uso e sem emprego. E entre todas as sombras da situação Nando se fixou na mais sombria.

— Eu só peço a Deus que uma guerra civil não leve você embora para algum lugar distante.

— O exílio? — disse Francisca.

— Tua família tem esse costume, talvez bom em si mas meio triste para mim, de trancar a maior joia em cofre de prata ao menor sinal de alarma.

— O cofre de prata é a Europa?

— É a Europa.

— Está ardendo muito, Nando?

— Tua mão tiraria o ardor de mostarda e malagueta.

— E você não gostaria de mim na Europa?

— Eu gostaria de você em cima do último rochedo que sobrasse de uma explosão nuclear absoluta.

Francisca sorriu, estendendo a gaze.

— Mesmo assim você gostaria de mim?

— Gostaria de você e deitaria você no rochedo e ficaria indefinidamente amando você. E veja bem. Não era pensando em nada simbólico, no recomeço do mundo, ou no amor mais forte do que a morte não. Ficava amando você. Ficava dentro de você. Sem pensar em nada, nada.

— Pronto, agora o esparadrapo e você pode fazer outro duelo com o Januário.

Nando levantou a cabeça do travesseiro, encarou Francisca.

— Meu amor, a coisa não tem mesmo remédio. Eu quero viver dentro de você. E o pior é que se isto fosse possível eu ia achar que vivendo assim estava fazendo tudo que é de minha incumbência no mundo.

— Agora está tudo pronto — disse Francisca. — Suspenda as calças e se levante. Vou fazer café. Só quero saber uma coisa, antes. Você declarou que até em cima do último rochedo me amava, mas não parece gostar nada da ideia de meu exílio, do meu cofre de prata. Por quê? Se eu fosse embora daqui — o que não creio nem por um minuto que aconteça — você podia vir também, não podia?

Era talvez o odor de éter do curativo evocando alguma visão esquecida? Mas ali estava a paisagem de jeito italiano, o doce sol oblíquo entranhado em vinhedos e olivais e o avassalador primeiro plano, a linda estátua Francisca e o cipreste Nando.

— Podia — disse Nando — é claro. Podia...

— Podia — disse Francisca — mas...

— Eu pensava em nossa pequena área.

Francisca abriu a lata de café, acendeu o espiriteiro em silêncio.

— Nós havemos de fazer aqui o mundo de Levindo, Francisca.

Francisca ajeitou melhor a panelinha de água no fogo azul do espiriteiro.

— E se a gente não conseguir, Nando? E se não for possível?

— Será possível, Francisca. Vem vindo, vem vindo — disse Nando —, esse mundo vem vindo.

Da redação, Nando e Otávio, acompanhados de Jorge e Djamil, foram em busca de Januário na grande sede da Liga Camponesa do centro da cidade. As notícias vindas do Rio não deixavam claro quem comandava os acontecimentos. Mas havia acontecimentos, muitos acontecimentos.

— É sempre assim — disse Jorge. — As coisas parecem emaranhadas mas depois que passam a gente vê como se moviam entre os fios as agulhas da história. Fabrício não podia ter noção de que presenciava Waterloo.

— A única coisa que me preocupa — disse Otávio — é saber se já podemos enfrentar com o Quinto Exército de camponeses e operários os Quatro Exércitos das nossas Forças Armadas. Não é pedir muita coisa. Com a sua CGT os argentinos param o país inteiro quando bem entendem. E em nome de uma droga como peronismo! Será que nós, com as esquerdas unidas em torno de nosso CGT, não conseguiremos fazer o mesmo?

— O perigo — disse Nando — é que o nosso CGT só se movimenta a serviço do governo. Não é uma força capaz de agir em nome dos trabalhadores e no interesse dos trabalhadores. Se fosse, o CGT teria feito greve contra Jango quando Jango começou a hostilizar o nosso governador.

— Psiu! — disse Otávio. — Não falemos em tais mancadas. No momento temos é de nos preparar para defender Jango e o governador na guerra civil que é capaz de estar estourando neste instante, no Rio. Basta prenderem de novo o cabo Anselmo, por exemplo. O nosso Jango, coitado, não sabe muito bem o que é que está fazendo nestes tempos de Waterloo mas está servindo as correntes históricas certas.

— É a agulha entre os novelos — disse Djamil.

— O camarada Prestes não vê nada de enovelado na situação — falou Jorge. — Você viu o discurso dele na ABI? Acha que a revolução brasileira encontrou agora o seu caminho. Para ele o Comício da Central é o início dos grandes dias. O comício é o nosso encouraçado Potemkim. Aliás, Potiomkin.

Otávio resmungou alguma coisa.

— O que é, Otávio? — disse Nando.

— Eu estava pensando numa história que o padre Gonçalo me contou, não sei se para me agradar ou para o contrário. Disse que quando fundava o Sindicato de Vitória e garantia que todos os camponeses eram livres politicamente e religiosamente um velhinho foi ao fundo da sua horta desenterrar uma botija. O tesouro que achava que podia restituir à luz do dia eram duas fotografias amareladas, uma do padre Cícero e outra de Luís Carlos Prestes.

— Ué — disse Jorge —, padre Gonçalo só pode ter achado que a história era melhor para nós do que para a Igreja. O líder comunista nacional entrando assim na consciência religiosa de nosso camponês é bom sintoma para o Partido.

— O diabo — disse Otávio — é que o camponês imagina que tanto o padre como o Prestes tinham morrido.

— Ora, besteiras! — disse Jorge. — O importante é o líder comunista vivo na imaginação do povo. Você mesmo diz, Otávio, que agora é que a Coluna está chegando às cidades do Brasil.

— A uma cidade — disse Otávio. — Esta. E palavra que tenho medo das notícias que vêm do Sul. Meio milhão de pessoas na Marcha de São Paulo contra o Jango!

— Meio milhão de grã-finos — disse Djamil.

— Não há meio milhão de grã-finos — disse Otávio. — As esquerdas estão falando, falando, falando e não sei se têm o muque para aguentar a falação. É falação no CGT, na CNTI, na UNE, nos Trabalhadores Intelectuais, no PC, na Frente de Mobilização Popular, no Sindicato dos Metalúrgicos, na Associação dos Marinheiros. Falação assim é significativa quando é contra alguma autoridade, quando há repressão.

— Você está muito pessimista, Otávio — disse Jorge. — O que o Jango fez, *L'Humanité* já viu: ele acabou com a hierarquia militar.

— Exatamente — disse Otávio. — Não esqueça que o Pentágono já deve ter visto também.

O estado de espírito de Januário não era mais otimista. Ele tinha reunido chefes de Ligas Camponesas para fazer uma comunicação sobre a Marcha e antes de falar com eles disse a Nando e Otávio:

— Belo Horizonte não deixou o Brizola falar e em Juiz de Fora nosso governador só pôde se dirigir ao povo garantido por tropa que não acabava mais.

— O que é que deu no governo? — disse Otávio. — Eu ainda acho que marchamos para a guerra civil mas será que uma parte do Exército marcha com a gente?

Estavam na sede da Liga, Severino Gonçalves, líder da Liga de Jaboatão, Bonifácio Torgo, da Liga de Goiana, o Hermógenes, de Pesqueira, o Libânio, de Vitória de Santo Antão, o João Trancoso, do Cabo. Januário disse:

— A gente vai ter que alterar um pouco a história da Marcha. A Marcha é a mesma, naturalmente, mas vai ter outro motivo. E se realizar num outro dia. Como a situação política está grave a gente vai esquecer que o governador ainda não quis dizer quem é que comprou o Auxiliadora. A Marcha vai ser de apoio ao governador.

Houve um movimento entre os camponeses e Libânio sorriu largo enquanto Bonifácio Torgo dizia, como quem aplaude em comício:

— Muito bem.

— Muito bem o quê? — disse Januário.

— A gente virar a Marcha para a favor do governador. A gente ia marchar, seu Januário, porque vosmicê disse que era o que a Liga Camponesa tinha que fazer. Mas o pé da gente ia marchar contra o governador pedindo a Deus que estivesse andando para trás.

— Bem falado — disse João Trancoso. — Andando de recuo. Eu tenho certeza que o governador conta tudo que a gente quiser do Auxiliadora.

— Ah, que conta é certo como essa luz que alumia a gente — disse Libânio.

Januário, um tanto atarantado com o coro dos seus liderados, franziu primeiro os sobrolhos. Depois desanuviou a cara, sorriu:

— Eu espero que vocês tenham entendido bem o que é que eu desejava conseguir com a Marcha ao Palácio para pedir satisfações ao governador. Não era romper com ele, ficar ao lado dos inimigos dele. Era empurrar ele a denunciar esses milhares de americanos xeretas que estão aumentando mais a população do Nordeste do que vocês, que fazem filho nas mulheres o tempo todo. Daqui a pouco estão cortando cana para a gente, muito amáveis, só para se meterem no eito e escutarem o que é que a gente fala. Tem vindo muito repórter americano aqui, sabem, desde que a briga começou no Engenho do Meio, e o governo americano já jurou em cruz que não aparece neste continente outra Cuba para estragar a festa deles. Então ficam na espia, dando uma esmolinha aqui, outra ali e agora já sabem, quando camponês se aperreia e fala com voz grossa, os americanos, que sabem que patrão do Nordeste é a coisa mais burra do mundo, e que o patrão daqui acaba matando a galinha dos ovos de ouro, entram com um pouco de erva para evitar que deem cabo do gramado inteiro. Eu estava é provocando o governador para ele fazer um inquérito na venda do Auxiliadora e mostrar ao povo que o dono do Maguari é cupincha dos gringos e comprou o Auxiliadora com dinheiro dos gringos, só para acabar com revolta dos caboclos. Mas agora...

Januário brandiu no ar um papel.

— ... agora a coisa é outra. Eu estava de cara feia para o governador e o governador estava de cara feia para o presidente da República, que tinha ciúme do prestígio do governador. Mas agora eu estou com o governador e o governador está com o presidente porque os reacionários do Brasil inteiro querem derrubar o presidente e o governador, porque os dois são amigos do povo. Este papel é uma cópia de uma carta do governador a todos os outros governadores do Nordeste denunciando a eles que as coisas ficaram pretas e que se nós todos não nos unirmos amanhã estamos com o país debaixo de uma ditadura de milico e gringo.

— Nunca jamais, seu Januário — disse Libânio. — Nem na pura imaginação.

— Ou vem a luta de verdade e o Jango tem a maioria das Forças Armadas a favor, ou derrubam ele e nós estamos fritos — disse Januário. — Porque pela carta do governador a gente vê que a coisa já está com os canhões. Saiu da conversa.

— Ah — disse o Torgo —, brigar a gente briga, seu Januário. Ainda mais que é para brigar a favor das Ligas e do governador.

— No Cabo ninguém pisa! — disse João Trancoso.

— Na minha zona — disse Severino Gonçalves — a gente tem até cangaceiro nas Ligas, gente assim decente nos tratos, mas sem rei nem lei e que só aceita mesmo como distração negócio de parabelum.

Januário olhou pensativo aquelas caras que já pareciam suar um suor de batalha.

— O diabo — disse Januário —, o diabo, Hermógenes, o diabo, Torgo, Libânio, Severino, o diabo é que a gente não consegue fazer nem enxada e nem foice dar tiro. O diabo é que a gente não tem armas!

— A gente pede armas ao governador — disse Libânio.

— Coitado do governador, com aqueles mosquetões da Força Pública! Quem tem armas é o Exército, armas até para dar a senhor de engenho, como na Estrela, no Meio.

— Mas seu Januário — disse Severino Gonçalves — gente assim feito nós não tem hábito de se bater com as armas fortes não. Pode até que a gente perde a guerra com muito aparato das armas. Nós se bate com qualquer recursozinho.

— Eu sei — disse Januário. — Você falou agora por todos, Severino. E tem uma arma que vocês possuem e que é de ganhar qualquer batalha: o número de vocês. Vocês vêm todos para a cidade dia 1º de abril. Se concentram na frente da estação da Rede Ferroviária Federal. De lá a gente toca para o Palácio do governo e nos jardins em torno — a gente acampa. Acampa mesmo. Por ali tudo. Ninguém entra no Palácio sem a gente deixar. A gente é a Guarda Camponesa do governador.

— Viva! — disse Bonifácio Torgo.

— A Guarda Camponesa! — disse Libânio.

Bateram palmas.

— Mas não esqueçam — disse Januário — *número*. A arma de vocês é ser muita gente junta. Se não fosse isto a gente saía para a Marcha agora, neste minuto. Mas é preciso número. Você, Hermógenes, que está com a camioneta da Liga de Pesqueira, vai na Paraíba, vai no Sapé e diz a todo aquele mundo que venha do jeito que der jeito, que venha em massa. Fala com a Isabel Monteiro, em Mari. E avisa também as Ligas de Santa Rita, Alhandra, Guarabira. É para a gente se juntar ao meio-dia na frente da Rede Ferroviária, dia 1º.

Tanto Nando como Otávio trabalharam intensamente para reforçar a Marcha de Januário. Sentiam, ambos, que a situação ia se resolver no Rio e em São Paulo mas que o modelo do Brasil futuro estava em Pernambuco e que portanto Pernambuco, se houvesse luta, devia dar uma contribuição toda especial à vitória. E para Nando era agora indispensável configurar o mundo exterior, onde se inseria o outro. Francisca tinha dito, quando mudava o curativo:

— Acho que estou ficando catimbozeira, macumbeira, sei lá, supersticiosa.

— Por quê? — disse Nando.

— O sacrifício de Levindo está dando resultados, Nando. Não foi em vão não.

— Ué, o que é que isto tem de macumba?

— *Isto*, não. Isto não tem.

— Então o que é que tem?

— É o fato de que *isto* faz a lembrança dele se adoçar dentro de mim. Não é que ela comece a se apagar não. Ao contrário. Vai ficando até mais nítida. Mas ao mesmo tempo fica mais tranquila, carinhosa. Sossegada, sabe? Minha avó dizia que as almas penadas que têm quem reze por elas um belo dia *sossegam*.

Nando sentiu o coração cerrado, batendo forte no peito.

— Você tem rezado bastante, Francisca.

Francisca, sorriu, triste:

— Eu? Eu que quando sinto o inesperado penso em macumba e não em milagre? Eu não me lembro mais de reza nenhuma. Ainda se você me fizesse relembrar umas, bem bonitas.

— Estou falando na reza que mais pode agradar a Deus, esta sua, de ação, de amor aplicado em trabalho. Por isso é que você sente que Levindo vai... Como é que você disse?

— Sossegando — disse Francisca.

Mas continuava temeroso o coração de Nando.

— Você sabe que a situação política anda de mal a pior? O que de menos ruim se pode esperar é que de fato se trave a luta e que Jango tenha tropa para resistir. O melhor que se pode esperar, como você vê, é guerra civil.

— Eu sinto, Nando, sinto em mim que nada pode destruir o que começamos a criar aqui em Pernambuco. Ninguém vai querer interromper o trabalho que fizemos.

— Por favor, Francisca, não se deixe levar demais pelo que você acha justo e certo. E pelo que você deseja que aconteça.

— Você deseja a mesma coisa, não?

Nando só desejava realmente tomar Francisca nos braços, cobrir Francisca de beijos, mas ficou imóvel, cauteloso como quando deixava numa orla de bosque um machado para índio.

— Claro que desejo — disse Nando.

— E você não sente que esse mundo que desejamos está firme em suas raízes?

— Está, meu bem, mas é um mundo ainda tão pequeno dentro do mundo inteiro em volta dele! Eu não quero nem por um segundo tirar o teu ânimo e esta certeza, que eu também tenho, de que este mundo será criado. Mas pode demorar mais do que a gente pensa, é só isto. Por outras palavras, Francisca, eu só peço a Deus que você não perca a esperança se houver algum revés.

— Não perco, Nando. São essas coisas que a gente sente, sabe? Eu sinto outra vez minha alegria de outros tempos, uma alegria boa, tranquila.

Nando tomou as mãos de Francisca, olhou bem de perto o doce rosto. Ele veria no dia seguinte o que é que os acontecimentos reservavam ao Brasil. Puxou-a para si de leve, experimentalmente, quase de forma imperceptível. Sentiu que pelos dedos de Francisca escorria para seus próprios dedos aquela meiguice espontânea e natural ao corpo dela como o calor ao corpo de qualquer outro animal. Mas Francisca não se deixou ir. Sorriu à moda antiga mas ficou no mesmo lugar, dizendo levemente que não com a cabeça.

Não foram muitos os camponeses que no dia 1º de abril conseguiram finalmente chegar à estação da Rede Ferroviária, a antiga Great Western dos ingleses. Em sua maioria os chefes de Liga nem tinham vindo de casa e sim das casas de associados menos conhecidos ou mesmo de cidades vizinhas porque tropa do IV Exército andava alerta nos últimos dias, olho nas Ligas e Sindicatos. Mesmo assim os líderes principais vieram. Dos trinta ou quarenta mil homens com que Januário contava, chegaram só uns três mil. Apesar de ter vindo a maioria a pé, disfarçada, não vê que os camponeses iam vir ao Recife para formar a Guarda do governador assim como quem vai cortar cana ou plantar macaxera. Vieram muito bem-postos em suas roupas grossas mas brancas, chapéus de feltro ou palha de carnaúba, sandália japonesa, caneta-tinteiro no bolso e rádio transistor pendurado na mão pela alça. Traziam em suas pessoas, em seus pés e bolsos, os frutos do salário do Estatuto, do salário criado pelo governador. Nando, Otávio e padre Gonçalo se espalhavam pela praça. Haviam combinado com Januário acompanhar, cada um, cerca de um quarto da massa que se concentrasse, para que Januário viesse com o último grupo e já encontrasse os demais cercando o Palácio para o mutirão cívico de salvar o governador. Mas ainda que muitos outros camponeses conseguissem chegar à praça jamais chegariam ao *número* de que falava Januário. Porque mal o núcleo inicial começara a engrossar diante da estação da Great Western, parte do destacamento armado que ocupava a estação se movera para fora. Um jovem tenente, nervoso, magro e atlético tinha ido ao grupo de então uns vinte talvez, presente já Bonifácio Torgo.

— O que é que vocês estão fazendo aí? — disse o oficial. — A ordem é circular.

— A gente está trazendo mercadoria para o Mercado, sim senhor — disse Bonifácio Torgo.

— Pois então toquem para o Mercado.

Como quem tem certeza de que vai ser obedecido o oficial fez meia-volta e se afastou. Nando não o perdeu mais de vista. Bonifácio e seus homens se dispersaram, perderam-se no povo e quando o tenente uns dez minutos mais tarde procurou de novo, irritado, falar com ele pois ali estava ainda o grupo de camponeses que tinha mandado seguir caminho, reparou que o grupo era outro e que o Bonifácio Torgo agora era Hermógenes.

— Vocês vieram de onde?

— De por aí — disse Hermógenes. — Pesqueira, Cabo, por aí.

— Onde estão os outros, que se achavam aqui há um momento?

— Que outros, seu tenente?

— Um grupo assim feito o seu. Disseram que iam para o Mercado.

— E será que nesse caso não foram?

— A ordem é circular — disse apenas o tenente.

Agora ele via que não só da Estação como pela Ponte Velha os camponeses chegavam, alguns descalços, outros de alpercata de couro cru, outros de sandália japonesa, e o certo e garantido é que não traziam fardos para o Mercado, não traziam nada, apenas eles, mas cada vez mais deles e se faziam tantos que seu mero deslocamento já constituiria uma passeata. O tenente ia de qualquer jeito telefonar pedindo instruções quando, em lugar disto, viu que podia entrar pelas medidas diretas: tinha divisado entre um último grupo de camponeses que chegava a figura inconfundível de Januário, magro, pálido e agitado. De calça clara também como os camponeses e em mangas de camisa para não colocar entre eles uma mancha diferente mas era bem Januário, manjado nos jornais e na televisão. Nando que olhava o tenente e que pela direção do seu olhar tinha também visto Januário notou como de pronto passara a agitação do oficial. Agora que tinha uma certeza e um objetivo o tenente estava sob o domínio disciplinador de um belo ódio frio. Ficou imóvel, marcando na multidão a figura de Januário, e mandou ordens ao destacamento no interior da Estação. Nando andou rápido para Januário e quando chegou junto do outro os soldados vinham saindo para a praça.

— Você foi reconhecido pelo oficial, Januário. Sai daqui depressa.

— Eu fiquei em luta comigo mesmo entre dispersar os camponeses ou forçar os milicos a dar tiro na gente. Porque não tem mais nada a fazer. O governador está cercado no Palácio.

— Vá embora, depressa — disse Nando. — Eu aviso os outros camponeses.

— Acontece que eu resolvi que o tiroteio era melhor — disse Januário.

— Você enlouqueceu? Tiroteio sem armas?

— Tiroteio deles, naturalmente, dos milicos em cima de nós.

A sereia de viaturas do Exército já soava dos lados da Ponte Velha e até mesmo um tanque deixara a linha que formavam em torno do Palácio para vir à praça da Estação Ferroviária. Era evidente que a Marcha não teria sequer início quando o destacamento do tenente pôs um cinto verde-oliva no grupo maior dos camponeses agrupados em torno de Januário e Nando. O tenente falou direto a Januário:

— Seu nome aí?

— Fidel Castro — disse Januário.

— O senhor está preso — disse o tenente.

— Preso por quê? Já começou a ditadura?

— Já parou a bagunça, como esta que você fazia aqui. E fala com respeito. Segurem ele, soldados.

Januário marchou para o tenente mas os soldados já o retinham.

— Pronto, tenente Vidigal — disse um soldado.

— Eu sabia que você era covarde — disse Januário. — Tem cara de covarde.

O Tenente Vidigal ficou branco e disse uma coisa que pareceu a Nando uma espécie de cômica verdade:

— Você não tem o direito de me insultar só porque está preso.

— Eu insulto porque você é um cagão e eu gosto de ver os cagões se cagarem. Mande os soldados me soltarem e a gente resolve isto no revólver.

Nando viu o momento da tentação nos olhos do tenente, a certeza de plantar uma bala na boca de Januário. Mas falou:

— As ordens do coronel são de pegar todo o mundo vivo. Ele quer ouvir vocês antes. Só fuzila depois. Tira a arma dele, cabo.

De duas viaturas do Exército tinha saltado tropa para cercar os camponeses e apenas os fazerem sentar, à espera de ordens superiores. Aquele pequeno mar branco e enchapelado, que tinha começado a se desfazer em pontas que buscavam o caminho do palácio, foi nitidamente represado, arrumado como lagoa, imobilizado. Não dava nem para encher a praça. Quando o coronel Ibiratinga chegou balançou a cabeça afirmativamente, satisfeito. Foi andando no encalço do tenente.

— E tenho aqui o chefe da malta, coronel, o tal do Januário. Quedê a arma dele, cabo?

O cabo encolheu os ombros:

— Tinha arma não, tenente Vidigal. Nenhuma.

O tenente buscou os olhos de Januário, que mirava a distância. Ia fazer alguma coisa ao coronel, contar talvez o desafio que lhe fizera

Januário um momento antes mas o coronel fitava Nando, sentado entre camponeses.

— O importante não é pegar apenas o chefe, tenente, e sim os chefes. O chefe ostensivo é às vezes um primário. A cidade está na mais perfeita tranquilidade. Guarde os camponeses aqui mesmo durante alguns minutos. Eu tinha meu pessoal infiltrado nas Ligas e Sindicatos e em breve saberemos quem são, aqui, os cabeças de grupo.

O coronel parou um instante. Passeou pelas caras que tinha diante de si os olhos verde-oliva. Apontou Nando entre os camponeses.

— E prenda aquele homem.

Nando e Januário foram presos separadamente, em dois carros do Exército. Do seu carro, encostado bem perto, Nando quase viu o silêncio mortal que desceu sobre o grupo de camponeses agora sentados na rua, nas calçadas, encostados nos muros. Abandonados. Um deles, distraído, com o indicador fez girar o pequeno disco do transistor. A vozinha entrou no ar:

— O último comunicado do comando do IV Exército diz que reina a mais completa ordem em todo o país.

O soldado mais perto olhou o camponês, que com o indicador desligou o rádio. Mais adiante um outro tinha ligado o seu. Ouviu-se baixinho o dobrado militar, que ficou um pouco mais alto com outros dois rádios ligados. Tacitamente os soldados se entreolharam, olharam na direção do tenente, que não pareceu se incomodar. Depois da música mais um comunicado:

— O general Mourão Filho, comandante da tropa insurgida em Minas Gerais, não precisou disparar um único tiro contra os contingentes do I Exército. É que o Exército Nacional está unido contra o comunismo que queria implantar no país o presidente João Goulart. Nas pontes do Paraibuna, em Areal, em Petrópolis os rebeldes e o pretenso "dispositivo militar" do presidente da República confraternizaram. O esperado choque foi um encontro de amigos, de camaradas de farda. Nem o I Exército da Guanabara e nem o II de São Paulo, comandado pelo general Kruel, se dispuseram a derramar o sangue de seus irmãos e em seguida de todos os brasileiros. O IV Exército já depôs o governador do estado de Pernambuco. O próprio general Mourão, que fuma cachimbo, denominou sua gloriosa marcha de libertação do Brasil Operação Popeye.

Somados, os rádios portáteis falavam com voz grossa na praça e o dobrado militar entrou nos ares com entusiasmo celebrando o incruento encontro dos soldados do Brasil. Depois um ruído de interferência, forte, e uma voz saindo do barulho como um corpo saindo de escombros:

— No momento em que falo, o Palácio do governo está sendo ocupado por tropas do Exército, que se insubordinaram contra o sr. presidente da República. Deixo de renunciar ou de abandonar o mandato, porque ele está com a minha pessoa e me acompanhará enquanto durar o prazo que o povo me concedeu e enquanto me for permitido viver.

— O governador! — disse um camponês.

— A voz do governador!

— O povo haverá de conquistar cada vez maior liberdade e condições de lutar por um Brasil grande...

De novo nervoso o tenente aos berros:

— Desliguem todos os rádios! Já!

— Viva o governador — disseram baixo uns camponeses, se entreolhando.

— Estou assim, por força da ocupação do Palácio, feita à luz do dia, impedido de exercer o mandato. Prefiro isto a negociá-lo e a vê-lo manchado.

— Silêncio! Entreguem os rádios.

O próprio tenente tomou um ou dois aparelhos mais próximos. Os soldados tomaram outros. Os demais foram desligados. Uma redoma que baixasse em cima dos camponeses feito uma tampa de compoteira não criaria maior impressão de isolamento e viscoso silêncio. O coronel Ibiratinga chegou acompanhado de oficiais fardados. Depois de presos

Januário e Nando esses oficiais apontaram outros entre os camponeses. Apontaram com segurança Bonifácio Torgo, Libânio, Severino Gonçalves. Hermógenes reconheceu com pasmo num dos oficiais um "camponês" da sua liga:

— Tu, hem, seu Iscariote da peste, traidor.

Foi o único preso brutalmente, o Hermógenes. Levou um tapa, um soco, um pontapé e entrou no carro com uma joelhada do oficial insultado. Os camponeses do grupo do Hermógenes e os que estavam mais por perto tremeram de raiva e bem que quiseram dizer alguma coisa e um deles se lembrou da frase inteira da Lição 74, a qual disse em voz alta:

— Isto não é democracia, governo do povo?

— Que é que tu está falando aí? — berrou um soldado na cara dele.

Feito menino que assobia no escuro o camponês saiu com o resto da lição:

— Cra, cre, cri, cro, cru. Escravo.

Os outros acompanharam diante dos soldados bestificados.

— *Credo, criança, crônica, crua.*

— Parem com esse barulho! — gritou o tenente.

— Cra, cre, cri, cro.— Silêncio!

— Cruuuuuuuuuuu!

— Pros carros os que estão gritando! — ordenou o tenente. — O mais que se disperse.

Foram tocados para dentro dos carros aos empurrões por soldados pálidos que por desconhecerem a Lição 74 acreditavam na súbita loucura daqueles homens um momento atrás tão silenciosos e mansos.

— *DECRETO, CRISE, LUCRO!*

— *O BRASIL CRESCE COM CRISES MAS CRESCE. DEMOCRACIA. CRA, CRE, CRI, CRO, CRU!*

Dois tintureiros cheios de camponeses aos berros saíram pelas pontes e fizeram muita gente voltar a cabeça com aquele ruído de propaganda eleitoral ou comercial que brotava dos carros herméticos:

— *ESCRAVO, ESCRAVO, ESCRAVO! DEMOCRACIA! CRISE! CRA! CRU!*

A cela de Nando era tão pequena que tinha qualquer coisa de inacreditável. Na sua nuca uma dor viva, única lembrança positiva dos cachações que haviam levado ele e Januário ao chegar à prisão. Os soldados que os conduziam pareciam inteiramente calmos mas quando os dois transpunham o portão do Batalhão de Guardas tinham sido de repente empurrados aos trancos e socos sem maiores explicações. A cela em si nada teria de tão ruim assim, apesar de escura e estreita e apesar de oferecer ao repouso apenas um chão de cimento grosso. Terrível era a presença a um canto do balde de fazer as necessidades, fedorento mesmo quando "limpo". Era preciso descobrir a hora exata em que um soldado viria buscá-lo, para só usar o balde pouco antes e não ter aquele cheiro saturando o ar escasso. Nando pensava de olhos abertos no que iria acontecer a Otávio, Januário, aos padres empenhados na luta e, principalmente, aos pobres camponeses das Ligas e Sindicatos, mas quando fechava os olhos a única pergunta e a única sensação eram atribuladas saudades de Francisca, o desejo enorme de saber o que é que estava acontecendo a ela entre as ruínas do mundo de Levindo. O mundo de Levindo era aceito por Nando como o mundo, um mundo inteiro, mas construído em torno do parque que era Francisca. Já se construíra um mundo para rodear e justificar um jardim? Claro que sim. A história viva e quente da humanidade é exatamente a da perda de um parque e da ânsia de reavê-lo. Toc-toc-toc. Não, não era possível! Como nos livros. Monte Cristo. Rubashov. Era sem dúvida Januário criando um código de batidas na parede da cela. Chegariam um dia a conversar como dois operadores do sistema Morse? E que se diriam quando os toc-tocs estivessem aprendidos? Pergunta: "Que-hou-ve-com-Jango?" Resposta: "Nas-co-xas-nas-co-xas." Pergunta: "E-a-pá-tria-que-faz?" Resposta: "To-ca-si-ri-ri-ca." Nando respondeu com um toc-toc a esmo, para dar bom dia a Januário. Depois prestou mais atenção. Talvez Januário estivesse tentando dizer alguma coisa importante.

E se ele soubesse que iam ser os dois fuzilados, por exemplo? Como se iniciaria a formulação de um código, Senhor? Uma batida só devia ser a letra a. Ou não? Toda conversa em princípio começaria com o verbo "escuta", ou talvez "ouve", para alertar o parceiro. Qual seria a impressão de um homem de costas para o muro com seis, ou dez ou lá quantos fuzis sejam de cano voltado para ele? Houve machões gordões batistões em Cuba que morreram de charuto na boca. Toc-toc-toc-toc. Estaria louco Januário a tagarelar daquela maneira? Era mais fácil ser frei Caneca do que o abade Faria. Nando se levantou, tentou executar um espreguiçamento completo, de braços estendidos para o alto, mas não só tocou logo o teto com as mãos como sentiu na nuca uma pontada de dor. Januário bateu novo toc-toc e Nando num assomo de impaciência bateu quatro vezes no muro e enunciou em voz bem alta o que queria dizer:

— Cala a boca.

A sentinela veio espiar pela vigia:

— O que é que houve aí? Está bêbado? Falando sozinho?

— Estava experimentando a garganta — disse Nando. — No escuro a gente tem a impressão de que perdeu a voz.

Foi realmente bom ouvir a própria voz. E com o pequeno incidente Januário havia por prudência interrompido o toc-toc. Eu devia ter tido paciência, pensou Nando. Para Januário a prisão era uma tortura, era o fim das Ligas, a perseguição dos companheiros que ele arrancara da terra em que madornavam como tubérculos e que expusera ao sol ardente que crestava todos agora. Desagradável no silêncio, na escuridão e no aperto, era a quase impossibilidade de delimitar sono e vigília, principalmente quando semidesperto ou nas entranhas do sono a imagem principal era aquela mesma dos lábios quase abertos no antigo sorriso e Francisca inteira esfiapada nos próprios cabelos, boiando no ar de ouro que gerava, arqueada sobre a consciência de Nando como o céu sobre a corrente de um rio. Durante quantos dias nada lhe disseram e nada lhe perguntaram enquanto trocavam gamelas de comida e latas fedorentas e enquanto numa tensão mental às vezes furiosa ele tentava interpretar as mensagens de Januário? Durante quantas semanas? Depois os corredores escuros que pareciam luminosos, o pátio incendiado de sol que doía nos olhos, a sala fresca, a cadeira, o IPM. Não era, como Nando tinha temido ao ser chamado da primeira vez, o coronel Ibiratinga. De qualquer forma, da primeira vez havia sempre o estímulo do temor geral das possíveis brutalidades e desrespeitos e a alegria pura e simples de sair durante algum tempo da cela infecta. Ao cabo do terceiro interrogatório Nando passou a achar a própria cela preferível, com o toc-toc amigo de Januário, o silêncio, a escuridão, e sobretudo a ausência tediosamente maníaca do major Clemente, que tinha um esquema simplíssimo das coisas como estariam ocorrendo antes da revolução redentora e que exigia que tudo entrasse nesse esquema. Mediante laboriosos toc-tocs Nando sabia que com Januário o mesmo acontecia: o major só queria ouvir de todos e confirmar entre todos que havia em marcha no Brasil uma grande revolução comunista. Governo, Ligas, Igreja tudo eram biombos de Moscou. Quando ele próprio se cansava de fazer as perguntas com ar maquiavélico de quem só formula uma questão para surpreender uma contradição, o major lia ou mandava um capitão ler para Nando intermináveis manifestos de figurões do Partido Comunista e obrigava Nando a dizer a cada parágrafo se concordava ou não com o que ouvira. E qual tinha sido a reação de Nando ao ser publicado o documento? Sobre Otávio — que, como Nando descobriu, desaparecera desde o dia da Marcha — o major Clemente devia possuir volumes e volumes. Num único dia de sua vida de prisioneiro Nando teve vontade de ser chamado à sala onde funcionava o IPM do major Clemente sobre o Partido Comunista: no dia em que o seu toc-toc não teve resposta de Januário. Para onde teria ido Januário? Que lhe teria acontecido? Mas não foi convocado naquele dia e nem no outro e nem no outro. Quando foi de novo apanhado na cela saiu com alegria, mesmo pensando em enfrentar uma vez mais as perguntas do major Clemente ou em ouvir, como acontecera a Januário, a íntegra do discurso pronunciado por Nikita Khrushchov no Vigésimo Congresso do Partido Comunista. Não. Agora era o coronel Ibiratinga.

Numa sala ampla, muito melhor que a do major Clemente. A sacada dava apenas para o pátio interno mas viam-se ao longe árvores, um grande arco de céu azul. O mobiliário era antiquado, feio, mas polido, bem espanado. Junto à porta um soldado. Sobre a mesa um tímpano. O coronel ofereceu cigarros.

— Obrigado — disse Nando —, não fumo.

— Gostaria de um café?

— Gostaria muito.

— Ordenança — disse o coronel ao soldado —, traga café.

O soldado desapareceu, deixando os dois homens frente a frente. Nando, barbudo, sujo, macilento, sentado diante da grande mesa do coronel, o coronel andando pela sala em passadas lentas, mãos às costas, a barba azul bem escanhoada, o uniforme passado a capricho, os olhos combinando com a farda. Quando o ordenança voltou com o bule fumegante, o açucareiro e as xícaras numa bandeja de cobre o coronel lhe disse que se retirasse. Ficou só com Nando. Encheu as duas xícaras e Nando sorveu com prazer o café quente. O coronel disse:

— Malogrou a sua revolução, senhor Nando, a revolução dos que queriam subverter a ordem no Brasil.

Nando fez que sim com a cabeça, tomando o café.

— Mas a nossa, a que impediu que vencessem os senhores, a nossa também malogrou.

Nando olhou o coronel surpreendido:

— Folgo em saber, coronel, se me permite ser franco. Mas o senhor acha que malogrou?

— Quando me chamam, senhor Nando, é sinal de que as coisas já malograram. Eu só sou chamado nas horas impossíveis. Há anos e anos tenho alertado todo o mundo para o perigo que corre o Brasil mas quando conseguimos salvar o Brasil por um triz me afastam, põem entraves no meu caminho. Me convocam agora, quando a rede já se rompeu, quando é dificílimo reconstituir os fios e tramas que seriam grilhões um dia mas que se podiam disfarçar em fios frágeis se o alarma fosse dado antes do grande momento da escravização. Agora só restam os fios frágeis, de aparência inocente.

— Isto quer dizer que se apurou pouca coisa, coronel?

— Adivinhou, senhor Nando.

— Vai ver que havia de fato pouca coisa, coronel.

— Divirta-se com nossa incompetência, se quiser, mas não se divirta demais.

Nando ficou em prudente silêncio enquanto o coronel andava pela sala.

— Até certo ponto — disse o coronel — não faz tanta diferença o fato de que só agora entro nos inquéritos policiais-militares. O malogro da nossa ação atual levará os comunistas e demais subversivos a tentarem de novo, e com maior ímpeto. Meu inquérito é outro, distinto do que instaurou o major Clemente, por exemplo. O meu não terá nenhuma publicidade e não resultará em qualquer punição.

— É sobre o quê, o seu inquérito, coronel?

Ibiratinga parou de andar para acabar de tomar o café, mas retomou a caminhada depois.

— As gerações passam — disse o coronel. — A nossa passará também. O senhor e eu passaremos. Mas o Brasil continua e precisamos delegá-lo grande, poderoso e austero às gerações vindouras. Não está de acordo?

— Claro, coronel.

— Constituindo-se em governo e criando com os IPMs seus instrumentos de governo, o Exército se preparou para a tarefa que é sua há muito e muito tempo mas que passou a ser sua por obrigação desde o ano de 1961.

— Renúncia de Jânio Quadros?

— Não — disse o coronel. — *Mater et Magistra*. Mas alguém diria que tem sabido usar seus poderes a revolução vitoriosa? Diga.

— Eu não sei nem ao certo se o movimento a que o senhor chama de revolução ficou inteiramente vitorioso. Não há mais nenhuma luta? Focos de resistência ou de guerrilha? Nada?

— Não *houve* nenhuma luta. Pelo menos nada digno desse nome. Entre eles houve uns gritos coléricos de Brizola com Jango, no Rio Grande. Aqui houve a arrogância do governador, quando se recusou a renunciar ao cargo. Mas Brizola e Jango estão no Uruguai e o governador na ilha Fernando de Noronha. Deviam estar todos aqui, entregues a mim e ao meu inquérito. E mesmo agora, quando afinal me deixam agir, já começam os *habeas corpus* a liberar até os poucos demônios que prendemos. O próprio chefe do Gabinete Militar do presidente vem cá, investigar "torturas". A revolução se castra, quer castrar o meu inquérito.

— E o seu inquérito? — disse Nando.

— Meu inquérito é sobre a alma do Brasil.

Nando balançou a cabeça como quem acaba de ouvir uma revelação importante.

— A alma doente do Brasil — disse o coronel Ibiratinga — tinha chegado em março de 1964 ao fundo da sua própria corrupção. O senhor sabe de onde vem a tristeza dos profetas, não sabe?

Nando se limitou a uma expressão de dúvida.

— Vem de saberem que suas profecias serão preenchidas. Há mais de dez anos, na Escola Superior de Guerra, eu apresentei minha tese sobre os *Verdadeiros entraves ao desenvolvimento do Brasil*. Caiu até hoje em ouvidos moucos. Todos os ouvidos eram moucos. Seu próprio Superior, d. Anselmo, se tivesse me ouvido, talvez estivesse vivo ainda hoje.

— Como assim? — disse Nando. — O senhor o advertiu de alguma forma?

— Bem... Eu nem conhecia padre Hosana. Avisei d. Anselmo em essência. Avisei d. Anselmo, que devia entender de tais assuntos, contra o demônio solto no país, e sobretudo em Pernambuco.

— Ah, sim — disse Nando. — O perigo do comunismo, da subversão. Eu me lembro de d. Anselmo falando em advertências suas nesse sentido.

— O senhor disse "Ah, sim" com alívio, depois de temer que eu tivesse adivinhado o crime do padre Hosana antes que acontecesse. Mas isto eu não podia ter feito. Isto, de acordo com suas revelações aos jornais e ao próprio júri, só o senhor poderia ter feito, não é verdade?

— Sim, até certo ponto é verdade. Mas então...

— Então — disse o coronel — o que eu quis dizer é que me cansei de alertar d. Anselmo contra o demônio. Porque eu tenho uma tese sobre o Brasil, a mais séria que já se propôs sobre o Brasil. E a estou agora desenvolvendo em livro, depois de havê-la exposto aos pedaços — mas pedaços vivos e sangrentos — à Escola Superior de Guerra, ao próprio d. Anselmo, a todos que me pareciam dignos de ouvi-la.

Será o jabuti? pensou Nando, enquanto o coronel Ibiratinga prosseguia:

— Falta uma cinza de virtude em nossos campos, é o título do capítulo inicial do meu tratado. Nunca tivemos esse adubo. Nunca queimamos hereges e infiéis, nunca matamos aqueles que insultam as coisas sagradas. No fim do primeiro século tivemos a grande oportunidade de criar na alma do Brasil o arcabouço de ferro da alma dos grandes países. O senhor deve conhecer bastante bem a história das duas visitações que fez o Santo Ofício ao Brasil, entre 1591 e 1595.

— Sim — disse Nando.

— E o que é que o senhor pensa delas?

— O que é que eu penso? — disse Nando. — Bem. Compreende-se na época, quando a religião era uma paixão mais forte do que o nacionalismo hoje...

— Há um fato — disse Ibiratinga —, um fato importante. No Brasil nunca se queimou um só herege!

— Parece que enviamos alguns, que foram supliciados em Lisboa, não foram?

— É assim, de fato. Criava-se então, ao contrário do travejamento férreo da alma nacional, o imperativo categórico kantiano às avessas que em linguagem chula se intitula o Jeitinho Brasileiro. Não quisemos saber de queimar ninguém e por outro lado exportamos aquela cinza de virtude para os campos lusos.

— Mas sua tese é de que os grandes países do mundo de hoje são os países que naquele tempo foram mais inquisitoriais? A Espanha, por exemplo?

O coronel Ibiratinga sorriu com superioridade.

— Eu esperava esse argumento. Ele vem sempre. Acontece, porém, que é falso. A Inquisição leva a fama, devido ao aparato litúrgico com que combatia o demônio, mas os países do Norte da Europa, a partir da Escócia, queimaram muito mais bruxas e feiticeiras do que a Inquisição. Eu tenho as cifras.

Nando sorriu.

— D. Anselmo já tinha me falado nas suas preocupações, coronel, mas eu não sabia que eram tão profundas. O senhor tem uma cultura de teólogo.

O coronel sorriu também, mas um sorriso curto.

— E o senhor tem ar de se divertir — disse o coronel. — Mas acertou. Eu sou teólogo. À minha moda. Da nova espécie.

O coronel esqueceu o sorriso no rosto moreno escuro em que os olhos brilhavam como azeitonas. O sorriso ali ficou congelado enquanto o resto do rosto era uma abstração. O esforço principal de Nando foi o de não deixar transparecer o mal-estar que lhe infundia a cara de bronze, os olhos minerais, o sorriso colado em cima da boca. A cara do puro espírito. Ibiratinga se sentou, deixou que se desarmasse a expressão estranha, deu uma leve palmada na coxa, dizendo:

— Enfim, ainda conversaremos.

Olhou o relógio.

— Agora, se não me engano, está na hora do seu inquérito sobre o comunismo e as Ligas. Precisamos encerrar esses inquéritos com a maior rapidez possível. Eles são mera coleta de informações. O meu...

O coronel Ibiratinga deu um golpe seco no tímpano sobre a mesa e depois acompanhou com a mão a frase deixada no ar. Foi com alívio que Nando seguiu o ordenança, deixando para trás Ibiratinga, e tomando seu velho caminho da sala do major Clemente. Com o major estavam mais dois oficiais. Um deles era o mesmo capitão datilógrafo de outras sessões. O outro, novo na cena, era o tenente Vidigal, sem dúvida homem de Ibiratinga. O major Clemente disse a Nando:

— O tenente Vidigal estudou os seus depoimentos e precisa completar certas informações.

Nando assentiu com a cabeça. O tenente tinha diante de si um cinzeiro juncado de cigarros e outro cigarro quase acabado na mão. Diante dele um imponente maço de folhas datilografadas. Deu uma última tragada funda e esmagou o cigarro no cinzeiro como se o executasse contra o vidro.

— Não encontro em lugar nenhum dos depoimentos a sua declaração de profissão — disse o tenente.

— Eu estava trabalhando para o Movimento de Cultura Popular do Governo do Estado.

— Mas qual é a sua profissão?

— Antes trabalhei para o Serviço de Proteção aos Índios, do Ministério da Agricultura.

— Mas profissão? — disse o tenente. — Profissão? Não tem?

— Não — disse Nando —, não tenho.

O tenente acendeu outro cigarro. Aspirou a fumaça como se quisesse queimar o cigarro inteiro na primeira tragada.

— O senhor diz isso sem se envergonhar porque sabe que não é verdade. Sua profissão é a de agitador. O coronel concluiu que o senhor se preparou a vida inteira para golpear as instituições. Porque à primeira vista sua vida não tem uma diretriz, uma linha reta.

Nando abriu os braços apologeticamente.

— O senhor parecia ter-se preparado durante anos e anos para catequizar índios, não?

Nando deu de ombros.

— Está bem informado sobre a minha vida, tenente.

— Não, não estou. Mesmo depois de abandonar o sacerdócio o senhor continuou entre os índios. Por que resolveu de repente dedicar-se a uma atividade inteiramente nova, em Pernambuco?

Nando pensou um instante, alegremente, no efeito que teria ali a resposta verdadeira. Se dissesse: "Francisca, tenente, vim atrás de Francisca. Quem, tenente, não viria atrás de Francisca?"

— Eu tinha de deixar o Xingu algum dia, tenente. Voltei ao meu estado.

— O senhor foi íntimo amigo e esteve no Xingu com esse agitador Otávio, do Partido Comunista, não é verdade?

— Estive com ele no Xingu há dez anos. Ao tempo da morte do presidente Getúlio Vargas.

— Mas manteve sempre seus contatos com ele, não é certo?

— Vagamente — disse Nando.

— Antes de vir o senhor se entendeu com ele, ao que estamos informados.

— Falso — disse Nando.

— E com seu amigo Januário.

— Falso.

— O senhor veio ajudar o Movimento de Cultura Popular por acaso. Pura veneta. De repente o senhor se interessou pelo problema.

— Não, tenente. Como já lhe disse regressei ao meu estado, à minha cidade. Aqui me coloquei a serviço do que me parecia mais interessante e promissor para o povo, para o país em geral.

— Nesse caso o senhor nega que tenha obedecido a qualquer apelo do seu amigo Otávio, do seu amigo Januário, ou de ambos? Não se entendeu sequer com algum mensageiro ou mensageira de um ou de outro?

— Não — disse Nando.

— Nem no Xingu e nem no Rio?

— Nem no Xingu e nem no Rio.

— Essa moça de Pernambuco que esteve no Xingu e em cuja companhia o senhor regressou e ao lado de quem o senhor trabalhou no MEC: não terá ela, por exemplo, ido ao Xingu especialmente para... catequizá-lo?

Talvez por ter tido medo Nando se lembrou do coronel Ibiratinga e sentiu como que o dedo do outro no rumo que tomava o interrogatório. Ao mesmo tempo, pensando rápido, enquanto o datilógrafo batia a última pergunta do tenente, Nando se disse a si mesmo que era natural que o nome de Francisca fosse mencionado ali. Mas estaria ela presa? Não, não devia perguntar. Nem mesmo afetando um ar neutro, e de puro interesse no destino de uma conhecida, de uma colega.

— Essa moça, dona Francisca, foi detida também? — disse Nando, afetando um ar neutro.

— Responda à pergunta, por favor — disse o tenente. — O interrogado é o senhor.

— Não, ela não foi me catequizar, como diz o senhor. Mas sem dúvida me interessou no trabalho que estava fazendo aqui. Me deu a ideia de vir alfabetizar camponeses em Pernambuco.

— Existe um hiato nas informações que possuímos sobre sua viagem de retorno — disse o major. — Onde esteve o senhor nos dias que passou no Rio?

— No hotel.

— Que hotel?

— Um hotelzinho do Flamengo, hotel Barcelona.

— Mas não ficou o tempo todo no hotel, não é verdade?

— Não — disse Nando —, é claro.

O tenente bateu com o cabo de um lápis na mesa, destacando as palavras que pronunciava com aquele ruído seco de metrônomo:

— Pois seu amigo Otávio estava então no Rio de Janeiro. E por coincidência seu amigo Januário também.

— Otávio? — disse Nando. — Januário?

Foi de tal forma genuíno o assombro de Nando que o lápis do tenente continuou batendo o compasso na mesa mas perdendo força e convicção a cada batida. A última batida, porém, foi forte e positiva.

— Eu estava avisado de que o senhor faria um depoimento negativo e ardiloso, fugindo a qualquer ligação com os agitadores que queriam entregar o país a Moscou, mas...

— Eu não estou negando minhas ligações de amizade com Otávio e Januário e nem estou negando que ajudei os dois no trabalho excelente que faziam neste estado. Pode mandar escrever isto. Aprovo o trabalho das Ligas. Aprovo o trabalho do PC. Só que antes o senhor me perguntou se eu tinha vindo para Pernambuco a chamado de Otávio ou de Januário. A resposta é não.

O tenente acendeu novo cigarro com um ódio de quem acabou de ler um artigo sobre câncer do pulmão.

— Nesse caso o senhor confessa que gostaria de ver o Brasil governado de Moscou.

— O senhor, tenente, gosta de ver o Brasil governado de Washington?

— Responda ao que lhe perguntam. O senhor é o interrogado.

Nando ficou em silêncio, desdenhoso. O essencial é que o nome de Francisca parecia já esquecido no interrogatório. Não ia responder a perguntas idiotas. Ainda que lhe batessem na cara, disse a si mesmo com alegria. Ainda que o esbofeteassem e lhe dessem pontapés.

— Muito bem — disse o tenente. — Vou fazer a mesma pergunta, na sua frente, a um de seus amigos. Faça entrar o labrego, capitão.

O capitão se levantou, foi a uma porta lateral. O tenente disse a Nando:

— Eu talvez devesse dizer uma de suas vítimas.

Nando se virou de supetão e viu que se aproximava, acompanhado do capitão e de um soldado, o camponês Libânio, de Palmares.

— Libânio! — disse Nando.

— Sim senhor, seu Nando.

— Os outros foram também trazidos para cá? — disse Nando.

O tenente bateu com o lápis na mesa.

— Libânio! — disse o tenente. — O que é que você nos declarou no seu depoimento?

Libânio abaixou a cabeça.

— Que eu era do Partido sim senhor.

— E que ordens você ou vocês tinham? A história dos canaviais.

— Era para tocar fogo nos canaviais, seu tenente.

— Para quê?

— Para quê? O que é que o senhor deseja saber?

— Quero que você repita o que falou no seu depoimento. Não era para facilitar a entrada no Brasil dos russos e dos cubanos?

Libânio assentiu com a cabeça.

— Fale mais alto — disse o major. — Explique.

— Era isso sim, seu major. A gente tocava fogo na cana, ocupava os engenhos, fazia uma guerra civil. Aí entravam os russos e os cubanos.

— O que é que eles fizeram com você, Libânio? — disse Nando. — Como é que você foi dizer uma coisa assim?

— Cale-se — disse o major Clemente. — O senhor não está aqui para interrogar ninguém, como já lhe disse o tenente Vidigal.

— Eu protesto, major. Esse pobre homem foi forçado a mentir. Não é verdade o que ele disse. Quem o forçou a dizer isto?

Nando olhou Libânio, que continuava de cabeça baixa.

— Pode levar o prisioneiro — disse o tenente.

O tenente recomeçou a tamborilar na mesa com o lápis, olhando Nando e fumando, enquanto Libânio era levado para fora. De súbito aquele grito de Libânio, reboando na sala:

— Foi o eletricista, seu Nando!

E nada mais. Só o bater violento da porta.

— Que é que ele falou? — disse Nando. — Quem é o eletricista?

O tenente despedaçou mais um cigarro no cinzeiro.

— Esta é minha última advertência. O senhor não está aqui para fazer perguntas e sim para respondê-las. Com quem se avistou quando esteve no Rio?

— Com ninguém que lhe possa interessar. Amigos.

— Diga os nomes.

Nando hesitou um segundo.

— Ramiro Castanho, por exemplo — disse Nando.

— Endereço?

— Farmácia Castanho, na rua do Catete.

— O senhor só viu esta pessoa? — disse o tenente.

— E outras, de que não me lembro no momento.

— O senhor foi chamado no Xingu e recebeu ordens no Rio — disse o tenente. — De quem? Fale, senhor Nando. A revolução não tem tempo a perder. É ridículo negar que tenha visto seu velho amigo Otávio. Quantas vezes o senhor esteve na Embaixada Soviética?

— Não sei nem onde fica.

O tenente bateu violentamente com o lápis na mesa.

— Levo ele para o frio, tenente? — disse o capitão.

— *Eu* levo — disse o tenente. — Com sua permissão, major.

E sem sequer olhar o major o tenente travou do braço de Nando e o foi levando.

Nando percorreu todo o corredor. No fim, uma escada que descia ao porão.

— Vai descendo — disse o tenente.

O porão era bem grande e parecia maior ainda devido à iluminação escassa, que o fazia acabar em manchas de sombra. Sobre as duas compridas mesas que havia no porão pendiam do teto alto lâmpadas com pequeno abajur verde de ágata. Só uma das lâmpadas estava acesa. No outro fio o abajur tinha sido retirado, a lâmpada removida e o fio descoberto. Luziam, com a luz da outra mesa, as pontas de cobre do fio exposto. Nessa mesma mesa Nando viu ainda uma curiosa maquininha de manivela, que parecia feita de ferraduras montadas numa base de metal ou de aço. Da maquininha saíam fios terminados no que a Nando pareceram pegadores de roupa de metal. Entre as duas mesas estendia-se como uma ponte um pau forte e roliço e havia baldes de água pelos cantos. Na mesa iluminada pela lâmpada forte que era a única a clarear a sala uma cena parecida com a que vira Nando pouco antes: três homens interrogavam um outro, homem do povo.

— Tem aqui um turista — disse o tenente. — Mandado pelo major. Não há aí um freguês para o pau de arara? Só para dar uma ideia a ele.

— Daqui a pouco — disse o homem à cabeceira da mesa. — Hoje estão todos bem comportados.

— Eletricista! — disse o tenente.

— Pronto, tenente — disse um homem.

— Mostre ao turista a sua instalação. É só para mostrar, hem.

O homem encaminhou Nando à mesa que estava na sombra, enquanto o tenente se sentava à cabeceira da mesa iluminada e acendia o cigarro. Como se estivesse realmente mostrando a Nando as peças de uma exposição, o eletricista mostrou a Nando o cobre exposto na ponta do fio.

— Isto foi só para os primeiros dias, quando a gente ainda não tinha se organizado direito. Mas dá uns choques bem razoáveis. Agora temos aqui o magneto. Já viu como funciona?

O eletricista tomou da maquininha com manivela.

— Na ponta dos fios os jacarés, as bocas de jacaré. A gente prende elas nas mãos do cara, ou nas orelhas, depois nas carninhas mais moles da língua e no beiço ou então nos culhões e na vara do cabra. A gente vira a manivela para aumentar a corrente e dá uns arrepios legais.

Enquanto falava o eletricista prendia as bocas de jacaré no dedo e no pulso de Nando. Nando ia retirar instintivamente a mão mas resolveu aguentar. Devia ser só uma demonstração sem corrente. De repente a dor como de imensa agulha finíssima que o dilacerasse todo da ponta do dedo ao centro do cérebro. Nando só conseguiu sufocar pela metade o grito de dor.

— Calma, companheiro eletricista! — berrou lá da mesa o tenente. — Estamos com o chefe do Gabinete Militar a caminho.

O tenente se aproximou quando o eletricista já abrira os pegadores do magneto.

— Eu lhe disse que o homem estava aqui só de turista.

Vinha de cigarro em riste. Chegou bem perto, como se fosse apagar o cigarro contra o peito de Nando.

O eletricista olhou Nando, balançou a cabeça e adotou um ar de dentista conversando com criança:

— Ah, não vai dizer que doeu tanto assim. Um choquinho à toa!

O tenente atirou o cigarro ao chão e pisou-o.

— É, mas chega. Ordens são ordens. E ele tem que visitar um colega na Sibéria.

— Então é turista importante — disse o homem. — Não fica só olhando.

— Bem — disse o tenente —, com a Sibéria ele está acostumado. Russo não sente frio.

Ainda com um tremor no braço direito Nando foi entrando com o tenente pelas sombras do fundo da sala. Lá se abriram as portas pesadas de uma câmara frigorífica. Nando foi empurrado para dentro enquanto as portas se fechavam às suas costas. Dentro da câmara frigorífica iluminada Nando só viu a princípio carcaças de boi pendentes de ganchos e aquele grande frio, não de todo desagradável durante alguns segundos, insidioso e ativo logo a seguir, entrando pelas juntas do corpo como um líquido, dos artelhos às vértebras do pescoço. Primeiro Nando só viu o seu pavor, só sentiu o seu frio de bicho colocado vivo numa geladeira. Depois viu a um canto contra a parede uma figura humana vibrando em si mesma de tanto tiritar, cara roxa e lábios negros, olhos arregalados. O homem marchou em sua direção e Nando julgou no primeiro momento que ia ser atacado. Recuou em puro instinto de defesa, punhos fechados, mas o outro abriu os braços à medida que se precipitava para ele. Antes mesmo de reconhecer Bonifácio Torgo, Nando compreendeu o gesto. Bonifácio buscava o seu calor. Não o calor de Nando, de um amigo, mas apenas o calor de outra pessoa, de outro animal. Nando abriu os braços, estreitou contra o peito o corpo gelado. Assim ficaram um instante, até que Nando tremeu convulsivamente, do frio da câmara, do frio de Bonifácio que ainda vestia sua roupa da Marcha, os pés enregelados nas sandálias japonesas, as duas canetas esferográficas no bolso da camisa queimando o peito de Nando como fusos de gelo. Nando relanceou os olhos em torno em busca não sabia bem de quê, de algum calor em alguma coisa e num relâmpago de delírio quase se desvencilhou do outro para ver se estreitava Aicá ou o Torgo. Os dois abraçados se encaminharam para a carcaça mais próxima e se meteram entre as costelas geladas do boi esfolado. Ficaram ali engalfinhados um no outro feito gêmeos num ventre. A porta se abriu e o acompanhante de Nando gritou:

— Pode sair!

— O outro também pode — disse o eletricista. — Senão a gente tem que meter ele num forno de padaria para degelar.

Bonifácio quis se precipitar para a porta mas mal podia andar. Veio andando ajudado pelo braço que Nando passou pela sua cintura. Da cabeceira da mesa o chefe do interrogatório disse a Bonifácio:

— Como é? Já se lembra das ordens que recebeu para assassinar o Barreto?

— Vamos embora — disse o tenente a Nando. — Agora você vai dormir bem, depois dessa fresca.

— Eu quero falar com o coronel Ibiratinga — disse Nando.

— Hoje é muito tarde. Eu tenho ordens para levar você de volta à cela.

— Eu exijo ir à presença do coronel — disse Nando.

— Por enquanto é para deixar você dormir — disse o tenente. — Vamos ver amanhã.

Trancado na cela Nando se ajoelhou no chão e de joelhos ficou e ficou, sem pensar, sem orar, sentindo o cimento grosso nos joelhos. Seu sono foi áspero e feio como o chão em que dormia. Quando ouviu ruído à sua porta julgou que fosse o café da manhã mas reparou que a caneca de folha e o pedaço de pão já tinham sido deixados no chão ao seu lado e quem se enquadrou na porta foi de novo o tenente.

— Vamos, que o coronel está à sua espera.

Nando respirou com alívio, enquanto se levantava e acompanhava o tenente. Estivera sonhando com o porão e as bocas de jacaré, com o frio e as carcaças de boi, com o martírio em nome da pequenina área do mundo de Levindo. Nando tinha frio, e o aroma do café do coronel era forte e bom. Mas não podia aceitar o café.

— Coronel — disse Nando —, aquele seu porão me dá vergonha de ser brasileiro.

— Vergonha eu só tenho de precisar fazer o que faço num porão. Eu faria o mesmo em salas de vidro, para que todos vissem da rua, ao passar, que este país defende sua herança cristã. Vergonha devia ter o senhor, e gente como seu amigo Januário. Os que sofrem lá embaixo sofrem por sua causa. E os *habeas corpus* deles podem perfeitamente ser ignorados. Mas o de Januário não pode. Há grita dos jornais. Há os palpites do Supremo Tribunal Federal. Tenho de arrancar a verdade dos pobres-diabos que o senhor viu no porão. É como quebrar espelhos, em lugar de quebrar a cara que se reflete neles.

— Onde está Januário? — disse Nando.

— Está na ilha Fernando de Noronha. Se estivesse aqui já estaria solto. Tive de mandá-lo para a ilha. Enquanto o procuram pelo menos ele paga uma parte dos crimes que cometeu. Está na ilha, como o governador. E a preocupação principal do nosso governo "revolucionário" parece ser a de não molestá-los.

— Coronel, responda a uma pergunta minha, uma só: o senhor já se convenceu ou não de que não havia nenhuma conspiração comunista no país?

— Eu só poderia responder se tivesse poderes plenos de interrogar direito todos os suspeitos.

— Uma conspiração não existe só na cabeça dos homens. O senhor já teria agora prova da sua existência no país. O senhor quer confissões, denunciações, visitações. O senhor não quer descobrir nada.

— Eu vou lhe dizer uma coisa, senhor Nando, que hoje talvez lhe pareça ridícula. O senhor sabe que eu comungo todos os dias? Sabe que hoje já comunguei?

— E todos os dias — disse Nando — o senhor diz ao seu confessor que tortura gente no porão do Batalhão de Guardas?

— Digo. E sofro com isto. O senhor sofre? Com alguma coisa?

Inimigo da vida, inimigo da vida, pensou Nando. Precisava se lembrar daquilo, explorar aquilo. O sofrimento nobre e criador é o que quer diluir em si o sofrimento alheio. O sofrimento dos pulhas é uma raiva da alegria dos outros.

— O senhor é o demônio, não é? — disse o coronel.

— Não, coronel, não sou.

— Ria, ria por dentro do que lhe parece ser minha ingenuidade. É claro que o senhor não diria que é. Mas o senhor traiu a Deus *diretamente*, e não como a maioria dos homens. Diga quem é.

Nando deu de ombros.

— Como qualquer homem, sou uma tensão entre o bem e o mal, coronel Ibiratinga. Acho que no meu caso a tensão do lado do bem é mais pronunciada.

O coronel se curvou por cima da mesa a que se assentara e silvou as palavras para Nando enquanto seus olhos ardiam como os de uma onça no mato:

— Em lugar de arrancar a verdade a Januário que inventou as Ligas Camponesas tenho de arrancá-la a pobres camponeses. Em lugar de estudar a corrupção da Igreja arrancando-a de você, ou de padre Gonçalo, tenho de me contentar com esse pobre André.

Nando ficou um momento olhando incrédulo o coronel transformado em jaguatirica.

— O senhor não cometeu a indignidade de perseguir um doido — disse Nando.

— Doidos e mulheres também — disse o coronel. — Que fazem todas as mulheres ao seu redor, as que frequentam a sua casa?

— Dormem comigo — disse Nando.

— Mas além disso?

— Além disso, coronel? Ora essa!

— O senhor tem intimidade com uma comunista notória, Lídia, não é verdade? E foi apanhado no Xingu por uma agitadora daqui, não foi, a Francisca? Eu li sua conversa de ontem com o major Clemente. Esta parece que lhe interessa um pouco mais, não é verdade?

— Não se meta na minha vida, coronel. O senhor no máximo tem poder para investigar minha vida pública.

— E para lhe mostrar o que é que o senhor causa à vida privada das suas vítimas, como ontem. É o meio que me resta de punir os que conseguem *habeas corpus* antes de ajustarem contas com a revolução.

O coronel bateu no tímpano com o punho cerrado. O ordenança entrou.

— Leve o preso ao porão.

Nando desceu as escadas sem enxergar e só ouvindo o rumor de suas próprias veias nas têmporas. Ia começar a verdadeira provação? Se visse o que temia ver, ia sofrer seu único suplício insuportável e ia assassinar um dia o coronel Ibiratinga. No porão havia o tenente e o eletricista, um vulto de homem pendurado do pau de arara que ia de mesa a mesa, mãos atadas sob os joelhos. A um gesto do tenente o eletricista foi desatando as amarras que prendiam o homem à trave e amparou o homem para que não se esborrachasse contra o chão. O homem libertado do pau de arara se recostou contra a perna da mesa, cabeça para trás. Nando correu para ele, ajoelhou-se.

— Manuel — disse Nando.

Manuel Tropeiro abriu os olhos.

— Você está muito machucado, Manuel?

— Hum... Só vendo depois. Se eles já acabaram comigo não há de ser nada, seu Nando. E o senhor?

— Eu vou bem, Manuel.

Nando falava com vergonha.

— Ainda não me torturaram não. Por que é que fizeram isso com você?

— Queriam que eu dissesse que a gente tinha armas vindas de Cuba e que seu Januário, mais o senhor, treinava a gente com os fuzis. Para fazer guerrilha. Me maltrataram quando eu disse que se tivesse fuzil fazia guerra mesmo.

O tenente olhava a cena absorto, cigarro pendurado a um canto da boca, como se estivesse cansado demais.

— E a moça? — disse o tenente ao eletricista.

Manuel continuava a falar mas Nando não ouvia mais, esperando a resposta.

— Do Manicômio da Tamarineira só veio o doidinho. Ah, tem a moça que veio do Quartel de Polícia do Derbi.

— Será que é? — disse o tenente. — Traz ela.

Manuel contava o interrogatório, mas Nando só tinha vida nos olhos que fitavam a porta por onde o eletricista desaparecera. O eletricista voltou acompanhado de uma mulher. Nando sentiu um grande alívio, uma quase vertigem de tensão nervosa desarmada de repente. Era Isabel Monteiro, ar altivo, olhos brilhantes. O tenente que observava Nando viu que não se tratava de quem o coronel Ibiratinga esperava.

— Seu nome é Francisca? — disse o capitão.

— Isabel.

— Pode levar ela embora — disse o tenente.

Manuel continuava, agora ouvido de Nando:

— Eu disse para o major o que estou repetindo aqui, seu Nando. Se tivesse alguma combinação da gente sair para o tiro e combinação que se eu contasse ia dar em prisão dos companheiros eu não abria a boca. Mas jurei e jurei calmo que não tinha nada disso. Perda de tempo me pendurarem nesse poleiro e me meterem toalha molhada na cara, uai.

Manuel se firmou melhor contra o pé da mesa.

— Ah, seu Nando — disse Manuel —, e o desventurado daquele padre maluquinho?

— André?

— Apanhou na cara, andou na geladeira, tudo dizendo aquelas leviandades que o senhor conhece.

— Blasfêmias — disse o tenente. — A loucura é fingida ou é castigo divino.

— André teve de deixar de ser padre por ter enlouquecido, tenente — disse Nando. — É duas vezes crime torturar um doido.

O tenente olhou Nando do meio de sua nuvem de fumaça.

— Às vezes a gente tortura quem pode, quem não tem imprensa nem *habeas corpus*. E é uma loucura essa que leva um ex-padre a dizer que Fidel Castro é Jesus Cristo de volta à Terra.

— Onde é que está André? — disse Nando.

— Esse está lá num canto, secando — disse o eletricista. — Passou dez minutos na geladeira para ver se congelava aquela falação mas escuta só.

Com a mão o eletricista pediu silêncio. Do fundo mais escuro da sala vinha de fato um ruído como o de uma conversa ou discurso ouvido através de uma parede:

— Assim, porque és morno, e nem és quente nem frio, estou a ponto de vomitar-te da minha boca. Pois dizes: estou rico e abastado, e não preciso de coisa alguma, e nem sabes o quanto és feliz. Estou a ponto de vomitar-te da minha boca. Se alguém ouvir a minha voz e abrir a porta, entrarei em sua casa, e cearei com ele e ele comigo.

Nando andou para o fundo da sala. Atrás dele a voz do eletricista interpelava André.

— Vai cear papel, ô maluco? Come uma folha para a gente ver.

Mais magro ainda, desfigurado, quase vaporoso agora com sua barba rala, André, tremendo de frio. Nando se acercou de André sentado e puxou contra seu corpo a cabeça dele como se fosse a de um irmão, de um filho. Por que é que o sofrimento se encarniçava assim sobre certas pessoas?

— E os quatro seres viventes — disse André —, tendo cada um deles respectivamente seis casas, estão cheios de olhos, ao redor e por dentro. Não têm descanso, nem de dia nem de noite, proclamando: santo, santo, santo é o Senhor Deus, o Todo-Poderoso, aquele que era, que é, que havia de vir e que afinal veio, Vero e Fidel.

André tirou do bolso um pedaço de papel e se pôs a mastigá-lo:

— Fui, pois, ao anjo, dizendo-lhe que me desse o livrinho. Ele então me falou: "Toma-o e devora-o; certamente ele será amargo ao teu estômago, mas, na tua boca, doce como o mel."

Ainda abraçado a André, Nando disse:

— Tenente, é ignóbil torturar um louco, um homem que não sabe o que faz ou o que diz.

— Pois fique sabendo que o André fez um dos melhores depoimentos que temos sobre as ligações de vocês com os cubanos. Ele não sabe o que faz ou o que diz mas sabe o que diziam e o que queriam vocês fazer. Vocês não prestavam atenção a ele porque era louco, mas ele ouvia vocês. E estou convencido de que vocês o utilizavam para propaganda também. Você não está com pena dele. Está é com um remorsozinho.

Nando enfurecido encarou o tenente:

— Nós não precisávamos de doidos para lutar contra canalhas da sua espécie.

Antes que o tenente pudesse replicar o eletricista tinha dado um tapa em Nando e o arrastava para a mesa onde estava o magneto.

— Logo que falaram os sete trovões — disse André — eu ia escrever, mas ouvi uma voz do céu dizendo: guarda em segredo as coisas que os sete trovões falaram, e não as escrevas.

Nando foi deitado na mesa e quando o eletricista começava a lhe amarrar os pés Manuel Tropeiro começou a se levantar trôpego mas um safanão do tenente o aquietou.

— Tomei o livrinho da mão do anjo e o devorei — disse André — e na minha boca era doce como o mel. Quando o engoli o meu estômago ficou amargo.

— Culhões e cacete? — disse o eletricista que agora amarrava os punhos de Nando a buracos da mesa.

— É o que ele merecia — disse o tenente. — Metido a fodedor.

O tenente parou, colérico, evidentemente fazendo um esforço sobre si mesmo.

— Deixa — disse o tenente. — Ordens são ordens.

— Oh! — disse o eletricista. — Que pena.

— Quando tiverem concluído o testemunho que devem dar — disse André — a besta que surge do abismo pelejará contra elas e as vencerá e matará.

O tenente gritou de repente, alto e com voz imperiosa:

— Francisca!

Nando teve um tamanho estremecimento que o eletricista espantado olhou o magneto em paz, as bocas de jacaré sobre a mesa. Que diria o poeta santo se em pleno inferno a encontrasse e devesse voltar ensandecido ao leopardo e à leoa e à selva encerrando ali a viagem, Senhor? Se só houvesse a primeira região e as esferas se houvessem despedaçado dentro do jardim e o jardim tivesse virado deserto no vale da purificação e tudo reduzido ao plano baixo da desesperança eterna?

— Não veio não, tenente, só veio mesmo aquela Isabel.

— Manda o preso de volta à cela — disse o tenente. — Vou ver o coronel.

Antes de ser posto em liberdade, alguns dias depois, Nando foi levado pelo tenente Vidigal à presença do coronel Ibiratinga. Muito sério e composto o tenente atlético o saudou com correção, quase cerimonioso.

— O senhor está livre — disse o tenente.

— Hum — disse Nando.

— Está pronto?

— Estou.

— Tenho de levá-lo antes à presença do coronel Ibiratinga.

— É para que eu agradeça a hospedagem?

O tenente deixou Nando na sala de Ibiratinga. Não entrou. O coronel estava de costas e não se voltou, mirando ao longe, pela sacada. Nando não disse nada, de pé junto à porta. O coronel afinal se voltou e o encarou, com um leve movimento de cabeça, que Nando não retribuiu.

— Café? — disse o coronel.

— Não — disse Nando —, vou tomar café em casa.

— Sente-se um momento.

Quando Nando sentou, o coronel sentou-se à mesa, diante dele, como das outras vezes.

— Eu sei em que está pensando o senhor — disse o coronel — mas apelo sinceramente para a sua antiga ciência. Deus, sendo bom, não ia criar o mal. O mal não existe.

— E o senhor está querendo remediar esse esquecimento divino no seu porão.

— Eu só queria lhe lembrar a boa doutrina de que o mal é uma imperfeição do bem. Sua tendência é transformar-se no bem. A diferença entre nós dois — ou entre nossos dois tipos se prefere — é que o senhor atrasa essa transformação, fazendo o mal a esmo, sem rumo, e não com a determinação de fazê-lo virar o bem. Eu não. Torturar pessoas, por exemplo, *seria* um mal imperdoável sem uma razão forte a transmutar a tortura em piedade. Entendido e usado assim o mal é um meio-bem.

— E Deus vira a cara quando o senhor congela Bonifácio Torgo ou André ou quando dá choques em Libânio para que ele invente histórias que o livrem da boca do jacaré?

— A tortura não faz ninguém *inventar*, inteiramente. No máximo as pessoas exageram. Eu posso lhe provar estatisticamente que as confissões forçadas resultam em excelentes médias de informação.

— Vários endereços errados que o senhor obtenha resultam no endereço certo?

— O senhor vai ser posto em liberdade mas eu não pretendo perdê--lo de vista, senhor Nando. Eu *sei* que tenho razão com meus métodos. O Brasil quer viver amarrado à estaca zero mas eu não hei de deixar. Não é só o senhor que é solto por *habeas corpus*. Seu amigo Januário também será libertado, para se asilar em alguma embaixada, e ele nem precisa ser *interrogado*, quer dizer torturado, para confessar que o Brasil só conserta com uma revolução sangrenta, enforcando latifundiários e dissolvendo o Exército de Caxias! A revolução de abril ficou louca. Tem medo do Supremo. Tem medo dos jornais que denunciam torturas. Não quer salvar a alma do Brasil.

Nando sorriu:

— Ainda não é desta vez que vamos queimar as feiticeiras, hem.

— Não, mas o dia delas se aproxima. Confiantes em nossa bananice os senhores vão levantar a cabeça de novo, dentro de pouco tempo. E aí os próprios cegos enxergarão. Estou certo de que lhe interessará saber que no momento estamos transbordantes de cavalheirismo. Essa moça que o foi buscar no Xingu... como se chama?... filha do ricaço da cerâmica.

— Francisca — disse Nando.

— Francisca. Mal respondeu a dois interrogatórios e o pai conseguiu libertá-la. Eu nem pude ter o prazer de conhecê-la. A moça já tinha embarcado.

A estátua, pensou Nando, o cipreste. Que saudade da Europa e seus parapeitos antigos. Que imensas saudades de Francisca mas que bom imaginá-la debruçada no velho parapeito, os longos cabelos imersos nas ondas. Que boa certeza a de saber impossível vê-la sofrer. Nando olhava o coronel, via que ele falava mas passou alguns segundos sem nada escutar.

— O senhor — disse o coronel — não me parece diretamente culpado de nenhuma ação criminosa. É um gênio da omissão. Às vezes as consequências dos seus gestos, ou omissões, o perturbam, como no caso de d. Anselmo, mas na hora o senhor deixa o barco correr. O senhor não intervém, assiste, não sofre, atira os demais ao sofrimento.

— Torturando os outros, coronel? É a isto que o senhor se refere? E sem sequer descer ao porão, para evitar algum respingo de vômito ou de sangue?

— Sua cólera mostra que toquei em ponto sensível. O senhor não é dado a cóleras.

— E o senhor entende de pontos sensíveis, eu sei. Choques elétricos nos culhões dos outros, por exemplo.

O coronel olhou Nando com calma fúria.

— Me respeite como eu tenho lhe respeitado. Não diga palavrões.

— Escroto — disse Nando. — É o que eu devia ter dito. Culhão não. O importante é saber como é que o senhor papa hóstias e manda torturar seus semelhantes. Como é que se arroga o direito de atormentar as criaturas?

O coronel deu um soco no tímpano enquanto falava, o rosto de terra seca onde havia tombado furiosas azeitonas:

— Arrogo! Assumo e abraço os deveres inquisitoriais. Nós somos ungidos e sagrados agora. A Igreja transformou-se nisto que o senhor está vendo: o senhor mesmo, Hosana, André, Gonçalo. A Igreja acabou em 1961. O que existe no mundo de santo e de grave passou do Vaticano para nós, para o Exército. O Brasil começa conosco. Começa agora.

O ordenança tinha aberto a porta, atendendo ao tímpano, e lá ficara, interdito. O coronel se levantou e apontou Nando:

— Ordenança, ponha esse homem na rua.

Os primeiros dias de liberdade foram para Nando de uma mesquinha melancolia. Visitava as ruínas da civilização que durara um ano. Passava pela porta das sedes de Ligas e de Sindicatos que não tinham tido tempo de construir nada de pedra ou de bronze e que haviam ruído silenciosamente em montões de cartazes e cartilhas despedaçados, de volantes e manifestos queimados, de livros atirados ao lixo dos caminhões da Limpeza Pública. Em sua maioria estavam fechados ou ocupados por caras novas de paisanos sonolentos ou soldados mortos de tédio, desleixados, dólmã aberto de alto a baixo. Nando não sentia que o estivessem seguindo mas também não se preocupava muito em apurar. Não duvidava que Ibiratinga o prendesse de novo logo que fosse possível mas não havia de ser agora quando o esforço do novo governo do país e do estado era provar que as prisões estavam quase vazias e que torturas e maus-tratos eram invencionices. Seguido ou não seguido Nando não conseguiu adiar muito a visita à escola em que ensinara ao lado de Francisca. Queria pelo menos ver a casa por fora, repor contra seus muros as mil atitudes que evocava de Francisca rindo entre camponeses na hora da saída, sentada no batente da porta uma manhã em que tinha esquecido a chave e até mesmo, naquela noite de chuva torrencial, aceitando transporte num burrico de Manuel Tropeiro que ia muito solene ao seu lado protegendo Francisca das águas com um guarda-chuva vermelho. Ao contrário das casas de Ligas e Sindicatos onde havia sempre sinais da violência revolucionária em portas ainda fora dos gonzos, em máquinas de escrever com as teclas retorcidas, em mesas a que as gavetas roubadas davam um manso ar de loucura, a escolinha estava aberta e parecia intacta. Ainda escola de alfabetização de adultos. Nando se aproximou. Olhou pela janela. Não tinha ninguém mas no quadro-negro se lia:

ARARA
Vovô vê a arara
ele vê a arara
ele vê o dedo

As grandes palavras majestosas tinham desaparecido das paredes onde antes explodiam com uma dureza de arte nova: TIJOLO. ENXADA. JANGADA. No canto onde se pendurava um cartaz com o emblema das Nações Unidas havia agora outro de um homem com boné de operário russo, botas tintas de sangue, andando em cima do mapa do Brasil com uma foice e um martelo. Ao fundo da sala, imenso, um cartaz do Duque de Caxias de cujo coração partiam raios de luz a uni-lo a todas as capitais brasileiras. Perto, menor, o de Jesus apontando o próprio coração em chamas de amor. Nando pensou em Ibiratinga. O Sagrado Coração passava de Jesus para Caxias. De jardineira, pedindo carona a caminhão e jipe, Nando rodou pelo estado, com a impressão de viver uma daquelas histórias em que o personagem dorme cem anos e acorda de repente no mesmo mundo em que tinha vivido outrora. Principalmente o domingo era um dia de novo torpe. Durante o ano jubilar em que mandava o governador era preciso, dia de semana, entrar pelos canaviais para ver os rádios pendurados na cerca, alegrando a faina no eito, ou entrar pelas casas para ver na mesa do lado do inhame e do cará os nacos de charque. Mas nos domingos o estado inteiro parecia andar caminho de baile com as morenas de estampado novo e os jegues com as correias rangendo ainda do curtidor. Agora o domingo era de novo o buraco de descanso bruto da semana, o dia com cara de mesa desgavetada, o domingo velho, uma espera oca da segunda-feira. Ao saltar em Palmares Nando tinha o coração sumido no fundo do peito como uma fruta esquecida numa arca. Os agitados campos de Otávio, de Libânio, de Januário estavam quietos, ermos. Foi andando para a sede do Sindicato como se tivesse os sapatos socados de chumbo. Mas viu de longe o mastro com a bandeira subindo feito uma flor de ouro e verde plantada no grande tanque dos azulejos de Francisca, todos iguais, limpos de cor: caju, castanha, uma folha, caju, castanha, uma folha. Nando se aproximou, os olhos nublados irisando em doce luz a folha, a castanha, o caju. Já bem perto procurou na base o único azulejo diferente, a inscrição em letras verdes no ladrilho branco: *Terra do Centro Geográfico do Brasil. À memória de Levindo, amigo dos camponeses.* O azulejo tinha sido arrancado. Tapando o buraco, apoiada contra a base do monumento, uma tábua quadrada, provisória, com os dizeres: *Terra do Centro Geográfico do Brasil. Viva a Revolução. 31 de março de 1964.* Sem olhar para os lados, sem pensar em nada, concentrado a fundo no que fazia Nando abriu a braguilha das calças e mijou pausadamente em cima da placa.

Nando tinha cartas de Francisca à sua espera. Foi tirando dos envelopes as cartas e segurou-as nas palmas abertas como se fossem azulejos. Sua primeira ideia foi colecioná-las em número suficiente para forrar as paredes da casa. Não tanto pela escrita regular em tinta azul no papel branco: o que contava era o cozimento de ternura esmaltando as folhas. "Na última aula nosso modelo vivo era alto, anguloso e louro mas à medida que eu o desenhava com a maior boa-fé ia saindo você, meu bem, a ponto de me deixar confusa. Sempre que eu vinha à Europa era aquele desânimo de calcular o tempo que levaria o Brasil para criar essa doçura que se estende em tudo aqui como a superfície de uma pintura antiga. Agora a tua ausência anda fendendo paisagens e ruas que eram perfeitas. O antigo ficou velho. Vem depressa antes que o meu querido quadro a óleo rache de todo. Ficando aí você me destrói a Europa, entendeu?" E depois o apelo raciocinado: "O tempo que fiquei no Manicômio da Tamarineira e as horas que passei de interrogatórios embrutecedores me convenceram de que é mesmo preciso adiar o Brasil, Nando. Ficar aí é adiar a vida da gente. Principalmente a minha. A nossa... Eles estão facilitando o asilamento e fuga de todos os que estiveram presos. Foge para mim, Nando, eu sei que para você eu valho uma pátria, não valho?" Valia, valia todas as pátrias, valia o risco de uma vida duvidosa na Europa, da procura de sabe Deus que emprego. Tudo era preferível a saber Francisca longe e a chamá-lo com insistência e ignorar esse chamamento. Nando planejou embarcar de navio mas a polícia recusou-lhe o passaporte. Estava amarrado ao IPM do PC e da Liga. Não podia deixar o país. Tentou pegar um avião para o Rio em busca de asilo em alguma Embaixada mas foi levado do Aeroporto à presença do major Clemente e moído em novos interrogatórios. Quando seu advogado invocava o *habeas corpus* concedido a resposta era sempre a mesma: surgiram fatos novos, aos quais não se aplica mais o *habeas corpus*. Ao fazer sua segunda tentativa de voar para o Rio, Nando foi preso durante três dias, na antiga cela. Solto de novo, e quando resolveu dar tempo ao tempo antes de procurar se reunir a Francisca, recebeu uma noite em sua casa uma visita furtiva. O vulto ligeiro e magro se esgueirou das sombras da rua para a sombra da varanda e quando Nando olhou sobressaltado reconheceu padre Gonçalo no homem à paisana.

— Vim buscá-lo, Nando. Vamos fugir.

O coração de Nando bateu apressado.

— Você conseguiu passaporte?

— Passaporte? Você não está pensando em sair daqui! Não me diga que está, Nando.

— Você é que veio me falar em fugir.

— Fugir para dentro da gente, Nando, e não para a casa dos outros! Lá a gente só pode viver do lado de fora, feito um gravatá. *Você*, pelo menos, e eu, e mais uns poucos, não podemos tratar isso aqui como se fosse um acampamento. Todo o mundo na beira de água, apanhando sol na praia.

— Não esqueça que eu já morei anos e anos no Xingu, em plena mata virgem.

Em toda a conversa foi só isto que Nando disse em sua defesa. E não falou com grande convicção.

— Você sabe perfeitamente com que resultado viveu anos no Xingu — disse padre Gonçalo. — Suas verdadeiras intenções naquele tempo só você conhece. Vista a coisa por fora a impressão que se tem é de que você andava estudando para ver se virava santo e mártir. Não passou nem na segunda época. Sua vida séria começou aqui, quando você voltou para cá. Não me diga que também não passa neste exame.

Nando suspirou.

— Gonçalo — disse Nando —, o que posso dizer a você é que por enquanto vou apanhar sol na praia.

— Nesse caso — disse Gonçalo — seria melhor que você fosse atrás daquela mulher de quem pelo menos parece que gosta de verdade, Francisca.

— Exatamente — disse Nando. — Ela está na Europa. Desculpe a franqueza, Gonçalo, mas eu estou tão obcecado pela ideia que quando você falou em fugir pensei que fosse me oferecer um passaporte, um disfarce, um meio qualquer de ir ao seu encontro. Me disseram que tem um camarada aí que falsifica passaportes muito bem.

— Ah, compreendo — disse Gonçalo.

— Se eu pudesse resolver isto não teria mais problemas.

— Uma soluçãozinha de fita de cinema.

— Não me importa — disse Nando. — A banalidade da solução eu aceito.

E Nando continuou mais baixo, como se assim ofendesse menos Gonçalo.

— Essas soluções só são banais para os outros.

Numa vívida luz de momento iluminado de éter Nando viu a tarde no hotelzinho do Rio em que Francisca tinha adormecido em seus braços e ele depois a desvencilhara ternamente de si mesmo para que descansasse melhor. Recostado contra o espaldar da cama estendera vagamente a mão para a mesa de cabeceira em busca de um livro ou uma revista qualquer para folhear mas deixara a mão tombar inútil a meio caminho ao ver Francisca dormindo, rosto na mão. Tinha tido pela milésima vez a revelação da futilidade completa de todo acontecimento ou objeto exteriores ao corpo dormindo ao seu lado. Aquele corpo e o seu amor por ele seriam sem dúvida os mesmos num campo de concentração ou num paraíso socialista e assim uma escolha política podia e devia ser feita. Mas permanecia soberano o fato de que nem o campo e nem o paraíso significariam coisa nenhuma sem o corpo de Francisca e o seu amor por ele.

— Bem, francamente — disse Gonçalo —, não merece a atenção de ninguém mais um problema assim. No máximo merece a sua atenção e o seu tempo. Vejo que você escolhe uma vida estritamente privada. Se eu insistir em entrar nela, você é capaz de me soltar os cachorros.

Gonçalo se levantou para partir. Nando o foi acompanhando até à porta e colocou a mão no ombro de Gonçalo mas Gonçalo apressou o passo para evitar aquela pressão de despedida. Nando viu que se afastava ligeiro, passando pelo oitão para evitar a avenida da praia, embrenhando-se entre os coqueiros. Lá vai ele, Gonçalo adentro, pensou Nando.

6

A praia

Naquela noite Nando amou pela primeira vez uma mulher no mais puro espírito de caridade. Puxou para si com uma ternura de quem afaga a cabeça do mundo a cabeça de olhos úmidos que chorava de desamor e de abandono, uma cabeça de mulher no máximo graciosa, uma cabeça de apenas mulher jovem doente de amor. A mão com que lhe despertou por dentro da blusa os seios era para ele a mão que sara e consola, embora fosse para ela a mão do amante, e o beijo com que lhe cerrou os olhos foi dado por Nando também como um conselho de sono e descanso, mas por ela entendido como somente ternura. Tanto assim que fingiu espantar-se em ver aquele que a salvara das águas transformando-se em amante. Logo que compreendeu, Nando retirou a mão que acarinhava: como se triste ficasse a mão se cessasse, e não o seio se fechasse às abertas rosinhas. Mas prosseguiu em mansa insistência já aceita, despiu a mulher entre os coqueiros noturnos, a ela se entregou para que o pastasse e de tal forma e tão longamente deixou-se ela curar na carne ávida que Nando deveu dar-lhe apenas a sustida dureza de prostituto.

— Agora eu te devolvo ao mar, como prometi — disse Nando.

No interior do arrecife as algas prendem de dia peixes de sol que aquecem à noite as câmaras de sargaço macio e as relvas floridas de coral e madrepérola. Bichos do mar eles rolaram naqueles limos, ela balançando no abraço de Nando como uma concha ao embalo da maré.

Depois se levantaram e andaram pela beira do mar, reluzentes primeiro da água que lhes escorria pelo corpo, secos pouco a pouco pela brisa tépida até perderem o brilho de escamas nos membros foscos de sal. Chegaram a um bando de jangadas pousadas na areia, paus de mulungu e rolos de velas. Desatada uma corda a vela da jangada mais próxima se estendeu pela areia feito um lençol curtido de tormentas e soalheiras. Ali dormiram os dois feito uma parelha de gaivotas boiando em angra de espuma. Manhãzinha, entre supersticiosos e maliciosos os pescadores olharam a marca de dois corpos moldados em umidade do mar e suor de amor na vela estendida na areia e trocaram entre si um riso franco e um pelo-sinal por via das dúvidas.

— Que assombração que nada — disse Zeferino Beirão ao Quimanga, jangadeiro de muitas abusões. — Foi duma assombração assim que tu nasceu.

— Juro que é o mesmo cabra femeeiro da casinha em frente do botequim do João Arruda — disse Amaro dos Santos. — Aquilo de manhã toma café com leite de onça.

Zeferino se ajoelhou ao pé da vela e botou as duas mãos na vaga marca de corpo.

— É só numa coisa que você tem razão certa no que diz, Quimanga. Pra mim mulher é assombração. Quando eu vou botar a mão, quedê? Só ficou lembrança dela no lugar que estava.

— Pois isso então não é milagre pelo avesso, coisa muito da medonha? — disse Quimanga. — Quando é que isto se passou, Zeferino Beirão?

— Isto se passa a semana inteira — disse Zeferino. — Acontece desde que eu nasci.

— Ah, eu vou falar com esse seu Nando — disse Amaro, olhos pregados no leito de velame que ia secando ao sol. — Ontem ele estava por aí com a tal da Jandira, bonita a mais não poder.

Nando tinha tido a anunciação do seu apostolado de maneira súbita e violenta. Feito uma resposta. Tinha nas mãos um intervalo de vida para jogar fora, é o que a si mesmo dizia na varanda da sua casinha na beira do mar. Uma alegria, uma vontade de ação que quase doíam. A alma pequena e ordeira dormindo cedo e forte. O corpo acordado, ilustrado, especializadíssimo. No seu campo de visão, atravessando em direção à praia, Margarida magrinha, que morava perto e ensinava os meninos da escola pública. Com passo natural, firme, Margarida pisou a areia e continuou andando para o mar em trevas, andando através da meditação de Nando, andando, molhando os pés, andando ainda.

— Margarida!

Margarida foi entrando, afundando, cara dentro da água como se quisesse beber o mar. Nando se levantou, atravessou a rua, correu pela areia atrás dela. Quando a alcançou dentro do mar ainda tinha pé mas a cabeça de Margarida já desaparecera. Puxou-a pela cintura, pelos braços e Margarida se debateu como um peixe acabado de pescar. Defendeu sua morte com os punhos, as unhas e os dentes.

— Me deixe, me deixe, me deixe morrer!

Saiu da água rabeando ainda nos braços de Nando que ia levá-la para casa mas caiu exausto entre coqueiros, num telheiro de palha dos que os jangadeiros fazem para reparar jangada e remendar rede.

— Eu quero é morrer. Isso é que eu quero — disse Margarida.

— Quem se mata no mar reencarna em peixe — disse Nando.

— Eu quero morrer.

— Eu te solto no mar outra vez. Prometo. Mas primeiro me conta como é que uma moça mocinha como você quer deixar os meninos sem professora e virar peixe.

— Eu quero morrer, eu quero morrer.

E foi então que Nando abandonou a palavra tão novinha e deixou as forças antigas se espalharem pela aflição de Margarida. Um corpo dócil, culto, e aquela barbárie de dor. Os dedos pela blusa molhada buscando o bico ressentido dos seios, buscando o ventre em crispação rancorosa, virando contra seu peito patrício Margarida silvestre.

— Cheio de gente que eu não conheço — disse Margarida, a cabeça meneada de um lado para outro.

— Nada, não fala nada. Deixa.

— Todos viram a cara pro outro lado. Até criança desaprende comigo. Desconhecidos. Desconhecidos. Não posso mais. É melhor mesmo, viu? Me deixe. Não tem.

Margarida foi ficando incoerente com o calor de Nando. Seu corpo encharcado do mar de suicídio mas de uma secura de deserto e trancado para a entrada da morte começou a reabrir, poroso. Margarida pedregosa cobriu-se de anêmonas.

Os jangadeiros em poucos dias descobriram que era mesmo o morador da casinha da beira da praia quem ficava à noite vagueando pela calçada e pela areia e que parecia atrair sem muita fala e muito gesto as mulheres sós. O primeiro discípulo de Nando foi o jangadeiro Amaro dos Santos. Criou coragem um dia.

— O patrãozinho dormiu na minha vela ontem — disse Amaro.

— Minha casa tem janela estreita — disse Nando. — Só passa uma brisa muito leve. Você tem ciúme da vela?

— Se tivesse que ter ciúme tinha da Jandira. Da vela não.

— Você gosta da Jandira?

— Bem. Tenho pregado olho nela. Mas ela ainda não me viu. Mulher é bom — disse Amaro.

— Quanto a isso, não tem dúvida.

— Mas é o mesmo com tudo que é bom, não é mesmo? Tem carência.

— Tem carência de amor nos homens — disse Nando. — Mulher gosta de dar.

Amaro riu.

— Não é só o que você está pensando não — disse Nando. — É isso principalmente. Mas mulher gosta de dar e de se dar. É a auxiliadora. Mulher menos cria quando cria filho. Isso qualquer bicho faz. Mulher cria homem, cria homem a vida inteira. É o seu jeito de criar. Quando mulher não tem homem pra criar vai murchando.

— Isso é puro fato. Fica mofina. Dá até de brotar pelo no queixo.

— Pois assim é — disse Nando. — Aparece mais um homem na face da terra.

— Coisa que é mesmo horrível, seu Nando. Mas me diga uma coisa, o senhor que passa de mulher a mulher feito peixe-voador de onda em onda. Como é que se faz?

— É feito onda mesmo, Amaro. Há mulheres que vão e voltam e há sempre mulheres novas.

— Mas mulher não quer sempre casar, seu Nando?

— Em geral. O importante é que não seja com a gente.

— A gente quem?

— A gente que vai dar amor às mulheres.

— E como é que a gente informa as mulheres que não quer outra coisa?

— A que horas você procura as mulheres, Amaro?

— Quando venho da pesca, cairzinho da noite.

— E durante quanto tempo?

— Bom. A gente dorme cedo, para levantar com o sol.

— Para levantar antes do sol, Amaro, confessa. Assim se pesca peixe, mulher não. Mulher dá tudo à gente mas come tempo. Devora o tempo da gente. Rói o tempo do homem que se consagra a ela. A gente não sente o tempo que passa com ela porque é um tempo fora do tempo. Mas não tem mais tempo para desperdiçar fazendo jangada que apodrece, cortando coco que seca, guiando caminhão, moendo cana. Tudo isso passa a ser pecado porque tira a gente da eternidade que existe na terra entre os braços e as pernas da mulher.

Jandira tinha chegado perto dos dois e se acocorado, abraçada aos próprios joelhos. Ao ouvir de Margarida dias atrás a cura feita por Nando tinha ido procurá-lo, primeira a adivinhar nele a esquecida função. De Jandira, Nando só teve a princípio a impressão de um pequeno rosto onde as pestanas lançavam sombra comprida feito a de palma de coqueiro no pôr do sol. Jandira tinha tomado Nando pela mão e levado Nando à sua própria casinha. Entraram pé ante pé para não acordar os pais, com quem Jandira morava.

— Marido eu tive mas larguei — disse Jandira. — Eu gostava demais dele para humilhar ele sem necessidade.

No quarto do lado rangeu a cama em que os velhos dormiam.

— Desejo a morte de meus pais, que muito me estorvam — disse Jandira. — Sabe o que é que eu quero de verdade?

Nando tinha colocado a mão sobre os lábios de Jandira. Não. Não queria saber. Pelo menos ainda não.

— Um dia a gente fala, talvez — disse Nando.

Jandira riu, perdendo-se nos braços dele, e muitas confidências trocaram em boca e ventre, deitados em areia, em cama, numa velha barcaça abandonada.

— Mas então a gente larga de trabalhar? — disse Amaro. — Não faz mais nada para viver?

— O mínimo. Eu pesco um ou outro peixe, apanho coco na areia. Se for necessário peço esmola. Sei até pintar chaga na perna.

— Trabalho mesmo você não faz nenhum?

— Não.

— Nunca fez?

— Bastante, bastante. Agora amo, Amaro. Me ofereço às mulheres.

— Mas mulher às vezes não gosta da gente, depois da prova, não é assim mesmo? Acha a gente chocho, peco. Como é que se faz?

— Amaro, a amar a gente aprende, trepar direito é coisa que se estuda e pratica. Precisa ser aplicado no princípio.

— E a maioria dos homens trepa em cruz, não é, seu Nando? — disse Amaro.

Falava excitado, o jangadeiro, porque tinha Jandira ouvindo.

— Assim feito quem mal escreve, não é? E tem que desasnar o cabra para ele ler as mulheres direito não tem?

— Tem — disse Nando.

— Mas seu Nando, eu tanto assino o nome em cruz como trepo em cruz. Quero aprender.

— O que é que você está fazendo, Jandira?

Jandira deu de ombros, fechando os olhos por baixo das pestanas espessas.

— Amaro vai desatracar uma jangada, Jandira. E você vai sair com ele.

Nando se afastou, enquanto Amaro se aprestava a rolar a jangada para o mar. Amaro parou no meio da faina. Voltou a Nando.

— O senhor é de família de gente que manda, não é? Esmola você não pede. Ah, isso não pede não.

— Ainda não pedi, talvez, mas aceito.

— Acho que nem isso, seu Nando.

Nando deu de ombros.

— Eu não tenho dormido de esmola, na vela da sua jangada? E a você não dou nada. Jandira escolhe o homem que quer. Se concordou em ir com você é porque quer.

A jangada já em cima dos rolos de pau, Amaro sobre ela assentou Jandira no banco do tauaçu. E empurrou a jangada para o mar com a mulher a bordo, a pesca feita. Pela primeira vez.

Uns dias depois, de noitinha, ainda molhado da jornada de pesca na jangada, Amaro veio ver Nando. Trouxe de presente uma lagosta.

— Toma, Nando — disse rindo mostrando os dentes fortes. — Diz que esse bicho é bom para aquele segundo t que você falou.

Amaro tinha enfiado a cabeça pela janelinha da frente da casinhola. Divisou no fundo da pequena sala de frente sentada num tamborete e recostada na parede uma mulher morena, de *short*. Júlia.

— Ah, hoje você tem que me deixar cozinhar, Nando. Eu faço essa lagosta com molho de manteiga derretida. Você anda praticamente comendo peixe cru.

— E hei de acabar comendo peixe cru de verdade. Japonês e sueco comem peixe cru e se dão muito bem.

— Deixa eu preparar a lagosta, bem.

— Não senhora, não gosto de mulher trabalhando para mim.

— Morre de medo que eu não queira sair desta casa horrenda, não? — disse ela rindo, mas pálida e sofredora.

— Morro — disse Nando, olhando a bela lagosta no peitoril da janela.

— Que é que o pescador está falando? Que segundo t?

— Tesão — disse Nando. — Os outros dois são tempo e ternura.

Apesar de tisnado de sol Amaro ficou vermelho de ouvir a palavra em presença de uma mulher muito mais sinhazinha do que Jandira.

— Bem, vou indo — disse Amaro. — Queria só trazer a bichinha.

— Não precisava encalistrar o seu amigo — disse a mulher olhando com pretensa atenção a cara que se retirava da janela.

— Está na hora de você ir para casa, Júlia.

— Por quê? Tem alguma outra chegando agora?

— Não sei. Pode ser. Ninguém tem hora marcada nesta casa. Mas você tem hora de chegar à sua.

— E se eu me instalar aqui?

— Eu me mudo.

— Então vamos para a sua rede, como outro dia.

— Não. Você hoje não quer amor, quer assegurar um direito de propriedade.

A mulher se ensombreceu.

— Você deve ter sofrido furiosamente e hoje se vinga da sua infelicidade de amor nos outros. Qual foi a mulher que fez você padecer assim?

— As mulheres me fizeram tão feliz que perdi a esperança da angústia. O amor que me deram é o que procuro distribuir hoje.

— Vou atrás do seu amigo jangadeiro. Vou me entregar a ele.

— Isto seria excelente.

Nando se levantou, para dar mais ênfase ao que dizia:

— Vai. Fica com ele até tarde. Faz com que ele falte à pesca amanhã.

— Você não me quer mais porque me acha feia — disse Júlia.

— Você é bonita — disse Nando — e sabe disto.

— Bem, não sou horrenda, como a sua Margarida, por exemplo, nem tenho aquele ar de cachorro batido.

— Margarida está ficando quase bela, com um ar de cachorro contente — disse Nando.

— Você não me quer mais.

— Procure o Amaro, Júlia. Ninguém é dono de ninguém.

A mulher saiu num assomo de despeito e só então Nando levantou pelas unhas, com enlevo, a lagosta que Amaro tinha trazido, azulada, forte, encharcada ainda do mistério das furnas marinhas. Era outra esmola. Em breve Amaro faria o dom de si mesmo.

Mais tarde Nando saiu pela praia, cabeça baixa, pensando em Júlia que tinha saído infeliz e colérica. Foi andando rápido, na direção da Piedade.

— Oi.

Não, Nando não queria ver o louro rabo de cavalo e a cara brejeira. Que caridade seria aquela? Com ele próprio?

— Oi, cego.

— Como vai, Cristiana?

— E você, misterioso? Me disseram que você é feiticeiro e macumbeiro. Faz candomblé e catimbó.

— Pergunte a qualquer pessoa que passe qual de nós dois é capaz de enfeitiçar alguém.

— Bem, é diferente. Eu sou moça e dizem que linda. Você até que já está com a cara muito usada. Mas cheia de coisas. Reparando em você a gente fica curiosa.

Francamente, era tempo de saber evitar esse tipo de aventura.

— Adeus — disse Nando. — Tenho uma conversa marcada comigo mesmo. Vou andar até ao fim da Piedade.

— E eu vou andar ao seu lado. Vou ver se ouço o que você conversa em particular.

— Você vai esperar o seu namorado.

— Noivo. Mas hoje ele não vem. Foi não sei aonde.

— Então você devia ir com ele. Não é a vida com ele que você está escolhendo?

— São essas coisas que eu quero saber. Ouvi dizer que você dá conselhos tão bem.

— Não — disse Nando agastado —, dou amor.

— Melhor ainda.

— Mas só às mulheres que precisam de amor. Já tomei amor demais.

— Pois sinto muito. Eu preciso de amor — disse ela, olhos de repente velados por nuvem verdadeira.

— Qualquer homem lhe dará amor. Você nasceu para receber amor.

— Vamos andar — insistiu ela.

Começaram a andar. Nando há muito não se sentia assim incerto e insatisfeito, de repente. Por que não tinha ficado com a outra mulher?

— Tenho uma amiga que adora você. A Jandira, sabe?

Nando não respondeu. Cristiana deu-lhe o braço.

— Eu sei outra coisa — disse ela sorrindo. — Você está com raiva de mim porque gosta de mim. Diga se não é verdade? Mesmo aquele dia, conversando tão doce com a Jandira você olhava a penugem loura do meu braço. E meus pés. Só não me olhava nos olhos. De puro medo. Você se especializou nas mulheres feias, é?

— Nas tristes. Já tive muito mais do que o meu quinhão de beleza.

O pior é que a moça ao seu lado reabria doces feridas tão recentes, lembrava tanto Francisca, num outro beira-mar, a meiguice em paroxismo, o amor maior, Francisca como uma onda revolta a quebrar eternamente no seu leito, ressaca de dia lindo fechada entre os pés e a cabeceira da cama.

— Você é virgem? — disse Nando.

— Jesus, que falta de educação.

— E a resposta?

— Não. Estou de casamento marcado. Mas não pensei que você ligasse a esses pormenores burgueses.

— Com você ligo. Você está querendo se divertir porque ficou sozinha. O noivo saiu sozinho.

— Não estou querendo me divertir. Estou querendo pecar.

— Amor não é pecado nunca.

— Com você, é. Para mim, é.

É preciso deixar a virtude crescer como uma planta lenta e séria, pensou Nando. Aquela criatura linda e que tanto o atraía era uma queda. Mas durante a queda se descansa. Acumulam-se forças para uma nova escalada. Matando a curiosidade de Cristiana matava um pouco as saudades de Francisca.

Quando sentia que seu intervalo de vida inteiramente ao sol descambava para o simples divertimento fechava a porta da casa e se engolfava na cidade. Dormia noites a fio nas pensões de mulheres, a da Pórcia ou da Arlete, conversando com Marta Branca e Marta Preta, com Sancha e Severina, que eram todas amigas suas, ou voltava a dormir com Cecília que tinha conhecido brevemente em outros tempos. Quando chegava alguma nova, exasperada e seca, Nando lhe dava dinheiro sem nada pedir em troca, como quem apazigua índio brabo. Era o meio de começar a mostrar carinho e amor às que tinham sido levadas a se calcularem em moeda. Às vezes, desconfiadas, vendo Nando cercado das outras, elas exigiam que ele aceitasse a mercadoria.

— Por que é que tu não vem comigo? Tem nojo?

Nando se deitava ao lado dessas gatas bravas e de tal forma e com tanta ternura se fazia ele o profissional que elas se tornavam a freguesa tímida e assustada e o pelo delas aos poucos se deitava em seda e as garras de inda há pouco desapareciam em róseas patas ajuizadas e amorosas que acabavam por enfiar de volta no bolso dele o dinheiro recebido. Algumas acrescentavam mais dinheiro. Botavam o dinheiro ao lado do jarro e da bacia de louça, no mármore da mesa. Como se o quarto fosse de Nando e elas estivessem satisfeitas.

As mulheres gostavam de ficar noite adentro, depois da partida dos michês, em torno de Nando, estudando, aprendendo amor, elas que tinham passado sem pouso da ignorância à depravação. Contavam histórias da vida, que Nando recolhia para contar a Jandira, que as ouvia com os grandes olhos cheios de um encantamento de criança. Benedita, de só um ano de vida na casa da Pórcia, tinha tido logo nos primeiros dias sua história.

— Eu ainda nem estava assim com muito costume de ficar pelada na frente dos homens e fechava veneziana se era dia claro e acendia a luzinha azul quando, vejam só, entraram direto no meu quarto três garnisés de ginásio. De uniforme, veja se isso pode. Com umas carinhas que só vendo. "A gente não tem dinheiro para três mulheres. Fizemos uma vaquinha." Eu mandei tudo pra casa. Onde é que já se viu? Primeiro eu não era vaca de vaquinhas. Depois não ia ficar com aquela criançada engatinhando no lençol feito mulher que pare três filhos duma bocetada só. Não, porque não, eu disse a eles. Tudo daqui pra fora senão eu chamo o inspetor do colégio. Mas Virgem, Senhor meu Deus. Eram dois deles a dizer "Ah, deixa, deixa!" e a me meter as mãos pelo vestido num desespero de me conhecer por dentro das saias e eu sem calça sem nada, imaginem, e o terceiro deles se pelando todo e a piroquinha de cabeça grande feito um rabanete já no ar e aí me deu uma vontade danada de rir e daqui a pouco estava a Benedita como eles queriam e nunca vi tanta perna e tanto culhãozinho de menino me esfregando por todos os lados e eu rindo e gemendo também que o tal do rabanete já tinha suas malandragens e acabou os três cansadinhos e aninhados em mim que era uma gostosura.

— Comigo não dá uma sorte dessas — disse Severina. — A dona Pórcia me dava até vestido novo quando o tal do seu Porfírio fazendeiro vinha aqui mas cruzes! eu ia embora da pensão se o Porfírio não tivesse a boa ideia de morrer no mês passado, que a terra seja leve à carcaça dele.

As outras riram.

— Mais velho que Matusalém — disse Marta Preta.

— Levava horas trancado com você lá dentro — disse Benedita.

— Só a dona Pórcia é que ele deixava me ajudar a tirar o raio daquelas botas dele. Depois era tudo aqui com a Severina. E o homem tinha umas meias de borracha, tinha ceroula de flanela, tinha cinta, camisa de meia e eu sempre rezando para ele ser todo de pano feito espantalho de espantar passarinho mas depois saía o peito peludo, o barrigão, as pernas finas. E o pior é que eu não podia falar nada. Despia ele devagar, me deitava e ele ficava me olhando, me olhando toda, abrindo tudo feito quem procura um perdido numa casa inteira e eu firme, sem poder dizer nada, e ele procurando, tornando a procurar, abrindo e fechando, passando mão em tudo e eu naquela chatura que às vezes dormia e ele me acordava logo porque eu não podia falar mas dormir não podia e depois de horas e horas de repente seu Porfírio arranjava aquela paudurezinha que acho que era de não fazer pipi há tanto tempo e virava por cima de mim como se fosse aprender a nadar. Cruzes, cruzes, cruzes! Acho que tinha tantos séculos que ele não sabia o que era trepar natural que seu Porfírio tinha que fazer uma força enorme para lembrar como é que se fazia a coisa e de repente dava aquela lembrancinha e ele tinha que aproveitar na disparada porque senão esquecia tudo outra vez.

Mas a principal razão de Nando quando ia ver as mulheres era falar de Manuel Tropeiro com Raimunda. Manuel Tropeiro ainda estava preso e não era homem de ter medo de prisão nem de luta. Nando não conhecia outro homem tão inteiriço e tão forte e socado em si mesmo. Mas no caso de Raimunda, do seu amor por Raimunda, Manuel era uma vacilação. Logo que foi solto Nando tinha ido ver Raimunda.

— E o Manuel quando é que sai da cadeia? — disse Raimunda.

— Eu gostava de saber, meu bem — disse Nando. — Mas breve, pode estar certa. Você continua gostando dele, não é mesmo?

— Ah, Nando, você sabe que o Manuel é o meu homem e não troco ele por outro nenhum, mas...

— Mas o quê?

— Eu quero deixar este modo de viver, Nando. Eu quero casa minha, e um quintalzinho.

— Descansa que o Manuel acaba resolvendo isso — disse Nando.

— Tem um turco, dono de armarinho em Jaboatão, que não me pede outra coisa. Sabe que ele me quer mesmo para mulher dele, não é?

— Raimunda, por favor, espera o Manuel sair da prisão.

— Mas ele teve tanto tempo antes, Nando. Me dá presentes, me ama que eu sei que me ama, mas sei lá. Aquelas coisas dele. Acho que ele quer dormir comigo de vez em quando mas viver mesmo ele prefere viver com os burros dele.

— Espera, Raimunda, espera só ele sair.

Manuel era um belo leopardo de pelo lustroso e grudado nos músculos. Só tinha a ferida daquele amor hesitante, da dúvida de levar Raimunda para casa.

— Espera ele, Raimunda, espera mais esta vez — disse Nando.

Nando voltou a casa no dia seguinte e pouco depois de chegado viu Amaro na areia da praia, perto das jangadas. Era evidente que Amaro tinha fingido não vê-lo, mas fingido mal. Nando foi ao seu encontro.

— Boa noite, Amaro.

— Boa noite — disse Amaro, olhos pregados na areia.

— Tem feito boa pesca?

— O senhor é que me fisgou só para me jogar fora pela beira da jangada.

— Como é isto?

— Só para ver que espécie de peixe era eu.

— Que é que você está aí falando, rapaz?

— Então eu estou perdoado? Você não sumiu para recusar de me ver?

— Que bicho é que te mordeu, Amaro?

Amaro cravou em Nando uns olhos cheios de dúvida.

— Você não mandou a mulher experimentar minha lealdade?

— Mulher?

— A mulher da noite da lagosta. A Jandira o senhor tinha me emprestado por seu gosto. E tenho certeza que ela gostou tanto de mim como homem seu. Mas a outra...

— Júlia?

— Ela me procurou, dona Júlia. Eu levei ela na jangada, feito a Jandira. Depois fiquei com remorso. Ela disse que ia contar a você e que você tinha mandado ela me experimentar. Para ver se eu te traía. Eu te traí.

— Você não me traiu nada. Ao contrário. Me ajudou. Júlia estava querendo que eu ficasse só com ela.

— Então ela estava é malsatisfeita. Tinha dois caras aí rondando e perguntaram maldade a ela sobre você, Nando.

— Despeito de momento — disse Nando, sem querer ouvir.

— Os homens escreveram num papel. Mulher perigosa — disse Amaro.

— Não. Foi culpa minha. Eu falei ríspido com ela. É uma mulher com sede de amor. Quer que os homens gostem dela e há de amar quem queira ela.

— Não foi assim comigo não.

— Como é que você sabe?

— Ela não gostou. Me fez voltar logo. Saiu da jangada com maus modos. Por isso é que eu fiquei com um remorso tão grande.

Nando riu.

— Ah, o remorso veio daí, não?

— As duas coisas juntas, Nando. Se tivesse valido a pena ter feito a traição, eu ainda me consolava.

— Nisto você tem razão.

— Eu não sei conversar com as donas. O que é que a gente faz quando acaba? E antes de começar de novo?

— Não acabe, Amaro, não deixe acabar. Amor é uma conversa incessante, baixinha, que não acaba nunca. Não quer dizer nada. Mas não para. Quase como se os braços da gente, o ventre da gente é que falasse. Só acaba, quando acaba, em sono de dois, e recomeça logo que se acorda.

— Mas a gente tem que falar, falar mesmo, com uma mulher feito Júlia. Ela fala, ela diz coisas bonitas sobre o mar. Até sobre eu ela disse coisas. No princípio.

— Você fale contra ela, contra a boca dela, contra o corpo dela. Fale com ternura no mundo que está contra você esmagado contra teu peito. Fale com ternura e diga o nome de tudo, o nome que você conhece para boceta, para seios, para trepada. Ela falou sobre o mar porque você não falou dela, do corpo dela, dos cabelos e dos pelos dela.

— Eu disse que ela era linda quando estava com meu corpo aprofundado nela, e que eu amava ela e que eu queria ela pra mim a vida inteira. Mas veio... o intervalo, ela estava olhando para o mar, eu tinha que manobrar a vela da jangada, ela começou a dizer lá uns versos e a falar em você. Eu aí tive que ficar altivo, não é?

— Não é não, Amaro, a gente só fica altivo, ou só finge altivez, muito mais para a frente e em situações especiais. Comece com submissão e fervor porque a mulher sente falta dessas humildades do homem. Jogue fora o orgulho, que não serve para nada, esse grande amolecedor de picas e murchador de bico de peito.

— Me ensina, Nando, ensina tudo. Eu vou...

— Vai devagar, Amaro. Vai ver Júlia. Leva para ela uma estrela-do-mar, um caramujo bem polido. Pede desculpas a ela, pede perdão por nada. Promete que vai gostar dela em silêncio e que nunca mais você lhe tocará, nem na ponta dos cabelos. Ela vai botar a sua mão direita sobre o seio, para que você o acaricie, vai deitar você em cima dela. Parte para Júlia de corpo afoito mas de palavra muito mansa. Se se sentir bem dona de você ela passa a ser sua escrava.

— Ah, Nando, você diz que não mas é preciso saber falar como você sabe, como dona Júlia sabe. Ela há de ser sempre dona Júlia para mim.

— Pois diz isso a ela, Amaro, que ela acaba escamando peixe para a sua janta. Todos nós sabemos que nascemos para ser adorados. A morte vem como uma tal surpresa para quase todo o mundo porque quase ninguém sabe como encontrar pelo menos em uma outra criatura a adoração que é herança e direito da gente. A surpresa vem da impressão de que a morte chegou antes do encontro. Está todo o mundo em busca dum altar desses.

Jandira e Cristiana vinham se aproximando. Nando esperou que Amaro ainda dissesse alguma coisa mas Amaro rodava na mão o chapéu de palha de carnaúba.

— Remorso só é grande mesmo quando o errado que se fez não deu certo, não é seu Nando?

— Você falou como um oráculo, Amaro.

— Pois esta coisa com dona Júlia não deu certo mesmo.

— Então, vá em frente. Tente o mesmo com outra, usando o já aprendido com Júlia.

— Mas aí é que são elas, seu Nando. Isto já fiz.

— Então, qual é o problema, Amaro? — disse Nando impaciente.

— O caso é que... Também sem sua permissão, Nando, tomei pra mim outra mulher sua, que esteve aqui à sua procura. Bonita. Tal de Cecília.

Agora Nando riu à vontade.

— Seu jangadeiro ordinário — disse Nando. — Agora não pode mais ver mulher sem se assanhar. Mas vá, continue assim que você acaba fundando academia sua. E arranje suas próprias alunas também que daqui a pouco as minhas não dão para o seu apetite.

— Ah, Nando, é palavra empenhada — disse Amaro. — E foi tudo tão bem com a Cecília que você nem sabe.

— Não é caso de dar muito remorso, então — disse Nando.

— Tiquinho de nada — disse Amaro, rodando de novo o chapéu e se despedindo.

Pelo sorriso meigo de Jandira, e o jeito confiante com que dava o braço a Cristiana, Nando viu que Cristiana tinha guardado segredo dos seus amores. E que o olhava com olhos alegres de cumplicidade. Se Cristiana não fosse assim bela, Nando seria justo e severo. Mas não ia ainda lutar. Defeitos se diluem na calda doce das longas paciências. Nando tomou grave as mãos de Jandira sabendo que assim fazia bater apressado o coração de Cristiana.

— Eu estava com saudades, não duvide — disse a Jandira.

— Onde é que você andou?

— Com mulheres mais precisadas de amor do que você. Ou do que você — disse a Cristiana.

— Ah — disse Cristiana —, pensei que nem fosse me dar boa noite. Também eu vim só trazer Jandira. Está na minha hora de dormir.

— Ah, isto não, Cristiana — disse Jandira —, nós vamos dar uma volta com Nando.

— Três é sobra de um — disse Cristiana.

Nando quase podia aspirar no ar da noite o desejo de Cristiana, violento e exigente, diverso do desejo fundo e tranquilo de Jandira. Sentia-se bom depois do seu retiro entre as mulheres da vida. Sentia-se justificado, hoje, em colar de novo o ouvido ao eco de Francisca. Um dia seu amor seria puro donativo e caridade. Mas para isto ele precisava transformar-se num bloco maciço de ventura.

— Eu vou acompanhar vocês. Amanhã te espero, Jandira. Hoje preciso estar só.

Nando começou a andar entre as duas amigas. Obedecendo a Cristiana puxou um instante Jandira contra si, com o braço esquerdo. Com a mão direita apertou a mão de Cristiana, que apertou também a sua. Cristiana, que morava antes, ficou em casa. Nando andou mais alguns quarteirões da praia, até a casa de Jandira, e voltou rápido, temeroso de não mais ver Cristiana, de não ter a sua recompensa.

Parou diante do portão, o coração batendo forte, não viu ninguém na casa sem luzes. Um instante depois Cristiana veio saindo da varanda em trevas como um estampado dourado que se despregasse de uma fazenda escura.

— Por que é que você parou, Nando?

— Por que é que você saiu da sua varanda, Cristiana?

— Você acabou de marcar na minha frente um encontro de amor com Jandira.

— Foi você quem me trouxe Jandira.

— De pena dela que te ama.

— Eu também marquei o encontro de pena dela, de quem você tem pena. E só posso entregar a ela amanhã o amor que você me der hoje. Estou arruinado de amor, Cristiana. Gastei tudo.

— Veio fazer um empréstimo?

— Vim.

Cristiana balançou a cabeça, mas já sorrindo.

— Ah, Nando, nós temos o amor alegre.

No dia em que Margarida reapareceu Nando viu nos seus grandes olhos um temor obscuro e ruim. Saudou Margarida com alegria, pediu a ela que pusesse o café no banho-maria para os dois.

— Deixe que eu vou coar um café novo — disse Margarida. — Bem forte e bem quente. Tem um vento frio do mar.

O vento que vinha das ondas era doce e se perfumava na palha dos coqueiros. Ficou ainda mais doce e menos frio quando Margarida despejou água fervendo no saco cheio de pó de café.

— Então? — disse Nando. — Recomeçou as aulas?

— Recomecei, mas acho que vou falar com a diretora que não continuo não. Não é por nada e eu agradeço muito você ter me salvado. A gente nunca sabe. Pode-se ir para o inferno.

— Isto não basta — disse Nando. — A gente tem que amar a vida. Por amor a ela e não por medo do inferno.

Margarida encarou Nando com um sorriso pálido nos lábios finos.

— Eu vou dizer uma coisa a você, Nando. Nunca aprendi nada. Só sei mesmo o que eu ensino aos meninos, ler, escrever e fazer conta. Mas tem uma coisa que eu gostava de saber ensinar a eles porque é coisa que eu sei mesmo. Isto eu podia ensinar a todo mundo, até a você.

— O que é?

— É que uma pessoa pode ser burra e ignorante mas se for sofrida entende direitinho a felicidade de quem é feliz. A gente sabe que existe isso, felicidade, amor pela vida. Mas o contrário não é verdade não. Eu juro. Eu sei. Gente feliz só tem pena de quem sofre quando é bem formada de coração. Mas entender não entende. Pensa que pode ser de outro jeito. Pensa até que ser feliz depende da gente!

— Você acha que a felicidade escurece a vista da gente — disse Nando.

— Isto! — disse Margarida. — É feito viver olhando o sol. Quem é feliz não entende os desventurados não.

Margarida serviu açúcar nas xícaras, o café, sentou-se. Nando pôs a mão nos seus ombros magros, sorriu para a cara miúda, delicada, mas tensa.

— Você falou certo, meu bem, mas não existe gente feliz e gente desventurada. Ninguém é nada o tempo todo.

— Eu sou infeliz e você é feliz.

— Talvez agora, aqui — disse Nando.

Margarida o olhou fixamente e Nando viu de novo como não adiantava falar. O que havia em Margarida era um mudo pedido de amor, uma prova de que ela não estava sozinha no mundo. Nando a beijou na boca com ternura mas os lábios de Margarida vieram ao encontro dos seus com veemência, cheios de uma gula além da carne mas que exigia o testemunho da carne. Margarida queria rede, cama, braços em volta dela. Só isto. Cheio de ternura Nando se levantou e pôs Margarida no colo. Ia levar Margarida ao quarto assim, feito uma noiva. Mas ermo, ermo de desejo por ela ao ponto do desalento. Podia estar carregando uma irmãzinha doente. Um bicho machucado. Tanto quanto podia enxergar em si próprio não era por vaidade: mas que terrível medo de falhar como homem naquele instante da vida de Margarida. Nando deitou Margarida carinhosamente na cama do canto do quarto e ela o puxou para que se deitasse em cima dela. Por trás das pálpebras que tinha cerrado de desânimo Nando viu Francisca. Não *se lembrou* de Francisca. *Viu*. Os cabelos, o ventre de doces músculos, os braços abertos. Francisca. E aquele desejo que só sentia por Francisca, que se irradiava do ventre pelo corpo todo. Margarida foi regiamente consolada.

Amaro trazia a rede jogada por cima do ombro e a usava para transportar umas mudas de calças e camisas de pano de saco de farinha, um lampião, uma peixeira e, num cuidado embrulho de papel marrom, um terno de sarjão azul-marinho, camisa branca, um par de sapatos de verniz.

— Que é isso? — disse Nando. — Vai viajar?

— Vou pedir sua permissão para deixar minha matalotagem aqui uns dias. Eu disse lá em casa que não ia mais ser pescador e meu pai me correu de casa. Ele ainda pesca.

— Mas você disse só que não ia mais pescar? Falou em fazer alguma outra coisa?

Amaro ficou em silêncio, ainda segurando sobre o ombro a rede onde trazia os haveres.

— Você disse que não ia mais trabalhar?

— A coisa se passou assim, Nando. Eu não tenho ido pescar estes dias e de primeiro minha velha me defendeu. Disse que eu andava mesmo cansado e que se o velho me deixasse em paz eu saía pro mar outra vez. Mas o velho é desconfiado e parece que andou me vigiando. Veio dizer que eu andava é de farra com vagabundas. Que tinha que voltar pro mar já já ou ficava sem teto. Eu disse que não ia mais pescar o dia inteiro por dinheiro nenhum deste mundo. Aí ele perguntou se eu queria ficar de fornicação o tempo todo. Eu então respondi que queria sim, que era isso que eu queria fazer como ofício.

— E ele falou o quê?

— Ele de primeiro não falou nada, não, ficou assim mudo mesmo, acho que esperando que eu fosse dizer perdão ou explicar outra coisa qualquer. Mas quando viu que não vinha nada levantou a mão bem devagar e me deu uma lapada aqui pelo oitão da cara.

Amaro virou o rosto de lado e Nando viu a orelha inchada e vermelha.

— Na cozinha tem um baú vazio. Bota tuas coisas lá dentro. Arma tua rede no quarto pegado, ou neste mesmo se preferir. Vai comprar pão para a gente enquanto eu faço o café.

Amaro arriou lépido seu peso no chão.

— Vou primeiro comprar o pão para a gente tomar café. E escute, Nando, eu vou arranjar um trabalho que me ocupe menos tempo e me mudo logo daqui.

— Não, você fica aqui mesmo. Já tenho trabalho para você. Vai buscar o pão que depois a gente conversa.

— Posso ficar de vez? — disse Amaro esperançoso e incrédulo.

— De vez — disse Nando —, o quarto é seu.

Uma noite chegou Jandira acompanhada de Jorge e Djamil.

— Eu ainda não tinha procurado você — disse Jorge — porque achava inútil, prematuro. Agora creio que já podemos reorganizar alguma coisa.

— Não conte comigo não — disse Nando. — Não vejo nada de re-organizável do ponto de vista político.

— Calma — disse Jorge —, calma. Eu sinto, como você parece sentir, que a mesma luta não seria possível ainda, com os sindicatos sob inter-venção, com os poucos camponeses que tinham aprendido a pensar e a falar presos e acovardados, quando não mortos como o Hermógenes ou sem a língua na boca. Mas...

— Não conte comigo — disse Nando.

O tom foi tão calmo e conclusivo que Djamil não pôde conter um sorriso, olhando na direção de Jandira. Nando viu o que Jorge estava pensando: que apesar de ter a razão do seu lado e de estar falando a um homem que não podia ter explicações para a vida que levava em com-paração com a vida que vivia antes, quem estava levando a melhor era Nando. Estava levando a simpatia de Djamil, por exemplo.

— Eu acho a tua disposição de lutar a qualquer preço profunda-mente louvável — disse Nando — mas no momento temos maiores chances de fazer apenas o mais difícil, que é mudar a vida em vez de mudar o mundo.

— Não entendi — disse Jorge.

— Entendeu sim — disse Nando. — Todo homem tem uma vida no mundo que pode ser histórica se ele quiser: altera o mundo, as condições do mundo, adapta o mundo a suas ideias. E tem a vida-vida, vida privada de todos os homens. Em relação ao mundo ela é um pouco como a vida das plantas, feita de água, de sol, de ar. E de amor principalmente, no caso dos homens. Amor de bicho, quero dizer, amor de mulher. Eu estou concentrado nesta vida, que tem pouca ligação com a outra.

Jorge balançou afirmativamente a cabeça:

— Você se recolheu definitivamente à privada.

— É uma descrição aceitável — disse Nando.

Djamil sentiu que os dois outros não tinham mais o que se dizer e que sem dúvida havia em Jorge uma penosa surpresa diante de Nando.

— Se entendo certo — disse Djamil —, Nando não quer que o mundo fique como está, mas quer alterá-lo de forma diversa, mais lenta. Talvez no fim mais permanente.

As palavras, as palavras, pensou Nando. A luz só nasce dos monólogos. Firma-se em diálogos de monólogos ou em debates de monólogos. De palavras em debate não. Só areando todas as palavras de novo. Esfregando. Até reluzirem outra vez.

— O postulado — disse Jorge cruzando os braços — é de que é mais proveitoso dormir com as mulheres do que trabalhar pelos homens. Não é isto?

— A proposição — disse Nando — foi colocada com sarcasmo mas não sem propriedade.

— Certos tipos de educação — disse Jorge — tornam os homens mentalmente ginasianos no período da grande maturidade. Adeus, Nando.

— Adeus, Jorge — disse Nando. — Adeus, Djamil.

— Adeus.

— Você fica, Jandira? — disse Jorge.

— Fico — disse Jandira aos dois rapazes. — Eu só conheço o Nando de agora.

— Jandira — disse Nando olhando os moços que se afastavam do seu momento atual —, eu estou precisando me isolar, pensar.

— Pensa do meu lado, bem.

Nando sorriu, passando os braços pelos ombros de Jandira.

— Uns poucos dias — disse Nando. — Sair para qualquer cidadezinha do interior e tomar quarto numa pensão de choferes e feirantes.

— Se você quer mesmo ir sozinho pode ir, se quiser me levar com você eu prometo não fazer barulho.

— Pois então vem comigo — riu Nando.

Na pensãozinha, a janela do quarto de Nando e Jandira dava para um quintal de goiabeiras, quase todas de goiabas verdes, algumas de vez. Os dois faziam longas caminhadas pelas estradas poeirentas ou se perdiam na grande feira, examinando as couraças de couro cru, os tijolos de doce de bacuri, os punhais mouriscos de Campina Grande, as jangadas de chifre, os santos de gesso, os bichos de barro. Jandira se embutia na solidão de Nando mas sem passividade. Era uma outra vida dentro da sua, infusa na sua. Tão diferente e tão participante. Um retalhista de aguardente no seu canto de feira preparava uma cachaça de pitanga. No líquido lúcido e azulado, uma das frutinhas de gomos rubros, encharcada, ia descendo devagar, muito pinga mas muito pitanga. Com seus grandes olhos pretos e vagarosa maneira de buscar o prazer como quem vem do fundo de profundas águas sem pressa e sem esforço como se a superfície é que estivesse chamando, Jandira botava ainda mais calma na noite roceira.

— Você tem o amor tônico — disse Nando. — Doce, lento, mas produtor de muita energia. Se passasse uns fios em você a gente podia iluminar várias cidades.

Jandira só era incansável quando pedia a Nando que lhe contasse histórias de mulher da vida. Sabia tudo sobre Cecília, conhecia de cor a história, tal como narrada por Nando, de Sancha e seu amigo Tito, das duas Martas, de Benedita e Severina. Nando exumava de memória outras histórias que tinha presenciado, os relatos que ouvira de outros, e ia desfiando para Jandira as mulheres, as madamas, os rapazolas que se apaixonam por putas, as putas que se apaixonam pelos michês. Foi numa dessas sessões de contos de mulher-dama que Jandira não só disse a Nando o que um dia não tinha dito a ele como acabou por falar mais e mais animadamente do que jamais tinha feito em todo o tempo das relações dos dois.

— Você hoje tem que ouvir o que eu queria te dizer aquele dia, lembra?

— Me lembro — disse Nando.

— Eu queria te dizer logo de cara que ia seguir profissão de puta. Eu tenho esperado com paciência que meus pais morram. Um dia eu estava tão desesperada por iniciar minha vida nova que os dois estavam tomando dois remédios diferentes e eu cheguei a trocar os remédios para ver se acontecia alguma coisa. Não aconteceu nada. Eles até melhoraram. Mas você vê como é besteira, não é, um dos remédios podia ter envenenado o pai ou a mãe e era capaz de dar polícia e tudo. No fim eu podia até ficar arrependida de ter deixado o Romualdo, meu marido. Boa pessoa. Tão boa pessoa e tão confiante que eu fiz questão de deixar ele. Romualdo é desses homens que pensa que toda mulher é Nossa Senhora e que se uma mulher engana um homem é doida de hospício ou então foi culpa do homem. Eu cansei de dizer a ele, cuidado Romualdo você acredita que mulher é coisa que ela não é e ele então me chamava lírio de pureza, criatura mais modesta do mundo, modelo das esposas e guia das casadas. Deus me perdoe eu era capaz de despachar desta vida meu pai e minha mãe se perdesse mesmo a esperança de ver eles morrerem na hora de Deus, mas desenganar o Romualdo era assim feito esfomear menino aos pouquinhos. No dia em que eu tinha começado a descer a ladeira e tinha acabado de dormir na minha cama de casada com o amolador de facas que tinha afiado o facão de cozinha, Romualdo chegou com o rosto molhado de lágrimas. Pronto, descobriu alguma coisa, meu Jesus, Nossa Senhora valei-me Deus tenha piedade de mim. Não é que o Romualdo estava voltando sem um tostão no bolso para as despesas porque tinha se grudado de amores com uma puta paraibana chamada Mariana Cabedelo como ele mesmo me informou torcendo as mãos de desespero como se ela tivesse comido o troço dele? Ah, foi o único dia da minha vida que eu fui para a cama com o Romualdo numa alegria e num quase amor danados. Imaginei até que ainda tinha no corpo dele o cheiro de mulher da vida de Mariana Cabedelo mas eu estava vendo pelo jeito dele que a aventura tinha sido passageira, que Mariana tinha depenado ele e largado ele e que se eu não me valesse daquele pretexto Romualdo provavelmente nunca mais me dava outro. Teimei porque teimei que ia voltar para mamãe e papai, que homem que prevarica uma vez prevarica sempre e que eu não gostava de comer resto de mulher da vida. Até isso eu disse pedindo perdão a mim mesma. Romualdo que ainda estava bem caído de dengues pela tal de Cabedelo foi se habituando com a ideia de eu ir embora e foi provavelmente contando na cabeça que dinheiro podia ajuntar se fechasse a casa e concordou em eu ir para a casa dos velhos e voltar no fim do mês. Eu fingi que achava a ideia muito boa já sabendo que depois de um mês a gente fala tudo numa outra afinação e num outro compasso e já me preparando para dizer a ele no fim do prazo que um cavalheiro muito distinto estava me fazendo uma corte muito honesta e que queria se ajuntar feito casado e coisas assim. Romualdo só apareceu dois meses depois o safado e o que ele queria mesmo era dar uma dormida comigo faminto de mulher que ele estava depois de abandonado e bem abandonado pela Mariana Cabedelo e isso eu dei a ele com grande alegria e pensando meu Deus como as coisas se arranjam direito agora sou puta de meu marido. Ele me aparece ainda de vez em quando. Não tem mais direito nenhum a ter ciúme é claro e até que depois de tudo isso e das lições de Mariana Cabedelo ele ficou macho bem mais diligente e inventador de modas.

Quando todas as goiabeiras do quintal recendiam fortes de plena madurez, Nando sentiu que também ele amadurecera na rica solidão da companhia de Jandira. Estava pronto a enfrentar de novo o seu dia a dia perigoso.

Durante o dia inteiro depois da sua volta, Nando aguardou que Amaro aparecesse mas quem antes apareceu e deu notícias do jangadeiro foi o estudante Djamil. Amaro só aparecera durante os últimos dias da ausência de Nando para dormir. Fugia aos pais que várias vezes tinham vindo ali, na esperança, primeiro, de levarem Amaro de volta, e depois de se avistarem com Nando.

— E você, o que é que tem feito aqui? Estava procurando Jandira? — disse Nando.

— Não — riu Djamil —, eu sabia que Jandira estava em boas mãos. Eu vim... cuidar um pouco dos seus negócios na sua ausência.

— Você está morando longe?

— Não muito, mas o ambiente em casa ficou tão chato que se eu pudesse me mudava.

— Traga uma rede aqui para casa, se quiser.

— Eu já trouxe — disse Djamil. — Só queria sua permissão para armá-la de noite.

— Pois arme a rede quando quiser — disse Nando.

— Eu ouvi o que você disse a Jorge outro dia e não quero ficar te chateando. Mas você acha que falhamos da primeira vez porque esquecemos de fazer antes a agitação dentro de nós, os comícios interiores, as ligas de grupos de nós próprios contra nós mesmos. Não é isto? Só depois de levarmos ao paredão alguns cadáveres nossos e estabelecermos o triunfo absoluto da revolução com predomínio da ideia de nosso incontestável ser atual estaremos aptos a atear o fogo geral.

— Sim, mas não esqueça, Djamil, que uma vez que nos descobrirmos podemos exteriorizar uma revolução diferente daquela que propúnhamos quando na realidade ainda propúnhamos nós mesmos a nós próprios. Isso é que eu gostaria de ter feito seu amigo Jorge compreender. As segundas vindas passam sempre despercebidas porque o deus que volta volta diferente. Os mansos voltam violentos, os coléricos voltam conciliatórios.

— Sim — disse Djamil compreendendo mas ainda não aceitando. — Que sofrimentos precisamos suportar para chegar à conclusão sobre nós mesmos?

— Andar descalço na beira do mar é muito bom — disse Nando — principalmente quando não há seixos.

Chegaram à casa de Nando dois velhotes, o velho Santos e a mulher. Ele parecia muito mais velho por ter dessas peles que se despregam da carne e se sanfonam em mil gretas como se fossem cair e revelar por baixo uma pele nova. Era dessa raça serpentária. Trajava, como a mulher, a roupa da missa, só que ela por cima da roupa entristecida por dezenas de anos de ladainhas trazia um xale nos ombros que tremeluzia de novo, verde-gaio com debrum branco. Nando quase instintivamente olhou o mar lá fora para ver se não descobria em alguma onda o buraco de um quadrado de xale recortado a navalha da curva da onda e trazido para aquela velha ainda molhado e com baba de espuma.

— Meu nome é Joselino dos Santos — disse o velho — e esta é minha esposa Vitoriana. A gente veio aqui buscar o nosso filho Amaro, que é o suporte da gente.

— Eu voltei hoje de viagem — disse Nando — e fiquei sabendo que o Amaro não tem aparecido.

— Eu sei que meu filho está morando aqui, nesta casa da pajelança — disse o velho.

— Está. Eu o convidei a morar nesta casa. Mas nos últimos dias só tem vindo dormir, parece que para fugir à sua perseguição — disse Nando.

— Pai não persegue filho nunca — disse Joselino, bochechas tremendo de indignação por baixo do independente pergaminho da pele com seu elaborado sistema intercomunicante de vincos e canais. — O filho é carne do pai e dela só se separa porque Deus assim o ordena. Mas sempre que o sangue chama o filho volta.

— E dona Vitoriana, está reclamando o filho de volta? — disse Nando olhando a figurinha limpa da velha de cabeça baixa.

— Ah, eu rasguei o chapéu novo que Amaro trouxe para me desonrar. Mas Vitoriana não larga esse xale — disse Joselino apontando os ombros da velha. — Foi a subornação desse filho fujão desnaturado.

— Um lindo presente, presente de noivo a noiva — disse Nando recolhendo dos olhos subitamente alçados para ele de Vitoriana um lampejo de doçura e gratidão.

— Um pano de abominação — disse Joselino. — Eu não sujava um chão de cozinha com ele.

— Se estão passando necessidades — disse Nando ao velho — eu vou falar com Amaro.

— Com suas mezinhas e seus caldos de reza ruim o senhor pensa que eu vim aqui de mendigo — disse Joselino com um fio de sânie de ódio nos cantos da boca. — Eu vim foi arrancar meu filho que deixou de pescar o dia inteiro como fazia o pai dele, o pai do pai dele e o pai da mãe dele e que agora tem mais dinheiro ainda nos bolsos, tem dinheiro para trazer pra gente carne de sol, feijão, chapéu e xale.

— Me espantava que Amaro tivesse deixado de auxiliar pai e mãe — disse Nando. — Eu ensinei a ele a tirar ostras das pedras na praia sem passar o dia inteiro em cima de uma jangada e Amaro logo achou uma ostreira grande. Só precisa da sua faca e vende as ostras nos hotéis e restaurantes.

— E o resto do dia? O que é que faz?

— Vive sua vida verdadeira, sua vida de Amaro — disse Nando.

— Vida de vadio enfeitiçado. E com dinheiro no bolso.

— O pior, na sua opinião — disse Nando —, é que Amaro agora tem mais tempo de seu e ganha mais dinheiro, não é?

— Trabalha menos tempo, é isto que é mau. E por paga maior, ainda por cima.

— Amaro, como lhe informei, não está — disse Nando.

— Quando é que o senhor vai me restituir meu filho?

Nando deu de ombros.

— O senhor que não pode ter filho rouba o filho dos outros. Mas fique com a minha maldição e pode contar com o mal que eu puder lhe fazer — disse Joselino se levantando, faces trepidantes por baixo do pardo papel crepom. — Venha, Vitoriana.

Nando sopitou a vontade jovial de dar um pontapé no magro cu de Joselino dos Santos. Em vez disto levou Vitoriana até à porta apertando-lhe o ombro sob o xale para desalterar sua mão no frio verdor daquela talhada de mar.

Depois foi a visita de Lídia. Lídia fina, elegante, chegada do Rio. Seria gratuita, de pura amizade e saudade a visita dela? Mas Lídia nem mencionou os tempos do Rio ou do Xingu. Era toda ela uma espécie de pasmo.

— O que é que você está fazendo, Nando? Juro que não entendo nada. Estive com Jorge, que também não entende.

Era preciso paciência, pensou Nando. Os homens convictos do que fazem falam, falam muito, se explicam para quem quiser ouvir. O que faltava a ele era convicção? Por que não falava e falava? Ou era a inutilidade de procurar se fazer entender pelas pessoas do seu nível de educação e que prezavam demais o que tinham aprendido? Nando sabia que ia perder tempo com aquela Lídia atônita e sem dúvida armada em guerra.

— Estou voltando às origens dos erros — disse Nando. — Aprendendo a viver em camadas mais significativas. Ensinando as pessoas a amarem, eu que aprendi, como você sabe, a duras penas.

— Não exagere — disse Lídia. — É que você era muito perfeccionista. E é capaz de ficar inteiramente acadêmico. Você não pensa em fundar uma academia?

— Você troça de mim mas a ideia não seria tão má assim. A de escolher um belo lugar no interior e organizar uma escola completa de instrução amorosa.

— Anda depressa — disse Lídia — que os anos estão passando. Daqui a pouco você só tem a teoria.

Nando ia responder mas Lídia impediu que ele falasse, as mãos juntas como quem implora.

— Por favor, Nando, vamos deixar as frivolidades para outra vez. Otávio fugiu para o interior.

— Ele não tinha se asilado? — disse Nando. — Não tinha fugido em seguida para o estrangeiro?

— Não sei ao certo. Perdi contato com ele durante muito tempo. Mas agora sei que está no Brasil. Está organizando a revolta.

— É o que ele faz desde os dias da Coluna.

— O que é muito melhor do que passar o dia inteiro falando em mulheres e na arte de amar e não sei mais que tolices.

Nando acariciou a cabeça de Lídia.

— Você imaginou ironia no que eu disse porque está com raiva de mim. Eu admiro a vida de Otávio como a gente só admira o que está além das possibilidades da gente. Palavra.

— Desculpe, Nando, mas então vai ao encontro dele. Ou colabora com Jorge aqui. Ou segue para o interior do estado. Você não pode continuar fazendo nada.

— O que é que se pode fazer no exílio, Lídia? O jeito é aproveitar o tempo e cavarmos em nós mesmos. Às vezes a gente acha alguma coisa.

— Exílio é no estrangeiro, Nando.

— Quando é a pátria da gente que viaja, não.

— Otávio, por exemplo, foi ao encontro dela, onde ela ainda existe de certa forma, onde ela pode nascer de novo.

— Escute, Lídia — disse Nando —, qualquer movimento, qualquer levante me encontrará a postos. Mas como eu não creio que seja possível fazer nada de útil no país agora, fico esperando. Aqui me encontrarão mas não peçam que eu me mova antes.

— "Aqui me encontrarão!" — disse Lídia. — E o que é que acontece se houver um levante e aqui te encontrarem? Te prendem, naturalmente. Assim, levante ou não levante você não presta colaboração nenhuma. É cômodo.

Não se sentirá assim um rio quando querem que ele mude de leito? Barragens de pedras e paus, valas, talhos novos na terra e o rio pensando nos caminhos de sempre e no mar de sempre refulgindo ao longe. Que louco tentaria persuadir um rio como o Negro medonho, negro mas translúcido e imenso e no fundo a gente vendo as raízes das árvores ribeirinhas infusas no mel escuro? Ele que busca mesmo nas águas turvas do Outro prosseguir em seu caminho próprio e maníaco de se entregar ao mar na pureza das florestas que dissolveu em si? A imagem, a lembrança deu força a Nando diante da expressão ainda interrogativa de Lídia.

— Assim é, meu bem — disse Nando. — Eu respeito muito esse eterno conspirar, desde que por assim dizer não turve a vida da gente ao ponto de desfigurá-la. Há hora para tudo.

Lídia agora teve apenas uma expressão triste.

— Está, meu bem. Eles te encontrarão.

E depois, sorrindo:

— Você, pelo menos, se encontrou mesmo? Ou continua perdido em Francisca?

— Achado é o que você quer dizer.

Lídia suspirou.

— Por falar em achados e perdidos, quem te mandou um grande abraço foi Ramiro. Saiu novamente em busca de Sônia.

Nando entrou com alívio no novo assunto.

— Não é possível! Onde, santo Deus?

— Foi o que eu perguntei a ele e ele me disse: "Na margem esquerda." "Do Xingu?" eu perguntei. "Claro que não! *Rive gauche*, Lídia."

— Vai procurar Sônia em Paris?!

— Em Paris — disse Lídia rindo. — É o caso de se dizer que Freud explica isso. Um Freud compassivo. Ramiro agora morre de éter e de Pernod em Paris, que era o que ele queria.

— Mas Sônia...?

— Sônia não tem nada a ver com o peixe, é claro. Está lá na floresta dela com o Anta, se ainda não morreu. Ramiro é que armou a historinha dele. A ideia ocorreu a ele quando estava com você e Francisca entre aqueles "cren-acárore fedorentos", como disse. Sônia queria escapar de tudo e todos. Gênio do nitchevô como era, fugiu e só pode ter ido para a Europa, para Paris. Tudo muito lógico, segundo Ramiro. Ramiro encerrou todos os seus negócios no Rio e vai procurar Sônia Dimitrovna na margem esquerda do Sena.

Lídia se levantou para ir embora.

— Vocês ainda se encontram por lá, Nando. Num bar. Ou em alguma farmácia.

Apesar da sua robusta melancolia, o jangadeiro Zeferino Beirão pôs graça e uma involuntária alegria naqueles dias de aviso. Tinha os dentes fortes e separados na cara bem escura. Só apareciam quando ele falava pois faltava a Zeferino o hábito do riso. Era um homem concentrado num objetivo. Falava como mugem os touros amarrados que veem no presépio do morro do pasto as vacas tranquilas, ruminantes e tão longinhas.

— Seu Nando — disse Zeferino —, minha jangada é minha e meu tempo também. Quero depositar a jangada e o tempo nas suas mãos em troca de um espaço de rede e das instruções que o senhor sabe dar, segundo me divulga meu companheiro Amaro, que é homem muito feliz agora.

— Você quer ir armar sua rede comigo, ao lado do Amaro?

Zeferino fez que sim com a cabeça:

— Eu lhe dou os peixes ou o dinheiro dos peixes — disse Zeferino —, empresto a jangada pro Amaro quando ele não tirar ostra, vendo a jangada se o senhor achar melhor. A renda que o trato render lhe entrego por inteiro. É o dote meu.

— E o que é que eu faço com teu dote? — disse Nando.

— Me sustenta — disse Zeferino olhos cravados na distância, dentes cerrados. — Me deixa passar o tempo aprendendo a seduzir mulher. Se vontade de acertar num ofício é sinal que a gente nasceu para ele eu juro que aprendo esse.

Zeferino curvou a cabeça, balançando-a.

— Tem dia que eu deslembro até o costume que a gente tem de pesar as coisas. Não sei mais qual a mulher que é velha, nem feia nem nada.

— Isso é entusiasmo, Zeferino, é o principal. Entusiasmo é quando o cabra fica possuído por Deus. Deixa as mulheres sentirem esse entusiasmo.

— Ah, seu Nando, não mangue comigo não — disse Zeferino lamentoso — ou passo a não dar credência a Amaro dos Santos quando fala nos seus ensinamentos. Eu vivo assustando as pobrezinhas com esse tal de entusiasmo. Eu às vezes entro que entro gago dizendo mulher linda vem apagar teu Zeferino que queima ou se você me der um beijo te amo e te pertenço até o mundo acabar. Às vezes eu choro, em vez de falar, e elas saem atropeladas por aí, sem olhar para trás. Ou dão cada gargalhada dessas de parecer que sai flecha para enterrar no peito da gente.

Djamil tinha se acercado de Nando. Zeferino cumprimentou Djamil levando solene a mão ao chapéu, sem olhá-lo, sem tirar os olhos do chão, onde parecia ver as mulheres de que falava.

— Uma riu assim, de ruim que era, seu Nando. Uma onça, aquela mulher. Mas em vez de me dar raiva que nada. Me deu os maiores desejos repentinos na rua escura. A mulher ainda estava rindo e eu já tinha me posto inteiramente nu, assim de chofre.

— E ela?

— Perdeu os conhecimentos, seu Nando. Foi piá. Feito uma pamonha no chão.

— Zeferino, você está feito um potro de entusiasmo. Freio, brida, jeito, Zeferino. Água que faz mulher dar flor é primeiro interesse nela, não é essa tesão aos berros. É querer saber tudo sobre ela, é lembrar o que ela disse na véspera e perguntar o que está pensando na hora. Você bota uma mulher em estado de amor botando ela em estado de gente.

— Como se pratica isso, seu Nando?

— Mesmo mulher bem bonita pensa que ela não passa duma coisa entre outras coisas, uma folha de capim num capinzal. Destrança ela do resto, Zeferino, cava um aceiro, deixa ela se sentir sozinha no sol. Planta ela num jarro se for preciso. Se além desses cuidados você tem mesmo a tesão que diz que tem, vai ficar mestre no ofício, não tem dúvida.

Zeferino levantou a mão direita.

— Diz que tem, não! Seu Nando. O senhor fala nisto como se eu estivesse me espojando numa rara bendição quando a verdade é que nenhum cristão gosta de rolar em urtiga. Até o Amaro dos Santos, que é também doido por fêmea, fica meio tonto comigo. Dia que eu não me deságuo numa dona molho a rede com minhas seivas de noite. Amaro me disse: só seu Nando é que pode dar jeito em você.

— Esse, Djamil, que você ouviu relatando seus padecimentos, é nosso novo companheiro Zeferino Beirão, jangadeiro feito o Amaro.

E para Zeferino:

— Você ainda não morou com mulher, já?

— Não, seu Nando, só tenho pegado elas assim, distraídas. Só de pensar em ter uma mulher ao pé de mim o tempo todo fico esgazeado feito peixe quando já está no samburá da jangada.

— Acho que vou mandar o nosso Zeferino para a Jandira, Djamil. Com seu jeitinho doce ela faz nosso amigo sossegar. Você está na fase em que o sujeito precisa acreditar na existência permanente da mulher no mundo, sem pensar que de repente Deus vai tirar ela da terra.

— Ai, que pensamento. Onde é que o senhor foi buscar isso, seu Nando? Cruzes — disse Zeferino se benzendo.

— Eu levo ele a Jandira — disse Djamil. — Recomendado. Digo que ele é da nossa academia, não?

— Diga sim. As instruções gerais são que ela deve ensinar ao irmão Zeferino as artes da moderação. Se ela trabalhar bem, o Zeferino vai ser o grande benfeitor das mulheres desta costa.

— Pois então — disse Djamil a Zeferino — vá buscar seus trens para ficar conosco. Depois vamos à casa da Jandira.

Zeferino Beirão se despediu sério, foi embora.

— Nando — disse Djamil —, o Amaro cuida do Zeferino e eu cuido do que você quiser. Mas acho que você devia se afastar da cidade de novo, por mais tempo do que da última vez. Ficar longe daqui, deixar o céu desanuviar.

— Mas logo agora que a academia, como diz você, está em franco progresso?

— Jorge veio me procurar hoje — disse Djamil. — Está irritado com você, e comigo também, mas até nos defende. Ou, pelo menos, explica à moda dele que você está atravessando uma crise de *dolce vita*, por falta de preparo para a luta em que se meteu antes. Diz que é uma reação muito burguesa...

— Amável — disse Nando.

— Mas te defende. Acha que é coisa passageira. Afirma que você tem o que ele chama uma *seriedade* básica. Mas a mim ele disse que está ficando cada vez mais difícil te explicar aos companheiros. Diz que você consegue agora chegar muito perto da gente do povo, mas pelas razões as menos aconselháveis. Desmoralizando o trabalho, por exemplo. Ou justificando o trabalho onde ele é imoral. Manda os jangadeiros pararem de trabalhar e aconselha as putas a trabalharem dobrado.

— Eu podia alegar boas razões sociológicas para isto — disse Nando.

— E por que é que não faz?

— Porque não seriam as verdadeiras.

— E quais são as verdadeiras?

Nando riu.

— Ah, isto não digo. Deixa eles descobrirem. Eles estão ficando muito preguiçosos nossos amigos comunistas.

— Mas o que Jorge me fala, Nando, é que você precisa de apoio de *algum* grupo. Ele fala em termos dramáticos. Diz que de repente te encanam por malandragem, por exemplo, e ninguém te defende. Você fica com gregos e troianos contra.

— Fundarei Roma — disse Nando.

Djamil fez cara impaciente e ia continuar com mais veemência mas suspirou, sorriu:

— Bem, eu nunca sei o que responder ao Jorge mas quando estou com você sinto que temos razão de viver como vivemos. Dane-se o resto.

— Amém — disse Nando.

— Mas você fica advertido. Seu câmbio anda baixo. Agora escute. Sabe quem é que eu encontrei ontem, num bar da cidade, e que me pareceu muito estranha? Nossa amiga Júlia.

— Estranha por quê? — disse Nando. — Você perguntou a ela por que não tem mais vindo ver a gente?

— Perguntei, claro. Inclusive ela estava bonita, o cabelo arrumado num coque, sem pintura, um ar trágico. Ela é meio biruta, não é não?

— Que eu saiba não — disse Nando. — Como quase todo o mundo está procurando amor, mas só quer encontrar o *amor* da vida dela.

— Não é o que todo o mundo quer?

— E o que pouca gente encontra, porque recusa os amores menores, que levam a ele. A Júlia está exatamente nesse ponto.

— Hum — disse Djamil —, não sei não. Ou ela desistiu do combate, ou quer dar a impressão de que desistiu. Estava tomando limonada.

— Sem nada dentro?

— Só limão. E açúcar. Perguntei a ela por que é que tinha desaparecido e ela assumiu um ar de surpresa: "Por que é que eu havia de aparecer?" "Porque a gente em geral aparece onde gostam da gente", eu disse a ela, galante. "Eu agora só vou aonde minha missão me chama." Foi aí, Nando, que eu disse cá comigo: "Birutou. Daqui a pouco está na Tamarineira."

— E que diabo de missão é esta? — disse Nando.

— Vai-se lá saber?

— Mas você perguntou, não?

— Perguntei, mas você sabe como é. Quando a gente desconfia que o que parece birutice pode ser simples bestidade e proa a gente talvez fale dum jeito que prejudica a resposta. "E você é chamada a ser missionária onde? Aonde vai levar o seu amor?" Sabe o que é que Júlia respondeu, com a maior cara de pau? "Eu não vou com o amor e sim com a espada."

Nando suspirou.

— Mateus, 10, 34.

— Isso é do Evangelho de São Mateus? — disse Djamil.

— Mais ou menos — disse Nando.

— "Falta uma cinza de virtude em nossos campos" — disse Djamil.

Nando teve um sobressalto.

— O que é que você disse?

— Eu não — disse Djamil —, Júlia.

— Júlia falou isto?

— É. Assim mesmo, como se declamasse um verso. Você também se espantou, não foi? Eu disse a você que a Júlia está biruta. Com esta da cinza de virtude eu me despedi.

Nando ficou pensativo.

— Esta advertência é mais séria do que as que o Jorge faz.

— Que advertência, Nando? A Júlia endoidou ou saiu para o misticismo porque você não deixa ela entrar na sua rede.

— Uma advertência — disse Nando. — Séria.

Djamil deu de ombros.

— Você hoje está em maré de parábolas e paradoxos. Quando resolver falar claro me avisa. Vamos dizer que estamos certos os dois e deixa o resto para lá.

— O importante é saber se sem ser imolada a gente prova alguma coisa no mundo.

— Quando as coisas são exatas tanto faz — disse Djamil. — Olha o Galileu. Deu de ombros. Desdisse o que queriam porque sabia que estava provado o que tinha dito.

— E quando as coisas não são tão exatas como o fato do movimento da Terra? — disse Nando. — Quando nós é que temos de torná-las exatas, em terrenos não científicos? A Júlia me faz pensar.

— Olha, Nando, o que você quiser fazer, eu topo. Garanto que podemos de um jeito ou de outro arranjar armas. Se é para criar alguma coisa cumprindo cana e sofrendo boca de jacaré conte comigo.

— Eu sei, Djamil.

— Minha preocupação é advertir você. Eu advirto com palavras positivas de Jorge e você parece advertido com birutices da Júlia. Pode escolher. E contar comigo.

— Eu sei, Djamil.

— Minha preocupação é avisar quando avisto perigo. Eu sei que você está sendo avisado por outras pessoas também.

— Isto é verdade — disse Nando.

— O que é que você acha que nós devemos fazer?

— Acho que devemos dar um jantar.

— Um quê?

— Um jantar, Djamil.

— A quem?

— A nós mesmos. E à memória do nosso santo Estêvão, nosso primeiro mártir. Daqui a dois domingos faz dez anos da morte dele. O jantar vai ser alegre, como condiz à memória de Levindo.

— Levindo? — disse Djamil.

— O moço Levindo, que não tinha mais que a tua idade quando foi assassinado diante da Usina da Estrela, à frente dos camponeses que iam reclamar salário.

— Eu me lembro do nome de Levindo e da história dele. Mas não tinha ideia de quando tinha sido, ao certo. Mas você conheceu ele, é claro.

— Conheci.

— Essa ideia é boa. E bonita. Talvez ninguém mais se lembre da data, além de você.

— Acho que alguém mais se lembra, sim.

— Mas por que um jantar, Nando? Não fica muita provocação?

Nando parecia absorto em planos, medindo terreno e casa com os olhos.

— Minha ideia — disse Nando — é armar uma grande mesa no quintal, cobri-la com uma toalha branca, pescar bastante peixe, ostras, caranguejos, comprar um garrafão de vinho, cachaça. Eu, você, Manuel Tropeiro, Amaro, Zeferino, Jorge se quiser vir, Jandira, Júlia, Cristiana, as duas Martas, Sancha, outras mulheres que quiserem ou puderem, estudantes, lavradores.

— Pelo que vejo — disse Djamil — nem consegui alarmá-lo com a situação e nem consegui sugerir um plano de reação ou defesa. Um jantar não é propriamente a construção de uma cidadela ou a formação de um exército.

— É importante um jantar.

— Eu acho que pode dar cana — disse Djamil — principalmente quando estamos tirando do esquecimento o nome de um precursor da Revolução brasileira. Mas digamos que o jantar se realize. E depois do jantar?

Nando, como um conspirador, olhou para os lados antes de responder num sussurro e armando as mãos em concha:

— Depois, cocada e café.

Há muito Nando tinha na cabeça a ideia do jantar à memória de Levindo. Mas afastava a ideia de si por saber que de alguma forma o jantar ia encerrar um período, o período presente, e só a volta de Francisca ou a partida rumo a Francisca podia compensar o encerramento da sua vida ao sol. Mas precisava da ideia em si mesma e precisava dela em função do reaparecimento de Manuel Tropeiro. Não podia receber Manuel, falar a Manuel como falava a Jorge ou Lídia ou lá quem fosse. Manuel Tropeiro não se tinha o direito de decepcionar. E quando comunicou a Djamil o plano do jantar Nando já tinha estado com Manuel. Na véspera. Fazia escurinho ainda de manhã e Nando tinha saltado da cama para ver da varanda o sol que daí a pouco ia subir por trás do mar. Mas não chegou à porta da frente. Foi atender à porta dos fundos, a da cozinha, onde alguém batia leve. E viu na luz pequena o grande e alvo sorriso na cara cabocla de Manuel Tropeiro. Nando abriu os braços, Manuel caminhou para ele e os dois se abraçaram sem nada dizer um instante, cara contra cara, num reencontro de irmãos. Quando de novo se encararam sorrindo e de olhos cheios de água Nando disse:

— Manuel, o sol está nascendo da banda errada.

— Como é isso, seu Nando?

— Eu tinha ido ver ele na frente da casa e ele hoje me entrou pela cozinha, de jaqueta de couro e cheiro de capim.

— Cruzes, seu Nando. Cheiro de burro.

— Eles te soltaram quando? Já faz tempo?

— Tem para aí uns vinte dias. Eu me informei de onde é que o senhor estava mas antes de vir cá tratei de dar um sumiço em mim mesmo. Fui sarar no sertão.

No sertão. Nando sabia o que vinha dentro de um segundo mas partindo do Manuel era diferente. Com Manuel se entendia. Não havia livros separando os dois. E nem Nando protestava mais contra o jeito um tanto cerimonioso que o Tropeiro não largava. Não seria parte de uma certa ironia de Manuel, da sua ironia sem malícia, silvestre? A ironia do melhor. Manuel sofria de amor, como Nando, mas no resto era tão inteiriço e firme. Aterradora firmeza.

— Você já retomou o trabalho com os burros, Manuel?

— Eu trouxe só um burrico, de nome Predileto. Vim montado nele. Para ver se me aperreavam no caminho ou chegando aqui. É verdade que vim com cautela, botando um bom quarto de légua entre os cascos do Predileto e qualquer posto de polícia ou quartel do Exército. Mas pousei em lugar onde sou conhecido, vi gente que havia de saber se estivessem me tocaiando e que me disse que não tinha nada disso não, e avistei até uns pobres-diabos que eram assim meio amigos e meio gente que se encontra na estrada e que enterraram bem o chapéu para o lado que eu vinha só para não gastar um bom-dia. Mas sem nenhuma ruim intenção. Só porque sabem que eu estive preso e acham — não de todo sem bom siso — que o melhor é não chegar perto de quem tem bexiga ou foi preso no xadrez. Essas coisas pegam, não é certo?

Nando assentiu com a cabeça.

— Pegam sim, Manuel.

— Mas acho que agora posso vir com a tropa de jegues. Quando me soltaram lá no Batalhão o tenente me disse: "Tu não te mete mais noutra que não te acontece nada. Mas cuida dos teus burros em vez de virar burro dos outros." Os outros sendo seu Otávio, Januário, o senhor mesmo. E aqui está o burro.

— Eu sei que você não é homem de abandonar a luta — falou Nando — mas acho bom ir devagar, no começo. E o que é que você sabe dos outros companheiros presos na Estação Central no dia da Marcha? Severino Gonçalves, Bonifácio Torgo, Libânio?

— Tudo ainda pelos cárceres.

E Manuel continuou em voz mais baixa:

— Mas tem muitos outros que já tocaram para o sertão e estão se reunindo sabe em volta de quem? Do mesmo meu primo Leôncio de quem eu muito falo. O Primo, como o senhor sabe, sempre gostou de gente desvalida e olhava pessoal do Sindicato e das Ligas como boa récua mas era duro de fazer o Primo entender como é que eles perdiam tempo ensinando lavrador e vaqueiro a ler. Essas coisas. Mas agora Primo Leôncio diz que está sentindo cheiro de guerra. Cheiro de cavalo suado. E o Primo conhece o sertão como o senhor conhece o seu quintal. Ele é capaz de esconder lá até o fim do mundo um bloco de frevo inteiro, com sombrinha aberta, sem ninguém saber de nada.

— Que bom, Manuel, que os companheiros tenham para onde ir.

— E têm mesmo. Só que está faltando chefe, não é? Esperança não falta, lá no sertão. Mas tem muita ausência. Um está no México, outro no Chile. O senhor está viajando, não está?

— Estou, Manuel, quando me deixarem.

— Pois é. Cada um sabe o que é melhor e os chefes sabem o que é melhor para cada um dos outros.

Nando ficou em silêncio. Manuel coçou a cabeça.

— Mas é um fato, seu Nando, que até bicho sente falta de quem sabe o caminho. O senhor precisava ver a alegria dos meus burros quando eu voltei.

E então Nando disse:

— Manuel, você se lembra de Levindo?

— Espere aí. Foi... Era um cabra da escola, aprendendo a ler com a gente, indivíduo procedente do Piancó?

— Não — disse Nando —, estou falando de um estudante que...

— Ah — disse Manuel —, aquele outro Levindo, o moço valente que morreu com os camponeses, não é? O Levindo de dona Francisca.

— Você sabe que está fazendo dez anos da morte dele?

— Já tem tanto, seu Nando? Quem havia de dizer, hem? Também era tão mocinho. A gente sempre tem impressão que gente moça morreu não faz muito.

— Pouca gente se lembra dele.

— Verdade verdadeira. E quem morre assim devia viver na cabeça dos outros. Mas até para se lembrar agora a gente pede permissão.

— O que é que você acha melhor para fazer lembrar Levindo no aniversário da morte dele: uma passeata, um jantar grande, um comício?

Manuel se aprumou, os olhos brilhantes.

— O senhor tem um jeito engraçado de avisar a gente das coisas, seu Nando. E eu de mau juízo, pensando que o senhor não queria falar no Primo Leôncio e nas coisas da luta da gente. O senhor está voltando para o meio da rinha!

Nando quase se assustou com o júbilo de Manuel. Sentiu-se como quem inadvertidamente fala num desfiladeiro e recebe de volta a fala distraída com um fragor de eco.

— Escute, Manuel.

— Escuto, escuto, seu Nando, mas eu acho, não é, que passeata a gente não anda muito e comício, cruzes, quando a gente olhar para baixo o palanque da gente está montado num tanque. Só se a gente fosse direto para o sertão do Salgueiro, com o Primo Leôncio, mas não adianta falar para algodão e mandacaru. O tal do jantar como é que o senhor está matinando?

— Para o jantar a gente não tem que pedir licença nem nada — disse Nando. — Eu boto uma mesa que não tem mais tamanho aqui no quintal, a gente convida todo o mundo, todo o mundo pesca peixe e todo o mundo festeja a morte do Levindo porque morte de herói a gente festeja, não chora.

Manuel se levantou para abraçar Nando.

— Seu Nando, esta é uma ideia que não medra na cabeça da tropa, está vendo? Tem quem nasce madrinha de tropa e tem quem segue a sineta no cachaço da pastora. Eu já estou vendo tudo, seu Nando. Dá polícia e dá milico em cima da gente, isso não tem vacilação. Mas eles ficam na sem-razão! Não é bem isso? A gente volta para a prisão mas eles têm que explicar muito. E assim o povo entende.

Nando sorriu ouvindo o eco de suas maquinações na alma alcantilada de Manuel. Segurou o braço de Manuel.

— Você tem razão. É bom ter antes de mais nada a visão de todos os riscos a correr e é muito possível que as coisas se passem como você diz.

— Ah, seu Nando, é plano que não falha não. Levando eles a cair no errado a gente não pode deixar de estar no certo.

Ao segurar o braço de Manuel, Nando tinha pretendido dizer que esperava que o jantar fosse um grande êxito e que lançasse o nome de Levindo na história que um dia se escreveria — mas que o mais cedo possível depois ele pretendia embarcar. Não, não, Manuel, não para tua terra tórrida e bela encostada no Ceará. Ainda não. Outros dariam outros banquetes antes. Para o outro lado do mar, Manuel. Mas não teve coragem. Mesmo porque sua ideia do jantar lhe fora devolvida como um banquete. E Manuel tinha saído num bote de fera pela rua, pronto agora a cuidar de sua vida:

— Eu trouxe um cordão de ouro para Raimunda, seu Nando. Vou prender ele no pescoço dela.

Os dois camponeses chegaram de mansinho. Deslizaram pelo oitão da casa e vieram bater à porta da cozinha de Nando, que ouviu primeiro as duas vozes, uma após a outra, mas não identificou os dois homens magros.

— Seu Nando — disse um.

— Bons olhos o vejam, seu Nando.

Só quando olhou bem as caras é que Nando os reconheceu.

— Bonifácio Torgo! Severino Gonçalves! Que bom ver vocês em liberdade!

— Por quanto tempo será? — disse Severino.

— Antes de mais nada um abraço — disse Nando.

Nando abraçou um, abraçou outro, aqueles pedaços do mundo de Levindo, fragmentos do mundo de Francisca. Depois fitou os dois, as boas caras caboclas que antigamente desconhecia, que passara a conhecer um pouco, que hoje conhecia em essência. A menos que já não conhecesse mais, pensou inquieto. E de qualquer forma que poderiam fazer juntos, ele e esses tijolos sem pedreiros, esses paus-de-jangada sem vela?

— Entrem — disse Nando. — Vamos tomar uma boa cachaça em comemoração.

Há tempos não sabia deles dois, ou dos outros, os pequeninos, os únicos que sofrem no Brasil. Libânio!

— E o Libânio? — disse. — Foi também posto em liberdade?

Severino e Bonifácio Torgo tinham se sentado, enquanto Nando punha os cálices na mesa, a cachaça, pão e mortadela.

— O Libânio também foi solto sim senhor, mas tem que sair de Palmares para onde ele quiser, contanto que seja bem longe. E na cidade se botar o pé trancam ele de novo.

Paupérrimo sentia-se Nando que tanto gostaria de dar, dar e dar àquela gente. Dar e dar-se. E não dispunha nem de coisas e nem de si a distribuir de uma forma útil. Antes tinha tido a sábia e conveniente cisterna milenar dos conselhos dados a Nequinho ou Maria do Egito mesmo quando ao dar o conselho pudesse ter o pensamento longe do seu conteúdo. Depois tinha vindo a fala do progresso, da esperança no mundo. Perdera depois o uso das duas riquíssimas línguas para adquirir uma língua ainda nem sequer forjada. Entregue todo à faina maior de descriar, deslembrar, deseducar.

— A gente sofreu seu quinhão — disse Severino Gonçalves — mas bastava pensar nas coisas de antes para a gente nem cuidar muito das dores. Era que nem ter o corpo inteiro enfaixado em bálsamo e com uma couraça por fora.

— Foram todos maltratados? O nosso Bonifácio aqui e o Libânio eu sei que foram. Eu vi que foram.

— Acho que todos, seu Nando. Como Deus foi servido. O Hermógenes entregou a alma, como o senhor deve saber. De bordoada.

— Diz que foi os rins dele que rebentou — falou Bonifácio Torgo.

— Até que foi uma pena — disse Severino. — O Moges já tinha mesmo proferido tudo quanto sabia. Sofreu um grande pavor. Deu muito nome de companheiros que não estavam presos e que o Exército prendeu. Já o Libânio, tal qual o Firmino Campeio do Cabo, falaram o que eles queriam ouvir mas que não tinha nada de verdade. Ficou lá escrito mas não causou pena a ninguém.

Houve uma pausa. Os cálices de cachaça foram esvaziados. E continuou aquele vão de tempo em que os homens esperavam ouvir de Nando uma palavra que Nando não sabia qual fosse. Pensou depois com amargura que podia encaminhar os humildes aos humildes.

— Vocês estão fazendo o quê? — disse Nando.

— Bem — disse Bonifácio Torgo —, a gente ata cana, arruma os feixes, prende boi, solta boi. Não tem mais Sindicato, não tem mais Liga.

A gente pode morrer por uma causa, pensou Nando. É quase fácil. Dedicar-lhe a vida é outra coisa.

— Vocês precisam recomeçar com prudência — disse Nando. — Mas se quiserem o Manuel Tropeiro está ajuntando gente no sertão.

— Como é que é isso, seu Nando? — disse Severino Gonçalves.

— Eu acho que vocês por enquanto deviam ficar quietos e dar tempo ao tempo. Só estou falando no Manuel se vocês acharem que devem se juntar aos do sertão, ou se forem perseguidos.

— Não é questão de perseguido, seu Nando — disse Bonifácio Torgo. — É que a gente não tem porta para bater, não tem jeito de cobrar salário, não pode discutir com o capataz. Agora tudo se passa como se passava antes do tempo do governador.

— A gente pode ir para o sertão com mulher e filhos? — disse Severino Gonçalves.

— Acho que sim — disse Nando.

— Quando o senhor esteve lá tinha camponês com família? — disse Bonifácio Torgo.

— Eu ainda não fui lá — disse Nando.

Nando ia servir outra rodada de pinga mas Bonifácio Torgo levantou a mão.

— Para mim bastou, muito obrigado.

— Só meio copinho — disse Severino Gonçalves.

Nando serviu meio cálice e encheu o seu.

— Como é que a gente fala com Manuel Tropeiro? — disse Severino.

— Hoje é sexta-feira — disse Nando. — Sem ser esse domingo o outro eu vou dar um jantar aqui para os companheiros jangadeiros, mais uns amigos e umas amigas. Manuel vem sem falta. Vocês também vêm.

— Então é um trato — disse Bonifácio Torgo.

— A gente pode trazer outros companheiros? — disse Severino Gonçalves.

— Tragam todos os que quiserem ver Manuel Tropeiro.

A sombra de um coqueiro, na praia, Amaro abria um coco para Margarida. Do lado de fora Zeferino Beirão esperava, compacto:

— Seu Nando — disse Zeferino —, a tal da Jandira que eu fui procurar com seu Djamil não está mais na casa dela não.

Nando fez sinal com a mão para que Zeferino aguardasse. Levou os dois camponeses até à calçada, olhou para os dois lados da rua e depois para o café fronteiro do João Arruda.

— Podem ir — disse Nando. — Está tudo calmo. Se precisarem de mim antes do dia do jantar me procurem. Mandem me chamar.

— A gente sempre se arruma — disse Bonifácio Torgo.

— Se for preciso a gente chama — disse Severino.

Nando ficou olhando os dois que se afastavam e que pareciam pavorosamente sozinhos e magros na praia ensolarada. Da sombra da casa destacou-se Djamil.

— Desculpe, Nando, mas não tive coragem de estar com eles. Eu não sabia o que havia de dizer a eles. O que é que você disse?

— Convidei os dois para o jantar aqui no domingo da outra semana. Para encontrarem Manuel Tropeiro. E Jandira? O que é que houve com ela?

— Sumiu de casa. Há três dias que não aparece. Mandou um recado dizendo aos velhos que não se assustassem mas sem dizer onde é que estava.

— Com algum homem está — disse Nando, evocando a doçura da mulher, seu jeito manso.

— Mas não comigo, seu Nando — disse Zeferino. — Mulher, quando tem intuição que o Zeferino vem, toma um sumiço que nem pai e mãe sabe de nada. É feito a terra engolir ela.

— É medo de gostar demais de você — disse Djamil. — Elas pressentem a armadilha do destino.

Nando passou o braço nos ombros de Zeferino e foi andando com ele para a praia, na direção de Amaro e Margarida.

— Onde está tua jangada, Zeferino?

— Acolá, perto do café do Arruda.

Nando fez um gesto chamando Amaro e Margarida.

— Vamos desatracar ela, vamos sair pelo mar, Zeferino.

Zeferino estava ajeitando os rolos de pau para levar a jangada até o mar quando se acercou Amaro.

— Vamos mariscar por aí, Amaro velho — disse Nando. — Dá uma mãozinha ao Zeferino. Passageiros só eu e Margarida. Se coubermos.

— Que é isso, seu Nando — disse Zeferino —, uma bichinha dessas, de seis paus. Molhar a gente se molha mas dá uma família inteira. Com direito a pelo menos um gordo.

— Ahn, ahn — disse Amaro que trabalhava febril, quase sozinho a rolar a jangada.

— Saudade da pesca de jangada, Amaro? — disse Nando.

— Ahn, pouquinho — disse Amaro.

Nando e Margarida sentaram-se no banco da vela enquanto os dois jangadeiros se faziam no mar, Amaro no remo de governo. Soprava um terral fresco e em pouco tempo a vela de algodão estalava no mastro. Amaro, o rosto iluminado pelo mar, se voltou com um riso apontando a vela onde havia, no vértice superior, um desenho de estrela encimando a palavra Dalva:

— Te lembra, Margarida?

— O que foi? — disse Nando a Margarida, a conversa já diluída pelo vento.

— Está lembrando que outro dia a gente fez como você. Abrimos a vela do Zeferino na areia para nos amarmos.

Margarida olhou Nando, ainda incerta. Nando riu para ela, puxou-a para si.

E se o terral forte mantivesse em ato de amor os casais em seus lençóis tesos de vento? Uma esquadra de velas quentes de sol e de casais entrelaçados. Antes, antes de qualquer imagem surgia das ondas Francisca a consumir em meigas labaredas o pano alvo, o triângulo do púbis ardendo no triângulo da vela. A jangada pareceu arder nos brancos paus-de-jangada, na sapucaia do mastro, no samburá de guardar peixe. Flamazinhas de finos pelos ocultos alastraram uma relva em rama de sapucarana, em banco de cajueiro, em forquilha de mundé. Passageiro de um incêndio que boiava, matéria a pegar fogo no franciscano seio Nando ergueu os braços para ver saírem dos seus dedos as línguas de fogo com que o homem como bicho lambe os flancos do divino.

O anzol de Amaro que fendia as águas em segredo puxou para as tábuas uma albacora que ele abraçou alegre e que deixou rabear contra o peito. Margarida se deitara no chão de paus roliços para que as ondas lhe cuspissem salsugem na cara, para que a encharcassem e lhe grudassem o vestido ao corpo. Zeferino estava sentado ao seu lado como se acabasse de trazer das locas do mar aquele peixe-fêmea.

— Come ela, Zefa Beirão — berrou Amaro contra o vento, lutando alegre com a albacora.

— Come ela — disse Nando que se ajoelhou ao pé de Amaro para ajudá-lo a tirar o anzol da boca do peixe.

Margarida, rindo, puxou Zeferino contra si.

Trazendo não só Predileto como o resto de sua tropa de burros, Manuel Tropeiro apareceu mais cedo do que Nando esperava. Aflito por causa de Raimunda. Ao rever Manuel da outra vez, Raimunda tinha demonstrado muito amor mas muita tristeza. Não queria por nada aceitar o cordão de ouro e quando afinal tinha apertado o fecho do cordão no pescoço não escondera o anelzinho de brilhante no anular da mão direita.

— Isto é da feira? — tinha perguntado Manuel.

— Não — disse Raimunda —, é verdadeiro feito o Evangelho. É do homem das joias lá do Jaboatão. Na loja dele não entra nem prata. Só ouro.

— Eu perguntei a ela se ela é que tinha comprado — disse Manuel — e ela parou um instantinho só. Depois disse que era. Eu perguntei a ela por que é que ela não tinha me pedido um anel e ela primeiro ficou assim sem jeito e disse: "Uai, você estava preso, como é que eu podia?" Mas depois fez cara firme de quem sabe o que é que quer dizer e falou: "Anel é coisa que mulher não deve pedir, Manuel. Ela ganha ou não ganha." O senhor entende, não é, seu Nando, que a Raimunda dava essa volta assim para falar em casamento.

— Está claro que sim, Manuel. Por que é que você não disse a ela que sua tenção é casar com ela? Raimunda quer uma casinha com quintal. Ela me disse. E dentro da casa quer você.

— Ai, seu Nando — gemeu Manuel —, eu me dou conta disso mas falei a ela que eu nem sabia se não iam me prender de novo. Como é que a gente casa numa situação dessas? Que ela me esperasse um pouco mais que eu dava a ela uma aliança feito uma roda de carro de boi e que a gente ia viver feliz para todo o sempre.

— Mas o que é que você pretende fazer antes? Vai primeiro salvar o Brasil?

— Olha que não é tarefa assim tão afanosa não. Carece é de não largar ela toda hora, como a gente faz. O trabalho não rende.

Manuel tinha chegado de noite e era tarde quando apareceram na Pensão da Pórcia. Foi preciso bater na porta e Marta Branca veio abrir uma frestinha. Marta Branca piscou o olho para os dois que ainda estavam do lado de fora e falou para dentro, em voz cavernosa:

— É ele, Cecília, é teu Sargento Xiquexique.

E foi abrindo a porta devagar. Houve uma risada das mulheres quando viram Nando e Manuel Tropeiro.

— Ô sua burra! — disse Cecília. — Me assustando à toa.

As duas Martas, Severina, Benedita, Sancha, Cecília cercaram os dois que chegavam.

— Fecha a porta de novo e vamos botar cerveja na mesa — disse Severina. — Vou buscar as garrafas.

Severina saiu e as outras cercaram Nando e Manuel, falando juntas, mas de repente fitaram Manuel. Pararam de falar, olhando umas para as outras.

— Tu tem que saber logo e ninguém vai querer falar — disse Marta Preta. — Teu ganso ficou sem a lagoa, Manuel.

— Como é que é? — riu Manuel.

— Raimunda não está não — disse Benedita.

— Saiu? — disse Manuel.

— Saiu e não volta — disse Sancha. — Foi embora.

— Foi embora? Está em outra pensão?

— Arranchou-se com o turco, Manuel — disse Sancha. — Foi viver com ele em Jaboatão.

Manuel primeiro sorriu, temeroso mas incrédulo:

— As moças estão mangando comigo. Chama aí a Raimunda que eu trouxe para ela as sandálias mais bem-feitas do sertão inteiro. Couro macio como a pele da Raimunda. E mandei coser fivelas de prata.

— Raimunda foi mesmo com o turco, Manuel — disse Marta Branca.

E nem no porão do Batalhão de Guardas Nando tinha visto na cara de Manuel Tropeiro uma expressão igual de desconsolo.

— Ih, eu não gosto de ver homem sofrendo assim — disse Marta Branca.

— Também por que é que você não casou com ela? — disse Benedita.

— Tropeiro casa com seus burros — disse Manuel. — Minha finada mãe, que inteirou seus dias não faz dois anos, bem queria que eu casasse. Mesmo quando eu disse a ela que meu amor era pela Raimunda, que era mulher da vida. De primeiro minha mãe ficou que eu pensei que fosse cair no chão de tão branca que se tornou. Mas depois ela disse: "É amor mesmo que tu tem por ela? Ou vê lá se não é só paixão de esteira, meu filho, que seca e esfiapa antes da esteira. Diz que essas mulheres sabem de tanta moda em cima duma esteira!" Quando eu disse a ela que era mesmo amor de verdade ela me disse: "Então tu encontrou a filha que Deus não quis me dar do meu ventre. Traz Raimunda para casa. Vou tirar meu vestido de casamento do baú dos guardados."

— E por que é que tu não obedeceu, Seu Mané cabeça-dura? — disse Benedita. — Mãe a gente acata. E a Raimunda vivia falando em você.

Manuel balançou a cabeça:

— Eu sempre achando que tropeiro é feito marinheiro. Pode namorar mas casar não.

Benedita cuspiu para o lado:

— Tem homem que não casa só de medo de ser corno.

— Bom mesmo de casar é dono de armarinho, como o turco — disse Manuel. — Eu achei que tinha tempo. Enquanto Raimunda estava na vida continuava na profissão dela. Não punha nódoa no meu nome. Quando eu já tivesse casa pra ela...

— Está vendo, Nando? — disse Cecília. — "Não botava nódoa no meu nome." Negócio de ser puta é triste. Você é que quer fazer a gente esquecer. Isto não é profissão não.

Severina tinha voltado com cerveja e copos e serviu todo o mundo.

— Vocês deviam — dizia Nando — era aumentar o michê e dar mais tempo a cada homem. Homem que procura mulher da vida diz que é por farra, para passar o tempo, ou porque não gosta de ter mulher fixa, ou porque gosta de variar da esposa, mas está procurando amor, como todo o mundo. Vocês, quer dizer, a mulher da vida e o homem que procura ela, criaram um jogo de orgulho. Vocês querem tirar o mais que puderem do bolso dele e ele procura pagar o menos possível. Mas tem homem que morre com oitenta anos e cuja melhor lembrança da vida inteira é de um dia em que dormiu com uma mulher da vida e ela, depois do amor, passou a mão na cabeça dele e disse que ele não precisava pagar não.

— Pode ser — disse Marta Branca —, mas quando a gente começa a ficar bofe pode voltar para o tanque que ninguém paga mais nada não.

— E tem mais uma, Nando — disse Benedita —, não tem michê neste mundo que cumprimenta a gente fora do puteiro.

— Ah, isso não tem mesmo não — foi o coro.

— Todo homem tem vergonha de precisar de amor — disse Nando.

— Homem, homem! E mulher, Nando, não precisa de amor não? — falou Cecília. — Por que é que não tem casa de homem-dama?

As outras riram.

— Por que é que a gente tanto fala com esse homem, meu Deus? — disse Sancha. — Nando gosta é de fingir que a gente pode tirar satisfação de uma porcaria de vida como essa da gente.

— Eu não aconselho você a mudar de vida — disse Nando. — E você pode tornar essa vida tão útil como qualquer outra, obrigando os homens a gozar com vocês, a esperar por vocês. Ensinem aos meninos um amor fundo e sem pressa. O Brasil faz planos de governo de cinco anos que duram cinco meses e planos de três anos que duram três dias. Presidentes eleitos por cinco anos possuem a pátria em sete meses, abotoam a braguilha e vão embora. E há presidentes que duram dois dias.

Sancha perguntou, pensativa:

— Feito esses gaios que mal entram de esporão na gente já estão sangrando na barragem, não é?

— Isto — disse Nando. — Não satisfazem a pátria, não fecundam o país. E fica todo o mundo nervoso, gesticulando, fazendo discurso.

— Eu — falou Severina — depois que o Nando me falou estou trabalhando pelo Brasil. Quando me vem um açodado desses eu empurro o peito dele, travo ele em cima de mim, e falo: "Assim não, neguinho, amanhã você fica importante e deixa a pátria no ora veja, feito o cabra de São Paulo. Te aguenta. Pensa em coisa triste. Não goza já não. Assim. Agora vai mexendo feito colher em calda de goiaba."

Nando olhava Manuel de soslaio. Intacto, o copo de cerveja de Manuel tinha primeiro perdido a espuma e agora o gelado do copo por fora ia virando água, escorrendo pela mesa.

— Você não acha que eu tenho razão, Manuel? — disse Nando.

— É uma situação de muitos cantos escuros, seu Nando, e os mais escuros estão dentro de mim. Eu estava dando desculpas para mim mesmo. Porque se eu saía com os burros e a Raimunda ficava aqui fazendo michês sem me dar ciúme por que é que ia ter ciúme se ela se casasse comigo e eu saísse com os burros? Me explicando melhor...

Todas as mulheres riram do alheamento de Manuel Tropeiro, mas riram com ternura e desejo de consolar.

Nando saiu de madrugada, com Manuel.

— Seu Nando — disse Manuel —, o senhor está mesmo feliz?

— Você está feliz sem a sua Raimunda, Manuel?

— Nem o senhor pode estar sem a dona Francisca, não é isto mesmo? Mas o senhor fala com grande alegria a essas mulheres e a todas as outras e fala também com alegria aos homens que ficam ao seu redor aprendendo a amar as mulheres. Parece até que o senhor encontrou um destino que procurava.

— Eu tenho tanto amor por Francisca, Manuel, que se não passar ele adiante às mulheres e aos homens para entregarem às suas mulheres sou capaz de estourar feito gomo de bambu no fogo.

Foram andando em silêncio.

— Sabe duma coisa, seu Nando? — disse Manuel. — Tem muito companheiro que já está no sertão que acha que o senhor desistiu de querer dar jeito na vida do povo. Seu Jorge mesmo, amigo do seu Otávio, me disse hoje: "Você é que tem razão, Manuel, ninguém muda de profissão. O Nando no princípio achava que cada um devia salvar a sua alma e o resto que se danasse. Agora ele acha que cada um deve contentar o corpo e o resto que se dane. O problema dele era se livrar da alma."

Nando ia dizer alguma coisa mas Manuel levantou a mão pedindo que esperasse:

— Com sua permissão, seu Nando. Eu disse a seu Jorge que quando falo que ninguém muda de profissão estou falando no grande mundão de gente que tem por aí tudo e que o senhor é do bando da pouca gente, que não se acha assim na sombra de qualquer cajueiro. E falei que o senhor estava vivendo bem escancarado aqui perto dos quartéis para aperrear o coronel Ibiratinga e que o senhor ia dar um jantar para o Levindo que era feito fazer uma Marcha contra o governo. Só que ele, seu Nando... Ele disse...

Nando riu.

— Disse que não sabia de jantar nenhum.

— Mais ou menos isso, seu Nando. Até que se lembrou logo do Levindo mas falou "Que jantar é esse?" e eu...

— Você ficou pensando que eu estava doido, ou ele, mas a verdade, Manuel, é que a ideia do jantar eu falei primeiro com você.

— O senhor... tem ainda dúvidas? Seu Nando. Pensa ainda se deve ou não fazer o jantar?

— Dúvida nenhuma, agora eu mesmo digo ao Jorge.

Manuel parou.

— Então eu fiz besteira, seu Nando! Já vi que fiz. Não era para falar nada ainda e eu saí relinchando pelos pastos!

— Era para falar, Manuel. Foi ótimo que você dissesse ao Jorge.

Manuel recomeçou a marcha.

— Tem umas ideias que travam as pernas da gente quando entram de supetão. Garanto que o senhor não queria falar o senhor mesmo. Mas quando seu Jorge...

— Quando seu Jorge duvidou de mim você atirou o jantar na cabeça dele. Fez muito bem. Agora ele me fala e a gente discute a ideia e aos poucos ela vai crescendo. Eu outro dia tinha atirado a ideia em você, agora você atirou ela ao Jorge.

— O senhor? — disse Manuel. — Em mim?...

Nando riu.

— Em você, sim senhor. A ideia estava lá na minha cabeça, a ideia de fazer uma festa de funeral para Levindo, e vendo você pela primeira vez depois da prisão eu tinha que te dar alguma coisa, não tinha? Durante nossa conversa deixei a ideia amadurecer o que não tinha amadurecido durante muito tempo e passei ela para tuas mãos.

Manuel balançou a cabeça, pensativo, como se ainda faltasse alguma coisa no que Nando dizia.

— O caso, Manuel — disse Nando —, é que falando com Jorge ou mesmo com meu querido Djamil eu não preciso de defesa. Mas com você preciso.

— Ah, seu Nando, formosa coisa o senhor me diz assim feito um coco caindo na cabeça da gente dormindo em sombra de coqueiro. Como é que tem defesa entre amigos?

— Defesa a gente só usa contra os amigos e mulher que a gente ama. Só a opinião deles é que pode alegrar ou mortificar, Manuel. A gente só entra franco e de peito aberto nos inimigos.

— Seu Nando.

— Diga, Manuel.

— Esse jantar está me parecendo assim dia da gente botar as coisas num molde em vez de deixar as coisas acontecer em volta da gente. Não tem dias assim? A gente manda no que ainda está do outro lado, a gente faz com as mãos da gente o que das outras vezes a gente espera e pede a Deus.

— Não sei, Manuel — disse Nando. — Na hora da sobremesa a gente vai ver o que é que aconteceu. Mas você...

— Eu estava presumindo. Eu posso dar um jeito de mandar convidar a Raimunda, não posso? O senhor sabe, eu conversei num canto com a Sancha. A Raimunda ainda não se casou. E disse e repetiu que antes fosse eu que tivesse aparecido de anel e que...

Uma noitinha, como se fosse parte das primeiras sombras, chegou Vitoriana, mãe de Amaro. A luz do lampião enluarava o mar verde do xale que cobria seus ombros. Nando se levantou da cadeira da varanda de onde olhava o mar.

— Dona Vitoriana! Que bom uma visita sua. Só que o Amaro saiu não tem dois minutos.

— Ele demora, seu Nando?

— Acho que sim. A senhora prefere voltar mais tarde?

— Não. Eu vigiei a casa, esperando mesmo que ele saísse. E espero que demore a voltar.

Nando aguardou, sem saber o que dizer.

— Mesmo quando a gente está certa tem umas coisas que não gosta de fazer na frente de um filho, não é, seu Nando?

— O que é que houve? Alguma coisa que eu possa...

— O senhor pode se acautelar, isto pode. E eu não preciso lhe pedir mas vou pedir. Não diga a meu filho o que é que eu vim fazer aqui. Falar do pai dele pelas costas.

— Então pense antes de falar, dona Vitoriana. Eu já vi que há de ser alguma coisa para o meu bem. Mas é melhor talvez que a senhora não fale do pai do Amaro, seu marido.

— Eu vou lhe dizer por que é que vou falar, seu Nando. Quando o Amaro trouxe as coisas dele e veio morar com o senhor ele me disse uma coisa com um jeito sério que eu nunca tinha visto nele. "Mãe", ele falou para mim, "eu não sei se com todo o mundo é assim. Mas mesmo que eu nascesse uma porção de vezes havia de ser sempre no ventre da senhora. Pai eu agora tenho outro. Vou para casa do meu pai." Ele escolheu o senhor. Eu vou falar do Joselino com o outro pai de Amaro.

Vitoriana não tinha olhado Nando. Fixava um ponto na parede. Aguardando.

— Então fale — disse Nando. — Eu não conto ao Amaro a sua visita.

— É que foi um homem do governo lá em casa, da polícia, acho. Foi fazer perguntas ao Joselino. Sobre o senhor. Primeiro o Joselino teve medo. A gente nunca tinha visto ninguém das autoridades assim de perto. Mas o homem tinha um jeito macio. Falou numa dona Júlia, que tinha ouvido o Amaro dizer, rindo, que o Joselino pai dele dizia que o senhor tinha partes com o diabo. Aí o Joselino se animou e disse que o senhor tinha partes com o cão sim, que tinha enfeitiçado o Amaro para o Amaro não trabalhar mais e arrenegar pai e mãe.

Vitoriana silenciou de novo, olhando a parede.

— Foi só isso? — disse Nando.

— Foi só isso que eu ouvi. O Joselino se fechou com o homem no quarto de dormir. Eu ia ouvir na porta mas não ouvi não. O senhor me desculpe.

— Fez bem, dona Vitoriana. A senhora ouviu o que falaram na sua frente. E ouviu o bastante. Só está me contando o que deixaram que a senhora escutasse.

Cecília veio pálida, rosto afilado pela aflição.

— Nando — disse Cecília —, eu não consigo mais abrir as pernas para aquele Sargento Xiquexique, que me tomava o dinheiro e o sossego antes de você aparecer.

— Pois não abra — riu Nando. — Qual é o problema?

— Ele espalha por aí que agora eu dou o dinheiro a você.

— É mentira mas é agradável.

— Não brinca, Nando. Xiquexique diz que vai matar você. Diz que vai pedir licença a um coronel aí. Diz que fura tuas tripas. Eu jurei que nem durmo com você faz tempo.

— Precisamos corrigir isto — disse Nando.

E Cecília, em doce incoerência:

— Você fica aí mangando, mas se tu morre quem sofre sou eu.

Era raro que Hosana lhe aparecesse e mesmo assim Nando preferia que não aparecesse nunca. O que Nando não podia era negar que dessa vez Hosana viesse com as melhores intenções do mundo, ou pelo menos sem o menor resquício de interesse próprio. Só que, sem saber, é verdade, batia em tecla sovada.

— Nandinho — disse Hosana —, eu cada vez te conheço menos e não ouço uma história a teu respeito que não seja esquisita, palavra. O que dizem agora é que você está convidando toda a ralé dos cais e botequins para uma manifestação contra o governo.

— Venha você também e verá que se trata de um jantar sério, em homenagem ao jovem Levindo.

— Hum... Sem Francisca presente?

— Ausente mas ao meu lado.

— Você vai é ser preso de novo. Por que é que antes disso você não vem visitar minha Quinta dos Frades? Não entendo como a sua curiosidade resiste há tanto tempo.

— Pura falta de oportunidade, Hosana, nada mais.

— Falta de vontade, isto sim. Você um dia se arrependerá de ter retardado tanto a visita. Um lugar bucólico por fora e flamejante por dentro.

— Olhe que se eu tiver de fugir daqui vou precisar de um lugar bucólico — disse Nando — para seguir bons conselhos que tive recentemente. Quero fundar uma academia.

— Academia?

— De ciências amorosas.

Hosana falou sério.

— Nando, quando um dia você vier, é claro que não vai me aparecer com essa malta que vive aos seus pés. E quando conhecer bem o lugar você verá que não pode levar estranhos lá sem perturbar seriamente a vida da Igreja.

— Perturbar? Com minha academia? Absurdo! A alteração efetuada nas pessoas que aprendem a amar é tão benfazeja que elas invariavelmente se encaminham depois para coisas maiores na vida.

— Para quem te conheceu em outros tempos e com outras roupas você é irritante a mais não poder, Nando. Você tem sempre certeza do que diz. Antigamente você também tinha certeza. E era do contrário.

Nando suspirou.

— Tinha certeza antecipada do que ia descobrir.

— E quando é que vem lá em casa? Você precisa conhecer a Deolinda.

— Não vou às carreiras porque você mora longe. Só isto. Por que é que você não traz a sua mulher aqui?

— Tenha mais respeito, Nando. Uma casa de má reputação, como a sua!

Depois foi a vez de Jorge, que veio pela mão de Djamil. A conversa foi breve e tensa.

— Você sabe, Nando, que existe um escapismo vestido de heroísmo? — disse Jorge.

— Não, não sabia — disse Nando.

— Você não ignora que o momento é no máximo para articulações discretas e não para atos públicos. Todo o Partido é unânime. Não há condições objetivas para um jantar como o que você planeja.

— Vamos ter comida à beça — disse Nando — e comida é a condição objetiva de qualquer jantar.

Jorge não pareceu ouvir o que disse Nando ou ver o ligeiro sorriso de Djamil.

— Você se aferrou a essa ideia frívola do jantar com tanta irresponsabilidade que até os nossos inimigos nos procuram para que você seja dissuadido. Como eles próprios argumentam, com tal iniciativa você não derruba o governo e nem causa mossa maior à situação. Mas esculhamba a guerra, isto sim, avacalha a nossa posição e a deles. Ainda mais no dia em que eles têm a tal Marcha da Família.

— Ah, sim? — disse Nando. — Eu marquei meu jantar antes.

— Sim — disse Jorge paciente. — E você provavelmente conseguiu o que desejava. Elementos nossos infiltrados no governo sabem que eles agora te deixam fugir tranquilamente. Te deixam ir para o Rio de avião e pedir asilo a qualquer embaixada.

— Está vendo? — disse Nando. — É a recompensa pela vida exemplar que eu estou levando. E se eu não aceitar a oferta? E se não fugir?

— Dizem que não podem se responsabilizar pela tua segurança. Que se te acontecer uma coisa desagradável de repente, não é, ninguém vai poder apurar como é que foi.

— Perfeito, perfeito — disse Nando.

— Quer dizer que você aceita? — disse Jorge.

— Aceito sair do país, claro — disse Nando. — Mas *jantado*, Jorge. Só saio daqui jantado. É tanta gente contra o meu jantar que acabo com a impressão de que morro de fome se não houver o jantar. Só jantado. Com ou sem condições objetivas. Esculhambando a guerra ou não.

— Até mais ver, Nando — disse Jorge. — Espero que a gente ainda se encontre quando você estiver em condições de espírito mais normais.

Jorge se afastou, e Djamil, depois de um instante em silêncio, perguntou:

— Mas quer dizer que se escapar do jantar você aceita a oferta e vai embora?

— Ah, Djamil, nunca senti maior indecisão na minha vida. Quando penso no Bonifácio Torgo, no Libânio, no Manuel Tropeiro tenho a sensação esquisita de que quem sofreu e foi batida e humilhada foi Francisca ela própria.

Djamil deu de ombros.

— Francisca está longe, está a salvo. Se você vai ao encontro dela tudo isso será varrido da sua cabeça.

— Aí é que eu estou começando a fazer não sei que confusão — disse Nando. — Como se, indo ao encontro de Francisca, eu estivesse fugindo dela para sempre. Eu gostaria que ao voltar Francisca me surpreendesse nos braços de Francisca.

Djamil deu de ombros, irritado.

— Se pensa que eu vou pedir a explicação do enigma não lhe faço a vontade não, Nando.

Nando pôs a mão no ombro de Djamil.

— Está arrependido de ter me acompanhado até agora? — disse Nando.

Djamil deixou um sorriso largo iluminar seu rosto.

— Estou com medo da volta ao ramerrão, se você for embora.

Nando bateu-lhe nas costas.

— Não esqueça que ainda tem o jantar!

— Viva o jantar! — bradou Djamil.

Nando começou a beber para o jantar dois dias antes. E se lembrou entre umas e outras de que ainda não tinha convidado as moças da Pensão da Arlete. Quando chegou à frente da Pensão ouviu da janela uma doce voz:

— Nando, meu bem!

— Jandira! Você?...

— Estou aqui, meu bichinho. Entra, entra.

Nando entrou na sala da Pensão cheia de mesa com margaridas de papel enfiadas em moringas de barro. Deu um beijo no rosto de Jandira.

— Você então tomou a resolução? — perguntou Nando.

— Ah, e como estou feliz, meu bichinho — disse Jandira. — Eu ia passar lá na tua casa para te contar tudo. Só estava mesmo esperando ficar confirmada no que eu já sabia: que esta era a vida que eu pedia a Deus. A madama é mesmo uma flor, dona Arlete. Tens umas outras novas aqui. Deixa eu te apresentar. Gente que você ainda não conhece. Ernestina, Peito de Pomba, Ivone!

As três mulheres que estavam sozinhas nas mesas se aproximaram. Peito de Pomba antes segredou alguma coisa a uma grande tartaruga de estimação que tinha em cima da mesa.

— Este é o meu amigo Nando — disse Jandira.

— O verdadeiro Nando? — disse Peito de Pomba.

— Oxente! — disse Jandira rindo. — E tem Nando falso?

— Ivone, Gabriela, olha aqui o Nando — disse Peito de Pomba. — É amigo da Jandira. Nestina, vem cá.

E veio entrando dona Arlete, magrinha, discreta na pintura e na roupa. Arlete beijou e abraçou Nando.

— E por falar em lugar de honra, que história é essa de um jantar que você vai dar amanhã ou depois? Eu não recebi convite nenhum.

— Está recebendo agora. Você e as moças todas. Me ajudem na cozinha e me ajudem no serviço. O jantar foi crescendo, crescendo e está virando festa do povo. O jantar é para aquele moço Levindo, você se lembra, que morreu levando um grupo de camponeses à Usina da Estrela?

Arlete franziu a testa, tentando lembrar.

— Era freguês da gente?

— Era um moço idealista — disse Nando —, agitador, preocupado com o homem do campo. Levindo, se chamava. Era noivo. Provavelmente veio aqui, como quase todo mundo, mas freguês não era não.

Arlete fez que não com a cabeça.

— Hum... Do caso acho que me lembro um pouco. Muito vagamente.

— Está fazendo dez anos — disse Nando. — É preciso que ele seja lembrado. O jantar é domingo, Arlete. Domingo, moçada da Arlete. Quero todas presentes à festa.

— E se o jantar der prisão? — disse Jandira.

— Não, não dá.

— Não fala assim comigo não, bichinho. Você sabe que pode ser preso dando um jantar de homenagem a um como é que chama? Subversivo.

— Ah, Jandira! Por que exigir em nome da simplicidade uma resposta assim de um homem colocado feito um rio num desnível, já na curvinha do barranco mas sem querer virar cachoeira? Nem o éter tinha a resposta. Não conseguia dissolver o muro branco até reduzi-lo ao vitral. Como era mesmo o vitral que sobrava da catedral lentamente demolida desde a flecha até às pedras da rua? E o fole de três cores? O puro sopro anterior ao primeiro respiro?

— Está bem — disse Jandira. — Não quer falar não fala.

— Meu anjo — disse Nando —, eu falo a você tudo aquilo que sei.

— Mas o que sente você não diz não. Eu estou mais afeita com gente ao contrário.

— Como é isso? — disse Nando.

— Você entendeu muito bem. Gente que sabe pouco e que então fala o que sente.

Gente tenra, pensou Nando, sem casca, exposta à intempérie em toda a sua doçura. Nando tomou as mãozinhas delicadas de Jandira, beijou as duas palmas.

— Ruim é quando a pessoa nem faz mais força para perder a casca, Jandira.

Jandira riu.

— Você está impossível hoje. E chega de beber. Você já chegou aqui atuado, vi logo. Vamos embora.

— Vamos — disse Nando. — Quero companhia. Principalmente de gente que não me fale mais no jantar.

Quando chegaram diante da casa Jandira apertou o braço de Nando:

— Tem alguém na tua varanda, bem.

Nando ainda vislumbrou um vulto que parecia se ocultar.

— Se for inimigo, somos dois — disse Nando.

— Não sei se é inimigo — disse Jandira — mas que é mulher eu vi.

— A mulher, por definição, não é nunca inimigo — disse Nando.

Foram andando para a casa e ao chegarem à varanda, quando Nando ia entrando, chave na mão para abrir a porta, viu quem era.

— Júlia! — disse Nando. — Jandira, minha amiga Júlia, que anda muito escassa nesta casa.

— Por favor, Nando — disse Júlia —, pelo menos me trate como traidora!

Júlia tinha os olhos ardentes, a boca entreaberta, os cabelos pretos escapando não bem dum coque mas dum nó sobre a cabeça.

— Me odeie ao menos — disse Júlia.

— Júlia, vamos entrar — disse Nando —, eu convidei Jandira e convido você também.

Nando abriu a porta e deu passagem a Jandira. Júlia o reteve na varanda.

— Você precisa ir embora, Nando — disse Júlia —, tua vida enfurece a todos. Você não tem o direito de viver assim, você não entende? Pelo menos desaparece, vai esconder numa toca esta estúpida alegria de bruxo.

— Eu vou, mas antes você vem ao meu jantar de despedida, Júlia.

— Judas, diga Judas, anda! Tenha coragem. Você não estava precisando de um? Me arranjou a mim, não arranjou? Para a sua ceia.

— Você tem conversado com meu inimigo, Júlia. É um pobre coitado.

— Pobre coitado porque te desmascarou, porque te conhece por dentro. Eu não menti nada. Eu disse a ele a verdade: que você diz às feias para virem a você que ficarão belas. Alguma mulher feia já ouviu uma coisa dessas sem sentir um desespero de desejo que seja verdade? Me ama que você fica bonita! Ou ama um dos meus jangadeiros se eu estiver cansado que vem a dar no mesmo!

Mãos dadas com Amaro, rindo, vinha chegando Margarida. Parou à luz do lampião, queimada de sol, os cabelos dourados de sol, magra feito uma menina impúbere no vestido de organdi branco.

— Nando — disse Margarida —, para o jantar eu arranjei...

Quando viram uma mulher na sombra da varanda, Margarida e Amaro se afastaram.

— A gente volta mais tarde, Nando — disse Amaro.

Júlia falou, apontando Margarida:

— Você tira a beleza das que são altivas, das que não aceitam os seus garanhões, e distribui a beleza delas com suas escravas. Você roubou minha beleza para dar de esmola a essas vagabundas.

— Júlia! Você está dizendo uma porção de loucuras em que não acredita. Mas eu entendo.

— Não quero que você entenda nada. Dispenso. Vim aqui avisar você para acabar com essa farsa e provocação de jantar. Sai da frente enquanto é tempo.

— Júlia...

Nando tentou detê-la mas Júlia já tinha escapado, quase correndo pela rua deserta. Jandira estava sentada na rede que armara, pegando um pouco da luz da rua pela porta aberta.

— Essa mulher está doida, Nando — disse Jandira —, mas falou coisa séria. E falou com as tripas. Aceita o aviso dela, bichinho.

— Coitada. Caiu na mão dum doido. Você não ouviu ela falar em feiticeiros e bruxos?

— Vem cá, bruxinho — disse Jandira. — Senta aqui ao lado de uma das tuas feiosas.

— Você? — riu Nando. — Só num mundo muito mais feliz do que o nosso é que as feias seriam feito você.

— E Francisca? — disse Jandira com um fio de voz. — Ela havia de estar sempre entre as mais belas, não é?

Nando apanhou, solta que estava na rede entre os dois, a pequenina mão de Jandira. Ambos cerraram os olhos. Nando sentia, pela pressão da mão dela, que Jandira estava vigilante como ele, insone. Nando viu primeiro o negro rio translúcido e as palavras de ouro: *bien está el alma escondida y amparada en esta água tenebrosa*. Depois o ressonar de Ramiro começou a encher na sua visão os balões coloridos, os foles, e Nando reparou que o que envolvia os foles era a *librea de tus colores, blanco, verde y colorado*. Ah, a pobre ideia de que o amor é atributo comum porque todos passam por alguma espécie de amor! Que prodígios de sabedoria, de velhacaria e de nobreza. Ninguém se lembrava mais, mas Francisca se lembrava todos os dias e principalmente a cada aniversário da morte heroica no pátio do engenho e Levindo se deitava na cama entre os dois como a espada entre Tristão e Isolda. E Nando estremeceu em todo o corpo fazendo Jandira também abrir os olhos quando entendeu por que a homenagem tomara forma de jantar. Ia devorar a lembrança de Levindo, devorar Levindo, incorporá-lo, nutrir-se dele.

Nando preparou a casa para o jantar transformando-a o mais possível numa réplica da escola em que ao lado de Francisca tinha ensinado os camponeses a ler. Só que a única palavra, a palavra-geradora pintada em grandes cartazes era LEVINDO, e também VIVA LEVINDO, palavra e brado que se decompunham e recompunham a partir da varanda e que tomavam conta do quintal. LEVINDO e VIVA LEVINDO ornavam varanda, sala e os pequenos quartos, todos de portas escancaradas. No muro do quintal se alternavam sílabas e combinações, assim:

LA LE LI LO LU
VA VE VI VO VU
VÃO VEM VIM
DA DE DI DO DU
VIVA LEVINDO
LEVE
VINDO
LELÊ
VIVI
LEVINDO

Nas geladeiras improvisadas pelos quatro cantos do quintal se acumulou depressa o fruto das pescarias e mariscagens de Amaro, Zeferino, Quimango e Margarida, das ostras e lagostas e lagostins à traíra cor de salmão; ao jacundá amarelo de listras pretas; ao sapé vermelho-escuro com bolinhas pretas; ao camurupim branco-cinza-dourado, de escamas medalhonas que servem para fazer flores; ao beija-moça miúdo, focinho miúdo, boca pequetitinha; ao saberé roxo com listras amarelas; ao serra esguio, papo branco e lombo azul; à garoupa; à cioba vermelho-rosa; à arabaiana cinzenta; beijupirá preto e branco; bicuda roxo-claro; mero amarelo-moreno com pintas pretas; agulhão atum e agulhão de agulha; boca-mole branco e brilhoso; sapuruna, saramonete, canculo; cação cinzento e liso; carapeba e peixe-pena; tainha, pirapinanga cor-de--rosa; arraia morceguenta; amoreia cobra verde; bonito listrado de azul; dourado amarelo de lombo azul; budião; frade; coró branco e coró-vianei; peixe-gato que bufa horas fora da água; barbudo com sua barba branca; polvo; mariquita rosa de olho grande; pacamão; dentão; albacora cor-de-rosa;

pirá verde de barriga branca; avoador que voa duzentos metros a dois metros de altura; camorim, agarajuba, aracimbora, xaréu, chincharra, anchova, acaraúna azul e preta. E vieram as pimentas, malagueta, do-reino, pimenta-d'água, pimentinha, pimentão ardido, o azeite de dendê, o açafrão, gengibre, gergelim, tachos de goiaba, de marmelo, de jaca, de mangaba, de caju. Metediço, intrometido, aguardando o momento de entrar em tudo, coco, coco-verde, coco seco, leite de coco aos baldes, laminha de coco, coco de ralar, coco de espremer, coco para entrar no escabeche com cebola e coentro e para amolecer feijão-de-corda, fradinho, rajado, para cocada, baba de moça, papo de anjo, perna de freira, ambrosia. Em bacias, tachos, louça de barro e louça vidrada começou a entrar o peixe escamado, destripado, desespinhado, lavado a limão e água, pronto para cozedura, fritura, infusão, escaldamento em azeite de cheiro, azeite doce, jilós, quiabos, abobrinhas, coco. Dois dias antes do jantar de Levindo as cozinheiras que seriam quatro já eram quatorze pois as notícias da comilança correram de Cecília e Jandira para outros puteiros, de Djamil para os sindicatos rurais interditados, para a redação dos jornais. Djamil dividiu o quintal transformado em cozinha em quatro zonas, da fritura, do cozimento, da assadura e da doçaria. Baianas chefiadas por Diacuí, também dita Manuela, exigiam fogão, frigideira, pedra de ralar e tipiti e tudo isto obtiveram depois de Diacuí improvisar à moda de teste um humulucu de feijão com raladura de cebola, sal, camarão. Severina alagoana veio empurrando pela rua numa velha banheira de rodinhas um despotismo de sururu e foi de jipe no avião de Maceió buscar uma geladeira portátil cheia daquelas baitas ostras de oceano congelado em conchas de sílex. Mariana Maranhense contribuiu com um jacá de camarões secos e Marta Branca amazonense trouxe duas mantas de pirarucu e um balde de água agitado de muçuãs. Preparou-se aluá de milho e de abacaxi, caldo de caju, refresco de graviola e de cajarana. E de coco.

Chegou finalmente o dia da festa. As mesas das pensões de mulheres emendavam umas nas outras mas enviesavam ao sabor da posição de braseiros de tijolos, grelhas de moquém e espiriteiros que aguentavam as sobras da trabalheira dos fogões grandes arquejando contra o muro do fundo e entre os coqueiros. Mulatas, negras e brancas ainda jogavam pitadas de tempero nas moquecas de peixe fresco, nas postas de atum, nas frigideiras de camarão e de siri, nas bolas de inhame, no feijão de azeite, no caruru. Remexiam paçoca de milho, cuscuz, tapioca.

Juntou gente na porta da casa de Nando para ver a chegada dos convidados. Arlete que tinha dito que só no Rio se servia pescado com classe trouxe pronto na hora um dourado à la Conde Lage com o despropósito de peixe deitado numa canoa de barro à sombra de uma construção em pasta de amêndoas que representava a saudosa Pensão Imperial. Peito de Pomba, paraense, trouxe a tartaruga. Manuel Tropeiro descarregou das bruacas do jegue lagostas vivas e pitus de água doce e Cristiana parecia distribuir joias quando abriu seu cesto de guaiamus azuis. Mariana trouxe licor de jenipapo. Júlia, licor de umbu. Odília Beirão, licor de araçá. Marta Preta de groselha. Ernestina de cacau. Vitoriana de anis. E quem senão Raimunda havia de vir lá de Jaboatão com seu turco e trazendo uma toalha de renda de bilros que era um nevoeiro em cima da mesa. Benedita trouxe bom-bocado. Libânio com a mulher e Severino Gonçalves com a dele trouxeram cachaça. Bonifácio Torgo com a mulher trouxe doce de buriti. Firmino Campeio trouxe beiju. Os jangadeiros puseram rolos da areia até a varanda e para lá rolaram uma jangada carregada de frutas de Itamaracá.

Quando copos eram esvaziados mas ainda não tinha começado a comedoria, Nando falou:

— Estamos aqui reunidos em espírito de festa para relembrar o único brasileiro morto em luta por uma ideia. Brasilidade é o encontro marcado com o câncer. Brasilidade é a espera paciente da tuberculose. Brasilidade é morrer na cama. À frente de um grupo de camponeses, morrendo pelo salário do camponês, Levindo morreu uma bela morte estrangeira. Estamos hoje aqui para comer o sacrifício de Levindo, comer sua coragem e beber seu rico sangue de brasileiro novo.

Nando levantou o copo no ar e disse:

— Levindo.

E toda aquela multidão levantou copos, cálices e canecos ribombando em resposta como se os grandes cartazes se tivessem posto a gritar:

— Levindo! Viva Levindo!

— E é só — disse Nando. — Agora, é beber e comer.

Quando todos se serviam e subia o rumor de vozes e se afinavam as violas dos violeiros, Djamil veio dar a Nando a notícia:

— Olha, no centro da cidade já se formou a Marcha, hem. Com círios, velas, tochas de resina, confrarias, federações e confederações, patronato, governo, clero, nobreza e até povo. Tem música, com orfeão. Está tocando *Dies Irae.*

— Ui! — disse Nando. — Era melhor se eles passassem para a nossa festa.

Ali pertinho dos dois, Pórcia dizia a Arlete:

— Ah, comadre Arlete, se eu soubesse do seu dourado metido naquele palácio eu tinha trazido para cá um boto socado de mexilhão.

— É preciso classe, comadre Pórcia — disse Arlete servindo-se de vatapá com uma colher de pau.

— Escuta, minha nega, quando a vida abrir outra vez vamos fazer juntas uma pensão com cem meninas bonitas?

— Comadre, assim não se educa mulher não. Quanto maior a classe mais custa desasnar o aluno. Mais de umas doze conas por madame o mulherio fica xucro.

Num canto o violeiro Epifânio do Pinho cantava os versos que tinha feito em louvação de Levindo, cercado de Libânio, Bonifácio Torgo, Severino, Firmino Campelo e Manuel Tropeiro.

— Seu Nando — disse Manuel Tropeiro —, depois desse forró, Libânio, Bonifácio, mais Severino queriam ir comigo direto para o Salgueiro no sertão mas eu disse a eles que amanhã passava lá e pegava eles todos. Quero ficar aqui depois da festa porque ninguém sabe se o pessoal da Marcha não quer vir tocar um fandango com a gente, não é mesmo? Tudo correndo bem, eu fico por perto e levo eles comigo amanhã. Tem um hotelzinho muito bom de pernoitar, não muito distante.

— Onde? — disse Nando.

— Jaboatão — disse Manuel escondendo a cara no seu pratarraz de moqueca de peixe.

E depois, olhando Nando que sorria:

— O senhor ajuizou a Raimunda hoje, seu Nando? Eu reparei definitivo que só tenho sossego quando fizer uma revolução e guardar a Raimunda. Preciso acordar este povo e dormir com a Raimunda.

Com uma salva de palmas a Pensão Imperial foi retirada de cima do dourado que Arlete rachou em dois com uma peixeira e que se abriu em duas metades no travessão de barro como um livro branco em estante de missal. Com arroz de auçá de malagueta e camarão, com pirão de mandioca e molho de mexilhão o peixe glorioso virou comida.

Vitoriana entrou, com seu xale verde-mar.

— A bença, mãe — disse Amaro. — A senhora de volta aqui?

— Pois é, filho, vim saber como vai a canjica.

— Já provei, mãe. O povo vai lamber os beiços, como eu fazia em casa. Mas aonde é que foi o pai? Como deixou a senhora vir aqui?

— Uma fugida, meu filho. Ah, vou dizer boa noite a seu Nando.

— Dona Vitoriana! — disse Nando. — Sem prato e sem copo? não é possível. Escolha. Quer as ostras do Amaro? Caçonete de Zeferino?

— Seu Nando, Joselino está na praça. Está na Marcha. Eu sou capaz de jurar que vem todo aquele povo para cá. Eu vi o Joselino no palanque. Estavam falando em subversão, em prostituição, uma porção de coisas. E toda hora diziam que já se dava até festa para o comunista Levindo e que os comunistas estavam na sua casa, armados.

— Eles vão passar por aqui e vão ver que é só um jantar, dona Vitoriana. Volte para sua casa e durma em paz.

O quintal de Nando era um forró em flor. Os guaiamus vivos de Cristiana, as lagostas vivas de Manuel Tropeiro andavam desajeitados pela mesa. Seis violas, quatro sanfonas de lavradores e uma vitrola portátil de Jandira tocavam fogo no baile. Manuel Tropeiro tinha implorado a Djamil que nunca deixasse vazio o copo do turco de Jaboatão e volta e meia dançava com Raimunda vestida toda de branco com brinco, colar e broche de coral, cordão de ouro com medalha mergulhando guloso pelo decote do vestido. Zeferino Beirão pregou olho na Raimunda e ajuntou coragem para dizer:

— Tal e qual uma jangada de vela vermelha.

Raimunda sentindo o ciúme de Manuel tinha sorrido ao Beirão. Manuel disse a Raimunda:

— Eu não aprendo a viver sem você. Você vale cem tropas de burros.

— Vote, Manuel, o Zeferino fala mais bonito. Até parece que eu sou uma mula.

— Eu tenho culpa de não trabalhar com jangada, Raimunda? Você não casou com o turco ainda, não é mesmo?

Raimunda disse com um muxoxo:

— Porque ainda não quis.

— Raimunda, que bom. Eu te peço perdão de ter ficado noivo tanto tempo, mas agora já tomei todas as decisões e mamãe tirou do baú o vestido do casamento dela para você se casar comigo.

— Verdade mesmo, Manuel?

— Quando saí de casa ele estava lavadinho e secando na cerca de rosas do jardim.

— Ah, Manuel, e o que é que eu digo ao meu turco?

— Diz que eu perdoo ele esse tempo todo que ele ficou com você. Mas basta, não é?

Amaro dizia a Margarida:

— Que coisa boa o tal de vinho, nega. Arretiro o que disse. É bem melhor que licor de jenipapo.

— Vivendo a gente aprende, meu amor. Pois o Nando não disse que teu nome em latim quer dizer amargo? Já se viu disparate maior?

— Bota lá que eu tenho gosto de jiló. Mas que tu é flor não padece dúvida não.

Desmembrada a mesa grande em muitas mesas, todas estavam ainda pejadas de comida quando chegaram os primeiros desertores da Marcha. Chegaram assim meio sem jeito mas era de lascar, disseram, a cantoria fúnebre e os dobrados militares que lá no alto dos ares entravam num entrevero com as sanfonas e as violas que vinham da casa de Nando e palavra que talvez fosse pura imaginação mas tinham sentido no ar até cheiro de pinga e moqueca de peixe.

— Isto é a quinta-coluna deles, Nando — disse Djamil.

— Por esses eu respondo — disse Nando. — É a boa gente que não adianta o mundo mas não estorva ninguém. Se a alegria estivesse do lado da Marcha eles não vinham não.

E Nando mandou que os recém-chegados comessem, bebessem e frevassem e ele próprio passava o braço pelos ombros dos homens e enlaçava a cintura das mulheres e sentia à medida que a noite avançava que festa de corpos contentes nunca vira orgia e fica cada vez mais festa. O turco de Jaboatão estava sendo namorado por Sancha, a pedido de Raimunda, e quando não estavam bailando estavam bebendo, enquanto Manuel Tropeiro com Raimunda sentavam na jangada que Zeferino Beirão tinha rolado para a porta da casa mas então o cantochão da Marcha já abria um caminho de sabre na música da festa e Margarida assustada arregaçou a saia de cetim vermelho e subiu no coqueirinho mais próximo enquanto Djamil dizia:

> *Sobe, sobe, marujinho*
> *àquele mastro real*
> *vê se vês terras de Espanha*
> *as praias de Portugal.*

Margarida magrinha trepou como um moleque até à coroa. Nando chegou perto da jangada de Zeferino Beirão e Djamil disse ainda:

> *Não vejo terras de Espanha*
> *nem praias de Portugal*
> *vejo sete espadas nuas*
> *que estão para te matar.*

— Djamil, Nando — disse Margarida —, lá vem ela.

— Desce, Margarida — disse Nando.

Margarida sentada no topo do coqueirinho, pequeno e magro ser de uma só perna de tronco a lhe sair da rodada saia de palmas. Nos ares o frevo de seda apresentava agora um rasgão de canto áspero.

— Nosso jantar de Levindo — disse Nando — é uma festa que por si só não acabaria nunca.

Cristiana tinha se chegado, temerosa, para perto de Nando.

— O que é que você está vendo, Margarida? — disse Cristiana.

— A Marcha, marchando para cá.

— Bem — disse Nando —, não temos nada que ver com a Marcha. Vamos animar a nossa festa.

— À Marcha — disse Margarida.

— Alvíssaras, capitão, meu capitão general, já vejo terras de Espanha, areias de Portugal! — disse Djamil.

Quando a Marcha chegou à porta da casa as vozes dos cânticos abafaram a música do jantar e os sanfoneiros e violeiros pararam de tocar. Vieram todos para a porta, alguns de copo ou cálice na mão, e a Marcha ia passando. Mas do seu miolo saíram aqueles que empurraram as pessoas que se encontravam na porta e na jangada e entraram. Seguidos de mulheres e elementos da cabeça da procissão. Quando Nando bateu palmas houve um sobressalto geral, de gente da Marcha como do próprio grupo da festa:

— Chegaram hóspedes, pessoal — disse Nando. — Vamos, música. Ofereçam bebidas e comida, Zeferino, Djamil, Cecília, Jandira, vamos!

Quando todos voltaram apressadamente e os músicos correram para os seus instrumentos, houve um princípio de pânico entre os invasores, que procuraram a saída.

— Que é isso, pessoal — riu Amaro —, a gente está convidando vocês.

— Prende esse cara — berrou um paisano chefe da malta que tinha entrado primeiro.

— Mas o que é que há?

— São todos nossos convidados — disse Nando.

— Prende o sujeito e prende o cafetão também — disse apontando Nando.

Conflito não teria deixado de haver mas foi precipitado pelo fato de Peito de Pomba sentar sem mais em sua grande tartaruga dizendo:

— Bota fogo no cascão, iararaguaçu, senão me sapecam no xilindró e te lascam no tucupi. Vamos pra Marcha!

Estalou uma risada. O chefe do bando invasor deu um tapa em Peito de Pomba que passou a mão numa terrina de vatapá e despejou na cara dele. Diacuí do seu canto bombardeou os invasores com bola de inhame, aberém, ebó e amori. Vieram reforços de homens e mulheres da Marcha armados de círios e cassetetes, rosários e soco-inglês e as mulheres e jangadeiros de cima das mesas, de cima do muro pareciam antigos vertedores de azeite quente em defesa da muralha da cidade atacada só que vertendo pirões de farinha, pimenta e cebola, moquecas vermelhas de dendê, canjirões de garoupa com angu, cascatas de siris. Em cima da mantilha duma carola assentou um polvo.

— Medusa — berrou Djamil.

Manuel Tropeiro meteu uma frigideira de camarão pelo blusão do chefe do bando. Jandira escoou um tacho de baba de moça pela opa dum sacristão. Zeferino rabeou de arraia dois cabras de cassetete. Amaro em cima da mesa com a travessa de dourado foi partindo umas cabeças. Severina tomou uma vela acesa duma dona toda arreada de fitas de irmandades e tocou fogo em duas opas com álcool da espiriteira. Quando viu dois soldados que tinham saído da Marcha e davam na cara das pessoas de coronha de revólver Nando foi afastando as mulheres. Dizia:

— Pula o muro, Sancha. Pula o muro, Cristiana.

O apavorado turco saiu às carreiras e Manuel Tropeiro galantemente ajudou Raimunda a pular o muro. Depois, pensando melhor, pulou atrás dela. Severina levou um trompaço na orelha, Arlete teve que se desvencilhar dum irmão da opa dando-lhe com uma lagosta na cara, mas as mulheres foram saindo. E nem a brigada de choque parecia interessada nelas. Só as mulheres e homens da procissão propriamente dita. Os profissionais foram com método conseguindo o que queriam. Quando chegaram viaturas policiais para, por assim dizer, apartar a briga, Nando, Djamil, Amaro e Zeferino estavam desacordados, Amaro e Zeferino com os pés saindo de baixo de uma mesa, Djamil a cabeça partida contra o fogão e Nando prostrado por uma coronhada bem no meio do terreiro. As viaturas saíram no meio da gritaria dos que iam presos. A Marcha entoou um hino triunfal, colocou à cabeça os bravos borrados de pirão e peixe frito, os cruzados da opa em escabeche, cabelos em molho de lula, e seguiu pelas ruas.

Os dois soldados ficaram. Entraram no quintal atulhado de mesas viradas e fogões de pernas para o ar.

Um falou para o outro:

— Ué, sargento, eu pensei que a gente ia moer o cão de pau mas o serviço já foi feito.

— Escuta bem, Almeirim. Este aqui, o tal de Nando, é um caso diferente. Os outros quatro cabras você se quiser dá um pontapé na cara de cada um. Amanhã de manhã alguém chama uma ambulância para eles.

Soldado Almeirim fez o serviço a capricho. Com o pontapé Djamil escorregou pelo lado do fogão até à terra. Amaro e Zeferino foram sumariamente puxados de baixo da mesa e apenas viraram a cabeça no pescoço com o pontapé. E Almeirim partiu para Nando.

— Já lhe falei pra não tocar nesse merda, seu corno.

— Uai, é mesmo. Mas seu Sargento falou em quatro. Falta um pontapé.

O sargento vasculhou os cantos, olhou embaixo das mesas.

— E não é que falta mesmo? Pela cara dos outros o cão que escapou é o tal do Manuel Tropeiro ou uma merda igual.

Varejaram a casa, olharam dentro das redes.

— Olha por cima do muro, Almeirim.

O soldado trepou no muro, olhou o fundo das casas, tudo plantado de coqueiros.

— Hum... Aí a esta hora não se acha nem o chifre dum puto desses, quanto mais o veado inteiro.

— Bom — disse o sargento —, foi a turma do choque que deixou ele passar sebo nas canelas. Eles que achem ele amanhã.

O soldado apontou Nando no chão.

— E essa teteia? Ai, que cornos bons pra uma lapada, sargento.

— Te aquieta, soldado, eu estou só dando um repouso nele.

O sargento foi cheirando os jarros que ainda estavam de pé até acertar num de cachaça pura. Bebeu aos sorvos, feito água, cuspiu, derramou um tostão para o santo. Pegou depois uma posta de peixe, amontoou pirão em cima dela e comeu.

— Come. Bebe — disse o sargento. — Vamos esperar que o neném acorde.

O outro riu, tomou sua cachaça com coco, meteu a munheca na frigideira de camarão, engoliu um bom-bocado. O sargento bebeu mais cachaça, catucou Nando com o pé. Jogou cachaça na cara dele.

— Cospe nele para ver se ele acorda — disse o sargento.

O soldado cuspiu meio sem vontade.

— Cospe direito.

Nando se mexeu.

— O cabra já está acordando, sargento.

— Cospe na cara dele, seu filho da puta, ou eu cuspo na tua que te pariu. Vamos!

O soldado cuspiu forte, saliva e cachaça. Nando abriu os olhos, sentou estonteado, olhou em torno e encontrou logo a mirada fixa de um homem de bigodão. A mirada foi se aproximando da dele, o homem foi metendo a cara na cara cuspida de Nando.

— Levanta, cabrão — disse o sargento a Nando.

Nando se levantou, bambo das pernas, cabeça latejando feito um tumor.

— Tu sabe como é que eu me chamo?

Nando olhou fixo. Reconheceu vagamente, fez que não com a cabeça.

— Sargento Xiquexique — disse o sargento.

Um murro no queixo e um murro no estômago derrubaram Nando entre pratos e panelas.

— Moleirão — urrou o sargento furioso. — Não se pode nem bater numa porra dessas. Arria logo os panos. Vamos levar esse merda lá para a praia onde ele gosta de foder as mulheres de todo o mundo.

Como se não tivesse falado a ninguém e sim pensado alto o sargento agarrou o corpo de Nando pela cintura e o jogou por cima do ombro.

Foi caminho da praia. O soldado Almeirim passou antes de sair a mão na asa dum jarro de pinga e seguiu o chefe que ia atravessando a rua inteiramente deserta agora, temerosa. Sargento Xiquexique foi andando, até sentir água do mar nas botinas. Aí virou-se de costas e deixou o corpo de Nando escorregar, cabeça para baixo.

— Vosmicê vai afogar o homem direto, seu Sargento?

— Puxa essa merda para cá. Não vai direto não.

Almeirim puxou Nando pelas roupas. Na cara lavada pelo mar aparecia sangue de novo, no canto da boca. Almeirim riu.

— Seu Sargento tem siso no que diz. O cabrão é tão veado que não acorda nem dentro da água.

Xiquexique foi bem para perto do corpo.

— Eu dava tudo para ele ficar acordado, apanhando, apanhando. Como é que a gente maltrata um molambo assim, meu Deus?

No seu desespero de despertar Nando o sargento deu um violento pontapé no flanco do corpo. Nando virou de borco para a areia.

— Vote, cabra dorminhoco — riu Almeirim. — Este não acorda com qualquer festinha não.

Uma onda passou suave pela cara de Nando virada para a areia deixando umidade e sal nos lábios feridos.

— É. Pelo jeito não dá não. Valha Deus que eu disse logo a ele meu nome para ele saber que ninguém tira boceta assim de Xiquexique não. Vamos arranjar uma pedra aí para o pescoço dele.

— A gente tem ordem para liquidar o cão?

— E para calar o bico senão eu te sumo também, Almeirim. Eu agaranto que o chefe não quer outra coisa. Mas foda-se. Eu digo ao coronel que o cabra correu pra dentro do mar, que a gente correu atrás dele mas não encontrou.

— Isso acaba dando enguiço pra cima da gente, Xiquexique. Se a gente não temos ordem de botar o puto a pique é melhor levar ele preso.

Xiquexique agarrou o outro pela gola.

— Eu sou sargento, seu filho da puta, não sou só Xiquexique não, e mato você também se me aperrear.

— Vosmicê me perdoe, faça o que quiser, seu Sargento.

Do alto do seu coqueiro Margarida viu que das sombras de trás do quintal saía Cristiana. Cautelosos, atrás dela, Manuel e Raimunda. Margarida deixou-se escorregar tronco abaixo não fazendo mais barulho que o do vento nas palmas. Os outros três que voltavam à sombra assustados esperaram que Margarida se aproximasse.

— Nando está desacordado, na areia. Tem soldados batendo nele. Acabam matando ele.

Manuel fez um gesto de quem vai correr mas Margarida o reteve.

— Me dá o braço, Cristiana. Vamos fazer de mulher à toa. Vamos tirar os soldados de lá. Você, Manuel, apanha Nando quando estiver na hora. Você com Raimunda.

Xiquexique de repente deu razão ao soldado Almeirim.

— Adisculpe os maus modos, Almeirim. Tu é que tem siso. Matar o veadão é bestidade.

— Está vendo, sargento? Eu não tinha dito?

— É, tu está com a razão — disse o sargento, dando a volta em Nando.

E botou de novo o corpo de cara para cima. Com um pontapé nas costelas. Outro nos rins para arrumar o corpo. E uma furiosa saraivada de pontapés a esmo.

Depois Xiquexique, cara satisfeita, desabotoou a braguilha, tirou o pau pra fora e começou a mijar em cima de Nando, na cara, na barriga, nas pernas de Nando. Almeirim, que primeiro tinha olhado sem entender, caiu na areia de rir, torceu-se de rir com a ideia do sargento.

A majestosa mijada de Xiquexique ainda durava quando Almeirim ouviu vozes no cais. Vozes alegres, de mulher. Duas, conversando. De longe só dava para ver que uma era morena e magra, a outra loura. Falavam alto e Almeirim percebeu que eram da safadeza rasgada. "Ele aí me gadunhou pelo traseiro"... "Um beijo de sair pela nuca da gente"... "Gostosão como ele só"...

Xiquexique não via nada. Sacudia o pau, guardava o pau nas calças, olhos fixos na braguilha das calças de Nando. Abaixou-se, ofegante, desapertou a fivela do cinto de Nando, depois o primeiro botão das calças, o segundo, o terceiro, meteu a mão pela cueca, pelos pentelhos, sentiu o pau e os culhões, enquanto tirava com a mão esquerda, do bolso traseiro das calças, uma navalha.

— Não! — berrou Almeirim todo num tremor e pondo-se de pé.

— Ei, cabroeira, o que é que há? — disse Cristiana. — A gente ainda encontrar dois homens na praia a esta hora é notícia boa.

A navalha voltou fechada ao bolso. Sargento Xiquexique perdido num transe de volúpia voltou os olhos esgazeados em direção às mulheres. Ainda sem entender o que ouvia.

— Ih — disse Margarida apontando Nando —, vocês estão curando o porre do cabra paisano?

— Pois é — disse Almeirim ainda pálido, bebendo a cachaça do jarro que tinha pousado na areia.

Xiquexique arrancou o jarro da mão dele e bebeu goles e goles.

— Ah, foi assim que começou a camueca do outro — disse Cristiana. — Vocês aí nessa bebedeira. Não foram na Marcha não?

— Vai ver que é gente comuna — riu Margarida.

— Qual! — conseguiu falar Xiquexique. — Não fosse esse lazarento aqui a gente estava marchando. E vocês?

— A gente esteve na Marcha até agora — disse Cristiana. — Mas depois a gente resolveu que quase não dava mais tempo de achar homem.

Xiquexique olhou as duas, atento.

— Não conheço a cara de vocês não. Vocês são da vida?

— Sai, azar — disse Cristiana. — A gente lá em Caruaru é séria que só vendo, na fábrica o dia inteiro.

— Aqui na Capital a gente se lasca — riu Margarida.

Xiquexique avançou a mão e acariciou os seios de Cristiana, que se crispou e se encolheu de horror.

— Que é isso, lindeza do Xiquexique? — disse o sargento.

— Hum, eu sou cheia de cócegas.

— Escuta, amor meu, tu fica pra mim, mas tu mais a outra vai caminhando pela praia com o soldado Almeirim enquanto eu termino um servicinho aqui.

— Ah, feio — disse Cristiana batendo o pé na areia. — Ela de homem e eu sozinha por esse areal afora não vou. Eu vou é pra casa. Minha tia está esperando.

— Larga essa merda pra lá, seu Sargento — disse Almeirim. — Vamos com as meninas. Deixa o cara aí pra se virar. Na volta a gente leva ele. Se o mar não fizer o serviço.

Cristiana enfiou o braço no braço de Xiquexique. Margarida deu um braço a Xiquexique e outro ao soldado Almeirim. Xiquexique deitou um último olhar nostálgico a Nando e foi andando. Soldado Almeirim, na mão livre, trouxe o que restava da cachaça e passou o jarro a Margarida e Cristiana para que bebessem. As duas tomaram aquele fel e vinagre e foram andando, andando pela praia noturna. Os soldados protestaram bêbados e tesudos.

— Chega de passar a mão em você, minha Nossa Senhora — disse Xiquexique a Cristiana. — Vamos deitar no meio daqueles coqueiros.

— Mais, mais um pouquinho — disse Margarida, tonta do bafio de fumo de rolo e cachaça que se desprendia de Almeirim. — Ainda está muito perto da casa da tia da minha amiga aqui.

Manuel Tropeiro e Raimunda que tinham visto de longe Cristiana e Margarida afastando os dois soldados tiveram um sobressalto quando ouviram bem por trás deles um sopro de voz.

— O que é que vocês vão fazer com Nando agora?

Manuel que tinha levado a mão ao punhal reconheceu Hosana.

— Seu Hosana! Eu tenho meus burros, seu Hosana, mas nem sei se seu Nando ainda está vivo quanto mais se aguenta alguma caminhada mais distante.

— Se a gente sair já e sair devagarzinho consegue levar ele até a minha casa. Ninguém pensa em procurar ele lá não.

— Então vamos buscar ele na areia.

— Eu prefiro não ir — disse Hosana nervoso. — Onde é que estão os burros?

— Pode esperar perto do muro da casa de seu Nando que os companheiros foram buscar os burros — disse Manuel.

Manuel Tropeiro e Raimunda se ajoelharam na areia molhada ao pé de Nando. O pobre corpo machucado e sujo ainda vivia. Raimunda tirou a camisa de Nando, molhou-a no mar e com ela lavou Nando da urina, do sangue, da areia. Manuel abriu no solo como quem atira uma tarrafa ao mar a rede de dormir que tinha trazido da casa. Ali deitaram o corpo e o carregaram, um a cada punho da rede. Apesar de zonzos de pancada, Djamil, Amaro e Zeferino, socorridos e despertados por Manuel, tinham ido buscar os burros. Quando a rede chegou já estavam ali, com Hosana que ia guiá-los à sua quinta.

Deitado em peles, coberto de peles, Nando era pura astúcia. Fingia de morto contra o espírito. Contra a alma empastada no corpo. O espírito ganhava as próprias sombras humanas que o cercavam e que deviam estar vendo o lençol através das suas costelas. Aquela mão que procurava na sua testa a temperatura do corpo ia sem dúvida apalpar o travesseiro. Tinha ainda boca mas por que não lhe tiravam delas as angélicas asas insípidas de bicho-anjo fundamentalmente diverso?

— A gente devia ter ficado com ele na cidade — disse Djamil.

— Eu também acho — disse Margarida.

— Matavam ele — disse Manuel, que aceitava a responsabilidade da fuga.

Em Nando a astúcia contra a essência dissipadora do mundo quente lacrado em torno da árvore de osso. Inaceitável o simples retorno aos elementos da combinação fadada à ação e ao prazer. Balouçante pau de sucupira leve nas águas do espírito, água-viva mais água que viva. Chegou o momento do grande bruxuleio. Quase alma, bem mais alma do que quase. O pavio do espírito queimava raivoso sobre o corpo exausto e Nando escorria feito um círio para dentro de si próprio.

Zeferino Beirão enterrou a cara nas mãos e chorou um choro grosso. Margarida sentiu com horror que as pontas dos seus dedos se aprestavam para cerrar os olhos de Nando. Manuel caiu de joelhos no chão e Cristiana recapitulou na ponta afiada de um único instante todo o gozo que lhe viera daquele corpo que expirava. À cabeceira de Nando, Hosana, Djamil, Amaro e Raimunda viram os olhos dele concentrados.

Concentrados com feroz fixidez. Entre Nando e o incorpóreo a dura avelã da lembrança do que fora quando era pés e pelos, unhas, fezes, voz e cheiros. Num caroço sua organização em tripas e nervos. A memória de sua doce capacidade de deslocar água quando nela entrado. De esburacar vento quando a ele oposto. E os dedos das mãos. No fundo tenebroso da vitória do espírito os dedos acariciando a casca transparente de um suspiro de ser. Tinha ainda uma víscera que sabia que era víscera. Por total ignorância de coisa que não fosse ela mesma fechou-se ao espírito. E foi levando.

— Ele não aceita mais nem colherinha de leite — disse Cristiana vendo o fio branco que escorria da boca de Nando.

— Será que ele vai ficar só vivo assim? — disse Zeferino com um arrepio de medo pensando em histórias de Quimanga. — Tem tanto tempo já.

— Ele mesmo já fechou os olhos — disse Margarida.

— Se ele não morresse aqui no amor da gente morria de qualquer jeito nas mãos daqueles bandidos — disse Manuel se defendendo no seu desespero.

— Será que ele se tranca assim todo encantado na agonia efetiva, santo Deus? — disse Zeferino.

Quando vieram os espasmos, todos choraram mas era chegado o dia da grande alegria de Nando. Seu corpo já estava infuso no espírito mas o espírito se exauria e de repente Nando teve as entranhas varadas pela ponta lancinante de uma dor. Depois uma cutilada no peito. Uma lança enfiada no flanco esquerdo. O espírito se levantava de chofre e Nando entrava de novo da miséria da sua humanidade. Um aro de ferro na cabeça, que agora ele sentia amarrada. Doíam as costas, as pernas, o tórax. Nando sentiu-se inteiro um hino de aflição.

— Meu Deus que é isso? — gemeu Margarida.

— Jesus Cristo nos acuda — benzeu-se Amaro.

— Foi assim a agonia do meu avô — disse Zeferino.

Mediante a dor Nando redescobria um olho, a placa em brasa do fígado, o ventre, o braço esquerdo. De cada músculo vinha à sua cabeça uma fagulha de presença. Cada tentativa de gesto era uma chispa, cada balanço de cabeça uma crispação. Toda uma matilha de dores latia a vida em mil lugares.

Uma apavorada esperança multiplicou em todos o desejo de fazer compressas de arnica, de sândalo, de erva-cidreira, de tentar fazer ele engolir caldos, leite, sucos de frutas, xarope de jurubeba.

Para Nando zonzo de dor e de contentamento aquelas sombras se materializavam em torno do seu leito como seu próprio corpo se materializava em cima do leito. Incapaz de cantar ou mesmo de falar, Nando gemeu durante horas e dias aquela maior alegria de sua vida, gemeu suas grandes dores ardentes e as que mal crepitavam como um fogo-fátuo, gemeu dorinhas de nada e dores imperdoáveis. Foi quase com pena que sentiu afinal algumas partes do corpo caindo em esquecimento de não dor, em desmemória de bem-estar, apagando em promessa de saúde a percepção do corpo inteiro.

Manuel, Zeferino, Djamil, Amaro, Cristiana, Raimunda, Hosana e Deolinda já podiam agora descansar em turnos. Nando engolia, dormia, os gemidos diminuíam de intensidade.

— Vamos botar a cama dele no sol. Acho que agora já pode — disse Manuel.

— Vamos — disse Margarida.

— Vamos botar ele debaixo da trepadeira de maracujá — disse Raimunda.

Nando abriu os olhos sob o maracujá alastrado de flores da paixão. Só com as dores maiores numa perna e num olho incandescente. O mais era o peso do corpo contra a cama, uma medalha de sol na cara, uma grande compressa de sol no ventre, moedinhas de sol por toda parte. A visão incerta de Nando abrangeu seu próprio corpo envolto em cobertor de algodãozinho escuro lustroso de manchas amarelas. Reconheceu o leopardo que derrotara o espírito cravando as garras na terra. E sentiu fome. Não de nada. Fome.

Ao seu redor reconheceu os amigos. Cara a cara. Olhos úmidos, azuis de Cristiana, garços de Amaro, negros. Nando esboçou um sorriso, levantou um pouco a mão direita. Mal viu, porém, como todos se precipitavam para beijá-la e como todos choravam de alegria. Mergulhou no seu primeiro sono tranquilo.

Nem Margarida e nem Cristiana quiseram se imaginar causa daquele sonho. A dúvida, ao temor da decepção, à impossibilidade de saber com certeza preferiram, sem nada dizer, atribuir a um desejo real de Nando pela mulher. Os outros descansavam das longas vigílias e as duas, a dois passos do dossel verde do maracujá onde jazia Nando adormecido, secavam ao sol os cabelos lavados. Margarida com os dedos arrepiava os cabelos pretos e Cristiana com um tosco pente de chifre alisava os longos cabelos louros.

Era bem possível que o fundo do primeiro sonho tranquilo no primeiro sono de convalescença de Nando fosse um desejo geral de mulher. Mas quando o sangue alegre afluiu aos milhões de células ocas, ao sol que aquecia Nando por fora em sua pele de leopardo correspondia o sol da imagem de Francisca. O calor do sol no seu ventre era no sonho o calor do ventre solar de Francisca.

Cristiana e Margarida riram-se um riso mudo e misterioso.

— Ele ficou bom — disse Margarida.

— Ele está bom — disse Cristiana.

— Ele é bom — disseram as duas.

E como aconteceu que disseram isto ao mesmo tempo riram também juntas, e alto.

7

O mundo de Francisca

Nando abriu os olhos para um mundo de flores e cabelos, folhas, dentes, mãos. Sentia-se tocado por dedos na cabeça, na testa, ouvia vozes e sabia que estava no meio das coisas, livre de dor. ou quase. Mas o mundo tinha perdido a nitidez. Era só isto.

— Ele estava indo tão bem — disse Cristiana

— Nando — disse Margarida.

Perfeitamente claro. Era o seu nome, era a ele que chamavam. Sabia até mesmo quem eram as pessoas que chamavam. Mas a vitória seria assim? A privação do inimigo podia deixar um vazio tão grande?

— Seu Nando — disse Manuel Tropeiro.

— Deixem ele descansar — disse Hosana.

— Ele vai tomar um caldinho bem quente, com carne e tutano — disse Deolinda.

— Olha, Deolinda — disse Djamil —, talvez seja melhor insistir por enquanto num chá.

— Meu Deus! — disse Cristiana —, contanto que o olho dele fique bom!

Ah, então não tinha aberto os olhos mas um olho só? Nando levou a mão ao rosto, sentiu a venda no olho esquerdo, e uma dor ali. As palavras chegavam aos seus ouvidos direitinho, mas vazavam depois: o que era mesmo que tinham dito? O caldo de Deolinda ouvido antes vinha afinal como uma surpresa, desligado do aviso de havia pouco, ou como se o aviso tivesse sido feito em recuados tempos de meninice. O caldo que ele recusara tomar numa distante manhã de convalescença. Que capricho era esse de servirem agora o caldo que devia ter entrado na sua formação?

— Ele ainda não ficou bom — disse Cristiana.

— Está só é fraco — disse Djamil. — O pior passou. Um outro teria morrido da surra.

— Não levante não! — disse Deolinda.

Nando sentiu com prazer sua possibilidade de levantar e caminhar. Levantou, caminhou debaixo da trepadeira de maracujá, viu a casinha simples por trás, um velho poço de pedra com a corda e a caçamba. De repente aquela dor na perna. Caiu. Só conseguiu levantar amparado por Cristiana e Margarida. Andou até o poço, olhou o fundo mas só viu pedras. Poços da sua infância e de outras convalescenças surgiram dos tempos mas com cintilação de água. E sentiu em si o que sentira apenas em pensamento externo, antes: o temor de se deixar devorar pelo rio barrento. Para entender uma coisa é preciso deixar que ela flua na gente e não que passe como um rio passa pela frente da gente. Agora é minha responsabilidade não diluir ou descobrir o rio de mel.

— Nando — disse Hosana —, estamos na Quinta dos Frades, sabe? Você vai ver lá embaixo que coisa fantástica.

— É cedo, Hosana — disse Djamil —, ele precisa antes de repouso. Talvez até seja melhor ele ficar dentro de casa. E não estou gostando nada da perna dele.

— Ah — disse Hosana —, ele vai acordar de vez quando chegar lá e cria até perna nova.

Deolinda, mulher de Hosana, espanador e flanela de lustrar móveis na mão, sorria para ele. Era uma caboclinha graciosa, já um tanto envelhecida. Espanava com absurdo cuidado um grande gato de louça de bigodes dourados, que servia de centro à mesa da sala de jantar.

— Eu garanto que boto ele bom — disse Deolinda.

Estava tudo arrumado para sua inspeção, ele sabia, mas como num quarto escuro que não conseguia devassar. Por fora passava e por longe, mas o quarto de ontem era indevassável.

— Isto — disse Djamil —, uma cadeirinha de balanço, a rede bem à mão.

— E amanhã vamos ver a capela — disse Hosana.

Margarida que tinha ficado do lado de fora disse como se falasse somente a Deus mas ouvida dos homens:

— Valei-me, Nosso Senhor Todo-Poderoso! Não deixai que ele fique como o padre André.

— Psiu! — disse Manuel Tropeiro com raiva.

— Desculpe — disse Margarida.

Nando escondeu a agitação que o invadia para que não pensassem que se agitava pelo que tinha dito Margarida, quando o importante era descobrir o meio de não se despejar no rio imundo. Os cocos de tucum caem da beira para dentro da água mas todo o mundo sabe que o que verdadeiramente atrapalha a industrialização dos cocos reside na dificuldade e no investimento de abri-los. O babaçu como é do domínio público extermina populações maranhenses inteiras desde o tempo de Vieira pela astuta recusa de rachar-se ao meio. De certa forma são os cocos os últimos cofres, arcas, bocetas verdadeiramente intactas. A enorme quantidade desses tucuns caindo n'água sugere talvez uma exportação de bubuia até os portos do mar. Exceto que fica tão boçalmente enorme o rio de barro que mesmo que nele se despejasse a vazão total de minhas águas em massa de cocos mesmo assim eles se perderiam todos, um a um, em furo, paraná, igapó, igarapé. E nem a exportação resolvia o problema de não descobrir, não turvar, não dissipar a treva penosamente raspada a mão em limo de fundo de rio e pena de tiziu.

— Se ele continua assim indefinidamente temos que trazer o médico — disse Djamil.

— Ou levar ele ao médico — disse Hosana. — É perigoso trazer o médico aqui.

— Puxa, Hosana — disse Djamil —, eu posso trazer um médico que seja gente de confiança, que não há de sair daqui para contar ao Ibiratinga onde é que está o Nando. E você concorda que Nando está esquisito, não concorda?

— Ele está meio esquisito — disse Hosana — mas de físico está bem. O que é que um médico vai fazer num caso desses vindo aqui? Se é coisa de cabeça não pode ser tratada assim, de qualquer jeito.

Nando riu. E viu as caras surpreendidas.

— De cabeça você também não tem nada, não é, Nando? — disse Hosana.

Nando fez que não com a cabeça. Djamil bateu no ombro de Nando, sorridente

— Que bom, meu velho!

Depois disse a Hosana:

— Mas você precisa não exagerar com esse medo de que venha mais alguém à Quinta e queira olhar não sei que coisas que existem na Capela e que só Nando pode ver! Puxa. Você parece mais doido do que qualquer outro.

E a Nando:

— Tem alguma coisa que te doa no corpo? Ou uma preocupação que não quer nos contar? Diga, Nando, tem alguma coisa te atormentando?

Nando fez que não com a cabeça. Se ele ao menos pudesse explicar. Aquela sangria de trevas tinha aberto nele um vazadouro. A solução era só uma, começar a voltar, a recolher as águas, engolindo os riachos que tinham entrado pelos lados, restituindo às nuvens as chuvas caídas, me espremendo, me afinando com jeito às margens onde eu cabia menino, alargando as beiradas um pouquinho só. Enquanto isso o coco boiando no rio, tingindo o rio para que não se perca o negro.

— O que eu acho — disse Djamil — é que uma consulta tranquilizaria todo o mundo. Deve ser só estado de choque e esse olho.

— E a perna dele — disse Margarida.

— Eu vou — disse Cristiana. — Eu trago um médico de absoluta confiança, Hosana.

O esforço de tornar arroio infante um rião imenso, de destrançar os fios de água a distribuir por grotas e grotões, de se espremer ao ponto de vomitar do leito jacarés e pirararas até virar lagoa com beiras de Colômbia e Venezuela. A lagoa estendida como espelho negro na cara do céu.

— Então — disse o médico — está se sentindo bem?

— Bem, muito bem — disse Nando.

— Agora, escute — disse o médico. — O que preocupa seus amigos é seu... esquecimento. Talvez seja penoso mas tente se lembrar. Você foi espancado, na praia, se lembra, espancado brutalmente. Se lembra?

— Lembro.

Mas sem dúvida devia ter feito cara feia, ou de dor, ou lá do que fosse porque o médico parou. Não perguntou mais. Podia acrescentar que se lembrava vagamente de Xiquexique batendo nele e da água fresca e mesmo de várias outras coisas menos longínquas que a infância mas era preciso atender ao mais urgente. Se parasse o mais urgente tudo se perderia e nunca mais virava lago e rio entranhado do ácido das florestas. E no entanto a queda dos caroços de tucum plum-plum-plum dentro da corrente fazia adivinhar um plano certo e bem pensado. Lago de treva, de mel, imerso em si mesmo, longe do rio barrento porque os caroços de tucum eram como milhares de operários que iam, que já estavam barrando o rio bem abaixo de Manaus. Cobra Grande.

— Creio que, com exercício, a perna recupera sua elasticidade — disse o médico. — Por enquanto ele vai capengar, isso é certo.

— Não! — disse Cristiana.

— O olho infelizmente está perdido.

— Jesus! — disse Margarida.

— Mas o estado geral dele é excelente. Vão-se os anéis, ficam os dedos. As manchas escuras são equimoses. Todos os ossos estão perfeitos. Não tem nada de grave.

— Mas ele não vai ficar assim... meio ausente, vai, doutor? — disse Deolinda.

— Acho que não. Quando ele quer fala, e fala bastante direito. Se ele pudesse parar de fazer esse esforço! O que é que você está querendo lembrar?

— Ah, estou — disse Nando. — Esperem, esperem. Senão não lembro.

— Isto, vamos esperar — disse o médico. — Eu volto dentro de mais uns dias.

Hosana desceu primeiro, na caçamba. Depois Deolinda, que sacudia a cabeça como quem não concorda, metendo ele na caçamba. Hosana já tinha afastado as pedras. Nando entrou pelo corredor fresco, foi andando de mãos dadas com Hosana. A mão de Hosana estava úmida na ponta do braço trêmulo.

— Olha, Nando, veja que quadros de lascar a alma da gente.

Nando quis agradar o amigo, parecer interessado.

— Será que um olho basta? — disse Nando.

— Ah, você está bom! — disse Hosana. — Fazendo graça. Mas olha, Nando.

A Virgem menina, com Sant'Ana, aprendendo a ler, entre suas irmãs. Depois a tabuinha pequena, o óleo grosso, Sant'Ana desanimada, costura nos joelhos, olhando Maria que perto da janela se contempla com enlevo num espelho para o qual se inclina. E Hosana, comovido:

— Uma moça que cresce, vaidosa das tranças, da carinha que se desmenina, curvada para a frente para ver se enxerga a mulher no fundo do espelho.

Terá de refluir depois, pensou Nando.

— Essa Anunciação — disse Hosana —, olhe para isto! Maria olhando em frente, firme, o rosto iluminado, sem dúvida dizendo o que disse: "Mas como pode ser, se homem não conheço?" Agora veja Gabriel, o anjo. Repare que ele não está apontando o céu, Nando. Repare. O que é que ele está fazendo? Está despindo as asas. E a fala inscrita no pé do quadro é dele, é do Gênesis: "Os filhos de Deus possuíram as filhas dos homens."

— Pintura ruim — disse Nando.

— O quê?

— Ruim. A pintura.

— Mas olha isto aqui, Nandinho. Maria recenseada pelo imperador Augusto. Olha ele, uniformizado de ouro, ajaezado de ouro, com uma coroa de louros que são chapas de ouro na cabeça, com anéis de ouro que vergam sua mão para o chão, a mão com que aponta Maria ao agente do censo romano. E a única coisa que reluz no quadro é o ventre redondo de Maria.

Nando assentiu com a cabeça.

— Ah, Nando, esse eu tinha certeza que ia te dar um choque. Augusto, Nando! O Senhor justo e bom. *Patris patriae. Jovis optimi maximi.* Ou *optimum maximum*? Sei lá. Mas Augusto contando gente e Maria...

O desperdício de treva lúcida a despeito do amor com que penetrava fundo as águas túrbidas e marrons engasgadas de aluvião. Mas tentar ali o lago? E era o que fazia, empurrando, civilizando, derramando sua noite na torrente bugra. Um lago derrotado o tempo todo. A lagoa seria lá para cima, longe, bem longe daqui, sugando as águas para riba, mamando as tetas do Branco, remontando o meu Içana, em fraldas de nevoeiro bem no Pico da Neblina.

— Ai, ai!

Aquilo tinha sido um bocejo de Hosana sem dúvida desesperançado e Nando quis mostrar interesse, olhou bem de perto e recuou depois como um *connoisseur* para melhor ajuizar o quadro grande de Maria segurando o prepúcio do menino para que o anjo o circuncide com faca de fogo no centro da sinagoga. E ao lado Maria purificada no templo quarenta dias depois do nascimento com uma rola degolada na mão direita, um pombo degolado na mão esquerda, seu próprio sangue escorrendo pelas pernas. Hosana se animou:

— Repare como é sempre Maria triunfante. Pode ser pintura ruim mas veja a cara dela, de menina até agora, de adolescente, de mãezinha jovem. Olha ela aqui com a profetisa Ana. Com os reis Magos, Nando, olha o sorriso, olha o desafio. Uma rainha recebendo rei menores. E aqui, no burrico, caminho do Egito!

Um quadro chapado, todo primeiro plano, de uma graça brutal. O couro do burro, a carne resplandecente de Maria nua espremendo do seio gotas de leite na boca da sua cria. Num canto do quadro, como um estudo, os cascos do burro, os longos pés de Maria.

— E aqui o máximo — disse Hosana —, o grande momento mariano terreno.

Era Maria-Nefertite olhando do Egito por cima dos mares com rosto de galga as crianças da Judeia massacradas por Herodes. José velho se aquece ao sol no fundo, um estranho Aknaton de barbas brancas, contemplando com olhos furtivos Maria-Nefertite que tem Jesus nos joelhos. José desbasta as tábuas de uma cruz.

— Você precisa ver tudo isso para trás com atenção, Nando. Precisa recapitular. Daqui em diante é quase outra coisa. Começa a aflição de Maria, começa o sofrimento que vai até o trítico no fundo. Olha que coisa tremenda!

O trítico de tábuas enormes fechando em mural o fundo da capela, uma verdadeira barragem subindo, subindo na confluência, que Curemas, que Mãe D'água, que Orós que nada, que Furnas. Forçoso era imaginar por mais que se quisesse afastar elementos de superstição que a própria Cobra Grande estava por trás daquele dique de tucuns para impedir que a filha doidivanas e o genro garanhão desperdiçassem de todo a noite. Cobra doida, cobra louca para emprestar o caroço a uma donzela no cio e que agora era só lesco-lesco de rede deixando pingar entre as malhas e espalhando pelo chão do mundo a treva amealhada desde as épocas em que depois de reluzirem de modo insuportável a todas as horas do dia e da noite as onças e jaguatiricas começaram com paciência a colecionar manchas escuras para o pelo ardente.

— Então, que tal? — disse Deolinda que recolhia os dois no cesto.

— Nando se interessou um pouco — disse Hosana.

— Bastante — disse Nando.

— Bastante — riu Hosana — mas nem a metade do que eu esperava.

— Mas se ele se interessou já é alguma coisa.

Cristiana ia chegando.

— Ele se interessou? — disse Cristiana.

— Se interessou, Deus seja louvado — disse Deolinda.

— Quer dizer que está bom o meu neguinho? — disse Margarida.

Também os tinhorões foram adotando listras e rajas e várias plantas selvagens extinguiram em brava automutilação flores girassólias cujas resinas altamente sensíveis se acendiam no sol e ficavam queimando. Como viver numa luzerna dessas desgramada, Boiuna? E onde é que a gente vai acender os fachos de escuro se teu rio acabar?

— A perna dele não sei — disse o médico. — É capaz dele ficar manco para sempre.

— E o olho? — disse Djamil. — Há alguma esperança?

O médico balançou negativamente a cabeça.

— Não. Só se um curativo tivesse sido feito logo depois de causada a lesão. O olho foi-se.

— Talvez escape menos escuridão por uma única passagem — disse Nando.

— Como é isso? — disse o médico.

— Nada, brincadeira — disse Nando.

Precisava ocultar aquela agitação e visitar sozinho a capela. Para voltar necessitava de ajuda mas podia descer só, quando ninguém estivesse por perto. Desceu seguro à corda, com facilidade, e apenas aflorou com a vista Maria-Nefertite no seu toucado com o ureu, contemplando a Judeia sangrenta. E mergulhou fundo numa desolada Maria encontrando Jesus que perdera em Jerusalém: "Por que é que você fez isso com a gente, menino? Eu e teu pai estávamos procurando você na maior aflição." Depois nas bodas de Caná, afastada com grosseria pelo filho homem empenhado em transformar água em vinho, pede aos criados que não o contrariem, que façam o que Jesus pedir. E enquanto Jesus transtornado fala à plebe, Maria a um canto o aponta a Madalena e pede sua boa ajuda de prostituta para reconduzi-lo aos caminhos naturais do homem. Mas Nando se preparava o tempo todo para olhar o trítico que vira de relance em companhia de Hosana e que desejava contemplar em solidão. Pregou o olho restante nos gigantescos painéis. O primeiro era o da Crucifixão. Cristo morto na cruz e a Madalena aos seus pés, chorando entre outras mulheres. Os apóstolos apavorados voltam a cabeça para não verem nem o Mestre morto e nem a fenda nas nuvens por onde se debruça Deus. No meio do quadro Maria desgrenhada e convulsa de cólera ameaça Deus com o punho fechado. No quadro central Maria ascende aos céus, Maria nua, subindo das ondas do mar sobre uma concha, cabelos de chamas longas e vivas beijando-lhe os seios e os flancos como um incêndio submisso, Maria ascendendo sobre o mar coalhado de barcos onde apóstolos, mulheres, soldados romanos acompanham com temor mesclado de esperança sua subida tranquila a um céu entreaberto onde Deus formidável de cenhos cerrados parece aguardar apenas o momento de fulminar em meio voo Maria assunta. No terceiro quadro Maria na plena glória do céu sentada em sua concha que veio repousar no trono de Deus, mil serafins e querubins esvoaçando em torno do seu rosto e dos seus seios, as santas do céu cantando à sua volta. E Deus morto no chão. Um homem morto. Nando olhou com fixidez a tábua imensa do meio, todo ele uma concentração de memória, e quando a si mesmo disse que precisava escrever a Leslie ouviu como num eco interminável os nomes familiares do passado recente, Levindo, Ramiro, Fontoura, Lídia, Januário e compreendeu a vingança mesquinha do espírito derrotado que não queria permanecer nem naquela quantidade indispensável ao normal funcionamento do corpo. Viu a cara odienta do Vidigal que com a boca cheia de fumaça berrava "Francisca!" mas o berro não ressoou nos ares como ressoara no porão, antes explodiu surdo e terrível no crânio de Nando. Nando sentiu as pernas moles, a testa úmida mas soube que o combate estava findo.

— Puxa, Nando, que ideia a sua de voltar à capela sozinho — disse Hosana.

— Pensamos que você tivesse fugido, sei lá — disse Cristiana.

— Não vai nos pregar outro susto assim — disse Djamil.

Todos falavam com a maior naturalidade possível mas Nando sentiu que falavam com um grande medo, como se agora sim estivessem convencidos da sua loucura. Sorriu feliz à luz do sol, às flores do maracujá, aos rostos preocupados.

— Estou bom, minha gente, estou com fome, estou com sede.

Os lábios de Margarida tremeram feito beiço de criança que vai chorar.

— Você está mesmo bom, neguinho? Jura?

— Juro pelo que você quiser, meu bem. Só tenho agora que botar umas ideias em ordem.

Nando sentiu a plena ternura e dedicação de todos quando ficou de todo bom e notou em cada um o vinco da preocupação particular sufocada durante tanto tempo em seu benefício. Cristiana, coitada, disse rindo mas com visível ansiedade:

— Nando, imagine só o que é que não estará fazendo meu pessoal para me localizar!

— Tem toda a razão — disse Hosana. — O pior, Nandinho, é que acabam dando com os costados aqui. Parece que estão procurando você com processos. O Ibiratinga está de novo poderoso. E sabe o que é que ele disse aos jornais, depois do seu jantar? Que você atacou soldados dele, com a ajuda de cubanos armados, e fugiu em seguida!

— Eu tenho que ir embora, meu bem — disse Cristiana. — Quando é que vejo você outra vez? O que é que você vai fazer?

Hosana ia se afastando, mas ao ouvir a segunda pergunta de Cristiana se deteve no meio do caminho, e foi mais para que ele escutasse o que Nando disse:

— Vou resolver o mais depressa possível. Ando numa luta danada comigo mesmo mas chego a uma decisão hoje, amanhã, no máximo depois de amanhã.

Hosana continuou no rumo em que ia antes, rosto voltado para o chão, a própria imagem do desassossego. Cristiana partiu. Partiu Margarida magrinha, ambas de rosto molhado, não tanto pela despedida como pela total incerteza de quando reveriam Nando. Depois foi a vez de Djamil se despedir. Falou a Nando com a amizade de sempre mas não sem uma ponta de ironia:

— Bem, seu Nando, eu por mim embarco... para o sertão! Já tem muitos dos nossos que foram para o Chile, para o México, a Argélia, os Estados Unidos. Eu vou para a terra do nosso Manuel Tropeiro. Zeferino já seguiu. Amaro seguiu.

— Guerrilhas?

Djamil deu de ombros.

— Eu gostaria de dizer que sim, Nando. Por enquanto a gente está apenas se reunindo. E você sabe como é difícil tocar fogo neste Brasil. Mas o Manuel conhece os fundos da casa como você não imagina. Ele e uma família interminável que ele tem, de tios e primos, cunhados e não sei mais o quê.

Por um velho hábito de conspiração Djamil olhou em torno, cauteloso:

— Otávio não foi nessa conversa de se asilar não. Anda se movimentando lá pelo Sul, parece. E me disseram que contrabando de armas tanto na fronteira do Uruguai como do Paraguai é uma canja.

— Bem — disse Nando —, a gente está vendo a situação política daqui de Pernambuco, onde provavelmente a repressão ainda é grande, mas quem sabe se lá no Rio já não se está organizando uma...

— Ah, meu velho, desiste. Meses e meses se passaram e eles continuam moendo todo o mundo em IPMs, confiscando livros, e dando tudo quanto é posto importante aos milicos. Na melhor das hipóteses a gente vira uma falsa democracia de presidentes nomeados, como o México, e na pior a gente segue a mãe-pátria e sai para um salazarismo que não acaba mais. Temos que partir para a resistência armada. Eu pelo menos vou tentar.

Nando ficou sem saber o que dizer, vagamente desejando que Djamil se despedisse de vez e fosse embora.

— Sei — disse Nando. — Eu ainda tenho que resolver umas coisas, por aqui mesmo. Mas fico em contato com o Manuel. A qualquer momento ele pode me levar ao encontro de vocês.

— Bem, você sabe que o Manuel te adora. Mas é preciso não arriscar demais o pelo dele. Eu, por exemplo, acho que ele não devia mais aparecer por aqui.

— Isto é verdade.

— Durante muito tempo um grupo grande dos nossos ficou em paz, em Salgueiro, lá no sertão, zona do pessoal do Manuel Tropeiro. Depois apareceu tropa por lá, tropa mesmo, Nando, e se não fosse um bom sistema de vigilância de estrada ia todo o mundo em cana, ou morria de bala ali mesmo. Porque neste estado, do Agreste para adiante ninguém tem a menor cerimônia com trabuco não. Estou te contando isto porque na minha opinião a pessoa que eles mais queriam pegar no Salgueiro era o nosso Manuel mesmo. Garanto que eles sabem o que Manuel tem feito para encaminhar gente para lá.

Nando fez que sim com a cabeça.

— Se você e Manuel são apanhados juntos, Ibiratinga vai ter seu dia de glória e vocês dois pegam trinta anos de cadeia.

Djamil tinha toda a razão do mundo e era criminoso arriscar mais do que fosse estritamente necessário uma vida como a de Manuel Tropeiro. Por isso naquela noite, quando se preparava a partida dele com Djamil, Nando puxou Manuel para uma conversa a sós na mesa de jantar de Hosana, à vista do gato de louça de bigodes dourados. Uma conversa de café com pão, Manuel pitando seu cachimbo de barro. Se Djamil falava a Nando com a franqueza que fosse precisa, Manuel era um mestre do rodeio delicado.

— Que o quê, seu Nando, aquilo lá do Salgueiro foi uma arruacinha de coisa nenhuma. Não deixou buraco na cartucheira de ninguém e olhe que a Raimunda por exemplo estava lambendo os beiços para queimar a virgindade do rifle dela. Toda encourada que ela estava feito uma Maria Bonita. Quando a tropa chegou lá no sitiozinho do meu tio Amâncio não encontrou nem fumaça no fogão da cozinha.

— Mas a verdade, Manuel, é que já tem tropa volante atrás de vocês. Daqui a pouco tem até avião.

— Nada, seu Nando, eles pensam que a gente é só três ou quatro. A gente tem sempre um rancho, uma fazendinha, um curral onde a gente se encontra de vez em quando mas depois se divide tudo de novo.

— E Januário?

— Esse já está mesmo longe, lá pelo Goiás.

— Ele chegou a ir para o Chile, não chegou?

— Pois chegou, mas deu uma insânia nele que não aguentou de tão agoniado. Varou uma fronteira aí e apareceu de novo, garrucha na cinta, entre o pessoal das Ligas. E eu que nem sabia que Goiás tinha Liga.

— Você viu Januário?

— Eu ia até lá no Goiás com o Primo Leôncio, mas resolvi esperar. Agora que o seu siso voltou, seu Nando, estou cismando se não é boa hora.

Nando apertou comovido o braço rijo de Manuel Tropeiro.

— Perdendo seu tempo aqui comigo.

— Bem falando, eu estava me dando tempo e não perdendo tempo, seu Nando. Goiás é terra longe. Que tempo que não vejo seu Januário. Eu não queria chegar com as mãos vazias.

— Com as mãos vazias?

— Tal como diz, seu Nando. Se eu chego lá vou dizer: "Seu Januário como vão as coisas por aqui?" e outras saudações parecidas, não é mesmo? E ele vai dizer: "Manuel, como vão as coisas no nosso estado?" e cortesias assim de resposta. Fica tudo por isso mesmo, na alegria do encontro, que é sempre feito a gente tomar uma bebida fresca. Mas sem uma presença de novidade mais forte, sem uma aguardente pingando fogo no copo.

— O contentamento de Januário vendo você ao lado dele, de cartucheira e rifle, vai ser maior do que você imagina, Manuel. Deixa de ser modesto.

— Ah, seu Nando, não é hora de modéstia nem de rolar chapéu na mão. Mas eu queria chegar em dois cavalos, o senhor no outro.

Nando bebeu o café trincando a folha da caneca. Relembrava Manuel Tropeiro torturado no porão do Batalhão de Guardas, olhava Manuel na sua frente, denso, espesso de músculo, de sangue. Nobre e bicho. Uma onça preta, Manuel. E ele, Nando, um gato de louça de bigodes dourados.

— Eu vou com você, Manuel. A única coisa é que... Não sei que tempo fico.

Nando riu, abrindo os braços num gesto que tentou fazer natural.

— Tua Raimunda vive com você lá, Manuel, mas você sabe que Francisca está longe. Me pedindo para ir ao encontro dela. De lá eu também volto, é claro. Mas você sabe...

Manuel interrompeu Nando com um gesto de duas mãos, quase solene.

— Seu Nando, me escute. Mesmo que o senhor quisesse montar num burro hoje e sair comigo mais seu Djamil eu não arrancava daqui com o senhor nem à mão de Deus Padre. Viajar não se viaja desse jeito. A gente sai pelo caminho quando está de alforje arrumado. O senhor não tem nem ainda sua saúde inteira. Não se pensa tal assunto. Eu vou com seu Djamil, eu volto. Tem uma hora na vida que é da pressa. Mas essa hora da pressa a gente tem que preparar muito devagarinho, às vezes a vida inteira.

Nando só viu Manuel Tropeiro de novo antes da partida quando ele e Djamil já estavam quase de pé no estribo e Deolinda arrolhava uma garrafa térmica de café quente para os viajantes levarem.

— Quando você voltar aqui, Manuel, me encontra a postos. A menos, quem sabe, que a situação tenha mudado muito no país.

Manuel tinha tirado o rifle duma das bruacas da sua montaria e passava óleo nele, com uma flanela.

— Ninguém muda de profissão não, seu Nando. Esses Ibiratingas vão continuar com boca de jacaré e pau de arara. O Tropeiro aqui eles não agarram mais não. Eu já disse até a Raimunda onde é que eu tenho uns cobres escondidos, se caso, como peço a Deus, ela ainda ficar na terra depois de mim. Dá até para ela abrir uma pensão. Pensão decente, como não vale nem a pena esclarecer.

Manuel apoiou no chão a coronha do rifle, depois se curvou um pouco para encostar a garganta na boca do cano.

— Primeiro eu destroço uma grosa deles, depois vou conferir se gente suicidada entra ou não entra no céu.

No dia seguinte Nando conversou com Hosana.

— Hosana, amigo velho, você me salvou a vida me trazendo cá para o seu castelo dos frades e de Nossa Senhora. Você e Deolinda foram os melhores hospedeiros que eu podia desejar.

Hosana riu, esperançoso.

— Mas o que é isso, Nandinho? Parece uma despedida.

— Ainda não, ainda não.

— Sei, mas você...

— Estou. Estou arrumando o alforje. Mas há uma coisa que eu ainda preciso pedir a você.

— Sim?...

Deolinda veio chegando com uma bandeja e copos.

— Tem aqui um refresco de pitanga colhidinha do pé. Vocês não estão falando segredo não, não é mesmo?

Nando olhou a cara simpática e já não muito fresca da moreninha que ninguém diria ter desencadeado uma tragédia.

— Para você não temos segredos — disse Nando. — Eu estava exatamente agradecendo a Hosana a hospedagem de vocês. Não podia ter sido melhor.

— Ah, Nando, deixa isso pra lá — falou Deolinda. — Você vai ficar aqui com a gente, não vai?

Hosana se remexeu na cadeira e Nando lhe bateu amigavelmente na coxa.

— Não assuste o Hosana, que já fez tanto por mim. Os macacos acabam me achando aqui e vocês vão em cana também.

— Ah, que bobagem — disse Deolinda. — Eles já te aperrearam o que tinham de aperrear, já te deixaram sem um olho e meio cotó. Arre que chega!

— A coisa, Deolinda, é que o Nando ainda tem de responder aos inquéritos. O pessoal é tinhoso. Depois sim, ele fica livre.

— Não, Hosana — disse Nando. — Eu prometi ao Manuel Tropeiro ir ver os companheiros aí pelos sertões. Isso eu tenho de cumprir. É uma questão de decência para mim. Depois...

— Hum, já sei. Pode ser que ela volte, não é?

— Por enquanto acho difícil. O que eu queria de você é o seguinte. Você tem passado por perto lá de casa?

— Da sua casa? — disse Hosana.

— É.

— Passar perto passei. Chegar à casa é outra história. Tem sempre soldado montando guarda. A casa está fechada. Não tem uma semana eu dei uma passada pela praia, defronte, como quem não quer nada. Vi até um carteiro parar, enfiar carta embaixo da porta e fiquei tentado a ir até lá. Mas reparei no café um soldado. Olhando a casa. Tem sempre um por perto.

— Ah — disse Deolinda —, vai ver que foi por acaso. Soldado também toma sua lapada de cachaça, gente.

Mas Nando não tinha ouvido nem o fim da frase de Hosana e nem a resposta de Deolinda. Fixara-se na palavra mágica.

— Carteiro, Hosana? O que eu quero, o que eu preciso fazer antes de ir embora com Manuel é ver a correspondência. Tenho de ir até lá.

— Cana! — disse Hosana. — Caníssima. Você não chega na varanda, Nando. Te param na calçada.

— Será?

— Mas não tem nem sombra de será. Cana, meu velho.

— E se eu fosse até lá, assim à toa, como quem vende fruta ou coisa parecida? — disse Deolinda.

— Ah, mulher — disse Hosana —, é melhor você botar mais açúcar nesta pitanga em vez de falar doideira. Te pegam e vêm parar nesta casa. Eu tenho meus compromissos com d. Ambrósio e nossa Santa Madre Igreja. Celibato de padre está acabando, morena. Eu ainda volto a ser padre.

— Você não quer é que eu saia sozinha. Eu já estou ficando que nem eu gosto mais de me olhar num espelho, com uma pele que parece couro de selim velho, e esse homem não me deixa sair sozinha, Nando! Pensa que tudo quanto é homem vive dando em cima de mim.

— Ah, Deolinda, bota uma rolha nessa falação e vai buscar o doce para a pitanga, vai. A gente a falar de coisa séria e você vem com história de homem!

— Calma, minha gente — disse Nando. — É o cúmulo se além de tudo eu ainda puser vocês para brigar. Você sabe em que é que eu estava pensando, Hosana? O Carnaval vem aí, não vem?

— Carnaval? — disse Deolinda. — E o que é que a gente faz com o Carnaval?

— Não tem nada nesta terra que resista ao Carnaval, Deolinda — disse Nando. O Manuel vai voltar em cima do Carnaval. É a época melhor para a gente fugir e é também a melhor para eu tranquilamente dar um pulo em casa e apanhar as cartas.

Hosana balançou a cabeça, em dúvida.

— Será que eles não pensam a mesma coisa? Que o Carnaval é tempo de redobrar a vigilância?

— Você vê um soldado da Força Pública, durante quatro noites e três dias, montando guarda a uma casinhola sem cair no frevo?

Foi a muito custo que Nando convenceu Manuel Tropeiro a aguardá-lo no coqueiral, bastante longe de sua casa, domingo de Carnaval à noite. Manuel queria ir com ele desde a quinta de Hosana até a casa para de lá partirem juntos para o sertão.

— Escuta, Manuel — disse Nando —, sem ir à casa não consigo dar um passo para longe daqui. Mas é assunto meu, um capricho meu. Se você insistir prefiro não passar pela casa de todo. Me deixe ir sozinho. É um capricho, Manuel.

— Na vida da gente só capricho é que é coisa de gravidade, seu Nando.

Nando riu.

— Você sempre tem razão, seu filósofo, mas a gravidade do capricho mora no caprichoso. Ele é que tem que pagar o preço. Escute. Eu só chego perto da casa depois de vigiar tudo em torno com a maior cautela. Além disso estou magro, criei barba, manquejo duma perna e perdi um olho. Você me empresta sua jaqueta de couro e umas alpercatas, eu amarro um lenço vermelho no pescoço e fico igualzinho a esses cabras da cidade quando pensam que estão fantasiados de vaqueiro ou cangaceiro. Se eu tiver qualquer dúvida juro que não chego perto da casa.

— Seu Nando, eu não quero parecença nenhuma com homem que vira de costas quando vê perigo não. Mas sabe que eu encontrei o João Arruda do café em frente da última vez que rondei sua casa, outro dia, e o João...

— Eu sei, Manuel, Djamil me contou e eu proíbo você de arriscar sua vida por causa dos meus caprichos. A única coisa...

Manuel suspirou.

— A única coisa é que o senhor vai na casa de qualquer jeito. Se assim precisa ser, assim será.

— Assim será mas por minha conta. Vou eu e não você. Pode deixar que antes vigio bem o café, assunto os arredores, faço o meu olho trabalhar por três. Só entro na casa se vir que a coisa não pode falhar.

— Vamos então fazer um entendimento certo. Primeiro a hora. Nas onze badalando. Quando o relógio da igreja andar na metade das onze horas a gente se encontra, o senhor vindo da praia e entrando pela porta da frente, eu vindo do coqueiral e esperando na porta da cozinha. Assim está tudo vigiado por todos os lados. Se a vigilância estiver demasiada e o senhor sentir muita catinga de soldado dá uma volta grande e vem antes das onze direto no coqueiral por trás da casa.

— Perfeito — disse Nando —, você pode comandar qualquer tropa.

— A gente se encontra, pula o muro e pelo amor da finada mãe da gente, seu Nando, a gente toca para o sertão!

Nando pensou no azul-marinho mar de alto-mar encarneirado de ondas brancas.

— Para o sertão.

— Ah, e tem aqui a jaqueta e duas ferramentas para o senhor.

Manuel apanhou no seu baú um gibão de couro, um revólver e um punhal de lâmina comprida e cabo colorido.

— O revólver está emprenhado das seis balas, e o punhal que é da Campina Grande viaja aqui.

Manuel tirou o punhal da sua bainha de couro e o fez desaparecer dentro da costura lateral do lado esquerdo do gibão.

— Não tem quem sinta o volume delezinho nesta costura grossa e embolada, seu Nando. E ele sai daí fácil como se estivesse em bainha de toicinho. Quando tiver um tempinho o senhor experimenta ele.

Nando riu.

— Experimentar o punhal?

Manuel estava sério.

— Tome duma melancia ou jerimum. Até laranja serve. Fure elas.

Antes de ir embora Manuel falou:

— Eu ainda não tinha lhe dito, seu Nando, mas padre Gonçalo estourou lá no Primo Leôncio. Quando eu disse a ele que achava que o senhor acabava indo com a gente, ele ajoelhou no chão e rezou duro uns dois minutos a fio. E olhe que era chão dum cascalho de cortar brim de calça e ficar encravado no joelho.

Nando sentiu um arrepio.

— A gente vai, Manuel, a gente vai.

Nando saiu cedo, domingo de Carnaval. Queria cansar os nervos andando, antes de encontrar Manuel Tropeiro. Hosana foi com ele até os arredores da cidade e logo que Hosana se despediu e desapareceu na sombra da noite que começava Nando sentiu sua alegria querendo voltar. No céu ainda avermelhado de crepúsculo a lua crescente era a própria concha pingando água no mar de onde se levantara, boiando entre o céu e a terra. Mas sua alegria não se consumava porque de pé no crescente havia duas Franciscas incoincidentes. Nando foi andando para o centro da cidade, rumo ao distante rumor carnavalesco sem apertar o passo pois queria chegar ao Carnaval em plenitude, como vivo no vivo. Biroscas nos manguezais com máscaras penduradas na porta e foliões dançando na frente, botequins de cerveja e guaiamu e frigideira de camarão com homens de porta-seios e cara pintada, mocambos acesos, pracinhas de bancos quebrados e lampiões mortiços fervilhantes de Marias Antonietas crioulas, legionários de albornoz de saco e moleques de camisa listrada e sombrinha vermelha iam entrando pelo gato de louça, reforçando o gato de louça. Era isto talvez o que faltava à sua alegria: a certeza de que aquilo era gente boa e forte, que não precisava dele graças a Deus. Graças. O triste urubu cochilante na cerca apesar do zé-pereira estrondoso era o próprio Ibiratinga esperando que o Brasil apodrecesse para se alimentar. Vai morrer de fome. Frescor de Capibaribe, caule fresco da rua da Aurora levando à flor de Carnaval que se abria carnívora lá longe. Tinha de ficar alegre vendo que não era preciso salvar um povo salvo. E ao longe um navio. Os navios! Diante deles naufragava o próprio Carnaval e a ideia das cartas embaixo da porta. Mais simples não era ir? Navios no mar ao longe, alheios, contidos, cheios de desvãos onde poderia jejuar invisível até à chegada, até à chegança para responder às cartas não lidas com mãos e braços e corpos que se açoitariam de amor. Ah, Manuel, meu cavalo vai só. Eu te falo, Manuel, mas te falo adeus e meu estribo será a canoa cavalgando águas noturnas até o navio. Da ponte da Boa Vista Nando olhou a rua Nova onde explodia o Carnaval não mais feito gente saída de casa para o Carnaval mas gente transformada em entidade humana única celebrando o quê? O primeiro porre da espécie? Nando entrou na massa de povo. Na barraca de máscaras e serpentinas comprou a rodo metálica que enfiou no bolso da jaqueta, relíquia e talismã, leite e saliva da deusa erguida sobre as águas e ainda em duas dividida. A mulatinha fantasiada de rosa, com touca de pétalas e biquíni de pétalas, disse:

— Me esguicha um pouquinho, Lampião!

Nando apertou o gatilho da bisnaga e o jato de lança-perfume ferveu no umbigo da mulatinha, transbordou, correu pelo seu ventre abaixo e desceu num rastilho úmido pela calcinha rosa. A moça riu:

— Eta caolho de mira boa!

Nando foi se afastando pelas praças e ruas na direção da sua casinha onde ia dizer a Manuel Tropeiro que primeiro o navio, depois o cavalo. Chegou às redondezas da casa de orelhas baixas e unhas recolhidas de gato cauteloso. Mesmo a sua euforia deixou que ela escorresse para a bisnaga de metal no bolso da jaqueta. Sentou primeiro num café distante, tomando uma cachaça. Passou depois pelo lado da praia diante da casa, esquadrinhando as sombras da varanda e a rua deserta. No café fronteiro é claro que não arriscava entrar, apesar de todas as suas metamorfoses. Mas ao passar ligeiro pela porta viu o que esperava: um soldado já bêbado entre foliões e mulheres. Tornou a passar. Se atravessasse a rua mais adiante e entrasse na sombra da sua varanda jamais seria visto pelo porrista aos berros junto do balcão do botequim. Ainda faltavam bem uns vinte minutos para as onze mas a ocasião não podia ser melhor. Ele entrava, apanhava as cartas e esperava Manuel nos fundos. Nando atravessou manso a rua sempre de olho no soldado dentro do café e se diluiu fácil na boca de sombra da varanda. Virou a chave na fechadura e a porta de madeira leve resistiu um pouco, o que o fez parar, coração apressado. Mas eram as cartas, os papéis debaixo da porta. Nando esgueirou sua magreza pela fresta mínima e fechou a porta com as costas. Tudo em silêncio na casa e pulsando na sua mão como carne macia dois envelopes de correio aéreo, dois, macios. Nando se aproximou da janela do lado. A bandeira de vidro deixava passar um quadrado de luz do lampião da rua. Ergueu os envelopes à luz coada pelo vidro sujo e viu as bordas de pequenos quadrados azul-escuros e vermelhos. Feito uma barra de túnica bizantina enquadrando seu nome e endereço na letra de Francisca. No alto à direita o selo refulgia como um ícone. Beijou os envelopes e enfiou-os no bolso, um em cada bolso, obedecendo quase sem saber à divisão de Francisca. Por que a divisão? Talvez a ausência ainda recente do olho mal assimilada pela imaginação duplicando assim a imagem? Duas. Francisca de mar e Francisca de terra fugindo à sua absorção? Nando fechou o olho para ver se assim colocava uma sobre outra as Franciscas dissociadas e sentiu de repente a outra presença. Viu o soldado que lhe apontava o revólver e ria muito.

— Feito rato atrás do queijo!

O soldado se adiantou. Revistou Nando. Tirou o revólver que Manuel Tropeiro tinha dado e guardou no bolso do dólmã. Depois encontrou o volume no gibão de Nando e puxou para fora o lança-perfume, que atirou num canto.

— A gente estava devendo você ao coronel, e você pensando que ia brincar o Carnaval! Ele cobrava você todos os dias do Xiquexique. O Xique está preso. "Tu deixou o diabo fugir, Satanás!" É como o coronel falava para o Xique na noite da Marcha.

O soldado parou, fitando Nando:

— Tu não está me conhecendo não, seu filho duma égua?

Nando fez que não com a cabeça. O soldado deu com a coronha do revólver na virilha de Nando.

— A gente salva os culhões dum merda desses e nem um muito obrigado a gente ganha! Também tu estava dormindo de porre e de porrada. Xiquexique segurou tuas bolas e ia entrando de navalha, fiu! De outra vez eu deixo. Eu cortava teus tomates agora mesmo pra pagar essa tocaia que não tinha mais fim. Mas o coronel é capaz de azedar se tu chega com as calças vazias.

Nando ouviu no quintal, fora, o baque de alguém saltando em terra. Manuel! Mas ainda não são bem onze horas. Ah, Manuel! Em vez de fugir! Djamil não ia perdoar nunca.

Entrou outro soldado pela cozinha.

— Cabo Almeirim, bico calado!

— O que é que há, Quirino? — disse Almeirim. — O rato já entrou na ratoeira. Ou tu está cego? Acabou esta merda de jogar carta a vida inteira!

— Acho que tem mais rato a caminho, seu Cabo — disse Quirino. — Do fundo do coqueiral. Vem vindo.

Almeirim arregalou os olhos.

— Soldado Quirino! Se a gente bota no surrão o tal de Mané Tropeiro também, é promoção na certa.

— Ele estava com todo o jeito de vir pra cá, o cabra. Deve ser o tal dos burros.

E Almeirim, estático:

— Soldado Quirino, a gente acaba marechal!

E para Nando:

— Tu fica na minha frente. Se mexer um puto dum passo leva chumbo.

Quando passaram à cozinha na casa às escuras Nando viu o cantinho em que ardia uma pequena lamparina de mecha que mal alumiava o caixote onde se espalhavam as cartas de um baralho. Almeirim cuspiu para o lado e murmurou:

— Uuuuu! Até me dá nojo olhar estas cartas. Hoje tomo um litro da azul e fecho um baile na capoeira.

Depois ficaram em silêncio enquanto Nando pedia numa prece incoerente que Manuel tivesse visto alguma coisa, que não entrasse na estúpida ratoeira do seu capricho, que não entregasse sua liberdade de bicho belo e denso entrando na pocilga de Quirinos e Almeirins. O cabo começou a se impacientar, se mexer, a travar e destravar o revólver.

— Porra, seu Quirino duma figa! Tu viu é lobisomem. Vamos levar o cabra aqui para o coronel Ibiratinga.

Almeirim se aproximou da porta da cozinha. Soldado Quirino falou:

— Eu juro, seu Cabo Almeirim, que... Xiiiiu...

Nando também tinha ouvido uma pisada leve lá fora nas folhas do chão, do outro lado do muro, um pisar levezinho de onça. Deu a primeira badalada das onze e com horrenda pontualidade a cara de Manuel apareceu em cima do muro. Depois a perna de Manuel cavalgou o muro rente e Manuel deitado no lombo do muro foi escorregando para dentro do quintal, flexível e silencioso, e Nando viu o ríctus na cara de Almeirim, o revólver de Quirino apontado para Manuel. Nando tinha ficado um pouco para o lado. A sua frente Quirino e à frente de Quirino Almeirim. Nando tirou da costura do gibão o punhal de Campina Grande. Na metade da badalada das onze Manuel Tropeiro dava com os pés no chão do lado de cá do muro e Almeirim berrava para ele:

— Fica parado aí que tu está preso!

Manuel se levantou ao pé do muro vencido, inútil, recortado de encontro à parede como qualquer homem no ponto de ser fuzilado. Foi quando Nando enterrou até os cabos o punhal de Campina Grande nas costas do soldado Quirino que despencou sem um ai-jesus nas costas do Cabo Almeirim que se voltou pensando que era atacado e tentou disparar o revólver contra Quirino enquanto Nando saltava sobre Almeirim e Manuel Tropeiro de novo bicho lustroso e ágil deu um bote do muro contra Almeirim peixeira em riste na mão feito guampa ou presa e Almeirim foi varado quase de couro a couro e tombou no chão embolado em Quirino. Armas na mão Nando e Manuel esperaram em silêncio, retendo a respiração. Viria mais alguém? Manuel notou no canto a lamparina, o baralho de cartas. Falou, afinal:

— Pelo jeito não saíam daqui. Deixaram o senhor entrar feito quem entra numa goela de bicho e fecharam a queixada, não foi mesmo?

— Tal e qual — disse Nando. — Tinha um soldado no café, bêbado. Pensei que era o vigia. Por isso entrei aqui antes do combinado com você.

Manuel falava baixo mas falava muito. Quer talvez me distrair? pensou Nando.

— Se a gente tivesse entrado junto, na hora, estava morto ou preso, seu Nando. A sorte da gente é que o seu capricho tinha a força que faz a gente insensata e o senhor não esperou pelo badalo do relógio. Mas é quase certo que o soldado é do grupo. Ele estava lá fora para tirar atenção dos do lado de dentro, pode ser. Por via dessas suspeitas a gente fica quieto um instante para ver se o do café suspeitou alguma coisa. Mas tudo correu como tinha que ser. Esta é a verdade.

Manuel guardou a peixeira e Nando reparou que de soslaio, como quem não quer nada, o Tropeiro olhava para ele. Nando enfiou na bainha do gibão o punhal molhado.

— Boa ideia essa da faquinha de Campina Grande enfiada na costura, Manuel.

Só agora Manuel falou com sua voz mansa de costume. Aliviado.

— Pois é, seu Nando. Tiro aqui era um deus nos acuda, um fim da gente.

Nando primeiro apanhou seu lança-perfume no chão da cozinha. Depois se abaixou perto dos soldados mortos, abraçados no chão. Procurou o revólver que o cabo Almeirim tinha botado no bolso da farda.

— E ele já tinha me desarmado, Manuel.

Quando apanhou o revólver Nando viu bem de perto a cara morta do Cabo Almeirim, do soldado Quirino. Não sentiu remorso nenhum.

— Vamos embora, Manuel. Acho que está tudo em paz.

— Vamos, seu Nando.

Saíram juntos, pularam o muro, embrenharam-se pelo coqueiral, Nando atrás de Manuel Tropeiro, os dois entre os troncos e debaixo das palmas tocadas de luar. E naquelas trevas as duas imagens de Francisca se acercaram uma da outra, coincidiram, de novo uma só. Não mais dentro dele porque a noz dura e voraz que se nutria de Francisca era agora uma passagem livre e diáfana. Desatado o nó a treva fluía em negro mel pelas águas barrentas. Nando abriu a jaqueta de couro e a camisa e tocou o esterno com a mão para ver se não estava transparente e oco bem no meio do corpo. Os estribos das montarias luziram baços dentro da noite.

— Os cavalos — disse Manuel. — Acho que só por causa dos dois falecidos a gente nem precisa alterar o que tinha resolvido fazer. De primeiro eu estava achando que a gente devia talvez abandonar as montarias e tomar um trem. Mas não vejo a precisão. Ninguém dá o alarma tão cedo e no cabo de uma hora de cavalo a gente topa com o Primo Leôncio que tem tudo preparado para levar a gente em caminhos do sertão que nem bode conhece direito mas que o Primo Leôncio anda neles como em corredor de casa de fazenda dele. Seu Nando não acha que num caso assim prudência demais nem é virtude que assente bem?

Nando já a cavalo mal ouvia Manuel Tropeiro. Sentia que vinha vindo a grande visão. Sua deseducação estava completa. O ar da noite era um escuro éter. A sela do cavalo um alto pico. Da sela Nando abrangia a Mata, o Agreste e sentia na cara o sopro do fim da terra saindo das furnas de rocha quente. E viu: aquele mundo todo com sua cana, suas gentes e seus gados era Francisca molhando os pés na praia e de cabelos ardendo no Sertão.

— Manuel — disse Nando —, eu vou para ficar.

— Assim tenho pedido a Deus que seja a sua resolução.

Já em plena estrada, os cavalos marchadores deixando muito chão para trás, Manuel voltou a falar:

— Tinha carta de dona Francisca?

— Tinha, Manuel. Mas não é mais preciso. Sabe o que é que eu descobri?

— Diga, seu Nando.

— Que Francisca é apenas o centro de Francisca.

Nando ia dizer mais alguma coisa mas se calou. Se Manuel não tinha entendido ia em breve entender por si mesmo. Andavam agora num meio galope, Nando relembrando coisas da vida inteira mas sem sentir nenhuma ligação com os pensamentos e sentimentos que tivera: como homem feito que encontra um dia numa gaveta cadernos de colégio. Estava descontínuo, leve, vivendo de minuto a minuto. Só tinha como sensação de continuidade o fio de ouro de Francisca, assim mesmo porque era um fio fiado com astúcia na trama do mundo a vir.

Não vinha propriamente do passado. Bateu alegre no peito com a mão direita, sustentando as rédeas na esquerda.

— Boa essa roupa, Manuel.

Manuel Tropeiro falou com sua ironia sem malícia:

— Com seu perdão, seu Nando, a roupa preta não fez o senhor padre. Esse gibão de couro não vai fazer o senhor cangaceiro não.

Nando riu:

— Não se assuste, Manuel. Eu agora viro qualquer coisa.

— Eu vou perfilhar o nome de Adolfo para me esconder nele, seu Nando. Não tem um som de gente forte? Adolfo?

— Você é que é forte e que vai fazer a força do nome. De qualquer nome.

— Sempre ouvi meu pai falar num tal de Adolfo Meia-Noite, cangaceiro importante — disse Manuel. — E o seu nome qual vai ser? Já pensou?

— Já — disse Nando. — Meu nome vai ser Levindo.

E Nando viu o fio fagulhar ligeiro entre as patas do cavalo como uma serpente de ouro em relva escura.

Rio — Petrópolis — Fazenda de Santa Luísa
Março de 1965 — Setembro de 1966

ESTUDO CRÍTICO

CALLADO E A "VOCAÇÃO EMPENHADA" DO ROMANCE BRASILEIRO[*]

Ligia Chiappini[**]

Embora se alimente de episódios quase coetâneos, muitos deles tratados em reportagens do autor, a ficção de Antonio Callado transcende o fato para sondar a verdade, por uma interpretação ousada, irreverente e atual. E consegue tratar de forma nova um velho problema da literatura brasileira: sua "vocação empenhada",[1] para usar a expressão consagrada de Antonio Candido. Uma ficção que pretende servir ao conhecimento e à descoberta do país. Mas o resgate dessa tradição do romance empenhado ou engajado se realiza aqui com um refinamento que não compromete a comunicação e com um caráter documental que não perde de vista a complexidade da vida e da literatura. Busca difícil, que termina dando numa obra desigual, mas, por isso mesmo, interessante e rica.

O jornalismo e suas viagens proporcionam ao escritor experiências das mais cosmopolitas às mais regionais e provincianas. A experiência decisiva do jovem intelectual, adaptado à vida londrina, a quase transformação do brasileiro em europeu refinado (que falava

---

[*] Este texto é a adaptação do Capítulo IV do livro de Ligia Chiappini, intitulado *Antonio Callado e os longes da pátria* (São Paulo: Expressão Popular, 2010).

[**] Crítica literária.

[1] Essa expressão, utilizada para caracterizar o romance brasileiro a partir do Romantismo, é de Antonio Candido em seu livro clássico *Formação da literatura brasileira*, de 1959.

perfeitamente o inglês e havia se casado com uma inglesa) afinaram-lhe paradoxalmente a sensibilidade e abriram-lhe os olhos para, segundo suas próprias palavras em uma entrevista, "ver essas coisas que o brasileiro raramente vê".[2] É assim que ele explica seu profundo interesse pelo Brasil no final de sua temporada europeia, quando começou a ler tudo o que se referia ao país, projetando já suas futuras viagens a lugares muito distantes do centro onde vivia.

Da obra de Antonio Callado, em seu conjunto, transparece um projeto que se poderia chamar de alencariano, na medida em que seus romances tentam sondar os avessos da história brasileira, aproveitando, para tanto, junto com os modelos narrativos europeus (sobretudo do romance francês e do inglês), os brasileiros que tentaram, como Alencar, interpretar o Brasil como uma nação possível, embora ainda em formação. A ficção como tentativa de revelar, conhecer e dar a conhecer nosso país constitui o projeto dos românticos e é, ainda, o projeto de Callado, que, como Gonçalves Dias, Graça Aranha e Oswald de Andrade, redescobre o Brasil. Conforme ele próprio nos conta em vários depoimentos, os seis anos que viveu na Inglaterra foram, em grande parte, responsáveis pelo seu projeto de trabalho (e, de certa forma, também de vida) na volta. As viagens, as reportagens, o teatro e o romance servem, daí para frente, a um verdadeiro mapeamento do país: do Rio de Janeiro a Congonhas do Campo; desta a Juazeiro da Bahia; da Bahia a Pernambuco; de Olinda e Recife ao Xingu; do Xingu a Corumbá, com algumas escapadas fronteira afora, para o contexto mais amplo da América Latina.

Obcecado pelo deslumbramento da redescoberta do Brasil, seu projeto é fazer um novo retrato do país, o que o aproxima de Alencar, depois da atualização feita por Paulo Prado e Mário de Andrade, e o converte numa espécie de novo "eco de nossos bosques e florestas",

---

[2] Cf. entrevista concedida à autora e publicada em: *Antonio Callado, literatura comentada* (São Paulo: Abril Cultural, 1982. p. 9).

designação que Alencar usava para referir-se à poesia de Gonçalves Dias. Não faltam aí nem sequer os motivos da canção do exílio — o sabiá e a palmeira —, retomados conscientemente em *Sempreviva*. Tampouco falta a figura central do Romanismo — o índio —, que aparece em *Quarup* e reaparece em *A expedição Montaigne* e em *Concerto carioca*. E, nessa viagem pelos trópicos, vamos recompondo diferentes Brasis, pelo cheiro e pela cor, pelos sons característicos, pela fauna e pela flora.

Mesmo nos livros posteriores a *Quarup*, nos quais se pode ler um grande ceticismo em relação aos destinos do Brasil, permanece o deslumbramento pela exuberância da nossa natureza e as potencialidades criadoras do nosso povo mestiço. Vista em bloco, a obra ficcional de Antonio Callado é uma espécie de reiterada "canção de exílio", ainda que às vezes pelo avesso, como em *Sempreviva*, em que o herói, Vasco ou Quinho — o "Involuntário da Pátria" —, é um exilado em terra própria. O localismo ostensivo, que ainda amarra esse escritor às origens do romance brasileiro, de uma literatura e de um país em busca da própria identidade (e até mesmo a certo regionalismo, nos primeiros romances), tem sua contrapartida universalizante, desde *Assunção de Salviano*, transcendendo fronteiras e alcançando "os grandes problemas da vida e da morte, da pureza e da corrupção, da incredulidade e da fé", como já assinalava Tristão de Athayde, seu primeiro crítico. Aliás, do mergulho no local e no histórico é que resulta a concretização desses temas universais. Assim, pelo confronto das classes sociais em luta no Nordeste, chega-se à temática mais geral da exploração do homem pelo homem e das centelhas de revolta que periodicamente acendem fogueiras entre os dominados. Pela história individual do padre Nando, tematiza-se a situação geral da Igreja, dos padres e do intelectual que se debatem entre dois mundos. Pela sondagem da consciência de torturadores brasileiros, chega-se a esboçar uma espécie de tratado da maldade, que nos faz vislumbrar os abismos de todos nós.

O contato do jornalista-viajante com nossas misérias e nossas grandezas sensibiliza-o cada vez mais para a "dureza da vida concreta do povo espoliado",[3] que, presente em suas reportagens sobre o Nordeste e na luta dos camponeses pela terra e pelo pão, reaparece em seus romances. Em alguns deles, esse povo não é mais do que uma sombra, cada vez mais distante do intelectual revolucionário e do escritor, angustiado justamente com sua ausência sistemática do cenário político e das decisões capitais da nossa história.

O tratamento do nordestino pobre (em *Quarup* e *Assunção de Salviano*) ou de um pequeno comerciante de uma provinciana cidade de Minas Gerais (*A madona de cedro*) parece aproximar o escritor daqueles autores românticos que, como o polêmico Franklin Távora, defendiam o deslocamento da nossa literatura do centro litorâneo e urbano para regiões mais afastadas e subdesenvolvidas. Contudo, em Callado, isso não se manifesta como opção unilateral, mas como evidência da tensão. O caminho da reportagem à ficção feito pelo autor de *Quarup* pode ser comparado ao caminho da visão externa à do drama de Canudos, percorrido por Euclides da Cunha em sua grande obra dilacerada e trágica: *Os sertões*. Da mesma forma aqui, guardadas as diferenças, o esforço do intelectual, formado nos centros mais avançados, para entender o universo cultural do Brasil subdesenvolvido acaba sendo simultaneamente um esforço para indagar das raízes de sua própria ambiguidade como intelectual refinado em terra de "bárbaros".

No caso da abordagem do índio, a trajetória do padre Nando e de *Quarup* são exemplares como a conversão euclidiana. Documenta-se aí a passagem do interesse livresco e do enfoque romântico, que o levam, no início, a idealizar o Xingu como um paraíso terrestre, à vivência dos problemas reais do índio, contaminado pelo branco e

---

[3] Cf. Arrigucci Jr., Davi. *Achados e perdidos*: ensaios de crítica. São Paulo: Polis, 1979. p. 64.

em processo de extinção. Nando termina chegando a um indianismo novo, em que o índio é tratado sem nenhuma idealização.

Mas Callado não só revela a miséria do índio. Aponta também, a partir de uma vida mais próxima à natureza, para valores que poderiam resgatar as perdas da civilização corrupta. Desencanto e utopia, eis aí uma contradição dialética, evidente em *Quarup*, e uma constante nos livros do escritor, nos quais a repressão, a tortura, a dominação e a morte aparecem sempre contrapostas à imagem da vitalidade, do amor e da liberdade, simbolizados geralmente por elementos naturais: a água, as orquídeas, o sol, que travam uma luta circular com a noite, os subterrâneos e as catacumbas.

É a dimensão mítica e transcendente que faz Salviano ascender aos céus (ao menos na boca do povo), em *Assunção de Salviano*; é ela que faz Delfino recuperar a calma e o amor depois da penitência, em *A madona de cedro*; é ela que permite, apesar de todas as prisões, as desaparições e as mortes com que a ditadura de 1964 reprimiu os revolucionários, que, no final de *Quarup*, Nando e Manuel Tropeiro partam para o sertão em busca da guerrilha, e que o já debilitado Quinho, de *Sempreviva*, ao morrer, uma vez cumprida sua vingança, se reencontre com Lucinda, a namorada morta dez anos antes nos porões do DOI-Codi.[4] Retomada na figura de Jupira e de Herinha, ambas também parentas da terra e das águas, Lucinda é uma espécie de símbolo dos "nervos rotos", mas ainda vivos da América Latina (alusão à epígrafe de *Sempreviva*, tirada de um poema de César Vallejo).

Essa ambivalência acha-se no próprio título do romance de 1967. O quarup é uma festa por meio da qual, ritualmente, os índios revivem o tempo sagrado da criação. Em meio a danças, lutas e um grande banquete, os mortos regressam à vida, encarnados em troncos de madeira (kuarup ou quarup) que, ao final, são lançados

---

[4] Organização repressiva paramilitar da ditadura.

na água. O ritual fortalece e renova a tribo, que tira dele novo alento, transformando a morte em vida.

Bar Don Juan, *Reflexos do baile* e *Sempreviva* retomam as andanças do padre Nando tentando retratar os diferentes Brasis (das guerrilhas, dos sequestros, do submundo de torturadores e torturados). O que sempre se busca são alternativas para "o atoleiro em que o Brasil se meteu", mesmo que, cada vez mais, de forma desesperançada, com a ironia minando a epopeia e desvelando machadianamente o quixotesco das utopias alencarianas. E essa busca se amplia no confronto passado-presente, interior-centro, no caso do desconcertante *Concerto carioca*. Ou, finalmente, quando se estende à América Latina, com seus eternos problemas, incluindo a terrível integração perversa que ocorreu com a "Operação Condor", nos anos 1970 (como aparece em *Sempreviva*) e, cem anos antes, com a "Tríplice Aliança" (rememorada obsessivamente por Facundo, personagem central em *Memórias de Aldenham House*).

A ironia existente já em *Assunção de Salviano* e *A madona de cedro* — ainda comedida e, portanto, mínima — vai crescendo a partir de *Quarup*, até explodir na sátira de *A expedição Montaigne*, que parece encerrar o ciclo antes referido.

Nesse romance, um jornalista, de nome Vicentino Beirão, arrasta consigo pouco mais de uma dúzia de índios (já aculturados, mas fingindo selvageria para corresponder ao gosto desse chefe meio maluco) e Ipavu, índio camaiurá, tuberculoso, recém-saído do Reformatório Krenak, em Resplendor, Minas Gerais. O objetivo da insólita expedição, que tem como mascote um busto do filósofo Montaigne (um dos principais criadores da imagem do bom selvagem na Europa), é "levantar em guerra de guerrilha as tribos indígenas contra os brancos que se apossaram do território" desde a chegada de Cabral, que é descrita como um verdadeiro estupro da terra de Iracema.

Depois de várias peripécias e de sucessivas perdas no labirinto de enganosos rios, conseguem chegar à aldeia camaiurá, levados pelo rio Tuatuari. A longa viagem, na verdade, conduz à morte. Vicentino Beirão, febril e semidesfalecido, é empurrado por Ipavu para dentro da gaiola do seu gavião Uiruçu, companheiro de infância com quem foge logo a seguir. O pajé Ieropé, já velho e desmoralizado, incapaz de curar os doentes desde que os remédios brancos foram introduzidos na aldeia, tendo saído de sua cabana pouco depois da fuga de Ipavu, e vendo o jornalista enjaulado, vislumbra aí a possibilidade de recuperar o seu prestígio de mediador entre os homens e os deuses, "recosturando o céu e a terra" e trazendo de volta o tempo em que suas ervas e fumaças eram eficazes. Porque, para ele, Vicentino Beirão é Karl von den Steinen renascido. Trata-se do antropólogo alemão que fez a primeira expedição ao Xingu em 1884, aqui chamado de Fodestaine.

Enquanto isso, a tuberculose, que estivera corroendo as forças de Ipavu durante toda a travessia, completa sua obra e o indiozinho também morre, reintegrando-se na cultura indígena por meio de um ritual fúnebre: a canoa que se afasta com seu corpo, rio afora, conduzida pelo gavião de penacho.

Como na maior parte dos romances de Callado, o desenlace é insólito e nos agrada na medida em que surpreende. No entanto, o grande prazer da leitura está em seguir o desenrolar da história, o contraponto das perspectivas alternadas, a escrita que nos empolga e nos faz ler tudo de um fôlego só, provocando ao mesmo tempo a expectativa do romance policial, o riso da comédia, a piedade e o terror da tragédia.

Anti-herói paródico, Vicentino Brandão é Nando, Quinho e tantos heroicos revolucionários dos romances anteriores. A dimensão utópica desaparece, persistindo somente de forma negativa, na amargura de um mundo fora dos eixos: nossa tragicomédia exposta.

A vertente machadiana, cética e irônica, que combinava tão bem com o lado Alencar de Callado (aparecendo em outros romances só quando o narrador se distanciava para olhar exaustivamente e sem piedade a miséria dos heróis e a pobreza das utopias em seus mundos infernais), agora ganha o primeiro plano, intensificando a caricatura.

A expedição Montaigne parece resumir um ciclo de modo tal que, depois dela, é como se Callado trabalhasse com resíduos. Ainda apegado ao tema do índio — tema pelo qual ele reconhece um interesse do avô, que também gostava de tratar desse assunto —, o escritor volta a ele em seu penúltimo romance — *Concerto carioca* —, mas, dessa vez, caracterizado por uma problemática histórico-social mais ampla.

A tentativa de *Concerto carioca* é, como o próprio nome aponta, a de concentrar em um cenário urbano a ficção previamente desenhada pela viagem aos confins do Brasil. Entretanto, até isso é ambíguo, já que o Jardim Botânico, onde transcorre a maior parte da ação, é uma espécie de minifloresta que enquadra e anima de modo mítico, com suas árvores e riachos, a figura de Jaci, o indiozinho (agora citadino) vítima de Xavier, o assassino um tanto psicopata, no qual poderíamos ler o símbolo tanto dos colonizadores de ontem quanto dos depredadores da vida e da natureza de hoje, de dentro e de fora da América Latina, tornando a exterminar os índios, agora transplantados para a cidade. Ettore Finazzi Agrò[5] leu *Concerto carioca* como um concerto desafinado, um conjunto de sequências inconsequentes e de pessoas fora do lugar, umbral, paralisia e atoleiro, em um presente que arrasta o passado, feito de falta e remorso, em analogia com o ritmo desafinado da nossa existência descompassada. O mesmo atoleiro que nos obriga a arrancar-nos da lama pelos próprios cabelos, tarefa hercúlea que o próprio Callado sempre invocava, aludindo a sério aos contos do célebre barão de Münchhausen.[6]

---

[5] Cf. Nos limiares do tempo. A imagem do Brasil em *Concerto carioca*. In: Chiappini, Ligia; Dimas, Antonio; Zilly, Berthold (Org.). *Brasil, país do passado?*. São Paulo: Edusp/Boitempo, 2010.

[6] Personagem de *As aventuras do celebérrimo barão de Münchhausen*, escrito pelo alemão Gottfried August Bürger em 1786 e publicado no Brasil com tradução de Carlos Jansen (Rio de Janeiro: Laemmert, 1851). A análise da tensão temporal em *Concerto carioca*, no livro citado na nota 1, segue de perto a leitura de Finazzi Agrò (2000, p. 137).

Nesse livro, ainda bebendo nas fontes de sua própria vida (a infância passada no Jardim Botânico e o descobrimento do índio pelo menino, aprofundado anos depois pelo repórter adulto), o escritor retoma também outro tema que lhe é familiar: a temível potencialidade das pessoas. Segundo seu próprio depoimento, isso se confunde com a tarefa do romance, que é levar a pessoa ao extremo daquilo que poderia ser: "Então, você pode acreditar em uma prostituta que é quase uma santa no final do livro, como em um santo que resulta em um canalha da pior categoria."[7] Ao longo de toda a obra, essa dimensão, que poderíamos chamar da "pesquisa do mal no homem, na mulher, na sociedade", aparece nos momentos em que os demônios se soltam.

Concerto carioca opta por se introduzir nas vertentes pessoais da maldade e toma partido, decisivamente, pelo mito, deixando, dessa vez, a história como um distante pano de fundo. Ao debilitar-se o plano histórico e social, rompe-se aquele equilíbrio entre o particular e o geral, o contingente e o transcendente, que permitiu a *Quarup* perdurar. O resultado, embora reúna acertos e achados, é um romance no qual o próprio narrador (personificado em um menino) parece perceber um equívoco: o de destacar como herói quem deveria ser um vilão secundário e diminuir a figura central do indiozinho, tornada paradoxalmente mais abstrata.

Em todo caso, isso talvez seja mesmo o remate de um ciclo e o começo de outro, de um livro ambíguo que traz o novo latente. Finalmente, Callado chega de volta onde começou, redescobrindo o país e a si mesmo no confronto com seus irmãos latino-americanos e nossos meios-pais europeus, a partir da experiência da viagem, da vivência de guerras externas e internas e das prisões em velhas e novas ditaduras. Londres durante a guerra e o ambiente da BBC são

---

[7] Entrevista concedida à autora e publicada em *Antonio Callado, literatura comentada* (São Paulo: Abril, 1982. p. 9).

aí tematizados, lançando mão novamente de um recurso que sempre foi efetivo em suas obras: os mecanismos de surpresa e suspense dos romances policiais e de espionagem. Aqui vai mais longe, pois tenta compreender o Brasil tentando entendê-lo na América do Sul, e esta, em suas tensas relações com a Europa.

A história é narrada do ponto de vista de um jornalista brasileiro que vai para Londres, fugindo à ditadura de Getúlio Vargas, na década de 1940, e lá encontra outros companheiros latino-americanos, uma chileno-irlandesa, um paraguaio, um boliviano e um venezuelano. Estes, por sua vez, fugiram do arbítrio da polícia política em seus respectivos países. O confronto deles entre si e de todos juntos com os ingleses, no dia a dia de uma agência da BBC especialmente voltada para a América Latina, acaba denunciando tanto os bárbaros crimes latino-americanos do passado e do presente quanto o envolvimento das nossas elites com os criminosos de colarinho branco da supercivilizada Inglaterra. Não apenas denuncia, mas também expõe parodicamente os preconceitos e estereótipos dos ingleses sobre os latino-americanos e vice-versa.

Vinte anos depois dos sucessos de *Memórias de Aldenham House*, que se prolongam num Paraguai e num Brasil só aparentemente democratizados, o narrador (ex-representante brasileiro na BBC, como fora o próprio Callado) escreve suas memórias, novamente na prisão. Nesse caso, ampliando o ciclo, o território e a viagem, circulamos pela Inglaterra e França para chegar ao Paraguai, passando pela prisão ditatorial em que o narrador escreve sua história, uma história de outras ditaduras e de perseguições a líderes de esquerda menos ou mais desesperados, menos ou mais vitimizados, mas igualmente vencidos pela prepotência do autoritarismo tradicional na América Latina.

Callado rememora aí sua experiência de duas ditaduras e de duas pós-ditaduras; a experiência dos exilados que se foram e dos que voltaram para contar, tentando recuperar a face oculta da civilizada Inglaterra, que Facundo acusa e que talvez esteja muito mais próxima do Paraguai e, por que não, do Brasil, ou pelo menos de certo Brasil: aquele tanto mais visível quanto mais se encena a sua entrada plena na modernidade pós-moderna.

PERFIL DO AUTOR

O senhor das letras

Eric Nepomuceno*

Antonio Callado era conhecido, entre tantas outras coisas, pela sua elegância. Nelson Rodrigues dizia que ele era "o único inglês da vida real". Além da elegância, Callado também era conhecido pelo seu humor ágil, fino e certeiro. Sabia escolher os vinhos com severa paixão e agradecer as bondades de uma mesa generosa. E dos pistaches, claro. Afinal, haverá neste mundo alguém capaz de ignorar as qualidades essenciais de um pistache?

Pois Callado sabia disso tudo e de muito mais.

Tinha as longas caminhadas pela praia do Leblon. Ele, sempre tão elegante, nos dias mais tórridos enfrentava o sol com um chapeuzinho branco na cabeça, e eram três, quatro quilômetros numa caminhada puxada: estava escrevendo. Caminhava falando consigo mesmo: caminhava escrevendo. Vivendo. Porque Callado foi desses escritores que escreviam o que tinham vivido, ou dos que vivem o que vão escrever algum dia.

Era um homem de fala mansa, suave, firme. Só se alterava quando falava das mazelas do Brasil e dos vazios do mundo daquele fim de século passado. Indignava-se contra a injustiça, a miséria, os abismos sociais que faziam — e em boa medida ainda fazem — do Brasil

---

* Escritor e tradutor.

um país de desiguais. Suas opiniões, nesse tema, eram de suave mas certeira e efetiva contundência. E mais: Callado dizia o que pensava, e o que pensava era sempre muito bem sedimentado. Eram palavras de uma lucidez cristalina.

Dizia que, ao longo do tempo, sua maneira de ver o mundo e a vida teve muitas mudanças, mas algumas — as essenciais — permaneceram intactas. "Sou e sempre fui um homem de esquerda", dizia ele. "Nunca me filiei a nenhum partido, a nenhuma organização, mas sempre soube qual era o meu rumo, o meu caminho." Permaneceu, até o fim, fiel, absolutamente fiel, ao seu pensamento. "Sempre fui um homem que crê no socialismo", assegurava ele.

Morava com Ana Arruda no apartamento de cobertura de um prédio baixo e discreto de uma rua tranquila do Leblon. O apartamento tinha dois andares. No de cima, um terraço mostrava o morro Dois Irmãos, a Pedra da Gávea e o mar que se estende do Leblon até o Arpoador. Da janela do quarto que ele usava como estúdio, aparecia esse mesmo mar, com toda a sua beleza intocável e sem fim.

O apartamento tinha móveis de um conforto antigo. Deixava nos visitantes a sensação de que Callado e Ana viviam desde sempre escudados numa atmosfera cálida. Havia um belo retrato dele pintado por seu amigo Cândido Portinari, de quem Callado havia escrito uma biografia. Aliás, escrita enquanto Portinari pintava seu retrato. Uma curiosa troca de impressões entre os dois, cada um usando suas ferramentas de trabalho para descrever o outro.

Havia também, no apartamento, dois grandes e bons óleos pintados por outro amigo, Carlos Scliar.

Callado sempre manteve uma rígida e prudente distância dos computadores. Escrevia em sua máquina Erika, alemã e robusta, até o dia em que ela não deu mais. Foi substituída por uma Olivetti, que usou até o fim da vida.

Na verdade, ele começava seus livros escrevendo à mão. Dizia que a literatura, para ele, estava muito ligada ao rascunho. Ou seja, ao texto lentamente trabalhado, o papel diante dos olhos, as correções que se sucediam. Só quando o texto adquiria certa consistência ele ia para a máquina de escrever.

Jamais falava do que estava escrevendo quando trabalhava num livro novo. A alguns amigos, soltava migalhas da história, poeira de informação. Dizia que um escritor está sempre trabalhando num livro, mesmo quando não está escrevendo. E, quando termina um livro, já tem outro na cabeça, mesmo que não perceba.

Era um escritor consagrado, um senhor das letras. Mas ainda assim carregava a dúvida de não ter feito o livro que queria. "A gente sente, quando está no começo da carreira, que algum dia fará um grande livro. O grande livro. Depois, acha que não conseguiu ainda, mas que está chegando perto. E, mais tarde, chega-se a uma altura em que até mesmo essa sensação começa a fraquejar...", dizia com certa névoa encobrindo seu rosto.

Levou essa dúvida até o fim — apesar de ter escrito grandes livros.

Foi também um jornalista especialmente ativo e rigoroso. Escrevia com os dez dedos, como corresponde aos profissionais de velha e boa cepa. E foi como jornalista que ele girou o mundo e fez de tudo um pouco, de correspondente de guerra na BBC britânica a testemunha do surgimento do Parque Nacional do Xingu, passando pela experiência definitiva de ter sido o único jornalista brasileiro, e um dos poucos, pouquíssimos ocidentais a entrar no então Vietnã do Norte em plena guerra desatada pelos Estados Unidos.

A carreira de jornalista ocupou a vaga que deveria ter sido de advogado. Diploma em direito, Callado tinha. Mas nunca exerceu o ofício. Começou a escrever em jornal em 1937 e enfrentou o dia a dia das redações até 1969. Soube estar, ou soube ser abençoado pela estrela da sorte: esteve sempre no lugar certo e na hora certa. Em 1948, por exemplo, estava cobrindo a 9ª Conferência Pan-americana em

Bogotá quando explodiu a mais formidável rebelião popular ocorrida até então na Colômbia e uma das mais decisivas para a história contemporânea da América Latina, o Bogotazo. Tão formidável que marcou para sempre a vida de um jovem estudante de direito que tinha ido de Havana, um grandalhão chamado Fidel Castro, e que também acompanhou tudo aquilo de perto.

Houve um dia, em 1969, em que ele escreveu ao então diretor do *Jornal do Brasil* uma carta de demissão. Havia um motivo, alheio à vontade dos dois: a ditadura dos generais havia decidido cassar os direitos políticos de Antonio Callado pelo período de dez anos e explicitamente proibia que ele exercesse o ofício que desde 1937 garantia seu sustento. Foi preciso esperar até 1993 para voltar ao jornalismo, já não mais como repórter ou redator, mas como um articulista de texto refinado e com visão certeira das coisas.

Até o fim, Callado manteve, reforçada, sua perplexidade com os rumos do Brasil, com as mazelas da injustiça social. E até o fim abandonou qualquer otimismo e manteve acesa sua ira mais solene.

Sonhou ver uma reforma agrária que não aconteceu, sonhou com um dia não ver mais os milhões de brasileiros abandonados à própria sorte e à própria miséria. Era imensa sua indignação diante do Brasil ameaçado, espoliado, dizimado, um país injusto e que muitas vezes parecia, para ele, sem remédio. Às vezes dizia, com amargura, que duvidava que algum dia o Brasil deixaria de ser um país de segunda para se tornar um país de primeira. E o que faria essa diferença? "A educação", assegurava. "A escola. A formação de uma consciência, de uma noção de ter direito. Trabalho, emprego, justiça. Ou seja: o básico. Uma espécie de decência nacional. Porque já não é mais possível continuar convivendo com essa injustiça social, com esse egoísmo".

Sua capacidade de se indignar com aquele Brasil permaneceu intocada até o fim. Tinha, quando falava do que via, um brilho especial, uma espécie de luz que é própria dos que não se resignam.

Desde aquele 1997 em que Antonio Callado foi-se embora para sempre, muita coisa mudou neste país. Mas quem conheceu aquele homem elegante e indignado, que mereceu de Hélio Pelegrino a classificação de "um doce radical", sabe que ele continuaria insatisfeito, exigindo mais. Exigindo escolas, empregos, terras para quem não tem. Lutando, à sua maneira e com suas armas, para poder um dia abrir os olhos e ver um país de primeira classe. E tendo dúvidas, apesar de ser o senhor das letras, se algum dia faria, enfim, o livro que queria — e sem perceber que já tinha feito, que já tinha escrito grandes livros, definitivos livros.

*O texto deste livro foi composto em Minion Pro,
desenho tipográfico de Robert Slimbach de 1990,
em corpo 12/16,5.*

*A impressão se deu sobre papel off-white
pelo Sistema Cameron da Divisão Gráfica
da Distribuidora Record.*